DroomNummerNegen

David Mitchell

DroomNummerNegen

VERTAALD DOOR AAD VAN DER MIJN

Amsterdam · Antwerpen
Em. Querido's Uitgeverij BV
2012

Eerste druk, 2003; tweede druk, 2007; derde druk, 2010; vierde druk, 2012

De vertaler ontving voor deze vertaling een werkbeurs van
de Stichting Fonds voor de Letteren.

Oorspronkelijke titel *number9dream*
Hodder and Stoughton/Sceptre, Londen

Omslag Brigitte Slangen
Omslagfoto Jodi Cobb/Getty Images
Foto auteur Jerry Bauer

ISBN 978 90 214 4206 8 / NUR 302
www.querido.nl

Voor Keiko

‘Het is zoveel gemakkelijker de werkelijkheid te verdringen dan dromen kwijt te raken.’

Don Delillo, *Americana*

Een

□

PanOpticon

'Het is heel eenvoudig. Ik ken uw naam en ooit hebt u de mijne gekend: Eiji Miyake. Ja, *die* Eiji Miyake. We hebben het allebei druk, mevrouw Kato, laten we daarom snel terzake komen. Ik ben in Tokio om mijn vader te zoeken. U kent zijn naam en u kent zijn adres. Die gaat u mij beide geven. En *meteen.*' Of iets in die geest. Een spiraalnevel van melk ontvouwt zich in mijn koffiekop en het gepraat op de achtergrond wordt fijner afgesteld. Mijn eerste ochtend in Tokio en ik schiet al lekker op. Het davert in Café Jupiter van lunchgelach, vrijdagplannen, kletterende borden. Loonslaven brullen in mobiele telefoons. Loonslavinnen hijsen afzakkende stemmen op om vrouwelijker te klinken. Koffie, broodjes fruits de mer, afwasmiddel, damp. Ik kijk uit op de hoofdingang van het PanOpticon aan de overkant van de straat. Wel imposant, zo'n gotische wolkenkrabber van zirkonium. De hoogste verdiepingen gaan schuil in de wolken. Tokio ligt te stoven onder een nauwsluitend deksel – 34°C bij 86% vochtigheid. Zegt een groot beeldscherm van Panasonic. Tokio is zo dichtbij dat je het niet steeds kunt zien. Geen afstand. Het zit allemaal boven je hoofd – tandartsen, kleuterscholen, dansstudio's. Ook de wegen en trottoirs staan op modderige palen. Venetië, met het water eruit weggelopen. Weerspiegelde vliegtuigen klimmen omhoog langs weerspiegelde gebouwen. Ik heb altijd gedacht dat Kagoshima vreselijk groot was, maar je kunt het in een dwarsstraat van Shinjuku kwijt. Ik steek een sigaret op – Kool, het merk dat een biker voor me in de rij gekozen heeft – en kijk naar het verkeer en de voetgangers bij de kruising van Omekaido Avenue en Kita Street. Loonslaven in krijtstreep, een kapper met een gepiercete lip, middagdronkaards, kindbeladen huisvrouwen. Geen mens staat stil. Rivieren, sneeuwstormen, verkeer, bytes, generaties, duizend gezichten per minuut. Yakushima is duizend minuten per gezicht. Allemaal mensen met hun dozen vol herinneringen waarop het label 'Ouders' staat. Mooie opnamen, lelijke opnamen, angstaanjagende gezichten, vertederende foto's, verwarrende invalshoeken, gekraste negatieven – het maakt niet uit, zij weten door wie ze op de Aarde zijn gezet. Akiko Kato, ik wacht. Café Jupiter is de dichtstbijzijnde lunchroom bij het PanOpticon. Het zou zo veel eenvoudiger zijn als jij gewoon hier eventjes naar binnen kwam voor een broodje en een koffie. Ik zou je herkennen, me voorstellen en je ervan doordringen dat het natuurrecht aan mijn kant is. Hoe wordt een dagdroom werkelijkheid? Ik zucht. Niet zo makkelijk, niet zo gauw. Ik moet je vesting bestormen om te krijgen wat ik hebben wil. Niet best. Een gebouw zo hoog als het PanOpticon heeft verschillende uitgangen en eigen restaurants. Je zult inmiddels wel een keizerin zijn, met slaven die het eten voor je halen. Wie weet lunch je niet eens. Een mensenhart als ontbijt is voor jou misschien genoeg tot aan het avondeten. Ik begraaf mijn Kool tussen de resten van zijn voorouders en besluit het spieden te staken als ik die koffie opheb. Akiko Kato, ik kom je te grazen nemen. Café Jupiter wordt bemand door drie serveersters. Eentje – de baas – is zo kil als een keizerlijke douairière die haar man heeft vergiftigd met chagrijn, een tweede heeft de stem van een balkende ezel en de derde staat met haar rug naar mij toe, maar heeft de mooiste hals van het hele universum. Douairière vertelt Ezel over de jongste huwelijksmisère van haar kapper. 'Als zijn vrouw niet beantwoordt aan zijn fantasieën, zet hij haar overboord.' De serveerster met de volmaakte hals knapt levenslang op bij de tap. Wordt zij door Douairière en Ezel met de nek aangekeken, of kijkt zij hen aan met de nek? Het PanOpticon verdwijnt laag voor laag – de wolken dalen tot de achttiende verdieping. En als ik even een andere kant opkijk, is de mist nog verder weer gedaald. Ik bereken op een papieren servetje het aantal dagen dat ik heb geleefd – 7.290, vier schrikkeljaren inbegrepen. De klok staat op vijf voor één en de loonslaven druppelen weg uit Café Jupiter. Ze zijn bang, denk ik, geherstructureerd te worden als ze op slag van enen niet in hun tl-verlichte cellen worden aangetroffen. Mijn kop staat leeg in een slotgracht van gemorste koffie. Goed. Als de grote wijzer de één raakt, ga ik bij het PanOpticon naar binnen. Ik geef toe dat ik nerveus ben. Nerveus is cool. Een rekruteringsofficier van de burgerwacht die vorig jaar op school kwam, zei dat geen enkel legeronderdeel mensen wil hebben die immuun voor angst zijn – militairen die geen angst kennen jagen hun peloton in de eerste vijf minuten op het slagveld al de dood in. Een goede militair beheerst zijn angst en gebruikt die om zijn zinnen te scherpen. Nog een koffie? Nee. Nog een Kool, om mijn zinnen te scherpen.

De klok raakt half twee – mijn deadline is verstreken. Mijn asbak loopt over. Ik schud met mijn sigarettenpakje – op één na leeg. De wolken zijn gezakt tot aan de negende verdieping van het PanOpticon. Akiko Kato staart door het raam van haar geaircode werkkamer in de mist. Kan zij mij voelen, zoals ik haar voel? Weet zij dat het vandaag zo'n levensveranderende dag is? Eén laatste, laatste, laatste sigaret: dan begint mijn aanval, voordat 'nerveus' tot 'slap' verwordt. Toen ik in Café Jupiter kwam zat er een oude man. Hij is onafgebroken met zijn vidboy in de weer geweest. Hij is net de Lao Tse uit mijn schoolboek – kaal, mesjokke, gebaard. Nieuwe klanten komen, bestellen, drinken, eten, gaan binnen een paar minuten weer naar buiten. Goed voor tientallen jaren. Maar Lao Tse blijft. De serveersters zullen wel denken dat mijn vriendin mij heeft laten zitten. Of dat ik een psychopaat ben die straks achter hen aan wil gaan. Er komt een muzakversie van 'Imagine' en John Lennon ontwaakt ontzet in zijn graf. Zo walgelijk, het is niet te geloven. Zelfs de verraders die deze gruwel hebben opgenomen hadden er een afkeer van. Twee zwangere vrouwen komen binnen en bestellen ijsthee met citroen. Lao Tse kucht een terminale kuch en veegt met de mouw van zijn hemd het slijm van zijn vidboyscherm. Ik haal de rook diep in en laat die door mijn neusgaten naar buiten siepelen. Wat Tokio moet hebben is een flinke overstroming om de hele boel weer schoon te maken. Gondeliers met mandolines, die voortbomen langs Ginza. 'Weet je,' gaat Douairière verder tegen Ezel, 'die vrouwen van hem, dat zijn zulke hebberige, aanstellerige schepsels, die krijgen hun verdiende loon. Als *jij* trouwt moet je zorgen dat de dromen van je man precies passen bij de jouwe.' Ik slurp het schuim van mijn koffie. Op de rand van de kop zitten sporen lippenstift. Ik bedenk een rechtszaak waarbij ik aanvoer dat drinken aan dat gedeelte van de kop een kus met een onbekende inhoudt. Mijn totaal aan gekuste meisjes zou daarmee op drie worden gebracht, nog altijd minder dan het landelijk gemiddelde. Ik kijk rond in Café Jupiter naar een te kussen meisje en houd het op de serveerster met de levende, magische, maanverlichte altvioolhals. Een haarlok is losgeraakt en strijkt langs haar nek. Het kietelt. Ik vergelijk het fuchsiaroze op de koffiekop met het roze van haar lippenstift.

Die aanwijzing is wel erg vaag. Wie weet hoe vaak die kop is afgewassen en de lippenstiftatomen gefuseerd zijn met de porseleinmoleculen? En een Tokiose vrouw van de wereld zoals zij heeft genoeg aanbidders om er een zakcomputer mee te vullen. Niet-ontvankelijk verklaard. Lao Tse gromt tegen zijn vidboy. 'Klere-, klere-, *klere*bioborgs. Steeds maar weer.' Ik nip van mijn droesem en zet mijn baseballpetje op. Tijd om mijn maker te gaan zoeken.

□

De hal van het PanOpticon – hol en duister als de buik van een stenen walvis – verzwelgt mij. Pijlen in de vloertegels tasten mijn voeten af en leiden mij naar een vrije receptiecabine. Een deur gaat sissend achter mij dicht en sluit het onderaardse duister in. Een volglicht scant me van hoofd tot voeten en gaat met een piep over de streepjescode van mijn identiteitsplaatje. Een oranjekleurig licht gloeit op en ik word aangestaard door mijn spiegelbeeld. Ik zie er echt fantastisch uit. Overall, baseballpetje, gereedschapskist en klembord. Op het scherm voor me verschijnt een ijzig meisje. Zij is akelig symmetrisch mooi. BEVEILIGING glanst op de badge op haar revers. 'Noem uw naam,' zegt zij met monotone stem, 'en het doel van uw bezoek.' Het verbaast mij dat ze zo menselijk is. Dit is een tijd waarin computers menselijk worden en mensen tot computers. Ik speel de onnozele boerenkinkel. 'Goedemiddag. Mijn naam is Ran Sogabe. Ik ben van De Goudvis Vriend.'

Zij fronst het voorhoofd. Heel goed. Ze is toch menselijk. 'De Goudvis Vriend?'

'Onze reclame niet gezien, mevrouw?' Ik doe een jingle. 'Wij zorgen voor onze gevinde vrienden...'

'Waarom vraagt u toegang tot het PanOpticon?'

Ik doe verbaasd. 'Mevrouw, ik houd het aquarium van Osugi en Kosugi bij.'

'Osugi en *B*osugi.'

Ik kijk op mijn klembord. 'Verrek.'

'Ik scan enkele merkwaardige voorwerpen in uw gereedschapskist.'

'Net geïmporteerd uit Duitsland, mevrouw. Mag ik u voorstellen: de ionenflurocarbkeutelschieter – u weet ongetwijfeld dat een stabiele pH cruciaal is voor een optimaal aquariummilieu. En wij menen de eersten in het land op het gebied van de aquacultuur te zijn die dit kleine wonder gebruiken. Misschien mag ik u een korte...'

'Leg uw rechterhand op de toegangsscanner, meneer Sogabe.'

'Ik hoop dat het kietelt.'

'Dat is uw linkerhand.'

'Neem me niet kwalijk.'

Een korte eeuwigheid verstrijkt voordat een groen GEMACHTIGD knippert.

'En uw toegangscode?'

Ze is waakzaam. Ik knijp mijn ogen halfdicht. 'Even kijken: 313–636–969.'

De ogen van het ijzig meisje knipperen. 'Uw toegangscode is geldig.' Dat mag ook wel. Ik heb de beste freelance meesterhacker van Tokio voor die negen cijfers een vermogen betaald.

'Voor de maand juli. Ik moet u eraan herinneren dat het nu augustus is.'

Vuile krenterige klotehackers. 'Uh, wat eigenaardig.' Ik krab aan mijn kruis om tijd te winnen. 'Dat is de toegangscode die ik van mevrouw' – een vermoeide blik op mijn klembord – 'Akiko Kato, juridisch associée van Osugi en Kosugi heb gekregen.'

'*B*osugi.'

'Hoe dan ook. Maar goed, als mijn toegangscode niet geldig is kan ik ook niet binnenkomen, ja? Jammer. Maar als mevrouw Kato wil weten waarom haar Okinawaanse zilverbladvissen aan uitwerpselvergiftiging zijn gestorven, kan ik haar naar u verwijzen. Hoe zei u dat uw naam was?'

IJsmeisje verhardt. Strebers zijn altijd blufgevoelig. 'Kom morgen terug na correctie van uw toegangscodes.'

Ik puf en schud het hoofd. 'Onmogelijk! Weet u hoeveel vissen ik in mijn rayon heb? Vroeger kon je nog wel eens iets geven en nemen, maar sinds we in de greep zijn van het op totaalkwaliteit gerichte management werken we met een tijdschema van uur tot uur. Eén gemiste afspraak en onze gevinde vrienden krijgen fosfaat te eten. Alleen al door hier nu met u te muggenziften, breng ik negentig Braziliaanse maanvissen op het Centrale Stadskantoor in verstikkingsgevaar. Mevrouw, ik neem het u niet kwalijk, maar voor het aangifteformulier van onze wettelijkeaansprakelijkheidsverzekering moet ik toch echt uw naam hebben.' Ik voer mijn strenge act met de afwachtend zwevende pen op.

IJsmeisje aarzelt.

Ik word wat milder. 'Waarom belt u niet naar de secretaresse van mevrouw Kato? Zij kan mijn afspraak bevestigen.'

'Dat heb ik al gedaan.' Nu zit ik in mijn rats. Als mijn hacker ook mijn schuilnaam fout heeft, ben ik de klos. 'Maar het blijkt dat u een afspraak hebt voor morgen.'

'Juist. Volkomen juist. Mijn afspraak is voor morgen. Maar het ministerie van Visserij heeft gisteravond een waarschuwing voor de hele bedrijfstak doen uitgaan. Een epidemie van zilverbladvis-, uh, ebola, is met een besmette Taiwanese lading ingevoerd. Die verspreidt zich via de luchtwegen, nestelt zich in de kieuwen... weerzinwekkend om te zien. De vissen zwellen op totdat hun ingewanden letterlijk naar buiten puilen. De geleerden werken aan een middel, maar onder ons...'

IJsmeisje kraakt. 'Toegang hulpdienst is voor twee uur verleend. Ga van de receptiecabine naar de turbolift. Wijk niet af van de sensorpijlen in de vloer. De lift gaat automatisch naar Osugi en Bosugi op verdieping eenentachtig.'

'Verdieping eenentachtig, meneer Sogabe,' meldt de lift. 'Ik zal u graag opnieuw van dienst zijn.' De deuren gaan open en een half regenwoud van potplanten en varens wordt zichtbaar. Een vogelhuis vol telefoontoestellen kwinkeleert. Een jonge vrouw neemt achter een ebbenhouten bureau haar bril af en zet een plantensproeier neer. 'Beveiliging zei, meneer Sogabe is in aantocht.'

'Laat me raden! Kazuyo, Kazuyo, heb ik het goed?'

'Ja, maar...'

'Geen wonder dat Ran u zijn PanOpticon-Engel noemt!'

De receptioniste trapt er niet. 'Uw naam is?'

'De hulp van Ran! Joji. Ga me nou niet vertellen dat hij het nooit over mij gehad heeft! Anders doe ik altijd Harajuku, maar deze maand neem ik zijn klanten in Shinjuku voor mijn rekening, vanwege zijn, uh, genitale malaria.'

Haar gezicht zakt. 'Pardon?'

'Heeft Ran dat niet verteld? Nou ja, wie zal het hem kwalijk nemen? De baas denkt dat het alleen maar een zware kou is en daarom heeft Ran zijn naam niet uit het klantenboek geschrapt... Allemaal onder ons, hoor!' Ik glimlach aftastend en kijk om mij heen of er videocamera's zijn. Niet één te zien. Ik kniel, doe mijn gereedschapskist zo open dat het deksel haar het zicht ontneemt en begin mijn geheime wapen in elkaar te zetten. 'Was een hels karwei, zeg, om hier binnen te komen. Kunstmatige intelligentie! Kunstmatige stupiditeit. De kamer van mevrouw Kato is aan het einde van die gang, ja?'

'Ja, maar, luister, meneer Joji, ik moet u om een irisscan vragen.'

'Kietelt dat?' Klaar. Ik doe mijn gereedschapskist dicht en loop met een onnozele grijns en mijn handen achter mijn rug op haar bureau af. 'Waar moet ik kijken?'

Zij draait een scanner naar mij toe. 'In deze lens.'

'Kazuyo.' Ik controleer of we alleen zijn. 'Ran heeft me verteld van, je weet wel – is dat waar?'

'Is wat waar?'

'Je elfde teen?'

'Mijn elfde *wat*?' Op het moment dat zij naar haar voeten kijkt, bekogel ik haar hals met voldoende microschroot van een onmiddellijk werkende tranquillizer om het hele Chinese leger uit te schakelen. Ze zakt voorover op haar schrijfblad. Ik maak, om mezelf een plezier te doen, een woordgrap in de stijl van James Bond.

Ik klop drie keer. 'Mevrouw Kato, De Goudvis Vriend!'

Een raadselachtige stilte. 'Binnen.'

Ik kijk of er geen getuigen in de gang zijn en glip naar binnen. De schuilplaats van Akiko Kato stemt in werkelijkheid nauwkeurig met de versie in mijn verbeelding overeen. Een geblokt tapijt. Een gebogen raam met woelige wolken. Een wand met ouderwetse archiefkasten. Een wand met schilderijen die te zeer van goede smaak getuigen om de blik te kunnen vangen. Tussen twee halvemaanvormige zitbanken staat een enorm, bolvormig aquarium waarin een flottielje Okinawaanse zilverbladvissen rondwaart in een koraalpaleis en een gezonken oorlogsbodem. Negen jaren zijn verstreken sinds ik Akiko Kato voor het laatst heb gezien, maar zij is geen dag ouder geworden. Haar schoonheid is nog even kil en hard. Zij kijkt op vanachter haar bureau. 'U bent niet de gewone vissenman.'

Ik doe de deur op slot en laat de sleutel bij het wapen in mijn zak glijden.

Zij neemt mij op van boven tot onder.

'Ik ben helemaal geen vissenman.'

Zij legt haar pen neer. 'Wat is in *godsnaam* de...'

‘Het is heel eenvoudig. Ik ken uw naam en ooit hebt u de mijne gekend: Eiji Miyake. Ja, *die* Eiji Miyake. Goed. Het is heel lang geleden. Kijk. We hebben het allebei druk, laten we daarom snel terzake komen. Ik ben in Tokio om mijn vader te zoeken. U kent zijn naam en u kent zijn adres. Die gaat u mij beide geven. En *meteen.*’

Akiko Kato knijpt de ogen halfdicht om de gegevens na te lopen. Dan lacht zij. ‘Eiji Miyake?’

‘Daar zie ik het grappige niet van in.’

‘Geen Luke Skywalker? Geen Zax Omega? Denk je nu werkelijk mij met je zielige babbel tot een staat van angstige onderwerping te kunnen reduceren? “Eilandjongen onderneemt gevaarlijke missie om zijn vader, die hij nooit gekend heeft, op te sporen.” Weet je wat er gebeurt met eilandjongens die het niet bij fantasieën laten?’ Zij schudt met geveinsd medelijden het hoofd. ‘Zelfs mijn vrienden noemen mij de giftigste advocaat van Tokio. En jij, jij komt hier binnenvallen in de verwachting mij zo te kunnen intimideren dat ik geheime informatie over een cliënt verschaf? *Asjeblieft!*’

‘Mevrouw Kato.’ Ik haal mijn Walther PK 7.65 mm te voorschijn, laat hem behendig rondtollen en richt hem op haar. ‘U hebt een dossier over mijn vader in deze kamer. Geef dat aan mij. *Asjeblieft.*’

Zij wendt woede voor. ‘Ga je me bedreigen?’

Ik gooi de veiligheidspal los. ‘Ik hoop het. Handen omhoog zodat ik ze kan zien.’

‘Kind, je hebt het verkeerde script te pakken.’ Zij neemt haar telefoon op, die in een plastic supernova explodeert. De kogel ketst af op het kogelvrije glas en slaat in een schilderij van felgele zonnebloemen in. Akiko Kato kijkt met uitpuilende ogen naar de scheur. ‘Barbaar! Je hebt mijn Van Gogh beschadigd! Daar zul je voor boeten!’

‘Dat is meer dan u ooit hebt gedaan. Het dossier. Nu.’

Akiko Kato snauwt. ‘Beveiliging is binnen dertig seconden hier.’

‘Ik ken de elektronische blauwdruk van uw kantoor. Spionbestendig en geluidbestendig. Geen bericht erin, geen bericht eruit. Houd op met dat gebral en geef me het *dossier.*’

‘Je had zo’n mooi leven kunnen hebben, sinaasappelen plukken op Yakushima met je ooms en je grootmoeder.’

‘Ik vraag het niet nog een keer.’

‘Was het maar zo eenvoudig. Maar je vader heeft te veel te verliezen. Als over zijn bastaardhoerenkreng – jij dus – ook maar iets naar buiten komt, betekent dat rode hoofden op hoge posten. Daarom hebben we ten aanzien van de geheimhouding een bescheiden borgstelling geregeld.'

'Dus?'

'Dus, het is wel een aardig zaakje dat jij hier in het honderd wilt laten lopen.'

'Aha. Ik snap het. Als ik mijn vader te zien krijg kunt u hem niet meer chanteren.'

'"Chanteren" is een litigieuze term voor iemand die nog altijd niet de juiste lotion tegen zijn vetpuistjes heeft gevonden. Als advocaat van je vader ben ik gehouden tot discretie. Ooit van discretie gehoord? Het is het verschil tussen nette burgers en criminelen met een handwapen.'

'Zonder dat dossier ga ik deze kamer niet uit.'

'Dan zul je lang moeten wachten. Ik zou een paar broodjes kunnen laten komen, als je mijn telefoon niet kapotgeschoten had.'

Ik heb hier geen tijd voor. 'Oké, oké, misschien kunnen we dit op een meer volwassen manier bespreken.' Ik laat mijn wapen zakken en Akiko Kato permitteert zich een pedant, zegevierend lachje. Het verdovend middel zet zich vast in haar hals. Zij glijdt achterover in haar stoel, zo bewusteloos als de oceaan.

Snelheid, daar gaat het om. Ik schuif de vingerafdrukken van Akiko Kato over die van Ran Sogabe en verschaf mij toegang tot haar computer. Ik rol haar lichaam in de hoek. Niet prettig – ik blijf me ervan bewust dat ze zo dadelijk weer tot leven komt. De diep in de computer opgeslagen documenten zijn versleuteld, maar de vergrendeling van de archiefkasten weet ik op te heffen. MI voor MIYAKE. Mijn naam verschijnt in het menu. Dubbelklik. EIJI. Ik hoor een veelbelovende, mechanische *bons* en een la schuift in het midden van de wand naar buiten. Ik loop de dunne, metalen dossierhouders door. MIYAKE–EIJI–VADERSCHAP. De houder heeft een gouden glans.

'Laat vallen.'

Akiko duwt met haar enkel de deur dicht en richt een Zuvre Lone Eagle .440 op de plek tussen mijn wenkbrauwen. Ik kijk verbijsterd naar de Akiko Kato die nog onderuitgezakt zit in haar stoel. De deur-Kato lacht met een vreemde, brede grijns. Haar tanden zijn bezet met smaragden en robijnen. 'Een bioborg, sufferd!

Een replicant! Heb je *Bladerunner* niet gezien? We zagen je aankomen! Onze spion heeft je in Café Jupiter getraceerd – die oude man voor wie je sigaretten hebt gekocht. Zijn vidboy is een eye-cam met koppeling naar de centrale computer van het PanOpticon. Kniel nu neer – langzaam – en schuif je wapen over de vloer. *Langzaam.* Maak me niet zenuwachtig. Je gezicht wordt op deze afstand met een Zuvre zodanig geklutst dat je eigen moeder je niet meer zou herkennen. Maar dat is ook nooit haar sterkste punt geweest, toch?'

Ik negeer de schimpscheut. 'Onverstandig om een indringer zonder back-up te benaderen.'

'Het dossier van je vader is een zeer gevoelig punt.'

'Uw bioborg heeft dus de waarheid gesproken. U wilt het zwijggeld dat mijn vader u betaalt helemaal voor uzelf houden.'

'Gedragscodes zouden – in plaats van de vraag hoe te voorkomen dat ik een omelet van je maak – niet je grootste zorg moeten zijn.' Terwijl zij haar blik op mij gericht houdt, bukt zij zich om mijn Walther op te rapen. Ik richt de dossierhouder op haar gezicht en gooi de sluitclips los. De boobytrap die in het deksel gemonteerd is, ontploft roodgloeiend in haar gezicht. Zij schreeuwt, ik doe een koprol, haar Zuvre gaat af, er breekt glas, ik spring door de lucht, trap tegen haar hoofd, wring het wapen uit haar hand – het gaat weer af – draai haar rond en sla haar met een uppercut over de halvemaanvormige zitbank heen. Zilverbladvissen gutsen naar buiten en spoelen over het vloerkleed. De echte Akiko Kato ligt bewegingloos. Ik stop de verzegelde map over mijn vader onder mijn overall, ruim mijn gereedschapskist in en ga naar buiten. Zachtjes sluit ik de deur boven de vlek die zich al langzaam vormt op het tapijt in de gang. Ik loop op mijn gemak naar de lift en fluit ontspannen 'Imagine'. Dit was het makkelijke deel. Nu moet ik levend uit het PanOpticon zien te komen.

Loonslaven zijn druk in de weer rond de receptioniste, die nog altijd onderuitgezakt ligt in haar regenwoud. Raar. Waar ik ook kom laat ik een spoor van bewusteloze vrouwen achter. Ik laat de lift naar boven komen. En straal gepaste bezorgdheid uit. Ziekgebouwsyndroom, noemt mijn oom dat. Vissen worden er net zo goed door aangetast, je kunt het geloven of niet. De lift komt, een oude verpleegster stommelt naar buiten en duwt omstanders opzij. Ik stap in en druk op de *close*-knop om weg te wezen voordat nog iemand instapt.

'Niet zo haastig!' Een gepoetste laars wordt tussen de sluitende deuren gedreven en een gespierde veiligheidsman drukt ze uiteen. Hij heeft de gestalte en de neusvleugels van een minotaurus. 'Ground Zero, makker.'

Ik druk op de knop en we beginnen aan onze afdaling.

'Zo,' zegt Minotaurus. 'Jij bent bedrijfsspion, of zo?'

Bloed en adrenaline suizen op vreemde wijze door mijn lichaam. 'Uh?'

Minotaurus houdt zijn gezicht strak. 'Je probeert snel weg te komen, toch? Daarom heb je me daar boven bijna tussen de liftdeuren vastgeklemd.'

O. Grapje. 'Joe.' Ik klop op mijn gereedschapskist. 'Allemaal gegevens van goudvisspionnen.'

Minotaurus spuwt een lachje uit.

De lift vertraagt en de deuren gaan open. 'Na u,' zeg ik, hoewel Minotaurus geen tekenen vertoont dat hij me voor wil laten gaan. Hij verdwijnt door een zijdeur. Pijlen op de vloer voeren mij terug naar een beveiligingscabine. Ik kijk IJsmeisje stralend aan. 'Ik krijg u bij het binnenkomen en ik krijg u bij het weggaan. Dat is de hand van het lot.'

Haar ogen schieten over een scanner. 'Standaardprocedure.'

'O.'

'U hebt uw werk verricht?'

'Volledig, dank u. Weet u, mevrouw, wij van De Goudvis Vriend zijn er trots op te kunnen zeggen dat wij in achttien jaar van zakendoen nog *nooit* een vis door onachtzaamheid zijn kwijtgeraakt. We verrichten altijd een lijkschouwing om de doodsoorzaak te achterhalen. En altijd ouderdom. Of door de cliënt veroorzaakte alcoholvergiftiging in het partyseizoen aan het eind van het jaar. Als u vrij bent, zou ik er bij een etentje meer over kunnen vertellen.'

IJsmeisje vergletsjert me. 'We hebben in het geheel niets met elkaar gemeen.'

'We zijn allebei uit koolstof opgebouwd. Dat is tegenwoordig wel als vaststaand aan te nemen.'

'Als u mijn weerzin wilt wekken om de vraag te voorkomen waarom er een Zuvre .440 in uw gereedschapskist zit, kan ik u zeggen dat uw moeite tevergeefs is.'

Ik ben beroeps. Angst moet wachten. Hoe, *hoe*, heb ik zo stom kunnen zijn? 'Dat is absoluut onmogelijk.'

‘Het wapen staat op naam van Akiko Kato.’

‘Oooh!’ Ik grinnik, maak de kist open en haal het wapen eruit. ‘Dit bedoelt u?’

‘Dat bedoel ik.’

‘Dit?’

‘Dat.’

‘Dit is om, uh...’

‘Ja?’ IJsmeisje reikt naar een alarm.

‘...*dit*!’ Het glas krijgt bloemmotieven bij het eerste schot – alarminstallaties gillen – het glas wordt een netwerk bij het tweede schot – ik hoor gas sissen – het glas breekt bij het derde schot en ik gooi mijn lichaam door het raam – schreeuwen en rennen – tuimelend beland ik op de vloer van de hal vol flitsende pijlen. Mannen en vrouwen bukken verschrikt. Er is aan alle kanten geluid en consternatie. Bewakerslaarzen komen door een zijgang deze kant op stampen. Ik schakel de dubbele veiligheidspal uit, zet de Zuvre op doorlopend plasmavuur, smijt hem in de richting van de bewakers en duik naar de uitgang. Drie seconden tot *overload* geven me niet voldoende tijd en ik word door de explosie van de grond getild, door de draaideur gesmeten en letterlijk over de stoeptreden heen omlaag getold. Een wapen dat zijn gebruiker op kan blazen – geen wonder dat de Zuvre negen weken na de introductie uit productie is genomen. Achter mij is het één grote chaos, rook en sprinklers. Om mij heen consternatie, verkeersongelukken en, wat ik het meest van alles nodig heb, een angstige menigte. ‘Een gek!’ brul ik. ‘Een gek ontsnapt! Granaten! Hij heeft granaten! Bel de politie! We moeten helikopters hebben! Overal helikopters! Meer helikopters!’ Ik wankel weg, het dichtstbijzijnde warenhuis in.

Ik haal het dossier van mijn vader, nog steeds in plastic gewikkeld, uit mijn nieuwe aktetas en leg het moment in gedachten vast voor het nageslacht: 24 augustus, vijf voor half drie, op de achterbank van een bioborgtaxi die de westkant van het Yoyogipark rondt, een hemel zo bevlekt als de futon van een vrijgezel, nog geen vierentwintig uur na aankomst in Tokio. Ik ontdek de ware identiteit van mijn vader. Gaat niet slecht. Ik trek mijn das recht. Ik stel me voor dat Anju naast me met haar benen zwaait. ‘Zie je?’ zeg ik tegen haar, met een klopje op het dossier. ‘Daar is hij. Zijn naam, zijn gezicht, zijn huis, wie hij is, wat hij is. Ik heb het voor mekaar gekregen. Voor ons allebei.' De taxi zwenkt opzij als een ambulance blauwverschuivend op ons afkomt. Met de nagel van een duim scheur ik het zegel open en neem de archiefkaarten eruit. Ik haal diep adem en verre dingen voelen dichtbij.

Kaart één.

De luchtgevoelige inkt is al bezig tot wit te smelten.

◆

Lao Tse bromt tegen zijn vidboy. '*Klere*bioborgs. Steeds maar weer, *verdomme.*' Ik drink grondsop, zet mijn baseballpetje op en maak geestelijk de spieren los. 'Hé, chef,' zegt Lao Tse schor, 'heb je niet toevallig een saffie voor me?' Ik laat hem het lege doosje Mild Seven zien. Hij kijkt me treurig aan. Ik moet toch nieuwe hebben. Ik heb een enerverend gesprek voor de boeg. 'Is er een automaat hier?' 'Daar' – hij knikt – 'tussen die planten. Ik rook altijd Carlton.' Ik moet alweer een biljet van duizend yen aanbreken. Het geld verdampt in Tokio. Ik kan eigenlijk ook nog wel een koffie nemen om mijn adrenaline op te bouwen voordat ik de echte Akiko Kato tegemoet treed. Ik zet nu in plaats van een denkbeeldige Walther PK mijn telepathie in – 'Juffrouw! Jij met de mooiste hals van het hele universum! Houd op met die glazenspoeler leeg te maken, kom naar de bar om mij te bedienen!' Mijn telepathie laat me in de steek vandaag. In plaats van haar krijg ik Douairière. Van zo dichtbij zie ik dat de neusgaten van Douairière haardroger-compatible zijn – genepen spleetjes. Zij knikt stuurs als ik haar voor de koffie bedank, alsof zij de klant is, niet ik. Ik loop langzaam terug naar mijn stoel bij het raam, probeer niet te morsen met mijn drank, maak het pakje Carlton open en zie geen kans om aan mijn wegwerpaansteker een vlammetje te ontlokken. Lao Tse schuift mij een doosje lucifers van een bar – de Mitty – toe. Ik steek mijn sigaret aan, daarna de zijne – hij is bezig met een nieuw spel. Hij pakt hem aan – zijn vingers zijn zo ruw als krokodillenhuid – neemt een haal en stoot de vergenoegde zucht uit die alleen de rokers kennen. 'Hartstikke bedankt, chef. Mijn schoondochter zeurt me aan mijn kop dat ik moet stoppen, maar ik zeg tegen haar, dood ga ik toch, waarom zou ik me met de natuur bemoeien?' Ik maak een vaag instemmend geluid. Die varens zien er te gaaf uit om echt te zijn. Te weelderig en te pluimerig. Behalve duiven, kraaien, ratten, kakkerlakken en advocaten gedijt er niets in Tokio. Ik besuiker mijn koffie, leg mijn theelepeltje op de holle vloeistofspiegel en druppel de koffieroom laaaaaangzaam in de kom van het lepeltje. Pangaea draait rond, blijft ongebroken drijven, valt dan in subcontinenten uiteen. Spelen met koffie is het enige pleziertje dat ik me in Tokio kan permitteren. Al het geld dat ik met werk voor oom Citrus en oom Pachinko bij elkaar heb gespaard, is opgegaan aan de huur van mijn capsule voor de eerste drie maanden, waardoor ik nu opgescheept zit met een kip-en-eiprobleem: als ik niet werk, kan ik niet in Tokio blijven om naar mijn vader te zoeken; maar als ik werk, wanneer moet ik dan naar mijn vader zoeken? *Werk.* Een onbruikbaar woord dat de zon verduistert. Mijn twee verhandelbare talenten zijn sinaasappelen plukken en gitaarspelen. Ik ben minstens vijfhonderd kilometer van de dichtstbijzijnde sinaasappelboom vandaan en ik heb echt nog nooit voor iemand anders mijn gitaar bespeeld. Nu begrijp ik waardoor het loonslavendom wordt voortgedreven. Dit: werken of verzuipen. Tokio maakt je tot een banksaldo met een wrak achter zich aan. De omvang van dat ene getal bepaalt waar het wrak mag wonen, waardoor het wordt gedreven, hoe het zich kleedt, bij wie het in een goed blaadje wil staan, met wie het mag vrijen en trouwen. Of het zich in een goot wast of een bubbelbad. Als mijn huisbaas, de achtenswaardige Buntaro Ogiso, mij bedondert heb ik geen vangnet. Hij lijkt me geen oplichter, maar dat lijken oplichters nooit. Als ik mijn vader spreek – hooguit over enkele weken – wil ik bewijzen dat ik op twee eigen benen sta en niet uit ben op een aalmoes. Douairière slaakt een divazucht. 'Wil je zeggen dat dit de allerlaatste doos met koffiefilters is?'

De serveerster met de volmaakte hals knikt.

Ezel doet mee: 'De allerlaatste?'

'De aller-, allerlaatste,' bevestigt mijn serveerster.

Douairière kijkt hoofdschuddend naar de hemel. 'Hoe kan dat nou?'

Ezel dekt zich in. 'Ik heb donderdag besteld.'

De serveerster met de volmaakte hals haalt de schouders op. 'Een bestelling duurt drie dagen.'

'Ik hoop,' zegt Douairière dreigend, 'dat je deze noodtoestand niet Eriko-san wilt verwijten.'

'En ik hoop dat jij mij niet wilt verwijten dat ik erop wijs dat we tegen vijf uur zonder filters zullen zitten. Ik vond alleen maar dat ik iets moest zeggen.' Impasse. 'Ik zou kleingeld kunnen pakken en er wat gaan halen...'

Douairière kijkt kwaad. 'Ik ben de ploegoudste. Dat soort besluiten worden door *mij* genomen.'

'Ik kan niet,' brengt Ezel jammerend uit. 'Ik heb vanochtend mijn haar laten permanenten, ja, en het kan elk moment gaan gieten.'

Douairière wendt zich weer tot de serveerster met de volmaakte hals. 'Ik wil dat je een doos filters gaat halen.' Zij pingelt de kassa open en pakt een biljet van vijfduizend yen. 'Bewaar de bon en breng precies het wisselgeld mee terug. Die bon is heel belangrijk, anders komt door jou mijn hele boekhouding in de war.'

De serveerster met de volmaakte hals trekt haar rubberhandschoenen en haar schort uit, pakt een paraplu en gaat zonder een woord naar buiten.

Douairière knijpt haar ogen halfdicht. 'Dat dametje heeft een gedragsprobleem.'

'Rubberhandschoenen, zeg!' Ezel doet 'ts ts'. 'Alsof ze een model voor handcrème is.'

'Die studenten zijn tegenwoordig zo verwend. Wat studeert ze eigenlijk?'

'Snobologie.'

'Ze heeft het hoog in haar bol.'

Ik zie haar bij de verkeerslichten wachten om Omekaido Avenue over te kunnen steken. Het weer van Tokio is buitenaards. Nog ovenheet, maar met een donker wolkendak dat elk ogenblik onder het gewicht van de regen kan bezwijken. De wachtende voetgangers op het eiland in het midden van Kita Street voelen het. De twee jonge vrouwen die het reclamebord bij Nero's Pizza Emporium bekijken, voelen het. Het bataljon bejaarden voelt het. Dollekervel, nachtegalen, e mineur – donnnnnnnnnder! Buikduikdonnnnnnnnnder, plukken op een basgitaar met losse snaren. Anju hield van de donder, onze verjaardag, boomtoppen, de zee en mij. Als het onweerde flikkerde haar koboldgrijns. Regendruppels worden gehoord – shhhhhhhhh – voordat regendruppels worden gezien – shhhhhhhhh – laten spookbladeren trillen – bespikkelen het wegdek, kletteren op autodaken, roffelen op zeildoek. Mijn serveerster maakt een grote rood-blauw-gele paraplu open. De lichten springen op groen en de voetgangers spuiten naar een beschutte plek, schuilen onder ondoelmatige tenten van jasjes of kranten. 'Die wordt drijfnat,' zegt Ezel, bijna opgetogen. De overkant van Omekaido Avenue wordt door de woeste regen uitgewist. 'Drijfnat of niet, we hebben koffiefilters nodig,' antwoordt Douairière. Mijn serveerster verdwijnt. Ik hoop dat zij ergens kan schuilen. Café Jupiter loopt vol met vakantievluchtelingen die lief zijn voor elkaar. Het weerlicht laait op en de lichten van Café Jupiter verzwakken in contrapunt daarmee. De vluchtelingen doen allemaal van 'Woooooooo!' Ik pak een lucifer en steek nog een Carlton op. Ik kan Akiko Kato pas te lijf gegaan als dit onweer over is. Als ik in haar werkkamer sta te druipen ben ik even imposant als een doorweekte woestijnrat. Lao Tse grinnikt, verslikt zich en hapt naar adem. 'Nou, nou, ik heb het sinds 1971 niet meer zo zien regenen. Moet het einde van de wereld zijn. Ik heb het aan zien komen op de teevee.'

□

Een uur later en de kruising Kita Street/Omekaido Avenue is een bruisende samenloop van onstuimige rivieren. De regen is onvoorstelbaar. Zelfs op Yakushima hebben we nooit zo'n zware regen. De vakantiestemming is vervlogen en de bezoekers gaan onder doem gebukt. De vloer van Café Jupiter staat onder water, we zitten allemaal op krukken, toonbanken en tafels. Buiten komt het verkeer tot stilstand en begint onder het schuimende water te verdwijnen. Een gezin van zes mensen zit bijeengekropen op het dak van een taxi. Een baby huilt en wil niet stoppen. De bezoekers worden door groepsdynamica tot een eenheid gesmeed en er wordt gepraat over verhuizen naar een hogere verdieping, blijven zitten waar je zit, marinehelikopters, El Niño, in bomen klimmen, een invasiemacht uit Noord-Korea. Ik steek nog een Carlton op en zeg niets: te veel kapiteins zetten het schip op de berg. Het taxigezin is tot drie gereduceerd. Voorwerpen die niet over water vervoerd behoren te worden, tollen voorbij. Iemand heeft een radio, maar krijgt hem alleen maar op een woeste atmosferische storing afgesteld. De vloedgolf kruipt tegen het raam omhoog – hij is nu bij het middenmerk. Verzwolgen brievenbussen, motorfietsen, verkeerslichten. Een krokodil zet koers naar het raam en geeft een snuitstoot tegen het glas. Niemand gilt. Ik wou dat iemand het deed. Er trilt iets in zijn mondhoek – een hand. Zijn oog kijkt ons taxerend aan en kiest mij uit. Ik ken dat oog. Het fonkelt en het dier glijdt zijdelings weg met een slag van zijn staart. 'Tokio, Tokio,' kakelt Lao Tse. 'Als het geen brand is, is het wel een aardbeving. Als het geen aardbeving is, zijn het wel bommen. Als het geen bommen zijn, is het wel een overstroming.' Douairière kraait vanaf haar roest: 'Het is tijd om te evacueren. Dames en baby's eerst.' 'Evacueren waarheen?' vraagt een man in een gore regenjas. 'Eén stap naar buiten en je wordt door de stroom meegesleurd tot voorbij Guam!' Ezel roept vanaf de veiligste plek die er is, de plank met koffiefilters: 'Als we binnen blijven verdrinken we!' De zwangere vrouw voelt aan haar bobbel en fluistert: 'O nee, niet nu, niet nu.' Een priester herinnert zich zijn drankprobleem en neemt een slok uit zijn heupfles. Lao Tse bromt een zeemansliedje. De huilende baby houdt niet op. In de meest woeste ader van de stroom zie ik een paraplu voorbijschieten, een roodblauw-gele paraplu, gevolgd door mijn serveerster, stijgend, dalend, wild zwaaiend en naar adem snakkend. Ik denk niet. Ik spring op het raamkozijn en doe het bovenraam open, dat nog altijd boven water is. 'Niet doen,' roepen de vluchtelingen in koor, 'het is een gewisse dood!' Ik frisbee mijn baseballpetje naar Lao Tse. 'Daar kom ik voor terug.' Ik trap mijn sportschoenen uit, werk me door het raam en – de stroom is een mythische kracht die mij ranselt, onderdompelt en drijvend houdt, onbarmhartig in zijn vaart. In het licht van de bliksems herken ik de Tokyo Tower, tot aan zijn middel in de vloed. Kleinere gebouwen zinken terwijl ik voorbijgesleurd word. Het dodencijfer moet in de miljoenen lopen. Alleen het Pan-Opticon, oprijzend in het hart van de tornado, lijkt buiten gevaar. De zee rijst en daalt, de wind huilt, een orkest van krankzinnigen. Soms zijn de serveerster en de paraplu dichtbij, soms ver weg. Juist als ik denk dat ik me niet langer drijvend zal kunnen houden, zie ik de serveerster in het bootje van haar paraplu mijn kant op peddelen. 'Wat ben je een fantastische redder,' zegt zij en grijpt mijn hand. Ze glimlacht, kijkt naar iets achter mij en onuitsprekelijke angst tekent zich af op haar gezicht. Ik draai mij om en zie het krokodillenkeelgat naderen. Ik ruk mijn hand uit de hare en duw de paraplu zo hard als ik kan van mij af, draai mij om en zie mijn dood in de ogen. 'Nee!' schreeuwt mijn serveerster toepasselijk. Ik ben sterk en stil. De krokodil rijst en duikt, duwt zijn dikke lichaam in het water tot zijn staart verdwijnt. Probeerde hij mij alleen maar bang te maken?

'Gauw,' roept mijn serveerster, maar tanden met weerhaken klemmen zich om mijn rechtervoet en trekken mij onder water. Ik stomp tegen de krokodil, maar had evengoed een ceder kunnen belagen. Omlaag, omlaag, omlaag. Ik trap en spartel, maar bereik alleen dat de bloedwolken uit mijn doorboorde kuit nog dikker worden. We komen op de bodem van de Stille Oceaan. Die is ernstig verstedelijkt – dan valt mij in dat de krokodil mij per se vóór Café Jupiter wil verdrinken om aan te tonen dat amfibieën gevoel voor ironie hebben. De klanten en vluchtelingen kijken toe, machteloos van angst. Het onweer is blijkbaar voorbij, want aan alle kanten is er zwembadblauw en tapdanslicht en ik zou zweren dat ik 'Lucy in the Sky with Diamonds' hoor. De krokodil kijkt mij met Akiko Kato-ogen aan, alsof ik het wel grappig vind dat mijn gezwollen lichaam in een holte wordt gestopt om de komende weken als tussendoortje te dienen. Ik word lichter naarmate ik verslap. Ik zie dat Lao Tse mijn laatste Carlton bietst en mijn petje op zijn hoofd zet. Dan doet hij alsof hij zich in een oog prikt en wijst vervolgens naar de krokodil. Een idee komt bovendrijven. Mijn huisbaas heeft me gisteren mijn sleutels gegeven – die voor het rolluik aan de voorgevel is zeven centimeter lang en zou als een minidolk kunnen dienen. Het is niet eenvoudig om tot binnen de aanvalszone te kronkelen, maar de krokodil doet een dutje en merkt niet dat ik de sleutel tussen zijn oogleden plaats en de scherpe punt erin ram. Persen, pletten, spuiten. Krokodillen gillen, zelfs onder water. De kaken scharen uiteen en het monster gaat woest spartelend in spiralen weg. Lao Tse beeldt applaus uit, maar ik heb al drie minuten lang geen lucht meer gekregen en de oppervlakte is vreselijk ver weg. Ik trappel uitgeput naar boven. Stikstof bruist in mijn hersenen. Ik vlieg langzaam en de oceaan zingt. Met het hoofd boven water zie ik mijn serveerster, die mij zoekt vanaf de walvisrots, trouw tot het laatst, haren slierten in het wad. Nog éénmaal ontmoeten onze blikken elkaar, dan, overweldigd door de schoonheid van mijn eigen dood, zak ik in trage, trieste cirkels naar beneden.

Als de eerste rode lichtstraal het slot van de dageraad ontsluit, steken de priesters van Yasukuni mijn sandelhouten lijkstapel aan. Mijn uitvaart is de meest majestueuze sinds mensenheugenis en de hele natie is in rouw verenigd. Bij Kudanshita wordt het verkeer omgeleid om tienduizenden de gelegenheid te geven de laatste eer te bewijzen. De vlammen lekken aan mijn lichaam. Ambassadeurs, verschillende familieleden, staatshoofden, Yoko Ono in het zwart. Mijn lichaam staat in lichterlaaie als de zon de dag wijd openbreekt. Zijne Keizerlijke Majesteit wenste mijn ouders te bedanken, zodat zij voor het eerst in bijna twintig jaar verenigd zijn. De journalisten vragen hun hoe zij zich voelen, maar beiden zijn te geëmotioneerd om antwoord te kunnen geven. Zo'n opzichtige plechtigheid heb ik nooit gewild, maar goed, heldendom is heldendom. Mijn ziel gaat met mijn as omhoog en hangt tussen de televisiehelikopters en de duiven. Ik rust op de reusachtige toripoort, die breed genoeg is om een slagschip door te laten, en geniet van het nieuwe zicht dat de dood verschaft op mensenharten.

'Ik had die twee nooit moeten verlaten,' denkt mijn moeder.

'Ik had die drie nooit moeten verlaten,' denkt mijn vader.

'Ik ben benieuwd of ik zijn waarborgsom kan houden,' denkt Buntaro Ogiso.

'Ik heb hem niet eens naar zijn naam gevraagd,' denkt mijn serveerster.

'Ik wou dat John nu hier was,' denkt Yoko Ono. 'Hij zou een requiem schrijven.'

'Rotjoch,' denkt Akiko Kato. 'Een goudmijn voor het leven komt tot een voortijdig einde.'

◆

Lao Tse grinnikt, verslikt zich en hapt naar adem. 'Nou, nou, het heeft sinds 1971 niet meer zo geregend. Moet het einde van de wereld zijn. Ik heb het aan zien komen op de tv.' Maar hij heeft het nog niet gezegd of de stortbui draait zichzelf dicht. De zwangere vrouwen lachen. Ik denk aan hun baby's. Wat zien baby's in gedachten, zo negen maanden in die zak? Kieuwen, moerassen, slagvelden? Voor mensen in een baarmoeder moeten verbeelding en werkelijkheid één en hetzelfde zijn. Buiten turen voetgangers aarzelend omhoog, keuren de regen met hun vlakke hand. Paraplu's gaan dicht. Toneeldecors met wolken worden opgerold. De deuren van Café Jupiter knarsen open en mijn serveerster komt terug, zwaaiend met een zak. 'Je had wel even nodig,' moppert Douairière. Mijn serveerster zet de doos met filters op de toonbank. 'Rijen in de supermarkt. Het duurde eindeloos.' 'Heb je de donder gehoord?'

vraagt Ezel en ik vermoed dat ze niet zo kwaad is, alleen maar slap onder invloed van Douairière. 'Natuurlijk heeft ze die gehoord!' snuift Douairière. 'Mijn tante Otane heeft de donder gehoord en die is al negen jaar dood.' Ik wil wedden dat Douairière met het testament heeft geknoeid en tante Otane van de trap heeft geduwd. 'Bon en wisselgeld graag. Ik sta bij het hoofdkantoor bekend als een voorbeeldige boekhouder en ik heb geen zin om mijn reputatie te laten bederven.' Mijn serveerster geeft haar de bon en een stapeltje munten. Onverstoorbaarheid is een machtig wapen in haar handen. De klok zegt half drie. Met een tandenstoker teken ik pentagrammen in mijn asbak. Ik bedenk dat ik, voordat ik naar haar kamer ga, toch minstens nog moet checken of Akiko Kato in het PanOpticon is – als ik langs haar secretaresse struin om dan op haar computerscherm alleen maar een Post-It-sticker met 'Donderdag terug' te vinden, sta ik totaal voor gek. Ik heb het naamkaartje van mevrouw Kato in mijn portefeuille. Dat heb ik op mijn elfde, van plan om aan voodoo te gaan doen en dat als totem te gebruiken, uit het brandvrije kistje van mijn grootmoeder gepikt. AKIKO KATO. ADVOCAAT. OSUGI & BOSUGI. Dit adres in Shinjuku en het telefoonnummer. Mijn hartslag wordt al sneller. Ik maak een afspraak met mezelf – één ijskoffie, één laatste Carlton, dan ga ik bellen. Ik wacht tot mijn serveerster bij de bar is en loop erheen om mijn koffie en haar zegen in ontvangst te nemen. 'Glazen!' roept Douairière, zo vinnig dat ik ten onrechte denk dat ze het tegen mij heeft. Ezel komt naar de bar en mijn meisje gaat weer naar de spoelbak. Ik loop het risico op een overdosis cafeïne, maar het staat raar als ik nu verander van gedachten. 'Eén ijskoffie, alstublieft.' Ik wacht totdat Lao Tse weer vermoord wordt door de bioborgs en ruil een Carlton voor een lucifer. Ik probeer een amandelschilfer doormidden te breken, maar hij blijft steken onder mijn nagel.

'Goedemiddag. Osugi en Bosugi.'

Ik probeer een dosis autoriteit in mijn stem te injecteren. 'Ja-a...' Mijn stem piept alsof mijn ballen nog steeds in puberale vrije val zijn. Ik bloos, doe alsof ik moet kuchen en begin vijf octaven lager opnieuw. 'Is Akiko Kato vandaag op de zaak, ja?'

'Wilt u haar spreken?'

'Nee. Ik wil weten of... ja. Ja, graag.'

'Ja wat, meneer?'

'Kunt u mij alstublieft met mevrouw Akiko Kato verbinden. Alstublieft.'

'En mag ik vragen met wie ik spreek, meneer?'

'Is zij, uh, vandaag dan op de zaak?'

'Mag ik vragen met wie ik spreek, meneer?'

'Dit is een' – ramp – 'vertrouwelijk gesprek.'

'U kunt rekenen op de uiterste discretie, meneer, maar ik moet u vragen met wie ik spreek.'

'Mijn naam, uh, is Taro Tanaka.' Waardelozer naam bestaat er niet. Sufferd.

'Meneer Taro Tanaka. Juist. Mag ik u vragen waar het over gaat?'

'Bepaalde juridische, uh, kwesties.'

'Kunt u misschien iets gedetailleerder zijn, meneer Tanaka?'

'Uh. Nee. Nou nee.'

Een trage zucht. 'Mevrouw Kato is op dit moment met de eerstaanwezende partners in bespreking, ik kan haar nu dus niet vragen om u te woord te staan. Maar als ik u uw nummer en uw firma mag vragen en een kleine indicatie van waar het over gaat, kan ik haar vragen of zij u later op de dag terug wil bellen.'

'Natuurlijk.'

'Uw firma dan, meneer Tanaka?'

'Uh...'

'Meneer Tanaka?'

Ik verzuip en hang op.

Een 6 min voor stijl. Maar ik weet nu dat Akiko Kato loert in haar web. Ik tel zevenentwintig verdiepingen van het PanOpticon voordat ik bij de wolken ben. Akiko Kato, ik pak je in. Je hebt nog minder dan dertig minuten te leven met Eiji Miyake als slechts een mistige herinnering aan een mistig, bergachtig eiland voor de zuidelijke uitloper van Kyushu. Zie je wel eens een ontmoeting met mij in gedachten voor je? Of ben ik alleen maar een naam op bepaalde documenten? De ijsbergen in mijn koffie smelten en rinkelen. Ik giet de kannetjes siroop en room erin leeg en kijk hoe de vloeistoffen kolken en door elkaar lopen. De zwangere vrouwen vergelijken babybladen. Mijn meisje gaat van tafel naar tafel om de asbakken te legen in een emmer. *Kom hier, maak de mijne leeg.* Zij doet het niet. Douairière is aan de telefoon, een en al glimlach. Mijn aandacht wordt getrokken door een man die Kita Street oversteekt: ik durf te zweren dat ik één minuut geleden diezelfde man diezelfde straat zag oversteken. Ik richt mijn blik op hem, volg zijn voortgang door de over plassen springende menigte. Hij steekt over, wacht dan tot het mannetje groen wordt. Hij steekt Omekaido Avenue over, wacht tot het mannetje groen wordt. Dan steekt hij Kita Street weer over. Hij wacht en steekt opnieuw Omekaido Avenue over. Ik zie hem een, twee, drie keer het circuit afleggen. Een privé-detective, een bioborg, een gek? De zon kan nu elk ogenblik door het wolkendek schuren. Ik por mijn rietje door het ijs en zuig. Mijn blaas valt niet langer te negeren. Ik kom overeind, loop naar de deur van het toilet, draai aan de kruk – dicht. Ik krab op mijn achterhoofd en ga gegeneerd terug naar mijn stoel. Als de gebruiker – een kantoormevrouw – eruit komt, wend ik mijn blik af om te voorkomen dat zij mij aanziet voor degene die aan haar toiletkruk heeft gerammeld en verspeel daardoor mijn beurt aan een ingetogen meisje in het uniform van een middelbare school dat een kwartier later, in minirok en tietenband met zuurstokstrepen, als een natte droom te voorschijn komt. Ik sta op, maar nu duikt een moeder met haar kind vlak voor mij naar binnen. 'Noodgeval!' giechelt de moeder tegen me en ik glimlach begripvol. Zit ik in zo'n droom dat je verder weg bent naargelang je dichterbij komt? 'Hé,' schreeuwt mijn blaas, 'zorg dat je je zaakjes voor elkaar krijgt, en gauw, of ik sta niet voor de gevolgen in!' Ik blijf bij de deur staan en probeer aan zandduinen te denken. Weer zo'n Tokiose vicieuze cirkel – om naar een toilet te kunnen moet je iets drinken, waardoor je blaas gevuld wordt. Op Yakushima zoek ik gewoon een boom om achter te pissen. De moeder en het kind komen eindelijk naar buiten en ik ben zover dat ik naar binnen kan. Ik houd mijn adem in en worstel met het haakje van de deur. Ik til het deksel op en pis drie koffies uit. Ik raak in ademnood en moet inademen – stank blijkt mee te vallen, welbeschouwd. Urine, margarine, chemische lavendel. Het lijkt me toch beter om de rand maar af te vegen. Een wasbak, een spiegel, een leeg zeepvat. Ik knijp in een paar mee-eters en probeer onder verschillende hoeken mijn spiegelbeeld uit: ik, Eiji Miyake, Tokioot. Trappen ze daarin of slaat, zoals ik vrees, elke lach, elke miauw en elke steelse blik op mij? Een goeie acnedag. Is mijn Kyushu-bruin al aan het slijten? Mijn spiegelbeeld doet het aankijkspelletje. Het wint en ik wend mijn blik als eerste af. Ik begin te werken aan een vulkaanketen van mee-eters. Iemand buiten klopt en morrelt aan de deurkruk. Ik woel mijn gegelde haar naar achteren en frunnik de deur open.

□

Het is Lao Tse. Ik mompel een verontschuldiging omdat ik hem heb laten wachten en besluit zonder verder uitstel de aanval op het PanOpticon in te zetten. Op dat moment maakt Akiko Kato met grote passen een doorsteek door de voorgrond. In levenden lijve, uitgerekend hier, uitgerekend nu, met slechts vijf millimeter glas en één meter lucht, max, tussen ons in. Juist als ik alle hoop heb laten varen, doet zich mijn felbegeerde toeval voor. In slo-mo draait zij haar hoofd, kijkt me recht aan en loopt door. Ongeloof brengt me kortstondig uit balans. Akiko Kato beent naar het kruispunt waar de mannetjes groen worden bij haar komst. In mijn fantasie was zij niet ouder geworden, in werkelijkheid wel, maar mijn geheugen is verrassend accuraat. Verborgen sluwheid, adelaarsneus, kille schoonheid. *Gaan!* Ik wacht op het openknarsen van de deuren, hol naar buiten en...

Baseballpetje, sufferd!

Ik duik Café Jupiter weer in, pak mijn petje en race naar het kruispunt, waar de groene mannetjes al knipperen. Na twee uur airco voel ik mijn huid knisperen en ploffen in de middaghitte. Akiko Kato is al op de verre kust beland – ik waag het erop en ren, spring over de strepen en de plassen. De donormotoren geven gas en schieten naar voren, het oversteekmannetje is rood, ik krijg een kwade toeter van een bus, maar bereik de verre oever zonder af te glijden van een motorkap. Mijn prooi is al bij de stoeptreden van het PanOpticon. Ik schiet stroomopwaarts door de massa, pluk verwensingen uit mensen en strooi met excuses – als zij eenmaal binnen is, heb ik mijn kans verspeeld om haar op neutraal terrein te spreken. Maar Akiko Kato gaat niet bij het PanOpticon naar binnen. Zij loopt door naar station Shinjuku – ik zou haar in moeten halen en staande houden, maar krijg ineens het gevoel dat aanspreken op straat haar minder, niet méér, ontvankelijk voor mijn zaak zal maken. Ik vraag haar tenslotte om een dienst. Zij zou kunnen denken dat ik haar stalk – en daar gelijk in hebben. Wat als ze me verkeerd begrijpt voordat ik iets uit kan leggen? Wat als ze 'Aanrander!' begint te gillen? Maar ik kan haar ook niet zomaar laten opgaan in de massa. Ik volg haar dus op veilige afstand en houd mij voor dat zij het gezicht van de volwassen Eiji Miyake niet kent. Zij draait zich niet om, niet één keer – en waarom zou ze ook? We lopen onder een rij droogdruppende, schriele bomen door. Akiko Kato gooit haar lange haar naar achteren en zet een zonnebril op. Een tunnel voert ons onder spoorrails door en in fel zonlicht komen we in Yasukuni Street, vol mensen en verkeer, met huis aan huis bistro's en winkels voor mobiele telefoons waaruit gitaarriedels schallen. Iemand volgen is moeilijk in het echte leven. Ik stoot mijn scheen aan een fiets. De zon gaat met zijn beregende lens als een stoomstrijkijzer door de straat. Zweet plakt mijn T-shirt aan mijn huid. Akiko Kato slaat na een winkel die negenennegentig verschillende smaken ijs verkoopt een hoek om en duikt een zijstraat in. Ik hak me een weg door een oerwoud van vrouwen voor een boetiek en ga haar achterna. Geen zon, vuilnisbakken op wieltjes, brandtrappen. Een filmset in Chicago. Zij blijft staan voor wat een bioscoop blijkt te zijn en draait zich om om zich ervan te vergewissen dat niemand haar gevolgd heeft – ik versnel mijn pas, alsof ik enorme haast heb. Ik vermijd haar blik en draai, om mijn gezicht te verbergen, in het voorbijgaan mijn baseballpetje langzaam rond. Als ik terugloop is Akiko Kato in de Ganymede Cinema verdwenen. Het gebouw heeft aanzienlijk betere tijden gekend. Vandaag draait de film *PanOpticon*. De affiche – een rij schreeuwende Russische poppetjes – maakt me niets wijzer over de film. Ik aarzel. Ik wil een sigaret, maar ik heb mijn pakje in Café Jupiter laten liggen en doe het dus met een champagnesnoepje. De film begint over tien minuten. Ik ga naar binnen, duw eerst tegen de deur, in plaats van eraan te trekken. De lege hal wemelt van psychedelisch tapijt. Ik heb geen erg in de drempel, struikel en verzwik zowat mijn enkel. Het is één en al kitscherige glitter en plamuurgeur. Een treurige kroonluchter gloeit bruinig. Een vrouw achter de kassa legt duidelijk geërgerd haar borduurwerk neer. '*Ja?*'

'Is dit, uh, de bioscoop?'

'Nee. Dit is het slagschip Yamato.'

'Ik ben klant.'

'Leuk voor u.'

'Uh. De film? Waar, uh, gaat hij over?'

Zij steekt een draad door het oog van een naald. 'Ziet u een bordje op mijn balie met "Samenvatting Hier Verkrijgbaar"?'

'Ik wou alleen...'

Zij zucht alsof ze met een debiel te maken heeft. 'Ziet u wél of niet een bordje op mijn balie met "Samenvatting Hier Verkrijgbaar"?'

'Nee.'

'En waarom denkt u, als ik u vragen mag, dat zo'n bordje er niet is?'

Ik zou haar neerschieten als ik mijn Walther PK niet in mijn laatste fantasie had laten liggen. Ik zou weg moeten lopen maar ik weet dat Akiko Kato hier ergens in het gebouw is. 'Eén kaartje, graag.'

'Duizend yen.'

Daar gaat mijn budget voor de hele dag. Ze geeft mij een bonnetje. Her en der liggen klonten pleisterkalk. Normaal gesproken had deze tent al tientallen jaren buiten bedrijf moeten zijn. Zij keert terug tot haar borduurwerk en laat mij over aan de genade van een bordje met ☞ ZAAL DEZE KANT – DE DIRECTIE STELT ZICH NIET AANSPRAKELIJK VOOR ONGEVALLEN OP DE TRAP ☞. De trap gaat onder een hoek van negentig graden naar beneden. De geverniste muren hangen vol met filmaffiches. Ik herken er niet één. Van elke trede denk ik dat het de laatste is, maar dat is het nooit. Het publiek wordt vriendelijk verzocht zich in geval van brand rustig te laten blakeren. Wordt het warmer? Ineens ben ik op de bodem. Ik ruik bittere amandelen. Een vrouw met de geschoren, gekneusde schedel van een chemotherapiepatiënt verspert mij de weg. Als ik haar aankijk, zie ik dat haar oogkassen volkomen leeg zijn. Ik schraap mijn keel. Zij verroert zich niet. Ik probeer mij langs haar heen te wringen, maar haar hand schiet uit. Haar wijs- en middenvingers en haar ringvingers en pinken zijn aaneengegroeid tot hoeven. Ik probeer niet te kijken. Zij pakt mijn kaartje en verscheurt het. 'Popcorn?'

'Ik wacht nog even, dank u.'

'U houdt niet van popcorn?'

'Ik, uh, ben niet zo met popcorn bezig.'

Zij overdenkt mijn uitspraak. 'U weigert dus toe te geven dat u niet van popcorn houdt.'

'Popcorn is niet iets waar ik van houd of niet van houd.'

'Waarom speelt u dit soort spelletjes met mij?'

'Ik speel geen spelletjes. Ik heb net zwaar geluncht. Ik wil niets eten.'

'Ik vind het onprettig als u liegt.'

'U ziet mij waarschijnlijk per vergissing voor een ander aan.'

Zij schudt het hoofd. 'Vergissingen komen nooit zo ver omlaag.'

'Oké, oké, ik neem wat popcorn.'

'Onmogelijk. Is er niet.'

Ik snap iets niet. 'Waarom hebt u mij die dan te koop aangeboden?'

'Denk na. Dat heb ik niet. Wilt u de film zien of niet?'

'Ja.' Dit begint irritant te worden. 'Ik wil de film zien.'

'Waarom verknoeit u dan mijn tijd?' Zij houdt het gordijn open. De steil hellende zaal heeft een bevolkingsaantal van precies drie. Op de voorste rij herken ik Akiko Kato. Naast haar zit een man. Bij het zijvak zit een tweede man in een rolstoel, ogenschijnlijk dood: zijn nek is naar achteren geknakt, zijn kaak hangt naar beneden, zijn hoofd is uit de voegen getild en hij is volkomen roerloos. Ik volg zijn blik naar de nachtelijke hemel die op het dak van de bioscoop is geschilderd. Ik sluip door het middenpad, in de hoop zo dichtbij het paar te komen dat ik het af kan luisteren. Uit de projectiecabine komt een harde knal en ik duik weg. Een schot of een ondeskundig opengemaakte zak met chips. Akiko Kato noch haar metgezel draait zich om – ik kruip verder tot op een paar rijen achter hen. Het licht wordt langzaam gedoofd, het gordijn gaat omhoog en er verschijnt een rechthoek van flikkerend licht. Een reclame voor een rijschool: die is ofwel heel oud, of de school wil alleen maar leerlingen met een zwak voor kleding en kapsel uit de jaren zeventig. De soundtrack is de song 'YMCA'. Daarna een reclame voor een plastische chirurg, Apollo Shigenobo geheten, die op al zijn klanten een permanente grijns aanbrengt. Ze zingen over gelaatscorrecties. In de bioscoop van Kagoshima ben ik altijd blij met de 'Binnenkort in dit theater'-trailers – het bespaart je de moeite om die films te gaan zien – maar hier is er niet één. Een titanium stem kondigt de film *PanOpticon* aan, van een regisseur van wie ik de naam nooit uit zal kunnen spreken, winnaar van een filmfestival in een stad waarvan ik op geen stukken na zou weten op welk continent die ligt. Geen titels, geen muziek. Meteen erin.

Een autobus baant zich in een winterse zwart-witte stad een weg door de menigte. Een passagier van middelbare leeftijd kijkt. Dwarrelende sneeuw, krantenverkopers in oorlogstijd, politiemannen die een zwarthandelaar slaan, holle gezichten in lege winkels, het geblakerde geraamte van een brug. Bij het uitstappen vraagt de man de weg aan de chauffeur – hij krijgt een knikje naar een enorme muur die de hemel aan het zicht onttrekt. De man loopt langs de onderkant, op zoek naar de ingang. Kraters, kapotte spullen, wilde honden. Cirkelvormige puinhopen met een langharige gek die praat tegen een vuur. De man vindt tenslotte een houten deur. Hij bukt en klopt. Geen antwoord. Hij ziet een blikje hangen aan een stuk touw dat in het metselwerk verdwijnt en praat daarin. 'Is daar iemand?' De ondertitels zijn in het Japans, de gesproken taal is een en al gesis, geslis en gekraak. 'Ik ben dokter Polonski. Ik heb een afspraak met directeur Bentham.' Hij zet het blikje aan zijn oor en hoort verdrinkende zeelieden. De deur gaat automatisch open en leidt naar een troosteloze voorhof. De dokter stapt er gebukt doorheen. Vreemd gezang wordt aangevoerd door de wind. 'Padman, om u te dienen, dokter.' Een heel kleine man richt zich op en dokter Polonski deinst achteruit. 'Deze kant op, alstublieft.' Knarsende sneeuw. Bezwerende koren wervelen omhoog, dalen neer en stijgen weer op. Sleutels rinkelen aan Padmans koppel. Langs kaartende wachters, door een doolhof van kooien. 'Uw bestemming,' kwaakt hij. De dokter knikt afgemeten, buigt stijfjes en gaat een sjofel kantoor binnen.

'Dokter!' De gevangenisdirecteur is haveloos en dronken. 'Gaat u toch zitten.'

'Dank u.' Dokter Polonski stapt voorzichtig – de vloer is niet alleen kaal, ook is de helft van de planken verdwenen. De dokter gaat op een stoeltje zitten. De directeur maakt foto's van een pinda in een groot glas met vloeistof. Directeur Bentham legt uit: 'Ik schrijf een verhandeling over het gedrag van borrelhapjes in een brandysoda.'

'Werkelijk?'

De directeur kijkt op zijn stopwatch. 'Wat mag het voor u zijn, dokter?'

'Niet als ik in functie ben. Dank u.'

De directeur laat de laatste druppel uit zijn cognacfles in een eierdopje vallen en ontdoet zich van de fles door hem tussen de vloerdelen te werpen. Gerinkel en een verre schreeuw. 'Chin chin!' De directeur slaat zijn eierdopje achterover. 'Mijn beste dokter, ik wil de zak niet voor u opblazen. De zaak bedoel ik, de zaak. Onze eigen dokter Koenig is vlak voor Kerstmis aan de tering overleden en met de oorlog in het oosten en wat niet al hebben we nog altijd geen vervanging. Gevangenissen zijn in oorlogstijd niet nummer één, behalve dan voor het onderbrengen van politieke gevangenen. We hadden zulke hooggespannen verwachtingen. Een utopische gevangenis, om de geestelijke vermogens van de gevangenen te bevorderen zodat zij zich door verbeeldingskracht zouden kunnen bevrijden. Om...'

'Meneer Bentham,' valt dokter Polonski in de rede. 'De zaak?'

'De zaak is' – de directeur buigt zich voorover – 'het probleem-Voorman.'

Polonski verschuift op zijn kleine stoel, bevreesd dat hij de cognacfles achterna zal gaan. 'Voorman is een gevangene hier?'

'Inderdaad, dokter. Voorman is de gevangene die beweert dat hij God is.'

'God.'

'Ieder het zijne, zeg ik, maar hij heeft de gevangenisbevolking zover gekregen dat die zijn waandenkbeelden deelt. We hebben hem geïsoleerd, maar zonder vrucht. U hebt het zingen gehoord toen u binnenkwam? De psalm van Voorman. Ik vrees ordeverstoringen, dokter, oproer.'

'Ik zie uw probleem, maar hoe...'

'Ik wil u vragen Voorman te onderzoeken. Vast te stellen of zijn waanzin gefingeerd is, dan wel dat hij een hommel in zijn hoofd heeft. Als hij naar uw oordeel klinisch gek is, kan ik hem naar het krankzinnigengesticht verzenden en kunnen wij lekker naar huis.'

'Voor welke misdrijf is Voorman veroordeeld?'

Directeur Bentham haalt de schouders op. 'We hebben de dossiers van de winter opgestookt.'

'Hoe weet u wanneer de gevangenen moeten worden vrijgelaten?'

De directeur kijkt verbijsterd. ' "Vrijlaten"? "De gevangenen"?'

Akiko Kato kijkt achterom. Ik duik omlaag, op tijd, denk ik. Aan het eind van de rij staat een rat rechtop in een plas zilver licht dat van het filmdoek afstraalt. Hij kijkt mij aan en klimt dan in de bekleding. 'Ik hoop wel,' zegt de man naast Akiko Kato zachtjes, 'dat dit urgent is.'

'Er heeft zich gisteren in Tokio een verschijning voorgedaan.'

'U hebt mij uit het ministerie van Defensie gehaald om me een spookverhaal te vertellen?'

'Het spook was uw zoon, senator.'

Mijn vader is evenzeer als ik door de bliksem getroffen.

Akiko Kato strijkt door haar haar. 'En ik kan verzekeren dat hij een heel erg levend spook is. In Tokio, en op zoek naar u.'

Mijn vader zegt een hele tijd niets. 'Wil hij geld?'

'Bloed.' Ik kies ervoor mijn tijd te beiden zolang Akiko Kato nog touw ontrolt om straks zichzelf aan op te hangen. 'Ik kan wat ik te zeggen heb niet mooier maken dan het is. Uw zoon is aan de coke en heeft me bezworen dat hij u zal vermoorden vanwege de jeugd die hem ontnomen is. Ik ben in de loop der tijd heel wat beschadigde jonge mensen tegengekomen, maar ik vrees dat uw zoon een kwijlende psychose op twee benen is. En hij moet niet alleen u hebben. Hij zegt dat hij eerst uw gezin wil uitroeien, om u te straffen voor wat er met zijn zusje is gebeurd.'

De cel van Voorman is een paleis van viezigheid. 'Wel, meneer Voorman...' Dokter Polonski stapt over uitwerpselen en vliegen. 'Hoe lang gelooft u al dat u een god bent?'

Voorman zit in een dwangbuis. 'Mag ik u dezelfde vraag stellen?'

'Ik geloof niet dat ik een god ben.' Er knarst iets onder zijn schoen.

'Maar u gelooft dat u psychiater bent.'

'Dat is juist. Ik ben psychiater sinds ik – cum laude – ben afgestudeerd aan de medische faculteit – en mijn praktijk ben begonnen.' De dokter tilt zijn voet op – een kronkelende kakkerlak zit vastgeplakt aan zijn zool. Hij schraapt hem aan gevallen metselwerk af.

Voorman knikt. 'Ik ben God sinds ik *mijn* beroep heb opgenomen.'

'Ja ja.' De dokter staakt het maken van aantekeningen. 'Wat houdt uw beroep in?'

'Voornamelijk lopend onderhoud. Van mijn universum.'

'U hebt het universum geschapen?'

'Inderdaad. Negen dagen geleden.'

Polonski laat dit op zich inwerken. 'Tal van aanwijzingen duiden erop dat het universum iets ouder is dan negen dagen.'

'Ik weet het. Ook die aanwijzingen zijn door mij geschapen.'

De dokter gaat tegenover hem op een toiletkist zitten. 'Ik ben vijfenveertig, meneer Voorman. Hoe verklaart u mijn herinneringen aan het afgelopen voorjaar, of aan mijn jeugd?'

‘Ik heb uw herinneringen geschapen toen ik u schiep.’

‘Dus alles in dit universum is een product van uw verbeelding?’

‘Precies. U, deze gevangenis, kruisbessen, de Paardekopnevel.’

Polonski schrijft zijn zin af. ‘Moet wel een hele dagtaak zijn.’

‘Groter dan uw nietige hippocampus – niet beledigend bedoeld – ooit zal kunnen bevatten. Sterker nog, ik moet elk atoom blijven verbeelden, anders gaat het allemaal van “poef”! “Solipsist” is met één l, dokter.’ Polonski fronst de wenkbrauwen en verandert de stand van zijn notitieboekje. Voorman zucht. ‘Ik weet dat u sceptisch bent, dokter. Ik heb u zo gemaakt. Mag ik een objectieve proef voorstellen om mijn aanspraken te onderbouwen?’

‘Wat hebt u in gedachten?’

‘België.’

‘België?’

‘Ik denk dat zelfs de Belgen het niet zouden missen. U?’

Mijn vader zegt niets. Zijn hoofd is gebogen. Hij heeft een volle kop met haar – over kaalheid hoef ik niet in te zitten. Dit is een duistere, heerlijke, onverwachte loop van de gebeurtenissen. Ik ga nu heel snel mijn aanwezigheid kenbaar maken en Akiko Kato als een leugenslang ontmaskeren – maar ik wil mijn gunstige positie nog even handhaven en mijn arsenaal nog verder uitbouwen voor de komende slag. De mobiele telefoon van Akiko Kato rinkelt. Zij haalt hem uit haar handtas, snauwt: ‘Bel straks, ik ben bezig,’ en stopt hem weer weg. ‘Senator. De algemene verkiezingen zijn over vier weken. Uw gezicht staat straks in Tokio op elk bord met kandidaten. U bent straks iedere dag op de televisie. Dit is niet het moment om u op de achtergrond te houden.’

‘Als ik mijn zoon alleen maar zou kunnen spreken...’

‘U bent verloren zodra hij weet wie u bent.’

‘Ieder mens heeft ook een goede kant.’

‘Hij heeft een strafblad – zware mishandeling, inbraak, drugs – zo lang als het bontjassenrek van uw vrouw. Hij heeft een heel nare cocaïneverslaving. Stelt u zich de actie van de oppositie voor. “Verstoten Liefdeskind Minister Zweert: ‘Ik ga hem vermoorden!’” ’

Mijn vader zucht in de flikkerende duisternis. ‘Wat stelt u voor?’

‘Het probleem uit de weg ruimen voordat het tot uw politieke dood leidt.’

Mijn vader maakt een kwartdraai. ‘U stelt toch hoop ik geen geweld voor?’

Akiko Kato kiest behoedzaam haar woorden. 'Ik heb deze dag voorzien. Plannen liggen klaar. Ongelukken komen voor in deze stad en ik ken mensen die mensen kennen die ongelukken eerder vroeg dan laat kunnen laten gebeuren.'

Ik wacht op het antwoord van mijn vader.

De Polonski's wonen in een appartement op de derde verdieping van een oud stadspand met een hek en een binnenplaats. Zij heeft in geen maanden goed gegeten of geslapen. Bleek vuur trilt in de duisternis. Een konvooi van tanks dreunt voorbij. Mevrouw Polonski snijdt bikkelhard brood met een stomp mes en lepelt dunne bouillon op. 'Zit je nog steeds te piekeren over die Boorman in de gevangenis?'

'Voorman. Ik zit nog steeds te piekeren, ja.'

'Je dwingen tot het werk van een rechter, het is zo onredelijk.'

'Dat maakt me niet uit. Er is in deze stad weinig verschil tussen de gevangenis en het gekkenhuis.' Hij diept het puntje van een wortel met zijn lepel op.

'Wat is er dan?'

'Is hij de slaaf of de meester van zijn verbeelding? Hij bezwoer dat hij België tegen theetijd zou laten verdwijnen.'

'Is België ook een gevangene?'

Polonski kauwt. 'België.'

'Een nieuw soort kaas?'

'België. Het land. Tussen Frankrijk en Holland. Bel-gie-je.'

Mevrouw Polonski schudt onzeker het hoofd.

Haar man glimlacht om zijn ergernis te verhullen. 'Bel-gie-je.'

'Is dit een grapje, lieverd?'

'Je weet dat ik nooit grapjes over mijn patiënten maak.'

' "België." Een graafschap of een dorp in Luxemburg, misschien?'

'Haal mijn atlas voor me!' De dokter slaat de overzichtskaart van Europa op en zijn gezicht verstart. Tussen Frankrijk en Holland is iets wat de Waalse Lagune heet. Polonski kijkt als door de bliksem getroffen. 'Dit kan niet. Dit kan niet. Dit kan niet.'

'Ik weiger te geloven,' zegt mijn vader, 'dat een zoon van mij tot moord in staat zou zijn. Zijn boosheid moet zijn aangewakkerd toen hij u ontmoette – uw fantasie herschrijft alles wat hij zegt en bedoelt.'

'Ik ben advocaat,' antwoordt Akiko Kato. 'Ik word niet betaald om te fantaseren.'

'Als ik mijn zoon alleen maar zou kunnen spreken om uit te leggen...'

'Minister, hoe vaak moet ik het nog zeggen? Hij vermoordt u.'

'En moet ik daarom zijn doodvonnis maar klakkeloos paraferen?'

'Houdt u van uw echte gezin?'

'Wat is dat nou voor vraag?'

'Dan zijn de stappen die u dient te nemen duidelijk.'

Mijn vader schudt het hoofd. 'Dit is pure waanzin!' Hij kamt zijn haar met zijn vingers. 'Mag ik u een directe vraag stellen?'

'U bent de baas,' zegt Akiko Kato op bazige toon.

'Is onze geheimhoudingsregeling onder borgtocht een factor in uw berekeningen?'

Akiko Kato's aanval is scheermesscherp. 'Ik vind dat een kwalijke insinuatie.'

'U moet toegeven...'

'Ik vind die insinuatie zó kwalijk dat de prijs van mijn zwijgen wordt verdubbeld.'

Mijn vader schreeuwt bijna. 'Weet wel wie u voor hebt, mevrouw Kato!'

'Ik weet wie ik voor heb, minister. Een man die een koninkrijk te verliezen heeft.'

Het moment is daar. Ik kom overeind, twee rijen achter mijn vader en de slangenvrouw die zijn leven naar haar hand zet. 'Pardon.' Zij draaien zich om – schuldbewust, verrast, op hun hoede. 'Wat?' sist Akiko Kato. Ik kijk van haar naar mijn vader, naar haar, naar mijn vader. Zij herkennen mij geen van beiden. 'Zeg? Wat is in godsnaam de bedoeling?' Ik haal diep adem. 'Het is heel eenvoudig. Ik ken uw naam en ooit hebt u de mijne gekend: Eiji Miyake. Ja, *die* Eiji Miyake. Goed. Het is lang geleden...'

IJspegels zetten hun tanden in het raam van Voormans cel. De oogleden van Voorman gaan heel, heel langzaam open. Bommenwerpers ronken door het nabije luchtruim. 'Goedemorgen, dokter. Komt België vandaag in uw aantekeningen van de sessie?' Een bewaker met een veeprikker smijt de deur dicht. Polonski doet alsof hij het niet merkt. Hij heeft wallen onder zijn donkere ogen.

'Vannacht slecht geslapen, dokter?'

Polonski maakt zijn tas met bestudeerde kalmte open.

'Morbide denkbeelden!' Voorman maakt zijn lippen nat. 'Is dat uw medisch oordeel, dokter? Ben ik geen waanzinnige, geen simulant, maar een demon? Moet ik uitgedreven worden?'

Polonski kijkt de gevangene doordringend aan. 'Denkt u dat dat nodig is?'

Voorman haalt de schouders op. 'Demonen zijn alleen maar mensen met een flink demonische verbeelding.'

De dokter gaat zitten. De stoel krast. 'Als we aannemen dat u beschikt over... krachten...'

Voorman glimlacht. 'Zeg het, dokter, zeg het.'

'Wat doet God in deze gevangenis, in een dwangbuis?'

Voorman geeuwt, als na een zware maaltijd. 'Wat zou *u* doen als u God was? Uw tijd zoekbrengen met golfen op Hawaii? Ik denk het niet. Golf wordt zo saai als hole-in-one vaste prik is. Het bestaan kruipt zo... niet-bestaand.'

Polonski maakt nu geen aantekeningen. 'Wat doet u dan met uw tijd?'

'Ik zoek verstrooiing bij u. Neem nou deze oorlog. Komische gooi-en-smijtvertoning.'

'Ik ben niet godsdienstig, meneer Voorman...'

'Daarom heb ik u gekozen.'

'...maar welke god vindt oorlog vermakelijk?'

'Die zich verveelt. Ja. Mensen zijn uitgerust met fantasie. U kunt daardoor nieuwe manieren bedenken om mij te amuseren.'

'Die u wenst te bezien vanuit de luxe van uw cel?'

Geweervuur kraakt in een aangrenzende wijk. 'Luxe, armoede, wat maakt het uit als je onsterfelijk bent? Ik houd wel van gevangenissen. Ze zijn voor mij één groot binnenpretpark. En de gevangenen zijn amusanter dan een weldoorvoede geloofsgemeente. U amuseert mij ook, mijn waarde dokter. Het is uw opdracht aan te tonen dat ik een simulant dan wel een gek ben, maar uiteindelijk toont u mijn goddelijke almacht aan.'

'Er is geen sprake van dat iets is aangetoond.'

'Inderdaad, dokter Diehard, inderdaad. Maar vreest niet, ik heb een blijde tijding. We gaan van plaats verwisselen. Gaat *u* maar goochelen met tijd, zwaartekracht, golven en deeltjes. *U* kunt de vuilnisemmer van het menselijk streven napluizen op een greintje originaliteit. Gaat *u* maar aanzien dat de mussen vallen en continenten geplunderd worden in uw naam. Welnu. Ik ga uw vrouw tot een geforceerde glimlach dwingen en een cognacje drinken met de directeur.'

'U bent ziek, meneer Voorman. Dat Belgische kunstje zit me dwars, maar...'

Dokter Polonski verstijft.

Voorman fluit het Franse volkslied.

Het beeld verspringt.

'De tijd is omgevlogen,' zegt de dokter. 'Ik moet ervandoor.'

De gevangene verstomt. 'Wat...'

De dokter spant zijn nieuwe spieren.

De gevangene schreeuwt. '*Wat heb je met me gedaan?*'

'Als u de zaken niet als een rationele volwassene kunt bespreken, beëindig ik dit gesprek.'

'*Doe mij terug, monster!*'

'U heeft snel genoeg de kneepjes van het vak door.' De dokter klikt zijn tas dicht. 'Kijk uit voor de Balkan. Linke plek.'

De gevangene brult. '*Bewaking! Bewaking!*' De deur schuurt open en de dokter schudt meewarig het hoofd. Veeprikkers zoemen, de bewakers naderen de hysterische gevangene. 'Arresteer die oplichter! *Ik* ben de echte dokter Polonski! Hij is een handlanger van de duivel die België ineens heeft laten verdwijnen!' De gevangene gilt en kronkelt als de bewakers vijfduizend volt door zijn lichaam jagen. '*Grijp dat monster*! Hij gaat mijn vrouw molesteren.' Zijn geboeide voeten beuken op de vloer. Bonk, bonk, bonk.

◆

Ik had mijn mee-eters met rust moeten laten – ik zie eruit alsof ik een aanval van vliegende kreeften heb doorstaan. Iemand buiten klopt en morrelt aan de deurkruk van het toilet. Ik woel mijn gegelde haar naar achteren en frunnik de deur open. Het is Lao Tse. 'Je had wel even nodig, chef.' Ik verontschuldig me en besluit dat het uur voor het PanOpticon-offensief nabij is. Meteen na een laatste Carlton. Ik kijk naar werklui die tegen de zijkant van de buurman van het PanOpticon een enorm tv-scherm oprichten. De dienst van de serveerster met de volmaakte hals zit erop – de klok zegt zes minuten voor drie – en zij heeft haar uniform uitgedaan. Ze draagt een paarse trui en een witte spijkerbroek. Adembenemend cool, zoals ze eruit ziet. Douairière geeft haar bij de sigarettenautomaat een reprimande, maar Ezel drukt op dat moment op de 'help me'-bel. Douairière laat mijn serveerster middenin een zin vallen en schept orde in de plotselinge toestroom van bezoekers. Het meisje met de volmaakte hals werpt een bezorgde blik op de klok. Zij voelt haar mobiele telefoon vibreren en draait mijn kant op om te praten, met haar hand gekromd voor haar mond zodat niemand haar kan horen. Haar gezicht klaart op en ik voel een steek van jaloezie. Voordat ik het weet ben ik bezig met het kiezen van een ander merk uit de sigarettenautomaat naast haar. Afluisteren is verkeerd, maar wie kan het mij kwalijk nemen dat ik ongewild iets opvang? 'Ja-a, ja-a. Geef Nao even, als je wilt.' Naoki een jongen of Naoko een meisje? 'Ik kom iets later, dus begin maar zonder mij.' Beginnen wat? 'Ontzettende regen, hè?' Ze maakt pianobewegingen met haar vrije hand. 'Ja, ik weet hoe ik er moet komen.' Waar? 'Kamer 162. Ik *weet* dat we nog maar twee weken hebben.' Tot wat? Dan kijkt ze naar mij en ziet dat ik naar haar kijk. Ik herinner me dat ik verondersteld word sigaretten uit te kiezen en bestudeer het aangeboden assortiment. Op een reclame rookt een advocaatachtige vrouw Salem. 'Je verbeeldt je weer van alles. Tot over twintig minuten. Dááág.' Ze stopt haar telefoon in haar zak en kucht. 'Heb je het allemaal goed kunnen horen of moet ik nog eventjes herhalen wat je hebt gemist?' Het dringt tot mijn ontzetting tot me door dat zij het tegen mij heeft. Mijn blos is zo heet dat ik rook ruik. Ik kijk naar haar op – ik zit nog steeds op mijn hurken om mijn Salems uit de automaat te pakken. Het meisje is niet echt kwaad, wel onbarmhartig als een ijzerboor. Ik zoek naar woorden om haar minachting onschadelijk te maken en tegelijk mijn waardigheid intact te laten. Ik kom overeind met 'Uh'. Haar blik is meedogenloos. '*Uh,*' herhaalt ze. Ik verman me en raak de bladeren van de rubberplant aan. 'Ik vroeg me af,' zeg ik hakkelend, 'of deze planten, uh, namaak waren. Zijn. Bedoel ik.' Haar blik is een dodende straal. 'Sommige zijn echt. Sommige zijn namaak. Sommige zijn totaal gelul.' Douairière komt aan om haar zin af te maken. Ik kakkerlak terug naar mijn koffie. Ik wil naar buiten rennen, onder een zware vrachtwagen, maar ik wil ook een Salem roken om rustig te worden voordat ik de advocaat van mijn vader de naam en het adres van haar cliënt ga vragen. Lao Tse komt terug en gebaart nadrukkelijk met zijn achterwerk. 'Eet groots, schijt groots, leef groots, droom klein. Zeg, chef, heb je misschien nog een saffie voor me?' Ik steek met één lucifer twee sigaretten aan. Het meisje met de volmaakte hals is eindelijk uit Café Jupiter ontsnapt. Ze gazellet over de plassen op Omekaido Avenue. Ik had eerlijk moeten zijn. Eén leugen en je geloofwaardigheid is naar de knoppen. Laat toch zitten. Ze is van een geheel andere klasse. Ze is als musicienne verbonden aan een universiteit in Tokio met een vriendje dat dirigent is en Naoki heet. Ik ben werkeloos en heb mijn einddiploma van de middelbare school alleen gekregen doordat de leraren mij vanwege mijn achtergrond uit medeleven hun stem hebben gegeven. Ze komt uit een goede familie en slaapt in een kamer met echte olieverfschilderijen en cd-rom-encyclopedieën. Haar vader is filmregisseur en vindt het goed dat Naoki blijft slapen, vanwege zijn geld, talent en smetteloze tanden. Ik kom uit een non-familie, ik slaap met mijn gitaar in Kita Senju, in een capsule zo groot als een laadkist, en mijn tanden zijn niet krakkemikkig maar ook niet recht. 'Wat een mooi, jong ding,' zucht Lao Tse. 'Chef, als ik jouw leeftijd had...'

Ik sta verbaasd van mijzelf dat ik er niet tussenuit knijp en meteen weer naar station Shinjuku ga, al word ik bij het oversteken van Kita Street bijna door een ambulance gedood. Op Yakushima is het handjevol stoplichten alleen maar bedoeld om indruk te maken – hier betekenen ze leven en dood. Toen ik gisteren uit de bus stapte, viel het me op dat de lucht in Tokio naar de binnenkant van een broekzak ruikt. Vandaag heb ik dat niet gemerkt. Ik denk dat ikzelf ook naar de binnenkant van een zak ruik. Ik ga de treden van het PanOpticon op. Het gebouw houdt de hemel overeind. Dit moment heb ik de afgelopen zeven jaar zo vaak in gedachten voor me gezien dat ik niet kan geloven dat het er nu echt is. Maar het is er. De draaideur kruipt langzaam rond. De gekoelde lucht laat de haren op mijn armen overeind staan – als het in de winter zo koud is, doen ze de verwarming aan. De marmeren vloer heeft het wit van gebleekte botten. Palmbomen staan in bronzen urnen. Een man met één been krukt over de gewreven vloer. Rubber piept, metaal klinkt. Trombonebloemen duiken dreigend op, groot genoeg om baby's te verslinden. Mijn linkerbaseballschoen maakt een idioot 'help'-geluid. Een rij van negen sollicitanten zit in identieke leren leunstoelen te wachten. Ze zijn van mijn leeftijd en kunnen heel goed klonen zijn. Loonslaafklonen. Wat een raar 'help'-geluid, denken ze allemaal. Ik kom bij de liften en zoek op het namenbord omhoog en omlaag naar Osugi en Bosugi, Rechtskundigen. Concentreer je op de buit. Misschien bel ik vandaag tegen lunchtijd bij mijn vader aan. 'Waar gaan we heen, jochie?'

Ik draai mij om.

De bewaker bij de receptie kijkt uitdagend. De achttien loonslaafklonenogen draaien mijn kant op. 'Heb je niet leren lezen?' Hij klopt met zijn knokkels op een bord. BEZOEKERS *DIENEN* ZICH TE MELDEN BIJ DE RECEPTIE. Ik ga terug en buig verontschuldigend. Hij legt de armen over elkaar. 'Nou?'

'Ik moet bij Osugi en Bosugi zijn. De advocaten.'

Op zijn pet is PANOPTICON BEVEILIGING geborduurd. 'Dat is niet mis. En met *wie* precies heb je dan wel een afspraak?'

'Afspraak?'

'Afspraak. Zoals in "afspraak".'

Negen loonslaafklonenneuzen ruiken vernedering tegen de wind in.

'Ik hoop, uh, mevrouw Akiko Kato te spreken.'

'En is mevrouw Kato op de hoogte van die eer?'

'Dat niet, maar...'

'Je hebt dus geen afspraak.'

'Kijk...'

'Nee, *jij* kijkt. Dit is geen supermarkt. Dit is een particulier gebouw waar regelmatig zaken van gevoelige aard worden afgewikkeld. Je kunt niet zomaar binnen komen waaien. Geen mens stapt in die liften tenzij het een employé is van een bedrijf dat hier gehuisvest is of iemand die een afspraak heeft, of een andere geldige reden om hier te zijn. Snap je?'

Achttien loonslaafklonenoren stemmen af op mijn rimboeaccent.

'Zou ik dan via u een afspraak kunnen maken?'

Helemaal mis. De bewaker gaat in een hogere versnelling en een van de klonen giet door te giechelen olie op het vuur. 'Je hebt niet naar me geluisterd. Ik ben bewaker. Ik ben geen receptionist. Ik ben aangenomen om tijdverknoeiers, handelsreizigers en allerhande uitschot buiten de deur te houden. Niet om ze *binnen* te laten.'

Schade beperken. 'Ik wilde u niet beledigen, ik wilde alleen maar...'

Te laat voor schadebeperking. 'Luister, jochie.' De bewaker neemt zijn bril af en poetst de glazen. 'Ik hoor aan je accent dat je niet van hier bent, dus luister als ik uitleg hoe wij hier in Tokio te werk gaan. Je scheert je weg voordat ik echt kwaad word. Je maakt een afspraak met mevrouw Kato. Je komt terug op de juiste dag, vijf minuten voor tijd. Je meldt je bij mij en je noemt je naam. Ik bevestig je afspraak via de receptioniste van Osugi en Bosugi. Dan, en dan alleen, laat ik je in een van die liften stappen. Ben ik duidelijk?'

Ik haal diep adem.

De bewaker slaat met een ruk zijn krant open.

Postregenzweet en -vuil maken van Tokio weer een kleverige troep. De plassen worden in de verhevigde hitte droog gestoomd. Een straatmuzikant zingt zo vals dat voorbijgangers de morele plicht hebben zijn munten te stelen en zijn gitaar op zijn hoofd kapot te slaan. Ik ga weer terug naar het duikbootstation Shinjuku. De menigte loopt uit de maat, murw geslagen door de hitte. De deurbel van mijn vader zit verscholen in een onbekende straataanduiding in mijn gids van Tokio. Een klein klontje oorboter, zo diep in mijn oor dat ik het er niet uit kan peuteren, maakt me gek. Ik haat deze stad. Ik kom langs een kendohal – botversplinterend bamboezwaard schreeuwt 'Wegwezen!' door de tralies voor het raam. Op het trottoir staat een paar schoenen – alsof de eigenaar plotseling in damp is opgegaan en weggeblazen. Ik voel een kolkende frustratie en iets van lome schuld. Ik heb een ongezien contract verbroken. Met wie? Bussen en vrachtwagens versperren de verkeersaders, voetgangers glippen door de spleten. In mijn dinosaurusperiode heb ik een theorie gelezen dat het grote uitsterven werd veroorzaakt doordat de dinosaurussen zich hebben doodgekotst op bergen van hun eigen stront. Als je in Tokio probeert van a naar z te gaan, lijkt die theorie niet zo lachwekkend meer. Ik haat het reclamebehang aan de muren, de capsules, de tunnels, het kraanwater, de duikboten, de lucht, het VERBODEN IN TE RIJDEN op elke hoek en ALLEEN VOOR LEDEN boven elke deur. Ik vloek. Ik wil in een atoomkop veranderen en deze stronthoopstad wegbranden van het oppervlak der aarde.

Twee

Gevonden voorwerpen

Het is niet makkelijk om op je elfde met een roestige beugelzaag een dondergod te onthoofden. De zaag blijft steken. Ik trek terug en glijd bijna van de schouders van de dondergod. Als ik van deze hoogte achterovervaI breek ik mijn ruggengraat. Een merel zingt buiten het heiligdom in donkerpaarse tonen. Ik sla mijn benen om de gespierde tors van de god, net als wanneer ik op oom Asfalts rug mag zitten. Ik trek het blad over zijn keel. Weer, weer, weer. Het hout is hard als steen, maar de inkeping verdiept zich tot een groef, de groef wordt een spleet. Mijn ogen prikken van het zweet. Hoe vlugger hoe beter. Dit moet gebeuren, maar ik wil natuurlijk niet dat ze me pakken. Hiervoor ga je de gevangenis in. Het blad schiet uit en snijdt in mijn duim. Ik veeg mijn ogen aan mijn T-shirt af en wacht. Daar komt de pijn, in golven. Het velletje wordt roze, rood en bloed welt op. Ik lik het af en proef een muntstuk van tien yen. Verdiende loon. Precies zoals ik het de dondergod betaald zet voor wat hij Anju aangedaan heeft. Ik ga door met zagen. Van waar ik zit kan ik zijn gezicht niet zien, maar als ik zijn luchtpijp doorzaag trillen onze beide lichamen.

◆

Zaterdag, 2 september is al één uur oud. Een week sinds mijn wake vanuit Café Jupiter. Het verkeer op de belangrijkste doorgangsweg van Kita Senju is afgezwakt. Door een spleet tussen de woonflats aan de overkant zie ik de Tokiose maan. Zink, industrieel, onder de remsporen. Mijn capsule is zo benauwd als de binnenkant van een bokshandschoen. De ventilator roert de hitte om. Ik ga geen contact met haar zoeken. Geen denken aan. Wie denkt ze wel dat ze is, na al die tijd? Aan de overkant zit een fotozaak met twee klokken van Fujifilm – de linker geeft de echte tijd aan, de rechter wanneer de foto's klaar zijn, vijfenveertig minuten in de toekomst. Mijn krappe gordijntje ziet er in de natriumgloed smerig uit. Balken kraken, kabels zoemen. Ik vraag mij af of dit gebouw mij uit de slaap houdt. Ziekgebouwsyndroom, noemt oom Bank dat. Onder mij gaan bij de Vallende Ster, klaar voor het verstrijken van de nacht, de luiken dicht. Ik heb in de afgelopen week de gang van zaken doorgekregen: tien voor twaalf, Buntaro haalt het reclamebord binnen en zet het vuil buiten; vijf voor twaalf, de tv gaat uit, hij wast zijn kom en bord af; nu zo ongeveer kan nog een klant de straat in komen rennen om een video terug te brengen; om middernacht precies pingelt Buntaro de kassa open en maakt hij de kas op. Drie minuten later rollen de luiken naar beneden, trapt hij zijn scooter tot leven en verdwijnt. Een kakkerlak probeert zich los te spartelen van de lijmval. Mijn spieren doen pijn van mijn nieuwe baan. Ik moet het bakje van Kat leeggooien, denk ik. Het is ziekelijk om het te laten staan, nu ik de waarheid ken. Met de extra melk en de twee blikjes kwaliteitskattenvoer. Is dat te eten als ik het door een soep meng of zoiets? Is Kat meteen gestorven of lag ze langs de kant van de weg daarover na te denken? Heeft een voorbijganger haar met een schep op de kop geslagen om haar uit haar lijden te verlossen? Katten lijken te transdimensionaal om door verkeer geraakt te worden; toch gebeurt het telkens weer. Telkens weer. Het was ook idioot om te denken dat ik haar kon houden. Mijn grootmoeder heeft een hekel aan katten. De eilandbewoners van Yakushima houden kettinghonden als bewakers. Katten zorgen voor zichzelf. Ik weet niets van kattenbakken, wanneer je een kat moet binnenhalen, wanneer je hem mee naar buiten moet nemen, wat hij voor inentingen moet hebben. En moet je zien wat er gebeurt als ze bij me aan komt lopen: de vloek van Miyake slaat weer toe. Anju klom in bomen als een kat. Een zomerpoema.

❖

'Je bent zo ontzettend langzaam!'

Ik schreeuw terug door vroege mist en slaphangende bladeren. 'Ik zit vast!'

'Je bent bang!'

'Niet!'

Anju lacht haar wilde citer als ze weet dat ze gelijk heeft. De bodem van het bos is heel diep onder me. Ik ben bang voor doorgerotte takken die afbreken. Anju is nooit bang omdat ik dat altijd voor haar ben. Zij ziet in één oogopslag haar weg omhoog in de bomen. Voor haar vingers vindt zij houvast in een ruwe bast en voor haar tenen in een zachte bast. We zijn vorige week elf geworden, maar Anju kan op gym al sneller in de touwen klimmen dan iedere jongen van de klas en – als ze in de stemming is – breuken vermenigvuldigen, boeken voor de tweede klas lezen en woord voor woord de meeste avonturen van Zax Omega opzeggen. Grotie zegt dat dat komt doordat zij, toen we in onze moeder samen aan het groeien waren, de meeste hersencellen ingepikt heeft. Ik maak dan toch mijn T-shirt los en klim achter mijn zusje aan, snel als een drietenige luiaard met last van duizelingen. Minuten later vind ik haar op de bovenste tak. Met haar koperkleurige huid, wilgenhouten ledematen, mosbevlekt, doorngeschramd, gespijkerstoft, de paardenstaart naar achteren geknoopt. Golven voorjaarszeewind breken op de bossen. 'Welkom in mijn boom,' zegt ze. 'Niet gek,' geef ik toe, maar het is méér dan 'niet gek'. Ik ben nog nooit zo hoog geweest. We hebben om hier te komen de steile helling al beklommen: het uitzicht is dan ook ontzagwekkend. De vestinggrijze bergwanden, de groene rivier die kronkelt uit het ravijn, de hangbrug, het samenraapsel van daken en hoogspanningskabels, de haven, houtopslagterreinen, schoolvoetbalvelden, grindafgraverijen, de theevelden van oom Citrus, ons geheime strand, de voetsteen daar, golven die breken op de banken rond de walvisrots, het lange eiland Tanegashima waar ze satellieten lanceren, klokkenspelwolken, de enveloppe waar de hemel door de zee wordt dichtgeplakt. Nu ik als opperbevelhebber-bomenklimmen toch volkomen mislukt ben, benoem ik mezelf tot hoofdcartograaf. 'Kagoshima is daar...' Ik durf niet los te laten om te wijzen en knik dus. Anju tuurt landinwaarts met halfdichtgeknepen ogen. 'Ik geloof dat ik Grotie de futons zie luchten.' Ik kan onze grootmoeder niet zien, maar ik weet dat Anju wil dat ik 'Waar?' vraag en doe dat dus niet. De bergen rijzen landinwaarts omhoog. De Miyanoura houdt de hemel overeind. Bergstammen leven in de regenschaduw – ze onthoofden verdwaalde toeristen en maken drinkbekers van hun schedels. En er is daar een plas waarin een echte kappa met schubben en zwemvliezen leeft – hij vangt zwemmers, ramt zijn vuist door hun poepgat en trekt hun hart eruit om het op te eten. De mensen van Yakushima gaan nooit de bergen in, behalve dan toeristengidsen. Ik voel een knobbel in mijn zak en weet het weer. 'Wil je een champagnebom?'

'Tuurlijk.'

Anju slaakt ineens een apenkreet, schommelt en slingert voor mij neer, grinnikt om mijn paniek. Geschrokken vogels klapwieken vlakbij op. Haar benen grijpen de tak boven haar.

'Niet doen!' is het enige wat ik uit kan brengen.

Anju ontbloot haar voortanden en fladdert met haar armen als een kip. 'Anju de vleermuis.'

'Anju! Niet doen!'

Zij zwaait heen en weer. 'Ik ga je bloeddd opzuigggen!' Haar haarspeld glijdt weg en haar paardenstaart stroomt naar de aarde. 'Hè bah. Dat was mijn laatste.'

'Niet zo bengelen! Houd op!'

'Eiji is een kwal, Eiji is een kwal!'

Ik zie haar in gedachten vallen, schampend van tak tot tak. '*Houd op!*'

'Ondersteboven ben je zelfs nog lelijker. Ik zie de pulk in je neus. Houd dat rolletje stil.'

'Eerst omhoog zwaaien!'

'Nee. Ik ben als eerste geboren, dus jij moet doen wat ik zeg. Houd dat rolletje stil.' Ze haalt er een snoepje uit, pulkt het papiertje eraf en kijkt hoe het wegdwarrelt tussen zeegroene tinten. Ze kijkt me aan, stopt het snoepje in haar mond en zwaait traag weer overeind. 'Wat ben jij toch een enorme slapjanus!'

'Grotie vermoordt me als je valt.'

'Slapjanus.'

Mijn hartslag wordt geleidelijk minder snel.

'Wat gebeurt er met je als je doodgaat?' Typisch Anju.

Het kan me niet schelen, als ze maar rechtop blijft. 'Hoe moet ik dat weten?'

'Ze zeggen allemaal wat anders. Grotie zegt dat je naar het zuivere land gaat om met je voorouders in tuinen te wandelen. Saaai. Meneer Endo op school zegt dat je in grond verandert. Pater Kakimoto zegt, het hangt ervan af hoe je in dit leven bent geweest – dan zou ik veranderen in een engel of een eenhoorn, maar jij zou terugkomen als een worm of een paddestoel.'

'Wat denk je zelf?'

'Als je doodgaat word je verbrand, ja?'

'Ja.'

'Je verandert dus in rook, ja?'
'Lijkt me wel.'
'Dan ga je daar dus heen.' Anju laat de boom los en reikt met beide handen naar de zon. 'Hoger, hoger en weg. Ik wil vliegen.'
Een verfomfaaide buizerd stijgt op thermiek.
'In een vliegtuig?'
'Wie wil nou in een vies vliegtuig vliegen?'
Ik zuig op mijn champagnebom. 'Hoe weet je dat een vliegtuig vies is?'
Anju kauwt op haar champagnebom. 'Een vliegtuig moet vies zijn. Al die mensen die dezelfde lucht inademen. Als het kleedhok van de jongens in de regentijd, maar dan honderd keer zo erg. Nee, ik bedoel echt vliegen.'
'Zoals met een straalpak?'
'Niet als met een straalpak.'
'Zax Omega heeft een straalpak.'
Anju laat haar onlangs verworven zucht horen. 'Niet zoiets als Zax Omega.'
'Zax Omega heeft het nieuwe gebouw aan de haven geopend!'
'En kwam hij met een straalpak?'
'Nee,' geef ik toe, 'met een taxi. 'Maar jij bent te zwaar om te vliegen.'
'Sky Castle Laputa vliegt en dat is van rots gemaakt.'
'Als jij Zax Omega niet goed vindt, vind ik Sky Castle Laputa al helemaal niet goed.'
'Een condor dan. Een condor is zwaarder dan ik. Die vliegt.'
'Een condor heeft vleugels. Ik zie bij jou geen vleugels.'
'Geesten vliegen zonder vleugels.'
'Geesten zijn dood.'
Anju pulkt champagnebomscherven van haar tanden. Ze is in zo'n stemming dat ik geen idee heb wat ze denkt. Bladschaduwen verbergen mijn tweelingzusje. Delen van Anju zijn te helder, delen van Anju zijn zo donker dat ze daar niet eens meer is.

◆

Na aftrekken val ik meestal wel in slaap. Ben ik normaal? Ik heb nooit gehoord van iemand van negentien die aan slapeloosheid lijdt. Ik ben geen oorlogsmisdadiger, geen dichter of natuurkundige, ik heb zelfs geen liefdesverdriet. Lustverdriet, dat wel. Ik zit eenzaam als een lepralijder in een stad met vijfmiljoen vrouwen, op weg naar mijn seksuele bloeitijd waarin de vrouwen zich naakt in een gewatteerde enveloppe behoren aan te dienen. Even kijken. Wie zitten vanavond in de liefdeskaravaan? Zizzi Hikaru, in duikerspak als in de bierreclame; de glamrock-moeder van Yuki Chiyo; de serveerster van Café Jupiter; de Insectenvrouw uit *Zax Omega and Red Plague Moon.* Terug naar die goeie ouwe Zizzi, lijkt me. Ik rommel rond naar een paar tissues.

Ik rommel rond naar lucifers om mijn postcoïtale Mild Seven aan te steken, maar moet het uiteindelijk met mijn gaskachel doen. Nu Godzilla weer tot bedaren is gebracht, ben ik zo wakker als wat. Zizzi viel tegen vanavond. Geen gevoel voor timing. Wordt ze te jong voor me? Fujifilm zegt 01:49. Wat nu? Mezelf een schoonmaakbeurt geven? Gitaar oefenen? Een antwoord schrijven op een van de twee allesdoorbrekende brieven die ik deze week gekregen hebben? Welke? Laten we het op de meest eenvoudige houden: het antwoord van Akiko Kato op de brief die ik heb geschreven nadat ik haar niet te zien had gekregen. Dat ene velletje zit nog steeds bij Die Andere in een plastic zakje in het vriesvak. Ik had hem eerst naast Anju op het plankje gezet, maar hij bleef maar naar mij lachen. Hij is gekomen... wanneer was het? Dinsdag. Buntaro bekeek de enveloppe toen hij hem aan me gaf. 'Osugi en Bosugi, Rechtskundigen. Zit je achter de advocatendames aan? Pas maar op, jongen, straks krijg je nog dwangbevelen daar waar het pijn doet. Wil je mijn advocatengrapje horen? Wat is het verschil tussen een aal en een advocaat? Wat denk je – zeg maar. Nee? De een is een gladde, in de modder wroetende afvalschuimer en de ander is een aal.' Ik zeg dat ik die al ken en vlieg de met videodozen volgestouwde trap op naar mijn capsule. Ik zeg tegen mezelf dat ik een negatief antwoord verwachtte, maar had niet gedacht dat Akiko Kato's 'Nee' zo'n klap zou zijn. Ik ken de brief al uit mijn hoofd. De zwaarste dreunen zijn: *Het openbaar maken van de persoonsgegevens van een cliënt betekent een vertrouwensbreuk die geen enkele verantwoordelijke advocaat in overweging zou kunnen nemen.* Nogal definitief. *Tevens kan ik niet ingaan op uw verzoek om post, waarvan mijn cliënt categorisch heeft verklaard deze niet te willen ontvangen, aan hem door te zenden.* Laat weinig ruimte voor twijfel. Weinig ruimte voor een antwoord ook.

Tenslotte, bij het nemen van gerechtelijke stappen om het verstrekken van gegevens met betrekking tot uw afstamming af te dwingen, houdt medewerking aan uw onderzoek in dit vroege stadium een duidelijke belangentegenstelling in. Ik raad u dringend aan deze zaak niet door te zetten en vertrouw erop dat deze brief onze positie duidelijk maakt.
Prima. Plan A heeft nergens toe geleid.

Meneer Aoyama, adjunct-stationschef van Ueno, is zo kaal als de kop van een klinknagel en heeft een perfecte Hitlersnor. Het is dinsdag, mijn eerste werkdag op het bureau Gevonden Voorwerpen van station Ueno. 'Ik heb het veel drukker dan jij je voor kunt stellen' – hij praat zonder zijn blik af te wenden van zijn paperassen – 'maar ik vind het belangrijk om nieuwe aanwinst op individuele basis toe te spreken.' Tussen zijn zinnen gapen kilometersbrede stilten. 'Je weet wie ik ben.' Zijn pen krast. 'Jij bent' – hij kijkt op een stuk papier – 'Eiji Miyake.' Hij kijkt me aan, wacht op een knikje. Ik knik. 'Miyake.' Hij spreekt mijn naam uit alsof het een voedingssupplement is. 'Voorheen werkzaam op een sinaasappelplantage' – hij schuift met vellen en ik herken mijn handschrift – 'op een onbeduidend eiland ten zuiden van Kyushu. Heel pastoraal.' Boven Aoyama hangen portretten van zijn eminente voorvaderen. Ik stel me voor dat ze iedere ochtend kibbelen over de vraag wie tot leven moet komen om het bureau weer door een saaie dag te loodsen. Zijn kamer ruikt naar in de zon verschoten documentenmappen. Een computer zoemt. Golfclubs glanzen. 'Wie heeft je aangenomen? Dat mens van een Sasaki?' Ik knik. Een klop op de deur en zijn secretaresse verschijnt met een theeblad. 'Mevrouw Marui, ik spreek tot een stagiair!' zegt Aoyama met ontsteld gesis. 'Mijn tien-uur-vijfendertig-thee wordt mijn tien-uur-vijfenveertig-thee, ja?' De gespannen mevrouw Marui buigt een verontschuldiging en trekt zich terug. 'Miyake, ga naar dat raam, kijk naar buiten en zeg wat je ziet.'

Ik doe wat hij me zegt. 'Een glazenwasser, meneer.'

De man is immuun voor ironie. '*Onder* de glazenwasser.'

Treinen rijden de schaduw van Hotel Terminus in en uit. Ochtendreizigers. Kruiers. De drentelaars, de verdwaalden, de mensen die laat zijn, de afhalers, de afgehaalden, de machines voor het reinigen van de perrons. 'Station Ueno, meneer.'

'Vertel mij, Miyake. Wat *is* station Ueno?'

Ik raak in de war door die vraag.

'Station Ueno' – Aoyama vervolgt zijn zwaarwichtige betoog – 'is een *heel* bijzondere machine. Een van de gaafst afgestelde uurwerken in het land. In de wereld. En deze brandvrije, diefvrije kamer is een van de zenuwcentra. Vanaf deze controlepost kan ik... vrijwel alles overzien. Station Ueno is ons leven, Miyake. Jij dient het, het dient jou. Het biedt een gereguleerde loopbaan. Je hebt het voorrecht in deze machine een heel klein radertje te zijn. Ook ik ben begonnen in een positie die zo bescheiden als de jouwe was, maar met nauwgezetheid, hard werken, onkreukbaarheid...' De telefoon gaat en ik besta niet meer. Aoyama's gezicht schakelt over op een glans van hoger wattage. Zijn stem straalt. '*Meneer!* Wat een genoegen... ja... inderdaad... inderdaad... zeker. Een voortreffelijk voorstel. En als ik zo vrij mag zijn om daaraan toe te voegen... ja, meneer. Ongetwijfeld... bij de courtage voor de leden? Kostelijk... voortreffelijk... en mag ik voorstellen... inderdaad, meneer. Verplaatst naar vrijdag? Volkomen juist... wij zien er allemaal heel erg naar uit om te horen hoe we gepresteerd hebben, meneer. Dank u wel, meneer... zeker... En mag ik...' Aoyama legt de hoorn neer en staart ernaar.

Na een paar seconden kuch ik beleefd.

Aoyama kijkt op. 'Waar was ik gebleven?'

'Kleine radertjes en onkreukbaarheid, meneer.'

'Onkreukbaarheid.' Maar hij is er met zijn gedachten niet meer bij. Hij doet zijn ogen dicht en knijpt in zijn neusbrug. 'Je proeftijd is zes maanden. Je krijgt de kans in maart op te gaan voor de examens van Japan Railways. Goed, je bent dus aangenomen door dat mens van een Sasaki. Niet mijn ideale rolmodel. Het is zo'n manvrouw. Nooit het werk opgeven, zelfs niet na een huwelijk. Haar man is gestorven – triest natuurlijk, maar er gaan voortdurend mensen dood en zij wil bij wijze van compensatie een mannenbaan. Nou, Miyake. Doe iets aan je accentprobleem. Luister naar de omroepers van de NHK. Gooi de rommel eruit waarmee je hoofd is volgepropt. In mijn tijd leverden de middelbare scholen tijgers af. Nu pauwen. Je kunt gaan.'

Ik geef hem een buiging bij het sluiten van de deur, maar hij staart in de leegte. Buiten de werkkamer is niemand te zien. Het dienblad staat naast de deur. Tot mijn eigen verrassing licht ik het deksel van de theepot op en spuug erin. Dat moet werkgerelateerde spanning zijn.

Het bureau Gevonden Voorwerpen is een oké-plek om te werken. Ik moet een duffe overall van Japan Railways aan, maar ik stop om zes uur precies en het station Ueno is met de Kita Senju-lijn maar een paar haltes van Umejima, bij de Vallende Ster, vandaan. Ik krijg in mijn proeftijd per week betaald, wat mij heel goed uitkomt. Ik heb geluk. Buntaro heeft me dat baantje bezorgd. Toen ik vorige week vrijdag terugkwam van het PanOpticon, zei hij dat hij van iemand had gehoord dat daar misschien een baan vrijkwam en of ik interesse had. 'Wat dacht je,' zei ik. Voordat ik het wist kreeg ik een sollicitatiegesprek met mevrouw Sasaki. Het is een strenge tante, een Tokio-versie van mijn grootmoeder, maar na een halfuurtje praten bood ze mij de baan aan. 's Ochtends ben ik met catalogiseren in de weer – uitschrijven van datum/tijdstip/trein-labels op de voorwerpen die door conducteurs en schoonmakers bij het einde van de rit in de treinen gevonden zijn – en die in het juiste metalen rek zetten. Mevrouw Sasaki leidt het bureau Gevonden Voorwerpen en handelt in een zijkamer de waardevolle dingen af – portefeuilles, pinpassen, sieraden – die bij de politie moeten worden aangegeven. Suga leert me het afhandelen van spullen met weinig waarde, opgeslagen in de achterkamer. 'Niet veel daglicht hier, hè?' zegt Suga. 'Maar aan wat er ingebracht wordt, zie je welke maand het is. November tot februari: ski's en snowboards. Maart: diploma's. Juni is allemaal huwelijksgeschenken. Zwempakken stapelen zich op in juli. Een flinke regen zorgt voor honderden paraplu's. Niet het meest inspirerende werk, maar beter dan rondspringen op het voorterrein van een garage of pizza's bezorgen, imho.' De middagen breng ik aan de balie door, ik wacht op mensen die iets komen opvragen of neem de telefoon aan. De spitsuren zijn het drukst natuurlijk, maar halverwege de middag is mijn werk haast ontspanning. Herinnering is mijn trouwste bezoeker.

❖

De bladeren zijn zo groen dat ze blauw zijn. Anju en ik doen ons aankijkspelletje: we kijken elkaar aan en wie als eerste de ander laat lachen en een andere kant op kijken, heeft gewonnen. Ik trek rare gezichten maar die ketsen op haar af. Haar Cleopatra-ogen zijn brons gespikkeld. Ze wint – ze wint altijd – door haar ogen dichtbij de mijne te brengen en ze open te sperren. Anju gaat terug naar haar hogere tak en kijkt door een blad heen naar de zon. Daarna verbergt ze de zon met haar hand. Het doorschijnende stukje tussen haar duim en haar wijsvinger gloeit robijnrood. Ze kijkt naar de zee. 'De vloed komt op.'

'Neemt af.'

'Komt op. Die walvisrots van jou gaat onder.'

Mijn gedachten zijn bij wonderbare voetbalheldendaden.

'Ik heb altijd geloofd wat je vertelde van de walvisrots.'

Achterwaartse omhalen en duikkopballen.

'Je hebt zo'n onzin uitgekraamd.'

'Uh?'

'Over dat hij betoverd was.'

'Wie was betoverd?'

'De walvisrots, gehoorapparaat!'

'Ik heb nooit gezegd dat hij betoverd was.'

'Dat heb je wel. Je zei dat het een echte walvis was die door de dondergod in steen veranderd was en dat we op een dag, als we ouder waren, ernaartoe zouden zwemmen en dat als we er één voet op zouden zetten, de betovering verbroken was en dat hij ons zo dankbaar zou zijn dat hij ons overal mee naartoe zou nemen, waar we maar wilden, zelfs naar vader en moeder. Ik heb me altijd zo vast verbeeld dat het gebeurde dat ik het soms kon zien, als met een verrekijker. Moeder die haar parels aandoet en vader die de auto wast.'

'Dat heb ik allemaal nooit gezegd.'

'Heb je wel... Op een dag zwem ik erheen.'

'Onmogelijk dat je *ooit* zo ver kan zwemmen. Meisjes kunnen niet zo goed als jongens zwemmen.'

Anju zwaait traag een been naar mijn hoofd. 'Ik zwem daar *met gemak* naartoe!'

'Had je gedroomd. Veel te ver.'

'Had *jij* gedroomd.' Golven breken aan de voet van de grijze bultrug.

'Misschien is het ook wel een echte walvis,' opper ik. 'Versteend.'

Anju snuift verachtelijk. 'Het is gewoon een stomme rots. Hij ziet er niet eens als een walvis uit. En de volgende keer dat we naar het geheime strand gaan zal ik je laten zien dat ik erheen kan zwemmen, ik, en dan ga ik erbovenop staan om je uit te lachen.'

De veerboot naar Kagoshima kruipt over de horizon.

'Morgen om deze tijd...' begin ik.

'Ja-ha, ja-ha, morgen om deze tijd zit je in Kagoshima. Je staat heel vroeg op om de veerboot te halen, je komt om tien uur in de middenschool van Kagoshima. Het derde jaar, het tweede jaar, dan jullie wedstrijd. Dan gaan jullie naar het restaurant van een hotel met negen verdiepingen en luisteren jullie onder het eten naar meneer Ikeda die zegt waarom jullie verloren hebben. Dan kom je zondagochtend terug. Eiji, dat heb je nou al honderdduizend keer verteld.

'Kan ik het helpen dat je jaloers bent?'

'Jaloers? Elf stinkende jongens die op een modderveldje tegen een luchtzak trappen?'

'Vroeger vond je voetbal leuk.'

'Vroeger plaste jij op onze futon.'

Au. 'Je bent jaloers omdat ik naar Kagoshima ga, jij niet.'

Anju blijft afstandelijk.

De boom kraakt. Ik had niet verwacht dat Anju zo snel de belangstelling voor ons gekibbel zou verliezen. 'Kijk eens,' zegt ze. Ze gaat rechtop staan, haar voeten uit elkaar, zoekt haar evenwicht, neemt haar handen weg...

'Houd op,' zeg ik.

En mijn zusje springt in het luchtledige

Mijn longen stoten een schreeuw uit

Anju flitst voorbij

en belandt lachend beneden op een tak, zwaait omlaag naar een lagere tak. Ik hoor haar lach, lang nadat zij tussen de bladeren is verdwenen.

◆

Fujifilm zegt dat twee uur is gekomen en gegaan. Een nacht is gevuld met minuten, maar één voor één lekken die weg. Mijn capsule is gevuld met spullen. Zoek 'spul' op in een woordenboek en je krijgt een idee van mijn capsule boven de Vallende Ster. Een armzalige kolonie in het spullenrijk. Een oude tv, een futon als een rijstcracker, een kampeertafeltje, een blad met afgedankt keukengerei, door de vrouw van Buntaro welwillend ter beschikking gesteld, koppen met schimmelculturen, een ronkende koelkast met verchroomd toebehoren. De ventilator. Een stapel van het tijdschrift *Screen*, door Buntaro gedumpt. Het enige wat ik van Yakushima heb meegenomen is een rugzak met kleren, mijn diskman, mijn cd's van Lennon en mijn gitaar. Buntaro keek bedenkelijk naar mijn gitaar toen ik aankwam. 'Je bent toch niet van plan van dat ding ergens aan te sluiten, hè?' 'Nee,' zeg ik. 'Houd het akoestisch,' waarschuwt hij. 'Als je bij mij elektrisch gaat, vlieg je eruit. Het staat in je contract.' Ik ga geen contact met haar zoeken. Geen denken aan. Ze zal me uit het hoofd willen praten dat ik mijn vader op moet sporen. Ik ben benieuwd hoe lang het duurt voordat Kakkerlak gestorven is. De lijmval heet 'kakkerlakmotel' en op de zijkant zijn ramen, deuren en bloemen gedrukt. Verraderkakkerlakken zwaaien met zes armen – 'Kom binnen, kom binnen!' Hij heeft een lokzakje met ui-engeur – ook kerrie, garnalensalade en gedroogd rundvlees zijn bij elke goede supermarkt in Tokio verkrijgbaar. Ik werd door Kakkerlak begroet toen ik erin trok. Hij nam niet eens de moeite om te doen alsof hij bang was. Kakkerlak liet een brede grijns zien. Wie lacht het laatst? Ik! Nee. Hij. Ik kan niet slapen. Nacht betekent op Yakushima: slapen. Niet veel anders te doen. Nacht betekent in Tokio: niet slapen. Herrietrappers slalommen door winkelgalerijen. Gastvrouwen in seksclubs onderdrukken een geeuw en werpen een blik op de Rolex van hun klant. Yakuza-gangsters vechten op verlaten bouwterreinen. Scholieren die veel jonger zijn dan ik doen in een liefdeshotel aan gymnastische vrijpartijen. Een medeslapeloze trekt, in een appartement ver boven mij, een wc door. Een buis braakt bij mijn hoofd.

Afgelopen woensdag, mijn tweede loonslaafdag op station Ueno. Ik doe in mijn lunchpauze een flinke, stevige boodschap en rook een Salem in het hokje. Ik hoor een deur opengaan, een rits schuren, het gekletter van urine op pisbakporselein. Dan komt de stem – het is Suga, de computergek van wie ik het deeltijdbaantje overneem als hij eind van de week weer naar de universiteit gaat. Hij denkt blijkbaar dat hij daar alleen is. 'Neem me niet kwalijk, ben jij het Suga? Ben jij hier verantwoordelijk voor?' Zijn stem is niet zijn echte stem – het is een stripstem die de bekleding van zijn stembanden af moet schrapen om dit te kunnen produceren. 'Ik *wil* het niet weten, ik *wil* het niet weten, ik *wil* het niet weten. Dwing me niet. Doe het me niet aan. *Vergeet* het! *Vergeet* het! *Vergeet* het!' Zijn stem krijgt weer zijn zachte, nasale kalmte. 'Het was niet mijn schuld. Had iedereen kunnen gebeuren. Iedereen. Je moet niet naar ze luisteren.'

Ik zit klem. Als ik nu naar buiten kom schamen we ons allebei te pletter. Ik heb het gevoel dat ik hem in zijn slaap een geheim heb horen mompelen. Maar als ik hier blijf, wat gaat hij dan nog meer onthullen? Hoe hij het lijk in het bad in stukken heeft gehakt en beetje voor beetje bij het vuil gezet? Als hij merkt dat ik het hoor, lijkt het of ik voor luistervink speel. Ik kuch, trek door en doe lang over het ophijsen van mijn broek. Als ik uit mijn hokje kom, is Suga weg. Ik was mijn handen en loop met een omweg, langs de schappen van het magazijn, terug naar het kantoor. Mevrouw Sasaki is bezig met een klant. Suga zit achterin zijn lunch te eten en ik bied hem een Salem aan. Hij zegt nee, hij rookt niet. Was ik vergeten, hij had het mij gisteren verteld. Ik loop naar de spiegel en doe alsof ik iets in mijn oog heb. Als ik te aardig doe, kan hij voelen dat ik hem hoorde toen hij door herinneringen gekweld werd.

Later, weer bij de aangiftebalie, zit Suga op zijn kruk een tijdschrift te lezen – *MasterHacker*. Suga heeft een raar fysiek – hij is te dik rond zijn buik, maar heeft geen achterste. Lange, bungelende ET-armen. Hij heeft last van eczeem. Zijn gezicht is met medicijnen tot onderwerping gebracht, maar de rug van zijn handen schilfert en zelfs bij deze hitte draagt hij een hemd met lange mouwen om zijn onderarmen te bedekken. Een karretje met gevonden voorwerpen uit de middagtreinen staat in het kantoor op me te wachten. Suga grijnst. 'Je hebt de behandeling van adjunct-stationschef Aoyama dus al ondergaan?' Ik knik. Suga legt zijn tijdschrift neer. 'Laat je niet door hem intimideren. Hij is niet zo belangrijk als hij zich voordoet. De man heeft zijn tijd gehad, imho. Er is een drastische reorganisatie aangekondigd, zei mevrouw Sasaki vorige week. Niet dat het mij wat uitmaakt. Ik doe volgende week mijn IBM-stage. Week daarop, terug naar de uni. Ik krijg mijn eigen postdoc-researchruimte. Je kunt me op komen zoeken als ik geen toezicht moet houden. Keizerlijke uni, negende verdieping. Vlakbij Ochanomizu. Ik zal het voor je uittekenen. Je kunt me laten oproepen door de balie bij de ingang. Mijn doctoraal is in computersystemen, maar tussen jou, mij en de gevonden voorwerpen, al dat academische gelul is alleen maar een dekmantel voor dit...' Hij zwaait met *MasterHacker*. 'Ik ben een van de vijf beste hackers die op dit moment actief zijn in Japan. We kennen elkaar allemaal. We wisselen info uit. We breken in systemen in en laten onze tag achter. Net als graffitikunstenaars.

Er is in Japan niet *één* plek, weet je, die ik niet kan hacken. Er is een geheime website in het Pentagon – je weet wat het Pentagon is, toch, het zenuwcentrum van de Amerikaanse defensie – die site heet Holy Grail. Hij is beschermd door hun beste computerkoppen, weet je. Als je Holy Grail hackt bewijst het dat je beter bent dan zij en dan komen mannen in het zwart je een baan aanbieden. Dat ga ik doen. De Keizerlijke uni heeft de snelste modems aan deze kant van de vijfentwintigste eeuw. Heb ik eenmaal toegang tot die schatjes, dan ben ik binnen. Dan, tsjak, weg uit deze klerezooi, in de wandeling bekend als Tokio. Dolle pret. Jullie sukkels zien mij hier voor geen prijs meer terug.'

Onder het werk kijk ik hoe Suga *MasterHacker* leest. Zijn wenkbrauwen schieten telkens omhoog als hij aan de onderkant van een tekstkolom gekomen is. Ik vraag me af wat Suga géén klerezooi zou vinden. Wat zou Suga gelukkig kunnen maken? Raar, maar als ik bedenk dat ik hier alleen maar ben om mijn vader te zoeken, vind ik Tokio haast prettig. Ik heb het gevoel dat ik met vakantie op een andere planeet ben en me voordoe als een autochtone *alien*. Ik zou zelfs kunnen blijven. Ik vind het leuk om bij de controle mijn reispasje van JR op te houden voor de treinman. Ik vind het leuk dat niemand zijn neus in je zaken steekt. Ik vind het leuk dat de reclames elke week veranderen – op Yakushima veranderen ze eens in de tien jaar. Ik vind het leuk om elke de dag de trein van Kita Senju naar Ueno te nemen. Ik vind het leuk zoals hij ondergronds schiet en een duikboot wordt. Ik vind het leuk zoals de duikboten elkaar bij verschillende snelheden inhalen en je jezelf wijs kunt maken dat je achteruitgaat. Ik vind het leuk om een glimp van forenzen achter ramen op gelijke hoogte op te vangen – twee verhalen die tegelijkertijd herinnerd worden. Kita Senju naar Ueno is 's ochtends onvoorstelbaar vol. Wij slaperige loonslaven schommelen en slingeren eendrachtig als de trein van snelheid verandert. Normaal komen alleen geliefden en tweelingen zo dichtbij elkaar. Ik vind het leuk dat in een duikboot niets besloten hoeft te worden. Ik vind het gedempte bonken leuk. Tokio is één enorme machine, uit kleinere componenten opgebouwd. De loonslaven weten alleen maar waar hun eigen minuscule component toe dient. Ik vraag me af waar Tokio toe dient. Ik vraag me af wat het doet. Ik ken de namen van alle stations tussen hier en Ueno al. Ik weet waar ik moet gaan staan om het dichtstbij de uitgang uit te kunnen stappen. Ga niet in de voorste coupé, zegt oom Asfalt – als de trein botst, is dat de kreukelzone – en wees op het perron op je hoede als de trein binnenrijdt, dat je niet door een hand in je rug over de rand wordt geduwd. Ik houd van het brouwsel van zweet, parfum, geplet eten, vuil, cosmetica. Ik vind het leuk hoe je weerspiegelde gezichten kunt bekijken, zo grondig dat je haast in hun herinnering kunt bladeren. Duikboten vervoeren loonslaven, schedels vervoeren herinneringen en wat voor de één een klerezooi is, kan voor een ander het paradijs zijn.

❖

'Eiji!' Anju natuurlijk. Maanlicht helder als een UFO-ontvoering, lucht zwaar van de wierook tegen muggen die mijn grootmoeder gebruikt om de bewoonde kamers uit te roken. Anju fluistert om haar niet wakker te maken. 'Eiji!' Ze zit op de hoge vensterbank, met haar armen om haar knieën. Bamboeschaduwen zwaaien vermanend op de tatami en de verschoten fusuma. 'Eiji! Ben je wakker?'

'Nee.'

'Ik heb naar je gekeken. Je bent dan wel mij als jongen, maar je snurkt.'

Ze wil me wakker maken door me kwaad te maken. 'Dat is niet waar.'

'Je snurkt als een kotsend varkentje. Raad eens waar ik geweest ben.'

Laat me slapen. 'In de wc.'

'Op het dak! Je kunt langs de paal van het balkon naar boven klimmen. Ik heb uitgevonden hoe. Zo warm daar. Als je lang genoeg naar de maan kijkt zie je hem bewegen. Ik kon niet slapen. Ik werd wakker van een plaagmug.'

'Ik ben wakker van een plaagzus. Morgen is mijn voetbalwedstrijd. Ik moet slapen.'

'Dan moet je voor je conditie een avond-twaalfuurtje hebben. Kijk.'

Naast het bed staat een dienblad. Omochi, sojasaus, daikon-augurken, pindakoekjes, thee. Ik voorzie moeilijkheden. 'Als Grotie dat merkt gaat ze...'

Anju maakt rimpels in haar gezicht en in haar stem om Grotie na te doen. 'Jongedame, je moeder heeft dan wel je botten gemaakt, maar alles wat er in dat hoofdje van je zit, heb *ik* geflikt!'

Ik lach, als altijd. 'Je bent in je eentje naar de keuken geweest?'

'Ik heb tegen de geesten gezegd dat ik een van hen was en dat geloofden ze.' Anju springt op en belandt zonder een geluid bij mijn voeteneind. Ik weet dat verzet zinloos is, ga dus rechtop zitten en neem een hap van een piepende augurk. Anju glijdt onder mijn futon en dompelt een omochi in een schoteltje met sojasaus. 'Ik heb weer mijn vliegdroom gehad. Ik moest alleen *echt* heel hard klapwieken om in de lucht te blijven. Ik kon een heleboel mensen rond zien lopen en er was zo'n grote circustent met strepen waar Mam woonde. Ik zou er net op neerduiken toen die mug me wakker maakte.'

'Pas maar op dat je niet valt.'

Anju denkt na. 'Wat?'

'Als je droomt dat je valt en de grond raakt, sterf je in werkelijkheid in je bed.'

Anju denkt nog wat langer na. 'Wie zegt dat?'

'Geleerden zeggen dat.'

'Onzin.'

'Geleerden hebben het bewezen!'

'Als je gedroomd hebt dat je valt en de grond raakt en dan daardoor doodgaat, hoe kun je dan weten dat je droomde dat je viel?' Ik denk dit door. Anju geniet in stilte van haar triomf. Kikvorsen slaan aan en vallen stil, duizenden marimba's. In de verte is de zee in slaap. We smakken de ene omochi na de andere naar binnen. Ineens begint Anju te praten met een stem die ik niet van haar ken. 'Eiji, ik zie haar gezicht nooit meer.'

'Wie z'n gezicht?'

'Van Mam. Jij?'

'Ze is ziek. Ze is in een speciaal ziekenhuis.'

De stem van Anju is aarzelend. 'En als dat nou niet waar is?'

Huh? 'Natuurlijk is het waar!' Ik heb het gevoel dat ik een mes heb ingeslikt. 'Ze ziet eruit zoals ze eruitziet op de foto's.'

'Die foto's zijn oud.' Waarom nu? Anju veegt haar ogen aan haar nachthemd af en kijkt de andere kant op. Ik hoor dat haar kaak en keel een beetje vastzitten. 'Ik moest van Grotie bij mevrouw Tanaka een doos waspoeder kopen toen je vanmiddag naar het voetbaltrainen was. Mevrouw Oki en haar zus uit Kagoshima waren er. Ze stonden achterin de zaak en ze hadden me eerst niet de in de gaten, dus ik hoorde alles.'

Het mes bereikt mijn darmen. 'Hoorde wat?'

'Mevrouw Oki zei: "Natuurlijk heeft dat meisje van Miyake haar gezicht hier niet vertoond." Mevrouw Tanaka zei: "Natuurlijk niet, daar heeft ze ook het recht niet toe." Mevrouw Oki zei: "Ze zou niet durven. Haar twee kleinen achterlaten bij hun grootmoeder en ooms en het er zelf in Tokio van nemen met haar luxemannen en haar luxeflats en luxeauto's." Toen zagen ze mij.' Het mes draait zich om. Anju snuift tussen een dichte reeks van snotters door.

'En toen?'

'Ze liet haar eieren vallen en vloog naar buiten.'

Een nachtvlinder verdrinkt in het maanlicht.

Ik veeg Anju's tranen af. Ze zijn heel warm. Dan duwt ze mij van zich af en duikt koppig gehurkt ineen. 'Moet je luisteren,' zeg ik, terwijl ik me afvraag wat ik zeggen moet. 'Mevrouw Oki en haar zus uit Kagoshima en mevrouw Tanaka, dat zijn allemaal heksen die hun eigen pis opdrinken.'

Anju schudt haar hoofd tegen de daikon-augurk die ik haar voorhoud. Ze mompelt alleen maar. 'Kapotte eieren. Overal.'

◆

Fujifilm zegt 02:34. Slaap. Slaap. Je hebt slaap. Je oogleden zijn heeeeeelll zwaar. Ik geloof het niet. Laat me slapen. Alsjeblieft. Ik moet morgen werken. Vandaag. Ik doe mijn ogen dicht maar zie een lichaam door de ruimte vallen. Een radslag maken. Kakkerlak worstelt nog altijd met de lijm. Kakkerlakken hebben voelsprieten die de poten laten lopen nog voordat de hersenen het gevaar opmerken. Hoe ontdekken de geleerden dat soort dingen? Kakkerlakken eten zelfs boeken als er niets sappigers in de buurt is. Kat zou Kakkerlak een pak slaag geven. Kat. Kat kent het geheim van leven en dood. Woensdagavond, ik kom thuis van mijn werk. 'Goeie dag op kantoor, schat?' vraagt Buntaro, die ijskoffie uit een blikje drinkt. 'Niet slecht,' zeg ik. Buntaro slurpt de laatste druppels op. 'Hoe zijn je collega's?' 'Ik heb er nog niet veel gezien. Suga, de knaap die ik moet vervangen, denkt dat hij een soort van aartscomputercrimineel is. Mevrouw Sasaki, mijn chef, schijnt mij niet zo te mogen, maar toch vind ik haar aardig. Meneer Aoyama, haar baas, is zo gespannen dat het me verbaast dat hij kan lopen zonder te piepen.' Buntaro keilt zijn blikje in een prullenbak en een klant komt binnen om een stapel video's terug te brengen. Ik klim omhoog naar mijn capsule, val neer op mijn futon en lees voor de honderdste keer de brief van Akiko Kato. Ik oefen op mijn gitaar terwijl de kamer zich vult met vale schemering. Ik kan me nog geen nieuwe verlichting permitteren en heb alleen een afgedankte lamp die door de vorige huurder achterin het toilet was gezet. Ineens besluit ik mezelf toe te geven dat de vage hoop die ik mijn hele leven heb gekoesterd – dat ik, door naar Tokio te gaan, vroeg of laat mijn vader tegen het lijf zou lopen – belachelijk is. Deerniswekkend. De waarheid maakt mij, in plaats van opgelucht, zo down dat ik geen gitaar kan spelen. Ik vouw mijn futon daarom tot een stoel en doe de tv aan, vorige week opgedoken bij het afval. Die tv is een lor. De groentinten zijn zachtpaars, de blauwe roze. Ik krijg vijf kanalen, plus eentje in een sneeuwstorm. De programma's zijn ook allemaal even lorrig. Ik kijk naar de gouverneur van Tokio die verkondigt dat alle zwarten, hispanics en Koreanen in geval van een aardbeving als bezetenen tekeer zullen gaan – plunderen, brandschatten en verkrachten. Ik schakel over op een ander kanaal. Tokyo Giants maken Hiroshima Carp in. Ik haal de doos met afgeprijsde sushi uit de koelkast. Ik zap. Er komt een geheugenspelletje waarin de deelnemers vragen krijgen over kleine details in een filmfragment dat ze zojuist hebben gezien. Ik verbeeld me dat een schaduw in mijn ooghoek opduikt. Hij schiet zichzelf in mijn richting af en ik laat de helft van mijn avondeten vallen.

'Waaah!'

Een zwarte kat belandt aan mijn voeten. Hij spert een gretige mond open. Zijn staart is in wit gedompeld. Hij heeft een halsband met een Schotse ruit. 'Kat,' gooi ik er zinloos uit, terwijl mijn polsslag probeert zichzelf weer tot rust te brengen. Hij moet vanaf een richel op mijn balkon zijn gesprongen en binnen zijn gekomen door de spleet in het muggengaas. 'Sodemieter op!' Kat is een uiterst onverstoorbaar exemplaar. Ik kom met het plotselinge gestamp van mensen die een dier willen intimideren, maar Kat kent dat allemaal allang. Kat kijkt naar mijn sushi en likt de lippen. 'Luister,' zeg ik, 'ga een huisvrouw zoeken met een vrieskast vol restjes.' Kat is te gereserveerd om antwoord te geven. 'Eén schoteltje melk,' zeg ik, 'en dan ga je weg.' Kat slurpt het onder het uitschenken op. Meer.

'Dit is je laatste schoteltje, ja?' Terwijl Kat nu iets beschaafder lebbert, vraag ik me af wanneer ik met praten tegen dieren ben begonnen. Het dier kijkt hoe ik de pluisjes van mijn laatste sushi blaas. Tenslotte eet ik maar een doos met crackers op terwijl Kat op verse kabeljauwkuit, geelstaarttonijn en inktvis kauwt.

Verlaat station Ueno door de uitgang bij het park, ga langs de concertzaal en musea, loop langs de rand van de fontein en je komt bij iets van een laag bosje. Dakloze mensen wonen daar in tenten van hemelsblauw plastic dekzeil en houten palen. De beste tenten hebben zelfs een deur. Ik denk dat daar Fotodame huist. Donderdag kwam ze vlak voor mijn lunchpauze aan de afhaalbalie. Het was de warmste dag van de week. Het wegdek was zo zacht als gesmolten chocolade. Ze droeg een strakgespannen hoofddoek, een lange rok van onbestemde kleur en onbestemd patroon en afgetrapte gympen. Veertig, vijftig, zestig jaar – moeilijk te zeggen onder het verweerde en diep ingedrongen vuil. Suga zag haar komen, trok zijn grijns, meldde dat het zijn lunchpauze was en glipte weg om zichzelf te kastijden op het toilet. De dakloze vrouw doet mij aan de boerenvrouwen van Yakushima denken, maar zij is excentrieker. Ze is scheel. Ze heeft een gebarsten, hese stem. 'Ik ben ze kwijt.'

'Wat bent u kwijt?'

Zij mompelt tegen haar voeten. 'Heeft iemand ze al aan u gegeven?'

Mijn handen gaan naar het aangifteblok. 'Wat bent u kwijt?'

Ze kijkt me vluchtig aan. 'Mijn foto's.'

'U bent een paar foto's kwijt?'

Ze haalt een ui uit haar zak en pelt de knapperige bruine schil eraf. Haar vingers zijn zwart en met korsten bedekt.

Ik probeer het nog een keer. 'Bent u de foto's in een trein kwijtgeraakt of op het station?'

Ze blijft angstig kijken. 'Ik heb de oude terug...'

'Het zou handig zijn als u mij iets meer zou kunnen zeggen over...'

Ze likt aan de ui. 'Maar de nieuwe heb ik niet teruggekregen.'

'Waren het belangrijke foto's?'

Zij bijt. Het knarst.

Mevrouw Sasaki komt tevoorschijn uit het kantoortje en knikt naar Fotodame. 'Smoorheet, hè, vandaag?'

Fotodame praat door uienpruim. 'Ik moet ze hebben om de klokken af te dekken.'

'Het spijt me, we hebben uw foto's niet vandaag. Misschien vindt u ze morgen terug. Hebt u al bij de Shinobazu-vijver gekeken?'

Fotodame fronst het voorhoofd. 'Wat zouden mijn foto's daar moeten doen?'

Mevrouw Sasaki haalt de schouders op. 'Wie weet? Het is een koele plek op een warme dag.'

Ze knikt. 'Wie weet...'

Ik zie haar weglopen. 'Is het een vaste klant?'

Mevrouw Sasaki ruimt de balie op. 'We zijn een onderdeel van haar programma. Het kost niets om beleefd tegen haar te zijn. Begrijp je wat die "foto's" van haar zijn?'

'Iets van een familiealbum, denk ik.'

'Ik heb haar eerst ook letterlijk genomen.' Mevrouw Sasaki praat behoedzaam, zoals gewoonlijk. 'Maar ik denk dat ze het over haar herinneringen heeft.' We zien haar verdwijnen in de schemering. Krekels worden opgewonden en lopen af. 'Meer dan onze herinneringen zijn we niet.'

❖

De maan heeft bewogen. Anju nipt aan haar thee, weer rustig. Ik ben tussen slapen en waken. Ik doe mijn best om het gezicht van onze moeder voor me te zien. Ik meen mij een parfum van haar te herinneren, maar zeker weten doe ik het niet. Ik voel Anju in de kromming van mijn slaperig lichaam kruipen. Ze piekert nog steeds. 'De laatste keer dat we haar zagen was in Kagoshima bij oom Geld. De laatste keer dat we weg waren van Yakushima.'

'De verjaardag van het geheime strand. Twee jaar geleden?'

'Drie. Twee jaar geleden was de verjaardag van de rubberboot.'

'Ineens was ze weg. Ze was er de hele week en toen ineens was ze er niet meer.'

'Zal ik je een geheim vertellen?'

Ik ben weer wakker. 'Een echt geheim?'

'Ik ben geen kind meer. Natuurlijk is het echt.'

'Nou, zeg dan.'

'Grotie heeft gezegd dat ik het nooit aan iemand mocht vertellen, zelfs niet aan jou.'

‘Wat?’

‘Over toen ze wegging die dag. Mam, bedoel ik.’

‘Je hebt drie jaar lang een geheim bewaard? Ik dacht dat ze wegging omdat ze ziek was.’

Anju geeuwt, onverschillig voor wat ik denk of dacht.

‘Zeg dan.’

‘Ik was ziek die dag. Jij was naar voetbaltrainen. Ik zat beneden aan tafel mijn huiswerk te maken. Mam begon tempura te maken.’ De stem van Anju is wat zwakker geworden. Ik heb liever dat ze snottert. ‘Ze deed raar spul in het beslag.’

‘Wat voor raar spul?’

‘Spul dat je niet kunt eten. Haar horloge, een kaars, een theezakje, een gloeilamp. De gloeilamp knapte toen ze hem in de olie deed en ze lachte raar. Haar ring. Daarna legde ze alles op een bord met misobladeren en zette dat zo voor me neer.’

‘Wat heb je toen gezegd?’

‘Niks’

‘Wat zei ze?’

‘Ze zei dat ze aan het spelen was. Ik zei: “Je hebt gedronken.” Ze zei: “Het komt allemaal door Yakushima.” Ik vroeg waarom ze niet kon spelen zonder drinken. Ze vroeg waarom ik niet van haar eten hield. Ze zei dat ik als een braaf meisje mijn bord leeg moest eten. Ik zei: “Ik kan die dingen niet eten.” Toen werd ze kwaad. Weet je nog hoe eng ze soms kon zijn wanneer ze op bezoek kwam? Ik weet niet meer hoe haar gezicht eruitzag, maar dat weet ik nog wel.’

‘Wat is er toen gebeurd?’

‘Tante Geld kwam en die nam haar mee naar de slaapkamer. Ik hoorde haar.’ Anju slikte. ‘Ze *huilde.*’

‘Mam huilde?’

‘Tante Geld kwam terug en zei dat als ik ooit aan iemand zou vertellen, zelfs aan jou, wat er gebeurd was, dat dan een boze dokter Mamma mee zou nemen.’ Anju fronst het voorhoofd. ‘Dus ik heb het mezelf zo’n beetje doen vergeten. Maar niet echt.’

Een uil krast.

Ik moet slapen.

Anju wiebelt heen en weer, zachtjes, zachtjes.

Een hond in de verte blaft naar iets, echt of in herinnering.

‘Eiji, je moet morgen niet naar Kagoshima gaan.’

‘Ik moet. Ik zit in de verdediging.’

‘*Je moet niet gaan.*’

Dat begrijp ik niet. ‘Waarom niet?’

‘Ga dan maar wel. Het kan mij niet schelen.’

‘Het is maar twee dagen.’

Anju snauwt tegen me. ‘Je bent niet de enige om grotemensendingen te doen!’

‘Hoe bedoel je?’

‘Voor jou een vraag en voor mij een weet!’

‘Wat ga je doen?’

‘Dat merk je wel als je terugkomt van je voetbalspelletje!’

‘Zeg dan!’

‘Ik hoor je niet! Je zit in Kagoshima!’

‘Zeg dan!’ Ik ben bang.

Haar stem wordt hatelijk. ‘Je zal het wel merken. Je zal het wel merken.’

‘Wat kan het me ook schelen wat je doet.’

‘Ik heb vanochtend de paarlemoeren slang gezien!’

Nu weet ik dat mijn zusje liegt. Die paarlemoeren slang is een stom verhaal dat onze grootmoeder vertelt om ons bang te maken. Ze zegt dat hij in de voorraadschuur van de Miyakes leeft van voordat zij werd geboren en dat hij alleen tevoorschijn komt om te waarschuwen voor een naderend dood. Anju en ik zijn al eeuwen geleden gestopt met haar te geloven, alleen heeft onze grootmoeder dat nooit gemerkt. Ik ben beledigd dat Anju denkt dat ze mij met angst voor de paarlemoeren slang kan dwingen toe te geven. Ik luister naar de maartse middernachtvogel en probeer mij de woorden bij zijn lied te herinneren. Hij raakt het spoor steeds bijster en begint dan weer opnieuw. Elk jaar her-herinner ik me die vogel, maar tegen de regentijd ben ik hem weer vergeten. Veel later probeer ik het weer goed te maken met mijn zusje, maar ze slaapt, of doet alsof.

◆

Fujifilm heeft drie uur over de grens gesmokkeld zonder dat ik het heb gemerkt. Nog twee uur tot zonsopgang. Dat plakkerige nachtweb is voor driekwart gesponnen. Op het werk ben ik natuurlijk de hele dag kapot. Mevrouw Sasaki heeft me gewaarschuwd dat het zaterdags drukker, niet stiller, is dan op doordeweekse dagen, omdat forenzen beter op hun bagage passen dan winkelende weekendmensen en vrijdagavondklanten. En omdat een heleboel mensen tot zaterdag wachten met een gevonden voorwerp op te halen. De mediamensen zullen wel komen snuffelen naar vervolgverhalen over meneer Aoyama. Arme kerel. Plotseling, ruw als een kogel door een trommelvel, riiiiiiiiinkelt de telefoon. Raar. Ik heb mijn nummer pas vorige week gekregen. Niemand kent het. De telefoon riiiiiiiiinkelt. Stel je voor dat het een engerd is, op zoek naar een lukrake kick? Ik neem op, en voordat ik het weet heb ik een gek in mijn douchecel. Geen denken aan dat ik opneem. De telefoon riiiiiiiiinkelt. Buntaro? Iets van een noodgeval? Wat voor noodgeval? De telefoon riiiiiiiiinkelt. Wacht. Iemand van Osugi en Bosugi kent mijn nummer – stel je voor, een medewerkster van Akiko Kato heeft mijn brief gelezen voordat ze hem in de versnipperaar heeft gedaan en heeft zich op onverklaarbare wijze in mijn benarde situatie ingeleefd. Ze neemt contact op met mijn vader en die moet wachten tot zijn vrouw slaapt voordat hij contact met mij durft op te nemen. Hij fluistert hees, opgewonden, in een afgelegen deel van zijn huis. 'Neem op!' De telefoon riiiiiiiiinkelt. Ik moet nu beslissen. Nee. Laten bellen. Neem op! Ik duik van mijn futon, raak met mijn voet verstrikt in een opklapbaar droogrek, stoot mijn teen aan mijn gitaarkist en duik naar de hoorn. 'Hallo?'

'Altijd weer-o, een pizza van Nero!' Een zingende man.

'Hallo?'

'Altijd weer-o, een pizza van Nero.' Een vaag geïrriteerde man.

'Ja, dat zei u, geloof ik.'

'Ik heb die stomme riedel niet geschreven!' Een weer wat mildere stem.

'Ik ook niet.'

'Wacht even, jongeman – jullie hebben folders bij ons kantoor bezorgd, waarin staat dat de eerste tweehonderd mensen die buiten de piekuren bellen en "Altijd weer-o, een pizza van Nero!" zingen recht hebben op een middelgrote pizza naar eigen keuze. Dat is wat ik net heb gedaan. Ik ga voor mijn vaste Kamikaze: bovenlaag van mozzarella, banaan, kwarteleieren, kammosselen, driedubbele Spaanse peper, inktvisinkt. De pepers niet fijngesneden. Ik wil er graag op kunnen zuigen. Kan ik me beter concentreren. Nou – ben ik een van de eerste tweehonderd, ja of nee?'

'Is dit een grapje?'

'Beter van niet. Een hele nacht overwerken maakt gulzig.'

'Ik denk dat u verkeerd verbonden bent.'

'Onmogelijk. Dit is toch de Nero Pizza, ja?'

'Nee.'

'Dat weet u zeker?'

'Joe.'

'Ik heb dus na drie uur 's nachts een particuliere woning gebeld?'

'Uh-huh.'

'Het spijt me ontzettend. Ik weet niet wat ik zeggen moet.'

'Geeft niet. Ik kon toch niet in slapen, vannacht.'

'Maar ik was zo uit de hoogte! Ik dacht dat u zo'n stomme pizzajongen was.'

'Echt geen probleem. U hebt alleen een rare smaak wat pizza's betreft.'

Hij gniffelt uit verholen trots. Hij is ouder dan ik dacht. 'Heb ik zelf bedacht. Bij Nero noemen ze het de Kamikaze – ik heb het de telefoniste tegen de kok horen zeggen. Het geheim is de banaan. Die plakt alle andere smaken aan elkaar. Maar goed, ik moet u niet langer lastigvallen. Nogmaals – mijn oprechte excuses. Het is onvergeeflijk wat ik heb gedaan. Onvergeeflijk.' Hij hangt op.

❖

Ik word alleen wakker. Een raam vol zomersterren die tot bijna niets gesmolten zijn. Anju's futon is weg. Anju ook. Zou ze op het dak zijn? Ik trek de klamboe open. 'Anju? Anju!' De wind doorzoekt de bamboe en de kikvorsen gaan aan de slag. Goed. Ze wil mokken, ze doet maar. Vijftien minuten later ben ik aangekleed, heb ik ontbeten en loop ik over de weg naar de haven van Anbo, met mijn sporttas en mijn nieuwe baseballpetje dat Anju voor me heeft gekocht van haar zakgeld van oom Asfalt. Ik vang een glimp op van de veerboot naar Kagoshima, verlicht als een ruimteschip op zijn lanceerplatform, en voel een golf van opwinding. Eindelijk is het zover. Ik ga naar Kagoshima, in mijn eentje, en ik weiger mij door mijn stomme, jaloerse zusje een schuldgevoel te laten opdringen omdat ik voor één nacht bij haar weg ben. Dat weiger ik. Hoe weet ik trouwens zeker dat het waar is wat ze gisteravond over onze moeder zei? Ze doet raar de laatste tijd. Een meteoor krast in het donkerpaars. Het donkerpaars veegt de meteoorkras weg. En dan komt er een fantastisch idee bij me op. Het is het beste idee dat ik ooit heb gehad. Ik ga trainen, trainen en trainen en word zo'n briljante voetballer dat ik op mijn twintigste bij de finale om de World Cup uitkom tegen Brazilië. Japan staat in de zestigste minuut met acht-nul achter. Dan word ik als reserve ingezet en ik scoor drie hattricks voor het eind van de blessuretijd. Over de hele wereld kom ik in kranten en op televisie. Onze moeder is zo trots dat ze stopt met drinken, maar nog beter is het dat onze vader me ziet, mij herkent en naar het vliegveld rijdt om bij de aankomst van het teamtoestel aanwezig te zijn. Anju staat daar natuurlijk ook te wachten, en onze moeder, en onder het toeziend oog van de wereld worden we herenigd. Wat fantastisch. Wat logisch. Ik brand van talent en hoop. Ik zie in Anbo een lichtje branden en als ik over de hangbrug loop zie ik een flits. Een zalm springt.

Waar de rivier in de monding overgaat is het dal steil en smal. Grotie en de oude mensen van Anbo noemen het de Hals. Het is een heel spokerige plek, maar ik ben niet bang. Half om half vrees en hoop ik dat Anju zich hier voor me verstopt heeft. De gezichten tussen de dennenbomen zijn er niet echt. Waar in de regentijd het water over de weg stroomt, geeft een toripoort het begin aan van het pad dat over de helling omhoog slingert naar het heiligdom van de dondergod. Grotie verbiedt ons daar te spelen. Ze zegt dat de dondergod en de jomonceders de oudste levende dingen van Yakushima zijn. Doe even oneerbiedig tegen hem en de volgende keer dat je het water oversteekt komt een tsoenami je verdrinken. Anju wilde haar vragen of dat met onze grootvader, de vader van onze moeder, was gebeurd, maar ik heb haar laten beloven om dat niet te doen. Mevrouw Oki heeft aan een kind in onze klas verteld dat hij met zijn gezicht naar beneden is verdronken in een sloot, dronken. Maar goed, de mensen van het dorp zullen de dondergod nooit bij kleinigheden als een examen, een geldkwestie of een bruiloft vragen om een gunst – daarvoor gaan ze naar de nieuwe tempel van pater Kakimoto naast de bank. Voor baby's, het zegenen van de vissersboten, troost bij de dood van een familielid, daarvoor beklimmen ze de treden naar het heiligdom van de dondergod. Altijd alleen.

Ik kijk op mijn Zax Omega-horloge. Tijd zat. De weg naar de World Cup begint vandaag in Kagoshima en ik zal alle hulp die ik maar kan vinden nodig hebben. Onze vader vinden is geen kleinigheid. Niets is voor Anju en mij van groter belang. Zonder verder nadenken smijt ik mijn sporttas achter een bemoste rots en begin, vol energie door mijn fantastische inval, de modderige trappen op te rennen.

◆

Ik leg de hoorn neer. Rare kerel, zoals hij zich bleef verontschuldigen. Misschien doorbreekt dat telefoontje de ban van de slapeloosheid. Misschien beseft mijn lichaam nu hoe moe het is en doet het eindelijk de zaak dicht. Ik lig op mijn rug, tuur omhoog en maak paardensprongen op de tegels van het plafond, totdat ik vergeet op welke ik al geweest ben. Dan begin ik opnieuw. Bij de derde poging word ik door het zinloze van die inspanning overvallen. Als ik niet kan slapen kan ik net zo goed nadenken over de brief. De Andere brief. De Grote Brief. Hij kwam – wanneer? – donderdag. Gisteren. Nou, eergisteren. Ik kom totaal uitgeput bij de Vallende Ster. Op perron negen waren zesendertig bowlingballen blijven liggen, het verste perron vanaf het bureau Gevonden Voorwerpen. Suga voerde zijn verdwijntruc uit zodat ik ze één voor één moest aansjouwen. Later zijn ze opgehaald door een team dat er op Tokio Centraal op stond te wachten. Ik begin te begrijpen dat de wetten van de waarschijnlijkheidsleer anders werken als het om gevonden voorwerpen gaat. Mevrouw Sasaki kreeg een keer een menselijk skelet op haar karretje, in een rugzak gepropt. Een student medicijnen had het na het afscheidsfeestje van zijn hoogleraar laten liggen in de trein. Goed, ik kom bij de Vallende Ster, druipend van het zweet. Buntaro zit op zijn kruk achter de balie een ijsje met groenetheesmaak op te lepelen en bestudeert met een vergrootglas een stuk papier. 'Hé, makker,' zegt hij. 'Wil je mijn zoon zien?' Dat is vreemd, want Buntaro heeft me verteld dat hij geen kinderen heeft. Dan laat hij me een vel met een wazige inktvlek zien. Ik kijk vragend naar mijn trotse huisbaas. 'Het wonder van de echoscopie!' zegt hij. 'In de schoot!' Ik kijk naar Buntaro's buik en hij fronst. 'Heel leuk. We hebben een naam voor hem gekozen. Mijn vrouw, in feite. Maar ik was het ermee eens. Wil je weten wat we gekozen hebben?'

'Natuurlijk,' zeg ik.

'"Kodai". "Ko" als in reis, "dai" als in groot. Grote Reis.'

'Klinkt echt cool,' zeg ik en ik meen het.

Buntaro bewondert Kodai vanuit verschillende hoeken. 'Zie je zijn neus? Dit is zijn voet. Leuk, hè?'

'Heel erg leuk. Wat is dat garnaalachtige dingetje daar?'

'Hoe denk je dat we weten dat het een hij is, slimmerik?'

'O, sorry.'

'Er is weer een brief voor je. Ik zou wel een aparte brievenbus voor je neer kunnen zetten, maar dan loop ik de lol mis om de privé-post van mijn huurders open te stomen. Hier.' Hij geeft me een witte, blanco enveloppe, aanvankelijk afgestempeld in Miyazaki en door oom Geld in Kagoshima doorgestuurd. Ik scheur hem open en ontvouw drie gekreukelde vellen. Helikopters botsen en gebouwen exploderen op het videoscherm. Bruce Willis zet zijn zonnebril af en kijkt met halfdichtgeknepen ogen naar het inferno. Ik lees de eerste regel en begrijp van wie de brief komt. Ik stop hem in de zak van mijn colbert en ga de trap op – ik wil niet dat Buntaro de verbijstering op mijn gezicht ziet.

❖

Spinnenwebben trekken, rukken en plakken op de trap naar het heiligdom van de dondergod aan mijn gezicht. Suikerspinspinnen. Ik struikel en krijg modderige knieën. Ik probeer de spookverhalen die ik gehoord heb over de dode kinderen die op deze trappen wonen, uit mijn hoofd te zetten, maar zo gauw je probeert iets uit je hoofd te zetten, denk je er weer aan. Gigantische varens torenen boven mij uit. Zoetwaterkrabben schieten weg in spleten vol wortels. Een hert komt neer met een plof en verdwijnt in een kreupelbosje. Ik concentreer me op de definitieve hereniging met onze vader op het moment dat mijn plan zijn hoogste vrucht afwerpt en ren en ren en sta ineens op de open plek rond het heiligdom. Ik kan kilometers ver zien. Bergen in het binnenland deinen en stampen naar de licht wordende hemel. Licht strijkt de zee glad. Ik kan de ramen van de veerboot van Yakushima zien. Ik loop gespannen naar de klok en zoek om mij heen naar een volwassene om toestemming te vragen. Ik heb nooit eerder een god gewekt. Op nieuwjaarsdag neemt Grotie Anju en mij altijd mee naar de haven om onze zodiakamuletten om te wisselen, maar dat is een feestelijke gebeurtenis met familieleden, buren en een aai over onze bol. Dit is het echte werk. Dit is echte toverij. Alleen ik met de god van alle donders in zijn beschimmelde dommel. Ik pak het touw dat de klepel doet zwaaien...

De eerste slag ploetert door het woud en jaagt fazanten op.

De tweede slag laat gevechtstoestellen wankelen in turbulentie.

De derde slag smijt voorgoed de ijzeren deuren dicht.

Ik vraag me af of Anju op haar pruilplekje de slagen heeft gehoord. Als ik morgen terugkom ga ik haar vertellen dat ik het was. Ze zal het niet toegeven, maar ze zal onder de indruk van mijn durf zijn. Normaal gesproken is dit iets wat zij verzint. Ik nader het eigenlijke heiligdom. De dondergod kijkt kwaad. Zijn gezicht is haat, tyfoon en nachtmerrie, allemaal verstrengeld. Ik kan nu niet meer terug. Hij is wakker. Mijn muntstuk klettert in het offerblok, ik klap drie keer en doe mijn ogen dicht. 'Goedemorgen, uh, God van de Donder. Ik ben Eiji Miyake. Ik woon met Anju en Grotie in het laatste huis aan het weggetje door het dal, voorbij de grote boerderij van Kawakami. Maar dat weet u waarschijnlijk wel. Ik heb u wakker gemaakt om u om hulp te vragen. Ik wil de grootste voetballer van Japan worden. Dat is heel, heel erg veel, dus geef mij alstublieft geen aambeien, zoals u met de taxichauffeur hebt gedaan.'

'En daar staat tegenover?' vraagt de stilte.

'Als ik een beroemde voetballer ben, kom ik, uh, terug om uw heiligdom en alles op te knappen. En alles wat ik u kan geven, kunt u krijgen. Neem het. U hoeft het niet te vragen, neem het gewoon.'

De stilte zucht. 'Alles?'

'Alles.'

'Alles? Dat weet je zeker?'

'Ik zei "alles" en dat meen ik.'

De stilte duurt negen dagen en negen nachten. 'Afgesproken.'

Ik doe mijn ogen open. De staartvin van een vliegtuig laat een spoor van goud en roze achter. Duiven verzinnen voorzeggingen. De veerboot naar Kagoshima laat beneden in de haven van Anbo een verre toeter horen en ik zie auto's aankomen. De duizenden klokken van het bos, trillen, schieten, schreeuwen en krijsen tot leven. Ik hol weg, vlieg omlaag over de modderige trap waar de geesten van de dode kinderen oplossen in het eerste zonlicht.

◆

Miyazaki Kliniek
25 augustus

Dag Eiji,

Hoe moet ik beginnen? Ik heb al een kwaaie brief geschreven, daarna een klagelijke, daarna een grappige die begon met: 'Hallo, ik ben je moeder, aangenaam.' Daarna een die begon met 'Sorry'. Ze liggen verfrommeld bij de prullenbak aan de andere kant van de kamer. Ik kan heel slecht mikken.

Warme zomer, hè? Ik wist dat die zou komen doordat de regentijd alsmaar niet kwam. (Maar ik denk dat het op Yakushima toch nog altijd regent. Wanneer niet?) Nou, je bent nu bijna twintig. Twintig. Waar zijn al die jaren gebleven? Wil je weten hoe oud ik volgende maand word? Te oud om het aan iemand te vertellen. Ik word hier behandeld voor zenuwen/drank. Ik wou nooit meer terug naar Kyushu, maar de berglucht is hier tenminste koel. Mijn therapeute heeft me aangeraden je te schrijven. Ik wou eerst niet, maar zij is nog vasthoudender dan ik. Dat klinkt niet goed – ik wil je schrijven maar na al die tijd is het zo-, zoveel eenvoudiger om het niet te doen. Maar ik zit met een verhaal (meer een herinneringenserie). Mijn therapeute zegt dat ik alleen kan zorgen dat ik er niet meer door gekweld word door het aan jou te vertellen. Ik schrijf je dus uit zelfzucht, zou je kunnen zeggen. Maar vooruit.

Heel lang geleden woonde er in Tokio een jonge moeder met de kleine jij en de kleine Anju. De woning werd door je vader betaald, maar dit verhaal gaat niet over hem en zelfs niet over Anju. Dit gaat over jou en mij. Het leek in die tijd dat ik het goed voor elkaar had – een split-levelwoning op de negende verdieping in een chique wijk van de grote stad, bloembakken op het balkon, een heel rijke minnaar van wie zijn eigen vrouw zijn overhemden voor hem waste. Jij en Anju, moet ik toegeven, kwamen toen ik van Yakushima wegging niet in de plannen voor, maar het bestaan dat ik twintig jaar geleden leidde leek toch beter dan het leven van citrusteelt en eilandroddel dat mijn moeder, jouw grootmoeder – achter mijn rug om, zoals gewoonlijk – met de familie van Shintaro Baba had geregeld door mij bij hen in te laten trouwen. Neem van mij aan dat hij een kwarteeuw geleden al net zo'n smeerlap en onbeschofte vlerk was als, weet ik zeker, nu.

Het is niet gemakkelijk om dit op te schrijven.

Ik voelde me ellendig. Ik was drieëntwintig en iedereen zei dat ik mooi was. Het enige gezelschap dat jonge moeders hebben is andere jonge moeders. Jonge moeders vormen, als je er niet bij hoort, de meest wrede kliek ter aarde. Toen ze hadden ontdekt dat ik een 'tweede vrouw' was, vonden ze dat ik een verderfelijke invloed had en dienden ze bij de makelaar een verzoek in om mij eruit te zetten. Je vader had voldoende macht om dat te verhinderen, maar geen van hen heeft daarna ooit nog een woord tegen me gezegd. Zoals je weet, wist (nog) niemand op Yakushima iets van jullie bestaan, en het idee met al die veelzeggende blikken te moeten leven was te veel.

In die tijd begon je vader een verhouding met een minnares van nieuwer model. Een baby is voor een vrouw geen sexy attribuut. Een tweeling is tweemaal zo onsexy. De afloop was afschuwelijk – de details zul je vast niet willen weten. (Misschien ook wel, maar ik wil ze me niet voor de geest halen.) Toen ik in verwachting was bezwoer hij dat hij voor alles zou zorgen. Ik, naïef groentje dat ik was, besefte niet dat hij het alleen maar over geld had. Hij deed, zoals alle zwakke mannen, heel warrig en nam aan dat iedereen hem zou vergeven. Zijn advocaten namen de zaak over en ik heb hem nooit meer teruggezien. (Nooit gewild.) Ik kon in het appartement blijven, maar mocht het niet verkopen – het was in de tijd van de zeepbeleconomie en de woning verdubbelde elk halfjaar in waarde. Dat was kort nadat je één werd.

Ik was geen goede vrouw. (Ik ben nooit een echt goede vrouw geweest, maar weet dat nu tenminste.) Sommige vrouwen houden van het moederschap alsof ze al moeder waren voordat ze moeder werden – ik ben nooit voor het moederschap geschikt geweest, ook niet toen ik moeder was. Ik heb nog altijd een hekel aan kleine kinderen. Ik heb al het geld dat de advocaat van je vader stuurde voor je onderhoud uitgegeven aan een illegale Filippijnse kinderjuf, om het huis te kunnen ontvluchten. Ik ging vaak in een koffieshop zitten kijken naar de mensen die voorbijkwamen. Jonge vrouwen van mijn leeftijd die bij een bank werkten, aan bloemschikken deden of winkelden. Al die kleine, gewone dingen waarop ik had neergekeken voordat ik zwanger werd.

Er gingen twee jaren voorbij. Ik kreeg werk in een hostessbar, maar ik had nergens zin meer in. Een rijke weldoener had ik al aan de haak geslagen en telkens als ik thuiskwam werd ik door jou en Anju eraan herinnerd waar een rijke weldoener toe kan leiden. (Luiers en geblèr en slapeloze nachten.) Op een ochtend waren jij en ik alleen in huis – je had koorts en daarom bracht de kinderjuf alleen Anju naar de kleuterschool. Niet die in de buurt – de jongemoedermaffia had met een boycot gedreigd als jullie daar zouden worden toegelaten – we moesten dus met jullie naar een andere wijk. Je krijste. Misschien door de koorts, misschien omdat er geen Anju was. Ik had de hele nacht gewerkt, slikte daarom met wodka een paar pillen door en liet je over aan je lot. Het eerste wat ik daarna merkte was dat je aan mijn deur stond te rammelen – je liep toen al, natuurlijk. Ik kon niet slapen van de migraine. Ik had het niet meer. Ik schreeuwde dat je weg moest gaan. Natuurlijk begon je toen nog harder te krijsen. Ik schreeuwde. Daarna stilte. Toen hoorde ik je dat woord zeggen. Je moet het op de kleuterschool hebben opgevangen.

'Pappa.'

Er brak iets in me.

Heel kalm besloot ik je van de galerij te gooien.

Nieuwe inkt, nieuwe pen. Nogal opmerkelijk dat mijn pen het op dit punt begeeft. Dus. Heel kalm. *Ik besloot je van de galerij te gooien.* Die acht woorden verklaren onze levens nadien. Ik zeg niet dat ze rechtvaardigen wat ik heb gedaan, absoluut niet. Ik bedoel niet dat ik je van de galerij wilde gooien. Ik bedoel dat ik het deed. Echt. Het is zo moeilijk om dit op te schrijven.

Dit is er gebeurd. Ik gooide de deur van mijn slaapkamer open – hij ging naar buiten open – sleepte je over de gladde houten galerij, over de rand van de trap en uit het zicht. Ik verstijfde, maar ik had je val niet tegen kunnen houden, zelfs niet als ik bovenmenselijk was geweest. Je huilde niet toen je viel. Ik hoorde je. Stel je voor, een zak met boeken die naar beneden valt. Zo klonk je. Ik wachtte tot je zou gaan schreeuwen en wachtte, wachtte. Ineens ging de tijd drie keer zo vlug, om zichzelf in te halen. Je lag beneden en er spoot bloed uit je oor. Ik zie je nog voor me. (Nog altijd, telkens als ik ergens een trap af ga.) Ik was in alle staten. De mensen van de eerste hulp moesten tegen me schreeuwen om mijn gebrabbel te stoppen. Toen ik de telefoon had neergelegd, wat denk je dat ik zag? Je zat rechtop en likte het bloed van je vingers.

De man van de ambulance zei dat kinderen soms slap worden, als een lappenpop. Daardoor had je geen ernstige verwondingen opgelopen. De dokter zei dat je geluk had gehad, maar hij bedoelde dat ik geluk had gehad. Mijn verhaal dat je over de balustrade van de galerij was geklommen, werd door de wodka in mijn adem behoorlijk onderuitgehaald. In feite hadden we allemaal geluk gehad. Ik weet dat ik je wilde vermoorden en ik had de rest van mijn leven in de gevangenis kunnen zitten. Ik kan niet geloven dat ik dit nu eindelijk opschrijf. Drie dagen later heb ik de kinderjuf geld voor een maand gegeven en tegen haar gezegd dat ik jullie meenam naar je grootmoeder. Geestelijk was ik niet in staat om jou en Anju op te voeden. De rest is je bekend.

Ik schrijf dit niet om medeleven of vergeving van je te krijgen. Dit verhaal gaat verder dan dat. Maar de herinneringen houden mij zelfs nu nog uit mijn slaap en de enige manier die ik weet om ze tot bedaren te brengen is ze aan jou vertellen. Ik wil beter worden. Ik bedoel

aan de kreukels kun je zien, ja toch, dat ik dit net verfrommeld en naar de prullenbak gegooid heb. Ik deed niet eens mijn best om goed te gooien. En wat denk je? Hij viel er precies in, raakte niet eens de zijkant. Wie weet? Misschien is dit een van die momenten dat bijgeloof ergens op slaat. Ik ga dit onder de deur van dokter Suzuki door schuiven, voordat ik weer van gedachten verander. En als je me wilt bellen, draai het nummer in het briefhoofd. Kijk maar. Ik hoop

Fujifilm nadert vier uur. Wat is de juiste reactie op het nieuws dat je moeder je heeft willen vermoorden? Na drie jaar van non-communicatie. Ik ben eraan gewend dat mijn moeder er is, ergens, niet te dichtbij. Zo doen de dingen geen pijn. Maar als ik iets verander, ben ik bang dat het allemaal weer opnieuw gebeurt. Het enige plan dat ik kan bedenken is Niets Doen. Als dat vluchten is, oké, een automatisch stempel 'Gevlucht' is dan mijn officiële antwoord. Het 'nergens' van mijn vader – dat is waar ik geen raad mee weet, niet het 'ergens' van mijn moeder. Ik weet zelf wat ik bedoel, al kan ik het niet onder woorden brengen. Kakkerlak kronkelt nog steeds. Ik wil hem zien. Ik kruip naar de koelkast – wat is het klam vandaag. Het motel begint te vibreren als ik het oppak. Kakkerlak raakt in paniek. Een deel van mij wil hem bevrijden, een deel van mij wil hem onmiddellijk dood. Ik dwing mijzelf om erin te kijken. Fietsende voelsprieten en dolle vleugels! Zo weerzinwekkend dat ik het motel laat vallen – het komt op zijn dak terecht. Nu sterft Kakkerlak ondersteboven, arme glimmende drommel, maar ik heb geen zin om het motel nog aan te raken. Ik zoek naar iets om het mee om te keren. Ik vis in de vuilnisbak – heel behoedzaam, voor het geval dat Broer van Kakkerlak daar zit – en vind de geplette doos waarin de koekjes voor Kat hebben gezeten. Op donderdag heb ik de brief, nadat ik hem had gelezen, neergelegd en niets gedaan, ik weet niet voor hoe lang. Ik sta op het punt hem te herlezen als Kat verschijnt. Ze springt op mijn schoot en laat me haar schouder zien. Geronnen bloed en zachte huid waar een stuk vacht is weggerukt. 'Heb je gevochten?' Even vergeet ik de brief. Ik weet niets van eerste hulp, zeker niet van katten-eerste-hulp, maar ik denk dat ik de wond zou moeten ontsmetten. Ik heb natuurlijk niet zoiets praktisch als een ontsmettingsmiddel, dus ga ik naar beneden om het aan Buntaro te vragen.

Buntaro zet de video stil op het moment dat de Titanic voorover helt en mensen over het kilometerlange dek naar beneden glijden. Hij neemt een sigaret uit zijn pakje Caster en steekt op zonder er mij een aan te bieden. 'Niks zeggen. Als onze held weer een brief krijgt van zijn mysterieuze advocatendame met de mededeling dat het uit is, raakt hij zo terneergeslagen dat hij besluit zich de buik open te rijten, maar hij heeft alleen een nagelschaartje, dus...'

'Ik zit met een gewonde kat.'

Buntaro's gezicht betrekt. 'Een wat, jongen?'

'Een gewonde kat.'

'Houd je huisdieren in mijn appartement?'

'Nee. Ze komt alleen maar aanlopen als ze honger heeft.'

'Of als zij medische verzorging nodig heeft?'

'Het is maar een schram. Ik wil er iets ontsmettends op doen.'

'Eiji Miyake, dierenarts.'

'Alsjeblieft, Buntaro.'

Hij scharrelt even mopperend onder de kassa. Hij haalt een stoffige, rode doos tevoorschijn, veroorzaakt een aardverschuiving van rommel aan zijn voeten en geeft hem aan mij. 'Als er maar geen bloed op mijn tatami komt.'

'Benepen zeurpiet, je hebt elke huurder bij zijn vertrek een nieuwe tatami afgetroggeld, terwijl je hem sinds 1969 niet vernieuwd hebt, toch?' is niet het antwoord dat ik aan mijn huisbaas en werkverschaffer geef. Ik schud in plaats daarvan gedwee het hoofd. 'Ze bloedt niet meer. Ze heeft alleen iets van een wondje van het spelen waar iets aan gedaan moet worden.'

'Hoe ziet die kat eruit? Mijn vrouw weet misschien van wie hij is?'

'Zwart, witte poten en staart, een halsband met een Schotse ruit en een zilveren belletje.'

'Geen eigenaar, geen naam?'

Ik schud het hoofd. 'Bedankt.' Ik geef een tikje op de doos en begin aan mijn aftocht.

'Niet te veel gehecht aan raken,' roept Buntaro me over de trap achterna. 'Denk aan de "Gij zult geen andere huisdieren dan cactussen houden"-clausule in je huurcontract.'

Ik draai mij om en tuur naar hem omlaag. 'Welk contract?'

Buntaro grijnst een beetje vals en tikt op zijn voorhoofd.

Ik sluit mijn capsule af en verzorg Kat. De toverhazelaar moet prikken – bij mij en Anju prikte die altijd als Grotie het op een wondje deed – maar Kat vertrekt geen spier. 'Meisjes horen niet te vechten,' zeg ik tegen haar. Ik smijt de watten weg en breng de verbanddoos terug naar Buntaro. Kat maakt het zich gemakkelijk in mijn yukata. Raar. Kat laat zich door mij verzorgen, uitgerekend door mij.

Een hoofd verschijnt boven de aangiftebalie. De bezitter is een spichtig meisje van een jaar of elf, in een joggingpak met Mickey en Donald en rode linten in haar haar. Haar ogen zijn immens. 'Goedemiddag,' zegt ze. 'Ik heb de pijlen gevolgd. Is dit het bureau van de gevonden voorwerpen?'

'Ja,' zeg ik. 'Ben je iets kwijt?'

'Mammie,' zegt ze. 'Ze loopt altijd zonder mijn toestemming weg.'

'Jeetje,' mompel ik. 'Daar kan ik in meevoelen.' Wat moet ik doen? Suga heeft het hoofdstuk 'kind zoek' niet behandeld en hij is nu het karretje van de Ueno-dependance ophalen. Mevrouw Sasaki is met lunchpauze. Ergens rent een mammie hysterisch rond en ziet in haar verbeelding treinwielen en kidnappers die uit zijn op organen. Ik raak in de war. 'Ga maar even op de balie zitten,' zeg ik tegen het meisje. Ze klimt erop. Mooi. Wat moet ik doen? 'Gaat u niet vragen hoe ik heet,' vraagt het meisje.

'Natuurlijk. Hoe heet je?'

'Yuki Chiyo. Gaat u mammie oproepen met de grote luidspreker?'

'Natuurlijk.'

Ik ga de zijzaal in. Mevrouw Sasaki heeft op mijn eerste dag het oproepsysteem wel genoemd, maar Suga heeft me niet laten zien hoe het werkt. Draai deze sleutel om, haal die schakelaar over. Ik hoop. Een groen lichtje knippert onder 'Spreken'. Ik schraap mijn keel en leun voorover naar de microfoon. Het geluid van keelgeschraap vult Ueno. Als Yuki Chiyo haar naam hoort slaat zij haar armen om zich heen.

Ik smelt haast van verlegenheid. Yuki Chiyo kijkt me aandachtig aan.

'Zo, Yuki. Hoe oud ben je?'

'Tien. Maar mammie zegt, ik mag niet met vreemde mensen praten.'

'Je hebt al met me gepraat.'

'Alleen omdat ik u mammie op moest laten roepen.'

'Ondankbare kwibus.'

Ik hoor Aoyama deze kant op komen, voordat ik hem zie. Zijn schoenen, zijn sleutels. 'Hé! Miyake!'

Ik zit duidelijk zwaar in de stront. 'Goedemiddag...'

'*Niks* "Goedemiddag"! Sinds wanneer ben jij gerechtigd iets met algehele voorrang aan te kondigen?'

Mijn keel is droog. 'Ik heb me niet gerealiseerd dat...'

'Stel je voor, een trein komt met een gebroken remkabel Ueno binnenstormen!' Zijn ogen schuimen. 'Stel je voor, ik ben bezig een ontruiming aan te kondigen!' Aderen zwellen. 'Stel je voor, we krijgen een bommelding!' Gaat hij mij ontslaan? 'En jij, *jij*, overstemt mijn waarschuwing met een verzoek aan de moeder van een zoekgeraakt meisje om naar het bureau Gevonden Voorwerpen op de tweede verdieping te komen!' Hij stopt om lucht in te slaan. 'Jij, *jij*, maakt inbreuk op de dienstvoorschriften met je tienergerommel!'

'Tra-la-la!' Een vrouw in luipaardvel tikt op de balie.

'Mammie!' Yuki Chiyo zwaait.

'Lieverd, je weet dat mammie zich zorgen maakt als jij er zo vandoor gaat! Heb je deze knappe jonge knaap in moeilijkheden gebracht?' Zij duwt Aoyama opzij en zet haar designtassen op de balie. Een hooghartige, krengerige glimlach. 'Het spijt me vreselijk, jongeman. Wat moet ik zeggen? Yuki speelt dit spelletje telkens als we gaan winkelen, nietwaar lieverd? Mijn man zegt het is een fase waar ze doorheen moet. Moet ik ergens tekenen?'

'Nee, mevrouw.'

Aoyama dringt zich ertussen.

'Laat ik je iets geven voor je moeite.'

'Echt mevrouw, dat is niet nodig.'

'Je bent een schatje.' Ze draait zich om naar Aoyama. 'Wat een bof! Een kruier!'

Ik smoor mijn gehinnik een fractie van een seconde te laat. Aoyama straalt atoomwoede uit. 'Nee, mevrouw, ik ben de adjunct-stationschef.'

'O, nou, u ziet er in die uitrusting als een kruier uit. Kom, Yuki.'

Yuki draait zich naar mij om als ze door haar moeder meegenomen wordt. 'Sorry dat u door mij op uw kop hebt gekregen.'

Aoyama is te razend om mij nog meer op mijn kop te geven. 'Jij, Miyake, *jij*, ik zal dit *niet* vergeten! Ik ga dit schandaal vanmiddag nog rapporteren aan de tuchtcommissie!' En weg stormt hij. Ik vraag me af of ik nog een baan heb. Suga komt uit het kantoor. 'Miyake, je weet het de mensen wel lastig te maken.'

'Zat je al die tijd daar?

'Je leek de situatie in de hand te hebben.'

Ik wil Suga vermoorden en zeg dus niets.

❖

Ik zit op de veerboot! Anju en ik hebben er zo vaak naar gekeken; nu zit ik er echt op! Het dek helt naar de zijkanten af en de wind is sterk genoeg om ertegenin te leunen. Yakushima, het enorme land waar ik woon – langzaam maar zeker wordt het kleiner. Meneer Ikeda tast met zijn veldkijker uit het leger de kustlijn af. Zeevogels volgen de boot, alleen maar door te blijven hangen. De tweedeklassers ruziën over wat er zou gebeuren als de veerboot zinkt en wij ons in de reddingsboten moeten vechten. Anderen kijken naar de tv of worden uit een ruimte gegooid waar je niet mag komen. Eén jongen geeft over in het toilet. De motor dreunt. Ik ruik motordampen. Ik kijk hoe de boeg door de met schuim bedekte golven snijdt. Als ik niet al had besloten om voetbalcrack te worden werd ik zeeman. Ik zoek naar het heiligdom van de dondergod, maar het gaat al in de ochtendnevel schuil. Ik wou dat Anju hier was. Ik vraag me af wat ze gaat doen vandaag. Ik probeer me de laatste keer te herinneren dat we een dag niet samen waren. Ik ga zo ver terug als ik kan, maar zo'n dag is er nooit geweest. Yakushima is nu zo groot als een schuur. Ik zie nieuwe eilanden voor ons opdoemen en achter ons verzinken. Ik kan Yakushima tussen de 'O' van mijn duim en mijn wijsvinger passen. Een tand zit los. Meneer Ikeda is ook op het dek. 'Sakurajima,' roept hij tegen mij boven de wind en de motor uit en wijst naar voren. Ik zie de vulkaan groeien en één derde van de hemel in beslag nemen. De gespleten krater braakt mooie, zware rookwolken over een tweede derde uit. 'Je kunt de as proeven,' roept meneer Ikeda, 'op je tong! En daar, dat is Kagoshima!' Nu al? De tocht zou drie uur duren. Ik kijk op mijn Zax Omega-horloge en zie dat er bijna drie uur voorbij zijn. Daar komt Kagoshima. Groot! Je zou heel Anbo, ons dorp, tussen twee pieren van de haven kunnen stoppen. Enorme gebouwen, gigantische kranen, reusachtige vrachtschepen met plaatsnamen waarvan ik meestal nooit gehoord heb. Ik denk dat mijn geheugen uitgeschakeld was, de laatste keer dat ik hier was. Of was het donker toen misschien? Dit is waar de wereld begint. Wacht maar totdat ik het aan Anju vertel. Ze zal versteld staan. Versteld.

◆

Volgens Fujifilm is vier uur een kwartier geleden voorbijgegleden. Het beste wat ik op dit moment kan hopen is een paar uur slaap, zodat ik op het werk doodop, in plaats van al begraven, ben. Het was gisteren Suga's laatste dag, ik ben de hele middag dus alleen. Ik kan het lichaam nog zien vallen. Kakkerlak is stil. Is hij ontsnapt? Zint hij op wraak? Slaapt hij, dromend van aantrekkelijke kakkerlakkendijen en walmend afval? Ze zeggen dat op elke kakkerlak die je ziet, negentig familieleden buiten zicht zijn. Onder de vloer, in holten, achter kasten. Onder futons. Arme mam, hoopt ze dat ik denk. Goed, ze heeft ons toen we drie waren gedumpt bij onze oom, maar wat geweest is, is geweest. Ik ga haar vanochtend nog bellen. Geen *denken* aan! Vergeet het maar! Ik verbeeld me dat ik Tokio uit bed hoor komen. Ik heb jeuk in mijn nek. Ik krab. Ik heb jeuk op mijn rug. Ik krab. Ik heb jeuk in mijn kruis. Ik krab. Zodra Tokio wakker wordt is alle hoop op slaap verloren. De ventilator roert de hitte om. Hoe durft ze mij zo'n brief te schrijven. Ik was moe toen ik naar bed ging. Wat is er gebeurd?

'Mijn laatste vrijdag,' zegt Suga. 'Intense vreugde. Morgen, vrijheid. Miyake, je moet weer gaan studeren, imho. Het is beter dan voor de kost de kost verdienen.' Ik luister niet echt – dit is de ochtend na mijn ontdekking dat mijn moeder mij toen ik drie was van een galerij op de negende verdieping heeft gegooid – maar nu hij dat woord opnieuw zegt, geef ik me gewonnen. 'Wat is dat woord toch steeds?'

Suga doet verbaasd. 'Welk woord?'

' "Imho".'

'O, sorry,' zegt Suga, in het geheel niet sorry-klinkend, 'ik vergat het.'

'Vergat wat?'

'Mijn meeste vrienden zijn e-vrienden. Andere hackers. We hebben onze eigen taal, ja. "Imho"staat voor "*in my humble opinion*". Naar mijn bescheiden mening. Zoiets als: "*Ik* denk dat..." Gave term, toch?'

De telefoon gaat. Suga kijkt – ik neem op.

'Zijn we nu tevreden over onszelf, Miyake?' Een stem die ik ken, zacht sudderend van ingehouden woede.

'Meneer Aoyama?'

'Jij werkt voor ze, hè?'

'Voor station Ueno, bedoelt u, meneer?'

'Houd op met die komedie! Ik bedoel wat ik bedoel! Ik weet dat je voor de consultants werkt!'

'Welke consultants, meneer?'

'Ik zei, houd daarmee op! Ik kijk dwars door je heen! Je bent in mijn kamer geweest om rond te snuffelen, om te jatten, om alles te bekijken. Ik heb je spelletje door. En dan was er die provocatie van je, eergisteren. Dat was om mij uit mijn kamer te krijgen terwijl mijn dossiers werden gekopieerd. Het is nu allemaal duidelijk. O ja.

Ontken het maar eens! Als je durft!'

'Ik zweer het, meneer Aoyama, er moet een vergissing zijn...'

'Een vergissing?' Aoyama schreeuwt. 'Dat zie je heel goed! De grootste vergissing in je perfide bestaan! Ik heb Ueno gediend vanaf voordat jij werd geboren! Ik heb vrienden op het ministerie van Verkeer! Ik heb aan een belangrijke universiteit gestudeerd!' Ik kan niet geloven dat zijn stem nog harder kan, maar hij wordt het. 'Als jouw bazen denken dat ze *mij* kunnen "herstructureren" tot een uitgerangeerde nul in Akita met twee perrons en een papieren slaapzaal van het bedrijf, zitten ze er toch lelijk naast! Mijn tijd als kruiper is geweest!' Hij wacht even, hijgt en lanceert dan zijn slotoffensief. 'Ueno kent normen! Ueno kent ordening! Dat parasitaire, onbenullige, bemoeizuchtige tuig van die bazen van jou wil oorlog, die kunnen ze van me krijgen en jij, jij, *jij* wordt door kruisvuur vernietigd!'

Hij hangt op.

Suga kijkt me aan. 'Wat was dat?'

Waarom ik? Waarom ik altijd? 'Ik heb geen idee.'

◆

'Hoe moet ik dat tactisch zeggen?' Meneer Ikeda loopt tijdens onze peptalk in de rust heen en weer. 'Jongens. Jullie zijn volkomen, volkomen waardeloos. Een bende. Minder dan menselijk. Minder dan zoogdieren zelfs. Een schande. Een weerzinwekkende verspilling van scheepsolie. Een non-team van bijziende, kreupele luilakken. Het is nog een *wonder* dat de tegenstander niet met negen doelpunten voorstaat en de naam van dat wonder is Mitsui.' Mitsui kauwt kauwgom en geniet van de smaak van despotische goedgunstigheid. Hij is een talentvolle en strijdlustige keeper – het is een geluk dat hij de fantasie mist om mee te doen aan pesterijen op het schoolplein. Mitsui's vader is de beruchtste alcoholicus van Yakushima, waardoor onze keeper zich al heel jong het berekenen van kogelbanen eigen heeft gemaakt. Ikeda gaat door. 'In beschaafdere tijden had ik kunnen eisen dat de rest van jullie harakiri pleegt. Wel scheren jullie nu het hoofd in schande kaal als wij verliezen. Achterspelers. Hoe vaak heeft de tegenstander ondanks het uitstekende werk van de heer Mitsui de doellat geraakt? Nakamori?'

'Drie keer, meneer.'

‘En de doelpaal?’

Ik zuig mijn warme sinaasappelsap op, doe mijn scheenbeschermers goed, zie hoe het team van de tegenstander zijn peptalk krijgt – hun coach lacht. De muffe lucht van jongens en voetbalkleren. De middag is bewolkt geraakt. De vulkaan stoot wolken uit. ‘Miyake? De paal?’

‘Uh, twee keer, meneer,’ gok ik.

‘Uh, twee keer, meneer. Uh, ja. Uh, Nakayama, middenveld betekent “midden van het veld”, niet “midden van het strafschopgebied”. Aanvallen betekent dat we het doel van de tegenstander aanvallen. Hoe vaak heeft hun keeper de bal moeten aanraken? Nakamura?’

‘Niet zo vaak, meneer.’

Ikeda masseert zijn slapen. ‘Niet één keer zelfs, meneer! Niet één keer! Hij heeft drie – verschillende – afspraakjes gemaakt met drie – verschillende – cheerleaders! Luister! Ik neem deze wedstrijd op video op! Jongens. Ik ben morgen jarig. Als jullie mij niet een doelpuntloos gelijkspel geven, zul je je mijn ongenoegen tot aan je dood herinneren. De wind is in de tweede helft aan onze kant. Jullie hebben als opdracht je in te graven en stand te houden. Nog één ding. Geef geen strafschop weg. Ik heb de coach van de tegenstander gisteravond dronken gevoerd en hij ging er prat op dat hun strafschopman nog nooit – en te nimmer – heeft gemist. En bedenk, als je je arme beentjes slap voelt worden, mijn videocam kijkt toe en zal vergelding afdwingen op persoonlijke basis.’

De scheidsrechter fluit voor de tweede helft. Drie seconden later raken we de bal kwijt. Even herinner ik me mijn afspraak met de god. Ook een mooie hulp, die. Ik doe mijn best om goed over te komen op de videocam van Ikeda – door rond te rennen, ‘pass’ te roepen, te kreunen en in het algemeen balbezit zoveel mogelijk te vermijden. ‘Vasthouden en naar voren!’ schreeuwt Ikeda. Onze 4-3-3-opstelling stort in tot 10-0-0 en ons strafschopgebied wordt een flipperzone van trappen, kreten en vloeken. Ik wend een spectaculaire blessure voor, maar niemand kijkt. Mitsui voert keer op keer een schitterende redding uit, een gewaagde uitval, een zweefstoot. ‘Op je plaatsen!’ roept Ikeda. Was ik maar zo goed als Mitsui. Ik zou morgen de landelijke sportbladen halen. De tegenstanders zetten keer op keer een aanval in, maar het groot aantal achterspelers versterkt ons geluk. Het briesje wakkert aan tot een stevige wind. Ik ga een gedurfd kopduel aan – en win – maar de bal komt op mijn hoofd terecht – drukt het plat – en dringt dieper door op onze helft. Op een gegeven moment moet ik ingooien, maar de scheidsrechter fluit voor een overtreding – ik weet niet waarom, maar Ikeda zet me dat zo dadelijk betaald. Nakatani en Nakamura, onze topaanvallers, krijgen allebei een gele kaart omdat ze elkaar een stomp hebben gegeven. Ik draai me om en de bal stuit af op mijn gezicht. Corner. 'Stomkoppen!' schreeuwt Ikeda. Elleboogduel met een mutant van een jongen met moordlustige ogen die twee keer zo lang is als ik. Een loszittende tand raakt ineens heel erg los. Mitsui voert listig een reddende zweefduik uit. Een supporter van de tegenstanders gooit een rijstbal naar Nakata, onze buitenspeler, die met een dropkick pareert. Nakayama springt op en trapt de bal het veld in – de wind pakt hem op – en we gaan er met z'n allen banzairoepend achteraan. 'Op je plaatsen!' schreeuwt Ikeda. Mijn tand blijft door een kauwgumsliert nog op zijn plaats. De tegenstander lijkt zich terug te trekken. Wij dringen op. Ik hoor militaire bands. Een muur van aanvallende tegenstanders golft deze kant op – ze hebben de bal – een valstrik? Een valstrik! 'Schijtbakken!' schreeuwt Ikeda. Ik ben buiten adem maar hol terug in de hoop op een greintje genade van het postdoelpuntgerechtshof. Mitsui loopt uit om de hoek te verkleinen en loeit als een Zero-bommenwerper. De vijandelijke aanvaller puntert de bal voordat hij de grond raakt onder zijn tegenstander – ik hoor botten kraken – ik maak, niet in staat om tijdig af te remmen, een snoeksprong over de lichamen – mijn schoen knalt tegen een schedel – ik schiet door de vaart naar voren, duik, glijd zonder nadenken over het gruis van de lege doelmond en klem de bal met de hand nog net aan deze kant van de doellijn vast.

Daverende stilte.

Het fluitje van de scheidsrechter trilt door mijn hoofd. Rode kaart voor Mitsui, gele voor mij, een brancard en een rit naar het ziekenhuis voor de spits, een verbaal riool van Ikeda, een strafschop voor de tegenstander en een nieuw probleem voor onze ploeg. We hebben geen keeper. Ikeda komt aanzetten in een wervelwind van verwensingen en gromt vanaf de strijdwagen van zijn toorn. 'Je leek zonet behoorlijk bruikbaar met je handen, Miyake. *Jij* gaat in het doel.' Mijn ploeggenoten scharen zich met de snelheid van een steppebrand achter dit voorstel. Offerlammeren hebben geen verweer.

Ik sjok naar de doelmond. De huid is van mijn knieën en dij geschaafd. De muur van tegenstanders in het strafschopgebied. Aan weerszijden van mij gaapt de diepte. De schutter van de tegenstander verkneukelt zich en draait het uiteinde van zijn rattenstaart rond zijn pink. Seconden dreunen. Het dreunen vertraagt. De fluit fluit. De wereld komt tot stilstand. Daar komt hij. God van de Donder. Weet u het nog? We hadden een afspraak.

◆

Suga doet de inhoud van zijn kluisje in zijn schoudertas. Ik hoor politiesirenes. Dat is wanneer? Pas gisteren. De lange gang langs het bureau Gevonden Voorwerpen verbindt twee kanten van Ueno, het is er dus steeds vrij druk – maar we horen het naderen van een heel speciaal kabaal en leunen over de balie om naar buiten te kijken. Een tv-ploeg stroomt voorbij – een presentator, een cameraman van de NHK, met apparatuur behangen, een man met een geluidshengel en een jongen die een karretje trekt. Dat is niet de gebruikelijke film-de-donzige-eend-ploeg van de lokale zender. Zij banen zich vol zendingsdrift een weg door de hun tegemoetkomende forenzen. 'Lijkt nadere inspectie waard,' zegt Suga. 'Miyake, bewaak de stelling. Ik ruik schandaal.' Hij spuit weg en de telefoon gaat – 'Gevonden voorwerpen? Ik bel voor een pruik van een vriendin.' Ik kreun. We hebben honderden pruiken.

Het is gelukkig een glamrockpruik met lovertjes, zodat ik hem thuis kan brengen binnen de vijf minuten die Suga nodig heeft om terug te komen. 'Aoyama is geflipt!' Suga is opgewonden van het nieuws. 'Alle stoppen doorgeslagen! En dat uitgerekend op mijn laatste dag!'

'Aoyoma?' Ik denk aan het telefoontje.

'Er is vandaag een rapport uitgebracht. De JR-top in Tokio heeft besloten om hem aan de kant te zetten. Alle grote stations in Tokio worden door de nieuwe president-directeur heel anders opgezet en Aoyama staat symbool voor de onaanraakbaren van de oude stempel. Dat heeft die consultant – die kerel die tien jaar docent aan de Harvard Business School is geweest – hem voor het front van een stel assistent-bedrijfsleiders laten weten. Het was gewoon een cursus "hoe iemand te degraderen".'

'Luguber.'

'Minder luguber dan wat er daarna gebeurd is. Aoyama haalt een kruisboog tevoorschijn, oké...'

'Een kruisboog?'

'Een kruisboog, en richt die op de borst van de consultant. Hij heeft het blijkbaar aan zien komen. Hij zegt tegen de assistenten dat ze, op één na, allemaal weg moeten gaan als ze niet willen meemaken dat een mensenhart doorboord wordt door een pijl. Volkomen krankzinnig. Dan gooit Aoyama een klos bergbeklimmerstouw naar die ene assistent en zegt dat hij de consultant vast moet binden op een stoel. Zegt daarna dat die assistent moet gaan. Aoyama sluit, voordat Bewaking er kan zijn, de deur van binnen af.'

'Wat wil hij?'

'Dat weet niemand nog. De politie is gealarmeerd, dus de tv is ook gekomen. De directeur kwam proberen die perslui weg te werken, maar wat er ook gebeurt, wij zitten dadelijk in het avondnieuws! Enorme sensatie. De bijstandseenheden zullen vast gauw komen, en onderhandelaars in kogelvrije vesten. Zoiets opwindends gebeurt op Ueno anders nooit. Landelijk nieuws!'

❖

Ik duik naar links en weet dat de bal naar rechts draait. De grond dreunt de lucht uit mijn lichaam, mijn geraamte kraakt en de tegenstanders brullen. Ik spuw mijn tand uit. Daar ligt hij, geen deel meer van mijzelf. Wit, een spikkeltje bloed. Waarom zou ik opstaan? Ooit nog. Ik heb de wedstrijd uit handen gegeven, mijn vrienden, mijn voetbal, mijn roem, de hoop om mijn vader te zien – alles behalve Anju. Ik had nooit van Yakushima weg moeten gaan. De mensen van het eiland zullen zich altijd mijn schande blijven herinneren. Hoe kan ik nu teruggaan? Ik lig in de doelmond in de modder – als ik hier begin te snikken, hoe kan ik...

'Opstaan, Miyake!' Nakamori, de aanvoerder.

Ik kijk op. De jongen met de rattenstaart houdt zijn hoofd in zijn handen. De tegenstanders sluipen weg. De scheidsrechter wijst naar het strafschoppunt. Ik kijk in ons doel. Leeg. Waar is de bal? Het dringt tot me door wat er gebeurd is. *De bal is naast gegaan.* De dondergod rommelt door mijn haar. Dank u. O, dank u. Ik leg de bal neer voor de doelschop. Kan mijn bovennatuurlijke beschermer mijn geluk nog vijfentwintig minuten laten duren? Alstublieft.

'Mooie redding,' zegt een supporter van de tegenstanders spottend. 'Op je plaatsen!' roept Ikeda. 'Gauw, gauw!' Ik zoek naar een uitnodigend gezicht in onze ploeg, maar niemand maakt oogcontact uit angst dat ik de bal zijn kant op trap. Wat moet ik doen? De wind wakkert aan. 'Luister,' zeg ik bezwerend tegen de dondergod, 'laat mij net zo groots als Mitsui zijn, alleen voor deze ene wedstrijd en mijn toekomst is aan u. Ik weet dat u mij zojuist hebt gered. Keer mij nu niet de rug toe. Alstublieft. Alstublieft.' Ik hol een paar passen naar achteren, draai mij om, haal drie keer diep adem, maak een sprint naar de bal en... het is een volmaakte, zuivere, machtige, raketaangedreven, goddelijke trap. De dondergod onderschept de bal op huishoogte en haalt hem over het veld. De bal suist over de aanvallers van de tegenstander heen. Hun achterspelers komen nog aanhollen op hun eigen helft, zich niet bewust dat de doelschop al genomen is. Een paar toeschouwers gapen. Een paar spelers kijken om zich heen, vragen zich af waar de bal gebleven is. De keeper van de tegenpartij laat zich met een meisje op de foto zetten en de bal valt ter aarde voordat het tot hem doordringt dat zijn diensten nodig zijn. Hij stormt in paniek naar voren. De bal stuitert over de doelman heen en de zuidenwind kopt hem achterin het net.

◆

Het loopje van station Kita Senju naar de Vallende Ster verdrijft meestal mijn gedachten, maar het is onmogelijk om nu niet te denken aan Aoyama die zich, met de pijl van een kruisboog gericht op het hoofd van een beleidsmedewerker in krijtstreep en rode bretels, verschanst heeft in zijn werkkamer. Suga is na het werk in de buurt blijven hangen, maar ik wilde ervandoor. Ik heb Suga zelfs niet eens gedag gezegd. Buntaro zit in de Vallende Ster, gekluisterd aan de televisie, een macadamiaijsje op te lepelen. 'Nou, nou, Miyake. Je bent wel een onheilsbode.' 'Wat bedoel je?' 'Kijk naar de televisie! Zoiets gebeurde bij Ueno nooit toen jij daar nog niet werkte.' Ik wuif mijzelf met mijn baseballpetje koelte toe en kijk naar het scherm. De camera is van buitenaf op de werkkamer van Aoyama ingezoomd, ik denk vanaf Hotel Terminus. De rolluiken zijn neergelaten. *Station Ueno belegerd.* 'Op dit moment,' verzekert een politieman een groep journalisten, 'is er absoluut geen sprake van een invalsoperatie met geweld.' 'Hem sussen met een vals gevoel van veiligheid,' zegt Buntaro. 'Wat vind jij van die Aoyama? Is het iemand op de rand van de totale waanzin? Of is het meer een publiciteitsstunt?'

'Kweenie... gewoon ongelukkig.' En ik heb in zijn theepot gespuugd. Ik sjouw de trap op.

'Moet je niet kijken?'

'Nee.'

'O, tussen twee haakjes. Over je kat. De kat.'

Ik kijk omlaag. 'Weet je van wie ze is?'

Buntaro blijft met één oog naar de tv kijken. 'Nee, jongen, maar zij is terug naar haar schepper. Tenzij ze een geheime tweelingzuster heeft waarvan ze jou nooit heeft verteld. Zuiver toeval. Ik fietste vanochtend hiernaartoe en wat zag ik in de goot aan de kant van Lawson? Een dooie kat, zoemende vliegen. Zwart, witte poten en staart, een geruit halsbandje met een zilveren belletje, precies zoals jij zei. Ik heb mijn burgerplicht gedaan door zo gauw ik hier was de gemeente te bellen. Maar het was al gemeld. Ze kunnen dat soort dingen niet laten liggen met die hitte.'

Dit is de ergste dag uit de geschiedenis.

'Het spijt me als ik de brenger van slecht nieuws ben.'

De op één na ergste, bedoel ik.

'Het is maar een kat,' mompel ik. Ik ga mijn capsule binnen, ga zitten en schijn de wil te missen voor iets anders dan het restant oproken van mijn Dunhills. Ik heb geen zin om tv te kijken. Ik heb op de terugweg van Kita Senju een kom noedels en een bakje paperige aardbeien gekocht, maar ik heb geen trek meer. Ik luister hoe de straat zich vult met avond.

❖

Yakushima wil, als de veerboot ons de volgende ochtend terugbrengt, maar niet zijn volle omvang krijgen. Het is een dag die glanst van zonlicht maar dat verhoogt de indruk dat dit grenzeloze eiland niet meer is dan een schaalmodel. Ik kijk uit naar Anju op de kade – en als ik haar niet zie, moet ik toegeven dat mijn gevoel van trots een knauw krijgt. Anju is een getalenteerde mokker, maar zesendertig uur mokken is een hele ruk, zelfs voor mijn zusje. Ik rits mijn sporttas open – het mannetje van de wedstrijdprijs schittert me tegemoet. Ik zoek naar het heiligdom van de dondergod op de rots

– en nu zie ik het. De passagiers stromen over de loopplank naar beneden, mijn teamgenoten verdwijnen in wachtende auto's. Ik zwaai gedag. Meneer Ikeda geeft me een schouderklopje en glimlacht zelfs. 'Wil je meerijden?'

'Nee, dank u, meneer, mijn zusje zal me wel tegemoet komen lopen.'

'Oké. Morgen meteen weer trainen. En nogmaals mijn complimenten, Miyake. Je hebt het spel een geheel andere wending gegeven. Drie-nul! Drie-nul!' Ikeda gloeit nog steeds van wraak. 'Dat heeft die verwaande, lullige grijns wel van die dikke kop van hun stomme coach geveegd! Ik heb zijn wanhoop met de camera vastgelegd!'

Ik trap een steentje voort van de haven tot de hoofdstraat, over de oude brug en helemaal tot aan de engte van het dal. Het doet precies wat ik wil. Zon weerkaatst op de rijstvelden. Ik zie de eerste libellen. Dit is het begin van een lange weg. Aan het einde staat de wereldcup. Het verlaten huis staart met lege oogkassen. Ik ga door de toripoort en overweeg om naar boven te hollen en de dondergod meteen te bedanken – maar eerst wil ik Anju zien. De hangbrug trilt onder mijn voetstappen. Wolken visjes aan de lijkant. Anju zal wel thuis zijn, onze grootmoeder helpen met het klaarmaken van de lunch. Niets om over in te zitten. Ik schuif de voordeur open – 'Ik ben er weer!'

De bonk van Anju's voeten...

Nee, het was alleen het oude huis. Aan de schoenen kan ik zien dat mijn grootmoeder ook naar buiten is. Ze zijn zeker naar oom Asfalt, maar hebben mij in de buurt van het nieuwe havengebouw gemist toen meneer Ikeda wat tegen me zei. Ik schenk voor mezelf een glas melk in en duik op de zitbank. Op de binnenkant van mijn oogleden zie ik de voetbal die een perfecte parabool beschrijft over een vulkaan heen en onder een verre doellat door.

◆

'Miyake!' Buntaro natuurlijk. Ik til mijn hoofd te snel op en verrek mijn nekspieren. Gehamer op de deur van mijn capsule. 'Kom gauw! Gauw! Meteen!' Ik kletter de trap af naar beneden, waar klanten samengdrommen rond de tv van Buntaro. De buitenkant van de kamer van Aoyama, hoog boven de sporen. *Rechtstreeks van-*

uit Crisiscentrum Gijzeling Station Ueno. De opname is met een nachtcamera gemaakt – licht is oranje en donker is bruin. Ik hoef niet te vragen wat er aan de hand is want de commentator vertelt het ons. 'Het rolluik is omhoog! Het raam gaat open en... een gestalte, meneer Aoyama heeft... ja, dat is 'm, ik kan dat bevestigen, de gestalte die uit het raam klimt is meneer Aoyama... hij is op het kozijn... het licht achter hem gaat aan... een moment alstublieft terwijl... Ik krijg...' Radiogekraak op de achtergrond. 'De consultant... is ongedeerd! De politie heeft de kamer bezet! Of ze de deur hebben opengebroken of... nu, Aoyama schijnt zijn belofte te hebben gehouden om niet... maar de vraag is nu... O, o, hij denkt stellig niet aan springen... Het gezicht bij het raam, ik kan bevestigen dat het een politieman is, die probeert Aoyama te bewegen om niet... hij heeft hier met een zwaargestoorde man te maken... hij zegt ongetwijfeld...'

Aoyama springt van het kozijn.

Aoyama is niet meer in leven maar ook nog niet dood.

Zijn lichaam wentelt en valt een lange, lange tijd.

❖

Voetstappen in de gang maken mij wakker. Ik doe mijn ogen open – mijn trofee staat glinsterend op tafel, bewijs dat ik die hele glorieuze middag niet gedroomd heb. De avond verlicht de uitgewoonde houten kamer waar mijn ooms en mijn moeder hun jeugd hebben doorgebracht. En daar zijn mijn grootmoeder en meneer Kirin, een van de vier agenten van Yakushima. 'Ik ben er weer,' zeg ik, ongerust. 'We hebben gewonnen.'

Mijn grootmoeder kan het niet schelen. 'Heeft Anju gezegd dat ze ergens heen ging?'

'Nee. Waar is ze?'

'Als je liegt zal ik, zal ik, zal ik...'

Meneer Kirin beduidt kalm dat mijn grootmoeder moet gaan zitten en keert zich tot mij. 'Eiji...'

Ik wil overgeven. 'Wat is er met Anju?'

'Anju schijnt weggelopen te zijn...'

Hij weet meer.

'Dat doet ze niet, niet zonder het tegen mij te zeggen. Nooit.'

De stem van mijn grootmoeder is gebroken. 'Wat heeft ze dan

tegen je gezegd? Tegen mij heeft ze gezegd dat ze gisteravond naar oom Asfalt ging. Hij heeft me vandaag tegen lunchtijd gebeld om te vragen waarom ze van gedachten was veranderd. Als dit een spelletje is dat jullie tweeën hebben uitgebroed krijg je het zwaar te verduren!' Meneer Kirin gaat aan het andere uiteinde van de bank zitten. 'Ik wil graag dat je nadenkt, Eiji. Is er een geheime plek waar ze naartoe kan zijn gegaan?'

Eerst denk ik aan bomen. Dan, met misselijkmakende zekerheid, denk ik aan de walvisrots. Om het me betaald te zetten. Haar badpak... Ik ren naar boven. Ik doe de la open. Ik wist het – het is weg. Ik herinner me mijn belofte aan de dondergod. *Alles wat ik u kan geven, kunt u krijgen. Neem het.* Meneer Kirin vult de deuropening van de slaapkamer. 'Wat is het, Eiji-kun?' Ik krijg de woorden eruit voordat alles in elkaar stort. 'Kijk in de zee.'

◆

Bijna vijf uur, zegt Fujifilm. Ik sta op om te pissen. In de spiegel van mijn toiletcel kijkt een loonslaaf mij licht verrast aan. Ik moet een sigaret hebben. Het pakje Dunhill is leeg, maar ik vind er een die onder de strijkplank is gerold. Ik steek hem aan de gaskachel aan en ga het balkon op om hem op te roken. De ochtendschemering tekent contouren en kleurt ze in. Tokio ronkt, ver weg en dichtbij. Nou, dat is het einde van meneer Aoyama. Hij kwam minuten tekort en is daarom gesprongen. Ik pruts de schimmel uit een mok en maak voor mijzelf een kop oploskoffie. Ik neem Anju's foto mee naar het balkon en drink mijn koffie in haar gezelschap. Ik denk aan de brief van mijn moeder en een ruil dient zich aan. Zal ik? Ik moet vandaag mijn was doen. Ik kijk in het kakkerlakmotel – ik kijk nog een keer. Kakkerlak is ontsnapt. Een poot en een veeg kakkerlakkenstront zijn er nog. Ik verzamel mijn wasgoed en vouw het tot een keurige stapel. Ik stem mijn gitaar en sla een paar bossanova-akkoorden aan, maar al die zonovergoten luchthartigheid is niet zoals ik me voel. Heel goed, moeder. Jij bent mijn Plan B. Je kunt krijgen wat je hebben wilt als je mij vertelt hoe ik onze vader kan vinden. Bijna zes uur. Vroeg, maar mensen in klinieken staan vroeg op. Dit is het. Voordat ik van gedachten verander toets ik het nummer in.

'Goedemorgen. Miyazaki Kliniek.'

'Morgen. Kunt u mij doorverbinden met de kamer van Mariko Miyake, alstublieft?'

'Helaas niet.'

'Bel ik te vroeg?'

'Te laat. Mevrouw Miyake is gisteravond eigener beweging vertrokken.'

O nee. 'U weet het zeker?'

'Absoluut zeker. Zij heeft zelfs onze handdoeken als aandenken meegenomen.'

'Luister, ik ben haar zoon. Ik moet haar spreken. Het is dringend.'

'Daar twijfel ik niet aan, maar zodra onze gasten eenmaal besluiten om ons te verlaten blijven ze hier niet hangen.'

'Heeft ze een postadres achtergelaten?'

Ze neemt niet de moeite om te doen alsof ze kijkt. 'Nee.'

'Hoe was ze?'

'Dan zou u met haar consulent moeten spreken...'

'Hoe laat begint hij te werken?'

'Zij. Maar dokter Suzuki zal nooit met iemand over een patiënt praten. Ook niet met haar zoon.'

Had ik nou maar gisteren gebeld, had ik nou maar, had ik nou maar. 'Kent u haar?'

'Mevrouw Miyake? Natuurlijk, ik ben verpleegster hier.'

'Kunt u mij zeggen of ze... oké was?'

'Het hangt ervan af wat u onder oké verstaat.'

'Nou, u bent echt heel behulpzaam geweest. Dank u zeer.'

Ze brengt mijn ironie een uppercut toe. 'Het genoegen is geheel aan mijn kant, meneer.'

Klik, zoem, klik, pruuttttttttt.........

Plan B op de schroothoop. De duikboten rijden en ik ben klaarwakker, maar het is nog te vroeg om naar mijn werk te gaan. Wat een nacht. Ik ben erdoor gebroken, niet verkwikt. Buntaro riep me later naar beneden voor een sigaretje in het stille uur tussen elf en middernacht. We praatten eventjes. Ik vergat bijna dat hij mijn bloedzuigende huisbaas is. Ik doe *Plastic Ono Band* in mijn diskman en ga op mijn futon liggen, even maar. Zware klokslagen en dreunende bassen.

Plastic Ono Band is allang afgelopen als er een trippelend geluid in mijn dromen komt. Ik denk eerst dat het een druppelende regenpijp is, maar dan voel ik haar in de kromming van mijn lichaam kruipen. Ik doe mijn ogen open. 'Hé.' Mijn stem klinkt schor. 'Ik dacht dat je dood was.' Ze gaapt, onverschillig voor wat ik denk of dacht. Ze kijkt naar me met haar bronsgespikkelde Cleopatra-ogen.

❖

De vezels in de nek van de dondergod trekken, knappen en schreeuwen. Ik houd me er nog steeds aan vast – ik had niet gedacht dat hij zo snel los zou komen. Hij raakt los, de zaag gaat kletterend naar beneden, ik verschuif mijn gewicht te ver, verlies mijn evenwicht en glijd omlaag tussen zijn rug en de muur van het heiligdom. Ik lijk een eeuwigheid te vallen. De vloer van het heiligdom dreunt de adem uit mijn lichaam. Ik breek mijn rug niet, maar binnen het uur ben ik één grote blauwe plek. Het hoofd van mijn vijand rolt weg, hout op hout, komt tot stilstand op zijn zij en kijkt precies mijn kant op. Haat, wraak, woede, jaloezie – allemaal verknoopt en strak aangetrokken in die verkrampte blik. Een veeg van mijn bloed op een neusvleugel. De bossen zijn te stil. Geen volwassene, geen politieauto, geen grootmoeder. De merel is weg. Alleen het dreunend geschut van de oceaan tegen de rotsen een heel eind naar beneden. De goden zijn allemaal familie van elkaar en zullen van nu af aan samenspannen tegen mij. Ik krijg een leven zonder geluk. Het zij zo. Ik kom overeind. Ik raap het hoofd op en neem het als een baby in mijn armen mee naar de rand van de rotswand. De zee breekt over de bult van de walvisrots en schuim vliegt op. Een, twee, drie – ik kijk het afgezaagde hoofd van de dondergod tot helemaal beneden na. Het verdwijnt in een witte kroon. Nu moet ook ik verdwijnen.

Drie

Videogames

Ik vang een glimp op van mijn vader die aan de overkant van het baseballveld in een bestelwagen zonder kenteken wordt gepropt. Ik zou hem overal herkennen. Hij bonkt op de achterruit, maar de bestelwagen is al door de poort en verdwijnt in het rokende puin van Tokio. Ik spring op onze stratobike, neem mijn baseballpetje af en leg het op het bedieningspaneel. Zizzi werpt mij een pepermunten glimlach toe en weg zoeven we. Lavendelwolken glijden voorbij. Ik richt mijn wapen op een chilikleurige schooljongen maar dit keer zijn de dingen precies wat ze lijken. Het schuifdak van een nachtblauwe Cadillac schiet open en er knalt een kreeftengangster uit- *Beng*! Schaal en poten overal. Ik doorzeef de achterruit en de wagen explodeert in paintbox-vlammen. De bestelauto slaat de weg naar het vliegveld in. In de onderdoorgang worden we klemgereden door een ambulance – een arts zwaait met een ontleedmes om zich heen en springt op onze motorkap, oogballen barstend van de pest*Beng*! In zijn harses! *Beng*! Kots op de motorkap*Beng*! De mutant wankelt, maar weigert te sterven*Beng*! Door een reclamebord geknald. *Reload.* 'Je bent mijn topkiller,' neuriet Zizzi. We komen net op tijd bij het vliegveld om te zien dat mijn vader in een vanillekleurige Cessna wordt gesleurd. Ik durf zijn ontvoerders niet van deze afstand neer te schieten, uit angst dat ik mis. Een machtige chokmakopter verduistert de zon en zombiegebroed abseilt naar de aarde. Ik maak er tientallen in de lucht tot moes, maar het griesmeelleger van de dood blubbert te snel naar beneden. 'Zax, schat!' zegt Zizzi. 'Megawapen in McDonald's!' Ik vuur op de gouden bogen en sleep de drieëntwintigste-eeuwse snelvuurbazooka in de wacht. Hij zoeft als een zeis – de startbaan is al snel één brij van kronkelende ledematen. Ik bestook de chokmakopter tot hij voorover in de tankwagens duikt. Paarsrode octaanexplosies verlichten de wereld. 'Vooruit, Zax! Nu de ontvoerders van je vader volgen naar hun laboratorium!' We zoeven achter de Cessna aan – ik haal mijn trekker over om het kort te houden. We komen in de onderwereld. De riolen zijn stil. Te stil. Een gigahydra breekt los, negen koppen die lijmslijm druipen uit negen lassohalzen*Beng*! Gekliefd als kool. *Reload.* Maar uit de stomp worden twee nieuwe koppen geboren. 'Frituren dat monster,' schreeuwt Zizzi, dus ik richt op de romp van het beest en schakel mijn vlammenwerper in. *Whoeeeeeerrrsh*! Hij verschrompelt in mijn baan van zich ontvouwend aardbeivuur. Een lelieblanke Lilith, één*Beng*! en ze is er geweest. Een zwerm cyberwespen – *beng-bengbeng* – *reload.* Mijn hand doet vreselijk pijn. De tunnel vernauwt zich tot een doodlopend einde. Een nog niet opgemerkte ijzeren deur gaat krakend open – het silhouet van een geleerde. 'Mijn zoon! Je hebt me gevonden! Eindelijk!' Ik word rustig en ontspan de hand waarmee ik vuur. 'Je bent op tijd' – hij rukt zijn valse baard af, zijn aktetas vloeit over in een granaatwerper – 'om te sterven!' De korrelige duisternis wemelt van slimme raketten die zich oriënteren op mijn lichaamswarmte. *Bengbengbeng*! Ik mis de meeste en kan zelfs niet op de bedrieger mikken. Rode pixels van levenssap bespatten het scherm. 'Zax,' smeekt mijn zusje, 'mij nu niet laten zakken – doe er een munt in om door te gaan. Lieverd, niet opgeven nu.'

♋

'Lieverd,' doet een stem over mijn schouder na, 'niet opgeven nu!' Ik leg mijn wapen neer en draai mij om naar mijn toeschouwer en zijn traag applaus. Mijn eerste gedachte is dat hij veel te cool is om in een amusementshal rond te hangen. Ouder dan ik, een zachtglanzende paardenstaart, een oorringetje. Popsterschoonheid. 'Voor het eerst in de onderwereld, hè?' Zijn echte stem is verzorgd Tokioos.

Ik knik. De echte wereld komt geleidelijk in beeld.

'Voor mij was het net zo, mijn eerste keer in de onderwereld.'

Laser maait, vampier giert, muntstuk ratelt, videogamemuziek gaat rond. 'O.'

'Je ziet je vader, dus je laat je waakzaamheid varen. Vuile truc! Volgende keer schiet je die gladjanus zonder waarschuwing neer. Je hebt ongeveer negen schoten nodig om hem te doden.'

'Nou. Sorry. Ik ben er geweest en heb de pret voor jou bedorven.'

Een uiterst nonchalant ophalen van de schouders. 'Je bent vanaf de eerste munt gedoemd. Je betaalt om het einde uit te stellen, maar een videogame wint op de lange duur altijd.'

Mijn laatste halve Marlboro is in de asbak gestorven. 'Diepzinnig.'

'Ik stond eigenlijk in de poolzaal boven op een vriendinnetje te wachten. Ziet ernaar uit dat ze het kom-te-laat-zorg-dat-ie-in-spanning-zit-spelletje speelt. Ik ben naar beneden gekomen om er zeker van te zijn dat ze het niet verkeerd had en buiten stond te wachten. Ik zag jou, helemaal gebiologeerd door *Zax Omega and Red Plague Moon* en moest blijven kijken. Wist je dat je je tong uit je mond steekt als je je concentreert?'

'Nee.'

'Het is eigenlijk een spel voor twee. Zelfs ik heb twee weken nodig gehad om het te kraken.'

'Dat heeft je vast een vermogen gekost.'

'Nee. Mijn vader gaat over iemand die over een dealer gaat.'

Geen antwoord dient zich aan. 'Nou, ik hoop dat je vriendinnetje gauw komt.'

'Dat kan dat wijf maar beter wel doen. Of ik vil haar levend.'

Zaterdagavond in Shibuya borrelt en zweet. Eén week na mijn slapeloze nacht heb ik tot een ontdekkingsreis besloten. De uitgaanswijk is zo heet dat nog één afgestreken lucifer de hele buurt zou doen ontvlammen. Oom Bank heeft me vorig jaar meegenomen naar zijn bar in Kagoshima, maar hiermee vergeleken is dat niets. De prijzen evenmin. Loonslaven drinken in ploegen, dassen los, kragen los. Loonslavinnen, kantooruniform gepropt in schoudertassen. Ik geef te veel op loonslaven af, in aanmerking genomen dat ik er nu zelf een ben. Hoewel, ik doe alleen maar alsof ik er een ben. Misschien beginnen we zo allemaal. Net als meneer Aoyama. Stelletjes die een afspraakje hebben. Amerikanen en mooie vrouwen met vollemaansbrillen. Ik wed dat de serveerster met de volmaakte hals een heel telefoonboek vol met vriendjes zoals mijn toeschouwer in de amusementshal heeft. Een gigantische DRINK COCA COLA-waterval, magmabruin en helderwit. Ik sabbel op een champagnebom en loop door. Prostituees wenken geriatrische president-directeuren de taxi in. In een oranjeverlicht restaurant kent iedereen elkaar. Een gigantische Mongoolse krijgsman scootert voorbij, geflankeerd door bunny's die folders met reclame voor een nieuw winkelcentrum uitdelen. Meisjes in cellofaanvestjes, slipjes en maillots zitten in glazen hokjes voor clubs en bieden gekeuvel en tien-procent-kortingsbonnen aan. Ik maai in mijn verbeelding met het drieëntwintigste-eeuwse megawapen door de massa. De wolken zijn kandijkleurig, van de lichten en de laserstralen. Een uitsmijter voor Aphrodites Droom neemt de meisjes op het prikbord door. 'Nummer een is Russisch – eersteklas, dienstvaardig. Twee, Filippijns – attent, goed afgericht. Het Franse meisje – nou, moet ik nog meer zeggen. De Braziliaanse, pure chocolade, om in te bijten. Nummer vijf, Engels, witte chocolade. Zes is Duits, bakermat van de Wener worst. Geen onsje vet aan de Koreanen. Nummer acht is een exotische zwarte tweeling en nummer negen – ah, nummer negen gaat het bevattingsvermogen van gewone stervelingen te boven...' Hij betrapt mij op een geeuw en tettert. 'Jongen, kom over een jaar of tien maar terug, met je vakantiegeld.' Ik loop langs een zaak met elektronica en zie op een tv een bekende langs een zaak met elektronica lopen. Hij blijft staan, kijkt onderzoekend naar de tv, verbaasd en half geschrokken van hoe hij op anderen moet overkomen. Ik koop een nieuw pakje Marlboro. Als ik langs de rode lantarens van een noedelzaak loop en ruik dat keukendampen naar buiten worden gepompt, herinner ik mij ineens hoe hongerig ik ben. Ik tuur door het raam – het ziet er voldoende vettig uit om betaalbaar te zijn, zelfs voor mij. Ik schuif de deur open en ga tussen de kralensnoeren door naar binnen. Een dampend gat met een lawaaierige keuken. Ik bestel gebakken tofunoedels met groene uien en ga bij het raam zitten kijken naar het voorbijstromen van de menigte. Mijn noedels komen. Ik pak een glas gekoeld water. Gefeliciteerd met je twintigste verjaardag, Eiji Miyake. Buntaro heeft me vanavond een mooie oogst aan kaarten gegeven – van mijn vier tantes elk één. De vijfde enveloppe was van het ministerie van Ongewenste Brieven, dat nog altijd bezig is met zijn Pak Miyake-campagne. Ik steek een Marlboro op en haal de brief weer tevoorschijn om hem te herlezen en probeer vast te stellen of het een stap voorwaarts, achterwaarts of zijwaarts is.

Tokio
8 september

Eiji Miyake,

Ik ben de vrouw van je vader. Zijn eerste vrouw, zijn echte vrouw, zijn enige vrouw. Nou, nou. Van mijn informant bij Osugi & Bosugi hoor ik dat je hebt geprobeerd mijn man te benaderen. Hoe durf je? Heb je zo'n primitieve opvoeding gehad dat schaamte je nooit is bijgebracht? Ik heb altijd wel gedacht dat deze dag een keer zou komen. Je hebt dus gehoord van de invloedrijke positie van je vader en nu ben je op zoek naar makkelijk geld. Afpersen is een naar woord, gedaan door nare mensen. Maar voor afpersen is allure nodig en buigzame slachtoffers. Die heb je geen van beide. Je denkt waarschijnlijk dat je slim bent, maar in Tokio ben je een hebzuchtig jong van het platteland met een geest die met drek bezoedeld is. Ik zal mijn dochters en mijn man beschermen. We hebben genoeg betaald, meer dan genoeg, voor wat je moeder heeft gedaan. Is dit soms haar idee? Ze is een bloedzuiger. Jij bent een steenpuist. Mijn boodschap aan jou is eenvoudig: als je het waagt om mijn man bang te maken, als je je gezicht aan iemand van onze familie vertoont, of ook maar één yen vraagt, zul je als een steenpuist worden opengesneden.

Ik giet de plas soep van mijn noedels af. Een draak zit rond de wereld zijn eigen staart achterna. Nou. Voor mijn meerderjarig worden krijg ik ook nog een paranoïde stiefmoeder die te veel onderstreept, plus twee of meer stiefzusters. Helaas zal de brief niet helpen bij het zoeken naar mijn vader – hij was niet ondertekend, verkeerd geadresseerd en gepost in een noordelijk kiesdistrict van Tokio, wat het zoeken beperkt tot ongeveer driemiljoen mensen, aangenomen dat hij daar ook is geschreven. Mijn stiefmoeder is niet gek. Haar negatieve houding is een nieuwe horde. Van de andere kant, wie mij wil duwen moet mij aanraken. Bovendien heeft mijn vader die brief niet zelf geschreven – op z'n slechtst betekent dit dus dat hij nog niet zeker weet of hij mij wil ontmoeten. Op zijn best dat hij niet eens te horen heeft gekregen dat ik probeer hem te bereiken. Op dat moment dringt het tot mij door dat ik mijn baseballpetje mis. Dit is het ergste onverjaarsgeschenk dat ik kan krijgen. Dat petje was een cadeautje van Anju. Ik denk terug – ik had het zonet nog in de amusementshal. Ik ga naar buiten en volg het spoor terug door de stromen van genotzoekers.

Zax Omega and Red Plague Moon is nog steeds op jacht naar handel, maar mijn baseballpetje is weg. Ik zoek de rijen van studenten af die de opvolger van *Street Fighter* met hun vuisten bewerken; een groepje jongens die rondhangen bij *2084*; de hokjes met meisjes die hun gezicht digitaliseren tot dat van beroemde mensen; de gangpaden met loontrekkers die mahjong spelen met videostrippers. Raar. Al die mensen zoals mijn moeder die therapeuten en klinieken betalen om hen weer in contact te brengen met de werkelijkheid; al die mensen zoals ik die Sony en Sega betalen om ons weer in contact te brengen met de onwerkelijkheid. Ik traceer de bewaker met zijn brede kaak door de manier waarop hij met zijn sleutels rammelt. Ik moet in zijn oor schreeuwen. Ik ruik de oorboter. 'Is er een petje afgegeven?'

'Wah?'

'Ik heb mijn baseballpetje hier laten liggen, halfuur geleden.'

'Waarom?'

'Ik had het vergeten!'

Een moment geduld aub – transactie wordt verwerkt. 'Je bent vergeten waarom je het hebt laten liggen?'

'Laat maar.'

Ik herinner me mijn toeschouwer. In de poolzaal boven, zei hij. Ik vind de trap achterin de zaal en ga naar boven. De plotseling stilte en het halfduister doen onderzees aan. Drie rijen van zes oceaanblauwe tafels. Ik zie hem helemaal achterin in zijn eentje spelen, met op zijn hoofd mijn baseballpetje. Zijn paardenstaart is door de opening boven het bandje gehaald. Hij pot een bal, kijkt op en gebaart naar me. 'Ik dacht wel dat je terug zou komen. Daarom ben ik je niet achternagegaan. Wil je het van mijn hoofd af winnen?'

'Ik neem het liever gewoon van je hoofd af.'

'Wat is daar voor lol aan?'

'Die is er niet. Maar het is mijn petje.'

Hij taxeert me. 'Da's waar.' Met het zwierige gebaar van een hoveling reikt hij me mijn petje aan. 'Niet kwaad bedoeld. Ik ben niet helemaal mezelf vanavond.'

'Geeft niet. Bedankt voor het redden van mijn petje.'

Hij laat een oprechte glimlach zien. 'Graag gedaan.'

Ik ben aan zet. 'Nou, uh, hoeveel is ze nu te laat?'

'Wanneer gaat "te laat" over in "laten zitten"?'

'Kweenie. Negentig minuten?'

'Dan heeft dat wijf me dubbel en dwars laten zitten. En ik heb voor deze tafel tot tien uur moeten betalen.' Hij wijst met zijn keu. 'Speel een paar rondjes, als je het niet druk hebt.'

'Druk niet. Maar ik zit te krap om in te zetten.'

'Eén sigaret per rondje kan er toch wel af?'

Ik voel me nogal gevleid dat hij me serieus genoeg neemt om een partijtje poolen aan te bieden. Het enige wat ik sinds mijn komst in Tokio aan gezelschap heb gehad, was Kat, Kakkerlak en Suga. 'Oké.'

Yuzu Daimon is laatstejaarsstudent rechten, echte Tokioot en de beste poolspeler die ik ooit ben tegengekomen. Hij is briljant, echt waar. Ik heb vorige week *The Hustler* gezien. Daimon zou koffiedrab kunnen maken van die Paul Newman-figuur. Hij laat me uit beleefdheid een paar rondjes winnen, maar tegen tienen heeft hij er nog eens zeven afgewerkt in een U-bocht-draaiende, bal-van-tafel-laten-springende, feilloze stijl. We leveren de keus in en gaan zitten om onze prijzen op te roken. Mijn plastic aansteker heeft het loodje gelegd: een vlammetje schiet bij Daimons duim omhoog. Het is een prachtig ding. 'Platina,' zegt Daimon.

'Moet een vermogen kosten.'

'Het was mijn verjaarscadeau toen ik twintig werd. Je zou meer moeten oefenen.' Daimon knikt naar de tafel. 'Je hebt er kijk op.'

'Je lijkt wel mijn sportleraar van de middelbare school.'

'O, hou op. Zeg, Miyake, ik vind dat Zaterdag me een compensatie schuldig is omdat ze me heeft laten zitten. Als we nou eens naar een bar gingen om een paar meisjes op te pikken.

'Uh, dank je. Beter van niet.'

'Daar komt je vriendin nooit achter. Tokio is te groot.'

'Nee, het is niet dat...'

'Je hebt dus geen vrouw die ergens zit te wachten?'

'Een niet-denkbeeldige niet, nee, maar...'

'Je wil toch niet zeggen dat je homo bent?'

'Voorzover ik weet, nee, maar...'

'Heb je dan een gelofte van kuisheid afgelegd? Ben je lid van een sekte?'

Ik laat hem de inhoud van mijn portefeuille zien.

'Nou en? Ik bied aan om te betalen.'

'Ik kan niet op jouw zak teren. Je hebt de tafel al betaald.'

'Je teert niet op mijn zak. Ik heb je al gezegd, ik word advocaat. Advocaten geven nooit hun eigen geld uit. Mijn vader moet aan representatie een kwart miljoen yen verteren, of zijn departement krijgt met een budgetherziening te maken. Dus je begrijpt, je brengt onze familie door te weigeren in een moeilijk parket.'

Dat is een hoop geld. 'Per jaar?'

Daimon ziet dat ik ernstig ben en lacht. 'Per *maand*, sukkel!'

'Van je vader plukken is nog erger dan van jou.'

'Luister, Miyake. Ik heb het maar over een paar biertjes. Vijf op z'n hoogst. Ik ga niet proberen om je ziel te kopen. Kom op. Wanneer ben je jarig?'

'Volgende maand,' lieg ik.

'Zie het dan maar als een vroeg verjaarscadeau.'

De kerstman staat achter de bar, Rudolf het Rendier met de Rode Neus komt met een zwabber in zijn hand van het toilet en elfjes met slappe hoeden op bedienen aan de tafels. Ik kijk naar sneeuwvlokken die dansen op het plafond en rook een Marlboro die door de Maagd Maria aangestoken is. Yuzu Daimon drumt op de maat van psychedelische kerstliedjes. 'Dit heet de Vrolijk Kerstfeest Bar.'

'Maar het is 9 september.'

'Het is hier elke avond 25 december. Het is wat we een meidenmagneet noemen.'

'Het is misschien naïef van me, maar kan je vriendin niet gewoon ergens opgehouden zijn?'

'Je bent meer dan naïef. In welke tijd is dat Yakushima van jou eigenlijk blijven steken? Dat wijf heeft me laten zitten. Dat weet ik. We hadden een afspraak. Als ze hier wilde zijn, was ze hier, en nu ben ik zo alleenstaand als een pasgeboren baby en kan zij wat mij betreft de pot op. De pot op. En niet meteen omdraaien nu, maar ik geloof dat onze vrouwentroost zojuist is aangekomen. Daar in het hoekje tussen de open haard en de boom. Die in koffieleer, die andere in kersenfluweel.'

'Ze zien er als modellen uit.'

'Modellen wat?'

'Die kijken mij geen twee keer aan. Niet één keer.'

'Ik heb gezegd dat ik je drankjes zal betalen, niet je ego strelen.'

'Ik meen het.'

'Gelul.'

'Moet je kijken wat ik aanheb.'

'We zeggen dat je als roadie werkt.'

'Ik ben niet eens slim genoeg om roadie te zijn.'

'We zeggen dat je als roadie voor Metallica werkt.'

'Maar we kennen ze niet eens.'

Daimon verbergt zijn gezicht in zijn handen en gniffelt. 'Ah, Miyake, Miyake. Waar denk je dat een bar voor is? Denk je dat al die mensen het leuk vinden om een exorbitant bedrag voor zeikchampagne te betalen? Drink je bier op. We moeten whisky hebben om bij de vijand binnen te dringen. Geen gemaar meer! Kijk naar die in fluweel. Stel je voor dat je met je tanden de koordjes van dat keurslijfdingetje dat ze aanheeft losmaakt. Een eenvoudig ja of nee is genoeg: wil je haar hebben?'

'Wie niet? Maar...'

'Kerstman! Kerstman! Twee dubbele Kilmagoons! On the rocks!'

'Dus na die verkrachting,' zegt Daimon hard terwijl we de aangrenzende tafel nemen, 'is hun wereld platgewalst. Met de grond gelijk gemaakt. Zij eet niet meer. Ze trekt de telefoon eruit. Het enige waarvoor ze nog enigszins belangstelling heeft zijn de videogames van haar dode zoon. Als mijn vriend 's ochtends naar zijn werk gaat zit zij al op de zestien-inch-Sony over het wapen gebogen mannen weg te maaien. Als hij weer thuiskomt, heeft ze geen spier bewogen. De keukenpannen nog steeds op tafel – het maakt haar niet uit. *Bengbengbeng! Reload.* In de echte wereld heeft de politie de zaak laten vallen – aanranding tijdens een nacht op de kale berg? Vergeet het maar. De meeste mannen hebben geen flauw idee wat een dergelijke ervaring... ik word wel eens wanhopig van onze sekse, Miyake. Dus. Negen maanden gaan voorbij. Ze gaat niet één keer het huis uit. Niet één keer. Hij wordt gek van de zorgen – je weet zelf hoe kapot hij was toen je terugkwam van dat optreden bij die Beatles-reünie. Uiteindelijk vraagt hij raad aan een psychiater. Die psych komt tot de conclusie dat zij gereïntegreerd moet worden in de samenleving of anders het risico loopt weg te zakken in zelfgekozen autisme. Nu hebben ze elkaar via het orkest van hun universiteit leren kennen – zij speelde xylofoon, hij trombone. Dus, hij koopt twee kaartjes voor *De Schilderijententoonstelling* en haar weerstand brokkelt van dag tot dag steeds verder af, totdat ze bereid is mee te gaan. Sigaret?'

Ik had durven zweren dat er een asbak was toen we gingen zitten.

'Pardon.' Daimon buigt zich naar Koffie over. 'Mag ik?'

'Natuurlijk.'

'Zeer bedankt. Die avond van het concert neemt ze kalmerende middelen in, ze kleden zich mooi aan, dineren ergens chic bij kaarslicht en nemen op de voorste rij hun plaatsen in. De trompet zet in. Je weet wel...' Daimon neuriet de openingsmaten. 'En ze verstijft. Haar ogen zijn *ijs*. Ze drukt tot bloedens toe haar nagels in zijn dij. Ze begint te trillen. Vergeet de overlast, hij moet haar daar weg zien te krijgen voordat zij hysterisch wordt. Eenmaal in de foyer vertelt ze het hem. De man die de cimbalen tegen elkaar slaat – in het orkest – ze zweert op het graf van haar voorvader dat hij de man is die haar heeft aangerand.'

Ik merk dat Koffie en Fluweel nu onder zijn gehoor zijn.

'Ik weet wat je denkt. Waarom niet naar de politie gegaan? In negen van de tien gevallen zegt de rechter tegen de vrouw dat ze erom gevraagd heeft door haar rok te hoog op te trekken en komt de verkrachter er met het ondertekenen van een excuusformulier van af. Ze zegt tegen hem dat zij zich van het dak van het Tokyo Hilton zal gooien als hij haar geschonden eer niet wreekt. Goed. Je hebt hem meegemaakt. Het is geen doetje. Hij doet zijn huiswerk en schaft zich een niet-geregistreerd wapen met een geluiddemper aan, operatiehandschoenen. Op een avond dat het orkest de Vijfde van Beethoven speelt, breekt hij in in de woning van de cimbalist – hij woont daar alleen, met zijn geliefde kristallen. Wat hij vindt, onderbouwt het verhaal van zijn vrouw. Pornoprints van het internet, SM-spullen, handboeien die aan het plafond hangen, een zwaar versleten opblaas-Marilyn Monroe. Hij verstopt zich onder het bed. Na middernacht komt de cimbalist thuis, luistert zijn antwoordapparaat af, neemt een douche en gaat naar bed. Mijn vriend heeft gevoel voor drama. "Ook een monster dient onder zijn matras te kijken." *Bengbengbeng!*'

'Wat een verhaal.'

'Dat is nog niet alles. Mijn klereaansteker doet het niet. Even...' Daimon buigt zich over naar Koffie, die al bezig is haar designtas open te maken. 'Het spijt me vreselijk dat ik je lastigval – zeer bedankt.' Ze steekt hem zelfs voor hem aan en daarna een voor mij. Ik knik bedeesd. 'Wraak is de zuiverste medicijn. Je herinnert je vast nog wel de roddelblaadjes – "Wie Roerde de Cimbaal?" – maar een geslaagde moord is alleen maar een kwestie van plannen en de politie heeft geen aanknopingspunten. Zijn vrouw knapt binnen enkele *dagen* op. Ze gaat weer lesgeven aan haar blindenschool. Gooit de videogames het huis uit. En als het lente wordt en het Saito Kinen Orkest naar Yokohama komt, staat zij erop dat ze kaartjes kopen voor plaatsen op de voorste rij. Net als toen, maar gelukkiger. Hij kan leven met zijn geweten – hij heeft alleen maar hetzelfde natuurrecht ten uitvoer gelegd dat de staat zou hebben toegepast als zijn agenten gewiekster waren. Ze kleden zich mooi aan, dineren weer ergens chic bij kaarslicht en nemen hun plaatsen in op de voorste rij. De strijkers zetten in – en zij verstijft. Haar ogen zijn *ijs*. Haar ademhaling verandert. Hij denkt dat zij iets van een attaque heeft en ziet kans haar in de lobby te krijgen. "Wat?" vraagt hij. "De tweede cellist! Hij is het! De man die me verkracht heeft!" "*Wat?*" En de man dan die met de cimbalen kletste en die ik vorig jaar vermoord heb?" Ze schudt haar hoofd alsof hij gek is. "Waar heb je het over? De tweede cellist is de verkrachter, ik zweer het op het graf van mijn voorvader en als je mijn geschonden eer niet wreekt, elektrocuteer ik mezelf." '

'Nou zeg!' brengt Koffie hijgend uit. 'Niet te geloven, wat heeft hij toen gedaan?'

Daimon draait zich om, Koffie slaat haar benen over elkaar en we worden een viertal. 'Ging naar de politie. Bekende dat hij de cimbalist vermoord had. Tegen dat hij terecht moest staan, had zijn vrouw nog negen andere mannen ervan beschuldigd dat ze haar hadden verkracht, de minister van Visserij inbegrepen.'

Fluweel is verbijsterd. 'Is dat allemaal echt gebeurd?'

'Ik zweer het je' – Daimon blaast een wiebelend rookkringetje uit – 'geen woord gelogen.'

Als ik terugkom bij de tafel nadat ik bij Kerstman mijn bestelling heb geplaatst, ligt Daimons arm rond de stoel van Koffie. 'Nou zeg, aah' – de tong van Koffie steekt tussen haar witte lippen door – 'Kerstmans *little helper*.' Haar gezicht is bemarshmallowd met cosmetica. Fluweel draait zich naar mij om. Haar dijen fluisteren en Godzilla ontwaakt. 'Yuzu-kun zegt dat je in de muziek zit.' Ik ruik haar parfum, vochtig en zout van het zweet. 'Ik werk als model op het ogenblik, doe een fotoserie voor de grootste Tokiose keten van klinieken voor plastische chirurgie.' Ze buigt zich naar mij over, haar Lark Slim wacht op een vuurtje en Godzilla heft zijn ontzagwekkende kop op. Daimon laat zijn aansteker over de tafel mijn kant uit tollen. Het gezicht van Fluweel gloeit. Een hele avond zonder aan Anju te denken, tot nu.

♋

Fluweel slaat haar armen om mijn borst als we hellend de eerste bocht in gaan, nog geen seconde na de Suzuki 950 van Daimon. Mijn Yamaha 1000 steigert en gromt naar een lagere versnelling. Het door de zon kromgetrokken circuit, de gouden trompetten, de enorme zeppelin van Bridgestone: de aanraking van Fluweels handen maken het moeilijk om me te concentreren. Daimon ramt een rij dansende verkeerskegels van de politie en boven het kabaal uit hoor ik Koffie als een jong hondje gillen. 'Zet 'm op!' fluistert Fluweel in mijn oor, alleen voor mij, en haar fluistering is een naakt kronkelende geest in de bochten van mijn inwendig oor. Ik voel me zo hard en vol als de brandstoftank van de Yamaha. Koffie slaakt een kreet van verrukking. 'Beter dan in het echt! Harder!' Daimon zwenkt de chicane in. 'Echter dan in het echt,' hoor ik hem mompelen. Ik blijf in zijn spoor, ga hem op het lange, rechte stuk bijna voorbij, maar Koffie kijkt op mijn scherm en zegt tegen Daimon wanneer hij me de weg moet versperren – 'Hebbes!' lacht ze. Ik slip door een olievlek, bij 180 km/u – Fluweel zet haar nagels in me, het achterwiel haalt het voorwiel in, maar ik houd mijn motor op de weg. We scheuren door de dierentuin – ik zie zebra's rennen, met wapperende manen. Koffie haalt haar mobiele telefoon tevoorschijn die de 'Star Spangled Banner' piept, neemt aan en begint een gesprek over waar ze is en wat een totaal ongelooflijke avond dat ze heeft. Ik dwing mijn Yamaha roekeloos door de lange, steile bocht – ik haal Daimon aan de binnenzijde in en we liggen nek aan nek. 'Zeg, Miyake, dit is toch eigenlijk niet meer of minder dan een test in mannelijkheid, vind je ook niet?' Ik waag een blik opzij. 'Lijkt me wel.' Hij laat een gevaarlijke grijns zien. 'Nou zeg, het duel van de eenentwintigste eeuw,' merkt Koffie op, terwijl ze haar telefoon weer in haar tas stopt. 'Absoluut!' antwoordt Fluweel. 'Miyake zal jullie zand laten happen, hè, Miyake?' Ik zeg niets maar haar pink graaft in mijn navel en dreigt verder naar beneden te kruipen totdat ik 'Oké' zeg. 'Geregeld,' antwoordt Daimon en zwenkt op mij af. Fluweel schreeuwt als ik de macht over het stuur verlies en op een aanstormende tankwagen van JOMO knal. *Paaannnnnggggggggg!* De speelgoedkernexposie ebt weg en Daimon en Koffie verdwijnen als een stipje in de verte. 'Vervelend ongeluk,' mompelt Daimon afkeurend. Mijn Yamaha hakkelt in zijn twee. 'Nou zeg, genadeloos!' lacht Koffie. 'Haalt ons nooit meer in.' Daimon kijkt me aan. 'Arme Miyake. Het is maar een videospelletje, hoor.' De greep van Fluweel wordt losser. Een absurd idee komt bij me op, meer te danken aan twee whisky's op twee biertjes dan aan oorspronkelijk denken. Ik gooi de Yamaha door een U-bocht en ontdek dat ik, ja, tegen de wijzers van de klok in kan rijden. Het '*Seconds Elapsed*' telt terug. De zebra's in de dierentuin rennen achteruit. De programmeur die deze software heeft geschreven moet net zo mesjokke zijn als Suga. De handen van Fluweel trekken om instemming te betuigen zachtjes aan mijn tepels. We gaan over de startlijn – '*Laps Completed*' staat op '–1'. Ik scheur de klapbrug op – de motor giert als we door de lucht springen en trilt als we aan de overkant op de oprit terechtkomen. Daar komt Daimon op zijn Suzuki. 'Nou zeg, wat?' Daimon begint een zin met 'Jij, gluiperige, fucking...' Ik volg zijn ontwijkende zwenking in spiegelbeeld en knal recht op zijn koplamp, zo rond als de maan op een heldere dag. Geen explosie. Onze motoren komen middenin de lucht tot stilstand, de muziek stopt en de schermen worden zwart.

◆

'Ik ben niet gewend om niet te winnen.' Daimon kijkt me aan op een manier die beangstigd zou zijn als we geen vrienden waren. 'In je diepste wezen ben je toch een onbetrouwbare klootzak, Miyake.'

'Arme Daimon. Het is maar een videospelletje, hoor.'

'Eén goeie raad.' Daimon glimlacht niet. 'Nooit boven je gewichtsklasse boksen.'

Koffie maakt een verward geluid. 'Nou zeg, waar zou het circuit gebleven zijn?'

'Ik denk' – Fluweel stapt af – 'dat Miyake het videoapparaat heeft laten springen, hartstikke goed.'

Daimon stapt met een zwaai van zijn Suzuki. 'Laten we gaan.'
'Nou zeg, waarheen?' Koffie glijdt van de motor.
'Een rustig plekje waar ze me kennen.'

'Wist je,' zegt Koffie, 'dat als je een neushaar uittrekt in plaats van te knippen dat je dan een adertje kan laten knappen waardoor je dood kunt gaan?' Daimon leidt ons door de uitgaanswijk alsof hij hem geschapen heeft. Ik weet niet waar we zijn en hoop dat ik de terugweg naar de metro voor Shinjuku niet zelf hoef te vinden. De massa's zijn in vergelijking met eerder wat uitgedund, de genotzoekers nu allemaal meer van de harde kern. Een sportauto schuift voorbij, met bonkende bassen. 'Lotus Elise 111S,' zegt Daimon. De mobiele telefoon van Koffie piept 'Auld Lang Syne', maar ze kan de beller niet verstaan, hoewel ze een tiental keren 'Hallo?' roept. Jazz schettert door een open deur. Een rij allerhipste mensen staat buiten te wachten. Ik geniet van de jaloerse blikken die we oogsten. Ik ben bereid te sterven om de hand van Fluweel vast te kunnen houden. Ik ben bereid te sterven als zij de mijne wegslaat. Ik ben bereid te sterven als ze wilde dat ik hem vasthield en ik dat nooit beseft zou hebben. Daimon vertelt een lang verhaal over misverstanden met verwijfde homo's in Los Angeles waardoor de meisjes moeten gillen van de lach. 'Maar, nou zeg, LA is echt gevaarlijk,' zegt Koffie. 'Iedereen heeft een pistool. Singapore is de enige veilige stad in het buitenland.' 'Wel eens in LA geweest? vraagt Daimon. 'Nee,' zegt Koffie. 'Wel eens in Singapore geweest?' vraagt Daimon. 'Nee,' zegt Koffie. 'Dus ergens waar je nooit geweest bent is het minder gevaarlijk dan ergens anders waar je nooit geweest bent?' Koffie rolt met haar ogen. 'Nou zeg, wie zegt dat je ergens naartoe moet gaan om er iets van te weten? Waar denk je dat tv voor is?' Daimon buigt nederig het hoofd. 'Hoor je dat, Miyake? Dit is nou vrouwelijke logica.' Koffie zwaait met haar armen in de lucht. 'Nou zeg, lang leve *girlpower*!' We lopen door een passage, verlicht met barreclames, waar een lift klaarstaat. Koffie hikt. 'Welke verdieping?' De liftdeuren gaan dicht. Ik ril van de kou. Daimon brengt zijn spiegelbeeld in orde en besluit over te schakelen op een goed humeur. 'Negen. Schoppenvrouw. Ik heb een geweldig idee. Laten we gaan trouwen.' Koffie giechelt en drukt op '9'. 'Afgesproken. Schoppenvrouw. Nou zeg, rare naam voor een bar.' Het is, behalve aan het veranderen van de etagenummers, niet te merken dat de lift beweegt. Koffie plukt een pluisje van Daimons kraag. 'Leuk jasje.' 'Armani. Ik ben heel kieskeurig ten aanzien van wat met mijn huid in aanraking komt. Daarom heb ik jou gekozen, o mijn godin.' Koffie rolt met haar ogen en kijkt naar mij. 'Is hij altijd zo, Miyake?' 'Dat moet je hem niet vragen,' zegt Daimon met een glimlach. 'Miyake is een te goede vriend van me om eerlijk tegen je te zijn.' Ik kijk naar de vier spiegelbeelden van onze vier spiegelbeelden. Ruimteschipzoevende stilte. 'Als je hier te lang in zit,' zeg ik, 'weet je niet meer welke je bent.' Een gong maakt een bronzig geluid en de deuren van de lift gaan open. Ik, Fluweel en Koffie vallen bijna om. We staan op het dak van een zo hoog gebouw dat Tokio verdwenen is. Hoger dan de wolken, hoger dan de wind. De sterren zijn zo dichtbij dat je erin zou kunnen prikken. Een meteoor beschrijft zijn baan. Ik zie een gordijn in de nacht achter Orion en de schijn is duidelijk – we zijn in een miniatuurplanetarium, nog geen tien meter in doorsnee. Weer klinkt een gong met een bronzig geluid en een dageraad laat de koepelwanden vanaf de grond grapefruitkleurig blozen. 'Nou zeg,' brengt Koffie met stokkende adem uit, 'echt niet te geloven.' Fluweel lijkt onder de indruk. Daimon klapt in zijn handen. 'Miriam! Ik heb, zoals je merkt, geen kans gezien om weg te blijven.'

Een vrouw in een opaalblauwe kimono en de complete make-up van een geisha schuift door het gordijn. Zij maakt een verfijnde buiging. Zij *is* verfijnd, van haar gelakte haarklem tot haar avondrode slippers. 'Goedenavond, meneer Daimon.' Een door een hoofdkussen gesmoorde stem. Haar cosmetica verhullen wat eronder zit, maar aan de manier waarop zij zich beweegt, schat ik haar zo rond de vijfentwintig. 'Dit is een onverwacht genoegen.'

'Ik weet het, Miriam, ik weet het. Ik hoorde dat je vanavond aan een exotische vakantie zou beginnen – maar je bent er, nog steeds. Wel, wel. Mag ik je voorstellen, mijn nieuwe bruid.' Hij kust Koffie, die giechelend dichterbij kronkelt. 'Zeg alsjeblieft dat de Vieze Ouwe niet over de vloer is.'

'U doelt op... wie, meneer Daimon?'

'Hoor je die diplomatie, Miyake? Miriam is een vakvrouw. Een echte vakvrouw.'

De vrouw kijkt even naar mij.

'Meneer Daimon senior is er niet vanavond, meneer Daimon.'

Daimon zucht. 'Die vader van me. *Weer* met Chizumi aan het geilen? Op zijn leeftijd? Is het hier wel eens iemand opgevallen dat hij zo dik geworden is? Hebben ze het over overgewicht. Trakteert Chizumi jou op de vunzigheidjes van meneer Daimon senior, Miriam? Is het nog steeds dik aan tussen die twee...? Ah, ik merk dat je toch geen antwoord wilt geven. Maar, als hij er niet is, dan kan ik mijn honneponnievrouwtje hier vertroetelen' – hij omvat Koffie's middel – 'in het privé-vertrek van de Daimon-clan. De festiviteiten van vanavond zijn uiteraard voor rekening van Pappa Losbol.'

'Natuurlijk, meneer Daimon, Mama-san zal meneer Daimon factureren.'

'Waarom zo formeel, Miriam? Waar is het "Yuzu-chan" gebleven?'

'Ik moet u verzoeken het gastenboek te tekenen, meneer Daimon.'

Daimon wappert met zijn hand. 'Wat je maar wilt.'

Doordat ik geen enkele verontschuldiging of uitleg heb, luister ik niet naar een stem die mij aanraadt in de lift te stappen en weg te wezen. Ik tol nog altijd van de alcohol, maar zie in Daimon toch iets van gevaar. Het moment gaat voorbij. Daimon drijft ons voort, op Daimon stellen wij ons betrouwen. 'Het sprookjesland wacht.'

Miriam gaat ons voor door een reeks met gordijnen afgeschermde antichambres – ik weet niet meer naar welke kant we met ons gezicht stonden toen we binnenkwamen. Elk gordijn is geborduurd met een kanji die te oud is om gelezen te kunnen worden. We komen tenslotte in een gewatteerde kamer, onveranderd sinds de jaren dertig van de vorige eeuw. Wandkleden van oude steden hangen aan de raamloze wanden. Stijve leren stoelen, een bar zonder bediening van koper en mahoniehout, een pendule die te langzaam slingert, een kroonluchter die zijn beste tijd gehad heeft. Een roestige kooi met een open deurtje. De papegaai daarbinnen klappert met zijn vleugels als wij erlangs lopen. Koffie piept als een rubberzool op vernis. Wat oudere mannen zitten in groepjes en bespreken geheimen met zachte stem en trage gebaren. Rook en schemering. Meisjes en vrouwen vullen glazen en bezetten de armleuningen van de stoelen. Ze zijn hier om te bedienen, niet om te vermaken. Alchemie heeft in de kimono's van de meisjes alle soorten kleuren gedruppeld. Dadelpruimengoud, kathode-indigo, lieveheersbeestjesrood, mossteppeolijvengroen. Een roterende ventilator aan het plafond roert de dichte hitte om. In de schaduw van een nachtmerrieachtige aspidistra speelt een piano op halve snelheid een nocturne voor zichzelf.

'Wow,' zegt Fluweel.

'Nou zeg,' zegt Koffie, 'bizar.'

Ik moet niezen door een sterke geur die doet denken aan de haarlak van mijn grootmoeder. 'Meneer Daimon!' Een dikkige vrouw, onder de rouge, verschijnt achter de bar. 'Met gezelschap! Wel, wel!' Ze draagt een hoofdtooi van pauwenveren en avondhandschoenen met glittertjes en fladdert ter begroeting als een verwelkte actrice met haar handen. 'Wat zien jullie er allemaal fris en gezond uit! Dat is jong bloed, hoor!'

'Goedenavond, Mama-san. Rustig, voor de zaterdagavond?'

'Zaterdag alweer? De dagen vinden zo ver omhoog de weg niet.'

Daimon zet een glimlach op. Koffie en Fluweel zijn overal welkom waar mannelijke fantasie aanwezig is om ze uit te kleden, maar ik, in mijn spijkerbroek, T-shirt, baseballpetje en sportschoenen, voel me zo misplaatst als een strontschepper bij een keizerlijke bruiloft. Daimon geeft me een klap op de schouder. 'Ik wil mijn wapenbroeder hier – en onze keizerlijke metgezellinnen – meenemen naar de kamer van mijn vader.'

'Sayu-chan kan je wijzen...'

Daimon valt haar in de rede. Zijn glimlach is haast vals. 'Maar Miriam is vrij.'

Signalen worden uitgewisseld tussen Daimon en Mama-san. Miriam kijkt bedrukt een andere kant op. Mama-san knikt en hijst als het ware haar gezicht op. 'Miriam?' Miriam draait zich om en glimlacht. 'Het zal me een groot genoegen zijn, meneer Daimon.'

'Ik rijd meestal in mijn pruisisch-blauwe Porsche Carrera 4 cabriolet. Ik heb een zwak voor Porsches. Die rondingen, ze zijn, als je goed kijkt, *exact* die van een knielende vrouw, onderdanig voorovergebogen.' Daimon ziet toe hoe Miriam de champagne inschenkt. Fluweel knielt. 'En jij, Eiji?' Heel goed. We praten op 'Eiji'-basis. 'Ik, uh, ben meer een tweewieleriemand.' Fluweel straalt. 'O, je gaat me toch *niet* vertellen dat je een Harley rijdt?' Daimon brult van het lachen. 'Hoe raad je het zo? De Harley van Miyake is, hoe zal ik het zeggen, zijn Harley is zijn bekkenstoot van vrijheid tussen optredens door, niet? Je hébt een shit rond een rockster, dat is niet te geloven. Groupies, junks, drummers, Miyake heeft het allemaal gehad. Fantastisch, Miriam, je hebt geen druppel gemorst. Je doet vast veel ervaring op. Vertel eens, hoe lang zit je hier nou als serveersterikbedoel gastvrouw ondergedoken?' Miriam beweegt spookachtig maar waardig in het lamplicht. De ruimte is intiem en warm. Ik ruik de parfum en de cosmetica van de meisjes en de pas gelegde tatami. 'Kom nou, meneer Daimon. Dames praten nooit over jaren.'

Daimon maakt zijn paardenstaart los. 'Jaren, al? Nou, nou. Je moet het hier wel heel erg naar je zin hebben. Nou, mensen, ik wil, nu de champagne is ingeschonken, twee toasts uitbrengen.'

'Nou zeg, waar drinken we op?' vraagt Koffie.

'Eén: ik heb mij, zoals Miyake hier weet, onlangs los weten te maken van een rioolvrouw die beloften doet en verbreekt met het gemak waarmee een hoer – passende omschrijving – een condoom aan en af doet.'

'Ik weet precies wat voor vrouw je bedoelt.' Koffie knikt.

'Wij begrijpen elkaar zo helemaal.' Daimon zucht. 'Gaan we trouwen in Waikiki, Lissabon of Pusan?'

Koffie speelt met Daimons oorring. 'Pusan? De wc van Korea?'

'Afschuwelijk landje,' geeft Daimon toe. 'Die oorring mag je houden.'

'Nou zeg, fantastisch. Op de vrijheid.' We klinken met onze fluitglazen.

'Wat is je tweede toast?' vraagt Fluweel terwijl ze de chrysant streelt.

Daimon gebaart naar Koffie en Fluweel. 'Nou, een toast op de bloem van het Japanse vrouwendom. Miriam, jij bent een vrouw, jij weet dat soort dingen. Welke kwaliteiten moet ik zoeken in een echtgenote?'

Miriam denkt na. 'Blindheid, in uw geval, meneer Daimon.'

Daimon legt zijn handen op zijn hart om het bloeden te stoppen. 'O, Miriam! Waar is je mededogen vanavond? Miriam is het eenden voerend type, Miyake. Ze behandelt haar watervogels met meer compassie dan haar minnaars, hoor ik.'

Miriam glimlacht vaag. 'Watervogels zijn aanhankelijker, hoor ik.'

'Aanhankelijk, zei je? Of afhankelijk? Maakt niet uit. Vind je ook niet dat Miyake en ik de twee gelukkigste mannen van Tokio zijn?'

Ze kijkt me even aan. Ik wend mijn blik af. Ik vraag me af hoe zij in werkelijkheid mag heten. 'Alleen uzelf weet hoe gelukkig u bent,' zegt ze. 'Is dit alles, meneer Daimon?

'Nee, Miriam, dit is niet alles. Ik wil wat weed. Instantkarmamix. En jij weet hoe hongerig ik van drugs word, breng dus iets eetbaars, zo over een halfuur.'

De kamer heeft een fusuma-scherm met daarachter een balkon. Tokio rijst op uit de bodem van de nacht. Vier weken geleden hielp ik mijn neven bij het repareren van de Rotavator op de theeplantage van oom Citrus. Moet je nu zien. Een blik KIRIN LAGER BEER van zes verdiepingen giet helgeel neon uit, steeds maar weer. Achter de onverlichte vijver van het Keizerlijke Paleis zie ik op het hoogste punt van het PanOpticon de waarschuwingslichten voor de luchtvaart pulseren. Altair en Vega pulseren aan weerszijden van de Melkweg. Verkeersgeluiden ebben omhoog. Fluweel leunt naar buiten. 'Kilometers en kilometers,' zegt zij tegen zichzelf. Haar haar golft in de warme wind. Haar lichaam bestaat uit rondingen die ik kan voelen alleen al door ernaar te kijken. 'Ik moet zeggen,' zegt Daimon, de vriend die mij dit alles op een zilveren schaaltje presenteert, 'dat ik de meest perfecte joint aan deze kant van de hoerenkasten van Bogota gedraaid heb.'

'En hoe weet jij dat zo goed?' Koffie buigt zich voorover om hem aan te steken.

'Ik heb er een stuk of tien.' Hij kronkelt zich uit zijn colbert en slingert het de kamer in. Op zijn T-shirt staat *We zien de dingen niet zoals zij zijn, we zien de dingen zoals wij zijn*, wat ik ergens eerder heb gehoord.

Fluweel leunt verder naar buiten. 'Zijn dat eilanden of schepen? Die bocht van lichtjes daar?'

Daimon tuurt door de balustrade. 'Landwinning. Nieuw vliegveld.'

Koffie kijkt. 'Laten we daarnaartoe gaan, kijken hoe hard je Porsche rijdt.'

'Laten we dat niet doen.' Daimon trekt de joint tot leven, houdt de rook in en blaast een aaaaaaaaa... uit. Koffie knielt en Daimon houdt de joint tegen haar lippen. Oom Geld heeft me over drugs en Tokio een ernstig vermaan gegeven dat ik, weet ik na één blik op Fluweel, in de wind zal slaan. Koffie tuit haar lippen en drakenrook kronkelt uit haar neusgaten. 'Heb ik verteld' – Daimon staart in de vlam van zijn aansteker – 'dat deze aansteker een stukje geschiedenis is? Hij is van generaal Douglas MacArthur geweest, tijdens de bezetting.' 'Nou zeg, als jij het zegt, dan zal het wel,' smaalt Koffie. 'Ik zeg het, maar goed. Pak een zabuton voor me, mijn koffieromighoningholletje, laat je longen deze schoonheid opzuigen, we rijden naar Tierra del Fuego en gaan Patagonië herbevolken...' Terwijl Koffie een kussen uit de tatami-kamer haalt, piept de mobiele telefoon in haar tas de Mondscheinsonate. Daimon slaakt een diepe zucht – 'Irritant!' – en geeft de joint aan mij. Ik geef hem door aan Fluweel. Daimon beantwoordt de mobiele telefoon met een redelijke imitatie van de kroonprins. 'Ik wens u een zeer goede avond.' Koffie duikt giechelend omlaag. 'Is van mij!' Daimon drukt haar met een schaarbeweging van zijn benen op de grond. Ze kronkelt, giechelend, ingeklemd. 'Nee, het spijt mij zeer, maar u kunt haar niet spreken. Haar vriend? Echt waar? Dat is wat ze tegen je gezegd heeft? Wat vreselijk. Ik ga haar later op de avond neuken, begrijp je, dus ga maar een vieze video huren, stomme kloot. Maar luister eerst nog even heel aandachtig hiernaar – zo klinkt je dood.' En hij gooit de telefoon over het balkon.

De stekker wordt uit Koffie's giechel getrokken.

Daimon lacht zo breed als een gedrogeerde kikker.

'Je hebt mijn mobieltje zomaar over de balustrade gegooid!'

Daimon hinnikt grinniklachjes. 'Ik weet dat ik je mobieltje zomaar over de balustrade heb gegooid.'

'Iemand kan het op z'n hoofd krijgen.'

'Nou, de geleerden waarschuwen ook dat een mobiele telefoon de hersens kan beschadigen.'

'Mijn mobieltje!'

'O, ik koop wel een andere voor je. Ik koop tien andere voor je.'

Koffie weegt verschillende factoren tegen elkaar af. 'Het allernieuwste model?'

Daimon grijpt de zabuton, leunt achterover en doet een gangster na. 'Schatje, ik koop de hele fabriek voor je op.' Koffie trekt een kleinemeisjespruilmondje en houdt het champagneglas bij haar oor. 'Ik kan bubbels horen.' Fluweel neemt mijn oorlellen tussen duim en wijsvinger, sluit mijn mond met de hare en marihuanarook stroomt naar binnen. Gestolen chocolade, uitgesmeerd en zacht. 'Ohohohohohohohoho,' merkt Daimon op, 'doe dat binnen, jullie. Het lijkt erop dat ik – en mijn kersverse bruid – alweer door de jonge beginneling zijn ingehaald.' Ik doe mijn ogen open, hap naar adem en hoest. Fluweel geeft een por tegen mijn borst, dus ga ik naar binnen.

'Jij zit daar,' zegt ze en wijst naar het uiteinde van de lage tafel. Een loopse monnik, een hond in een pij. Haar onderarmen glanzen van het zweet. Ze blaast de kaars uit. Plechtig nemen we om beurten een trek van de joint en zeggen niets. Onze vingertoppen lijken elkaar te raken. Die van haar staan onder stroom. Bioborg. In de gloed van de nachtstad, zelfs gefilterd door het papier, zie ik vaag haar omtrek. Zij raakt me niet echt aan en haar manier van doen zegt me dat ik haar niet aan moet raken voordat zij zegt dat ik dat moet doen. Het heldere puntje van de joint zweeft door de naar turf geurende lucht. Soms ben ik ik, soms niet helemaal. Parels, maansteen, tandglazuur. Een tijd-ruimteonregelmatigheid tast mijn leden af. Ik teken op het duister haar borsten in, haar haar, haar gezicht. Als ik nu nies, explodeert Godzilla waarschijnlijk in mijn boxershort. 'Rook je dit altijd?' Haar woorden zijn wervelingen in de rook. 'Altijd vanaf dat ik twintig werd.' Een grol, bol, rollende trol, een buigende chrysant in een vaas. 'Hoe oud ben je dan, roadie?' Ik hoor haar weelderige haren wellen. 'Drieëntwintig. Jij?' Bittere sneeuwvlokvlagen. 'Ik ben miljoen vandaag.' Eén felle uithaal van Koffie en een grrrrrrrr van Daimon en Fluweel en ik lachen hard genoeg om ribben te breken, ook al komt er geen geluid uit. Dan vergeet ik waarom ik lach en ga weer rechtop zitten. 'Houd je handen op de tafel,' waarschuwt zij streng, 'ik heb een hekel aan jongens met handen die naar alle kanten gaan.' Na een paar pogingen vinden onze monden elkaar en we kussen negen dagen en negen nachten.

De fusuma van het balkon glijdt open. Fluweel en ik vliegen uit elkaar. Daimon staat in het maanlicht, zijn tors ontbloot, het konijn Miffy is met lippenstift als een vampier op zijn borst getekend. Zijn tepels zijn Miffy's gulzige ogen. 'Miyake! Stoned of geneukt? Wil je al ruilen?' De shoji naar de gang schuift open. Miriam staat in de deuropening, met een blad met plakkerige parels, blokjes watermeloen en gepelde lychees. Een snelle blik van afkeer, haat en woede voordat professionele onverstoorbaarheid weer de overhand krijgt. 'Miriam! Met hapjes! Kaviaar, nog wel! Miyake, een van haar kwaliteiten is haar gevoel voor timing.' Zij doet haar slippers uit, komt dichterbij en zet het dienblad op de tafel. 'Excuseert u mij.' Zij trekt zich terug. 'O, Miriam, je hebt mijn excuus niet nodig, jij niet, met je machtige en invloedrijke beschermers die voor je zorgen.' Roze Koffie verschijnt, slaat iets om zich heen en houdt het fusumascherm vast om te voorkomen dat het valt. Zij ziet Miriam. Ze is gewend aan het commanderen van bedienden. 'Wijs ons het damestoilet!'

Daimon praat tegen Eiji, maar Eiji vindt het moeilijk om zich te concentreren doordat zijn hoofd steeds maar weer losraakt en de hoek in rolt. Koffie en Fluweel zijn sinds de aanvang der tijden in het damestoilet. 'Ik neem altijd een rustig liefdeshotel in Shinjuku-Oost, bij het park, verbonden met een viersterrenzaak zodat je uit de keuken behoorlijk eten boven kunt laten komen.' Eiji voelt zich niet helemaal op zijn gemak. Daimon kijkt bij hem naar binnen. 'Niet nog bezorgd over geld?' Eiji probeert zijn hoofd te schudden maar knikt per ongeluk van ja. 'Geld is alleen maar dat spul waar mijn vader te veel van heeft.' De meisjes, denkt Eiji, is het oké om alleen maar... Daimon hoort de gedachten van zijn vriend, knoopt zijn hemd dicht en zwaait met een vinger. 'Met die twee is het alles of niets, Miyake. Of ze worden allebei geneukt, of ze gaan allebei naar huis, naar hun naar lavendel geurende slaapkamers. Als je mij nu in de steek laat, zit ik met de duurste ruk sinds de laatste keer dat Michael Jackson optrad in de Budokan. De jouwe heeft in ieder geval een probleemoplossende intelligentie ontwikkeld. De mijne heeft een modeknobbel waar haar hersenen zouden moeten zitten.' Eiji staat op het punt om iets te zeggen maar vergeet wat hij gaat zeggen, vlak voor hij begint. 'Meisjes zijn net videogames, Eiji. Je speelt, je betaalt, je gaat weg.' Eiji is een en al dankbaarheid. Hij probeert dat uit te drukken, maar zijn woorden stromen als een eindeloze, zware regenbui uit een kartonnen bekertje, ze glippen woest en zoeken hun weg door het heelal, hij geeft het dan ook op. Een andere gastvrouw brengt de koffie. 'Wie ben jij, verdomme?' vraagt Daimon. De gastvrouw buigt. 'Aya-chan, meneer Daimon. Miriam-san is onwel geworden.' Daimon begint kwaad te worden. 'Trippel naar Mama-san en herinner haar eraan wie mijn vader is en wat een lastige etter ik kan zijn als ik...' Maar zijn zin verdwaalt. Hij knijpt de knop van de chrysant en trekt de blaadjes uit. 'Vergeet dat ik dat gezegd heb, Aya-chan. Geef dit aan de geest van Miriam, met mijn diepste hoogachting,' en hij overhandigt haar de bloemenstronk, wat Eiji grappig vindt. Eiji zit in de taxi voorin. Daimon met zijn twee concubines achterin. De straten zijn leeg, ze gaan over een brede brug. Atlas torst zijn aardbol in de foyer, Daimon kijkt op naar het scherm dat kamers verlicht en onverlicht laat zien en prijzen en drukt op panelen en krijgt sleutels. Weer een lift. Daimon kust Eiji op de lippen en stoot hem als een biljartbal in de kamer achter hem. Een douche van tien seconden en onpikante porno op de pay-tv. Negen soorten condooms. Een roze 'H' flitst buiten aan en uit. Hoofden op stelen, zonnebloemhoofdenstelen. Koffie komt binnen, een citroengele handdoek rond haar honingkleurige hoestpastillehuid, wat verdoofd, nu nogal concreet het legendarische zwembad van de seks kabbelt, ze trekt de gordijnen dicht, doe je ogen dicht, zegt ze, en glipt in bed, haar huid glijdt af, koffiebonen zwellen, ja oké je mag maar je moet me *niet* daar aanraken, blijven haken aan een tak, ja oké, ruilt hij altijd zo om? Je vriend? Yuzu Daimon? Wat een naam, *Yuzu*, net als het fruit? Denk het wel. Sstt. Wasbleke chocolade, goedkoop en tandenbijtend middenrif, mossige plekjes, nerveuze duw, nee ik zei daar moet je me *niet* aanraken, Godzilla trekt zich terug, nerveuze zweetdruppeltjes op onze ruggen, hijsen, omlaag, omhoog, allemaal technisch gedoe, *ja daar ja,* Godzilla verandert weer van gedachten, wortels graven zich dieper in, takken slaan heen en weer, haar vingers grijpen, haar tenen vinden houvast, zwemmen in blauw, de lakens van blauw, deinend en grommend en loom, ze hapt naar adem, ze duikt, huivert en *ja* is dit alles *nee* en komt weer boven en *ja* en onder en *nee* en komt boven en *ja* en onder en weer boven en onder *komen* en *komen* als je bij het *komen* niet – wakker – wordt – voordat – je – op – de – grond – bent – ga – je

◆

Ik word in een rond bed wakker, eenzaam als een weggesmeten stuk speelgoed. Dit liefdeshotel is een tempel van roze. Geen bloemenroze – kadaverroze. De gordijnen zijn met ochtend bezoedeld. Ik hoor drilboren, kruispunten en kraaien. Uitgedroogde zonnebloemen hangen voorover in hun vaas. Mijn hoofd zit vastgeplakt van slaap tot slaap. Mijn tong is gezouten, zongedroogd en door woestijnwezels ondergescheten. Mijn keel is bewerkt met een geologenhamer. Mijn ellebogen en knieën zijn ruw van wrijvingswarmte. Mijn liezen ruiken naar garnalen. De beddenlakens zijn verward en het onderlaken is bevlekt met korstig bloed. Twee maagden hebben elkaar dus van hun functie ontheven. Die liesnies was seks? Geen Golden Gatebrug naar een beloofd land. Een wiebelige plank over een drassig moeras. Je krijgt niet eens een insigne om op te naaien. Deze kamer is een openbare tissue–liefdeshotels moeten de hoogste seks-kubieke meter-verhouding hebben aan deze kant van... waar? Parijs. Ik tast naar een sigaret–leeg. Nog steeds. Ik ben er alles bij elkaar nog goed van afgekomen. De telefoon riiiiiiiinkelt. Daimon, die uit de kamer hiernaast belt, wil ik wedden.

'Goedemorgen, meneer, de receptie hier.' Een man, kwiek en opgewekt.

'Uh, goe'morgen.'

'Mag ik u er even aan herinneren dat de kamer tot zeven uur geboekt is...'

Mijn horloge ligt naast het bed: 6:45. 'Oké.'

'Na zevenen gaat het uurtarief weer in.'

'Oké, ik ben zo weg.'

'Betaalt u contant of met een creditcard, meneer?

'*Wat?*'

'Toen uw vriendinnen zojuist weggingen, wisten ze niet of u contant dan wel met een creditcard zou betalen. Twee kamers voor de hele nacht komt op vijfenvijftigduizend yen, aangenomen dat er niets uit de minibar is gebruikt en dat u de kamer binnen vijftien minuten verlaat.'

Een koude schok kruipt over mijn wervelkolom.

Nog steeds kwiek, minder opgewekt. 'Ik bel dus om vast te stellen dat er geen onaangenaam misverstand is geweest.'

Zou overgeven helpen?

'Geen probleem, toch, meneer?' Verholen dreigement.

'Nee, geen enkel. Uh, ik betaal contant, denk ik. Ik ben zo beneden.'

'Wij verwachten u in de entreehal, meneer.'

Ik trek mijn plakkerige kleren aan en stuif Daimons kamer in. Niemand. Precies gelijk aan de mijne, behalve dan dat op de spiegel met een of andere gel in karakters HET IS MAAR EEN VIDEOSPELLETJE geschreven staat. Daimon, primitieve klootzak. Miyake, stommeling. Ik keer de zakken van mijn spijkerbroek binnenstebuiten en vind 630 yen, in kleingeld. Dit gebeurt niet echt. Ik probeer wakker te worden. Het lukt me niet. Dit gebeurt echt. Ik kom 54.370 yen tekort. Binnen de komende negen minuten moet ik een fantastisch plan hebben. Ik ga op de wc zitten en neem al poepend mijn opties door. Eén: 'Kijk, die knaap waar ik mee was, die beloofde dat hij alles zou betalen via zijn, uh, vaders onkostenrekening.' De koning van de yakuza legt zijn vingertoppen tegen elkaar. 'Eiji Miyake, werkzaam bij een afdeling Gevonden Voorwerpen? Een vertrouwensfunctie. Wat zullen je werkgevers geboeid zijn als ze horen hoe je de weekeinden doorbrengt. Ik zie het als mijn burgerplicht om deze zaak te melden, tenzij je bereid bent ons schadeloos te stellen door het verrichten van bepaalde *taken*, die niet allemaal, moet ik je waarschuwen, als *aangenaam* omschreven kunnen worden.' Twee: 'Buntaro! Help! Je moet me nu meteen vijfenvijftigduizend yen komen brengen in een liefdeshotel of je zult een andere huurder moeten zoeken.' Een keus die hem niet erg moeilijk zal vallen. Drie: De yakuza-koning likt aan zijn scheermes. 'Zo, *dit* is dus de dief die probeerde uit mijn hotel te ontsnappen zonder betaling voor genoten diensten.' Ik hef mijn bebloede hoofd en gezwollen oogleden op. Mijn tong ligt in zijn scheerkom.

Kon je een noodsituatie ook maar door de wc spoelen.

In films ontsnappen ze over daken. Ik probeer het raam open te maken, maar het is niet ontworpen om opengemaakt te worden, en dan, ik kan niet langs de zijkant van gebouwen kruipen. Ik zie mensen in de straten vol afval en benijd ze stuk voor stuk. Kan ik brand stichten? Alarm- en sprinklerinstallaties af laten gaan? Ik volg de brandmelders tot aan het eind van de gang, alleen maar om het gevoel te hebben dat ik iets doe. 'In geval van brand, zullen rookmelders deze deur automatisch ontsluiten.' Oom Asfalt zegt dat liefdeshotels erop gebouwd zijn om te voorkomen dat mensen de benen nemen – de lift brengt je altijd vlakbij de receptie. Wat doen ze in films nog meer? 'Door de achteruitgang,' sissen ze. Waar is de 'achteruitgang'? Ik probeer het andere einde van de gang. 'Noodtrappen. Geen uitgang.' Achteruitgangen gaan door keukens. Ik herinner me vaag dat Daimon, mogen zijn kloten afrotten, zei dat er een keuken was. Hotelkeukens zijn in de kelder. Ik glip door de deur en begin de trappen af te lopen. Ik ben zo stom om over de leuning te kijken. De vloer in de verte is zo groot als een postzegel.

De vluchtroute van Aoyama. Ik loop zo vlug en rustig als ik maar kan. Wat zeg ik als ze me hier betrappen? Dat ik claustrofobisch in een lift word. Houd op. Ik kom op de begane grond. Een grote glazen deur voert naar de receptie. Daar staat een enorme receptionist. Een ex-sumoworstelaar die mij opwacht. De trap loopt nog één verdieping verder door. Ik kan om genade smeken, of doorzetten en verder doorgaan naar beneden. De receptionist knijpt zijn ogen halfdicht, gaat met zijn vinger over een register. Die slaapt niet met genade in één bed. Ik glip langs de glazen deur – een beeld van Atlas met de aardbol ontneemt hem het uitzicht – en sluip over de trap omlaag naar een deur met ALLEEN PERSONEEL erop. Laat hij alsjeblieft open zijn. Hij gaat niet open. Ik duw ertegen. Hij trilt open. Dank u. Daarachter is een bedompte gang met buizen en zekeringkasten. Aan het eind staan zwabbers tegen weer een andere deur. Ik draai aan de kruk en duw. Nee! Ik duw harder. De deur is op slot. Nog erger is dat ik één verdieping hoger de glazen deur hoor opengaan – en ik heb de ALLEEN PERSONEEL-deur niet achter me gesloten. 'Hé? Is daar iemand?' Meneer Sumo. Het noodlot pist hete doodsangst op mijn hoofd. Wat kan ik doen? Ik klop in wanhoop op de dichte deur. Ik hoor meneer Sumo's schoenen op de trap. Ik klop nog een keer. En plotseling verschuift er een grendel, wordt de deur opengerukt en kijkt een kok mij aan – achter hem hakt en borrelt een tl-verlichte keuken. 'Ik hoop voor jou dat *jij*' – gromt hij, zijn ogen zijn die van Satan – 'de nieuwe moussejongen bent.'

Huh?

'Zeg dat je de nieuwe moussejongen bent!'

Meneer Sumo is er bijna.

'Ja, ik ben de nieuwe moussejongen.'

'Kom hier!' Hij trekt me naar binnen, slaat de deur achter me dicht en zorgt voor mijn eerste meevaller van die ochtend door hem te vergrendelen. *Chef-kok Bonki* staat op zijn muts gestikt. 'Wat bezielt je in *godsnaam* om op je eerste ochtend *vijfenveertig minuten te laat* te komen en er als een schooier uit te zien? *Zet in mijn keuken dat baseballpetje af!*' Achter hem kijken koksmaten en keukenhulpen naar het mensenoffer. Ik neem mijn petje af en buig. 'Het spijt me heel erg.' Room, stoom, schaap en gas. Ik zie geen ramen en geen deuren. Hoe kom ik hier weg? Chef-kok Bonki snauwt. 'Meester is *teleurgesteld.* En als meester teleurgesteld is, zijn *wij* teleurgesteld. Wij bemannen hier een *heel* – geordend – schip!' Hij begint ineens uit alle macht te schreeuwen en blaast de restanten van mijn zenuwen op. 'En wat doen we met bemanningsleden die het schip ontrouw zijn?' Het keukenpersoneel scandeert in koor het daverende antwoord. 'Naar de haaien! Naar de haaien! Naar de haaien!' Ik overweeg in ernst om mij toch maar aan meneer Sumo uit te leveren. 'Kom mee, moussejongen. Meester begint aan zijn inspectie.' Ik word tussen glimmende aanrechten en rekken met pannen door geduwd, langs een rek met ponskaarten. Een deur. Laat er alsjeblieft een deur zijn. 'Hier meld je je, als Meester je je schandelijke start vergeeft.' Meneer Sumo moet inmiddels bij de vergrendelde deur zijn. Al die messen maken me angstig. Een jongen met een platte neus schrobt met een tandenborstel de tegels van de vloer – de chef geeft hem om onduidelijke redenen een trap. We komen bij een bedompt kantoortje vol met het ronken, schuren en licht beroeren van een slijpbank. Achterin is een open deur – treden leiden omhoog naar een binnenplaats met vuilniszakken. De chef-kok klopt op de deurpost en roept. 'Meester, de nieuwe moussejongen heeft zich voor actieve dienst gemeld.' De draaibank valt stil.

'Finale*mente*.' Meester draait zich niet om. 'Breng de vlegel binnen.' Zijn stem is voor zijn omvang veel te hoog. De chef-kok doet een stap opzij en duwt mij naar voren. Meester draait zich om. Hij draagt een lasmasker dat een fijn mondje onbedekt laat. Hij heeft een hakmes in de hand dat scherp genoeg is om er een stier mee te castreren. 'Chef-kok Bonki, laat ons alleen. Hang het bordje op de deur.' De kantoordeur valt met een klap in het slot. Meester probeert het mes uit op zijn tong. 'Waarom die bedriegerij nog langer voortgezet?'

'Hoe bedoelt u?'

'Jij bent niet de moussejongen die mij in Jeremia de Brulkikker zo *voortreffelijk* heeft gediend, ja?'

Liegen, vlug! 'Uh, da's waar. Ik ben zijn broer. Hij is ziek geworden. Maar hij wilde de bemanning niet in de steek laten, hij heeft daarom mij in zijn plaats gestuurd.' Niet slecht.

'Wat *uit*erst offer*vaar*dig.' Meester komt dichterbij. Niet goed.

De deur raakt mijn rug. 'Het genoegen is aan mij,' zeg ik. Hoor ik bonken?

'Aan *mij*. Aan *mij*, zeg ik je. Voel. Mousse is veerkrachtig.'

In het zwarte glas van het masker zie ik dat mijn gezicht zich afvraagt wat een moussejongen precies verondersteld wordt te doen.

'Meester, u bent de beste in het vak.' In de keuken breekt plotseling tumult los. Geen weg om hem heen naar de deur van de binnenplaats. Meester hijgt. In zijn adem ruik ik leverpaté. 'Knijp. Mousse is heerlijk. Snijd het in plakken. O ja. Mousse is zo zacht. Zo zacht. Snuif het op. Mousse geeft mee. O ja. Mousse geeft *zeker* mee.' Vier dikke vingers zweven naar mijn gezicht.

Een kreet. '*Hé!*'

'Vervelend. Vervelend.' Meester tilt vlakbij mijn hoofd een gordijntje op waardoor een klein kijkgat vrijkomt. Zijn mond wordt strak. Hij pakt zijn hakmes, stoot mij opzij, gooit de deur open en stommelt naar buiten. 'Hoerengespuis!' schreeuwt hij. 'Jullie waren gewaarschuwd!' Ik vang een glimp op van meneer Sumo die hulpkoks over aanrechten smijt. 'Jullie waren gewaarschuwd,' roept Meester. 'Jullie waren gewaarschuwd voor wat er gebeurt met pooiers der duisternis die herpes en syfilis aan boord van mijn smetteloze schip brengen!' Hij smijt met zijn hakmes. Het heeft geen zin om rond te blijven hangen en de schade te bekijken – ik vlieg weg door de deur, ren de treden op, spring over de plastic vuilniszakken, drijf de kraaien uiteen, sprint over de binnenplaats, een zijstraat uit en pas om zeven uur dertig houd ik op met zigzaggen en achterom kijken.

Om zeven uur veertig weet ineens waar ik ben. Omekaido Avenue. Die wolkenkrabber van zirkonium is het PanOpticon. Ik loop nog wat verder in de richting van Shinjuku en kom bij de kruising met Kita Street. Café Jupiter. De ochtend is al lichtgebakken. Ik tel mijn geld. Als ik straks ga lopen naar Ueno, kan ik me voor de terugweg naar Kita Senju een duikboot permitteren en nu een licht ontbijt bestellen. Zo licht dat het wegwaait als ik nies.

Café Jupiter is airco-drassig koel. Ik neem koffie en een ananasmuffin, ga bij het raam zitten en kijk in de ruit naar mijn spookachtig spiegelbeeld: een twintig jaar oude Eiji Miyake, haar plakkerig van het zweet, geurend naar dope en garnalenseks en met – zie ik tot mijn schrik – bij mijn adamsappel een liefdesbeet zo groot als Afrika. Mijn huidskleur heeft de metamorfose van Kyushu-bruin naar loonslaafvaal volbracht. De serveerster met de volmaakte hals heeft geen dienst vanochtend – als ze mij in deze staat zou zien, zou ik krijsen, negen eeuwen ouder worden en verschrompelen tot een hoopje roos en nagels. De enige andere klant is een vrouw met een gereedschapskist aan make-up die een modeblad bekijkt. In gedachten zweer ik nooit en te nimmer meer een andere vrouw te zullen strelen. Ik eet mijn ananasmuffin en kijk naar het nieuwsscherm op het NHK-gebouw. Lanceerinstallaties voor raketten wijken uiteen, steden in brand. Een nieuwe mobiele telefoon van Nokia. Minister van Buitenlandse Zaken verklaart vermeende Nanking-excessen uit Tweede Wereldoorlog zijn links complot ter ondermijning vaderlandsliefde. Zizzi Hikaru wast haar haar met Pearl River-shampoo. In een Afrikaanse stad dolen met vliegen overdekte geraamten rond. Nintendo presenteert met trots *Universal Soldiers*. De jongen die een toerbus heeft gekaapt en drie kelen doorgesneden zegt dat hij het deed om op te vallen. Ik kijk naar het voorbijgaand verkeer totdat ik een krakend kuchen hoor. De komst van Lao Tse was mij geheel ontgaan. Hij haalt een pakje Parliament-sigaretten tevoorschijn, maar is zijn aansteker kwijt. 'Zo chef, daar zijn we weer.' Ik leen hem mijn aansteker. 'Morgen.' Hij ziet mijn liefdesbeet, maar zegt niets. Voor hem staat een uitklapbaar scherm voor een videogame, zo groot als een boek, maar ontworpen in de drieëntwintigste eeuw. 'Gloednieuwe vidboy3 – tienduizend bij tienduizend res, vier gigabyte, wraparound geluid, kunstmatige-intelligentiechip Socrates. Software nog geen week geleden uitgebracht: *Virtua Sapiens*. Een cadeau van mijn schoondochter.' Lao Tse wipt op zijn stoel. 'Op doktersadvies, om seniliteit te voorkomen.' Ik schuif de asbak tussen ons in. 'Wat aardig van haar.' Lao Tse tikt as af. 'Die idioot van een zoon van me zover krijgen dat hij mijn rijstvelden aan de eigenaar van een supermarkt verkoopt, noem jij dat *aardig*? Hebben ze het over kinderplicht! Ik geef die snotaap mijn land om te voorkomen dat de belastingwolven aanvallen als ik doodga en dan krijg ik *dit*' – hij geeft een zet tegen het apparaat – 'als tegenprestatie. Ik moet eventjes de leiding in handen nemen – je gaat toch lekken op mijn leeftijd. Wil je een testrit maken terwijl ik weg ben?' Hij schuift de vidboy3 over de balie naar mij toe en loopt naar het toilet. Ik zet mijn baseballpetje af, schakel in en druk op RUN. Het scherm licht op.

♋

Welkom bij *Virtua Sapiens*
(alle rechten voorbehouden)

Ik zie dat je een nieuwe gebruiker bent. Wat is je on line-naam?
>eiji miyake
Gefeliciteerd met je aanmelding bij *Virtua Sapiens*, Eiji Miyake. Je zult nooit meer eenzaam zijn. Kies een relatiecategorie. Vriend, Vijand, Onbekende, Minnaar, Familielid.
>familielid
Oké, Eiji. Welk familielid zou je vandaag willen ontmoeten?
>mijn vader, natuurlijk
Goed, neem mij niet kwalijk. Alsjeblieft drie seconden niet bewegen terwijl ik je gezicht digitaliseer.
Een icoon geeft een knipoog en een microlens in de omlijsting van het scherm knippert rood. Oké zit nu heel stil terwijl ik je netvlies registreer. Een muur, een vloer, een plafond verschijnen. De vloer wordt met een kronkeltapijt van bitmaps gevuld. Dunne strepen rollen tegen de wanden omhoog. Er verschijnt een raam, met uitzicht op pruimenbloesem die heen en weer zwiept in een voorjaarsbui. Regengordijnen versluieren het glas. Ik hoor de regendruppels zelfs, heel zacht. De kamer is halfduister. Een lamp verschijnt aan de linkerkant en straalt behaaglijk geel. Een doorzichtige bank verschijnt onder het raam. De bank wordt met inkt zigzag ingevuld. En in het midden van de bank verschijnt mijn vader, de rechtervoet op de linkerknie, wat er ontspannen uitziet maar niet gemakkelijk kan zijn. Het programma heeft hem mijn neus en mond gegeven, maar hem uitgerust met zwaardere kaken en dunner haar. Zijn ogen zijn die van een waanzinnige geleerde aan de vooravond van de wereldheerschappij. Zijn rimpels zijn symmetrisch. Hij heeft een zwarte kamerjas aan; hij gloeit een beetje, alsof hij vijf minuten tevoren uit bad is gestapt. Mijn vader buigt zich naar de rechterkant van het scherm, waar een wijnemmer verschijnt; hij tilt de fles eruit en leest het etiket. 'Chablis, 1993.' Een opgewekte, heldere, gelijkmatige stem, geknipt voor het weerbericht. Hij schenkt zich een glas in, maakt een hele show van het genieten van het bouquet en snuift het als het ware tussen zijn lip-

pen door op. Hij geeft een knipoog. Een geëmailleerde glimlach flitst. 'Welkom thuis, zoon. Help me even, wanneer was het voor het laatst?'

`>nooit, in feite`

Zijn wenkbrauwen schieten omhoog. 'Zo lang? Waar blijft de tijd! We hebben heel wat bij te praten. Maar het wordt tussen ons vast wel weer koek en ei. Vertel eens van school, zoon.'

`>ben ik af. ik ben 20`

Hij neemt een slokje wijn, spoelt dat rond zijn tong en gaat met een hand door zijn haar. 'Is dat zo, zoon?' Hij buigt zich voorover naar het scherm tussen ons. De resolutie is verbluffend – ik deins achteruit. 'Dan ben je dus student nu? Is dat een cafetaria wat ik daar achter zie?'

`>ik heb niet de moeite genomen me in te laten schrijven aan de universiteit. geen ouders om te betalen en geen geld.`

Mijn vader leunt achterover en drapeert een luie arm op de rugleuning van de bank. 'Is dat zo, zoon? Dat vind ik heel erg jammer. Ontwikkeling is een goed ding. Waar breng je je tijd dan wel mee door?'

`>ik ben rockster`

Zijn wenkbrauwen schieten omhoog. 'Echt waar, zoon? Vertel eens. Ben je een succesvolle rockster, rijk en beroemd, of hoor je bij het langharig tuig dat nog steeds op een toevallige doorbraak zit te wachten?'

`>heel succesvol. over de hele wereld`

Hij geeft een knipoog en laat een geëmailleerde glimlach flitsen. 'Ik weet dat het moeilijk is om je oude heer na al die tijd te zien, zoon, maar eerlijk duurt het langst. Als je zo'n belangrijke figuur in de amusementswereld bent, hoe komt het dan dat ik in *Time* nog nooit iets over je gelezen heb?'

`>ik treed onder een schuilnaam op ter wille van mijn privacy`

Hij slaat de rest van zijn wijn achterover. 'Het is niet dat ik je niet geloof, zoon, maar kun je mij je schuilnaam noemen? Ik wil tegenover mijn vrinden – en mijn bankmanager – kunnen opgeven over mijn zoon de rockster!'

`>john lennon`

Mijn vader slaat zich op de knieën. 'De echte John Lennon is in 1980 door Mark Chapman vermoord, nu weet ik dat je mij in de maling neemt!'

>goed als ik van onderwerp verander?

Hij wordt een en al ernst en zet zijn glas neer. 'Tijd voor een openhartig gesprek tussen vader en zoon, hè? We hoeven niet meer bang te zijn voor onze gevoelens. Zeg wat je op je hart hebt.'

>wie bent u eigenlijk?

'Je vader, zoon!'

>maar als mens, wie bent u?

Mijn vader schenkt zich weer een glas in. Weerlicht laat de hemel smelten, de pruimenbloesem schuurt tegen de ruit en het paars-op-grijs wordt omgezet in zwart-op-titaanwit. Ik denk dat het programma extra tijd nodig heeft voor het beantwoorden van vreemde of algemene vragen. Mijn vader gniffelt en zet zijn voeten naast elkaar. 'Nou, zoon, dat is me een hele vraag. Waar wil je dat ik begin?'

>wat bent u voor een man?

Mijn vader legt zijn linkervoet op zijn rechterknie. 'Laat ik eens kijken. Ik ben Japanner, word vijftig. Van beroep ben ik acteur. Mijn hobby's zijn snorkelen en wijnproeven. Maar wees niet bevreesd, al die details zullen aan de orde komen als onze omgang zich verdiept en ik reken erop dat je snel weer op bezoek komt! Ik wil je graag voorstellen aan een speciaal iemand. Wat vind je daarvan?'

>oké

Het scherm schuift naar rechts, langs de wijnemmer. Een vrouw – achter in de dertig? – zit op de grond, rookt, neuriet tussen de trekjes door stukjes van 'Norwegian Wood'. Ze is gehuld in een mannenhemd en een zwarte legging omhelst haar goedgevormde benen. Lang haar valt tot aan haar middel. Ze heeft mijn ogen. 'Hallo, Eiji.' Haar stem is teder en blij me te zien. 'Kun je raden wie ik ben?'

>sneeuwwitje?

Ze glimlacht naar mijn vader en drukt haar sigaret uit. 'Ik merk dat je het gevoel voor humor van je vader hebt. Ik ben je moeder.'

>maar mammalief, je hebt pappa al in geen zeventien jaar meer gezien

Het programma verwerkt die onverwachte input terwijl het noodweer kopstoten uitdeelt tegen het raam. Mijn mamma steekt weer een sigaret op. 'Nou ja, we hadden wel een appeltje te schillen, dat geef ik toe. Maar het is nu tussen ons weer koek en ei.'

```
>je hebt nu dus geen sufkoppen meer die je geld kun-
nen geven?
```

'Dat komt hard aan, Eiji.' Mijn virtuele moeder wendt zich af en snikt even alarmerend als mijn echte, een soort van droog, verholen schokken. Ik tik een verontschuldiging in, maar mijn vader geeft als eerste antwoord. Hij spreekt met het trage, dreigende ritme van een treurspelspeler. 'Dit is een huis, jongeman, en geen hotel! Als je je niet fatsoenlijk weet uit te drukken, is daar het gat van de deur!' Wat een virtueel stel ouders heeft het programma voor mij gegenereerd! Zij denken: wat een virtuele zoon heeft de werkelijkheid voor ons gegenereerd. De pruimenbloesem gaat gebukt onder het slechte weer voor de tijd van het jaar.

◆

'Hallo? Wakker worden! Is daar iemand?' Een man in Café Jupiter schreeuwt zo hard dat hij het geluid van de virtuele stortbui overstemt. 'Verkeerd teruggegeven, meissie!' Ik schakel uit en draai me om om te kijken waar de heibel over gaat. Een grauwe loonslaaf in een vies hemd snauwt tegen het meisje met de mooiste hals van het hele universum – sinds wanneer is ze daar? Ze kijkt hem aan, verbaasd maar niet van streek. Ezel wast borden af, buiten schot, en mijn meisje doet haar uiterste best om tegen dat menselijk zwijn beleefd te blijven. 'Meneer, u hebt alleen een biljet van vijfduizend yen gegeven.'

'Luister, meissie! Ik heb een biljet van tienduizend yen gegeven! Geen vijf! Tien!'

'Meneer, ik weet absoluut zeker...'

Hij gaat op zijn achterste poten staan. 'Meissie, wil je beweren dat ik lieg?'

'Nee, meneer, ik zeg alleen dat u zich vergist.'

'Ben jij een feministe? Te weinig geld teruggeven omdat je frigide bent?'

De rij van klanten roert zich ongemakkelijk, maar niemand reageert.

'Meneer, ik...'

'Abortusbak, ik heb je een briefje van tienduizend gegeven! M'n wisselgeld! *Meteen!*'

Ze pingelt de kassa open. 'Meneer, er zit geen enkel biljet in van tienduizend.'

Zwijn laat kwijlend zijn slagtanden zien. 'Aha! Je pikt dus ook nog uit de kas!'

Misschien ben ik nog steeds half-stoned van de hasj, of misschien heeft *Virtua Sapiens* mijn realiteitsbesef dooreen geklutst, maar ik loop erheen voordat ik het weet en tik de kerel op zijn schouder. Hij draait zich om. Zijn mond is één valse grijns. Zwijn is groter dan ik dacht, maar het is te laat om terug te krabbelen, ik val dus als eerste, en het hardste, aan. Ik smijt koffie in zijn gezicht en geef hem een echt, *echt* harde kopstoot op zijn neus. Kerstlichtjes knipperen in mijn ogen. Zwijn wankelt onder het uitstoten van een pruttelend 'Aaaaaaaaa' naar achteren. Bloed druppelt door zijn vingers uit zijn neus. Ik hervind mijn evenwicht en mijn hand tast naar iets om mee te zwaaien. Mijn stem klinkt verwrongen door de pijngreep in mijn voorhoofd. '*Meteen* wegwezen of ik *sla* je *fucking tanden* tot *fucking splinters* met' – ik kijk wat ik mijn hand heb – 'deze asbak!' Ik moet woest genoeg zijn geweest om serieus genomen te worden – Zwijn blaast na wat gepiep over politie en mishandeling de aftocht. De bezoekers kijken toe. Lao Tse geeft me een schouderklopje. 'Mooi werk, chef.' Ezel komt op haar collega af, een en al bezorgdheid. 'Gaat het? Ik wist niet wat er aan de hand was...' De serveerster met de volmaakte hals smijt de kassa dicht en kijkt mij aan. 'Ik had hem heus wel aangekund.'

'Weet ik,' zeg ik. De kerstlichtjes sissen gevaarlijk.

'Toch bedankt.' Ze schenkt mij een voorzichtige glimlach, dus als de kerstverlichting doorbrandt heb ik iets om mijn gedachten af te leiden van de pijn. Ik ga weer zitten en de pijn neemt mijn hoofd een poosje van me over.

Ik vraag me af of mijn moeder in haar Tokiose tijd wel eens in Café Jupiter heeft gezeten. Misschien nadat Anju en ik geboren waren, misschien op deze zelfde stoel, terwijl ze op een oproep van Akiko Kato zat te wachten. PanOpticon-slaven werken ook op zondag. Een gestage stroom trekt het gebouw in en uit. Bijna twee weken zijn verstreken sinds mijn vruchteloze wake en mijn vader is in Tokio nog altijd niet te vinden. Zou in een verre buitenwijk kunnen zitten, zou de kerel kunnen zijn die aan het tafeltje hiernaast het sportkatern leest. Lao Tse is twee stoelen verderop verdiept in zijn mesjokke spelletje. 'Hi.' De serveerster met de volmaakte hals heeft een koffiekan in de hand. ‘Bijschenken?’

‘Geen geld meer, helaas.’

‘Van het huis. Betaling in natura voor geleverde beveiligingsdiensten.’

‘Dan nog eentje graag. Merci.’

Ze schenkt in. Ik kijk. Ze vraagt: ‘Hoe is je hoofd?’

Ik steun op mijn elleboog en houd mijn hand voor mijn keel om mijn liefdesbeet te verbergen. ‘Prima.’

‘Nog iets anders?’

‘Nog iets anders?’

‘Nog een muffin? Ik betaal.’

‘Wat ik leuk zou vinden, als je het niet, uh, erg vindt’ – mijn pijn maakt me moediger dan ik normaal zou durven dromen – ‘is je naam.’

Haar voorzichtige glimlach neemt even de tijd om door te breken. ‘Ai Imajo.’

‘Ai Imajo.’ Wat cool.

‘En jij?’

‘Eiji Miyake.’ Minder cool.

‘Eiji Miyake,’ zegt Ai Imajo en ik voel me stukken, stukken beter. Ze kijkt naar de plek op mijn voorhoofd. ‘Doet het niet waanzinnig pijn, iemand een kopstoot geven?’

‘Niet als je niet weet wat je doet. Blijkbaar.’

‘Je loopt dus niet de hele dag mensen kopstoten te geven?’

‘Dit was mijn eerste kopstoot.’

‘Een historische gebeurtenis.’ De lichten bij het kruispunt springen op groen en het verkeer zoemt en zwermt de nevel in. ‘Eiji Miyake, waar heb ik je eerder gezien?’

‘De dag van het onweer. Twee weken geleden. Je dacht dat ik – nou, was ook zo, denk ik – je telefoongesprek afluisterde. Aan het eind van je dienst. Ik heb hier toen een paar uur gezeten.’

‘Ja-ah.’ Ai Imajo denkt na, knikt. ‘Ik weet het weer.’

‘Verdomde, verdomde, *verdomde* bioborgs!’ Lao Tse vloekt tegen de vidboy3.

‘Ik heb pauze. Is het goed als ik hier kom zitten?’

Is het goed? ‘Natuurlijk.’ En tot mijn vreugde en gêne – ik ben zo in de war van een nacht met een onbekende in een liefdeshotel – komt het meisje met de mooiste hals van het hele universum naast me zitten. ‘Nou,’ zegt ze, ‘heb je die toen nog gezien?’

'Wie?'

'Die waarop je zat te wachten, die dag van het onweer.'

'Nee. Nog niet.'

'Vriendinnetje?'

Ik hanteer de ingekorte versie en doe met Akiko Kato haasje-over. 'Familielid.'

'Hoe lang heb je gezocht?'

'Drie weken...'

'Drie weken vanaf dat je in Tokio bent?'

'Hoe weet je dat?

Haar wangen bollen en haar ogen worden groot. Ik houd van zo'n glimlach. 'Je accent. Over zes maanden ben je het kwijt. Waar kom je vandaan?'

'Je zult wel nooit hebben gehoord van waar ik vandaan kom.'

'Kom maar op.'

'Yakushima. Een eiland voor de kust van...'

'...het zuiden van Kyushu waar de jomonceder groeit, het oudste levende ding van het oostelijk halfrond. Nou, hoe vind je Tokio, deze moeilijke stad?'

Tokio, deze moeilijke stad. Is dat cool of wat? 'Vol verrassingen. Soms eenzaam. Meestal raar. Ik kan niet in een rechte lijn lopen. Ik bots steeds maar tegen mensen op.'

'Je moet niet nadenken over hoe je loopt. Net als eten dat je in je mond stopt – denk erbij na en het gaat mis. Hoe weet je dat je familielid hier langskomt?'

'Dat weet ik eigenlijk niet. Ik weet zelfs niet hoe hij eruitziet.'

'Is het een ver familielid?'

'Daar wil ik jou niet mee vervelen.'

'Klink ik verveeld? Waarom kijk je niet in het telefoonboek?'

'Weet zelfs zijn naam niet.'

Ai Imajo fronst het voorhoofd. 'En weet hij de jouwe?'

'Ja.'

'Zet een advertentie onder persoonlijke mededelingen. "Familieleden van Eiji Miyake – neem alstublieft contact op via deze postbus." Zoiets. De meeste Tokioten lezen dezelfde drie, vier kranten. Je familielid leest het misschien niet zelf. Maar iemand anders wel misschien. Je twijfelt, zo te zien.'

Ik denk hard na.

Ai Imajo kijkt me afwachtend aan. 'Waarover?'

O, ik vind het heerlijk om door Ai Imajo afwachtend bekeken te worden. 'Ik heb geen idee.'

Weer die glimlach, vermengd met aarzeling. 'Ik heb geen idee wat?'

'Geen idee waarom ik zo stom ben dat ik daar nog niet aan gedacht heb. Welke kranten?'

'O Wildeman van Kyushu,' zegt Buntaro als ik terugkom in de Vallende Ster, 'je ziet eruit als een natte dweil.' Mijn huisbaas likt aan een met bosbessenbloed doordrenkte ijslolly. Op het videoscherm loopt een man in een zwart pak door een woestijn. Een bottleneckgitaar deint met de amaranten mee. Het zwarte pak moet chemisch gereinigd worden en de man moet een scheerbeurt hebben en een douche. 'Morgen. Wat is dat voor film?'

'*Paris, Texas,* van Wim Wenders.' Buntaro werkt, voordat het inzakt in zijn hand, het restje van de ijslolly naar binnen. Ik blijf nog even kijken. Er is weinig aan de hand in Paris, Texas. 'Beetje traag, hè?'

Buntaro likt zijn hand af. 'Jongen, dit is een existentialistische klassieker. Man zonder geheugen ontmoet vrouw met gigantische toeters. Nou. Heb je goed geslapen? Geen herinneringen of gigantische toeters? Mij houd je niet voor de gek, hoor. Ik ben ook jong geweest. Maar je werkt snel, dat moet ik je nageven. Twee weken in de grote slechte stad en je zit al achter het zoete geslacht aan.'

'Ik ben wat vrienden tegengekomen.'

'Ja, ja. Over vrienden gesproken, ik heb zonet een kanjer van een kakkerlak gezien.'

'Neem het op met de huisbaas.'

'Nee echt, ik dacht, het is een onbehaarde rat. Toen zwaaide hij met zijn gewei. Ik probeerde hem te pletten, maar hij spoot weg, de trap op. Verdween onder je deur door, sneller dan je zou kunnen zeggen: "In de naam van alles wat heilig is, wat *is* dit?" Misschien heeft je uitgehongerde poes hem opgegeten. Misschien heeft hij je uitgehongerde poes opgegeten.'

'Ik heb mijn uitgehongerde poes te eten gegeven voordat ik uitging.' Goed om te merken dat Buntaro went aan het idee dat Kat in mijn capsule woont.

'Aha! Je had dus toch een afspraakje!'

Mijn hoofd bonkt. 'Laat me met rust,' smeek ik. 'Alsjeblieft.'

'Heb ik je van streek gemaakt? Maak leeg wat vol is, vul wat leeg is, krab waar jeuk is. De drie sleutels tot innerlijke rust. Maar wat *is* die niet-geïdentificeerde rode plek op je keel?'

De aanval is de beste verdediging. 'Je gulp staat open.'

'Maakt dat nou uit? Een dode vogel vliegt niet uit het nest.'

'Zo dood kan die vogel niet zijn. Kijk maar naar je vrouw.'

'Die vogel is dood. Kijk maar naar mijn vrouw.'

'Huh?'

'Op een dag weet je wat ik bedoel, mijn jongen.'

Ik sta op het punt naar boven te gaan als drie middelbare scholieren naar binnen marcheren. De leider vraagt aan mij: 'Heb je *Virtua Sapiens*?'

'Nooit van gehoord,' zegt Buntaro. 'Het vervolg van *Homo?*'

'Watte?'

'Het is een videogame,' zeg ik. 'Vorige week uitgebracht.'

De nummer twee let niet op mij. 'Heb je dan *Broadsword of Zyqorum*?'

'Geen software. Allemaal video.'

'Ik zei het je toch?' zegt de leider en ze marcheren achter elkaar naar buiten.

'Graag gedaan, jongens.' Buntaro kijkt hen na. 'Weet je, Miyake, ik heb het uit betrouwbare bron – niets minder dan *Baby and You* – dat de gemiddelde Japanse vader per dag zeventien minuten doorbrengt met zijn koter. De gemiddelde schooljongen brengt vijfennegentig minuten per dag door in een videohal. Een nieuwe generatie van elektronische pappa's. Als Kodai er is, krijgt hij zijn verhaaltjes voor het slapen gaan van zijn ouders, niet van *sicko druggo psycho freako* programmeurs. Ik heb mijn vette "Nee" nu al paraat voor als Kodai om een videogamedinges aan komt zetten.'

'En als hij nou in tranen aan komt zetten omdat geen van de kinderen in zijn klas met hem wil praten omdat zijn pappa te krenterig is om gameapparatuur voor hem te kopen?'

'Ik...' Buntaro fronst het voorhoofd. 'Daar heb ik nog niet aan gedacht. Wat deed jouw vader?'

'Die zat ergens anders in het land.'

'Je moeder dan?'

Van één leugen komen er meer. 'Ik had mijn voetbalclub. Maar goed, ik moet me, uh, gaan opknappen.' Ik klim omhoog naar mijn capsule, douche – tegen de tijd dat ik me afdroog ben ik voldoende bezweet voor een nieuwe douche – en rol mijn futon uit. De slaap wil niet komen. Ai Imajo komt steeds weer bovendrijven. Haar soepele hals, haar glimlach. Ze noemt mijn naam. Ik sta op en probeer een paar grepen op de bottleneckgitaar, maar mijn vingers zijn stram. Ik kijk in het kakkerlakmotel. Eén gast maar – een baby. Kakkerlak heeft over de gastvrijheid van het motel gekletst. Kat komt terug en lebbert haar waterschoteltje leeg. Ik vul het opnieuw, maar ook dat lebbert ze leeg.

Later ga ik naar buiten om de *Tokyo Evening Mail* te kopen. Ik neem de duikboot naar Ueno en vind in het park een rustige plekje om het formulier voor de kleine advertenties in te vullen. Ik maak een paar keer een valse start – het is van essentieel belang dat ik niet iets zet waaraan mijn stiefmoeder zich zou kunnen ergeren of denken dat ik geld wil. Tenslotte ben ik tevreden met Plan C: een korte, simpele tekst. Morgen, in mijn lunchpauze, doe ik hem op de post. Ik zuig op een champagnebom. Het Uenopark is vol gezinnen, kinderen, stellen, oude mensen, buitenlanders in een kring – Brazilianen misschien, Chinezen, elke nationaliteit op zijn eigen stukje territorium. Museumgangers, mensen die foto's maken, skateboarders. Cicaden in de bomen, baby's onder de bomen, een lunapark tussen de bomen. Kruiperige duiven. Crossmotoren scheuren in de verte om het park heen. De lucht ruikt naar suikerspin, wierook, dierentuin en inktvisballetjes. Ik loop naar de Shinobazu-vijver om te kijken naar de mensen die de eenden voeren. Ik ga tegen een boom liggen en doe *Mind Games* in mijn diskman. Het is de warmste middag in de geschiedenis van september. Ik kijk naar wolken. Daar komt Fotodame, in gesprek met een onzichtbare metgezel. Ik vraag me af of ik ooit de moed op zal kunnen brengen om Ai Imajo om een afspraakje te vragen. Ik kijk naar een jonge vrouw die de eenden voert met broodkorsten uit een papieren zak. Naast haar op de bank ligt een stapeltje bibliotheekboeken. Ik dommel. De vrouw komt met haar fiets aan de hand mijn kant op, alsof ze iets tegen mij wil zeggen. Ze kijkt me aandachtig aan. Ik druk 'Stop' in op mijn diskman en parkgeluiden vloeien terug. 'Nee,' zegt ze tenslotte, 'dit is niet toevallig.'

'Pardon?'

Zij schudt vol walging en verbijstering het hoofd. 'Daimon bespioneert me.'

Ik hijs me overeind. 'Wie bent u?'

Haar gezicht verstart. 'Ik heb geen trek in dat gezeik.'

Uh?

Ze sist en vervloekt me met haar vinger. 'Zeg dat hij op moet rotten! Zeg dat hij zijn fantasietjes over samen ervandoor gaan maar aan zijn kwakende schoolmeisjes moet verkopen! Zeg tegen hem dat hij waardeloos is! Zeg tegen hem dat mijn land vanaf het einde van de vorige oorlog geen kolonie van Japan meer is! Zeg tegen hem dat als hij probeert te bellen, ik mijn nummer zal veranderen! Zeg tegen hem dat als hij zijn kop bij mijn huis vertoont, ik er een vork in zal steken! Zeg tegen Yuzu Daimon dat hij kan optiefen en creperen! En dat geldt ook allemaal voor jou!'

Eenden snateren.

Ineens begrijp ik het. Deze vrouw is Miriam, de gastvrouw van de Schoppenvrouw. De vrouw die gisteravond de afspraak met Yuzu Daimon in de amusementshal niet nagekomen is. De vrouw die door Daimon met mijn hulp is afgestraft. Dit is afschuwelijk. 'Ik zweer,' begin ik, 'ik... had geen idee, ik was u niet aan het bespioneren, ik' – eenden fladderen langs – 'ik heb me niet gerealiseerd, ik bedoel, dit is allemaal een misverstand, ik had geen idee dat u daar zou zijn – hoe zou ik? Ik bedoel, ik weet niet eens of Daimon echt...'

Eén, de plataan zwiept met een tak. Twee, het dringt tot me door dat zij mij hard en wis en waarachtig tegen de ballen heeft getrapt. Drie, ik kronkel op de grond terwijl om mij heen eikels van pijn naar beneden kletteren. Vier, ik hoor haar stem, koud genoeg om de vijver te doen bevriezen. 'Ik weet *heel goed* wie jij bent, Eiji Miyake. Je bent een bloedzuiger die leugens vertelt om aan de kost te komen. Net als je vader.' Ze loopt naar haar fiets. Ik probeer de pijn te vergeten en draai haar laatste regel nog een keertje af. 'Wacht!' Ze fietst al weg. Ik kom wankelend overeind. 'Wacht!' Ze fietst weg, over de verharde weg tussen de eendenvijver en het meertje voor het spelevaren. Ik probeer te hollen maar de pijn beneemt mij de adem. 'Miriam! Wacht!' Moeders met wandelwagentjes draaien zich om om te kijken, een stelletje motorknapen kijkt en lacht. Zelfs de eenden lachen. '*Miriam!*' Ik hurk verslagen neer en zie haar verdwijnen in luchtspiegelingen en nevel van fonteinen. Ze kent mijn vader! Ik zou hoop willen voelen maar wil van wanhoop schreeuwen. Ik strompel terug naar mijn spullen, waar ik in het zand tussen de wortels van de plataan één extra ding aantref. Een bibliotheekboek dat is gevallen toen Miriam me kreupel sloeg. Wat is het voor boek? Ik kan er geen woord van lezen – het is in het Koreaans.

◆

Ik verdwaal binnen de kortste keren in de achterafstraten van Shibuya. Gisteren en vanmiddag lijken weken uit elkaar. Dit netwerk van smalle straten en heldere schaduwen en de roze buurt van gisteravond, ze voelen als twee aparte steden aan. Katten en kraaien scharrelen in bergen afval. Vrachtwagens van brouwerijen rijden in hun achteruit om hoeken heen. Water spettert uit overlopende buizen. De nachtwijk van Shibuya dommelt, als een oudbakken komiek tussen de bedrijven. Mijn ogen raken het spoor bijster tussen de reclameborden – Wild Orchid, Yamato Nadeshiko, Mac's, Dickens, Yumi-chan's. Zelfs als ik bij toeval tegen de Schoppenvrouw op liep, zou ik te moe zijn van het zoeken om het op te merken. Ik ben zonder horloge bij de Vallende Ster vandaan gegaan en ik heb geen idee hoe snel de middag verstrijkt. Mijn voeten doen pijn en ik proef zand. Wat een hitte. Ik zwaai met mijn baseballpetje voor mijn gezicht. Het maakt geen verschil. Een oude mama-san op de derde verdieping geeft de goudsbloemen in haar bloembak water. Als ik naar haar omkijk volgt ze mij nog steeds met een afwezige blik.

De telefooncel is een pornosafari en ruikt naar nooit gewassen broeken. Je hoeft in Tokio geen manga-seks te kopen – je zoekt gewoon de dichtstbijzijnde telefooncel op. Het had mijn neefjes en mij een vermogen bespaard. Alle vormen en maten die ik me ooit heb voorgesteld, en nog een heleboel andere ook. Triootjes, kwartetjes, SM, middelbareschoolrevue, speciale *silver service* voor tachtigjarigen. 'Inlichtingen,' antwoordt een vrouw. 'Welke stad, alstublieft?'

'Tokio.'

'Welke wijk, alstublieft?'

'Shibuya.'

'En de naam, alstublieft?'

Miss Manilla Ochtendgloren tuit boven twee strandballen haar lippen. Nee, toch...

'Naam, alstublieft?'

...dat *kunnen* toch niet werkelijk haar echte...

'Naam, alstublieft!'

'Uh, pardon. Ik ben op zoek naar een bar. De Schoppenvrouw.'

'Schoppenvrouw... één moment, alstublieft.' Toetsenbordtikken.

Miss Slagroom likt het schuim van haar naaldhakken.

Toetsenbordtikken. 'Schotse Stoten... Sodom Sauna... sorry. Niets.'

'Weet u het zeker? Ik ben er gisteravond geweest. Kan het geen nieuw nummer zijn?'

Mevrouw Mop berijdt een bezemsteel en zegt in een tekstballon: 'Erin! Eruit! Met die spuit!'

'Nieuwe nummers worden meteen na toekenning in de computer ingevoerd.'

'Dus als de Schoppenvrouw niet in uw computer zit...'

'Moet het een geheim nummer zijn.'

Raar. 'Welke bar houdt nou zijn telefoonnummer geheim?'

'Een heel exclusieve, stel ik mij zo voor. Het spijt me, ik kan u niet van dienst zijn.'

'O, nou. Bedankt voor de moeite.'

Ik hang op. Eén grote kaart is met de hand in kinderletters beschreven. Er staat geen telefoonnummer bij. 'Als je seks met me wilt, ik sta buiten.' Ik kijk om me heen. Ze kijkt me vanachter het glas recht aan. Zestien? Vijftien? Veertien? In haar ogen schuilt een beschadigde blik. Ze drukt haar lippen zachtjes tegen het glas. Ik schuif weg, sneller dan Kakkerlak.

De deur van de politiepost klemt. Ik moet hem openduwen. Oude affiches met Aum Shinrikyo Gezocht, Bel 110-affiches, Kom-bij-de-politie-en-dien-Japan-affiches. Dank je wel, ik wacht nog even. Archiefkasten. Dezelfde zwart-witte klok met voortglijdende secondewijzer die je in alle overheidsgebouwen ziet. Een kalender van de Citibank, ritselend in de bries van de rondroeiende ventilator. De agent leunt achterover met zijn handen achter zijn hoofd, in gedachten verzonken. Eén ooglid gaat omhoog. 'M'n jongen?'

'Neemt u me niet kwalijk. Ik zoek een bar.'

'Jij zoekt een bar?' Zijn woorden druppelen uit de zijkant van zijn mond.

'Ja.'

'Is elke bar goed? Of moet het een bepaalde bar zijn?'

'Ik zoek een bepaalde bar.'

'Jij zoekt een bepaalde bar.'

'Ja.'

Een zucht zo lang als het eind van de wereld. Het andere ooglid gaat omhoog. Twee bloeddoorlopen oogballen. Een lange stilte. Hij buigt zich voorover, zijn stoel piept en langzaam vouwt hij een kaart op het bureau uit. Ondersteboven. 'Naam?'

'Eiji Miyake.'

Een lange, starende blik. 'Niet jouw naam, slimmerik. De naam van die bar.'

'Uh, pardon. De Schoppenvrouw.'

De agent kijkt scherper toe en zijn gezicht verduistert. 'Ben jij lid van die bar?'

Ik slik. 'Eigenlijk niet. Ik ben daar gisteravond geweest.'

Hij fronst het voorhoofd, alsof ik eromheen draai. 'Iemand heeft je meegenomen?'

Ik knik. 'Ja.'

Hij bekijkt me onder een andere hoek. 'En je wilt teruggaan? Waarom?'

'Ik moet met een soort van... kennis praten die daar werkt.'

'Je moet met een soort van kennis praten die daar werkt. Hoe oud zei je dat je precies was?'

'Dat heb ik, uh, niet gezegd.'

'Ik weet dat je het niet gezegd heb, slimmerik. Daarom vraag ik het. Hoe oud ben je?'

Wat is dit? 'Ik ben twintig.'

'Legitimatie.'

Ik maak gespannen mijn portefeuille open en reik hem mijn rijbewijs aan. De agent bekijkt het nauwkeurig. 'Eiji Miyake, inwoner van de prefectuur Kagoshima. Voor werk in Tokio?' Ik knik. Hij leest. 'Geboortedatum, 9 september. Je bent gisteren twintig geworden, dat klopt?'

'Dat klopt.'

'Dus bij het bezoeken van genoemde bar was je onder de minimumleeftijd voor drankgebruik. Dat klopt?'

'Ik ben gisteren naar de Schoppenvrouw geweest. Op mijn verjaardag.'

'Je bent gisteren naar genoemde bar geweest. Op je verjaardag.'

'Ik wil alleen maar het adres van die zaak, agent.'

Hij bestudeert, op zoek naar verdere aanwijzingen, langdurig mijn gezicht. Tenslotte geeft hij me mijn rijbewijs terug. 'Het enige wat ik je dan kan adviseren is genoemd adres te verkrijgen door de genoemde soort van kennis te bellen. Ik heb Schoppenvrouw hier op geen enkele kaart staan.' Einde. Ik buig en ga weg. Terwijl hij mijn gezicht in zijn geheugen prent, schuif ik de deur met moeite dicht.

Ik erken mijn nederlaag. Mijn benen staan op het punt om los te raken en af te vallen. Ik heb elke straat en steeg van Shibuya verkend, maar de Schoppenvrouw is er niet meer. Ik koop een blikje Calpis en een pakje Seven Stars en ga op een stoep zitten. Zou ik Daimon in de biljartzaal kunnen vinden? Nee. Hij zal die plek heel lang vermijden, om mij te vermijden. Had Miriam gisteravond nu maar niet gezegd dat ze mijn vader kende. Hoe wist ze mijn naam? Doordat Daimon die een paar keer had genoemd. 'Miyake' is trouwens vrij algemeen. Daimon heeft me ingeschreven en ze moet de rare kanji voor 'Eiji' hebben gezien. Mijn vader moet over mij hebben gepraat. Ik neem een slok uit mijn blikje en steek een Seven Star op. Mijn vader beweegt zich in de kringen van die exclusieve clubs – zijn rijkdom is zowat het enige wat ik van hem weet. In mijn verbeelding zie ik rook kringelen in mijn longen, stof in een zonnige mijnschacht. Miriam tegen het lijf lopen bij de Shinobazu-vijver – niet zo vreemd eigenlijk. Ze voert eenden – hoeveel plekken zijn er in Tokio om eenden te voeren? Ik leg mijn sigaret voorzichtig op het deksel van het blikje en blader door het bibliotheekboek dat Miriam heeft laten vallen. Wow. Een trap tegen mijn ballen krijgen van dezelfde vrouw die voor mijn vader als gastvrouw werkt. Nee. Iets klopt er niet. Zoveel toeval is te gek. Maar toch. Uitzoeken hoe ze tot een verklaring ineen te passen zijn, dat is toch iets van een Plan D. Ik vraag me af of mijn vader een vrouwenjager is, zoals Daimons vader schijnt te zijn. Ik heb me hem wel altijd als een trouw soort vreemdganger voorgesteld. Maar ik ben hier om hem te spreken, niet om over hem te oordelen. De sigaret rolt van het blikje, dat, geheel zelfstandig, is gaan trillen, wankelen, en...

...omgevallen, de grond kreunt, ruiten zoemen, gebouwen trillen, shit, *ik* tril, adrenaline stroomt, miljoenen zinnen worden afgebroken, liften houden stil, miljoenen andere Tokioten duiken onder tafel en in deuropeningen – ik rol me op tot een bal, krimp al ineen onder het gewicht van vallend metselwerk – en met de hele stad zend ik gebeden op naar iemand, wie dan ook – *wie dan ook* – God, goden, kami, voorouders – die luistert misschien: stop dit stop dit stop dit *meteen*, alsjeblieft, alsjeblieft, alsjeblieft, laat dit niet de grote zijn, niet de grote, niet vandaag, niet nu, niet een tweede Kobe, niet een tweede 1923, niet vandaag, niet hier. Calpis stroomt in een delta over het dorstige trottoir. Buntaro heeft me verteld dat je verticaal golvende en horizontaal golvende aardbevingen hebt. Horizontale zijn oké. Verticale maken steden met de grond gelijk. Maar hoe kun je de een van de ander onderscheiden? Wat maakt het uit – *hou op* gewoon!

De aardbeving houdt op.

Ik ontkrimp, opnieuw geboren en verdoofd, nog niet helemaal overtuigd. Ademhalen. Opluchting regent uit de hemel neer. Mensen zetten hun radio aan om te horen of het alleen maar een plaatselijke snurk was of dat Yokohama of Nagoya van de kaart van Japan is geveegd. Ik zet mijn blikje recht en steek een nieuwe sigaret op. Dan zie ik nog iets waarvan ik niet meteen kan geloven dat het waar is. Tegenover mijn stoep is, aan de overkant van de straat, de ingang van een passage. De passage voert het gebouw in en eindigt bij een lift. Naast de lift zit een bord met een opschrift. Op het bord staren, naast #9, twee trapezoïdale ogen mij strak aan. Ik ken die ogen. De ogen van de schoppenvrouw.

De liftdeuren gaan met een bronzen gongslag open. Naast de projector staat een emmer zeepsop. Een vrouw in overall maakt met een cocktailprikker de kleine gaatjes in het planetarium schoon. Ze werpt vanaf haar ladder even een blik op mij. 'Het spijt me meneer, we gaan om negen uur open.' Dan ziet ze hoe vies mijn kleren zijn. '*Alsjeblieft* zeg, toch niet weer een sjacheraar die een mobiele telefoon te koop heeft.' De plichtplegingen sla ik dus ook maar over. 'Ik hoopte dat ik heel eventjes met Miriam zou kunnen praten.'

Ik word gescand. 'Wie ben je eigenlijk?'

'Mijn naam is Miyake. Ik ben hier gisteravond geweest met Yuzu Daimon. Miriam was onze gastvrouw. Ik hoef haar maar één ding te vragen. Dan ben ik weg.'

De vrouw schudt het hoofd. 'Het lijkt me beter dat je nu meteen maar weggaat.'

'Alsjeblieft. Ik ben geen psychopaat of zo. Alsjeblieft.'

'Miriam werkt vanavond trouwens niet.'

'Zou ik alleen haar telefoonnummer kunnen krijgen?'

Ze cocktailprikt een gaatje. 'Wat is die vraag van je?'

'Een persoonlijke vraag.'

Tot op de dag van vandaag ben ik zo nog nooit bekeken. Ze wijst bruusk met haar duim naar het gordijn voor de ingang. 'Dat moet je maar aan Shiyori vragen.'

Ik bedank haar en loop door de rooksalon. De wandkleden zijn opgerold en zonlicht leunt tegen de zwaar getraliede ramen. Vrouwen in T-shirt en spijkerbroek zitten in een kringetje somen te slurpen. Een mechanische papegaai wordt door een broze dame afgesteld. De gesprekken vallen bij mijn binnenkomst volledig stil. 'Jaah?' vraagt een van de meisjes.

'De mevrouw bij de ingang zei dat ik naar Shiyori moest vragen.'

'Dat ben ik.' Ze schenkt zichzelf wat woeloengthee in. 'Wat wil je?'

'Ik moet Miriam spreken.'

'Die werkt niet vandaag.'

Een ander meisje herschikt haar eetstokjes. 'Je was hier gisteravond. Een van de gasten van Yuzu Daimon.'

'Ja.'

De gevoelens variëren van onverschillig tot vijandig. Shiyori spoelt haar mond met thee. 'Hij stuurt jou dus om te kijken hoe zijn vuile streek gevallen is?' 'Ik begrijp het niet,' zegt een ander, 'dat hij het zo leuk kan vinden hoe hij haar behandelt.' Een ander meisje kauwt een eetstokje stomp. 'Als je denkt dat Miriam met jou in één kamer wil zitten, ben je volgens mij dement.'

'Ik had geen idee dat er iets was tussen hen.'

'Dan ben je zowel blind als dement.'

'Mooi. Dan ben ik zowel blind als dement. Maar alsjeblieft, ik moet iets met Miriam bespreken.'

'Wat is er nou precies zo dringend?

'Daar kan ik niet over praten. Iets wat ze gezegd heeft.'

De vrouwen vallen stil op het moment dat de papegaaivrouw een kleine schroevendraaier neerlegt. 'Als je met Miriam wilt spreken, moet je lid worden van deze club.' Het dringt tot mij door dat zij de mama-san van de avond tevoren is. 'Kandidaat-leden moeten negen voordrachten van daadwerkelijke leden kunnen overleggen, Yuzu Daimon uitgezonderd, aan wie nu de toegang is ontzegd. Het aanvraaggeld is driemiljoen yen – niet terugvorderbaar. Als de selectiecommissie je aanvraag honoreert is de eerste jaarbetaling negenmiljoen yen. Na ontvangst hiervan, ben je vrij Miriam te vragen wat je maar wilt. In de tussentijd, zeg tegen Yuzu Daimon dat hij er verstandig aan doet de stad voor langere tijd te verlaten. Meneer Morino is zeer ontstemd.'

'Een briefje achterlaten, dat moet gaan...'

'Nee. Jij moet gaan.'

Ik doe mijn mond open...

'Ik zei, jij moet gaan.'

Wat nu?

'Masanobu Suga? De receptioniste van de Keizerlijke Universiteit kijkt wezenloos. 'Een student? Het is zondagmiddag, vier uur! Die zit waarschijnlijk nog aan zijn ontbijt.'

'Hij is postdoctoraalstudent. Computers.'

'In dat geval is hij vast nog niet uit bed.'

'Ik geloof dat hij een kamer op de negende verdieping heeft.'

Ik zie haar collega voorover leunen en met haar lippen het woord 'geschift' vormen.

'O, die. Ja-ah. Ga door naar boven. Negen-achttien.'

Weer een lift. De deuren gaan op de derde verdieping open en een paar studenten stappen in. Ik heb het gevoel een vijandige indringer te zijn. Ze gaan door met hun gesprek. Ik dacht altijd dat studenten uitsluitend en alleen over filosofie spraken, over techniek en de vraag of liefde iets heiligs dan wel een louter seksueel programma is. Ze hebben het over de beste manier om in *Zax Omega and Red Plague Moon* langs de hydra te komen. Dit is dus waar de bovenlaag van mijn middelbare school naartoe is gegaan. Ik verzamel moed om de studenten te zeggen dat ze de hydra moeten aanvallen met de vlammenwerper, maar de deuren gaan open voor de negende verdieping. Ik dacht altijd dat universiteiten breed en vlak waren. In Tokio zijn ze hoog en smal. De gang is verlaten. Ik loop een paar keer heen en weer en probeer erachter te komen hoe de kamernummers werken. Misschien is dit een onderdeel van het toelatingsexamen. Tenslotte zie ik: 'Masanobu Suga. Laat alle hoop varen, gij Microsofters die hier binnentreden.' Ik klop. 'Binnen!' Ik duw de deur open. De lucht stinkt naar oksel en de Doraemon-beddensprei voor het raam houdt de kamer net zo duister en bedompt.

Bongotrommels, handboeken, tijdschriften, computerapparatuur, de bijbehorende dozen, een affiche van Zizzi Hikaru, een pot met een stronk, een volledige serie manga's met de titel *Vulvavaders van Wolk Negen*, een stapel onaangebroken pakken ramen en een bergketen aan dossiers. Bij Gevonden Voorwerpen op Ueno zeurde Suga voortdurend over het papierloze kantoor. De man zelf zit in een hoek, gebogen over zijn toetsenbord. Tikketie-tik-tik-tik-piepetie-piep-piep-piep. 'Shit!' Hij zwenkt rond en staart naar zijn bezoeker. Dan probeert hij zich mijn gezicht en naam te binnen te brengen, al zijn er slechts negen dagen verstreken sinds Suga bij Ueno is vertrokken. 'Miyake!'

'Je zei dat ik een keertje bij je langs kon komen.'

Suga fronst de wenkbrauwen. 'Maar ik heb nooit gedacht dat je dat ook echt zou... Hoe is het met de gevondenvoorwerpentent? Laat mevrouw Sasaski nog steeds de grond onder haar voeten bevriezen? En heb je de slotduik van Aoyama op de tv gezien? Was voortdurend in het nieuws, tot die bus met vakantiegangers door die scholier gekaapt werd. Dat gezien? Sneed passagiers de keel door. Blijkt, als je net als Aoyama dramatisch zelfmoord wil plegen, moet je het ver uit de buurt van een groot nieuwsverhaal plannen.'

'Suga, ik kwam om...'

'Je hebt geluk dat ik er ben. Pak een stoel. Zit er misschien een onder... laat maar, ga op die doos zitten. Ik ben gisteren teruggekomen van mijn week bij IBM. Je zou hun labs moeten zien! Ze hadden me aan de helpdesk gezet om het plebs uit de stront te helpen. Diepe ellende. Ik wou op R&D zitten om hun nieuwe spul goed te kunnen bekijken, ja. Ik had maar een paar minuten nodig om uit te vinden hoe ik daar weg kon komen. Mijn eerste telefoontje komt binnen, zo'n hufter uit Akita met een accent dat nog zwaarder dan het jouwe is, neem me niet kwalijk. "Ik heb wat problemen met m'n computer. Scherm werd leeg." "O jee, meneer. Kunt u de cursor zien?" "De wat?" "Het pijltje, meneer, dat aangeeft waar u bent." "Zie niks geen pijltje. Zie niks niet. Scherm werd leeg, zeg ik toch." "Ik begrijp het, meneer. Zit er een stroomindicator op uw monitor?" "Op me wat?" "Op uw monitor, meneer. De tv. Heeft het zo'n klein 'On'-lampje?" "Geen lampje, niks niet, zeg ik je." "Meneer, zit de stekker van de tv in de muur?" "Geen idee, ken niks niet zien, zeg ik toch." "Ook niet als u aan de achterkant kijkt, meneer?" "Hoe ken dat nou? Is zo zwart als de nacht hier, zeg ik je." "Het helpt misschien als u de lichten aandoet, meneer." "Heb ik geprobeerd, maar ze doen het niet – het elektrische bedrijf is bezig de dinges te testen en d'r komt tot drie uur geen stroom." "Ik begrijp het, meneer. Maar ik heb goed nieuws voor u." "Echt waar?" "Ja, meneer. Hebt u de dozen nog waar de computer in zat toen u hem kocht?" "Ik gooi nooit niks weg." "Uitstekend, meneer. Ik zou u willen vragen uw computer in te pakken en terug te brengen naar de winkel waar u hem gekocht hebt." "Is het dan zo'n ernstig mankement?" "Ik ben bang van wel, meneer." "Wat moet ik dan in die winkel tegen ze zeggen?" "Luistert u goed, meneer?" "Ja." "*Zeg dat u een veel te grote, stomme boerenlul bent voor een eigen computer!*" En toen heb ik opgehangen.'

'Dat was hoe je weg kon komen?'

'Ik weet dat mijn telefoongesprekken worden afgeluisterd door de sufferd die over me gaat, ja. Plus, ik weet dat zij weten dat ik te waardevol ben om met me te kappen. Dus de coördinator vond ook dat mijn talenten op een andere afdeling beter tot hun recht zouden komen. Ik heb ze R & D voorgesteld en weg was ik. Miyake, wat is dat waar je daar mee loopt?'

'Een ananas.'

'Dat dacht ik al. Waarom loop je met een ananas?'

'Dat is een cadeautje.'

'Ik dacht dat die altijd in blik zaten. Aan wie ga je een liveananas geven?'

'Aan jou.'

'Aan mij?' Suga staat voor een raadsel. 'Wat moet je daarmee doen?'

'Er zijn mensen die ze met een mes in blokjes snijden en, uh... opeten.'

Suga begint plotseling te stralen. 'Hé, bedankt. Ik heb vergeten te lunchen. Raad eens waar ik ben?' Hij knikt naar zijn computer en trekt een biertje uit een sixpack – ik schud het hoofd. 'Franse kernenergie. Hun antihacktechniek is uit het ijzeren tijdperk.'

'Ik dacht dat jouw heilige graal in het Pentagon zat.'

'O, shit.' Suga sproeit bier naar alle kanten. 'Zit het ook. De Fransen zijn zombies.'

'Zombies? Ik weet dat hun kernproeven in de Stille Oceaan goed klote zijn, maar...'

Suga schudt het hoofd. 'Zombies. Een hacker die zijn silicium waard is hackt nooit rechtstreeks. We hacken een zombiecomputer en gaan van daaruit vissen. Vaak hacken we via de eerste nog weer een tweede zombie. Hoe spannender het doel, hoe langer de zombieconga.'

Tijd om ter zake te komen. 'Ik moet je iets vragen. Iets wat gevoelig ligt.'

'Wat wil je dat ik hack?'

Hij kijkt me aan terwijl hij zijn bier naar binnen giet. Ik besef dat er heel wat meer in Suga steekt dan ik gedacht had. Ik heb te snel een oordeel over iemand klaar. Ik haal het bibliotheekboek te voorschijn dat Miriam in het park heeft laten vallen. 'Suga, het is misschien een hele klus, maar kun je in de computer van de bibliotheek van Tokio komen en het adres opzoeken van degene die dit boek geleend heeft?'

Suga veegt het bierschuim af. 'Je maakt een grapje.'

'Kun je dat?'

'Kan ik recht pissen als ik sta te zeiken?'

De Koreaanse naam van Miriam is Kang Hyo Yeoun. Zij is vijfentwintig en heeft drie boeken uit de bibliotheek geleend. Ik neem een bovengrondse trein naar haar woning in Funabashi. Het is een vervallen buurt, maar niet onvriendelijk. Het moet allemaal een verfje hebben. Aan een vrouw die in een banketbakkerij naast het station werkt, vraag ik waar ik het huis van Miriam kan vinden. Ze tekent het voor me uit en zegt met een slinkse knipoog dag. Ik loop langs een lange rij fietsboxen, sla een hoek om en daar is de zee, voor het eerst in een maand. De zee heeft in de Baai van Tokio een penetrante oliegeur. Vrachtschepen liggen voor anker, worden in- en uitgeladen door kranen op vier poten en met lamahalzen. Woest gras schiet omhoog uit rimpelig asfalt. Een yakiniku-restaurant rookt de avond met houtskool en vlees. Een band in een garage oefent een song die 'Sonic Genocide' heet. Een taxichauffeur oefent op een hoek van de kade zijn slag met een golfstick en kijkt in de stille avond naar het neerkomen van denkbeeldige hole-in-ones. Een uitdragerij met tralievensters, een helder curry-restaurant, een wasserette, een drankzaak, een sportveld en het huizenblok van Miriam. Het is een ouderwets drieverdiepingengeval. Ik rook een Seven Star en breek het minimumrecord aantal trekjes. De eerste verdieping staat al leeg. De metalen trappen rammelen als ik naar boven klim.

Een beetje tyfoon en het hele bouwwerk wordt over Hokkaido heen geblazen. Hier is het: 303.

Haar gezicht verschijnt boven de deurketting in het halfduister. Ze smijt de deur dicht.

Ik bonk, verward. Ik ga op mijn hurken zitten om door de brievenbus te praten. 'Ik heb je bibliotheekboek. Je hebt het in het park laten vallen. Miriam, dit heeft niets met Daimon te maken, ik ken hem niet eens! Alsjeblieft!' Geen antwoord. Een hond met zijn nek in een lampenkap loopt langs. Zijn te dikke, hijgende baas ligt een paar passen achter. Hij kijkt vorsend of ik het waag te lachen. 'Bob z'n ballen zijn er afgehakt. Dat ding is om te zorgen dat hij niet gaat likken waar het niet mag.' Hij maakt de deur van de woning naast die van Miriam open en verdwijnt. De deur van Miriam gaat open. Ze rookt. Ik zit nog altijd op mijn hurken. 'Hier is je boek.'

Ze pakt het aan en neemt mij daarna zwijgend op.

'Heb je mijn boodschap aan Daimon doorgegeven?'

'Dat probeerde ik je al te zeggen, ik ken Daimon niet.'

Ze schudt geërgerd het hoofd. 'Waarom blijf je dat zeggen? Als Daimon je niet gestuurd heeft, hoe wist je dan waar je moest zijn?

'Ik heb je adres van de bibliotheek.'

Ze accepteert dit zonder dat ik het illegale deel hoef uit te leggen. 'En mijn boek breng je terug uit de goedheid van je hart?'

'Nee.'

'Wat wil je dan nu?'

Zij verandert van plaats en gereflecteerd geel licht valt van opzij op haar gezicht. Ik begrijp waarom Daimon verliefd op haar geworden is. Voor de rest begrijp ik niets. 'Weet je echt wie mijn vader is?'

'Wat?'

'In het Uenopark, je sprak over mijn vader alsof je hem kende.'

'Hij komt geregeld op de club! Natuurlijk ken ik hem.'

Ik slik. 'Wat is zijn naam?'

Ze is half geïrriteerd, half in de war. 'Je vader is de vader van Yuzu Daimon.'

Plan C schrompelt over zijn gehele kreukelzone in. 'Dat heeft hij tegen je gezegd?' Aah, het valt allemaal op zijn plaats nu. 'Plan' was een heel groot woord voor een heel klein leugentje.

'Hij heeft je bij de Schoppenvrouw als zijn stiefbroer geïntroduceerd. Zijn vader – jouw vader – heeft altijd een paar maîtresses tegelijk, je bent dus niet de eerste.'

Ik kijk een andere kant op, nauwelijks in staat om dit te geloven. Nee, dit is te gemakkelijk te geloven.

Miriam kijkt me onderzoekend aan. 'Was dat allemaal alleen maar Daimon-praat?' Mijn vader gaat in de naamloze massa op. Ik geef haar geen antwoord. Ze jankt zo ongeveer. 'Die egoïstische, stomme lul. Alleen maar om het mij betaald te zetten... Luister, Eiji Miyake. Kijk me aan!' Ze drukt haar sigaret uit. 'De Schoppenvrouw is geen... gewone zaak. Als je daar ooit nog komt kunnen er rare dingen met je gebeuren. O, god. Dit kan heel erg worden. Door jou binnen te halen, heeft Daimon... nou goed, een vrij belangrijke regel overtreden. Mannelijke gasten zijn normaal uitsluitend bloedverwanten van elkaar. Luister. Ga daar niet meer heen en kom hier niet meer terug, nooit. Blijf zelfs uit Shibuya weg. Ik waarschuw je oprecht. Begrepen?'

Nee, ik begrijp het niet, maar zij doet niettemin de deur dicht. Het zijn de laatste momenten van de dag. De zonsondergang zou mooi zijn als ik in de stemming was. Een dovende sf-filmzon gaat onder op een megadoek van Warner. Ik vraag me af welke metrolijn je voor zo'n soort zonsondergang moet hebben en bij welk station je er dan uit moet. Ik loop langzaam terug over de weg die ik gekomen ben en zie een amusementshal. Een hele rij enorme *2084*-apparaten doet binnen met schoolkinderen goede zaken. Het is vandaag is een zware dag geweest. Ik wissel een biljet van duizend yen in munten van honderd.

♋

Fotonenvuur barst om mij heen, en mijn laatste makker sneuvelt. Ik krijg de gevangenbewaarder in mijn vizier en maak gehakt van hem. De laatste echo sterft weg. Spookachtige stilte. Is het schieten eindelijk voorbij? Acht fasen na de rode deur. De metalen verbindingsgang klinkt hol als ik over de berg van bewakers en gevallen opstandelingen stap. Het is beneden volgens mij. Daar is de celdeur. 'Gevangene Ned Ludd. Misdrijf: Cyberterrorisme. Vonnis: Levenslange opsluiting. Toegangbeveiliging: Oranje.' Binnen zit mijn vader, de man die het mensdom zal bevrijden van de tirannie van OuterNet. Dit is het begin van de revolutie die de werkelijkheid weer terug moet brengen. Ik vuur op '*Open*' en de deur schuift zijdelings weg. Ik ga de cel in. Duisternis. De deur schuift dicht en de lichten gaan aan. Inlichtingenofficieren van OuterNet! Met ouderwetse revolvers? Ik open het vuur, maar mijn fotonenwapen weigert. De hele cel is één walmend slagveld. Ergens heb ik de verkeerde richting gekozen. Ergens heb ik het teken niet gezien. Mijn '*Energy*'-meter daalt voor mijn ogen tot .01. Ik kan niet bewegen. Ik kan zelfs niet staan. Een man – ik herken hem, hij is de boer van de sojaboerderij in mijn wakend leven – komt aanlopen en maakt zijn das los. 'Mijn naam is Agent K00996363E. Speler I8192727I, de revelatie is deze. Ned Ludd is een door OuterNet ontwikkeld project om antigametendensen onder spelers op te sporen en hun mogelijke gevaar voor OuterNet vast te stellen. Uw ontvankelijkheid voor indoctrinatie door onze provocateurs wijst op een storing in de wetprogrammering. De gedachte alleen al dat ideologie het ooit zal winnen van het beeld, is op zichzelf krankzinnig. In overeenstemming met de Wet op de Propagatie van Spelen 972HIJ, zal OuterNet nu uw wetware opwerken. I81, ik vind dit onaangenaam, maar het is voor uw eigen bestwil.' Hij brengt zijn gezicht dichterbij. Het is niet kwaadaardig. Het is teder en vergevingsgezind. '*Game over.*'

Vier

☯

Landwinning

Zo ga ik dus dood, een paar minuten na middernacht op een landwinning ten zuiden van de Baai van Tokio. Ik nies en de zwelling in mijn rechteroog klopt en barst haast open. Zondag 17 september. Ik kan niet zeggen dat mijn dood mij overvalt. Niet na de afgelopen twaalf uur. Nadat Anju mij duidelijk had gemaakt wat dood is, heb ik het in treinen, liften, tussen schappen van drogisterijen in een flits zien loeren. Ik heb het in mijn jeugd zien beuken op de rotsen in de oceaan bij Yakushima. Altijd op enige afstand. Nu heeft het, als in een nachtmerrie, zijn vermomming afgegooid. Ik ben er, dit is echt. Een wakende nachtmerrie waaruit ik nooit zal ontwaken. Plat op mijn rug, ver van iemand die mij kent, nul op de peilstok van mijn leven. Mijn lichaam is geradbraakt en ik heb een verhoging zo hoog als deze brug. De hemel stroomt over van de sterren, nachtvluchten en satellieten. Wat een vunzige, zanderige, zinloze, onwaarschijnlijke, snotbesproeide manier om dood te gaan is dit geweest. Een slechte, treurige gok met van het begin af aan een doorgestoken kaart. Mijn vrijwel laatste gedachte is dat de vivisector God – als dit hele, doelloze verhaal nog langer door moet gaan – voor zijn experimenten een nieuw aap zal moeten hebben. Zoveel sterren. Waar zijn die voor?

☯

Woensdagmiddag, ik ga naar de bank bij station Ueno om mijn advertentie in de rubriek 'persoonlijke mededelingen' te betalen. De bank is tien minuten lopen over Asakusa Avenue, ik leen daarom een verweesde fiets – de bedrijfsauto van het bureau Gevonden Voorwerpen. Hij is zo gammel dat geen mens hem ooit zal willen stelen, maar hij bespaart mij in de lunchpauze bijna een kwartier lopen door een drukke straat die heet is van de uitlaatgassen en de aflopende zomer. Geen schaduw in Tokio, en al dat beton houdt hitte vast. Ik zet de fiets buiten neer en ga naar binnen – de bank heeft het druk in de lunchtijd en er weergalmen duizenden bankgeluiden. Loonslaven, telefoons, computerprinters, papier, automatische deuren, gemompel, een verveelde baby. Het is goedkoper om via een betaalautomaat te betalen voor Plan D, maar ik moet bij het intikken van de lange cijferreeks geen fouten maken of mijn geld vliegt naar de verkeerde rekening. Ik neem de tijd. Een virtuele caissière op het scherm maakt een buiging, met de handen tegen haar rok gedrukt. 'Een moment geduld alstublieft. Uw transactie wordt verwerkt.' Ik lees al wachtend het gedoe over zoekgeraakte passen en goedkoop krediet. Als ik dan naar de virtuele caissière kijk, zegt ze iets nieuws. Ik stik zowat van ongeloof. 'Eiji Miyake, je vader wil je vandaag spreken.' Ik check het drie keer achter elkaar – het bericht is er nog steeds. Ik kijk om me heen. Iemand moet voor deze practical joke verantwoordelijk zijn. Een caissière staat bij het begin van de rij met automaten om mensen met problemen te helpen, zij ziet de uitdrukking op mijn gezicht en snelt toe. Ze heeft hetzelfde uniform en dezelfde uitdrukking op haar gezicht als haar virtuele collega. Ik wijs alleen maar sprakeloos naar het scherm. Ze gaat er met haar vinger langs. 'Ja, meneer. De opdracht wordt verwerkt. Dit is uw pasje en vergeet u niet de bon goed te bewaren.'

'Maar kijk eens, dat bericht!'

Ze heeft een Minnie Mouse-stem. '"De transactie is voltooid. Neem alstublieft uw pas en bon uit." Geen enkel probleem, meneer.'

Ik kijk naar het scherm. Ze heeft gelijk. 'Er was nog een bericht,' houd ik aan. Ik zoek om mij heen naar een practical joker. 'Een bericht met mijn naam erin.'

Haar glimlach wordt breder. 'Dat zou dan wel heel erg vreemd zijn, meneer.'

Mensen in de rij beginnen mee te luisteren. Ik raak in paniek. 'Ik weet dat het heel erg vreemd is! Waarom denkt u anders dat ik...' Een uniform met gele armband verschijnt op het toneel. Hij is maar een paar jaar ouder dan ik, maar hij is al Kapitein Kapsones, Samoerai van Corporate Finance. 'Dank u, mevrouw Wakayama.' Hij stuurt zijn ondergeschikte weg. 'Ik ben de chef beveiliging. Wat is het probleem?'

'Ik heb net wat geld overgemaakt...'

'Heeft het apparaat op enigerlei wijze niet goed gefunctioneerd?'

'Er kwam ineens een bericht op het scherm. Een persoonlijk bericht. Voor mij.'

'Waaruit maakt u op dat het bericht speciaal voor u was, als ik vragen mag, meneer?'

'Mijn naam stond erin.'

Kapitein Kapsones zet de zorgelijke frons van de instructiecursus op. 'Wat behelsde dat "bericht" precies, "meneer"?'

'Er stond in dat mijn vader mij wilde ontmoeten.'

Ik voel dat huisvrouwen in de rij stijf staan van nieuwsgierigheid en elkaar beginnen aan te kijken. Kapitein Kapsones voert een redelijke imitatie uit van een arts die een gek naar de mond praat. 'Het lijkt mij zeker niet uitgesloten dat onze apparaten karakters gebruiken die wellicht wat lastig te lezen zijn.'

'Ik werk niet bij een bank, maar ik kan wel lezen, dank u wel.'

'Maar natuurlijk.' Kapitein Kapsones laat zijn blik over mijn overall gaan. Hij krabt aan zijn nek om aan te geven dat hij in verlegenheid is gebracht. Hij werpt een blik op zijn horloge om aan te geven dat ik hem in verlegenheid breng. 'Ik wil alleen maar zeggen dat hier een misverstand in het spel is ofwel dat u zojuist een verschijnsel heeft waargenomen dat zich tot dusverre niet eerder in de geschiedenis van de Tokyo Bank noch, voorzover ik weet, in de geschiedenis van het Japanse bankwezen heeft voorgedaan.'

Ik stop mijn pasje in mijn portefeuille en fiets terug naar station Ueno. Ik ben de hele middag zo gespannen dat mevrouw Sasaki vraagt wat er aan de hand is. Ik lieg dat ik me koortsig voel en zij geeft daarom een medicijn. In mijn theepauze neem ik de geldautomaat in het station die wel het saldo vermeldt maar geen betalingen uitvoert. Er gebeurt niets ongewoons. Bij Gevonden Voorwerpen speur ik naar veelbetekende blikken op de gezichten van de klanten. Niets. Ik vraag me af of Suga het gedaan heeft. Maar Suga weet niet van mijn vader. Niemand in Tokio weet van mijn vader. Behalve mijn vader.

In de duikboot terug naar Kita Senju kijk ik om mij heen. Paranoia, maar goed. Geen loonslaaf vangt mijn blik op, alleen een klein meisje. Op weg van het station naar huis betrap ik mezelf erop dat ik in de verkeersspiegels naar stalkers speur. In de supermarkt koop ik een okonomiyaki met vijftig procent korting en wat melk voor

Kat. Buntaro, denk ik terwijl ik in de rij sta. Ik heb mijn capsule gekregen doordat een familielid van mijn gitaarleraar in Kagoshima een vriendin van de vrouw van Buntaro kende – zou hij het ontdekt hebben van mijn vader? Maar welke eigenaar van een videozaak heeft zo veel macht dat hij de schermen van geldautomaten als zijn eigen telegramsysteem kan gebruiken? Iets van een onheilige alliantie tussen Suga en Buntaro? Als ik bij de Vallende Ster kom belt mijn verdachte, terwijl hij met een hand door zijn dunnend haar gaat, met zijn vrouw. Ze praten over een kleuterschool voor Kodai. Hij knikt naar me en vormt met zijn hand een snaterende gans. Ik kijk naar een scène uit een horrorfilm – *You Go to My Head.* Een agent is op het spoor van een paranormaal begaafde moordenaar die de diepste angsten van zijn slachtoffers kan traceren en hen ombrengt door ze in een daartoe geëigende nachtmerrie te verstrikken. 'Ik weet wat je denkt, jongen,' zegt Buntaro terwijl hij de telefoon neerlegt. 'Kodai moet nog geboren worden. Maar die tenten hebben wachtlijsten, langer dan de gitaarsolo's van de Grateful Dead. Zit je eenmaal op de juiste kleuterschool dan draait de lopende band door tot aan de universiteit.' Hij schudt het hoofd en zucht. 'Moet je mij horen. Schoolpapa. Heb je een goeie dag gehad? Je ziet eruit alsof je je beenmerg uit hebt laten zuigen.' Buntaro biedt me een sigaret aan en schrapt zichzelf van mijn lijst van verdachten. Hoe onwaarschijnlijk het ook lijkt, de nog resterende kandidaat is nu de meest waarschijnlijke: mijn vader. Wat staat ons nu te doen? Plan E.

Op donderdag ga ik in lunchtijd weer naar hetzelfde filiaal van dezelfde bank om de geldautomaat nog een keer uit te proberen. Dezelfde vrouw heeft dienst – zij vermijdt oogcontact zodra ze mij herkent. Ik voer mijn pas in, tik mijn pincode in en de virtuele caissière buigt. Kijk! '`Welke donkere kamer heeft geen uitgangen, alleen ingangen naar kamers die donkerder dan de vorige zijn? Vader wacht op je antwoord.`' Ik zoek naar betekenis – is dit een waarschuwing? Ik zoek om mij heen naar Minnie Mouse, maar Kapitein Kapsones ligt al voor me op de loer. 'Weer een onverklaarbaar bericht, meneer?'

'Als dit geen onverklaarbaar bericht is' – sarcastische klootzak; ik klop met mijn knokkels op het scherm – 'zegt u mij dan maar wat het wel is.'

'Ach jee, meneer, we zijn niet bepaald Bill Gates, hè? Het bericht hield wellicht in dat u niet over voldoende fondsen beschikt om uw transactie te voltooien?' Natuurlijk is het scherm weer gewoon geworden: mijn deerniswekkend saldo. Ik kijk om mij heen – kijkt er iemand? En wordt het bericht door hem gewist zodra er een getuige komt? Hoe? 'Ik weet dat dit raar lijkt,' begin ik, zonder te weten hoe het verder moet. Kapitein Kapsones trekt alleen de wenkbrauwen op. 'Maar iemand gebruikt uw geldautomaat om uw klanten lastig te vallen.' Kapitein Kapsones wacht totdat ik doorga. 'Zou u dat niet aan het denken moeten zetten?' Kapitein Kapsones legt de armen over elkaar en houdt zijn hoofd schuin onder een ik-ben-naar-een-top-universiteit-van-Tokio-geweest-hoek. Ik storm zonder nog een woord te zeggen weg. Ik fiets terug naar het bureau van Gevonden Voorwerpen, niet minder wantrouwend dan gisteren ten aanzien van geparkeerde auto's en halfopen ramen. Mijn vader had voldoende invloed om te zorgen dat zijn naam niet op de geboortebewijzen van Anju en mij kwam, maar dit is natuurlijk toch van een geheel andere orde. De rest van de middag ben ik bezig met het bevestigen van labels aan vergeten paraplu's en het selecteren van de exemplaren die na een bewaartijd van achtentwintig dagen vernietigd moeten worden. Kan mijn stiefmoeder proberen mij bang te maken? Als het mijn vader is, waarom haalt hij dan zulke fratsen uit, in plaats van me gewoon te bellen? Het slaat allemaal nergens op.

Vrijdag is betaaldag voor ons werknemers die in het midden van het jaar op proef zijn aangenomen. De bank is stampvol – ik moet een paar minuten wachten om bij een automaat te komen. Kapitein Kapsones staat in de coulissen klaar. Ik trek mijn baseballpetje omlaag. Een vrouw met struisvogelveren op haar hoed blijft met veel gekreun over mij heen niezen. Ik voer mijn pas in en vraag veertienduizend yen. De virtuele caissière glimlacht, buigt en vraagt mij om te wachten. Tot zover heel normaal. '`Vader waarschuwt je dat je ademruimte geheel is gebruikt`.' Ik verwachtte dit: van onder de klep van mijn pet bekijk ik de rij van ongeduldige mensen. Wie? Geen aanwijzing, geen idee. De automaat schuift me mijn geld toe. De virtuele caissière buigt opnieuw. '`Vader komt je ophalen`.' Kom maar! Waar dacht je anders dat ik voor in de stad ben? Ik bewerk de virtuele caissière met de vlakke kant van mijn vuisten. 'U komt zeker niet uit Tokio, meneer?' Kapitein Kapsones staat vlak naast me. 'Ik zie het doordat onze Tokiose klanten doorgaans voldoende manieren hebben om van het aanvallen van onze apparaten af te zien.' 'Moet je kijken! Kijk!' Ik laat hem het scherm zien en vloek. Wat had ik verwacht? '`Neem alstublieft uw geld en uw pas uit.`' De automaat piept. Ik weet dat ik, als ik iets tegen Kapitein Kapsones zeg of zelfs maar kijk naar die man, gegrepen zal worden door een dringend verlangen om hem flink te raken en ik denk niet dat mijn schedel binnen zeven dagen na de vorige een nieuwe kopstoot kan verdragen. Ik negeer zijn geïrriteerde zucht, pak mijn geld, pas en bon, loop even rond door de hal van de bank en probeer blikken op te vangen. Rijen, marmeren vloeren, nummergeklingel. In een bank kijkt niemand iemand aan. Dan zie ik dat Kapitein Kapsones met een man van de beveiliging praat en een blik in mijn richting werpt. Ik sluip weg.

Tussen de bank en Ueno zit de smerigste noedelzaak van heel Tokio. Omdat Tokio de smerigste noedelzaken van heel Japan heeft, is dit waarschijnlijk de smerigste noedelzak van heel de wereld. Hij is te smerig om zelfs maar een naam of duidelijke kleur te hebben. Suga had me ervan verteld – de zaak is zo goedkoop als hij ook hoort te zijn en je kunt er zoveel gekoeld water drinken als je maar wilt en ze hebben er een verzameling stripboeken die de afgelopen twintig jaar bestrijkt. Ik zet mijn fiets in de steeg om de hoek, ruik gebrande teer uit de uitlaat van de ventilator en ga tussen de kralensnoeren door naar binnen. Daar is het halfduister en alles is bedekt met vliegen. Vier bouwvakkers zitten zwijgend rond vier glibberige kommen. De kok is een oude, enkele dagen geleden gestorven man. Er hangt één lamp, bespikkeld met de lichamen van dode insecten en de muren zijn met spatten en druppels vet gedecoreerd. Op de tv is een oude yakuza-film in zwart-wit, waar niemand naar kijkt. Een gangster wordt in een betonmolen gesmeten. Ventilators draaien hun hoofd heen en weer. De kok reanimeert al sidderend zijn lichaam en gaat rechtop zitten. 'Wat kan ik voor je doen, jongen?' Ik bestel een soba tempura-ei-ui en neem een kruk aan de balie. 'Vandaag,' stond in het bericht. Morgen om deze tijd weet ik alles – of dit Plan E de juiste weg dan wel een nieuwe zeepbel is. Ik moet mijn verwachtingen op een lager pitje zetten. Mijn verwachtingen rijzen de pan uit. Wie kan het anders dan mijn vader zijn? Mijn noedels komen. Ik strooi er wat cayennepeper over en kijk hoe die zich door de kwal van vet verspreidt. Wel eens lekkerder geweest, wel eens viezer ook.

Buiten in het felle licht ontbreekt de fiets. Een zwarte Cadillac neemt het trottoir in beslag, het soort dat de FBI voor presidentiële missies in gebruik heeft. Het achterportier gaat langzaam open en een hagedis steekt zijn kop naar buiten – kort, stekelig, wit haar, ver uiteen staande ogen met een blikveld van 270 graden. 'Zoek je wat?' Ik draai, om mijn ogen af te schermen, mijn baseballpetje om. Hagedis leunt tegen het dak van de Cadillac. Hij is van mijn leeftijd. De staart van een draak verdwijnt in het ene armsgat van zijn hemd met korte mouwen, een drakenkop komt uit het andere kronkelend omlaag.

'Mijn fiets.'

Hagedis zegt iets tegen iemand in de Cadillac. De deur van de bestuurder gaat open en een man met een zonnebril en een Frankenstein-jaap over de zijkant van zijn gezicht stapt uit, loopt om de achterkant van de Cadillac heen en raapt een metalen kluwen op. Hij komt ermee terug en geeft hem aan mij. 'Is dit je fiets?' Zijn onderarmen zijn zwaarder gespierd dan mijn benen en zijn knokkels staan bol van het goud. Hij is zo groot dat hij de zon blokkeert. Uit schrik houd ik het metaal, voordat ik het laat vallen, nog even vast.

'Was het, ja.'

Hagedis doet 'ts ts'. 'Wat zijn er toch een stomme vandalen, hè?' Frankenstein schuift mijn ex-fiets met zijn voet opzij. 'Instappen.' Hij wijst met zijn duim naar de Cadillac. 'Vader heeft ons gestuurd om je op te halen.'

'*Jullie* komen van mijn vader?'

Frankenstein en Hagedis vinden dit grappig. 'Wie anders?'

'En heeft mijn vader gezegd dat jullie mijn fiets moesten vernielen?'

Hagedis rochelt en spuugt. 'Instappen, brutale lulhannes, of ik breek je twee fucking armen hier, meteen.' Het verkeer sleurt hitte en kabaal naar het volgend stoplicht. Wat heb ik voor keus?

De Cadillac zoeft op luchtkussens over de brug over de Sumida. De gekleurde ruiten passen de heldere middagtinten aan en de airco koelt het interieur af tot de temperatuur van koelkastbier. Ik krijg kippenvel. Frankenstein zit aan het stuur, Hagedis zit bij mij achterin, onderuitgezakt, met gespreide armen en benen, als een popster. Ik zou haast van de rit kunnen genieten als ik niet door yakuza werd ontvoerd en mijn baan niet zou verliezen. Ik kan misschien een telefooncel vinden en mevrouw Sasaki bellen om te zeggen... wat? Het laatste wat ik wil, is liegen tegen haar. Mevrouw Sasaki is oké. Ik zeg tegen mezelf dat dit wissewasjes zijn – mijn vader heeft me laten halen. Daar gaat het om. Waarom raak ik niet opgewonden? Tokio-Noord glijdt langs, huizenblok na huizenblok. Je kunt beter een auto dan een mens zijn. Snelwegen, viaducten, op- en afritten. Een petrochemische fabriek met pijpleidingen over kilometers en van die kurkentrekkernaaldbomen ernaast. Een enorme autofabriek. Perceel na perceel met witte bouwskeletten. Mijn vader is dus een yakuza-man. Wel logisch. Geld, macht en invloed. De witte strepen, deinende bomen en fabrieksschoorstenen zijn onwezenlijk. Het klokje op het dashboard staat op 13:23. Mevrouw Sasaki zal zich wel afvragen waar ik blijf. 'Zou ik misschien even kunnen bellen?' Hagedis steekt zijn middenvinger op. Ik stel mijn geluk op de proef – 'ik wil alleen maar even...' maar Frankenstein draait zich om en zegt: 'Miyake, hou je bek goddomme. Ik kan jengelende kinderen niet *uitstaan*.' Ik ontleen geen status aan mijn vader. Ik moet niet meer gissen, achteroverleunen en afwachten. We passeren een tolpoort. Frankenstein gaat in de hoogste versnelling en de Cadillac verslindt de snelweg: 13:41. De gebouwen worden meer woonwijken en met hoogspanningsmasten bezaaide heuvels schuiven deze kant op. Rechts tekent de zee de horizon in. Hagedis gaapt en steekt een sigaret op. Hij rookt Hope. 'Chic ritje, hè?' zegt Frankenstein, niet tegen mij. 'Wat denk je dat zo'n schatje kost?' Hagedis speelt met een doodskopring. 'Klere veel.' Frankenstein maakt zijn lippen nat. 'Kwartmiljoen dollar.' Hagedis: 'Hoeveel is dat in echt geld?' Frankenstein denkt na. 'Tweeëntwintigmiljoen yen.' Hagedis kijkt me aan. 'Hoor je dat, Miyake? Als jij je eindexamen haalt, je hele leven als een slaaf op een kantoor zit, je bonussen opspaart, negen keer gereïncarneerd wordt, kun je ook gaan rondflitsen in een Cadillac.' Ik kijk voor me uit. 'Miyake! Ik zeg wat tegen je!' 'Sorry. Ik dacht dat ik goddomme mijn bek moest houden.' Hagedis fluit en een stiletto suist open. 'Pas op je waffel – het mes flitst naar mijn pols; het lemmet glijdt door de kast van mijn polshorloge en schuift langs de ingewanden – 'klootlul.' Het mes tolt terug in zijn vingers. Hagedis daagt mij met vlammende ogen uit nog één keer een mond open te doen. Hij wint de uitdaging en lacht met zo'n irritant staccatolachje.

Het Xanadu, een eind voorbij de Baai van Tokio, beleeft vandaag zijn galapremière. Vlaggetjes wapperen boven de afrit van de snelweg, een gigantische zeppelin van Bridgestone zweeft boven de enorme koepel. De klieren in mijn nek beginnen te kloppen. Het Walhalla wordt komend jaar geopend en het Nirwana en het nieuwe eindstation van de monorail naar het vliegveld zijn nog in aanbouw. Het verkeer zwakt tot een moeizaam kruipen af. Bussen, gezinsauto's, jeeps, sportauto's gaan bumper aan bumper in een rij door de tolpoort. Vlaggen van de wereld hangen slap. Op een enorm spandoek staat 'Xanadu Vandaag Open! Gezinsparadijs op Aarde! Multiplex met Negen Schermen! Olympisch Zwembad! Krypton Dans Hal! Karaoke Paradijs! Keuken Kosmos! Lido California! Zeepark Neptunus! Pluto Pachinko! Parkeerruimte voor 10.000 – ja, 10.000! – auto's.' Een motoragent wenkt ons naar een toegangsweg. 'Met een Cadillac kom je overal.' Hagedis drukt weer een Hope uit. 'Een van ons,' zegt Frankenstein terwijl het raam omlaag glijdt. 'De goeie, ouwe tijd is terug. Voor jouw tijd werden we nog door elke fucking agent in deze fucking stad herkend.' De Cadillac schiet een oprit op, recht op de zon af die door de voorruit tot een duistere ster wordt afgezwakt. Boven komen we op een bouwterrein dat door een grote schutting van metaalplaten van het Xanadu afgeschermd is. Grindhopen, stapels plavuizen, betonmolens, bomen die nog geplant moeten worden, met de wortels in een zak. 'Waar zijn al die tevreden werkers?' vraagt Hagedis. 'Vrije dag vanwege de Galapremière,' zegt Frankenstein. Om de hoek van een blok met Portakabins doemt het Walhalla op. Het is een oogverblindende piramide van zwart glas die oprijst uit het rommelige bouwterrein. De Cadillac rijdt via een afrit de schaduw in en komt surfend tot stilstand voor een slagboom. Een portier schuift het raampje van zijn hokje open. Hij is ongeveer negentig en dronken of parkinsonpatiënt. Frankensteins raampje zakt en Frankenstein kijkt dreigend. De portier salueert en buigt herhaaldelijk. 'Fucking Sesam,' gromt Frankenstein, 'open u.' De slagboom gaat omhoog en de portier buigt uit het zicht. 'Waar hebben ze die opgegraven?' vraagt Hagedis. 'Dierenkerkhof?' De

Cadillac glijdt het duister in, rijdt achteruit en stopt. Ik voel een ruk van opwinding. Ben ik echt in hetzelfde gebouw als mijn vader?

'Eruit,' zegt Hagedis.

We zijn in een ondergrondse parkeergarage die ruikt naar olie, benzine en sintelblokken. Twee Cadillacs staan naast de onze geparkeerd. Mijn ogen hebben tijd nodig om zich aan te passen – het is te donker om muren of wat dan ook te zien. Frankenstein geeft me een duw in mijn lendenen. 'Voorwaarts, welp.' Ik ga achter hem aan – een bal van zwak licht flikkert aan en uit. Een rond raam in een klapdeur. Daarachter is een halfduistere dienstgang die naar verse verf ruikt en onze voetstappen hol doet klinken. 'Is nog niet eens klaar en de verlichting is al weer naar de kloten,' merkt Hagedis op. Andere gangen vertakken zich. Het komt bij me op om bang te zijn. Niemand weet dat ik hier ben. Mis: mijn vader weet het. Ik probeer herkenningspunten in mijn geheugen te prenten – rechtsaf bij die brandslang, rechtdoor langs dat mededelingenbord. Frankenstein houdt stil bij een herentoilet. Hagedis maakt de deur open. 'Naar binnen jij.'

'Ik moet niet.'

'Het was geen fucking vraag.'

'Wanneer krijg ik mijn vader te zien?'

Hagedis lacht schamper. 'We zullen tegen hem zeggen dat je ernaar uitziet.' Frankenstein duwt de deur met zijn voet open, Hagedis pakt me bij mijn neus en duwt me naar binnen – de deur gaat op slot voordat ik mijn evenwicht hervonden heb. Ik ben in een witte toiletruimte. De vloertegels, de muurtegels, plafond, armaturen, wasbakken, urinoirs, de deuren van de hokjes – alles is sneeuwverblindend wit. Geen ramen, geen andere uitgangen. De deur is van metaal en niet in te trappen. Ik bonk er een paar keer tegen. 'Hé! Hoe lang laten jullie me hier zitten?'

Achter me wordt een toilet doorgetrokken.

'Wie is daar?'

De deur van een wc-hokje wordt ontgrendeld en zwaait open. 'Ik dacht, ik ken die stem,' zegt Yuzu Daimon terwijl hij zijn riem vastmaakt. 'Wat een timing. Ik zat net te bouten. Wat doe jij in een boze droom als deze?'

Yuzu Daimon wast zijn handen en kijkt mij in de spiegel aan. 'Geef je antwoord op mijn vraag of besta ik niet totdat onze gevangenbewaarder langskomt om me mee te nemen?'

'Je durft wel.'

Hij schudt zijn handen onder de droger maar er gebeurt niets, dus droogt hij ze af aan zijn T-shirt. Er staat een stripschoolmeisje op, dat een rokend pistool laat zakken, met in de tekstballon: *Zo voelt het dus aan om iemand te vermoorden... bevalt me wel.* 'Ik snap het. Je bent nog altijd aan het nukken over dat liefdeshotel.'

'Er steekt een geweldige advocaat in je.'

'Bedankt voor het non-compliment.' Hij draait zich om. 'Blijven we treuren of ga je me vertellen waarom je hier bent?'

'Mijn vader heeft me hierheen laten brengen.'

'En je vader is wie?'

'Weet ik nog niet.'

'Dat klinkt nogal luchthartig.'

'Waarom ben jij hier?'

'Om me verrot te laten slaan. Misschien mag je toekijken.'

'Waarom? Heb je ze laten barsten in een liefdeshotel?'

'Heel geestig, Miyake. Het is een lang verhaal.'

Ik kijk naar de deur.

'Oké.' Daimon zet zich op de tafel naast de wasbak. 'Pak een stoel als je wilt.'

Er zijn geen stoelen. 'Ik blijf wel staan.'

De stortbak houdt op met vollopen en de stilte zucht luid.

'Dit is een ouderwets verhaal over een successieoorlog. Heel, heel lang geleden leefde er een oude despoot, Konosuke Tsuru genaamd. Zijn keizerrijk schoot wortel in de bezettingsdagen van weleer, door straathandel in geratste sigaretten. Je hebt niet toevallig...?' Ik schud nee. 'Een halve eeuw later had Konosuke Tsuru het tot ontbijtgesprekken met ministers geschopt. Zijn belangen lagen bij de onderwereld van Tokio en de opperheren van Tokio, van drugs tot bouwen – een handige portefeuille in een land waar de leiders als enige remedie tegen een economische malaise het storten van beton langs berghellingen en het bouwen van hangbruggen naar onbewoonde eilanden hebben. Maar ik dwaal af. Jun Nagasaki was Konosuke's rechterhand. Zijn linkerhand Ryutaro Morino. Keizer Tsuru, admiraal Nagasaki en generaal Morino. Kun je me volgen tot zover?'

Ik geef de neerbuigende gladjanus een afgemeten knikje.

'Tsuru krijgt op zijn zoveel-negentigste verjaardag een zware hartaanval plus een ambulancerit naar het Shiba-koen-ziekenhuis. Dat is februari van dit jaar. Een kritiek moment – Morino en Nagasaki werden door Tsuru tegen elkaar uitgespeeld om zijn loopjongens onder de duim te houden. Tsuru had volgens de traditie een opvolger moeten aanwijzen, maar hij is een taaie, oude hond en zweert dat hij er bovenop komt. Nagasaki besluit zeven dagen later zijn historische roeping te vervullen door een Pearl Harbor uit te voeren – niet tegen de strijdkrachten van Morino, die in de alarmfase rood verkeren, maar tegen die van Tsuru, die dachten dat ze onschendbaar waren. Op een nacht worden meer dan honderd sleutelfiguren van Tsuru uitgeroeid, allemaal binnen tien minuten. Geen onderhandelingen, geen clementie, geen genade.' Daimon schiet op mij met zijn vinger. 'Tsuru zelf zag kans zich het ziekenhuis uit te laten slepen – volgens het ene gerucht is hij doodgeknuppeld met zijn eigen golfclubs, volgens een ander heeft hij Singapore nog wel gehaald maar werd hij daar door een tweede attaque overvallen. Hij was er geweest. Tegen de ochtend was de troon voor Nagasaki. Zijn er op dit moment al vragen uit de zaal?'

'Hoe weet je dat allemaal?'

'Simpel. Mijn vader is een corrupte politieman die door Nagasaki wordt betaald. Volgende.'

Een bot antwoord van een gladde leugenaar. 'Wat doe je hier?'

'Laat ik verder gaan. Als dit een yakuza-film was, zouden de overlevenden van de Tsuru-groep met Morino samenwerken en een erestrijd beginnen. Nagasaki heeft de code geschonden en dient gestraft te worden, ja? De realiteit is minder opwindend. Morino aarzelt, verliest kostbare tijd. De overlevenden van Tsuru beseffen uit welke hoek de wind waait en zwichten voor Nagasaki's aanbod voor een amnestie. Ze worden prompt gedood, maar goed, dat maakt niet uit. Rond mei heeft Nagasaki niet alleen Tsuru's zaken in Tokio onder controle, maar ook de Koreaanse en Chinese bendes. In juni helpt hij bij het kiezen van de peetvader van het kleinkind van de gouverneur van Tokio. Als Morino een ambassadeur naar Nagasaki stuurt met het voorstel om het keizerrijk te verdelen, stuurt Nagasaki de ambassadeur minus zijn armen en zijn benen terug. In juli heeft Nagasaki de hele zaak en is Morino gezonken tot het angst aanjagen van bordeelhouders ter wille van verzekeringsgeld. Nagasaki vindt het best om Morino in verval te zien, liever dan zijn schoenzolen te bevuilen door op hem te stampen.'

'Waarom staat er niets van dit alles in de krant?

'Miyake, jullie brave burgers van Japan wonen op een filmset. Je bent een onbezoldigd figurant. De politico's zijn de spelers. Maar de ware regisseurs, de Nagasaki's en de Tsuru's, zie je nooit. Een show wordt vanuit de coulissen geleid, niet vanaf het midden van het podium.'

'Ga je me nu vertellen waarom je hier terechtgekomen bent?'

'Ik ben verliefd geworden op het meisje waar Morino verliefd op was.'

'Miriam.'

Het masker van Daimon glijdt af en voor het eerst zie ik zijn echte gezicht. De deur knalt open en Hagedis verschijnt. 'Alles naar wens, dames? Hij klikt zijn mes open, laat het rondtollen, vangt het op en wijst ermee naar Daimon. 'Jij eerst.' Daimon glijdt van de wastafel, nog steeds met een vragende blik naar mij. Hagedis smakt met de lippen. 'Het moment is gekomen om je o zo aantrekkelijke gezicht vaarwel te kussen, Daimon.' Daimon glimlacht ten antwoord. 'Heb je je kleding door een liefdadigheidsactie laten bepalen of denk je er echt cool uit te zien?' Hagedis glimlacht terug. 'Grappig.' Als Daimon langs hem loopt, geeft Hagedis hem een klap op de luchtpijp, grijpt hij hem bij zijn achterhoofd en kwakt hij hem tegen de metalen deur. 'Ik krijg toch zo'n stijve van zinloos geweld,' zegt Hagedis. 'Zeg nog eens wat grappigs.' Daimon krabbelt met een bebloede neus overeind en wankelt de gang in. De deur wordt weer afgesloten.

Ofwel ik verlies mijn verstand of de toiletmuren krommen zich naar binnen. De tijd kromt ook. Mijn horloge staat stil, ik heb dus geen idee hoe lang ik hier al ben. Kakkerlak steekt de vloer over. Ik maak een kom van mijn handen en drink wat water. Ik speel een spelletje dat ik vaak speel om mezelf te troosten: Anju zoeken in mijn spiegelbeeld. Rond mijn ogen vang ik vaak iets van haar op. Ik probeer dit spelletje: concentreren op het gezicht van mijn moeder; dat gezicht aftrekken van het mijne; wat overblijft moet mijn vader zijn. Zou mijn vader Ryutaro Morino of Jun Nagasaki kunnen zijn? Daimon liet doorschemeren dat Morino ons hiernaartoe gehaald heeft. Maar ook dat Morino afgeserveerd is. Te drastisch afgeserveerd om een verzameling Cadillacs te hebben. Ik zuig op een champagnebom. Ik heb keelpijn. Mevrouw Sasaki zal wel denken dat Aoyama wat mij betreft gelijk had – ik ben een onbetrouwbare drop-out. Kakkerlak komt weer tevoorschijn. Ik zuig op mijn laatste champagnebom. Hagedis kijkt vanuit de spiegel naar me – ik veer op. 'Dit is het moment waarop je hebt gewacht, Miyake. Vader wil je nu spreken.'

Het Walhalla is een gigantisch vakantiehotel. Als het klaar is, is het een van de chicste van Tokio. Kroonluchters van suiker, melkwitte tapijten, roomkleurige wanden, zilveren armaturen. Airco's zijn nog niet geïnstalleerd, de gangen zijn dan ook overgeleverd aan de genade van de zon en onder al dat glas piep ik binnen dertig seconden van het zweet. Zware geur van ondertapijten en verse verf. Aan de andere kant van het bouwterrein zie ik de grote koepel van het Xanadu, binnenplaatsen, een namaakrivier en namaakgrotten zelfs. De ramen beroven de buitenwereld van elke kleur. Alles heeft de tinten van een oorlogsjournaal. De lucht is zo droog als een woestijn. Hagedis klopt op kamer 333. 'Vader, ik heb Miyake hier.'

Ik begrijp mijn enorme vergissing. 'Vader' betekent niet 'mijn vader': 'vader' betekent 'yakuza-vader'. Ik zou lachen als de middag nu niet zo gevaarlijk was. Even later klinkt een stem op scherpe toon. 'Binnen!' De deur wordt aan de binnenkant van het slot gedaan. In een smetteloze vergaderruimte zitten acht mensen aan een conferentietafel. Aan het hoofd zit een man van in de vijftig. 'Zet die kleine op een stoel.' Zijn stem is dorstig als schuurpapier. Holle oogkassen, vlezige lippen, geaderde en schilferige huid – het soort dat wordt aangebracht op jonge acteurs in een oude rol – en een wrat, groter dan een verdwaalde tepel, in de hoek van een oog. Mijn veel te late vrees was geheel terecht. Als deze trol mijn vader is, ben ik Miffy Konijn. Ik neem de plaats van de beklaagde in. Ik word door een groep gevaarlijke vreemden aangeklaagd en weet niet eens wat de aanklacht is. 'Zo,' zegt de man. 'Dit is Eiji Miyake.'

'Ja. Wie bent u?'

◆

De dood laat mij een keus. Een kogel van korte afstand door de hersenen of een val van dertig meter. Frankenstein en de toneelmeester van deze zwarte komedie zetten in op wat ik zo meteen ga kiezen. De hoop voorbij is de angst voorbij. Daar komt de Mongool aan over de onafgebouwde brug. Mijn rechteroog is zo gezwollen dat de avond zweeft. Ja, natuurlijk ben ik bang en teleurgesteld nu mijn stomme leven zo snel tot een einde komt. Maar vooral voel ik het gewicht van de nachtmerrie dat mij weerhoudt om wakker te worden. Ik ben een stuk vee in een hok, klaar voor de pin door de schedel. Waarom kletsen? Waarom smeken? Waarom proberen weg te rennen als de enige uitweg een val in het duister is? Mijn hoofd kan de val overleven, de rest van mijn lichaam toch niet. De Mongool spuwt en stopt een nieuwe kauwgumstrip opgevouwen in zijn mond. Hij haalt zijn wapen tevoorschijn. Totdat ik mijn gitaar kreeg, droomde ik na Anju een paar keer per week dat ik verdronk. In die dromen bedwong ik de angst door mij niet meer te verzetten en nu doe ik hetzelfde. Ik heb minder dan veertig seconden. Ik ontvouw voor het laatst de foto van mijn vader. Pappa is nog altijd ongekreukt. Ja, we lijken op elkaar. In dat opzicht is mijn dagdroom tenminste juist geweest. Hij is dikker dan ik dacht, maar ja. Ik raak zijn kaakbeen aan en hoop dat hij het, ergens, merkt. Hagedis schreeuwt beneden op de landwinning – 'Een stuiptrekking!' *Beng!* Hij vindt het afschieten van de gewonden interessanter dan hoe ik sterf. 'Jullie hebben ook de bibberatie hè?' *Beng!* 'Vuur! Het toppunt van een fucking videogame!' *Beng!* Een Cadillac komt bandengierend tot leven. Mijn vader zit in de auto op de foto achter het stuur en glimlacht om wat het dan ook is dat Akiko Kato hem bij het instappen zegt. Een zwart-witte dag is voorbij. Dichterbij kunnen we niet komen. Sterren.

☯

'Wie ben ik?' De yakuza-baas herhaalt mijn vraag. Zijn lippen bewegen nauwelijks en zijn stem is toonloos. 'Mijn accountant noemt mij meneer Morino. Mijn mensen noemen mij Vader. Mijn afnemers noemen mij God. Mijn vrouw noemt mij Geld. Mijn minnaressen noemen mij Fantastisch.' Een vleugje humor. 'Mijn vijanden noemen mij de bron van nachtmerries. Jij noemt mij Meneer.' Hij neemt een sigaar terug uit een asbak en steekt hem weer aan. 'Ga zitten. Je proces ligt al achter op het schema.' Ik doe wat mij gezegd wordt en kijk rond naar de jury. Frankenstein, kauwend op een Big

Mac. Een verweerde, gelooide man die lijkt te mediteren en daarbij zachtjes heen en weer wiegt, heen een weer. Een vrouw werkt, snel als een pianiste, op een laptop. Ze doet me denken aan de Mama-san van de Schoppenvrouw totdat het tot me doordringt dat ze de Mama-san van de Schoppenvrouw *is.* Zij let niet op mij. Links staan drie mannen als compositietekeningen uit een catalogus van yakuza-beulen. Een hoornsectie tijdens een rust. Door een opening zie ik vanuit een ooghoek een meisje in een loshangende yukata dat op een ijslolly zuigt. Als ik probeer haar blik te vangen verdwijnt ze uit het zicht. Hagedis neemt de stoel naast me. Ryutaro Morino kijkt mij aan, over de stapel piepschuimdozen met junkfood heen. Het geluid van ademhalen, het kraken van de stoel van Lerenjas, het tikke-de-tik-tik van het toetsenbord van de computer. Waar wachten we op? Morino schraapt zijn keel. 'Eiji Miyake, wat voer je ter verdediging aan?'

'Wat is de tenlastelegging?'

Het mes van Hagedis maakt een diepe uitsnede langs de tafelrand. Hij stopt een centimeter van mijn duim. 'Wat is de tenlastelegging, *meneer*?'

Ik slik. 'Wat is de tenlastelegging, *meneer*?'

'Als je schuldig bent, ken je de tenlastelegging.'

'Dan moet ik onschuldig zijn, *meneer.*'

Ik hoor onderdrukt gegiechel van het ijslollymeisje in de kamer daarnaast.

'Onschuldig.' Morino knikt ernstig het hoofd. 'Leg dan uit waarom je op zaterdag 9 september in de Schoppenvrouw bent geweest.'

'Is Yuzu Daimon hier?'

Morino geeft een knikje, mijn gezicht knalt tegen het tafelblad, mijn arm wordt boven mijn hoofd gerukt, één graad verwijderd van er afgerukt. Hagedis bromt in mijn oor. 'Wat denk je dat je verkeerd deed zonet?'

'Geen – antwoord – geven – op – de – vraag.' Mijn arm wordt losgelaten.

'Knappe jongen.' Morino knijpt de ogen halfdicht. 'Leg uit waarom je op zaterdag 9 september in de Schoppenvrouw bent geweest.'

'Yuzu Daimon heeft mij daar mee naartoe genomen.'

'Meneer.'

'*Meneer.*'

'Maar tegen Mama-san hier heb je afgelopen zaterdag gezegd dat je Daimon niet kende.'

Mama-san kijkt mij even aan. 'Ik heb je gewaarschuwd – ik kan niet tegen jengelende kinderen. Weet iemand – "vijftienmiljard", hoe zeg je dat in het Russisch?' Lerenjas geeft antwoord. Mama-san gaat door met tikken. Morino wacht op mijn antwoord.

'Ik kende Daimon niet. Ook nu nog niet. Ik had mijn baseballpetje in de amusementshal laten liggen, ik ben teruggegaan, hij had het, gaf het aan mij, we kwamen in gesprek...'

'...en de rest is bekend, zoals ze zeggen. Maar de Schoppenvrouw is een selecte club. Yuzu Daimon heeft je als zijn stiefbroer geïntroduceerd. Je wilt zeggen dat dat een leugen was?'

Ik vraag me af wat de gevolgen zullen zijn.

'Heb je mijn vraag gehoord, Eiji Miyake?'

'Ja, het was een leugen. Meneer.'

'Ik stel dat Jun Nagasaki je gestuurd heeft om te spionneren.'

'Niet juist.'

'Je kent dus de naam Jun Nagasaki?

'Sinds een uur, ja. Alleen de naam.'

'Je bent met Yuzu Daimon naar de Schoppenvrouw gegaan om een gastvrouw te belagen – je kent haar als Miriam.'

Ik schud het hoofd. 'Nee, meneer.'

'Je bent met Yuzu Daimon naar de Schoppenvrouw gegaan om haar zover te krijgen dat ze overloopt naar de hondneukende verraderskringen rond Jun Nagasaki.'

Ik schud het hoofd. 'Nee, meneer.'

Gewelddadigheid kleurt het onbewogen gezicht van Morino. Zijn stem nadert het absolute nulpunt. 'Je neukt Miriam. Je neukt mijn kleine meisje.'

Hier gaat het om. Ik schud het hoofd. 'Nee, meneer.'

Frankenstein rammelt met splinters in een bekertje.

Morino maakt een grijze documentenmap open. 'Leg dan, wat je volgende geintje betreft, deze foto uit.' De hoornsectie geeft hem aan mij door. Een zwartwitfoto op A4-formaat van een vervallen woonblok. De zoomlens is gericht op de derde verdieping, waar een jongen van mijn leeftijd iets aanreikt door een deur. Een hond met zijn kop in een lampenkap pist in een bloembak. Ik herken de woning van Miriam, en mijzelf. Dit is waarom ik hier ben vandaag. Dit is link. Geen leugen zal me hieruit redden. Maar waar zal de waarheid mij brengen? Morino knakt zijn knokkels uit hun holten. 'Ik wacht in spanning. Zoals dat heet.' Morino knakt zijn knokkels in hun holten. Mijn mond is een zandbak. 'Nou. Waarom heb je je etterpuistenkop bij het huis van mijn kleine meisje vertoond?'

Ik vertel hem alles, van de Shinobazu-vijver in het Uenopark tot het gesprek met Miriam. Het enige wat ik weglaat is Suga – ik zeg dat ik het hacken van de bibliotheek zelf heb gedaan. Morino maakt een inkeping in het puntje van een nieuwe sigaar. Ik sluit af en het vonnis hangt in de lucht. Hagedis draait rond op zijn stoel. 'Vader?' Morino knikt. 'Ik vind het niet goed klinken. Computerpikken lopen niet voor de kost op een station met koffers te sjouwen.' Mama-san doet haar laptop dicht. 'Vader. Ik weet dat Miriam heel veel voor u betekent, maar we moeten heel dringend ergens anders zijn om de operatie gaande te houden. Dit onbenullige kind van helemaal niks dat door stom toeval op privé-terrein terechtgekomen is, is precies wat het lijkt. Nagasaki gebruikt geen spionnen in een luier; zijn verhaal vult de lege plekken in dat van Daimon in en naar Miriam heeft hij geen hand uitgestoken.'

Morino heeft ontzag voor haar. 'Hoe weet je dat?'

'Eén – je hebt Miriam de afgelopen twee weken laten volgen door de beste bewakingsagent van Tokio. Twee – ik ben een vrouw.'

Morino knijpt om mij te peilen zijn ogen verder dicht. Ik sla mijn ogen neer. De mobiele telefoon van Frankenstein gaat. Hij loopt naar de aangrenzende kamer om hem aan te nemen. Een zeppelin zweeft achter Morino's hoofd in beeld. Ver daarboven glinstert een vliegtuig in zonlicht op grote hoogte. Mama-san neemt een diskette uit haar computer en bergt die in een doosje veilig op. 'Heel gauw,' blaft Frankenstein in zijn telefoon, 'heel gauw.' Hij gaat weer zitten. Morino houdt op met mij te peilen. 'Eiji Miyake. Het hof acht je schuldig. Schuldig aan het feit dat je een idioot bent die zijn neus tussen de verkeerde deuren steekt. Het voorgeschreven vonnis is het afsnijden van je testikels, deze dompelen in sojasaus en plaatsen in je mond, die vervolgens met gaffertape wordt afgeplakt tot het voornoemde lichaamsdeel door gedetineerde is fijngekauwd en doorgeslikt.' Ik kijk rond naar de leden van de jury. Nergens een glimlach. 'Het hof zal dit vonnis echter opschorten op voorwaarde dat je een uitsluitingsbevel in acht neemt. Jij komt niet in de buurt van de Schoppenvrouw. Je komt niet in de buurt van mijn kleine meisje. Zelfs als je haar in je dromen ziet, zal ik je misstap ontdekken en het vonnis ten uitvoer laten leggen. Ben ik duidelijk?'

Ik durf niet te proeven van de vrijheid die ik ruik. 'Volledig, meneer.'

'Je keert terug naar je zinloze bestaan. Zonder enig uitstel.'

'Ja, meneer.'

Mama-san staat op, maar Morino stuurt mij nog niet heen. 'Miyake, toen ik als jongen half zo oud als jij was, ving ik aan de kust van Shimane duinhagedissen met mijn vriendjes. Duinhagedissen zijn uitgekookt. Je grijpt er een, hij laat zijn staart los en schiet weg. Hoe weet ik dat je ons niet met een staart laat zitten?'

'Doordat ik bang voor u ben.'

'Je vader is ook bang voor me, maar die man heeft me destijds met een dierentuin vol staarten laten zitten.'

De hoornblazers knikken. Ik hoor IJslolly giechelen.

'Zei u zo-even mijn vader?'

Morino ademt rook uit. 'Ja-ah. Je hebt het goed gehoord.'

'Mijn echte vader?'

'Ja-ah.'

'Zoals in...'

'Zoals in de man van vlees en bloed die je moeder, Mariko Miyake, met jong geschopt heeft, twintig jaar geleden.'

'U *kent* hem?'

'Niet echt goed. Beroepshalve komen wij elkaar zo af en toe wel tegen. Het lijkt je te verrassen.' Morino ziet dat ik van mijn stuk gebracht ben. 'Mijn stille heeft dus de spijker op de kop geslagen. Alweer. Allemachtig, ze is *echt* goed. Je weet werkelijk niet wie je vader is, ja? Het idee dat dit soort dingen gebeuren in het echte leven. Een halfwees komt naar Tokio op zoek naar zijn vader die hij nooit gezien heeft. Jij dacht dus dat de berichten op de betaalautomaat die ik je door mijn bankmensen heb laten sturen van je *echte* vader waren?' Zijn lippen stulpen bij wijze van een lachje lichtelijk uit. Hagedis hinnikt. Morino tikt op de documentenmap. 'Alles over je vader zit hier in.' Hij wuift zich koelte met de map toe. 'Je zat diep verscholen, maar mijn agent krijgt alles boven water. Ik laat je natrekken – en je vader duikt op. We waren verbaasd. Nog. Nu kun je oprotten.' Hij gooit de documentenmap in een metalen prullenbak. Hagedis komt overeind en geeft een schop tegen mijn stoel.

'Meneer Morino?'

'Ben je nog niet weg?'

'Geeft u mij alstublieft die map.'

Morino kijkt met halfdichtgeknepen ogen naar Hagedis en knikt naar de deur.

'Meneer, als u die gegevens niet meer nodig hebt...'

'Ik heb ze niet nodig, nee, maar ik vind het leuk om jou nodeloos te laten lijden. Zoon brengt je naar de lobby. Je vriend en mentor Yuzu Daimon wacht op je. Hij heeft een leeg gevoel. Vertrek uit deze kamer of je wordt bewusteloos geslagen en in een puinbak gegooid.' Ik volg Hagedis en werp, voordat deur 333 mij afsluit van mijn vader, nog een laatste blik op de prullenbak.

Ik was van plan Yuzu Daimon in het voorbijgaan te negeren om mijn minachting voor hem te laten blijken. Dat was voordat ik zijn lichaam in elkaar gezakt op de bank zag liggen. Ik heb een paar mensen gekend die gestorven waren, maar nooit heb ik er een zo bleek, zo volkomen bewegingloos gezien. Wat moet je doen? Mijn hart is zo'n manische, mechanische boksbal. De bank kraakt op het moment dat zijn ledematen van stand veranderen. Zijn ogen gaan knipperend open. Zijn oogballen draaien rond, vinden dan mij. 'Zo... wat hebben ze... met jou gedaan?'

Een soort raar knarsen van versnellingen.

'Wat hebben ze met jou gedaan, Miyake?'

Ik kan eindelijk praten. 'Ze hebben me laten gaan.'

'Twee wonderen op één dag. Onaangeraakt?'

'Rot geschrokken, maar onaangeraakt. En minder rot geschrokken dan nu net. Ik dacht dat je dood was! Wat hebben ze met je gedaan?'

Daimon gaat hier niet op in. 'Waarom... ben je naar... Miriam gegaan... waarom?'

'Ze had een boek laten vallen toen we, uh, elkaar in het Uenopark zagen die dag na je vroege aftocht. Ik heb het teruggebracht. Dat was alles.'

Een lach tracht zijn mondhoeken te laten trillen.

'Wat hebben ze met jou gedaan?'

'Een liter bloed.'

Ik heb het vast niet goed gehoord. 'Ze hebben een liter van je bloed afgenomen? Is dat niet...'

'Veel meer dan... een fles van de bloedbank, ja... ik overleef het. Het was pas mijn eerste... overtreding.'

'Maar wat doen ze met je bloed?'

'Testen... verkopen, denk ik.'

'Aan wie?'

‘Miyake… alsjeblieft. Ik heb geen… energie… voor een… verhandeling over illegale handel…’

‘Kun je lopen? Ik vind dat je naar een ziekenhuis moet.’

Praten gaat Daimon moeilijk af. ‘Juist, dokter, ja. Ze hebben in een yakuza-vendetta een zesde van mijn bloed als betaling afgetapt. Afschuwelijk, hè? Ja, ik weet het, het is een geluk dat ik nog leef. Geheel onwettig, ik geef het toe. Maar haal er alstublieft niet de politie bij want mijn pa krijgt ook provisie.’

‘Oké, maar in dit gebouw blijven hangen is een heel slecht idee.’

‘Eén minuut… twee minuten… laat me… even… op adem… komen.’

Ik verken de lobby. We kunnen door de uitgang weg, maar komen daarna niet weer binnen. De gang naar de verhoorkamer is versperd met een traliewerk dat Hagedis heeft afgesloten. De glazen wanden van de hal zijn met plakplastic afgedekt. Ik peuter een hoekje los – een bouwterrein, de omheining en het strandbad California, slechts een voetbaltrap verwijderd. Zonnebaders liggen op het plankenpad te braden. De Stille Oceaan is zo glanzend als de zee in een monsterfilm. Ik nies. Geen kou, niet nu alstublieft. Ik ben bang dat Daimon wegzakt in een coma als ik hem niet hiervandaan sleep. ‘Probeer op te staan.’

‘Laat me met rust.’

‘Ik ga je ouders bellen.’

Daimon komt half overeind. ‘Nee, nee, absoluut niet. Geloof me voor één keer. Mijn ouders bellen is het aller-, allerergste…’

‘Waarom?’

Daimon schudt het hoofd alsof hij een vlieg ontwijkt. ‘Politiek. Politiek.’

Wat dan? ‘Hoeveel geld heb je bij je?’

‘Elke yen is voor jou als je me maar met rust laat.’

‘Breng me niet in verleiding. Ik heb bij de ingang van het Xanadu een taxistandplaats gezien. Daar lopen we samen heen. Je kan nu toegeven of mij tien minuten tegen je laten schreeuwen en dan toegeven. Wat je wil.’

Daimon zucht weer. ‘Zo meesterlijk als jij je opwindt.’

Er wordt raar naar ons gekeken als we door de menigte waden, maar iedereen neemt aan dat Daimon als een zoutzak aan mijn schouder hangt omdat hij stomdronken is. Atoomzonneschijn van september doordrenkt de dag. Mijn overall van Japan Railway is plakkerig van het zweet. Mensen stromen het Xanadu in en uit. De lucht is vol met zilveren heliumballonnen en tinkelmuziek. Vlagen gespreksstof, rook van een geroosterdemaïskolvenkraam. Ik zie ons spiegelbeeld in een kilometersbrede zonnebril. We zien er belazerd uit. Een groot zwart konijn tovert een minigoochelaar uit een hoge hoed en de wereld klapt. Ergens voeren een piano en strijkinstrumenten iets moois uit. Ik voel Daimon hijgen. 'Moet je overgeven?' vraag ik. 'Nee, ik moest lachen om het grappige van vandaag.' Ik vraag me af wat het grappige is. 'Miyake, besef je wel hoe pijnlijk het voor mij is om mijn hachje door jou te laten redden?' Zax Omega, die poppetjes van zichzelf verkoopt, kruist met een sprong ons pad. 'Ja-ah,' zeg ik. 'Ik denk dat dat alles bij elkaar vrij vernederend moet zijn.' Daimon zegt niets meer totdat we bij de taxistandplaats zijn. Zijn voeten slepen zwaarder en zijn adem is rauwer. De deur van de taxi zwaait uit zichzelf open – bij ons in het zuiden moet je die nog altijd openmaken met je hand. 'Weet u Kita Senju?' vraag ik aan de chauffeur. Hij knikt. 'Weet u de Tenmaya vijf minuten van het station?' De chauffeur knikt. 'Deze videozaak is in diezelfde straat...' Ik krabbel het adres van de Vallende Ster op. 'Wilt u mijn vriend daarheen brengen?' De taxichauffeur kijkt aarzelend bij het afwegen van een aantrekkelijke ritprijs tegen Daimons wankele staat. 'Een zonnesteekje. Hij is binnen tien minuten weer de oude.' De ritprijs wint en de taxi rijdt met Daimon weg. Ik draai mij om en kijk naar de weg die ik gekomen ben. Ik heb in het Walhalla een afspraak met een weggeworpen documentenmap in een metalen prullenbak.

◆

De Mongool klimt dichterbij. Een mensvormig gat in het halfduister. Ik kan zijn bijna-glimlach zien. Zijn cowboylaarzen tellen mijn resterende momenten af. Hagedis en de koplampen van de Cadillacs die over het slagveld flitsen kunnen net zo goed gebeurtenissen uit een ander leven zijn. Staan Morino en Frankenstein nog altijd toe te kijken? Als ik mijn blik zou afwenden van de Mongool, heeft hij – vrees ik – de afstand gehalveerd op het moment dat ik weer naar hem kijk. Mijn adrenaline vecht tegen mijn koorts, maar ik weet niet hoe ik die aan angst ontleende energie in zou kunnen zetten. Adrenaline, hoeveel ook, zal mij niet in leven kunnen houden als ik na die val de grond raak. Met geen enkele hoeveelheid adrenaline zal ik een livehuurling met een livepistool kunnen ontwapenen. Fuck, nee. Ik ben er geweest. Wie zal mij missen? Buntaro heeft vóór aanstaande zaterdag een nieuwe huurder gevonden. Mamma zal in haar kringloop van schuld, verwijt en wodka treden. Opnieuw. Wie weet wat mijn vader zal voelen? Mijn stiefmoeder koopt waarschijnlijk een nieuwe hoed om het te vieren. Akiko Kato krijgt een kleine papierwinkel te verwerken. Kat vindt een nieuwe stek. Ze kwam toch alleen maar voor de melk. Mijn ooms, hun vrouwen en mijn neven en nichten op Yakushima zullen geschokt zijn en radeloos van verdriet, natuurlijk, van het bericht, maar ze zullen het er ook allemaal over eens zijn dat Tokio moeilijkheden betekent en dat Japan niet meer, zoals vroeger, een bastion van veiligheid is. Mijn grootmoeder zal het nieuws met een uitdrukkingsloos gezicht ontvangen en met een stilte die een half etmaal duurt. Daarna zal ze zeggen: 'Zijn zusje heeft hem geroepen, daarom is hij gegaan.' Daarmee is mijn lijstje af. En dit alles aangenomen dat mijn lichaam ooit gevonden wordt. Het zou heel wat zinniger zijn om mij met de rest in een kuil onder een nog aan te leggen startbaan te begraven. Buntaro zal me binnen een week als vermist opgeven en iedereen zal de schouders ophalen en zeggen: hij is in de voetstappen van zijn moeder getreden. Daar komt hij, hij checkt zijn pistool. Waar moest het allemaal toe dienen? Anju werd door de oceaan overspoeld. Ik ben alleen maar onderspoeld. Ik nies weer. Niezen, nu! Wat maakt het uit? De wind is koel vanuit de drooggelegde zee.

☯

Ik besluit nog een uur te wachten voordat ik het Walhalla weer binnenga. Ik zoek eerst een telefoon op. Ik bel mevrouw Sasaki in Ueno, maar hang uit schrik of schaamte op als ik haar stem hoor. Ik moet haar ronduit een leugen verkopen – of ronduit de waarheid vertellen. Ik kan geen van beide. Dus bel ik Buntaro, die is gemakkelijker – hij maakt sprongen door de telefoon. 'Wat denk je, jongen! Kodai heeft echt zijn ogen opengedaan! In mijn vrouw! Open! Moet je je voorstellen! En moet je horen – hij zuigt op zijn duim! Nu al! De dokter zei dat dat ongewoon is, al zo vroeg. Vroege starter, dat zei de dokter echt.'

'Buntaro, ik...'

'Ik had al wel eens zo'n babyvideo gezien. Moederschap... is niet te geloven. Heb jij je wel eens afgevraagd of embryo's dorst krijgen? Krijgen ze! Dus ze drinken het vruchtwater op en plassen het weer uit! Alsof je op een onuitputtelijke voorraad Budweiser aangesloten bent. Behalve dan dat vruchtwater lekkerder smaakt. Wachten tot je wordt geboren moet negen maanden puur genot zijn. Als een bar waar je nooit hoeft af te rekenen. Als de late jaren zestig. En we weten er helemaal niets meer van.'

'Buntaro, een vriend van me is...'

'Heb je enig idee hoe het binnenste van een vrouw door een zwangerschap verandert? De zevende maand zit de baarmoeder tegen het borstbeen aan. Placentale zoogdieren hebben het echt zwaar. Daarom...' In de Vallende Ster schreeuwt een vrouw op de achtergrond haar longen uit haar lichaam. 'Blijf aan de lijn, ik doe het geluid wat zachter. Zit naar *Rosemary's Baby* te kijken. Krijg wat hints voor als Kodai de zoon van Satan blijkt te zijn. Een vroedvrouw in het ziekenhuis zei...'

'Buntaro!'

'Is er iets?'

'Het spijt me werkelijk, maar ik bel je vanuit een cel en mijn belkaart is bijna leeg. Een vriend van me komt met een taxi naar de Vallende Ster. Hij heeft bloed gegeven, maar ze hebben te veel afgenomen en hij moet rustig liggen – wil je hem alsjeblieft als hij komt mijn kamer wijzen? Ik leg het straks wel uit. Alsjeblieft.'

'En moet zijn broek geperst worden? En wat betreft een massage, of...'

De piepen weerklinken. Heel goed. Ik hang op.

Ik word door een peloton van jonge stelletjes – om niet te spreken van het bataljon van zorgelijke gezinnen waarin die stelletjes over vijf jaar zijn veranderd – door de winkelpromenade naar een podium gestuwd. Musici voeren iets kronkeligs en slierterigs uit. Mozart, misschien. Ik kom bij toeval op de voorste rij terecht. Een dikke cellist, twee magere violisten, een korte en gedrongen altviolist en een meisje dat op een Yamaha-vleugel speelt. Zoals hondenbezitters steeds meer op hun hond gaan lijken, veranderen musici in hun instrument. Behalve pianisten dan – hoe zou een mens op zijn piano kunnen lijken? Te ingewikkeld misschien. Haar haar bedekt haar gezicht – zij buigt zich over het toetsenbord alsof de melodie haar door een god wordt ingefluisterd. De pianiste heeft zo'n volmaakte hals – rondingen, zachtheid, stevigheid, holten, uitstulpingen, precies goed allemaal. Ze heeft een crèmekleurige zijden jurk aan – zweetstippen markeren haar ruggengraat – en zij speelt op blote voeten. De muziek komt ten einde en iedereen klapt. De strijkersgroep koestert zich in het applaus – de pianiste draait zich alleen maar om en geeft een ingetogen knikje. Ai Imajo. Het is echt Ai Imajo. Ik zoek naar een schuilplaats maar ik ben ingebouwd door handtassen, rolstoelen en smeltende ijsjes. Ai Imajo kijkt recht mijn kant op en een blosgranaat ontploft in mijn gezicht. Daarna besef ik dat ze kijkt zonder te zien. Ze is nog steeds door de schoonheid van de muziek verblind. Dan glimlacht ze naar me – absoluut – en doet een kopstoot na. Ik zie nog kans om een vaag zwaaigebaar te maken voordat ik door pinguïns met boomgrote boeketten naar achteren word geduwd. Een met kralensnoeren behangen nijlpaardvrouw laat de microfoon gillen van feedback. Ik loop weg, op zoek naar een schaduwplekje in het Xanadu om in te zitten. Ik wil Ai Imajo niet voor het front van haar muziekvrienden in verlegenheid brengen.

Het Walhalla onttrekt de zon aan het zicht. Als mijn uur erop zit, glip ik door een spleet in de omheining naar de onafgemaakte schaduw die de schutting biedt. Ik zie drie rokende beveiligingsmensen bij de hoofdingang, maar het is niet moeilijk om tussen steenblokken, buizen, kabeltrossen en afvoergoten door dichterbij te sluipen. Als ze me vanuit het Walhalla zelf in de gaten houden, heb ik een probleem; ik hoop dat het toevalsquotum voor vandaag met Ai Imajo zien verbruikt is. Ik struikel bijna over een kabeltros. Hij komt kronkelend als een ratelslang tot leven en gaat door een ventilatiekoker het Walhalla in. Rare plaats voor een slang, Slang. Ik loop dicht langs de rand van het gezichtsveld van de bewakers naar de voet van de piramide en ga op zoek naar een ingang. Het bouwwerk is enorm groot – het kost ongeveer vijf minuten per zijkant. Ik kom langs de ingang van de hotellobby en vervloek mezelf dat ik hem niet met iets heb opengeklemd – het traliewerk binnen had ik waarschijnlijk kunnen forceren. Twintig minuten later ben ik terug bij de hoofdingang met zijn drie bewakers. Ik overweeg om mij als ketelstoker of iets dergelijks voor te doen – ik heb nog steeds mijn overall aan van het werk – maar verander van gedachten als ik dichtbij genoeg geslopen ben om te horen dat zij de beste manier bespreken om iemand in elkaar te slaan. Ik ga terug naar de afrit naar de kelder waarover ik eerder die middag omlaag gereden ben. Vanachter een graafmachine bespied ik de loge van de portier. Zijn raam kijkt uit op een dwarsweg, niet op de afrit. Ik denk dat ik die, als ik dicht bij de muur blijf, ongemerkt kan bereiken. En dan misschien langs de portiersloge kan kruipen. Het grootste gevaar dreigt van voertuigen die van de afrit komen als ik mij een weg zoek naar beneden. Maar goed, in de hele parkeergarage stonden maar drie Cadillacs. Denk ik.

Het gaat. Ik kom zonder betrapt te worden bij de loge. Op de tv van de bewaker hoor ik: 'En het is een gevecht tussen de Giants en de Dragons ten aanschouwen van de zestigduizend op deze smoorhete middag in de Dome als thuisspeler Enoki de spieren losgooit en ik kan mij goed voorstellen wat op dit moment door deze jonge, stugge zwoeger heen gaat,' en zo verder. Ik ruik varkenskatsu en hoor de ping van een magnetron. Ik ga op mijn knieën liggen en kruip erlangs. Mijn voet slipt in fijn grind, hij heeft het vast gehoord, maar ik ga hoe dan ook door, langs zijn deur, onder de slagboom door en het donker in, bedacht op een schreeuw en alarmsignalen. Ik duik achter een kolom, mijn hart steekt slagwerk naar de kroon. Niets. Hij moet stokdoof zijn. Ik heb mij nu onbevoegd toegang verschaft. Rustig worden. Ik loop een gebouw in om wat ongewenst afval uit een prullenbak te halen. De drie Cadillacs staan nog steeds in een rijtje geparkeerd, wat geen goed teken is, maar zolang mijn vader veilig in die metalen bak zit, kan ik op zoek gaan naar een goede schuilplaats ergens in het hotel en hem eruit halen zodra de kust weer veilig is. Ik zoek mij langs duistere hoeken een weg naar de deur en glip erdoor. Ik herinner me min of meer de weg. De ruimte is nog steeds verlaten. Ook Slang doorloopt deze doolhof van klapdeuren. Uitgegroeid tot canyonlengte. Ik kom langs het toilet waar Daimon en ik op ijs werden gezet – abrupt gelach klinkt op. Mijn zenuwen worden geknakt, ik vlieg naar voren en sla net de volgende hoek om als het gelach de gang in spoelt. Het volgt mij drie hoeken om. Dan sterft het weg. Dan verandert het van richting en komt mijn kant op – ja toch? In paniek keer ik op mijn schreden terug – ik dacht terug te keren op mijn schreden – en kom terecht in een doodlopend stuk met een drankenautomaat in een nis. Ik luister. De stemmen van twee mannen komen dichterbij. Ik kan misschien wegkruipen langs de zijkant van die automaat – dat kan ik, maar als ik probeer mij daarachter om te draaien raakt mijn voet verstrikt in de lus van een kabel. Op dat moment verschijnen de stemmen voor de automaat. Ik verstar. Als ik beweeg zullen ze me horen. Als ze aan de zijkant van de automaat naar beneden kijken zullen ze mijn been zien. Ik voel een nies opkomen. Een transformator prikt in mijn lendenen. Hij horzelzoemt en is zo heet als een strijkijzer.

'Nou, nou, nou, wat hebben we hier.'

'Geïmporteerde Stella Artois. Nectar van de goden.'

'Even tijd voor een blikje?'

'Waarom niet? En wat denk je? Kakizaki is AB-resusnegatief.'

'Nou, nou. Ik hoop dat je hem drooggebloed hebt. AB-neg is vloeibare robijn voor de juiste miljardair.'

'Droger dan droog, arme sufferd. Ik zie het als een daad van genade. Heb je gehoord van de halsklemmen aan de rand van het bed? Fuck, dit apparaat pakt geen briefje van vijfduizend. Heb jij het kleiner?'

Nu meteen ga ik niezen.

Munten worden ingevoerd. 'Halsklemmen? Ik dacht dat Morino zei dat er gaffertape gebruikt moest worden.'

'Hebben we gedaan, maar Nabe spartelde te veel. Morino had gezegd: geen kalmerende middelen. Er zat dus niets anders op dan een halsklem en negenduimsspijkers. Kakizaki heeft geluk. Zijn vlees is blanker dan dat van kalkoen; hij zal er nauwelijks iets van voelen.'

Mijn nies verdwijnt. Biertjes ploffen door de ingewanden van de automaat. De mannen maken hun blikje open en lopen weg, nog altijd pratend over timmerwerk. Ik nies en dreun met mijn hoofd tegen de zijkant van de automaat.

Terwijl ik nog op zoek ben naar een schuilplaats, vind ik bij toeval kamer 333. Ik druk mijn oor tegen de deur. Los van mijn bonkende hartslag horen mijn trommelvliezen niets. Geloof ik. Ik probeer de deurknop uit. Hij gaat moeilijk, maar voelt niet afgesloten aan. Ik houd mijn adem in, doe de deur op een kier en loer naar binnen. Ik zie de metalen prullenbak met de documentenmap. Het raam staat op een kiertje en een zachte wind kamt de jaloezieën. Ik herinner me de aangrenzende kamer en sluip naar binnen. Niemand. Opluchting stroomt door mij heen, triomf spuit me daarna schoon. Dit krankzinnige risico is lonend geweest. Ik maak de documentenmap open en kreun. Eén enkele foto valt, met de blanco kant naar boven, op de grond. Er staat in balpen een bericht op. *Er is een Arabisch spreekwoord: 'Neem wat je wilt,' zegt God, 'en betaal ervoor.' Pluto Pachinko, Xanadu, nu.* Ik draai de foto om. Twee zekerheden. Eén: de vrouw is Akiko Kato. Twee: van het puntje van zijn kaak tot de glooiing van zijn wenkbrauwen – de man achter het stuur is mijn vader. Geen twijfel aan.

De Pluto Pachinko is zo vol met zweet, rook en puur kabaal dat je naar de spiegelbollen aan het discoplafond zou kunnen zwemmen. Ik zou nu meteen, in plaats van over vijftig jaar, een long voor een sigaret willen ruilen – maar vrees dat ik Morino mis als ik nog langer wacht en dat met hem dan ook Plan F – het beste tot nu toe – ervandoor gaat. Maar oké, alleen door in te ademen krijg ik al voldoende nicotine binnen om een neushoorn te bedwelmen. Bezoekers versperren de gangpaden in de hoop op een vrije plaats. Mijn oudste oom – eigenaar van de enige pachinko-salon op Yakushima – heeft me verteld dat nieuwe zaken om zich in te vechten in de markt een aantal automaten zodanig afstellen dat er royaler uitbetaald wordt. Het gekletter en geschitter van neervallende zilveren ballen hypnotiseren de gelederen van loonslaven en -slavinnen. Ik vraag me af hoeveel baby's in de ingewanden van de parkeergarage van het Xanadu langzaam worden doodgekookt. Ik begin aan een tweede etappe en ga op zoek naar een personeelsdeur. De tijd verstrijkt. Ik zie een meisje in een Pluto-uniform. 'Hallo! Waar is Pappa's kantoor?'

Ze is overdonderd. 'Welk kantoor, meneer?'

Ik kijk kwaad. 'De manager!'

'O – meneer Ozaki?'

Ik rol met mijn ogen. 'Wie anders?'

Ze neemt me mee achter de informatiebalie, tikt op een combinatieslot een code in en houdt de deur voor mij open. 'De trap op, meneer. Ik zou graag met u meelopen, maar ik mag niet van de werkvloer af.'

'Beter van niet.' Ik sluit de deur. Een ingewikkeld slot springt dicht. Een steile trap voert naar één enkele deur. Onderwaterrust.

Ik beklim de trap en verlies haast mijn evenwicht als ik zie dat Lerenjas bovenaan de trap rustig naar mij staat te kijken. 'Uh, hallo,' zeg ik. Lerenjas kijkt mij kauwgom kauwend aan. Een geweer ligt in zijn armen. Het eerste echte wapen dat ik ooit van mijn leven heb gezien. Ik wijs naar de deur. 'Mag ik binnenkomen?' Lerenjas kauwt en tilt zijn hoofd een fractie op. Ik klop twee keer en doe de deur open.

Ik doe de deur open en een man vliegt door de lucht en door een spiegel aan de overzijde van de kamer. De spiegel barst los in applaus – de man valt uit het zicht naar de met loonslaven afgeladen zaal beneden. Het toneel stampt als een schip. Ik kijk verbaasd – heb ik dat aangericht? Pachinko-kabaal stroomt ongedempt het kantoor in. Morino kijkt mij aan vanachter het bureau, met een vinger op zijn lip en een gekromde hand aan een oor. Voordat de kettingreactie beneden intreedt, heb ik nog net de tijd om de drie hoornblazers op te merken – zij hebben het smijtwerk verricht – plus Mama-san, die breit. Chaos, gillen, schreeuwen. Morino leunt met zijn ellebogen op het bureau. Tevredenheid breidt zich uit over zijn gezicht. Een punt van de spiegel valt uit de lijst. Lerenjas doet achter mij de deur dicht. De cycloon gaat liggen als de menigte naar buiten stormt. Hagedis en Frankenstein kijken door de lijst om de schade op te nemen. Morino glimlacht zwakjes met zijn oogleden. 'Goed getimed, Miyake. Je bent getuige van mijn oorlogsverklaring geweest. Ga zitten.'

Ik beef. 'De man...'

'Welke man?'

'De man die ze door het raam hebben gegooid.'

Morino bekijkt een houten kistje. 'Ozaki? Wat is daarmee?'

'Moet er geen' – ik slik – 'ambulance voor hem komen?'

Morino maakt het kistje open. Sigaren. 'Lijkt me wel.'

'Gaat u er niet eentje bellen?'

'Geweldig! Een Monte Cristo. Een ambulance bellen? Als Ozaki wilde dat er een ambulance werd gebeld, had hij de gevolgen van het pissen op Ryutaro Morino's schoenen moeten doordenken.'

'De politie komt zo meteen.'

Morino schuift de sigaar onder zijn neus door.

'Politiemensen?' Frankenstein kijkt naar het wegstromen van de chaos uit de Pluto Pachinko. 'Politiemensen leven in jouw wereld. In onze wereld zijn wij de politie.' Hij knikt naar Hagedis en Frankenstein en ze gaan weg. Ik word nog altijd vreselijk misselijk bij de aanblik van geweld. De breinaalden van Mama-san tikken. De hoornblazers hebben pauze.

Morino haalt tenslotte de wikkel van de sigaar af. 'Wat weet je van sigaren? Niets. Luister daarom. Leer. De Monte Cristo is voor sigaren wat de showroom van Tiffany voor diamanten diademen is. Legendarische perfectie. Puur Cubaans – binnengoed, dekblad, binnendek. Voor zo'n rattenpenis als Ozaki is alleen kijken naar een Monte Cristo al godslastering. Ik zei dat je moest gaan zitten.' Ik gehoorzaam, verdoofd. 'Je bent hier omdat je informatie wilt. Zie ik dat goed?'

'Ja.'

'Ik weet het. Die informatie heeft me goed geld gekost. Hoe denk je te betalen?'

Ik doe mijn best om het feit te vergeten dat deze man zojuist iemand door het raam heeft laten gooien en zet mezelf op scherp. 'Ik zou dankbaar zijn als...' Mijn zin sterft weg.

Morino bevochtigt de sigaar met het puntje van zijn tong. 'Ik ben ervan overtuigd dat je dankbaarheid vijfsterrendankbaarheid is. Maar ik heb ook mijn vaste lasten. Je dankbaarheid is voor mij niet meer waard dan vliegenpoep. Probeer het nog eens.'

'Hoeveel?'

Morino pakt van het bureau een instrument op en besnijdt de sigaar. 'Waarom is het voor jonge mensen tegenwoordig altijd geld, geld, geld? Geen wonder dat Japan moreel en spiritueel zo'n kerkhof wordt. Nee, Miyake. Je geld hoef ik niet. Bovendien, we weten allebei dat de meeste duiven meer besteedbaar inkomen hebben dan jij. Nee, ik stel dit voor. Ik stel je voor mij te betalen met je trouw.'

'Mijn trouw?'

'Zit er hier een fucking echo?'

'Wat zou het schenken van mijn trouw aan u betekenen?'

'Net je oude heer. Altijd naar de kleine letters kijken. Je trouw? Laat eens kijken. Ik dacht, we zouden de rest van de dag samen door kunnen brengen. Gaan bowlen. Een uitstapje naar een hondententoonstelling. Een hapje eten en daarna een samenzijn met wat oude vrienden. Tegen middernacht geven we jou een lift naar huis.'

'En in ruil daarvoor...'

'Krijg je...' Hij knipt met zijn vingers en een hoornblazer overhandigt hem een nieuwe documentenmap. Morino bladert hem door. 'Je vader. Naam, adres, beroep, samenvatting, persoonlijke geschiedenis, foto's – kleur, zwart-wit – gespecificeerde telefoonrekeningen, bankafschriften, favoriete scheergel.' Morino doet hem dicht en glimlacht. 'Je geeft mij en mijn familie een paar uur van je tijd en je historische speurtocht eindigt in een weergaloos succes. Wat zeg je daarvan?' Ik hoor glas knarsen op de verlaten pachinkovloer beneden en elektrische blinden naar beneden gaan. Het dringt tot me door dat 'Nee' zeggen gevolgen kan hebben die veel erger zijn dan een documentenmap geweigerd worden, in aanmerking genomen wat ik zojuist heb gezien.

'Ja.'

Een vochtig sponsje, en een naald duikt in mijn linkerarm, vlak boven de elleboog. Ik geef een gil. Een tweede hoornblazer pakt mij stevig beet. Hij brengt zijn gezicht tot vlak voor het mijne en doet zijn mond wijdopen, alsof hij mijn neus wil afbijten. Vijverwateradem. Ik krijg, voordat ik mij kan afwenden, een close-up van zijn mond. En ik draai terug. Zijn tong is een afgeknotte stomp. Een vormloze giechel. De hoornblazers zijn allemaal stom. De spuit loopt vol met mijn bloed. Ik kijk naar Morino terwijl een spuit in zijn arm volloopt met bloed. Hij lijkt verbaasd dat ik verbaasd lijk. 'We moeten inkt hebben.'

'Inkt?'

'Voor het contract. Ik geloof in het geschreven woord.' De spuiten worden weggenomen en mijn arm wordt losgelaten. Morino spuit beide in een theekop leeg en roert ons bloed met een theelepeltje dooreen. Mijn punctie wordt weer met een desinfecterend middel afgedept. Een hoornblazer spreidt voor Morino een vel kalligrafisch papier uit en reikt hem een schrijfpenseel aan. Morino doopt het penseel in, haalt diep adem en tekent met sierlijke halen de karakters voor *Trouw, Plicht* en *Gehoorzaamheid. Mori. No.* Hij laat het papier draaien op het bureau. 'Gauw,' beveelt hij, en zijn mond schijnt in zijn ogen te zitten, 'voordat het bloed stolt.' Ik neem het penseel op, doop in en schrijf *Mi* en *Yake.* Rood verdikt zich al tot drek. Morino kijkt toe met een kritische blik. 'Schoonschrijfkunst. Een uitstervend vak.'

'We leerden het op mijn middelbare school met inkt.'

Morino blaast het papier droog en doet het in een koker voor een perkamentrol. Alles schijnt voorbereid te zijn. Mama-san legt haar breinaalden neer en stopt de koker in haar handtas. 'Misschien, Vader,' zegt zij, 'kunnen we ons nu aan ernstiger zaken wijden?'

Morino zet de kop met bloed neer en veegt zijn mond af. 'Bowlen.'

Een ondergrondse winkelpromenade moet het Xanadu met het Walhalla en het Nirwana verbinden. Het is nu nog een halfduistere onderdoorgang, verlicht met wegwerkerslampen en bezaaid met zeildoeken, tegels, planken, ruiten en een voortijdig afgeleverde massa etalagepoppen, naakt gehuld in wazig polyethyleen. Morino gaat voorop, een megafoon in de hand. Mama-san loopt achter mij en de hoornblazers sluiten de rij. Ergens boven mijn hoofd in de zonverlichte echte wereld, speelt Ai Imajo Mozart. Woorden van Morino zouden het spreken van de duisternis kunnen zijn. 'Onze voorouders bouwden tempels voor hun goden. Wij bouwen warenhuizen. Toen ik jong was ben ik met mijn vader in Italië geweest, voor zaken. Ik droom nog altijd van de gebouwen. Megalomanie is wat wij missen in Japan.' Hier beneden is het kil en klam. Ik nies. Mijn keel voelt dik. We klimmen tenslotte over een stilstaande roltrap naar de oppervlakte. *Welkom in het Walhalla*, zegt Thor, met in de ene hand een bliksemschicht, in de andere een bowlingbal. Door een geïmproviseerde deur in een triplexwand komen we in een enorme duisternis, afgeschermd van de dag. Aanvankelijk zie ik niets, zelfs niet de vloer. Ik kan alleen de leegte voelen. Ik volg het rookspoor en het sintellicht van Morino's sigaar. Een hangar? In de verte hangt een gloed. Dit is een bowlinghal. We lopen van baan naar baan. Ik raak de tel kwijt. Minuten lijken voorbij te gaan, maar dat is onmogelijk. 'Ga je op Yakushima wel eens bowlen, Miyake?' Soms lijkt zijn stem ver weg, soms dichtbij. 'Nee,' antwoord ik. 'Bowlen houdt jongelui uit de problemen. Veiliger dan uit bomen vallen of in een onderstroom verdrinken. Ik ben een keer met je vader wezen bowlen. Een sterke bowler, je vader. En nog betere golfer, zelfs.' Ik geloof hem niet, maar probeer hem niettemin te peilen. 'Op welke golfbaan hebt u gespeeld?' Morino zwaait met zijn sigaar naar me – het puntje is een vuurvliegje. 'Geen kruimel vóór middernacht. Dat is de afspraak. Daarna prop je je maar vol met alles wat je aan details naar binnen kunt krijgen.' Ineens zijn we er. Lerenjas, Frankenstein, Hagedis, IJslolly. Mama-san gaat zitten en pakt haar breiwerk. Morino smakt met zijn lippen. 'Onze gasten hebben hun plaatsen ingenomen?' Frankenstein wijst met een duim naar de verlichte baan. In plaats van kegels zijn er drie wassen mensenhoofden. Het middelste hoofd beweegt. Het linkerhoofd heeft een zenuwtrekje. Ik hoor hier niet te zijn. Dit is een nachtmerrieachtige vergissing. Nee. Dit is een soort ondervraging. Morino is niet zo ziek dat hij met bowlingballen op echte mensen zal gaan mikken. Hij is in wezen toch een zakenman. 'Vader,' zegt Mamasan. 'Ik moet zeggen. Hier zijn geen woorden voor.'

'Oorlog is oorlog.'

'Maar hun netvliezen dan?'

'Ja, ik begrijp dat je daar moeite mee hebt, echt waar. Maar mijn geweten verbiedt mij een afgeschreven man te beroven van een goed zicht op zijn lot.'

'*Morino!*' roept Middenhoofd hees. 'Ik weet dat je daar bent!'

Morino zet de megafoon aan zijn lippen. Zijn versterkte stem is een zandstorm. 'Gelukwensen op een mooie openingsdag, meneer Nabe.' Echo's kletteren af en aan. 'Er schijnt een kleine ordeverstoring in de pachinko-salon te zijn, maar ik neem aan dat dat inmiddels wel weer uit de wereld is geholpen.'

'Laat ons gaan! Nu meteen! Jun Nagasaki heeft het voor het zeggen in deze stad!'

'Mis, Nabe. Jun Nagasaki denkt dat hij het hier voor het zeggen heeft. Maar ik weet dat ik dat heb.'

'Je bent een fucking *malloot!*'

'En jij,' roept Hagedis terug, 'bent fucking *dood!*'

De megafoon kraakt. 'Nabe, je bent altijd een wandelende lobotomie geweest. Jouw dood komt mij uitstekend uit. Maar jij, Gunzo – ik dacht dat je zo wijs zou zijn om je gouden handdruk aan te pakken en naar de tropen te verkassen.'

Linkerhoofd spreekt. 'We zijn levend van meer nut voor je, Morino.'

'Maar dood ben je leuker.'

'Ik kan je laten zien hoe je Nagasaki's aanvoerlijnen af kunt knijpen.'

Morino geeft de megafoon aan Lerenjas die zijn kauwgum in een papieren zakdoekje deponeert. 'Goede middag, Gunzo.'

'*Jij?*'

'Ik heb graag klanten die op tijd betalen.' Hij heeft een melancholisch, buitenlands accent.

'Fuck, het is niet te geloven!'

'Je onvermogen om te geloven is de oorzaak van je huidige probleem.'

Middenhoofd roept. 'Dan ben jij ook afgeschreven, vuile Mongoolse glibber!'

De vuile Mongoolse glibber geeft de megafoon weer aan Morino, glimlacht en propt een nieuwe kauwgomstrip naar binnen.

Linkerhoofd schreeuwt: 'Morino, ik kan je boodschapper naar Nagasaki zijn!'

'Je bent onze boodschapper niet,' schreeuwt Hagedis terug, 'je bent onze fucking boodschap!'

'Kort en bondig, zoon,' zegt Morino waarderend. 'Heel kort en bondig. Jij mag als eerste gooien.' Hagedis maakt een hoffelijke buiging en kiest de zwaarste bowlingbal. Ik zeg tegen mezelf dat dit alleen maar bluf is. Ik zou hier niet moeten zijn. Hagedis gaat op het werpvlak staan en bereidt een worp voor. 'Schiet ons dood, Morino!' roept Middenhoofd. 'Laat ons eervol sterven!' Frankenstein roept terug. 'Nabe, wat weet jij van eer? Je had je hol al aan Nagasaki verkocht nog voordat hij "Buk" kon zeggen!' Hagedis doet één, twee stappen en – wham! Een snelle, rechte lijn, mijn darmen raken in de knoop. Ik probeer mezelf wakker te maken, voor mijn eigen bestwil een andere kant op te kijken, maar als Middenhoofd schreeuwt kijk ik, idioot dat ik ben. Rechterhoofd – Kakizaki, denk ik – is niet meer herkenbaar. Ik wil overgeven maar er komt niets. Ik kan mijn ogen er niet van afhouden. Kakizaki is een ingedeukte holte van botten en bloed. De hoornblazers barsten los in woest applaus. Linkerhoofd is uitgeschakeld door een shock. Middenhoofd hapt naar lucht, onder de rode spatten. Hagedis buigt weer en komt terug naar de klapstoel. 'Voortreffelijke techniek,' prijst Frankenstein. 'Straks nog een keer op de replay bekijken?' Ik draai mij om, zak ineen en duw mijn hoofd tussen mij knieën. Ik spring op als de megafoon 'Miyaaaaaakeeeeeeeee!' in mijn oor brandt. Hagedis gebaart naar de bowlingbaan. 'Jij bent.'

'Nee.'

De hoornblazers beelden verwarring en verbazing uit.

Morino zegt in een terzijde: 'Ja. We hebben een contract getekend.'

'U hebt niets gezegd over medeplichtigheid aan moord.'

'Je belofte houdt in dat je zult doen wat de Vader je gebiedt te doen,' zegt Frankenstein.

'Maar...'

'Een ethisch vraagstuk voor een verantwoordelijke jongeman,' merkt Morino op. 'Gooien of niet gooien. Gooi en je loopt het risico dat je die walgelijke oplichter daar enige schade toebrengt. Gooi niet en je veroorzaakt een brand in de Vallende Ster en een miskraam, twaalf weken voor tijd, bij de vrouw van je huisbaas. Wat zou je geweten zwaarder belasten?' Hij wil mij in dit geweld betrekken om er zeker van te zijn dat ik nooit ga praten. Ik voel het dichtklikken van de sloten. Ik sta op en kies de lichtste bal, hoop op een onvoorziene wending van de plot die mij hieruit zal redden. Ik neem de bal op, de lichtste. Hij is ontzettend zwaar. Nee. Ik kan dit niet. Ik kan dit gewoon niet. Achter me hoor ik gelach. Ik kijk om. Hagedis ligt op zijn rug met de benen uit elkaar, een ballon tussen de panden van zijn jasje gepropt. Tepels, een navel en een driehoek van schaamhaar zijn er met een zwarte viltstift opgekrabbeld. Frankenstein zit op zijn knieën naast hem en laat een lang mes zakken. 'Nee,' gilt Hagedis met een kopstem, 'doe mij alstublieft geen pijn, meneer, ik heb een baby in mijn broeibak.' 'Sorry, mevrouw Buntaro,' verzucht Frankenstein, 'maar dat krijg je ervan als je kamers verhuurt aan mensen die hun beloften aan machtige mannen schenden...' Hagedis schreeuwt zijn longen er bijna uit. 'Alstublieft! Mijn baby, baby, baby! *Genade!*' De punt van het mes drukt omlaag in de rubberen buik van mevrouw Buntaro, Frankenstein balt zijn andere vuist tot een moker en *Beng!* IJslolly laat een kietellachje uit haar mond rollen. Mama-san breit, Morino klapt. Een stel hoofden zweeft in het duister, glimmend in het licht van wandtafel en monitor. Zij draaien zich als één man om en kijken mij aan. Ik weet niet welk van de zwevende gezichten tenslotte het bevel geeft. 'Bowlen.' Ik moet missen, maar niet doorzichtig. Ik zou hier niet moeten zijn. Ik wil mij tegenover de hoofden verontschuldigen, maar hoe moet dat? Ik loop naar het werpvlak en probeer adem te halen. Eén, ik mik op de goot, een meter voor Rechterdoodshoofd. Twee, mijn darmen rollen zich op en de bal vliegt te vroeg weg – het zweet van mijn vingers heeft de gaten nat gemaakt. Ik hurk ineen, te misselijk om te kijken, te misselijk om niet te kijken. De bal draait naar de goot en rolt voor een derde gedeelte van de baan langs de rand. Maar wordt dan door spin weer terugdreven – recht op Middenhoofd af. Zijn gezicht lijkt het licht te breken, een woest gehuil stijgt op boven de roffel van de bal en de hoornblazers juichen unisono achter mij. En ik doe mijn ogen dicht. Gekreun van teleurstelling achter mij. 'Je hebt zijn stoppelbaard geschoren,' troost Morino. Ik tril en kan niet stoppen. 'Wil je de re-rerun zien?' vraagt Hagedis verlekkerd. Ik reageer niet, wankel terug en val op de laatste stoel. Ik doe mijn ogen dicht. Het glimmend, stollend bloed.

'Klaar voor de strijd!' schreeuwt Frankenstein ophitsend. 'Hier komt mijn specialiteit – de reetexpres!' Ik hoor een heleboel gebrom, zijn aanloop en de roffel van een wegschietende bal. Drie seconden later, hartstochtelijk applaus. 'Kale harses!' roept Hagedis. 'Bravo!' juicht Morino. Middenhoofd gilt keer op keer, maar Linkerhoofd is onheilspellend stil. Op de binnenkant van mijn oogleden zie ik het einde van de bowlingbaan. Ik knijp mijn ogen nog steviger dicht, maar ik heb nog steeds dat beeld in technicolor. Dat houd ik waarschijnlijk tot aan mijn dood. Ik had hier niet moeten zijn, op deze geschifte, psychotische middag. Mijn lichaam weigert met trillen op te houden. Ik kokhals één keer en nog een keer, maar er komt niets boven. Kwalijke noedeldampen. Wanneer heb ik voor het laatst gegeten? Weken geleden. Als ik kon, liep ik weg. Laat maar die documentenmap. Maar ik weet dat ze me niet zullen laten gaan. Een hand glijdt in mijn kruis. 'Heb je lekkers?' IJslolly. '*Wat?*' Champagnebommen? 'Heb je lekkers?' Haar adem is bedorven yoghurt. Hagedis grijpt haar haar en trekt haar weg. 'Ordinair, fucking *sletje!*' Pets, klats, klats. Morino pakt zijn megafoon. De overlevende gilt nog steeds. 'Nabe, ik weet het goed gemaakt.' Het gillen neemt af tot een gesmoord gesnik. 'Als je geen kik geeft bij de volgende bal, ben je vrij man. Geen kik, hoor!' Nabe ademt met een snelle reeks van schorre keelstoten. Morino laat de megafoon zakken en kijkt Mama-san aan. 'Jij?'

'Ik heb mijn bowlingtijd gehad.' De breinaalden klikken.

'Vader,' zegt Lerenjas. 'Ik heb de grondbeginselen van dit spel nu door.'

Morino knikt. 'Je bent een van ons. Ga je gang.'

'Ik zal Gunzo wat fatsoeneren. Ik heb aan Gunzo altijd al een hekel gehad.'

Een rechte rol, een gedempte angsttriller van Nabe, en een zacht gesteun. Applaus.

'O jee, Nabe,' brult Frankenstein, 'ik hoorde duidelijk een piep.'

'Nee!' komt de gebroken, gedeukte, uitgeputte stem.

Morino staat op. 'Probeer er het grappige van in te zien! Humor is je van het.' Ik zou hier niet moeten zijn. Morino neemt de tijd. 'Gadsie. Deze bal is al gebruikt. Plukken hoofdhuid van Gunzo. Of Kakizaki.' Nabe snikt, zachtjes, alsof hij een teddybeer is kwijtgeraakt en het niemand wat kan schelen. Morino loopt heen en weer – een, twee – gerommel, de bal vliegt. Eén korte zaagtandgil. Een eetstokje dat breekt. Twee zware dingen ploffen in de kegelbak.

Drie Cadillacs glijden over de inhaalstrook. Een nergensland, geen stad, geen platteland. Opritten, benzinestations, opslagplaatsen. De middag spoelt de dag weg in een gat van de avond. Ik ben gebrandmerkt door wat ik in de bowlinghal heb gezien. De brandplek zal pas pijn doen als de klap is weggeëbd en mijn zenuwen weer tot leven zijn gekomen. Ik denk aan plekken waar ik geweest had kunnen zijn als ik niet weer het Walhalla binnen was gegaan. Ik had met Ai Imajo kunnen kletsen in een koffiezaak. Ik had Kat te eten kunnen geven en een sigaretje kunnen roken met Buntaro. Ik had op de motor van oom Asfalt kunnen racen over de kustweg van Yakushima. De maan komt op boven beboste hellingen. Waar is dit? Het huppeldepup-schiereiland. Frankenstein rijdt. Lerenjas zit naast hem. Morino en ik zitten op de middenbank. Hij blaast grafkransen van sigarenrook uit en voert verschillende telefoongesprekken over 'operaties'. Hij voert een reeks telefoontjes die doorgaans niet langer zijn dan 'Waar is Miriam verdomme?' IJslolly pijpt Hagedis op de achterbank. We gaan een tunnel in. De plafondlampen scannen de voorruit als een streepjescode. Machtige ventilatoren hangen aan het plafond van de tunnel. Ik zou niet in deze nachtmerrie moeten zijn. 'Ik wou dat je ophield met dat te zeggen,' zegt Morino, blijkbaar tegen mij. 'Ik krijg er de zenuwen van. We krijgen allemaal de nachtmerrie die we verdienen.' Ik ben nog steeds bezig om dit te doorgronden als Frankenstein spreekt. 'Mijn nachtmerries leiden altijd naar een tunnel. Ik heb een gewone droom, niet eng of niks, dan zie ik de ingang van een tunnel en ik denk: o ja, hier komt de nachtmerrie. Ik rijd de tunnel in en het begint. Mensen die aan het plafond zijn opgehangen. Een knaap die ik tien jaar geleden koud heb gemaakt komt terug en mijn scooter komt vast te zitten. De tunnel wordt steeds meer in elkaar gedrukt en smaller, totdat je er geen lucht meer krijgt.' IJslolly slobbert. Hagedis kreunt zachtjes en spreekt. 'Nachtmerries zijn wet-van-de-jungle-spul. Al die moderne geintjes weg. Daar zit je, in je eentje, voer voor iets groters en slechters en kwader. Kijk uit met je tanden!' Hij geeft IJslolly een pets, ze jankt. Morino tikt as in de asbak. 'Interessant, jongens. Een nachtmerrie is naar mijn idee een komedie zonder uitlaatklep. Het kietelt, maar je kunt niet lachen. En de druk wordt alsmaar hoger. Net als de prik in een flesje bier. Miyake, heb jij nog iets toe te voegen aan deze boeiende discussie?' Ik kijk naar die folteraar en vraag me af of dit voor hem een dag als alle andere is. 'Nee.' Morino schijnt niet eens zijn lippen meer nodig te hebben om te praten. 'Kop op, Miyake. Er gaan voortdurend mensen dood. Die drie hebben zichzelf gedood op het moment dat ze mij bedrogen. Je hebt alleen geholpen met het voltrekken van het vonnis. Over een week ben je ze weer helemaal vergeten. Ze zeggen: "De tijd heelt alle wonden." Da's gelul. De beste geneesheer is vergetelheid.' Hagedis komt klaar met een voldaan smakkend lipgeluid. IJslolly gaat rechtop zitten en veegt haar mond af. 'Lekkers!' Hagedis mompelt wat en ritst iets open. 'Je arm is een fucking speldenkussen. Laat je dij eens zien. Ik spuit je daar. Niet blijven zeuren.' Lerenjas spreekt. 'In mijn geboorteland zeggen ze, nachtmerries zijn onze woeste voorvaderen die terugkomen om land op te eisen. Land dat door ons, dikke, moderne slappelingen, is bedwongen en dat wordt afgegraasd.' Frankenstein haalt een metalen kam tevoorschijn en gaat ermee door zijn haar, zijn andere hand aan het stuur. 'Door wie gestuurd?' Lerenjas vouwt een nieuw stuk gum naar binnen. 'Nachtmerries worden gestuurd door wie of wat wij in *diepste* wezen zijn. "Vergeet niet waar je vandaan komt," zegt de nachtmerrie. "Vergeet je ware zelf niet."'

Een neonpoedel springt non-stop dartelend boven het reclamebord uit. Hij heeft een klein hondenvlinderstrikje. Onze Cadillac voegt zich bij die van de hoornblazers. Mama-san heeft om haar eigen zaken te regelen de derde genomen. De mannen laden hun wapens en Frankenstein doet mijn deur open. 'Je blijft liever met een gedrogeerd, hoerig sekspoppetje in deze mooie, veilige auto zitten?' Hagedis geeft, voordat ik bedacht heb wat ik moet zeggen, een tik op mijn baseballpetje. 'Spijt me. Gaat niet door.' We stappen uit en lopen naar de ingang van het poedelmagazijn. Een insect-o-cutor zet om de paar seconden zijn stekels op. Vanuit het magazijn hoor ik gebrul aanzwellen en wegebben. Twee uitsmijters komen uit de schaduwen van de ingang tevoorschijn en benaderen de hoornblazers. 'Goedenavond, heren. Ik moet u om te beginnen vragen of er wapens zijn. Regels van het huis – ik berg ze veilig op. Ten tweede, uw automobielen staan niet op onze lijst. Van wie bent u?'

De hoornblazers wijken uiteen en Morino passeert. 'Van mij.'

De uitsmijters verbleken.

Morino kijkt hen strak aan. 'Ik hoorde iets over een hondenshow vanavond.'

De meest kolossale uitsmijter herstelt zich als eerste. 'Meneer Morino...'

'De oude meneer Morino is op dezelfde dag als meneer Tsuru gestorven. Mijn naam is nu Vader.'

'Ja, eh, Vader.' De uitsmijter klapt zijn mobiele telefoon uit. 'Geeft u mij één moment alstublieft en ik zal zorgen dat de beste plaatsen bij, eh, de ring voor u en uw gezelschap worden vrijgemaakt...' Morino knikt naar Frankenstein, die de man in zijn hartstreek steekt. Tot aan het heft. Een hoornblazer rukt zijn hoofd naar achter en breekt hem waarschijnlijk de nek. Het gebeurt allemaal te snel om te volgen en voor het slachtoffer te snel om een geluid te maken. De tweede uitsmijter wordt door de andere hoornblazers op de grond gegooid. Hagedis slaat het pistool uit zijn hand en kust de gevallen man. Nee, dat doet hij niet. Hij zet zijn tanden in de neus van de uitsmijter – en spuugt donkere smurrie uit. Ik kijk op dat moment een andere kant op. Ploffen, kreunen, dreunen en kneuzen. 'Gooi de fuckratten achter die kratten,' beveelt Morino. De weggetrapte mobiele telefoon gaat. Frankenstein verbrijzelt met één voetstamp het omhulsel. 'Fucking Taiwanese troep. Wordt niks meer in Japan gemaakt.' Hagedis doet de deur van het magazijn open. Binnen ruikt het naar muls en vlees. In het halfduister rij na rij van pallets met blikjes hondenvoer. Gejuich en geschreeuw klinkt uit de verte. De hoornblazers gaan voor. Ik aarzel en krijg van Frankenstein een stomp tegen mijn stuitje. 'Niet rekken, Miyake. Totdat de klok twaalf uur slaat ben je een van ons.' Ik gehoorzaam. Ik moet. Het enige wat ik kan doen om mijn overlevingsdrift te sussen, is mijn baseballpetje naar beneden trekken. Niemand in de schreeuwende honderdplusmassa merkt onze nadering op. De hoornblazers banen zich een weg door de buitenste ringen – stuk voor stuk tatoeages en yakuza-hemden. Mensen draaien zich kwaad om, vangen een glimp op van Morino, kijken verschrikt en duiken weg. We komen aan de rand van een dierenkuil in schijnwerperlicht. Een grijze buldog en een zwarte dobermann rukken aan hun riemen, klodders kwijl vliegen van hun snijtanden af. Aan de andere kant van de kuil staat een man op een krat. Hij krabbelt inzetten neer die hem vanuit de menigte worden toegeroepen. Zware, behaarde tieten schemeren door zijn nethemd. Ik zit geklemd tussen Frankenstein van achteren en Morino van voren – veiliger kan niet – en heb er dus een redelijk zicht op als Morino een pistool uit zijn colbert trekt en de buldog door de kop schiet.

Stilte.

Een vlek trekt snel rond de kop van de hond over de bodem van de kuil. De dobermann staat jankend achter zijn trainer. De hoornblazers hebben hun wapens al op de menigte gericht. Die deinst achteruit. Ik zou hier niet moeten zijn. De trainer van de buldog hervindt zijn spraakvermogen. 'Je hebt de beste hond van meneer Nagasaki doodgeschoten!'

Morino doet wazig, 'Wie z'n beste hond?'

'Jun Nagasaki, jij, jij, jij...'

'O, die.'

De trainer loopt rood aan. 'Jun Nagasaki! Jun Nagasaki!'

'Ik heb die naam te vaak gehoord vandaag. Noem hem niet meer.'

'Jun Nagasaki zal je villen, jij, jij, jij...'

Morino richt zijn pistool*Pang!* De trainer knikt voorover en belandt op zijn buldog. Hun bloed vormt één plas. Morino wendt zich tot Frankenstein. 'Ik heb hem gewaarschuwd. Of niet soms? Ik heb hem gewaarschuwd, ja?' Frankenstein knikt. 'Vader, niemand zal kunnen zeggen dat u geen duidelijke waarschuwing hebt gegeven.' De menigte is nog steeds genageld aan de betonnen vloer. Morino rochelt, richt en spuugt op de trainer. 'Pistolen en goede feeën. Ze maken je stoutste dromen waar. Jullie varkensneukers, eruit allemaal. Behalve Yamada hier.' Hij richt het pistool op de bookmaker op het krat. 'Yamada, ik wil iets in je oor fluisteren. De rest – wegwezen! Weg!' De hoornblazers vuren een rondje af. De menigte stroomt weg over de gangpaden en tussen stoelen door, onder begeleiding van de met pistolen zwaaiende hoornblazers – vampiers lossen minder snel op voor zonsopgang. De bookmaker houdt zijn handen omhoog. Hagedis springt in de kuil en draait met zijn voet het hoofd van de trainer om. Tussen zijn ogen zit een bloederige korst uit een feestartikelenzaak. 'Mooi schot, Vader.' Ik hoor auto's buiten wegscheuren.

De bookmaker vermant zich. 'Als je mij dood maakt, Morino...'

'Arme Yamada-kun. Je hebt alweer op de verkeerde hond gewed. Ik ga je doodmaken, maar niet vandaag. Ik heb je nodig om een boodschap over te brengen aan je nieuwe meester. Zeg tegen Nagasaki dat ik met hem wil praten over herstelbetalingen voor geleden oorlogsschade die hij mij verschuldigd is. Zeg tegen hem dat ik hem vannacht om twaalf uur precies verwacht. De brug voor de aankomsthal van het nieuwe vliegveld. Achter het Xanadu op de landwinning. Denk je dat je dat allemaal kunt onthouden?

◆

De Mongool houdt op tien passen afstand stil. Zijn geweer ligt in zijn armen. De schoten en lichten op de landwinning lijken heel ver weg. Mijn hart schiet in mijn ribbenkast in het wilde weg. Mijn overall kriebelt en stinkt. Mijn laatste herinneringen aan het leven zijn de stomste dingen. Een nooit geclaimde roman van Haruki Murakami die ik bij Gevonden Voorwerpen in veiligheid heb gebracht, half gelezen, in mijn kluisje op Ueno – wat is er geworden van de man die zonder een touw vastzat in zijn droge waterput? Mijn moeder, die, lachend in de ommuurde tuin van oom Pachinko, badminton probeert te spelen, dronken maar eindelijk gelukkig. Spijt dat ik nooit op bedevaart naar Liverpool ben geweest. Op een ochtend wakker worden en ontdekken dat er een potloodstreep van sneeuw op de futon van Anju en mij ligt, bij een vroege sneeuwbui door een spleet naar binnen geblazen. Dit rommeltje, is dat waarom het in het leven gaat? Ik hoor mijn naam, maar weet dat het alleen in mijn verbeelding is. Ik doe mijn uiterste best om mijn ademhaling onder controle te houden en moet niezen. Ik heb tot nu toe niet naar Lerenjas gekeken, niet echt. Het jouwe is het laatste gezicht dat ik ooit nog zal zien. Niet wat je je voorstelt van het aanschijn van de dood. Nogal gewoon, een beetje nieuwsgierig, strak door ongevoeligheid voor de daden waarvan zijn meester het getuige heeft laten zijn. Doe het. Het zou te goedkoop zijn om hem te smeken mijn leven te sparen. Wat zijn dan mijn laatste woorden? 'Ik zou willen dat u dit niet deed.' Wat diepzinnig. 'Het lijkt me beter,' zegt Lerenjas, 'dat je je klein maakt.'

'Klein maken?' Een liquidatie in onderworpen houding. Waarom?

'Op de grond. In – hoe zeg je dat? – een foetushouding.'

Wat maakt het uit? Dood is dood.

'Je moet je klein maken voor je eigen veiligheid,' houdt mijn moordenaar aan.

Ik vervorm een doodgeboren puf, wat Lerenjas opvat als een nee.

Lerenjas richt zijn geweer. 'Nou, ik heb je gewaarschuwd.'

Zo veel sterren. Waar zijn die voor?

☯

Tonijn, zeeoor, geelstaarttonijn, zalmkuit, bonito, eiertofu, menselijke oorlel. De sushi is hoog opgestapeld. De wasabi is door de sojasaus geroerd om elke verontreiniging in de rauwe vis te doden. De soja is erdoor geklonterd, kleverig bloed. Ik moet niet meer denken aan de bowlingbaan. Ik moet. Na de honden hebben we de hele nacht gereden, lijkt het, maar de klok hier staat pas op 22:14. Nog iets minder dan honderd minuten te gaan, zeg ik tegen mezelf, maar het valt me moeilijk om in iets goeds te geloven. Ik ben in de greep van een verkoudheid die nog veel erger zal worden voordat hij ietsje beter wordt. Ik krijg wat water door mijn keel; mijn maag zet ervan op. Zelfs ademen is moeilijk. We hebben het restaurant voor ons alleen. Er was een gezin hier, maar ze schuifelden weg zodra ze ons zagen. De oude serveerster blijft kalm, maar de kok zit achter, houdt zich gedekt. Ik wou dat ik dat kon. Frankenstein keilt een worstje naar me toe. 'Welp, vanwaar dat gestevenscheetgezicht? Je zou haast denken dat je je ouders kwijt bent.' Hagedis smeert wasabi in de soja. 'Hij heeft misschien begrepen dat de buldog die ik bij Goichi heb doodgeschoten, zijn sinds lang verdwenen pa is.' Morino wijst naar me met de punt van zijn sigaar. 'Neem het voor lief! Denk aan je afkomst! Je bent een Japanse, gezagsgetrouwe, brave burger! Neem het voor lief, totdat je looprek het begeeft en je leidingwater kwikoxide is geworden en ons hele land één groot parkeerterrein van kust tot kust. Ik geef niet af op Japan. Ik houd ervan. Bijna overal dansen de zware jongens naar het pijpen van de mensen aan de top. In Japan zijn *wij* – de zware jongens – de mensen aan de top. Japan is *onze* zaak. Nemen dus. Voor lief.' Misschien zal ik moeten nemen, maar nooit voor lief, dat ik betrokken ben geraakt bij een territoriumgevecht van dolle wolven. Lief is me alleen dat het niet erger kan worden zolang we in dit restaurant zijn. Hagedis wijst naar een hoek van de zaal. 'Vader!' Kwijlglanzend sushi-kauwsel. 'Kijk eens wat mijn kleine oogjes zien – ze hebben een karaokeautomaat!'

'Toppunt van plezier.' Morino kijkt naar Frankenstein. 'Laat liederen weerklinken.' Frankenstein zingt een liedje in het Engels met als refrein '*I can't liiiiiiiiive, if living is without yoo-ooo-ooo, I can't giiiiiiiive, I can't take any mooooooooore*'. De hoornblazers bassen met de klinkers mee. Het geluid is zo erg dat ik kijk of er maden uit de sushi kruipen. Lerenjas drinkt in de hoek een glas melk. Hij lijkt hier ook niet thuis te horen. Morino wenkt de serveerster op leeftijd die ons geagiteerd is blijven bedienen. 'Zingen.' Zij voert zonder tegenstribbelen een enka-nummer uit – 'Kersenbloesems van de binnenzee' – over een mahjonggokker die sterft om een gokschuld in te lossen, maar pas na negenennegentig coupletten. Hagedis zingt een liedje dat 'Elektrodenincest' heet, van een band met dezelfde naam. Het heeft geen coupletten, refreinen of akkoordwisselingen. De hoornblazers klappen wild in hun handen als Hagedis op de tafel een buikdans uitvoert en de microfoon aftrekt. Het lied is eindelijk uit en Morino beduidt dat ik aan de beurt ben.

'Nee,' zeg ik botweg. 'Ik zing niet.'

Een hagel van sushi treft mijn gezicht. De hoornblazers maken boe-geluiden.

'Ik houd niet van muziek.'

'Gelul,' zegt Morino. 'Mijn lievelingsonderzoeker zei dat je twintig cd's hebt, een hele lading van die Beatle die ze hebben omgelegd, een stapel bladmuziek en een gitaar.'

'Hoe weet u dat?'

'Nachtmerries doen hun werk.'

Ik veeg rijst van mijn gezicht. 'U hebt laten inbreken in mijn kamer?'

Morino houdt zijn glas op om het door de serveerster te laten vullen. 'Snotaap, als ik dacht dat jij, virtuele wees, aan mijn babymeisje had gezeten, had ik in *jou* in laten breken. Wees dus maar blij.'

'Ik heb een hekel aan karaoke en ik ga niet zingen.'

Hagedis doet een broekie na. '*Ik heb een hekel aan karaoke en ik ga niet zingen.*' Dan vult zijn vuist mijn oog en de tafel wordt plafond.

Ik krabbel overeind. Mijn oog gonst, begint te kloppen.

'Dat heb ik de hele dag al willen doen.' Hagedis bekijkt zijn knokkels. 'Vader zei dat je moet zingen.'

Ik zou bang moeten zijn, maar ik schud het hoofd. Er is geen bloed.

Frankenstein legt een eetstokje op zijn wijs- en ringvinger, laat een boer en breekt het stokje met zijn middenvinger. 'Vader, Miyake loopt volgens mij het risico van een contractbreuk.'

Morino zwaait met zijn vinger. 'Je moet één ding niet vergeten. Nadat zijn zusje was verdronken is hij nooit meer de oude geweest. Ze hadden hun eigen landje. Fuck, ze hadden hun eigen taal. Jammer dat hij 'm naar Kagoshima was gesmeerd die dag dat ze stierf, egoïstische fuck dat ie is. Hé!' Hij klikt met zijn vingers naar de serveerster. 'Meer edamame-bonen!' Ik heb, bedolven onder koubacillen, geen idee of Morino ontvankelijk voor bovennatuurlijke influisteringen is, dan wel een loper voor de kelders van de geest heeft. In beide gevallen zou ik zijn oog met mijn eetstokje willen doorboren. In gedachten zie ik het mezelf doen. Een straal. Zijn wrat klopt. Ik durf te zweren dat het ding me aankijkt.

Volgens de Cadillac-klok rijden we om 23:04 de ringweg rond de landwinning op. Dertig minuten later rijden we daar nog steeds. Militaire hoempamuziek bonst door de auto en koorts door mij, of misschien zit de koorts in de auto en de hoempamuziek in mij. Op een paar millimeters na was ik een moordenaar. Ben ik. Kan een toevallig verschil in spin en hoek mij echt onschuldig maken? Ik heb gegooid. Ik moest. Maar ik heb gegooid. Nog één uur en de documentenmap is van mij. Plus een schitterend blauw oog. Ik had gedacht dat de troonpretendent van de Tokiose yakuza door pantsertroepen zou zijn omringd, maar nee. Alleen maar die twee Cadillacs. Mijn neus loopt ongeremd, maar mijn nek lijkt in iets van een breukband vastgeklemd. Een erecode verplicht misschien de twee partijen tot afzien van geweld. Of is dit, alsjeblieft niet, wellicht een zelfmoordmissie? Ik maak mezelf wijs dat Morino deze leeftijd, of zelfs dit lichaamsgewicht, niet had weten te bereiken als hij een kamikazetype was, maar ik weet niet meer wat ik moet denken. Er wordt weinig gezegd. Morino belt Mama-san, in de Schoppenvrouw, denk ik. 'Is Miriam al op het werk? Ik heb haar thuis gebeld. Zeg dat ze mijn mobiel moet bellen zo gauw ze binnen is.' Hagedis en Frankenstein roken hun Camels, Morino zijn sigaar. Ik ben te ziek om te willen roken. IJslolly drenst in haar narcotische slaap. De zee is kalm genoeg om erop te lopen en de hemel is sterren, meter voor meter. De volle maan is een gloeilamp van dertig watt op slechts enkele centimeters afstand. Morino belt nog een keer, maar krijgt geen antwoord. Zelfmoordenaars hebben bij volle maan de neiging uit te checken, heeft een verpleegster me een keer verteld. Zelfmoordenaars en, om een of andere reden, paarden. Tenslotte komen we langzaam tot stilstand, geparkeerd onder een strategische hoek, vermoed ik, met de Cadillac van de hoornblazers. Ik stap uit. Mijn stijve spieren doen pijn. Weer een bouwterrein. De buitenwijken van Tokio zijn puinstortplaatsen of bouwterreinen. De gigantische aankomsthal is nog steeds een gigantische fundering. De landwinning strekt zich, zo vlak als een biljart, tot aan de bergen uit. Een brug waaraan het middelste stuk ontbreekt, rijst van twee kanten op. Ik hoor vlak achter de dam de lome zee. 'Zeg, Miyake.' De vlam van zijn aansteker danst. 'Klauter jij maar op die brug.' Ik vraag me af wat daarachter zit. 'Nagasaki is de tegenpartij en jij past niet in het beeld. Ze moeten niet denken dat ik een kleuterschooltje nodig heb.' Hagedis grinnikt.

'Geeft u mij de documentenmap?'

'Je verveelt me! Pas na fucking middernacht! Ga weg!'

Ik doe een paar stappen, dan fluit Lerenjas vanaf een stapel rotsblokken. Ik dacht naar mij, maar dat was het niet. 'Onze vrienden zijn in aantocht. Negen wagens.'

'Negen.' Frankenstein haalt de schouders op. 'Ik had op meer gerekend, maar negen is niet slecht.'

Ik begin de oprit op te rennen. De brug komt nog het dichtst in de buurt van een veilig toevluchtsoord. Anderzijds is het ook een prima cel om mij in op te sluiten. Ik kom tot op een paar meter van het hoogste punt. Ik denk dat ik op dertig meter hoogte ben – hoog genoeg om beklemde longen en ingetrokken ballen van de duizeligheid te krijgen. Ik kijk over de leuning en zie de auto's van Nagasaki naderen. Ze stoppen in een halve cirkel rond de twee Cadillacs van Morino en doen hun grote lichten aan. Ze doen hun motor uit. Uit elke wagen komen vier mannen, ieder met gevechtsvest, helm en automatisch wapen, om strijdposities in te nemen. Ik heb, niet voor het eerst vandaag, het gevoel dat ik in een actiefilm verzeild ben geraakt. Morino en zijn mensen zetten zonnebrillen op. Geen wapens, geen nachtzicht. Morino heeft in zijn ene hand de megafoon, de andere zit in zijn zak. Zesendertig zwaarbewapende mannen tegen zeven. Een man in een wit kostuum stapt, door twee lijfwachten geflankeerd, op zijn gemak uit. Ik wacht op het bevel tot vuren. Geen documentenmap. Het is allemaal voor niets geweest. De stem van Morino weergalmt over de landwinning, alsof zijn megafoon een speldenprikgaatje in het duister is om door te praten. 'Jun Nagasaki. Heb je nog een laatste wens?'

'Morino, ik sta hier eerlijk gezegd versteld van. Ben je echt zo snel zo diep gezonken? Praatjes over je ondergang blijken onderoverdreven. Vijf uitgebluste sufferds, één ex-wapenhandelaar – jou ga ik persoonlijk doden, Suhbataar, zo gruwelijk dat zelfs jij onder de indruk zult zijn – een ongewapende schandknaap die zich verstopt heeft op een brug.' Daar gaat mijn schuilplaats. 'Is *dit* je ploeg voor de revanche? Heb je een vliegdekschip voor de kust liggen? Hoop je me alleen al met een anticlimax te kunnen doden?

'Ik heb je hier ontboden om mijn vonnis uit te spreken.'

'Heb je derdegraads syfilis? Ben je Ultraman?'

'Ik sta je toe je eervol te verontschuldigen. Je kunt jezelf doden.'

'Morino, dit is meer dan idioot, dit is lomp. Laat ik je dit zeggen: je hebt mijn openingsdag in het Xanadu *ernstig* verstoord. Het is een inschattingsblunder om de pers te doen geloven dat Ozaki per ongeluk is gevallen. Je smijt bowlingballen naar mijn drie managers totdat hun schedels eierdoppen zijn – origineel, geef ik toe, maar uiterst onaangenaam – daarna dood je twee onschuldige uitsmijters op de ouderwetse manier en schiet mijn mooiste hond dood. Mijn hond, Morino, dat is echt krenkend. *Amateur.* Geen ondernemer met stijl zal ooit, *ooit* een dier doden.'

'Stijl? Ongekeurde strontburgers uit de VS importeren en schoolkinderen in Wakayama om zeep helpen met O-157 en dan die schoothondjes van je op het ministerie van Landbouw de radijsboeren de schuld laten geven, is dat "*stijl*"? Bankmensen chanteren met de bedragen waarmee jij ze hebt laten knoeien omdat je je leningen uit de tijd van de zeepbeleconomie niet wou afbetalen – "*stijl*"? "Kom over de brug, Meneer de Voedselfabrikant of je betaalt voor een scheermesje in je babyspullen", dat noem jij "*stijl*"?'

'Je onvermogen om in te zien dat de wereld na 1970 niet heeft stilgestaan, verklaart waarom ik Tsuru's zaken heb geërfd en uitgebreid, en waarom jij je bedrijfsresultaat nog altijd haalt uit het bang maken van barhouders in Shinjuku ter wille van wat wisselgeld. Hoe, o *hoe*, kun je denken dat je over vijf minuten nog in leven bent?'

‘Je vergeet mijn twee geheime wapens.’

‘O ja? Ik *brand* van nieuwsgierigheid.’

‘Nagasaki, het eerste wapen is je brandende nieuwsgierigheid. Zelfs in de goeie, oude tijd praatte je voordat je schoot.’

‘Is je tweede geheime wapen net zo angstaanjagend als het eerste?’

‘Dames, mag ik voorstellen’ – het valt me moeilijk om het woord dat dan komt, op te vangen – ‘NimQ6.’

‘“Nim – Q – 6”? Een pissende toverkabouter? Een afvoerontstopper?’

‘Een kneedbare springstof die door de Israëlische geheime dienst ontwikkeld is.’

‘Nooit van gehoord.’

‘Natuurlijk heb jij daar nooit van gehoord. De Israëli’s adverteren er niet mee in *Time*. Maar microcellen van NimQ6 zijn ingebouwd in de trekkers van de wapens die jouw stomme fucking apen nu in handen hebben. De bekleding van je chique kevlarhelmen is met dat spul bezaaid. Mijn collega hier, meneer Suhbataar, heeft de aanpassing van je uitrusting geregeld door die om te wisselen bij zijn Russische leverancier van legergoederen.’

Een paar van Nagasaki’s mensen wenden de blik naar hun baas.

Nagasaki slaat de armen over elkaar. ‘In de treurige geschiedenis van treurige, stomme, bluffende fucks zonder echte troeven in hun handen ben jij, Morino, de treurigste, stomste bluffende fuck van allemaal. Welke wapens denk je in fucksnaam dat ik gebruikt heb om Tsuru uit te schakelen? Als er een grammetje waarheid in dat boobytrapgelul zat, hadden we dat nu wel ontdekt.’

‘Je hebt het niet ontdekt omdat ik je nodig had voor het uitschakelen van de Tsuru-groep. Waarvoor mijn dank...’

‘Bedank me maar als je leugenaarsdarmen door kogelgaten naar buiten lekken. Maar zeg, ik heb een stad te besturen. Puppy’s, weg van de auto’s. Ik heb die wagens via onze wederzijdse Mongoolse vriend voor mezelf besteld en ik wil het lakwerk niet beschadigen.’

Morino drukt zijn sigaar uit op het lakwerk. ‘Hou je kop en luister. Een grammetje waarheid, zei je. NimQ6-microcellen wegen een twintigste van een gram. Eén punt op een pagina. Het is een volmaakt stabiel explosief, zelfs onder schampschoten van automatisch vuur, *totdat* – en dit is het mooie van het geheel – het door een speciale VHF-frequentie in trilling wordt gebracht. Dan exploderen de microcellen met een kracht die groot genoeg is om lichaamsdelen weg te blazen. De enige oscillator ten oosten van Syrië is ingebouwd in mijn mobiele telefoon.' Dit klinkt mij, op dertig meter hoogte, bibberend van de koude koorts en waarschijnlijk in het vizier van een scherpschutter, niet al te overtuigend in de oren.

Nagasaki doet verveeld. 'Genoeg van dat pseudo-wetenschappelijke gelul, Morino, ik...'

'Gun me nog tien seconden. NimQ6 is het spul van de toekomst. Ik voer de code in – ik heb dat uit voorzorg vanavond voor je komst geregeld – en druk gewoon een kiestoets in. Zo...'

Explosiebloesems dreunen en laaien op en donderen.

Ik duik weg.

Schokgolven scalperen de lucht.

De dreun weerkaatst tegen de bergen.

Tenslotte kijk ik over de leuning van de brug. De mensen van Nagasaki liggen waar ze stonden. De mannen buiten de koplampenbundels zijn duistere hoopjes, maar die in het licht zijn gevallen – rood als de vloer van een slachthuis. Aan de meeste rompen zitten de benen nog vast, maar de handen zijn met het wapen weggeblazen. En hun hoofden – geïmplodeerd door hun helmen – zijn nergens. Ik mis de woordenschat die nodig is om dit bevattelijk te maken. Anders dan in oorlogsfilms, griezelfilms: nachtmerries. De deur van de Cadillac gaat open en IJslolly valt op haar knieën. Ze slaakt een kreet van afkeer, alsof ze verrast is door een spin in bad. 'Whaaa!' Hagedis springt rond. 'Whaaaaaaaaa! Fucking *whaaaaaaaaa*haaaaaaaaa!' Nagasaki is nog steeds in leven – geen helm om zijn schedel weg te nemen – en probeert overeind te komen. Beide armen zijn verscheurde stompen vanaf de ellebogen. Morino stapt trots op hem af en zet de megafoon aan het oor van zijn vijand. 'Wetenschap is toch iets geweldigs, hè?' *Beng!*

De megafoon richt zich tot mij. 'Feestvuurwerk, Miyake. Luister. Het is na middernacht. De documentenmap in de Cadillac is dus helemaal van jou. Ja. Vader houdt zich aan zijn woord. Helaas zul je niet kunnen genieten van je zuurverdiende informatie doordat je straks zo dood als een fucking dodo bent. Ik heb je alleen meegenomen voor het geval dat Nagasaki je vader uit zijn afzondering zou halen. Ik heb de stomkop te veel sluwheid toegedacht, het lijkt er dus op dat we bij de show van hedenavond, in plaats van een mogelijk onderpand, één getuige te veel hebben. Meneer Suhbataar heeft gevraagd je de kogel door het hoofd te mogen jagen en omdat hij de belangrijkste ontwerper van mijn operatieplan is: hoe zou ik nee kunnen zeggen? Adieu. Als je het erg graag wilt weten, je was een volkomen vergetenswaardige jongen die een saai, suf, kleurloos leven zou zijn gaan leiden. En ja, je vader is al net zo'n onbeduidende zak als jij. Slaap zacht.'

◆

Wat zou je je druk maken? Dood is dood.

'Je moet bukken ter wille van je eigen veiligheid,' dringt mijn moordenaar aan.

Mijn angst vervormt mijn antwoord tot een doodgeboren puf.

'Nee?' Lerenjas zet zijn geweer op scherp. 'Nou, ik heb je gewaarschuwd.'

In zijn hand is niet zijn geweer maar zijn mobiele telefoon. Hij toetst een nummer in, leunt over de leuning, wijst naar de Cadillacs en duikt ineen.

De avond trekt zijn ingewanden open, ik word door een loodrechte muur van geluid omvergeworpen, de brug trilt, een regen van metaal en steen daalt neer, ik vang een glimp op van een vlammend stuk auto dat boven ons een boog beschrijft, en de documentenmap, met daarin mijn vader, is as. De nacht ritst zich weer dicht. De echo knalt supersoon van de bergen af. Grind drukt in mijn kaakbeen. Ik kom min of meer overeind – mijn lichaam doet het tot mijn verbazing nog steeds. Rook stroomt omhoog uit de kraters waar de Cadillacs geparkeerd stonden.

Lerenjas toets in zijn mobiele telefoon een ander nummer in. Ik duik ineen en vraag me af wat er nog meer op te blazen valt – is hij een wandelende bom die zijn eigen bestaan opblaast? – maar deze keer is de mobiele telefoon alleen maar een mobiele telefoon. 'Meneer Tsuru? Suhbataar. Uw wensen ten aanzien van meneer Nagasaki en meneer Morino zijn ten uitvoer gelegd. Inderdaad, meneer Tsuru. Ze hebben geoogst wat ze hebben gezaaid.' Hij stopt zijn telefoon weg en kijkt mij aan.

Branden en knetteren.

Mijn lip bloedt waar ik erop gebeten heb. 'Gaat u mij vermoorden?'

'Ik denk erover. Ben je bang?'

'Ik ben heel erg bang.'

'Angst is niet per se een zwakte. Ik veracht zwakheid, maar ik veracht ook verspilling. Om te overleven moet je jezelf ervan overtuigen dat deze avond de nachtmerrie van een ander was waarin je per ongeluk verzeild bent geraakt. Zoek een plek om je tegen zonsopgang te verbergen en houd je een paar dagen schuil. Als je hoe dan ook de politie helpt, word je onmiddellijk gedood. Begrepen?'

Ik knik en nies. Als ik omhoog kijk, zie ik dat de duisternis door rook wordt opgeslokt.

Vijf

Verhaalbureau

MARGES

Bokkepoot tuurde naar buiten in de sterrenloze nacht. Zijn adem deed de ruit beslaan. Nachtvorst liet ijsvlies op edelweisswijn drijven. Bokkepoot telde drie geluiden. Het kaarsengesputter op zijn schrijftafel; mevrouw Kam die lag te worstelen in haar slaap – 'Wie niet horen wil moet voelen, Amaryllis Bezembrem!' – en Pithecanthropus, snurkend in zijn hangmat tussen de wielen. Het vierde geluid, de influisteringen waar Bokkepoot op wachtte, was nog altijd ver verwijderd zodat hij op zoek ging naar zijn briljante bril om te bladeren in een boek met gedichten die in de negende eeuw door prinses Nukada geschreven waren. Bokkepoot had dit boek op een donzen donderdag in Delhi opgedoken. Elke nacht was sinds midzomer op dezelfde wijze verlopen. Bokkepoot bleef wakker als de vermaarde omnibus tot stilstand was gekomen en was door niets in slaap te brengen. Eén, twee, drie uur later kwamen de influisteringen. Bokkepoot vertelde niemand van zijn slapeloosheid, zelfs Pithecanthropus niet en zeker mevrouw Kam niet, die stellig een afschuwelijk 'remedie' voor zou schrijven, erger dan de kwaal. Bokkepoot dacht aanvankelijk dat het de fluisteringen van de naburige waterval van Aberdeen waren. Maar die theorie bleek een schot in de ruimte toen het gefluister mee naar andere plaatsen trok. De tweede theorie van Bokkepoot hield in dat hij krankzinnig was. Maar omdat er verder geen verstandelijke vermogens waren aangetast, kwam Bokkepoot tot de gedachte dat de influisteringen hun oorsprong vonden in zijn vulpen – dezelfde pen waarmee lady Shonagon meer dan dertienduizend wassende manen terug haar Hoofdkussenboek geschreven had. Bokkepoot hoorde een stilte, een geruis en zijn hart liep sneller. Hij schoof prinses Nukada terug op de plank en drukte zijn oor tegen de schacht van de pen. Ja, dacht hij, daar zijn ze. Maar vanavond waren de woorden duidelijker –

luister! Hier een 'raar', daar een 'perelaar', her en der een 'zwarte feeks'. Bokkepoot nam zijn vulpen op en begon te schrijven, eerst langzaam, toen de woorden nog afzonderlijk spetterden, maar al snel vloeiden er zinnen, die volstroomden en overliepen.

'O, meneer, wat een rare capriolen!' Mevrouw Kam deed de ochtendgordijnen open. 'Als u gaat stappen in de vroege uurtjes, pakt u zich dan stevig in! Let op mijn woorden, als uw reuma straks weer opspeelt zal onze Sukkel hier het slepen en het sjouwen voor u moeten doen.'

Bokkepoot pelde zijn plakkerige ogen open. 'Onrustige sluimeringen, mevrouw Kam – ik droomde over m-metaaldetectie van Noorse negenhoeken in een delta waar het eeuwig woendagm-morgen was.'

Mevrouw Kam knoopte de bandjes van haar schort vast. 'Meneer, ik heb het u al negenennegentig keer gezegd – "*Room en honing, schone dromen als beloning.*" Maar u wilt met alle macht uw Devonshire-maaltijden. Nou, uit de veren. Uw ontbijt staat klaar. Earl Grey met zanzibarkippers, zoals u ze graag gegrild hebt.' Mevrouw Kam keek uit over het landschap. 'Wat een sombere plek, zowaar als ik hier sta.'

Bokkepoot zag zijn pince-nez op een optiekkroniek liggen en keek mee. De vermaarde omnibus was beland in een gemene streek met vermolmde, door Moldavische mollen gemolde molenpaden. 'Inktzwart landschap, papierpapperige lucht. Ik heb weinig twijfel meer, mevrouw Kam, dat we in de marges zijn.' Haagdoorn huisde in verzonken spelonken.

'Kleurloze naam voor een kleurloze plek,' verklaarde mevrouw Kam.

'De bodem is te zuurrijk voor de kleur om wortel te schieten. Een m-marginale heer heeft ooit aan alle kanten narcissen willen planten, maar het geel werd weggebleekt. Zelfs immergroene bomen werden nimmer groen. Geen geelgors gorgelt, geen kraai graait naar een mooie prooi.'

'Tja, meneer, maar goed. Uw kippers worden koud.'

Bokkepoot fronste de wenkbrauwen. 'Vreemd om te zeggen, mevrouw Kam, maar ik ben van eetlust verstoken. Misschien mag ik u vragen de vissen op te dissen op een schaal, zodat ik ze gaandeweg kan eten. Een scheutje thee is voor het moment toereikend...' Bokkepoot raakte de staart van zijn zin kwijt. 'Wat ergerlijk! Ik heb gisteravond tientallen pagina's geschreven – maar waar zijn ze nu?' Hij keek onder, tussen, achter zijn tafel – maar de pagina's waren weg. 'Dit is rampzalig! Ik heb fragmenten van een echt nog nooit verteld verhaal geschreven!'

Mevrouw Kam was, ondanks decennia van dienst, uit haar humeur over de kippers. 'U hebt ook wel eens een andere schrijfdroom gehad, als ik zo vrij mag zijn, meneer. Weet u nog dat u droomde dat u *Les Misérables* had geschreven? Het heeft uw uitgever een week gekost om u ervan af te brengen Victor Hugo wegens plagiaat voor het gerecht te slepen.' De deur knalde open en de wind sprong naar binnen. Een angstaanjagend prehistorisch schepsel vulde de deuropening met zijn behaarde, bemodderde borst. Hij gromde een paar keer in de taal van klei en bloed. Mevrouw Kam keek kwaad. 'Waag het niet met je smerige modderschuiten op mijn schone tapijt te klossen!'

'Jij ook een hele goeie m-morgen, Pithecanthropus.' Bokkepoot vergat zijn zoekgeraakte pagina's. 'Wat heb je daar, mijn beste kerel?'

Pithecanthropus opende voor mevrouw Kam zijn tot een kom gekromde handen. Een tere, witte bloem viel van zijn kluitje aarde. 'Welaan!' riep Bokkepoot uit. 'Een sneeuwklokje uit Snowdonia! In september! Wat exquis! Wat zeldzaam!'

Mevrouw Kam was minder onder de indruk. 'Doe me een lol en ga met dat vieze onkruid van je ergens anders heen! Zo'n rommelboel heb ik nog nooit aanschouwd! En doe de deur achter je dicht! Wil je soms dat meneer en mij bevriezen?'

Pithecanthropus gromde terneergeslagen en deed de deur dicht.

'Niks anders dan een behaarde wilde, die.' Mevrouw Kam schuurde de kipperpan schoon. 'Een wildeman!' Bokkepoot had met zijn vriend te doen, maar dacht er niet aan om tussen mevrouw Kam en haar humeur te komen.

♌

Ik word wakker, staar alweer naar een mij onbekend plafond en duik in mijn vergeetspel. Ik ben verdoofd en wil dat blijven. Ik heb het vaak gespeeld nadat Anju was verdwenen en ik aan mijn negenjarige ronde was begonnen langs logeerkamers van ooms, rijstekoekfutons – 'Eiji komt deze maand' – en neefjes en nichtjes die bij elke ruzie de atoomkop in handen hadden – 'Ga dan terug naar het huis van je grootmoeder als het je hier niet bevalt!' Maar goed, bij dit spel gaat het erom dat ik zo lang mogelijk het gevoel vasthoud dat ik niet weet waar ik ben. Ik tel tot tien, maar ik heb nog altijd geen idee. Ik slaap op een bollende zitbank in het midden van een woonkamer, vale gordijnen voor een erkerraam. Ik heb een mondzweer zo groot als een hoefafdruk. *Beng!* Doet de geheugenbom. De hoofden in de bowlinghal. Ik zie Morino, sigaarverlicht. De Mongool op de onafgemaakte brug. Ik rek mijn zere spieren. Mijn neus en keel zijn in de nog niet ontkurkte fase van een zware kou; mijn lichaam komt ondanks mijn idiote brein weer met zichzelf in het reine. Hoe lang heb ik geslapen? Wie heeft Kat te eten gegeven? Een pakje Lark-sigaretten op het salontafeltje. Nog maar drie over, en ik rook ze achter elkaar op, steek ze aan met lucifers. Mijn tanden lijken bekleed met isolatieband. De kamer is warm. Ik heb in mijn kleren geslapen, mijn kruis en oksels stoven. Ik zou het raam open moeten doen, maar ik heb geen zin om nu al te bewegen. Zolang ik hier lig kan er niets nieuws beginnen en wordt de afstand groter tussen mij en de dood van dertig, veertig mannen. Ik kreun. Ik kan niet ongezien maken wat ik zag. Dat wordt nationaal nieuws, zo niet internationaal. Yakuza-oorlogen van nu tot aan het nieuwe jaar. Ik kreun. Forensische experts komen met pincetten over het slagveld gekropen. Het Team Ernstige Delicten gaat Xanadu-klanten ondervragen. Een meisje dat in de inmiddels beruchte pachinkohal werkt, heeft verslaggevers al verteld over een oplichter die zich uitgaf voor de zoon van de bedrijfsleider, een paar minuten voordat meneer Ozaki door het noodraam op de tweede verdieping naar buiten werd gegooid. Politietekenaars zullen houtskoolschetsen maken. Wat moet ik doen? Wat zal de ongeziene meneer Tsuru willen dat met mij gedaan wordt? Wat is er geworden van Mama-san en de Schoppenvrouw? Ik heb geen plan. Ik heb geen sigaretten. Ik heb geen zakdoekje om mijn neus te ontsmurriën. Ik luister intens en ik hoor... absoluut niets.

Hoe zou ik mijn ochtendboodschap moeten doen als ik zou stoppen met roken? Ontlasten is een voordeel van sigaretten dat je nooit in surf-en-bruin-reclames ziet. Ik heb spijt dat ik in mijn spijkerbroek geslapen heb, maar ik durfde me niet uit te kleden, bang om

– wakker geworden – te horen dat de deur met een koevoet werd bewerkt en vergrendeld diende te worden. Bang ben ik nog. Dit is erger dan wachten op een aardbeving. Maar wat doe ik als ik een indringer meen te horen? Me verstoppen? Waar? Ik heb geen idee hoeveel verdiepingen er in dit huis zijn. Ik sta op. Eerste stop: toilet. Japanse hurkstijl, met een kom bittere kruiden. Een goede, voorspoedige bevalling – westerse toiletten verhogen het risico van complicaties. Een Niagara-spoeling. De keuken is terracotta en smetteloos – de bewoner houdt van koken, te oordelen naar de meelbeduimelde kookboeken. Elk keukenattribuut hangt aan zijn eigen haak. Door het raam zie ik een lege autobox en een voortuin. Rozen, onkruid en een voederplank voor vogels. Een hoge ligusterhaag schermt het huis af van de buitenwereld. De bezemkast is goed gevuld, maar het ligt te veel voor de hand om mij daarin te verbergen. De woonkamer is Japans – tatami-matten, een boeddhistisch altaar met foto's van mensen die recent of langgeleden zijn gestorven, een nis voor bloemstukken, en een hangende perkamentrol met karakters die mij hoofdpijn zouden bezorgen als ik zou proberen ze te lezen. Er is geen tv, geen stereo en geen telefoon – alleen een faxapparaat, zonder ontvanger, op een ruime boekenplank. De boeken zijn oud, geïllustreerde sprookjesboeken. *The Moon Princess*, *Urashima Taro*, *Gon the Fox*. Dit huis lijkt te netjes voor kinderen. Ik doe de gordijnen een centimeter open. De achtertuin is iemands trots en glorie. De vijver is groter dan die van mijn grootmoeder – ik zie karpers loeren in het groen. Late libellen scheren boven het kroos. Op een eilandje staat een stenen lantaren. Potten met lavendel en een hoog bamboebosje, dicht genoeg om je in te verstoppen. Vogelnestjes in een oranje brievenbus, gespijkerd aan een zilverberk. Je zou uren naar die tuin kunnen kijken. Hij ontvouwt zich. Geen wonder dat er geen tv is. Ik ga naar boven. Het tapijt is sneeuwwit en weelderig onder mijn blote voeten. Een overdadige badkamer met zeepaardjeskranen. Een grote slaapkamer – de inrichting doet een paar van middelbare leeftijd vermoeden. De kleinere slaapkamer wordt alleen gebruikt voor gasten. Nou. Geen schuilplaats hier. Je moet negen zijn om in het gemiddelde huis een goede schuilplaats te vinden. Anju heeft een keer gewonnen door in de wasmachine te kruipen. Ik neem aan dat mijn rondgang voltooid is, maar zie aan het eind van de gang de lattendeur van een kast. De deurknop hangt er nutteloos bungelend bij, maar de deur gaat zo ook open. De planken zijn geen planken, maar steile treden. Een touw met knopen hangt naar beneden om er jezelf aan op te hijsen. Bij de derde trede stoot ik mijn hoofd tegen het plafond, dat meegeeft. Ik duw en een kiertje daglicht valt naar binnen als het triplex valluik openzwaait. Ik had het helemaal mis. Dit is beter dan een schuilplaats. Ik kom in een bibliotheek/studeerkamer met de hoogste boekbevolkingsdichtheid die ik ooit heb meegemaakt. Boekenwanden, boekentorens, boekenlanen, boekenstegen. Boekenlozing, boekenpuin. Paperbacks, gebonden boeken, atlassen, handboeken, almanakken. Negen mensenlevens aan boeken. Genoeg boeken om een iglo te bouwen waarin je je kunt verstoppen. De ruimte is boekgevoelig. Spiegels verdubbelen de boeken en verheffen ze tot de derde macht. Een Chinese Muur aan boeken. Genoeg boeken om me te doen afvragen of ik ook een boek ben. Licht komt binnen door een hoog driehoekig raam. Een soort rieten gordijn hangt ervoor. Het enige meubelstuk, naast de boekenkasten en de doorbuigende planken, is een ouderwets schrijfbureau met vakjes om papieren en rekeningen in op te bergen. Mijn grootmoeder had ook zoiets. Heeft ze nog, denk ik. Op de schrijftafel liggen twee stapels papier – de ene wit en leeg als een gesteven overhemd, de andere een manuscript dat in een speciaal, gelakt bakje ligt. Ik kan het niet laten. Ik ga zitten en begin pagina één te lezen.

♌

Bokkepoot werkte de hele ochtend door in een poging de fragmenten te reconstrueren van het echt nog nooit vertelde verhaal dat fluisterde voor zonsopgang – wat niet minder netelig was dan het zoeken naar een nietig nietje in een vaamdiep vuilnisvat. Mevrouw Kam spoelde doorwoelde lakens uit. Pithecanthropus zette de motor van de vermaarde omnibus terug. Tenslotte stond Bokkepoot van zijn schrijftafel op om in zijn woordenboek de juiste spelling van *dipoolion* te zoeken, maar werd afgeleid door *gustviter* en verder weggelokt door *durzi* en *theopneust.* Slaperigheid lag op de loer. Bokkepoots laatste gedachte was dat zijn woordenboek een kussen in vermomming was, of mogelijk vice versa.

Bokkepoot dacht nog steeds te dromen toen hij ontwaakte uit zijn dutje en terugging naar zijn schrijftafel. De pagina's die hij predommel had geschreven – ze waren weg! Onmogelijk! Mevrouw

Kam, wist hij, kwam nooit aan zijn schrijftafel – er was maar één verklaring.

'Dief!' riep Bokkepoot. 'Dief! Dief!'

Mevrouw Kam stormde naar binnen, wasknijpers vielen uit haar handen. 'Meneer! Wat is er aan de hand?'

'Ingebroken, mevrouw Kam, terwijl ik lag te slapen!'

Pithecanthropus kwam uitdagend met een stel Engelse zwengels aan.

'Mijn reconstructie van het echt nog nooit vertelde verhaal – weggetoverd!'

'Maar hoe zou dat mogelijk zijn, meneer? Ik was was ophangen maar heb niks gezien!'

'Wellicht is de dief diminutief en heeft hij zich via de uitlaatpijp toe- en uitgang verschaft!' Dit kwam mevrouw Kam nogal vergezocht voor, maar zij ging achter Bokkepoot en Pithecanthropus naar buiten, naar de achterzijde van de vermaarde omnibus. Pithecanthropus knielde, besnuffelde de bandensporenmodder. Hij gromde.

'Een ongewassen knaagdier?' vroeg Bokkepoot nog voor de zekerheid. 'Iets groter dan een muis? Aha! Dan m-mogen wij concluderen dat de dief een smerig ratje is! Kom, vrienden! We m-moeten deze schavuit in de kraag vatten en hem het een en ander over auteursrechten bijbrengen! Mijn beste Pithecanthropus – ga ons voor!'

Pithecanthropus bestudeerde met gefronste voorhoofd de grond. Een stapelwolk sleepte stapsgewijs zijn trage massa voort. De sporen leidden van de gebaande weg naar het oningeslagen pad, door een onbebouwde kom, langs een bergmeer met brakkig breekwater. Mevrouw Kam kreeg hem als eerste in het oog. 'Wel potverdrie!' Een vogelverschrikker in treurige staat, gespijkerd aan een 'T' die gespietst was in de boezem van een waard. Zijn ogen en oren waren uitgepikt en sprieterig hooi bloedde uit een wonde in zijn zij wanneer de wind de moeite nam om te blazen. Bokkepoot trad op hem toe. 'Ahum. Goedendag, Vogelverschrikker.'

Vogelverschrikker hief het hoofd op, langzamer dan manen boven magistrale maagdenpalmen.

'Enorm veel spijt dat ik u lastigval,' begon Bokkepoot, 'maar hebt u een kleine vieze rat voorbij zien dribbelen met pagina's van een gestolen manuscript?'

De mond van Vogelverschrikker vertrok langzamer dan violente violen. 'Op die dag...'

'Geweldig!' zei Bokkepoot. 'Kunt u mij zeggen welke kant de dief is opgegaan?'

'Op die dag... zullen wij gezeten zijn naast mijn vader in het Paradijs...' Op dat moment sprongen twee hellehonden in de waard, zetten hun kwijlerige snijtanden in de arme Vogelverschrikker, rukten hem van zijn T en beten hem tot in de wind wapperende flarden. Bokkepoot werd door een zwiepende poot naar achteren gestuiterd. Pithecanthropus nam mevrouw Kam met een sprong in zijn armen. Het enige wat nog van de vogelverschrikker restte waren vodden, vastgenageld aan het hout. Bokkepoot probeerde zich te herinneren wat tegen dolle honden gedaan en niet gedaan moest worden – je dood houden? Ze in de ogen kijken? Wegrennen dat de stukken ervan afvlogen?

'Dat zal ze leren,' gromde de hond nummer één, 'om de plot zomaar weg te geven!'

'Wat doen we met die drie, baas?' snoof de underdog.

Bokkepoot voelde de hitte van hun adem. 'Hondjes braaf.'

'Hij praat als een schrijver,' gromde de underdog. 'Ruikt als een. Is er een.'

'Hebben geen tijd,' blafte de hond nummer één. 'Onze schepper gaat ervandoor!'

'Ik wil eerst Sikmans nog te grazen nemen!'

Pithecanthropus maakte zich op om zijn vriend te verdedigen, maar de hellehonden verdwenen met grote sprongen over de opkomsten en de ondergangen van de marges totdat ze stippen waren aan de zonnige horizon. 'Nou!' riep mevrouw Kam uit. Toen realiseerde zij zich dat ze nog steeds in de armen van Pithecanthropus was genesteld. 'Zet mij onmiddellijk neer, vieze boerenpummel dat je bent!'

♌

Beneden dreunt een deur en het manuscript vervaagt. Mijn hart bonkt en beeft en ik stop met ademhalen. Er is daar iemand. Er is daar iemand voor me. Buntaro zou inmiddels iets geroepen hebben. Zo snel? Hoe hebben ze me gevonden? Mijn overlevingsdrift, zo door Morino aan flarden gescheurd, komt weer op. Ze doorzoeken de woonkamer, de keuken, de tuin, de hoeken van de gaten. Mijn sokken, die ik op de bank heb laten liggen. Mijn lege sigarettendoosje. Ik heb het triplex valluik dichtgedaan en het touw is opgetrokken, maar heb ik de lattendeur ook afgesloten? Ik kan me overgeven en hopen op genade. Vergeet het maar. Yakuza doet niet aan genade. Hier verstoppen, onder boeken. Maar als ik een boekverschuiving veroorzaak is het met mij gedaan. Is hier iets wat kan dienen als een wapen? Ik luister of ik voetstappen op de boekenplanken hoor – niets. Of de indringers werken in stilte, of ik heb er met slechts één te maken. Mijn strategie, bij gebrek aan beter, is: houd een drietons driedelenset van *A Critical Review of the Japanese "I" Novel* boven het valluik – als het ver genoeg geopend is, gooi ze erdoorheen en de man stuitert hopelijk naar achteren. Spring naar beneden, kom op hem terecht – als hij gewapend is heb ik een probleem – geef hem een ram op zijn ribben en maak dat je wegkomt. Ik wacht. En wacht. Concentreren. Ik wacht. Weet ik zeker dat ik die beng heb gehoord? Ik heb het achterraam een centimeter open laten staan – als het nou alleen de wind was? Concentreren! Ik wacht. Niemand. Mijn armen doen pijn. Ik houd dit niet vol. 'Hallo?'

De vlaag van geweld blijft uit.

Bang door een verhaal dat ik mezelf heb verteld. Het gaat niet goed met me.

Later in de middag ga ik weer naar beneden. In de kast van de logeerkamer vind ik wat lakens en handdoeken en ik leg die op de tredenboekenplanken achter de lattendeur zodat de indringer hopelijk denkt dat het gewoon een linnenkast is. Ik raap alle levenstekenen van mezelf bijeen en stop die in een plastic zak onder de aanrecht. Ik moet sporen van mezelf opruimen op het moment dat ik ze maak. Ik zou honger moeten hebben – wanneer heb ik voor het laatst gegeten? Maar mijn maag lijkt vermist. Ik moet een sigaret hebben, maar voor geen prijs ga ik naar buiten. Koffie zou lekker zijn, maar groene thee is het enige wat ik kan vinden, dus zet ik een pot. Ik snuit mijn neus – mijn gehoor komt terug, maar snottert dan weer dicht – ik doe de deur van de erker open en drink thee op het afstapje. De karpers in de vijver komen en gaan. Schrijvertjes vervormen de vloeibare hemel zonder hem lek te prikken. Een robijngekeelde vogel luistert naar pieren. Ik kijk naar mieren. Cicaden moezzzmezzzmezzzmezzzmoezzzzzzzzz. Er is in het hele huis geen enkele klok, of zelfs maar een kalender. Er staat een zonnewijzer in de tuin, maar het weer is te nevelig voor een duidelijke schaduw. Het voelt drie-uurachtig aan. De wind schuifelt en bladert door de bamboe. Een zuil van muggen hangt boven de vijver. Ik neem een slokje van mijn thee. Mijn tong kan niets meer proeven. Moet je mij nou zien. Vier weken geleden zat ik op het ochtendveer naar Kagoshima, met een lunchtrommeltje van tante Citrus. Ik was er zeker van dat ik voor het eind van de week mijn vader gevonden zou hebben. Kijk eens wie – wat – ik in plaats daarvan nu heb gevonden. Wat een ramp, wat een afloop. De zomer is zoek en andere dingen ook. De fax piept. Ik spring op en mors thee. Een boodschap van Buntaro, dat hij rond zessen hier is, als het verkeer wat afgenomen is. Wanneer is zes uur gemeten aan nu? Uren hebben uren nodig om ergens op te slaan. Aan de muur boven het faxapparaat hangt een foto in een schelpenlijstje van een oude man en een vrouw, beiden in de vijftig misschien. Ik denk dat dit hun huis is. Ze zitten op een stralende dag aan een cafétafeltje in de schaduw. Hij staat op het punt in lachen uit te barsten om wat zij zojuist gezegd heeft. Zij speurt naar mijn reactie om te zien of ik haar verhaal echt leuk gevonden heb, dan wel dat ik alleen beleefd ben. Raar. Haar gezicht komt me bekend voor. Bekend en niet om tegen te liegen. 'Juist,' zegt ze, 'wij kennen elkaar.' We kijken elkaar even aan, dan ga ik voor even weer terug naar haar tuin waarin de libellen hun hele leven leven.

♌

'Weet je heel zeker, m-mijn beste kerel,' hield Bokkepoot aan, 'dat de sporen ophouden in deze dikke laag belegen loof?' Pithecanthropus gromde een ja, waadde er een meter in en raapte iets op. 'Kippergraten!' kakelde mevrouw Kam. 'Dan moet ik concluderen,' zei Bokkepoot, 'dat wij onze prooi tot aan zijn legerstede hebben achtervolgd.'

'Alleen maar een etterbak,' zei mevrouw Kam, 'en nog behoorlijk stinkend ook.' Bij nadere inspectie bleek het onderkomen zorgvuldig geconstrueerd – bouwstenen van kannen, pannen en gebutste bussen en metselspecie van peulenschillen, aangekoekte rijstkorst en 'Stem Op Mij'-pamfletten. Een spatbord van een fiets voerde afritsgewijs naar een gat zo duister als een drekkige stek in Quebec. Bokkepoot gluurde naar binnen. 'De inbreker woont dus in dit krot van stiltonische stank.'

'*Krot*?' klonk een vertoornde tirade terug. 'Laat mij mijn *krot* en kruip jij iedere keer maar weer in die geriatrische roestbak van een bus.'

'Aha! Dief, jij resideert dus hier! Overhandig mij nu terstond mijn manuscript!'

'Loop naar de ☠✍ige pomp, Jan Patat!'

'Water en zeep!' bracht mevrouw Kam naar adem snakkend uit.

Bokkepoot stak zijn hoorns op. 'Onverlaat, er zijn dames in het gezelschap!'

Een handje verscheen in het gat en flitste met de middelvinger. 'Als dat schriele schepsel een "dame" is, ben ik de !☠✍*!* van Frank Sinatra. Ik waarschuw je, als je 'm niet gesmeerd bent voordat ik tot vijf heb geteld, dien ik een aanklacht wegens huisvredebreuk tegen je in, zo snel dat je je *X!X£*s niet van dinsdag zal weten te onderscheiden!'

'Wettelijke aansprakelijkheid! Welaan! Een zeer discutabel punt! Jij hebt in onze vermaarde omnibus ingebroken en zanzibarkippers en m-mijn echt nog nooit vertelde verhaal ontvreemd! Voorts zijn wij, bij Girton, niet voornemens met lege handen terug te keren!'

'Ooo, een dreigement! Ik ☜*!*☛ in mijn overvaloverall!'

Pithecanthropus gromde ongeduldig, waadde naar de top van de afvalberg en kliefde het bovenste kwart met één slag weg. Binnen zat een geschrokken rat – die één tel later een razende rat was. 'Ben je nou *IXXX* ✹ *gek geworden?* Je hebt me zowat de hersens ingeslagen, botkluivende Neanderthaler!'

Bokkepoot tuurde door zijn pince-nez. 'Merkwaardig – de dief is ogenschijnlijk aan de *mus musculus domesticus* verwant.'

'Ik ben niks geen domestieke dinges, kluns! Ik ben de enige, echte ki-ka-kakrat! Ja, ja, ik heb van je beschimmelde kippers *geproefd* – wat sodemietert dat nou, hoe-hoe-hee. Maar verhalen heb ik nooit niet gejat. Ik heb de *Japanese Scientific Whalers' Weekly* gepakt om mijn *!*● gat aan af te vegen. En ik zweer je, als je mijn goede naam nog één keer door het slijk haalt zal mijn advocaat je vervolgen totdat je !🚗✍ in je *!#X$s*!'

'Schuursponsjes! Afwasmiddelen!' Mevrouw Kam bedekte haar oren.

Kakrat begon steeds harder te schreeuwen. 'Gedraag je naar je leeftijd, niet naar je eiermaat! Je bent hier in de marges van de echte wereld!' Kakrat groette met één vinger. 'Ratten. Voor altijd en eeuwig! In Eenheid Verbonden! Kakrat sterft nimmer, nimmer, nimmer uit!' Het knaagdier verdween daarop in de wanstaltige ingewanden van zijn jambische janboel.

Pithecanthropus gromde een vraag.

'Ik ben het me u eens, meneer,' zei mevrouw Kam. 'Wie niet horen wil, moet voelen.'

Bokkepoot schudde treurig het hoofd. Hij had last van zijn artritis. 'Zeker vrienden, Kakrat is een buitengewoon onaangenaam persoon, maar een tekort aan m-manieren is niet per se een m-misdaad. Ik vrees dat het m-mysterie van mijn verm-miste m-manuscript onopgelost zal blijven. Laten wij teruggaan naar onze gerenommeerde coach. Ik denk dat we de m-marges vanavond gaan verlaten.'

De avond in de marges was een ongerekwireerd requiem. Mevrouw Kam bakte een klittentaart om Bokkepoot op te vrolijken en Pithecanthropus repareerde een gat in het dak. Bokkepoot corrigeerde zijn laatste vel en legde het te ruste in zijn kopijbakje. Zijn herschrijving miste de schitterende gloed die het originele echt nog nooit vertelde verhaal in zijn herinnering behield.

'Etenstijd, zo langzamerhand,' riep mevrouw Kam. 'U zult wel erg veel honger hebben, meneer.'

'Vreemd om te verklaren, maar ik zou geen greintje in overweging kunnen nemen.'

'Maar, meneer! U hebt de godganse dag geen hap gegeten!'

Pithecanthropus gromde bezorgd door het gat in het dak.

Bokkepoot dacht daarover na. 'Dat heb ik dan dus niet.'

'Nog steeds aan het piekeren over uw verdwenen verhalen, meneer? We zullen de marges en de inbrekers zo meteen ver achter ons laten.'

Pithecanthropus dacht twee keer na en gromde uitzinnig van vreugde.

'Wel verdorie, jij lomperik! Houd je waffel! Meneer voelt zich toch al niet goed!'

Bokkepoot fronste het voorhoofd. 'M-mijn beste kerel, wat benauwt je zozeer?'

Mevrouw Kam liet haar kookboek vallen. 'Meneer! Wat eet u?'

'Nou, alleen maar een stukje papier...' De kaak van Bokkepoot bleef steken. De waarheid begon te dagen. Mevrouw Kam ontcijferde hem. 'Meneer! U hebt al schrijvend uw eigen vellen opgegeten!'

Bokkepoots woorden bleven steken in zijn keel.

♌

Bij het vallen van de avond doe ik de lichten uit en wacht in de keuken op Buntaro, zodat niemand weet dat ik hier ben en ik Buntaro aan kan zien komen en dan weet dat hij het is en niet iemand anders. Ik kijk naar een spiraal van wandtegels en minuten tollen langs en komen om. Daar zijn de koplampen van Buntaro's auto, die de box in zwaait. Het voelt nog steeds vreemd aan dat Buntaro niet alleen aan de balie van de Vallende Ster maar ook elders bestaat. Ik heb een hekel aan nodig hebben. De afgelopen negen jaar heb ik nodig hebben proberen te vermijden – gulheid, liefdadigheid, genegenheid, sympathie, geld. En nou ga ik weer. Ik doe de voordeur van het slot. 'Hallo.'

'Sorry dat ik laat ben. Druk op de weg. Is de koorts gezakt?'

'Het is een kou geworden.'

'Vandaar dat je klinkt als een papegaai. Hier, ik heb een noodsixpack Ebisu Eport en een afhaalmaal van de Hokka-Hokka voor je gekocht. Eet op voordat het koud wordt en smaakt naar waar het van gemaakt is.' Hij reikt mij de zak aan en glipt uit zijn sandalen. 'En wat sigaretten. Ik wist niet wat je rookt, ik heb dus Peace gekocht.'

'Dank je... Het spijt me, maar ik heb geen trek.'

'Maakt niet uit. Ik neem aan dat je nicotinezucht nog onverminderd woedt?'

'Peace is prima.'

'Waarom zit je zo in het donker?'

'Zomaar.' Ik doe de lichten aan terwijl we doorlopen naar de woonkamer.

'Whoah!' Buntaro kijkt naar mijn blauwe oog. 'Een juweeltje!'

'Wie past er op de Vallende Ster?'

'Mijn vrouw. Wie dacht je anders?'

'Maar ze moet het toch kalm aan doen. Zo in, uh, verwachting, bedoel ik.'

'Erger dan in verwachting – verveeld en in verwachting. We hebben vanochtend zelfs een miniruzie gehad. Ze zegt dat ze het zat is om als een invalide walvis behandeld te worden en dat ze een pistool gaat kopen als ze nog één dagprogramma op de tv ziet over hoe je van een colafles een antieke pop moet maken. Ja, als je het wilt weten, ze weet wat er gebeurd is. Het goeie is, ze lijkt ook de enige in de hele, wijde wereld die het weet.'

'Wat?'

'Niets in het nieuws. Niets in de krant.'

'Onmogelijk.'

Buntaro haalt de schouders op. 'Jongen, het is nooit gebeurd.'

'Het is gebeurd.'

'Niet als het niet gebeurd is in het nieuws.'

'Geloof je mij?'

'Hallo! Ik heb toch de hele nacht rondgereden, idioot.'

'Dus alles – de pistolen, de ontploffingen?'

'Gecensureerd. Of opgeruimd misschien voordat de politie er zelfs maar van gehoord had. De yakuza ruimt zijn eigen stront op, al was het alleen maar om niet te laten merken dat ze zoveel eten. Wees blij, joh. We hebben weer één ding minder om over in te zitten.'

'Maar de manager van de pachinko dan?'

'Wie weet? Door een ruit gevallen bij het verwisselen van een gloeilamp.'

We gaan naar buiten en roken op de afstap. De avondschemering vervaagt. Een karper fliept af en toe. Ik doe de lichten uit om de insecten te weren. De kikkers kwaken en krieken. 'Wat is het verschil tussen een kikker en een pad, buitenjongen?' vraagt Buntaro.

'Padden leven eeuwig. Kikkers worden overreden.'

'Mijn belastinggeld is in jouw opleiding gaan zitten.'

'Buntaro, even iets anders. Je weet nog dat ik je vertelde van een kat...'

'Dat beest? Ja, die en mijn vrouw zijn inmiddels al de beste vrienden. Haar toekomst is verzekerd. Tijd om de vissen te voeren.' Hij gaat naar binnen en komt terug met een doos meelachtig spul dat precies zo ruikt als het afhaaleten van de Hokka-Hokka. We gooien om beurten een snuifje in de vijver. Karpers woelen en slobberen.

'Buntaro, ik wil je echt bedanken.'

'Visvoer? Kost geen moer.'

'Ik heb het niet over het visvoer.'

'O, de sigaretten. Dat krijg ik nog wel eens van je terug.'

Ik geef het op.

♌

HONGERENDE STAD

Mevrouw Kam legde haar laatste ei van de week. Zij nestelde het in watten, plaatste het bij de andere eieren in haar rieten mand en dekte het met een theedoek af. Daarna nam zij nog één keer haar boodschappenlijstje door: brijpan, breipennen maat negen, Indische indigo inkt, zeven zeven, Pakistaanse pastinaken, vier vierkante kannen Kantonese kandijsiroop. Een klop op de deur van haar boudoir werd gevolgd door Bokkepoots 'Ahum'.

'Ja, meneer?'

De deur ging knarsend open en Bokkepoot tuurde over zijn bril heen. 'Ik m-meen dat we vandaag weer m-marktdag hebben, mevrouw Kam?'

'Tja, meneer. Ik ga mijn eieren verkopen.'

'Prachtig, prachtig. Ik bespeur onder deze kornuiten een corrumperend tekort aan korte verhalen. Ik dacht, misschien zou u een van mijn boekwerken mee naar de m-markt kunnen nemen en kijken of er een verhalenmakelaar langskomt. Je weet het nooit. Aanbod, vraag, en zo...'

'Gelijk hebt u, meneer.' Mevrouw Kam was sceptisch maar wilde de gevoelens van Bokkepoot niet kwetsen en liet daarom het boek in de zak van haar schort glijden. De deur knalde open en de wind sprong naar binnen. Pithecanthropus stond op de drempel en gromde een vraag aan mevrouw Kam. 'Tja,' antwoordde zij, 'ik ga nu weg. En nee, je kunt niet met me mee – ik wil niet dat je alle klanten afschrikt zoals toen bij Moermansk-onder-het-Moeras.' Pithecanthropus gromde een aardigheidje en opende voor mevrouw Kam zijn tot een kom gevouwen handen. Zij liet bijna haar mand vallen. '*Wormen!* In mijn boudoir! In deze streken wonen achtenswaardige, welopgevoede lieden! Niemand eet *wormen*! Hoe durf je er zelfs maar aan te denken die slijmerige schepsels bij mijn mooie, verse eieren te doen! Ga onmiddellijk weg jij! Pummel!'

Gezegend mijn verweerde veren! dacht mevrouw Kam terwijl zij zich een weg over de helse heide baande. Wat was er toch van deze plek geworden? Het landschap was ooit mooi geweest, maar de oogsten waren nu stervend of gestorven, bomen geveld of gevild, de verschroeide, vermoeide aarde door kraters verknoeid. Manhaftige, roodgloeiende roeden staken door atoomgranaatgaten uit verwoeste, geroeste tanks. Kwispelende distels. Uit een buis druppelde rioolwater in draderige drab. De stank deed mevrouw Kam haar neus bedekken met haar hoofddoek. 'Wel verdorie!'

Plotseling schreeuwde de lucht uit volle borst.

Mevrouw Kam had nauwelijks de tijd om haar kostbare mand met eieren in veiligheid te brengen en haar oren met haar vleugels te bedekken toen de supersone knal toesloeg, haar schort over haar hoofd blies en haar directoire deed bollen. De schokgolven ebden weg. Mevrouw Kam keek naar buiten en kwam overeind. Opkijkend zag zij een merkwaardig tafereel – een hippie die met zijn psychedelische surfplank uit de lucht viel, recht op mevrouw Kam af! Zij pakte in een reflex haar mand en fladderde achter een groot vat met het opschrift 'Agent Orange'. De hippie kwam met terminale snelheid in de modder terecht. Stenen en botsgeluiden spoten uit de inslagkrater op. Mevrouw Kam keek naar het neerslaan van het stof, te zeer door elkaar gerammeld om – zelfs in zichzelf – ook maar één woord te zeggen. Uit de krater hoorde zij gekreun. 'O, *mens*!' De hippie hees zich over de rand. Zijn rastakapsel was roodbruin, zijn zonnebril halfrond en zijn stralenkrans zat scheef. '*Mens.*' Hij zag mevrouw Kam en maakte het vredesteken. 'Goedendag, mevrouw.'

Mevrouw Kam hervond haar tong. 'Dat was een lelijke val, zowaar als ik hier sta.'

'Vervloekte Phantoms! Bliezen me *volledig* weg! Zag ze niet eens aankomen. Ze bombarderen de stad natuurlijk, zolang ze nog iets te bombarderen kunnen vinden. Want de munitie is er nog, die dient te worden opgemaakt.'

'Is er niks gebroken?'

'Alleen mijn trots, mevrouw, bedankt voor de belangstelling. Ik ben onsterfelijk, hoor.'

'Wat zegt u?'

'Onsterfelijk. Mijn naam is God. Heel aangenaam om kennis met u te maken.'

Mevrouw Kam werd hierdoor van haar stuk gebracht. Moest zij een revérence maken? 'Heel prettig om met u kennis te maken. Maar als een stad op het punt staat om gebombardeerd te worden, moet u dan niets doen?'

God deed zijn stralenkrans goed. 'Deed ik, als ik kon, mevrouw, maar als het leger eenmaal heeft besloten een land eens flink verrot te bombarderen... tja.' Hij haalde de schouders op. 'We hebben ooit een goddelijk vetorecht over oorlogen gehad, maar onze uitvoerende macht is beetje bij beetje ingeperkt en nu neemt niemand nog de moeite om ons te raadplegen.'

'Maar stel... wat is er voor nodig om een oorlog te stoppen, als ik vragen mag?'

God trok een weet-ik-veel-gezicht. 'Om u de waarheid te zeggen, mevrouw, ik heb nooit God willen zijn. Mijn pappa stond erop, omdat het in de familie zit en zo. Ik werd afgewezen voor de theologische faculteiten van de Ivy League en ben in Californië terechtgekomen.' God werd nostalgisch. 'De branding was hoog, het strand was van goud, en de meiden! De meiden... Goddelijke tussenkomst was een verplicht vak, maar de meeste colleges heb ik laten varen voor de brandingsgolven bij Big Sur! Oorlogen stoppen? Eén kleverige kwispedoor vol guacamole, mevrouw. Goed, ik ben afgestudeerd, derdegraads sine laude, en de water-in-wijn-truc is het enige wat ik heb geleerd. Pappa probeerde de touwtjes strakker aan te trekken, maar "hemel", mevrouw' – God begon zachter te praten – 'is een ander woord voor "nepotisme". Vrijmetselaars zijn meritocratisch vergeleken bij de Gouden Stad. Het gaat niet om wat je weet – het gaat om wie je kent en van waar. De gabbers van de Almachtige krijgen de stabiele democratieën, wij nobody's de krijgsgebieden en de vredesmissies. Mevrouw, weet u hoe laat het is?'

Mevrouw Kam keek op haar polshorloge. 'Vijf over half elf.'

'Hé, *pop*pele*pee*! Mijn video's moeten naar de winkel terug of ik krijg alweer een boete!' God knipte met zijn vingers en zijn surfplank onderging een levitatie vanuit de inslagkrater. God sprong aan boord en deed zijn zonnebril goed. 'Mevrouw, het was machtig mooi een momentje met u door te brengen. Mocht u ooit in moeilijkheden komen, één bede en ik ben er als de kippen bij!' Hij hurkte in een kungfuhouding en surfte weg. Mevrouw Kam zag de godheid slinkend verdwijnen. 'Nou, ik ben benieuwd.'

♌

Met een gil word ik in schemering en dorre mist wakker van een in het zwart geklede oude vrouw die zich over mij heen buigt. Ik verkramp zo ongeveer en val van de bank af. 'Kalm maar,' zegt de oude vrouw, 'kalm maar, kind. Je lag te dromen. Ik ben het, mevrouw Sasaki, van station Ueno.' Mevrouw Sasaki. Ik ontkramp, adem in, adem uit. Mevrouw Sasaki? Mist waait weg. Ze glimlacht en schudt het hoofd. 'Sorry dat ik je zo heb laten schrikken. Welkom terug in het land van de levenden. Buntaro heeft vergeten te zeggen dat ik vanochtend langs zou komen, klopt dat?'

Ik ontspan en haal diep adem. 'Morgen...'

Ze zet een sporttas neer. 'Ik heb wat spullen uit je kamer voor je meegenomen. Ik dacht dat die je verblijf hier misschien wat prettiger zouden kunnen maken. Maar als ik had geweten van je blauwe oog, had ik voor een T-bonesteak gezorgd.' Ik vind het gênant dat mevrouw Sasaki de rommel heeft gezien waarin ik woon. 'Ik moet zeggen, ik dacht dat je tegen deze tijd wel op zou zijn. Waarom slaap je niet in de gastenkamer, rare jongen?'

Mijn mond is stof en lijm. 'Ik voel me veiliger, geloof ik, hier beneden. Mevrouw Sasaki – u, Buntaro – hoe wist hij uw nummer bij Ueno? Waarvan kent u de Vallende Ster, en Buntaro?'

'Ik ben zijn moeder.' Mevrouw Sasaki lacht om mijn verbazing. 'We hebben ergens allemaal een moeder, hoor. Zelfs Buntaro.'

Stukjes vallen op hun plaats. 'Waarom hebben jullie geen van beiden iets gezegd?'

'Je hebt er nooit naar gevraagd.'

'Het is nooit bij me opgekomen om daarnaar te vragen.'

'Waarom zou het dan bij ons opkomen om het je te zeggen?'

'Mijn baan?'

'Buntaro heeft je het sollicitatiegesprek bezorgd, maar die baan heb je aan jezelf te danken. Dit is allemaal niet van belang. Bij het ontbijt gaan we het over je werk bij Ueno hebben. Eén ding tegelijk. Punt één, je moet je wassen en scheren. Je ziet eruit alsof je een week tussen de zwervers in het Uenopark gebivakkeerd hebt. Het wordt hoog tijd dat je ophoudt met er zo slonzig bij te lopen. Terwijl jij doucht ga ik koken en ik reken erop dat jij meer eet dan ik. Wat heeft het voor zin om eerst je hachje te redden en dan een hongerstaking te beginnen?'

Ik blijf eeuwen onder de douche staan, totdat mijn beenmerg warm is en mijn vingertoppen gerimpeld zijn. Drie keer zeep ik me van top tot teen met bodyshampoo in. Als ik eruit kom weeg ik minder en is ook mijn verkoudheid verdwenen. Nu ga ik me scheren. Ik heb mazzel, ik hoef me maar één keer in de week te scheren. Op de middelbare school schepten de jongens van mijn klas altijd op over hoe vaak zij zich moesten scheren, maar er zijn wel honderd dingen waar ik mijn tijd liever aan besteed dan staal over haarzakjes trekken. Maar een suggestie van mevrouw Sasaki is praktisch een bevel. Oom Geld heeft me paar jaar terug een scheerapparaat gegeven, maar oom Asfalt lachte toen hij het zag en zei: een echte man gebruikt een mesje. Ik doe nog steeds met mijn eerste pakje wegwerpmesjes van Bic. Ik plens koud water op mijn gezicht en spoel mijn mesje af onder de koude kraan – oom Asfalt zegt dat het mesje dan krimpt door de kou en scherper wordt. Als ik me scheer moet ik altijd aan hem denken. Ik smeer de scheergel van Ice Blue erop, vooral op het gleufje tussen neus en bovenlip – waarom is daar geen naam voor? – en de spleet in mijn kin en het gewricht van de onderkaak waar ik me meestal snijd. Wachten tot de gel begint te prikken. Dan eerst de vlakken bij de oren waar het het minste pijn doet. Ik vind die pijn wel prettig. Uitgerukt, ontworteld. Pijn overwin je soms het best door erin te duiken. Rond de neus. Oei! Wegspoelen, prikkerige drab, ik spoel het door de afvoer. Nog meer koud water. Ik raak aan mijn blauwe oog totdat het pijn doet. Schone boxershort. T-shirt, korte broek. Ik ruik dat er gekookt wordt. Ik ga naar beneden en doe mijn scheerspullen weer in de sporttas. Ik vang de blik op van de dame op de schelpenfoto. 'Zo, dat voelt beter aan? Je piekert te veel. Je bent hier volkomen veilig. Vertel wat er gebeurd is. Geef me je verhaal. Praat. Geef het me.'

De Mongool verdween in het niets. De brandende Cadillacs braken opnieuw los in applaus. Mijn positieven vochten zich terug van waar dan ook en ik begreep dat ik zo gauw mogelijk van die plek vandaan moest gaan. Ik begon te joggen over de brug. Niet te rennen, ik wist dat ik een lange nacht voor me had. Ik keek niet meer over de leuning en ik keek niet over mijn schouder. Ik kwam zelfs niet in de verleiding. De dikke rook wervelde vol plutoniumdampen. Ik stelde mij tot taak een machine te worden, met afstand als product. Ik jogde honderd passen en liep er daarna honderd, steeds weer opnieuw, over de rondweg, en speurde de maanverlichte verte af op auto's. Ik zou me in de berm kunnen verstoppen als er iets aankwam – de glooiing was aangelegd met geprefabriceerde betonblokken voor een zeewering, met van die grote gaten erin. Afschuw, schrik, schuld, opluchting: alle voorspelbare dingen, ik voelde er niet één. Het enige wat ik kon voelen was de drang om afstand te scheppen tussen mij en alles wat ik had gezien. Sterren verzwakten. De vrees dat ik gepakt en met de misdaden op de landwinning in verband gebracht zou worden, boorde reservelagen van doorzettingsvermogen aan en ik hield vast aan mijn honderd-honderdregime totdat de rondweg voorbij de wegversperring afboog naar de grote kustweg die terugliep naar het Xanadu. De ochtendschemering schroeide de horizon en het verkeer op de grote doorgangsweg naar Tokio nam toe. De aspirinemaan loste in de lauwe morgen op. Bestuurders en passagiers keken naar me. Er liep niemand daar, er was geen wegdek, alleen iets van een strook platgewalste grond – ze namen aan dat ik uit een zenuwinrichting was ontsnapt. Ik dacht aan liften, maar vreesde dat dit de aandacht op mij zou kunnen vestigen. Hoe moest ik uitleggen wat ik daar deed? Ik hoorde een eskader van politiesirenes naderen. Ik kwam gelukkig langs een familierestaurant, zodat ik me in de ingang kon verschuilen en doen alsof ik aan het bellen was. Ik vergiste me – geen politieauto's, alleen twee ambulances. Wat moest ik doen? De koorts roffelde als een taiko in mijn hersenen. Ik had geen ander plan van actie dan Buntaro bellen en om hulp vragen, maar hij zou niet vóór elven in de Vallende Ster zijn en zijn nummer thuis had ik niet, en ik was bang dat hij mijn spullen op straat zou zetten als hij hoorde met wat voor mensen dat ik omging. 'Gaat het, schatje?' vroeg een serveerster achter de kassa. 'Moet je iets hebben voor dat oog?' Ze keek me zo vriendelijk aan dat ik alleen door lomp weg te gaan en zonder antwoord te geven, kon voorkomen dat ik ging grienen. Ik ben jaloers op haar zoon. De weg liep door een industriegebied – ik had tenminste een wegdek om op te lopen. Alle straatlantarens deden simultaan zichzelf uit. De fabrieksgebouwen gingen eindeloos door. Ze maakten allemaal iets voor weer andere fabrieksgebouwen: schappen, verpakkingsmiddelen, versnellingsbakken voor vorkheftrucks. Het geroffel ebde weg, maar mijn schedelinhoud werd door koorts gestoofd. Ik had alles verbruikt. Ik moest zien terug te komen bij het familierestaurant, dacht ik, en instorten in de schoot van die reddende engel. Instorten? Ziekenhuizen, dokters, ondervragingen? Mensen van twintig storten niet in. Het restaurant was te ver achter me. Voor een fabriek van dakpannenkit stond een bank. Ik weet niet waarom iemand daar een bank had neergezet, maar ik ging er dankbaar op zitten, in de schaduw van een gigantische Nike-sportschoen. Ik haat deze wereld. NIKE. EEN FINISH IS ER NIET. Over een met onkruid bezaaide woestenij kon ik het Xanadu en het Walhalla zien liggen. Eén grote rondweg. Ergens ging een startschot af en de zon sprong op, begon te rennen. Een vogel zong – een lange, menselijke fluittoon, met een sterrenregen van vogelcode aan het eind. Telkens weer. Zelfde vogel woont op Yakushima, ik zweer het. Ik dwong mezelf om op te staan en tot aan het Xanadu te komen, waar ik wat airconditioning zou kunnen vinden en een plek om te slapen totdat ik de Vallende Ster kon bellen. Ik dwong mezelf, maar mijn lichaam wilde niet bewegen. Een witte auto vertraagde. Toet, toet. Toeterende, witte auto. Ga weg. De deur werd van binnenuit geopend en de bestuurder boog zich over de plaats voor de passagier. 'Luister, jochie, ik ben Zizzi Hikaru niet, maar tenzij je zeker weet dat er nog iets beters langskomt, stel ik voor dat je erin klimt.' Een ontkoppeld moment waarin het tot me doordrong dat de bestuurder echt Buntaro was. Een afgetobde, gespannen Buntaro. Ik was te uitgeput om me zelfs maar af te vragen hoe, wie, waar, wanneer, waarom. Binnen dertig seconden was ik in slaap.

♌

De marktplaats was een doorrookte doolhof van verpulverd puin en vermorzelde morene. De moskee op de heuvel had een voltreffer gekregen, de ingewanden waren uitgenomen, de ruiten weggeblazen. Het gebouw keek met lege ogen naar de stad. Trams lagen ontmanteld op hun kop. In de steek gelaten kinderen lagen langs de kant van de weg, huid als krimpfolie over priemende botten. Vliegen dronken uit hun traanbuizen. Gieren cirkelden zo dichtbij dat je de wind in hun veren kon horen en hyena's slopen door de goten. Een witte jeep van een vredesmissie kwam langs en reed onder het maken van een groot aantal foto's en journaalopnamen bijna over mevrouw Kam heen. Mevrouw Kam kwam bij een enorm standbeeld dat over de ruïnes heerste. *De Geliefde Leider*, stond op de metalen plaat. In zijn schaduw roosterde een uitgemergelde man boven een vuurtje wormen voor zijn gezin. De bombastische, blufferige, bolle dictator met borstelige wenkbrauwen op de sokkel was het volkomen tegendeel van de uitgemergelde man, wiens geraamte uit klerenhangers leek te zijn gedraaid. 'Neemt u mij niet kwalijk,' zei mevrouw Kam, 'ik zoek het marktplein.'

Hij keek haar somber aan. 'Daar staat u op.'

Het drong tot mevrouw Kam door dat hij volkomen serieus was. 'Deze woestenij?'

'Dame, er is een oorlog gaande, voor het geval u dat nog niet gemerkt had!'

'Maar de mensen zullen toch zeker wel te eten moeten hebben?'

'Eten wat? We worden belegerd.'

'Belegerd?'

De magere man liet een worm bungelen boven de mond van zijn zoontje, dat hem voorzichtig van het eetstokje nam en er uitdrukkingsloos op kauwde. 'Nou ja, "beleg" heet tegenwoordig "sancties". Het is als woord iets makkelijker te slikken.'

'Niet te geloven... tussen wie en wie is de oorlog precies?'

'Sst!' De man keek om zich heen. 'Dat is geheim! Je wordt gearresteerd als je dat soort vragen stelt!'

'U weet vast wel wanneer de soldaten tegen elkaar gaan vechten?'

'De soldaten! Die vechten nooit met elkaar! Ze zouden gewond kunnen raken! Ze hebben een gentlemen's agreement – nooit schieten op een uniform. Het doel van de oorlog is zoveel mogelijk burgers doden.'

'Afschuwelijk!' Daarna zei mevrouw Kam iets heel onverstandigs. 'Het ziet ernaar uit dat ik mijn eieren dan al helemaal niet kan verkopen.'

Een kunstmestzak werd opengeflapt en de vrouw van de magere man kroop naar buiten. 'Eieren?' De uitgemergeld man probeerde haar stil te krijgen, maar zij schreeuwde: 'Eieren!' De stille middag schudde toen het woord zich als een schokgolf voortplantte. 'Eieren!' Wezen zonder armen kwamen uit afvoerpijpen. 'Eieren!' Oude vrouwen tikten met hun krukken. 'Eieren!' Mannen verschenen in deurloze deuropeningen, met oogkassen die hol van de honger waren. 'Eieren!' Een dreigende menigte omcirkelde het standbeeld. Mevrouw Kam probeerde de situatie te kalmeren. 'Nou, nou, jullie hoeven niet...' De massa golfde aan – een hutselende hoos van hola's, herrie en gehaaide handen brak los over mevrouw Kam en sloeg haar mand weg. De massa brulde. Mevrouw Kam kakelde vol angst terwijl haar eieren wegrolden en onder de voeten tot schaalbespetterd geel en wit verbrijzeld werden. Mevrouw Kam steeg fladderend boven de massa uit – ze had niet meer gevlogen vanaf dat ze een piepkuiken was en kon niet langer dan een paar seconden in de lucht blijven. De enige plek om daar dichtbij op stok te gaan was de krulsnor van de geliefde leider. De massa keek vol ontzag naar haar. 'Ze heeft gevlogen! De dame heeft gevlogen!' Slechts een heel klein deel van de massa was dichtbij genoeg om te vechten om de fijngestampte eierkwakken. De rest keek naar mevrouw Kam. Een klein kind zei het als eerste. 'Het is geen dame!'

'Ik ben wel degelijk een dame!' wierp mevrouw Kam heftig tegen. 'Mijn vader leefde als een goudhaan.'

'Dames vliegen niet! Het is een kakel!'

'Ik ben een *dame*!'

Het woord verslond de hongerende stad gelijk Grieks vuur de dorre doornenstruiken van Dodona. Niks 'dame', niks 'kakel' maar: 'Kip! Kip! Kip!'

♌

Mevrouw Sasaki schept mijn misosoep vanuit de pan in een gelakte kom. Koiwashi-vis en blokjes tofu. Anju hield van koiwashi – onze grootmoeder zette het ook altijd zo op tafel. De misopasta wervelt op de bodem rond, diepzeebezinksel. Gele daikonaugurken, rijstballetjes met zalm, gewikkeld in zeewier. Puur troosteten. In mijn capsule leef ik op toast en yoghurt als ik vroeg genoeg uit bed ben: dit is te veel gedoe om te maken. Ik weet dat ik uitgehongerd zou moeten zijn, maar mijn trek houdt zich nog altijd schuil. Ik eet om mevrouw Sasaki te plezieren. Toen Caesar, de hond van mijn grootmoeder, stervende was, at hij alleen om haar een plezier te doen. 'Mevrouw Sasaki, ik heb een paar vragen.'

'Dat kan ik me voorstellen.'

'Waar ben ik?'

Ze reikt mij de kom aan. 'Dat heb je niet aan Buntaro gevraagd?'

'Gisteren was het de hele dag raar, ik kon niet normaal denken. Helemaal niet.'

'Nou, je bent in het huis van mijn zuster en zwager.'

'Is dat het stel op de zeeschelpenfoto boven de fax?'

'Ja. Die foto heb ik zelf gemaakt.'

'Waar zijn ze nu?'

'In Duitsland. Haar boek wordt daar heel goed verkocht, haar uitgever heeft haar daarom over laten komen voor een literaire tournee. Haar man is wetenschapper in Europese talen, die wroet in universiteitsbibliotheken terwijl zij haar schrijversplicht vervult.'

Ik slurp mijn soep. 'Dit is heerlijk. Een schrijfster? Werkt uw zuster op de zolder?'

'Zijzelf zegt liever "fabeldichter". Ik vroeg me al af of je de werkkamer zou vinden.'

'Ik hoop dat het oké is dat ik daar naar boven ben gegaan. Ik, uh, ik ben zelfs begonnen een paar verhalen te lezen die ik op het bureau gevonden heb.'

'Ik denk niet dat mijn zuster daar bezwaar tegen zou hebben. Ongelezen verhalen zijn geen verhalen.'

'Ze moet een bijzonder iemand zijn, uw zuster.'

'Maak die rijstballetjes op. Waarom zeg je dat?'

'Dit huis. In Tokio, maar het zou in een bos kunnen zijn, in de Kofun-periode. Geen telefoon, geen TV, geen computer.'

Mevrouw Sasaki tuit haar lippen als ze glimlacht. 'Dat moet ik tegen haar zeggen. Dat zal ze leuk vinden. Mijn zuster heeft geen telefoon nodig – ze is doof geboren, weet je. En mijn zwager zegt dat de wereld minder communicatie nodig heeft, niet meer.' Mevrouw Sasaki snijdt op het hakbord een sinaasappel in stukjes en sap spuit weg. Ze gaat zitten. 'Miyake-kun, ik geloof dat je niet terug moet komen bij Ueno. We hebben geen bewijzen dat deze mensen en hun handlangers naar je op zoek zijn, maar we hebben ook geen bewijzen dat dat niet zo is. Ik ben ervoor dat we geen enkel risico nemen. Ze hebben je vrijdag weten te vinden. Uit voorzorg heb ik ervoor gezorgd dat je gegevens bij Ueno verkeerd zijn opgeslagen. Ik vind dat je hier stil moet blijven zitten, tot het eind van de week – als iemand bij de Vallende Ster naar je komt vragen, zal Buntaro tegen ze zeggen dat je de stad uit bent. Zo niet, dan is de kust voldoende veilig.'

Dit klinkt logisch. 'Oké.'

'Denk volgende week pas over de toekomst na.' Mevrouw Sasaki schenkt thee in. 'In de tussentijd, rust uit. Problemen worden niet zozeer opgelost, als wel uitgezeten.'

Groene thee met gerstekorrels. 'Waarom helpen u en Buntaro mij?'

'"Wie" is belangrijker dan "Waarom". Eet.'

'Dat begrijp ik niet.'

'Laat maar, Eiji.'

Later, dezelfde dag. De deurbel gaat en mijn hart trekt zich weer samen. Ik leg het manuscript neer. Geen Buntaro, geen mevrouw Sasaki, wie dan? Ik zit boven in de zolderkamer en hoor een sleutel omdraaien in de voordeur. Ik leer de stilten kennen waarmee dit huis gevuld wordt en ik weet wat in mijn hoofd zit en wat niet – ja, de deur zwaait open, voeten in de vestibule. Ook de boeken spitsen de oren. 'Miyake! Rustig! Ik ben het, Yuzu Daimon! Kom tevoorschijn, kom tevoorschijn, waar je ook zit! Je huisbaas heeft me de sleutel gegeven.' We komen elkaar op de trap tegemoet. 'Je ziet er beter uit dan de laatste keer dat ik je zag,' zeg ik. 'De meeste verkeersdoden zien er beter uit dan ik afgelopen vrijdag,' antwoordt hij. 'Maar jij erger. Tjezus! Hebben zij dat met je oog gedaan?' Op zijn T-shirt staat *Wie met de meeste stuff sterft wint.* 'Ik kom je mijn excuus aanbieden. Ik had mijn pink wel af willen hakken.'

'Wat moet ik met je pink?'

'Wat je maar wilt. Inleggen, in een lakdoosje doen – ideaal om in beschaafd gezelschap mee in je neus te peuteren. Wat een aankatser: "Ja, die is van de beruchte Yuzu Daimon geweest." '

'Dank je wel, ik doe het liever met mijn eigen vinger. En' – ik zwaai vaag met mijn hand – 'het was mijn besluit om terug te gaan, niet het jouwe.'

'Nou goed, ik heb tien pakjes sigaretten voor je gekocht om je even voort te helpen,' zegt hij. Ik zie dat hij nog steeds onzeker is over of ik hem al dan niet vermoorden wil. 'Wanneer ik steeds als excuus een vinger of zo af had afgehakt, zat ik nu tot aan mijn schouderblad. Marlboro. Ik herinnerde me dat je Marlboro rookte, die noodlottige avond in de biljartzaal. En je huisbaas dacht dat je je gitaar wel zou willen hebben om je gezelschap te houden, die heb ik dus voor je meegebracht. Ik heb hem beneden in de hal gelegd. Hoe voel je je?' Hoe voel ik me? Raar, maar niet boos. 'Dank je,' zeg ik. Hij haalt zijn schouders op. 'Nou, in aanmerking genomen...' Ik haal mijn schouders op. 'De tuin is goed om te roken.'

Als ik eenmaal begin – vanaf dat ik hem in de taxi heb gezet – kan ik niet ophouden voor het einde – het punt waarop Buntaro mij in zijn auto zette. Ik kan me niet herinneren ooit zo lang gepraat te hebben. Daimon onderbreekt me niet één keer, behalve om onze sigaretten aan te steken en een biertje uit de koelkast te halen. Ik vertel hem zelfs over mijn vader en waarom ik eigenlijk naar Tokio ben gekomen. De zon is onder als ik klaar ben. 'Wat ik vreemd vind,' zeg ik, 'is dat niets van wat er is gebeurd in het nieuws is geweest. Hoe kunnen veertig mensen worden gedood – en niet zachtjes ook, maar als in een actiefilm – zonder dat het in het nieuws komt?'

Bijen pluizen zwaaiende lavendel na. 'Yakuza-oorlogen geven de indruk dat de politie één grote bende is en dat politici corrupt zijn. Wat waar is, zoals iedereen weet. Maar als je dat toegeeft kunnen de kiezers van Tokio zich gaan afvragen waarom zij dan nog belasting zouden betalen. Daarom wordt het dus van de tv gehouden.'

'Maar de kranten?'

'Journalisten krijgen verslagen voorgezet van veldslagen die hogerop allang gewonnen en verloren zijn. Oorspronkelijke, verhaalruikende journalisten komen op de zwarte lijst voor persconferenties, waardoor ze bij hun krant niet meer te handhaven zijn. Uitgekookt, hè?'

'Waarom houden zij zich dan toch nog bezig met het nieuws?'

'De mensen willen hun strips en verhaaltjes voor het slapengaan. Kijk! Een libel! De oude dichtermonniken wisten, alleen al door de kleur en de glans van – hoe noem je dat – de vliegtuigromp van de libellen, welke week van welke maand het was.' Hij speelt met zijn aansteker. 'Heb je je huisbaas de ongekuiste versie verteld van wat er met je is gebeurd?'

'Ik heb het geweld afgezwakt. Ik heb ook de doodsbedreigingen aan het adres van zijn vrouw maar weggelaten, omdat de man die ze geuit heeft... dood is. Ik weet nog altijd niet wat juist is en wat hem nachtmerries en paranoia kan bezorgen.'

Daimon knikt. 'Soms is er geen juist ding om te doen en is het minst erge het beste waar je op kunt hopen. Droom je ervan?'

'Ik slaap niet veel.' Ik maak een blikje bier open. 'Wat ben je van plan?'

'Mijn pa vindt dat ik een poosje weg moet wezen en voor deze ene keer zijn we het eens. Ik ga morgen terug naar de States. Met mijn vrouw.'

Ik sproei bier. 'Je bent *getrouwd*? Sinds wanneer?'

Daimon kijkt op zijn horloge. 'Vijf uur geleden.'

Dit is Daimons oprechte glimlach. Die zie ik maar één keer en dan heel even.

'Miriam? Kang Hyo Yeoun?'

De glimlach wordt afgelegd. 'Haar echte naam is Min. Er zijn weinig mensen die haar echte naam weten, maar jou zijn we iets verschuldigd. Ik heb begrepen dat ze je haar beroemde trap heeft toegediend.'

'Ik heb ze er weer aangenaaid. Min? Haar naam blijft nooit hetzelfde.'

'Van nu af aan wel.'

We proosten met onze blikjes. 'Gefeliciteerd. Vlug, uh, getrouwd.'

'Dat doe je nu eenmaal, als je een vrouw schaakt om heimelijk te trouwen.'

'Ik kreeg de indruk dat jullie een hekel hadden aan elkaar.'

'Hekel.' Diamon bekijkt zijn handen. 'Liefde.'

'Weten je ouders ervan?'

'Ze leven al tien jaar niet meer samen – altijd heel keurig, natuurlijk. Maar daarmee hebben ze wel min of meer het recht verspeeld om mij raad te geven over...' Daimon speelt met zijn aansteker. '...relatiezaken.'

'Moet je niet bij, uh, Min-san zijn?'

'Ja. Ik moet ervandoor om onze vliegtickets op te halen. Maar wil je me voordat ik ga de foto van je vader laten zien?' Ik haal hem uit mijn portefeuille. Hij bekijkt hem nauwkeurig, maar schudt het hoofd. 'Sorry, ik heb de man nooit gezien. Maar luister, ik zal aan mijn pa vragen of hij meer aan de weet kan komen over de contacten van de detective die Morino altijd heeft gebruikt. Yakuza-mensen gebruiken meestal één of twee dezelfde vertrouwde mensen. Ik kan niets beloven – het hoofdbureau van politie is één grote bende, niemand weet wie met wie in bed ligt, en Tsuru is blijkbaar weer terug uit Singapore, minus brokstukken van zijn geheugen en zijn gezondheid, maar als boegbeeld misschien nog bruikbaar. Maar ik beloof je dat ik het zal proberen. Verder moet je het zelf uitzoeken, maar dan heb je toch een aanzet voor een Plan B.'

'Plan G. Eén aanzet is altijd beter dan geen.'

We lopen naar de hal. Daimon doet zijn sandalen aan. 'Nou goed.'

'Nou goed. Fijne huwelijksreis.'

'Dat vind ik nou zo leuk aan je, Miyake.'

'Wat?'

Hij stapt in zijn Porsche en geeft me een kwartzwaai.

♌

'Panklaar maken!' brulde een deel van de massa. 'Bedruipen!' krijste een ander deel. 'Roosteren met piepers!' Wat hoopte mevrouw Kam dat Pithecanthropus over het verwoeste plein aan zou komen rennen om haar veilig weg te dragen. Ze had zich niet beklaagd, zelfs niet als zij een vlo in zijn haar zou hebben aangetroffen. 'Kippenbrokken!' schreeuwde een rij dreumesen. 'Gebakken aardappelen!' Er kwam een ladder en in een nieuwe vlaag van angst drong het tot mevrouw Kam door dat de massa het standbeeld van de geliefde leider zou beklimmen om haar naar de oven af te voeren. Hoe, in godsnaam, zou Bokkepoot zich moeten redden zonder haar? Hij zou omkomen van de honger. Mevrouw Kam herinnerde zich op dat moment het boek dat hij haar meegegeven had. 'Kalm aan!' kakelde zij. 'Jullie krijgen smakelijker kost dan taaie oude kip!'

De oproerige massa hield in.

Mevrouw Kam zwaaide met het gewijde boek. 'Verhalen!'

Een heethoofdige hetaere hoonde. 'Verhalen hebben *mijn* maag nooit gevuld!'

De ladder kwam dichterbij. Mevrouw Kam slikte. 'Dan heb je misschien nog nooit een goed verhaal gehoord!'

'Bewijzen!' gilde een wolfman in as en zak. 'Vertel ons een verhaal en laten we kijken of dat onze magen vult!' Mevrouw Kam sloeg het boek open bij pagina één en wilde dat Bokkepoot niet zo'n kriebelig handschrift had. '"Er was eens een koorddanser, die op zekere dag naar de watervallen van Saturnus kwam om het grootste spektakel uit te voeren dat ooit op het strakke koord vertoond is, of stellig ooit vertoond zal worden. De langverwachte avond brak aan en de artiest begon aan zijn evenwichtskunst vol doodsverachting. Elk grammetje concentratie dat de artiest bezat, zou nodig zijn. Boven zijn hoofd wentelden vele manen. Onder zijn voeten viel de nooit eindigende waterval van Saturnus alsmaar omlaag naar de onbegrensde oceaan, te diep voor geluid. Halverwege deze majestueuze stilte, zag de artiest tot zijn verbazing een meisje over het koord op hem af komen wandelen. Waarom dit meisje van zijn dromen beschrijven? Jullie weten al hoe zij eruitziet. 'Waarom ben je hier?' vroeg de artiest. 'Ik ben gekomen om te vragen of jij in geesten gelooft.' De artiest fronste de wenkbrauwen. 'Geesten? Nou, geloof jij in geesten?' Het meisje van zijn dromen glimlachte en antwoordde: 'Natuurlijk.' En ze sprong van het touw. Vol afgrijzen volgde de artiest haar trage val, maar lang voordat ze in het water kwam was ze al in het maanlicht opgelost..." ' Een keisteen miste mevrouw Kam op een centimeter na. 'Ik heb nog altijd honger!' riep de wolfman in as en zak. De ladder werd weer tegen het lichaam van de geliefde leider gezet. De massa vocht met hand en tand om naar boven te klimmen. 'Wacht, wacht, jullie zullen je doodlachen als je deze hoort.' Mevrouw Kam raakte in paniek, wist niet meer waar zij gebleven was, ging naar pagina negen. ' "Vader! Vader! Waarom hebt gij mij verlaten?" '

De middagzon werd bruin, grijs, koelde af en deed niets meer.

De massa werd stil – toen bang – en toen hysterisch.

'Phantoms!' schreeuwde de menigte als één man. 'Rennen naar de schuilkelders!' De mannen, vrouwen en kinderen stroomden weg in reten, richels en riolen, zodat mevrouw Kam alleen bleef met de geliefde leider en het lichaam van een zwarthandelaar wiens schedel ingedeukt was door de geworpen kei. 'Grote genade,' zei mevrouw Kam.

'Geweldig, wat een vuur!' zei God, die op zijn surfplank aan kwam zweven. 'Mevrouw.'

'God?'

'Ik meen dat u geroepen hebt?'

'Ik?'

'Deze buurt is ook niet meer wat het geweest is, mevrouw. Wat zou u ervan zeggen als ik u een lift gaf ergens anders heen?'

Mevrouw Kam klokte van opluchting. 'O God! U bent nog maar net op tijd! Niks anders dan kannibalen in deze streek, niks anders dan kannibalen! Als het niet te veel gevraagd is, zou ik heel dankbaar zijn als u me weer naar de vermaarde omnibus zou willen brengen.'

'Klim erop, mevrouw.' God bracht zijn surfplank langszij de krulsnor van de geliefde leider. 'En houd u stevig vast!' Mevrouw Kam trok haar hoofddoek strakker aan en zag de hongerende stad onder zich door rollen. Waarom verachten de mensen wat mooi en goed is? Waarom maken ze de dingen kapot die ze het meeste nodig hebben? Mevrouw Kam kon menselijke wezens niet begrijpen. Zij begreep ze werkelijk niet.

♌

Terug op het trapje naar de tuin steek ik een nieuwe sigaret op. Het pakje Marlboro is merkwaardig zwaar. Ik kijk erin. De platina aansteker van Yuzu Daimon. Op één kant staat een inscriptie in het Engels, ik pak daarom een dictionaire om te kijken wat de woorden betekenen: *To General MacArthur on occasion of seventy-first birthday, January 1951, from Aichi Citizens Repatriation Committee – Earnest Beseech to Assist Countrymen Captured USSR*. De aansteker was dus echt echt. Hij moet waard zijn... wat? Een heleboel. Veel te veel. Ik ga terug naar de hal, gluur door een kier van de voordeur, maar Daimon is weg. Het geluid van een sportauto – misschien die van Daimon, misschien niet – wordt verzwolgen door de middagbuurt. Dit is meer dan een pink. Beetje triest ook. Ik vraag me af hoeveel mensen uit Aichi ooit teruggekomen zijn.

♌

HET WEB VAN KONINGIN ERICHNID

Pithecanthropus tuurde vanuit zijn hangmat onder de wagen. De vermaarde omnibus was op zijn schokkerige nachtreis. Witte strepen en reflectoren kwamen vanuit het vage duister voor hen aangesneld als zalmen in een rivier van hyperspace. Pithecanthropus hield van de wiegeliedjeszwaai waarmee de hangmat bewoog als de vermaarde omnibus helde in een bocht en tegenwind zijn haren kamde. Een bont konijn, grootlichtbeschenen, genageld en gedoken, gleed ongedeerd tussen de wielen door – zijn neus raakte bijna die van Pithecanthropus. Hartstikke goed, dacht het konijn, dat zichzelf tenslotte toch nog levend aantrof. 'De engel des doods is een lelijke kerel! Wat zal mijn familie daarvan zeggen!' Op den duur begon Pithecanthropus te gapen, gleed achterover in zijn hangmat, kroop in het sediment van gebroken vorkbeenderen, lege batterijen, vettige vodden en stiltonkorsten. Zijn laatste gedachte was dat het niet de vermaarde omnibus was die over de aarde bewoog, maar de aarde die doorrolde onder de antieke, stationair draaiende wielen.

Pithecanthropus werd door de stofzuiger van mevrouw Kam in haar boudoir daarboven uit zijn ochtenddroom gewekt en hij ontwaakte als een tevreden vroege mens. De vermaarde omnibus was tot stilstand gekomen. Zelfs in het onderstel kon Pithecanthropus merken dat ze op een plek stonden die heter was dan de hotjazz van een saxofoonsextet in de Sahara. Hij kroop na het kauwen op drooggeroosterde sprinkhanen naar buiten en kwam overeind in een droge, okerkleurige woestenij van kiezelstenen, zwerfkeien en gebleekte behemothbotten. De naakte oogbal van de zon keek zonder te knipperen uit een hemel die roze was van droge hitte. Een woestijnwind deed niets om de wereld die hij doortrok wat af te koelen. De weg liep rechtlijnig als een wiskundige constante naar het verdwijnpunt. Een quorum van quartaire quokka's sprong weg toen Pithecanthropus zijn machtige biceps spande, op zijn driedubbel geplooide borst trommelde en een machtig gebrul uitstootte. De deur van de vermaarde omnibus ging open en mevrouw Kam schudde de kruimels uit het ontbijttafellaken. 'Wat een heidens kabaal!' Bokkepoot kwam het trapje af en snoof de woestijnlucht op. 'Goedemorgen.'

Pithecanthropus gromde een groet en een vraag.

'Ik geloof dat wij in de Northern Territories zijn, maar van Australië of van M-Mars zou ik niet met zekerheid kunnen zeggen. Afgaande op...'

Bokkepoot maakte zijn zin niet af doordat een wonderbaarlijke werveling van vogels opsteeg uit het niets en de lucht vulde rond de vermaarde omnibus – moemoenende, flufluende, kwakwaënde, ziezieënde vogels, vele niet meer gezien sinds de tijd dat mythologie nog doodgewone kletspraat was. '*Archaeopteryx*!' riep Bokkepoot uit. 'De thewlickergans! *Quetzalcoatlus*! De grote hopeloze alk! Nachtzwaluwen op klaarlichte dag! Luister! Luister naar de melodie! Fragmenten! Ik hoor fragmenten!' Bokkepoot deed zijn ogen dicht en een druggebruikersglimlach tooide zijn gezicht. Pithecanthropus staarde ook voor zich uit, in gedachten bij zijn kinderjaren in versteende wouden. Mevrouw Kam had met een duik dekking gezocht onder de vermaarde omnibus. De vogels gingen herwaarts even snel als derwaarts. '*Buiten*gewone avifauna!' verklaarde

Bokkepoot. 'Mevrouw Kam, u kunt weer tevoorschijn komen! Weet u, ik heb fragmenten van een echt nog nooit verteld verhaal gehoord! De vogels zongen het! Vrienden, excuseert u mij, ik m-moet onmiddellijk terugkeren naar m-mijn schrijftafel!'

♌

Opnieuw gaan een paar dagen met weer van niks voorbij. Hier is hoe ik ze doorbreng. Ik sta laat op, rook in de tuin en maak wat thee met toast. Ik zie mijn blauwe oog minder vlekkerig worden. Ik ruim de woonkamer en de keuken op en ga naar boven, naar de zolder, om te lezen. Ik voel me daar het veiligst. Ik begin een leesmachine te worden. Ik lees detectiveverhalen van Kogoro Akechi. Ik heb *Kitchen* van Banana Yoshimoto gelezen en vind het vreselijk, zonder precies te weten waarom. Ik heb *The Makioka Sisters* van Junichiro Tanizaki gelezen en vind het mooi. Ik heb een rare roman van Philip Dick gelezen, over een schaduwheelal waarin Japan en Duitsland de Tweede Wereldoorlog hebben gewonnen en een schrijver een rare roman schrijft over een schaduwheelal waarin Amerika en Engeland hebben gewonnen. Ik heb *No Longer Human* van Osamu Sazai gelezen, maar de held heeft zo met zichzelf te doen dat ik wilde dat hij in zee was gesprongen, lang voordat hij het deed. Anju las altijd, ik nooit. Achteraf gezien was ik jaloers op haar boeken vanwege de uren die zij hun schonk. En op de middelbare school kregen we Japanse lessen die gemaakt waren om het leesplezier te bederven met vragen als *Geef aan welk woord het meest toepasselijk is om het gevoel te omschrijven dat wij bij lezing van het volgende ondergaan: "Het droeve gekrijs van de zeemeeuwen klonk over de golven op het moment dat mijn vader voor de laatste maal uitvoer." a] nostalgisch. b] aangrijpend. c] weemoedig. d] diepzinnig. e] liefdevol.* 'Wij.' Wie is die hufter van een 'Wij' dan wel? Ik ken hem niet. Deze ochtend lees ik een Franse roman. *Le Grand Meaulnes.* Ik vreet boeken. Als tussendoortjes lees ik de Bokkepoot-verhalen van de zuster van mevrouw Sasaki. Er zijn er tientallen. Mevrouw Sasaki zegt dat haar zuster die heeft geschreven voor haar neef Buntaro toen hij klein was – Buntaro kind geweest? Raar. Nu schrijft zij ze 's ochtends om op dreef te raken. Lezen maakt hongerig. Als ik zin heb om te lunchen ga ik naar de keuken en eet iets uit de koelkast en een appel of een banaan. Daarna schep ik met een groot net de afgevallen bladeren uit de vijver en voer ik de vissen. Dan ga ik weer naar boven naar de zolder om nog wat te lezen tot het donker wordt. Ik plak verduisteringspapier op het driehoekige raam en speel op mijn gitaar totdat Buntaro of mevrouw Sasaki komt. We eten samen en kletsen – niemand is in de Vallende Ster of bij Ueno naar mij op zoek geweest. Tot nu toe. Na het avondeten sluit ik de voordeur af met slot, grendel en ketting, doe een heleboel opdruk- en opzitoefeningen en ga onder de douche. Ik slaap nog steeds beneden op de bank, waar ik de meeste kans heb om een indringer te horen voordat hij bij me is. Ik blijf lezen tot in de vroege uren en val tenslotte dan in slaap. Mijn dromen zijn oppervlakkige, vluchtige dromen – zoomlenzen, geparkeerde auto's, mensen die veelbetekenend naar mij glimlachen...

Ik kan weer ruiken. Ik heb nog nooit zoveel geuren waargenomen als nu. Ik breng het huis opnieuw in kaart. De woonkamer is boenwas, tatami, wierook. De keuken is bakolie, roestvrij staal, gedroogde krenten. De grote slaapkamer is linnen, jasmijn, vernis. De tuin is bladersap, vijverleven en toefjes rook. Dit huis is zo stil! Het minste geluid is even moeilijk te negeren als het meest kakelende mobieletelefoongesprek in de metro. Ik hoor dingen die me anders nooit opvallen. Vloeistoffen die door mijn aderen mulsen, mijn gewrichten die rammelen als ik de planken beklim, de trillingen van auto's. Kraaien en deuren een paar straten verderop, een vlieg die een ruit een kopstoot geeft, een futon die wordt uitgeklopt.

Het faxapparaat piept. Ik leg *Le Grand Meaulnes* neer, ga naar beneden en zie de fax op de grond liggen. MIYAKE. DETECTIVE MORINO ONTVANGT POST OP ONDERSTAAND ADRES. WEES VOORZICHTIG. GEEF ADRES PAS ALS ZEKER OK. STAPPEN OVER 30 MIN IN. HOPEN DAT JE DE MAN VINDT. Er volgt een nummer van een postbus in Edogawabashi. Ik schrijf het op de flap van een sigarettendoosje, stop het in mijn portefeuille en steek de fax in een asbak met de aansteker van generaal Douglas MacArthur aan. Dit is theatraal, maar ik houd van vlammen. Ik kijk op naar de foto van de zuster van mevrouw Sasaki. De wijn in haar glas is koel en maakt de lucht geurig. 'Nou,' zegt ze, 'wat gaat er in het volgende hoofdstuk gebeuren?'

♌

Bokkepoot ging aan zijn schrijftafel zitten. Een paar centimeter boven zijn hoofd zwermden beeldschone zinnen in afwachting van het moment dat hij hen vast zou pennen op papier. Bokkepoot zocht naar zijn pen. Uiterst vreemd, dacht hij, ik herinner me heel goed dat ik hem hier op mijn vloeiblad heb gelegd toen ik Pithecanthropus zijn ochtendlijke grom ten uitvoer hoorde brengen... Hij keek op alle plekken waar de pen hoorde te liggen en daarna op alle plekken waar hij misschien zou liggen en tenslotte op de plekken waar hij met geen mogelijkheid kon liggen. Dat liet maar één conclusie over. 'Dief!' riep Bokkepoot. 'Dief! Dief!' Pithecanthropus en mevrouw Kam kwamen binnenhollen – zij wist precies wat haar te doen stond. 'Niet weer meneer. Ik zal het u uitleggen – uw boterhampapier gaat hierin en uw schrijfpapier en noem maar op...' Bokkepoot schudde het hoofd, verbijsterd. 'Nee, mevrouw Kam! Mijn manuscript is niet zoek, het is mijn vulpen! De tong van mijn verbeelding! Dezelfde pen waarmee Lady Shonagon meer dertienduizend wassende manen geleden haar Hoofdkussenboek geschreven heeft! Die vogels waren niets anders dan een didactisch tactische zet, een valse valstrik om de aandacht af te leiden terwijl de dief zijn slag sloeg!'

'Wat bezielt de wereld toch?' zei mevrouw Kam. 'Gij zult uw naaste niet bestelen!'

Pithecanthropus gromde een vraag.

'Wie? Een berekenende bende triviale rivalen, bedacht op de pracht van mijn ganzenschacht!' Bokkepoot kreunde betraand. 'Zonder mijn pen is mijn loopbaan gelopen, afgelopen! De recensenten zullen mij de-re-on-in(con)strueren!'

'Over mijn lijk, meneer! Wees niet bevreesd! Wij hebben al eerder een dief gevonden en we zullen er weer een vinden! Ja toch, jij daar?' Pithecanthropus was zo blij rechtstreeks door mevrouw Kam te worden aangesproken dat hij tevreden gromde en er niet op wilde wijzen dat sporen volgen in de modderige marges heel eenvoudig was, maar sporen volgen in een winderige, withete woestijn een geheel andere kwestie.

'Zoals gewoonlijk, mevrouw Kam,' zei Bokkepoot, zich dwingend om weer rustig te worden, 'hebt u volkomen gelijk. Laten wij dit netelige vraagstuk logisch benaderen. Mijn veer is zoek. Waar vindt men een veer? Aan een steiger. Waar vindt men een steiger? Bij een schilder. Waar vindt men de schilder? Aan het eind van zijn streek. Welnu, hoeveel verfstreken ziet men in een woestijn?'

Mevrouw Kam keek door het raam. 'Eén streek maar daarbuiten, meneer.'

'Welke is dat, m-mijn beste m-mevrouw Kam?'

'Nou, meneer – de streek die over het midden van de weg loopt!'

Bokkepoot stond te trappelen. 'Te wapen, vrienden! Wij trekken ten strijde!'

Mevrouw Kam zweette verbeten onder haar parasol en vroeg zich af of het volgend ei dat zij zou leggen hardgekookt eruit zou komen. Pithecanthropus transpireerde overvloedig en de weg brandde moeten in zijn voeten. Bokkepoot zag luchtspiegelingen van werkwoorden bevriezen en smelten. De wrede zon schoot roodgloeiend lood op het heetst van de dag. Ook de tijd viel terug en stortte in. Bokkepoot veegde zich met zijn doordrenkte zakdoek het voorhoofd af en ging na of dat wat hij dacht te zien ook echt zo was. 'Aha! Goede moed, vrienden! De witte streek buigt van de weg – mijn vulpen kan niet ver meer zijn!' Mevrouw Kam opperde voor de zandzee nog een cactee-pencee te verorberen. Zelfs Pithecanthropus zou, zonder de witte streek om hen te leiden, tussen de kerfvrije zwerfkeien, travertijnen ravijnen en schotse rotsen de weg zijn kwijtgeraakt. Reptielen bleven op wiebelende poten staan. Pithecanthropus had het gevoel dat zij bekeken werden maar zei niets, uit angst mevrouw Kam ongerust te maken. 'Zeg,' zei Bokkepoot, aan het hoofd van de expeditie. 'Volgens mij zijn wij... hier.' De drie kwamen aan de rand van een porseleinen krater die even steil als breed was. Een zwart gat dook in het midden op. '*Buiten*gewoon,' mompelde Bokkepoot. 'Een primitieve cultuur die radiotelescopische technologie heeft ontwikkeld waarvan de buitenwereld geen weet heeft...'

'U kunt het een radioteledinges noemen, meneer, maar ze hoeven mij niet te vertellen wat een gootsteen is. Moet een maand aan maandagen kosten om die te poetsen, of...'

'Keeeeeeraaaaaaaaawk!' Een boosoogige, zaagtandgebekte pterodactylus dook op uit een nabije vallei om Bokkepoot met een felle lel de krater in te vellen. 'Meneer!' kakelde mevrouw Kam angstig – de hoeven van Bokkepoot kregen geen grip op het keramisch oppervlak. ‘Meneer! Ik kom! Ik zal u redden!’ Mevrouw Kam dook in een onderscheppingskoers omlaag, maar Bokkepoot verdween in de duisternis. Mevrouw Kam, niet in staat om uit haar duikvlucht op te trekken, verdween prompt ook. Pithecanthropus zag de pterodactylus rondcirkelen voor een nieuwe aanval. ‘Keeeraaawkaaaw-keeeraaaaaaaaaw!’ Pithecanthropus was niet bang voor dinosaurussen – of wat dan ook – maar de gedachte dat mevrouw Kam in haar eentje in gevaar was deed zijn schedel bonken van de angst. Hij rodelde de krater in. Het diepe duister dreunde.

♌

Ik zit aan de schrijftafel met een schoon vel papier en heel even is mijn brief volmaakt. Ook de foto van mijn vader staat op tafel. Hoe schrijf je een brief aan een privé-detective in het echte leven? *Geachte heer, u kent mij niet, maar* – verworpen. *Geachte heer, ik ben de persoonlijke assistent van wijlen de heer Morino en ik schrijf u om te vragen om een vervanger* – verworpen. *Geachte heer, mijn naam is Eiji Miyake – u hebt mij nog niet zo lang geleden bespioneerd voor* – verworpen. Ik besluit om onsluw en kort te zijn. *Mijnheer: gelieve een kopie van het persoonsdossier over Eiji Miyake te zenden naar postbus 333* Tokyo Evening Mail. *Dank u.* Als het werkt, werkt het; als het niet werkt, zou niets van wat ik hem zou kunnen zeggen overtuigend zijn. Ik ga weer de tuin in en verbrand de drie concepten – als Buntaro of mevrouw Sasaki die zouden ontdekken, zouden ze me voor gek verklaren – om niet te zeggen onverantwoordelijk vinden – dat ik iemand benader die iets met Morino te maken heeft, en gelijk hebben ze. Maar als de man een bedreiging was zouden we dat nu ongetwijfeld weten. Hij heeft voor Morino mijn capsule doorzocht, mijn adres kent hij dus al. Ik doe het briefje in een enveloppe, adresseer hem en plak hem dicht. Dat was het gemakkelijke gedeelte. Nu moet ik naar buiten om hem te posten.

Ik trek mijn baseballpetje ver naar beneden, pak de sleutel van het haakje bij de deur en doe mijn schoenen aan. Ik til de grendel van het toegangshek op en betreed de echte wereld. Geen gerem. Geen raadselachtige auto’s. Gewoon een stille woonwijk, op een flauwe helling gebouwd. De huizen staan allemaal een eind van de straat af, achter hoge heggen met automatische hekken. Sommige hebben videocamera’s. Elk pand zal vast meer kosten dan een heel dorp op Yakushima. Ik ga misschien regenen, zegt het weer, maar misschien ook niet. Ik vraag me af of Ai Imajo in zo'n soort straat woont, met zo'n soort slaapkamerraam, boven zo'n soort ligusterhaag. Ik hoor een meisje lachen en een joch van een middelbare school komt op de fiets uit een zijstraat gevlogen, met een meisje dat op de pinnen van het achterwiel staat. 'Wat een *smerig* verhaal!' zegt ze steeds maar weer en gooit lachend haar haar naar achteren. '*Smerig!*'

De helling voert naar een drukke hoofdweg, met winkels aan beide zijden. Zo raar, al die beweging en al dat geluid. Een missie in elke wagen. Ik heb het gevoel dat ik een geest ben en terugkom op een plek waar ik nooit erg gelukkig ben geweest. Ik kom langs een supermarkt waar mango's en papaja's prachtig zijn versierd met linten. Kinderen spelen krijgertje in de gangpaden. Op het parkeerterrein van de supermarkt kijken mannen in hun auto naar de televisie. Een vrouw tilt een fikkie in het mandje aan haar fiets. Een zwanger meisje – mijn leeftijd – loopt voorbij, handen op haar bolling. Bouwvakkers klauteren over steunbalken, een brander sist magnesium. Ik kom langs de speelplaats van een kleuterschool – kinderen met petjes in codekleuren beschrijven al hollend banen van Brownse beweging. Waar is dit voor? Wat me ook een vervreemd gevoel geeft, is dat ik onzichtbaar ben. Niemand blijft staan en wijst; geen botsingen, geen vogels die uit de lucht komen vallen; geen: 'Hé! Kijk! Daar is die jongen die gezien heeft dat dertig of meer mensen drie of vier avonden geleden door gangsters werden weggeblazen!' Hebben soldaten dit gevoel als ze terugkomen uit de oorlog? Het uiterst vreemde van het uiterst gewone. Het postkantoor is vol babygekrijs en gepensioneerden die in een inwendige verte staren. Ik wacht op mijn beurt, kijk naar de Hebt-u-deze-persoon-gezien?-posters van staatsvijanden nummer één met de plastischechirurgiegezichten die ze verondersteld worden te hebben aangenomen. 'Tracht niet deze misdadigers aan te houden. Ze kunnen gewapend en gevaarlijk zijn.' Iemand achter mij stoot me aan. De lokettiste vraagt voor de derde of vierde keer. 'Ja, meneer?'

'Uh, ik wil dit posten, graag.'

Ik betaal, ze geeft me de postzegels en het wisselgeld. Het is echt waar. Wat afgelopen vrijdagavond met me gebeurd is, zit opgesloten in mijn hoofd, op mijn gezicht is er niets van te zien. Ik lik aan de postzegel, plak hem op en laat de enveloppe op de gleuf van de brievenbus balanceren. Is dit verstandig? Ik laat de brief los; met een slap, papieren plofje komt hij neer. Sinds wanneer speelt 'verstandig' hierbij een rol? Voorwaarts, Plan G. Ik kijk op in het oog van een videocamera. Buiten is de lucht zwaarder en stormachtiger dan hij was en zwaluwen duiken laag. Een tweede videocamera bekijkt het parkeerterrein van de supermarkt. Weer een andere is, om diep na te kunnen denken over het voorbijgaand verkeer, gemonteerd op de brug. Ik loop snel terug.

De avond brengt regen in slowmotion. Ik ben boven op zolder. Het papier is in het verdwijnend licht van wit blauw geworden en nu haast net zo grijs als de inkt. Ik kijk naar de stroompjes die langs de ruiten naar beneden sijpelen. Ik kan de dorstige stad haast horen schuimen bij het opzuigen van de regen. Op Yakushima scheppen ze op over de regen. Oom Pachinko zegt dat het vijfendertig dagen in de maand regent. Hier in Tokio, wanneer heeft het voor het laatst geregend? Dat zomerse onweer op de dag van mijn wake. Wat ben ik een stomme idioot geweest. Morino heeft me wakker geknald. Wat als mijn vader echt geen zin heeft om mij ooit te zien? Wat als hij ook een yakuza-man is? Soms gaan de waterloopjes de vorige achterna en soms splitsen zij zich af. Dan is mijn vader het aan mij verplicht om mij dat persoonlijk te vertellen. Zijn werk – zijn manier van leven zelfs – dat is het punt niet. Buiten op straat suizen de auto's van gewone getrouwde mannen, op weg naar gewone huizen, voorbij. Een auto doet zijn motor uit en mijn gevoel van rust stroomt weg. Ik kijk door het driehoekige raam: Buntaro's oude, afgetrapte Honda. Hier komt mijn redder, al springend over de overlopende goot, met een krant boven zijn hoofd. Zijn kale plek glanst in de regen.

Ik eet eerst mijn noedels alvorens het onderwerp aan te snijden. 'Buntaro, ik moet het over geld hebben.' Buntaro vist naar tempoera. 'Wat voor geld?' Precies. 'Huur voor de komende maand. Ik weet niet hoe ik het moet zeggen, maar... ik heb het niet. Niet nu het geld van Ueno is gestopt. Ik weet dat dit enorm veel gevraagd is, maar zou je het kunnen afhalen van mijn aanbetaling?' Buntaro kijkt afkeurend – naar mij of naar de ongrijpbare tempoera? Ik ga door. 'Ik schaam me echt, na alles wat jij en mevrouw Sasaki voor mij hebben gedaan. Maar je moet nu weten, dat als, ik weet niet, als je me zou willen zeggen dat ik op kan hoepelen, ik bedoel, dat zou ik begrijpen, echt...'

'Hebbes!' Buntaro houdt de garnaal tussen zijn eetstokjes en peuzelt met smaak de kop eraf. 'De vrouw heeft een beter idee, jongen. Ze wil met vakantie voordat ze zo zwanger is dat de luchtvaartmaatschappijen haar niet meer aan boord willen hebben. Weet je, we zijn gaan nadenken over hoe lang geleden het was dat we er samen een weekje tussenuit zijn geweest. Hoe lang denk je? Nooit! Letterlijk nooit. Voordat ik de Vallende Ster had overgenomen, zaten we altijd op zwart zaad en daarna... nou ja, een videozaak gaat altijd door. Als ik werk, rust zij uit; als zij werkt, rust ik uit. Negen jaar zijn zo verstreken. Ze heeft vanochtend een paar hotels op Okinawa gebeld – buiten het seizoen, een hoop goedkope aanbiedingen. Dus, ons voorstel is: jij past volgende week op de zaak en dat is dan goed voor de huur voor oktober.'

'*Heel* oktober?'

'Het zijn beestachtige werktijden – tien uur 's ochtends tot twaalf uur 's avonds, zeven dagen in de week. Het komt alles bij elkaar neer op een vrij armzalig loontje. Maar dan heb je even adem om een ander baantje te bemachtigen.'

'Je wilt de zaak echt aan mij toevertrouwen?'

'Er is geen lookalike van Al Pacino langsgekomen die naar jou gevraagd heeft. Het was verstandig om je hier schuil te houden, maar nu kun je tevoorschijn komen.'

'Nee, ik bedoel – je wilt, uh, je zaken aan mij toevertrouwen?'

'Dat doet mijn vrouw en ik dus ook. En ik heb een warme aanbeveling van je vorige werkgever.' Buntaro begint tussen zijn tanden te prikken. 'Het drijven van de winkel is een makkie – in dertig minuten weet je alles. En mijn mamma komt iedere avond langs om het geld op te halen en de kas op te maken. Wat vind je? Moet ik de vrouw zeggen dat ze ons hotel in het paradijs moet boeken?'

'Natuurlijk. Zeker. Dank je.'

'Niets te danken, jongen. Dit is zakelijk. Laten we op het trapje een Marlboro roken om onze wederzijds voordelige transactie te bezegelen. Maar niets tegen de vrouw zeggen. Ik word verondersteld vóór Kodai's galapremière te stoppen.' We gaan naar buiten en roken het pakje grotendeels op, al luisterend naar de kikkers en de regen in de vijver. De regen en de rook houden de muggen weg. 'Tussen twee haakjes,' zegt Buntaro, 'zegt jou de naam Ai Imajo toevallig iets?'

Ik krab aan mijn achterhoofd en knik.

'Vriend of vijand?'

'Vriend, hoop ik. Hoezo?'

'Ze is vanochtend blijkbaar bij Gevonden Voorwerpen op Ueno geweest om een zoekgeraakte Eiji Miyake aan te geven. Mijn moeder zei dat je wegens familieomstandigheden onverwacht uit Tokio was weggegaan. De jongedame trok een leuk-dat-hij-me-dat-heeft-laten-weten-gezicht, bedankte mijn moeder en is vertrokken.' Ik handhaaf een pokergezicht. 'Nou' – Buntaro komt overeind – 'ik ga de vrouw het goede nieuws vertellen.' Ik loop met hem mee naar de vestibule. Buntaro doet alsof hij kijkt of er stof ligt. 'Ik moet zeggen, je houdt het zo schoon als een paleisje hier. Schoner in ieder geval dan je luxueuze penthouse.' Hij tikt op het zakje van zijn overhemd. 'Sukkel dat ik ben! Totaal vergeten. Deze kaart is vanochtend voor je gekomen! Ik ga ervandoor. Droom lekker.' Als Buntaro weg is, ga ik met de kaart naar de woonkamer en bekijk hem onder het lamplicht. *Nagano, Bergparadijs.* Iets zegt mij dat Buntaro niet zomaar vergeetachtig is geweest – dit komt van mijn moeder, doorgestuurd door oom Geld. Ik ga zitten en leg de kaart op mijn knie. Hij weegt bijna niets en toch zoveel. Luchten grijs van de sneeuw, berghellingen roze van de kersenbloesem, sneeuw turkoois van de lucht, tevreden wandelaars, tevreden skiërs. Nog meer intieme, schuldverplaatsende ontboezemingen. De schepster van Bokkepoot kijkt vanuit haar schelpomlijste duister op mij neer. Haar ogen kan ik niet zien maar haar stem kan ik horen. 'Ik vind je niet helemaal eerlijk. Schiet op. Vouw hem open en bespaar ons dat gemartel.' Ze is, net als mevrouw Sasaki, in gelijke mate streng en meelevend. 'Ah,' zegt zij zuchtend en de slaperige zee op de achtergrond zucht mee, 'de jeugd.'

♌

De lange val van Pithecanthropus werd gebroken door een semi-net van draden en kabels. Een lichtstraal viel door een speldenprikgaatje ver boven hem en het nachtzien van de vroege mens stelde zich daarop in. Hij gromde. 'Ja,' antwoordde Bokkepoot met onvaste stem, 'm-mijn val is pardoes gepareerd door een partij poreus verpakkingsmateriaal. Mevrouw Kam, mevrouw Kam – hoort u mij?' De huishoudster klokte. 'Er is meer voor nodig om *mij* in de pan te hakken. Ik weet als ouwe taaie nog altijd wel mijn vleugels uit te slaan. Maar wat is dat spinnenwebberige spul hier overal? Ik kan me nauwelijks verroeren!'

Een muur van licht opende zich en een vrouwenstem bazuinde rond: 'Welkom!' Een vrouwengezicht verscheen. 'Welkom.' Zij droeg een technicolorkroon en een powersuit met schoudervullingen. Haar blonde haren glansden, haar lippen glinsterden, maar zij leek tweedimensionaal doordat ze dat was. De muur was een scherm waardoor een met snoeren bezaaide ruimte flauw werd verlicht. De vloer was zacht van de huidschilfers en oogharen. 'Welkom, o Bokkepoot! Ik ben koningin Erichnid. Dit is mijn website.'

'Ik ben niet bekend,' begon Bokkepoot, 'met de geslachtslijst van uwe m-majesteit.'

'Mijn geslachtslijst wordt gevormd door de media! Mijn keizerrijk is de toekomst!'

'Echt fantastisch, zonder twijfel,' zei mevrouw Kam, 'maar wij zijn op zoek naar een gestolen vulpen en wij hebben reden om aan te nemen dat die hier terechtgekomen is.'

'Inderdaad.' Koningin Erichnid keurde mevrouw Kam geen blik waardig. 'Die heb ik gestolen.'

'Mooie manier van doen voor een koningin!' snaterde mevrouw Kam. 'Stiekem snuffelen en er met de spullen van nette mensen vandoor gaan! Waar ik vandaan kom noemen ze dat soort mensen *dieven*!'

'Koningin Erichnid heeft die heus niet zelf gestolen, scharrelmadam!' klonk een knagende repliek. '*Ik* heb die pokkenpen onder jullie snotneuzen vandaan gehaald terwijl hare majesteit die vogelstorm digitaliseerde!'

Pithecanthropus gromde verbaasd. 'Kakrat!' zei Bokkepoot verbijsterd toen hij hem samen met koningin Erichnid op het scherm zag verschijnen. Hij keek verlekkerd en tokkelde op zijn snorharen. 'Je kunt mij "De Kunstenaar Voorheen Bekend als Kakrat" noemen.' Mevrouw Kam snoof en klokte. 'Maar hoe ben je hier gekomen?'

'Het was saai om gemarginaliseerd te zijn! Ik ben in jullie ▰⌛ige roestbak meegereden nadat jullie holbewoner mijn kakbed had gemold. Hare goddelijke majesteit' – een vierentwintigkaraats glimlach van de koningin – 'heeft mij vanochtend een voorstel gedaan dat geen ware rat zou kunnen afslaan – ik lok jullie naar haar website en zij digitaliseert mij tot wereldcomputerrat nummer één!' Koningin Erichnid frunnikte wat aan Kakrats oor en zijn staart begon te trillen van extase.

'Maar waarom' – Bokkepoot beet op zijn baard – 'zou je vrijwillig afstand van je vaste toestand doen ter wille van een virtueel bestaan?'

'Waarom? Waarom *niet*! Sikkie, mijn wereld is het internet! Ik ga lichtsnel door de kabels waarop ik vroeger mijn tanden naar de !😐☹ heb gekauwd! Laat ik het kort maken. Sikkie, koningin Erichnid heeft jou deze audiëntie verleend om je hetzelfde aanbod te doen.' Koningin Erichnid kwam zo dicht in beeld dat het hele scherm door haar caleidoscopische ogen werd gevuld. 'Inderdaad, o Bokkepoot. Ik bied aan je te downloaden naar deze kant van het scherm waar de toekomst wacht! Sluit je aan bij de cyberagenten, de e-bookshops! Het papieren boek sterft uit!' Haar haar kraakte elektrisch geladen terwijl haar stem opera-achtige hoogten van hartstocht bereikte. 'Schep je verhalen in een virtueel paradijs! Ik zal optreden als je cyberagent en...'

'Ja ja,' zei mevrouw Kam snibbig, 'nou komt het!'

'Stil, kakelwijf! Bokkepoot, digitalisering zal je volmaakt maken. Dat vervelende spraak-m-m-mankement van je gladstrijken! Zinnen met de snelheid van het licht in plaats van met de snelheid van een m-m-marathon voor geamputeerden!'

Bokkepoot keek woedend en vol trots. 'Mijn gestotter onderscheidt mijn ware vrienden van de valsaards, veinzers en vileine vleiers. Ik bedank!'

Koningin Erichnid vijlde haar nagels. 'Wat uiterst positief van je. Maar ik digitaliseer je toch, ik ga een ramkraak plegen op je virtuele brein, alle verhalen synthetiseren die je ooit zou kunnen maken, en de resterende bytes wegsmijten, samen met je saaie tochtgenoten, meneer Id en madame Ego.' Koningin Erichnid sloeg haar armen om haar boezem. 'Aah, de voorschotten! De royalty's! Kakrat! Breng de digitalisator on line!' Het beeld van de boze koningin week naar achteren om plaats te maken voor het ontzagwekkende – halfkanon/halfgenerator – apparaat dat door Kakrat onscreen werd gesjouwd. 'Sik, maak je klaar voor downloaden!'

Bokkepoot deed verwoede pogingen om te bewegen, maar het net van kabels hield hem vast. 'Waar is je creatieve vervulling als je verhalen van anderen laat doorgaan voor die van jezelf?'

Koningin Erichnid keek verbaasd. '"Vervulling"! Schrijven heeft niets met "vervulling" te maken! Het gaat bij schrijven om bewondering! Glamour! Prijzen! Toen ik nog louter mens was, werd ik door "vervulling" op een dwaalspoor gebracht. Ik kende de taal van schrijvers, o ja – ik zei "coda" en "concept" in plaats van "einde" en "idee"; ik zei "tour de force" in plaats van "aardig gedaan"; "cultboek" in plaats van "die kletskoek is niet te verkopen!" Heeft mij dat vervulling opgeleverd? Nee! Het heeft me onbekendheid opgeleverd en rood staan bij de bank! Maar Bokkepoot, door jouw brein in bezit te nemen, wordt de literaire wereld mijn cocktailbar! O Kakrat! Klaar om te vuren!'

'Koningin, u zegt het maar!'

Bokkepoot stak de hoorns op. 'U vergeet één ding, Uwe Majesteit!'

'Moet ik me bedreigd voelen door die houding, o boerderijdier?'

'De raadselclausule van de Boze Koningin Wet!' Bokkepoot citeerde. '"Elk verschil van mening tussen boze koningin en gevangene zal worden geregeld door het opgeven van een raadsel aan laatstgenoemde partij door eerstgenoemde partij. Tenzij deze raadselclausule op de juiste wijze is toegepast is het onwettig om de gevangene in een database op te slaan, genoemde gevangene in enigerlei vorm en op enigerlei wijze, elektronisch, mechanisch, door middel van fotokopie of bandopname, te verspreiden zonder voorafgaande toestemming van gevangene en diens uitgevers." Zo klaar als een kwispelende distel.'

Het kille oog van Koningin Erichnid vulde het scherm. 'Kakrat. Zeg dat het niet waar is.'

Kakrat plukte aan een snorhaar. 'Alleen maar een oude formaliteit, majesteit. Laat het maar aan mij over. Ik zoef naar insoluableriddles@evilqueens.sup.org en krijg brein nummer één van de /***er! Rustig maar! Die kletsmeier is nergens! In Bangkok heeft hij geen !☠ Φ van kans !Ψ ♛.' Koningin Erichnid sloot haar ogen in cyberorgastische verrukking. 'Laat het zo zijn! Dan zullen zijn verhalen' – schelle kleuren knalden en dwarrelden – 'ziel' – zij gooide haar hoofd achterover – 'filmrechten en licenties in zeventig talen' – haar lachende mond vulde het scherm en dompelde de website in bronchiale duisternis – 'van mij zijn! Van mij! Van miiiiiiiij!'

Pithecanthropus was inmiddels uit de jungle vol draden weggeglipt – hij wist wel iets van jungles af – en verkende de randgebieden van de spelonkachtig website – hij wist ook het een en ander van spelonken. Hij bemerkte dat alle kabels naar dezelfde gigantische stekker kronkelden. Boven deze stekker draaide een ventilator om de leidingen af te koelen en op het roosterwerk van deze ventilator, verscholen in een rek met kruiskopschroevendraaiers, lag Bokkepoots dierbare vulpen. Pithecanthropus kon met behulp van zijn nachtogen door het roosterwerk heen een ladder in een schacht ontwaren. Hij gromde behoedzaam en sloop terug naar het scherm toen hij Kakrat weer on screen hoorde komen. De rat verscheen in een glinsterend quizmastersjasje, met een enveloppe waarop '$1 miljoen raadsels$' stond. 'Hebbes, uwe majesteit! Het raadsel van het millennium!'

'Laten we heel duidelijk zijn,' zei koningin Erichnid. 'Als je geen antwoord weet te geven, vervalt je auteursrecht aan mij!'

'Als meneer het juiste antwoord weet' – mevrouw Kam schudde met haar staartveer – 'gaan we vrijuit – mét de vulpen van meneer.'

'O, wat een levendige fantasie,' smaalde koningin Erichnid, 'voor een graaipotige huishoudhulp. Kakrat! Laat het ontraadselen beginnen!'

Kakrat scheurde met zijn doornige hoektand de enveloppe open. Tromgeroffel klonk aanmoedigend uit verborgen luidsprekers: 'Wat is het meest mathematische dier?'

'Nou, zeg!' Mevrouw Kam trok haar vleugels in. 'Wat is dat nou voor idiote vraag.'

Kakrat spuwde een vunzige fluim uit die over het scherm naar beneden droop. 'Je hebt 1 min, fetakaasdrager!' Een zestigsecondenstopwatch verscheen op het scherm. 'Vanaf – nu!' Aftelmuziek begon. Bokkepoot beet op zijn baard. 'Het meest wiskundige dier... Wat de mens betreft is die mogelijkheid na één minuut naar televisie kijken al verkeken... Dolfijnen winnen op het punt van de hersengewicht/lichaamsgewicht-verhouding... Maar, er is geen intelligenter brein op het gebied van euclidische meetkunde dan de bolasspin... al is de kennis van de kammossel ten aanzien van de cartesiaanse ovale lens onovertroffen in het koninkrijk der dieren...' Kakrat gniffelde. 'Je hebt nog dertig seconden!' Koningin Erichnid klapte vol vreugde en danste een razende rumba met haar rattenrakker. 'Ik proef de presentatielunches al. Hoor de verrukking van de *New Yorker*-recensent!' Mevrouw Kam zocht in haar handtas angstig naar een inspirerend hapje, maar het enige wat zij vond was lariekoek. Pithecanthropus koos dat moment uit om mevrouw Kam op de vleugel te tikken en de vulpen van Bokkepoot in haar tas te laten glijden. In de gloed van het scherm zagen de scherpe ogen van mevrouw Kam tussen de wenkbrauwen van Pithecanthropus een beest uit haar meest afgrijselijke nachtmerrie springen. 'Vlooien!' krijste ze. 'Ik wist het! Al die tijd al! Vlooien!'

'Ja, jemineetje, ja!' klepperde Bokkepoot. 'Natuurlijk! Het meest mathematische dier is de vlo!'

De rumba van koningin Erichnid kwam tot stilstand. De verlekkerde blik van Kakrat verdween. 'Je moet zeggen waarom, anders telt het niet!'

Bokkepoot schraapte zijn keel. '"Vlooien trekken af van geluk, verdelen aandacht, tellen narigheden op en vermenigvuldigen zich onrustbarend."'

Kakrat keek op naar zijn schermidool. 'Soms win je, uwe majesteit, en soms...'

Koningin Erichnid legde Kakrat met een dubbelklik het zwijgen op. 'Je stelt me teleur, ontaard, omgekocht stuk *cyberongedierte*! Er is maar één passende straf voor deze misdaad!' Het 'neee-eee-eee...' van Kakrat slonk tot nul toen de koningin hem naar de prullenbak verplaatste. De toorn van de koningin laaide torenhoog op. 'En wat *jou* betreft, Gebaarde, als jij denkt dat een gehaaide advocatenbabbel mij ervan zal weerhouden om' – haar ogen vernauwden zich bij het knisperen van megabytes tot een winterkoude dreiging – 'het voorwerp van mijn verlangen te pakken, ben jij, zelfs voor een schrijver, een *ontzettend stomme ezel*! Houd je klaar – voor digitalisering! Ze startte het onscreen digitaliseerapparaat. 'Vijf... vier...'

'Meneer!' Mevrouw Kam fladderde, maar zat nog altijd stevig in het net gevangen. 'Meneer!'

Bokkepoot rukte aan zijn kabelboeien. 'Verduvelde, doortrapte, diabola!'

De tanden van Koningin Erichnid schitterden van de siliconen. 'Drie... twee...'

Pithecanthropus trok de stekker eruit.

Het scherm werd donker en de website verdween alsof hij nooit had bestaan, wat in zekere zin ook het geval was, want Bokkepoot, Pithecanthropus en mevrouw Kam zagen dat zij in de door de zon geblakerde woestijn waren, te verbaasd om een lettergreep uit te brengen.

◆

17 september
Een skioord in het Naganogebergte

Eiji,
Als je geprobeerd hebt mij te bereiken nadat ik mezelf uit de kliniek in Miyazaki had ontslagen, is dat heel lief van je, maar ik hield het daar niet langer uit. Elke plek op Kyushu is te dicht bij Yakushima om er rust te kunnen vinden. (Als je dat niet hebt gedaan, neem ik het je geen moment kwalijk. Ik verwachtte niet echt dat je het zou doen.) Ik mag dan problemen hebben, de patiënten daar waren zo eng dat het me beter leek toch maar weer de gevaren van de grote, boze wereld te trotseren. (Daar krijg je tenminste mes en vork.) Verbrand de vorige brief die ik je geschreven heb. Verbrand hem, alsjeblieft. Ik vraag verder niets, maar ik vraag je wel om dat te doen. Het enige wat ik van dokter Suzuki heb geleerd, is dat er een bepaald punt in je leven komt en dat je jezelf niet meer kunt veranderen als je voorbij dat punt bent. Je bent wat je bent, ten goede of ten kwade en meer is er niet. Ik had je niet moeten vertellen van het trappenincident. Je zult me vast wel haten. Dat zou ik wel. Soms doe ik dat ook echt. Mezelf haten, bedoel ik. Pas op voor consulenten, therapeuten, psychen. Ze snuffelen rond en halen dingen uit elkaar zonder erover na te denken hoe zij ze weer in elkaar moeten zetten. Verbrand die brief. Zulke brieven zouden niet moeten bestaan. (Zeker niet op Yakushima.) Verbrand hem.

Ik zit nu dus in Nagano. Wat maken ze een zonsondergangen in die bergen! Het hotel staat aan de voet van de Hakuba en het uitzicht uit mijn kamer wordt in beslag genomen door die berg. Er is elke dag een ander woord voor nodig om hem te beschrijven. Je moet eens een keer naar Nagano gaan. In de Edo-periode kwamen alle missionarissen uit de hoofdstad hier 'overzomeren' om de hitte te ontvluchten. Aan die missionarissen is het, denk ik, te danken dat deze bergen de 'Japanse Alpen' worden genoemd. Waarom moet iets toch steeds vergeleken worden met het buitenland? (Zoals Kagoshima, het Napels van Japan, dat gaat me altijd door merg en been.) Niemand weet hoe de plaatselijke bevolking de bergen noemde voordat iemand iets af wist van de

Alpen, of zelfs van Europa. (Ben ik de enige die dit deprimerend vindt?) Ik zit als niet-betalend gast in een klein hotel dat is geopend door iemand die ik ken van mijn tijd in Tokio, jaren en jaren geleden, nadat ik jullie aan de zorg van je grootmoeder toevertrouwd had. Hij is nu een hele piet, heel keurig, alleen met twee hele dure scheidingen, waarvan ik zeker weet dat hij die heeft verdiend. (Hij heeft zijn leven veranderd voordat hij het kritische punt bereikte waarop je leven wordt gegoten in beton.) Hij wilde dat ik hem hielp met het zoeken van een plek voor een nieuw hotel dat hij vanaf de grond wil opbouwen, maar weet nog niet hoeveel ik drink, of maakt zich wijs dat hij me kan 'redden'. Zijn twee lievelingswoorden zijn 'project' en 'venture', wat hetzelfde schijnt te betekenen. De sneeuw wordt begin november verwacht (nog maar zes weken. Alweer een jaar op zijn laatste benen). Als ik tegen de winter het goede-oude-tijd-krediet dat ik bij mijn vriend geniet, heb opgemaakt, ga ik misschien op zoek naar een warmer klimaat. (Oud Chinees spreekwoord: gasten zijn als vis – na drie dagen beginnen ze te stinken.) Ik hoor dat Monte Carlo leuk is om te 'overwinteren'. Ik hoor dat prins Charles van Engeland misschien vrij is.

Ik heb vannacht van Anju gedroomd. Anju, een Siberische tijger die in een metro langs me rende (ik weet dat hij Siberisch was doordat de gele strepen wit waren) en een spelletje waarbij je in een bibliotheek een porseleinen ei moest verstoppen. Anju laat me niet met rust. Ik heb een priester een vermogen betaald om rustgevende riten uit te voeren maar had het geld beter aan Franse wijn kunnen besteden, gezien wat het gedaan heeft. Ik droom nooit van jou – ik herinner me geen enkele droom, behalve over Anju. Waarom is dat? Dokter Suzuki schijnt te denken... ah, maakt het ook uit. Maar wel de brief verbranden, alsjeblieft.

♌

VERRHAALBUREAU

Vleermuizen stroomden voorbij de met varens bedekte schemering. Bokkepoot zat peinzend aan zijn schrijftafel en keek naar het bemoste bos totdat schaduwen begonnen te dansen. 'Werkelijk, wat ik verwens...' begon Bokkepoot. Mevrouw Kam schrobde rap de trap. 'Meneer, toch niet zoals die vuilgebekte Kakrat, hoop ik.' Bokkepoot streelde de vulpen van Sei Shonagon. 'Wat ik ver wens te vinden, lijkt in de bomenrijke ziel van dit woud... veel dichterbij al te bespeuren in sporen van een echt nog nooit verteld verhaal...' Of Bokkepoot in woorden dacht dan wel in stilte sprak, was onduidelijk. 'De vermaarde omnibus is doorgedrongen in dit bos zover het pad het toeliet en is in zeven dagen niet verder meer gegaan... zeer ongebruikelijk... ik geloof dat hij mij iets tracht te zeggen...'

De avond koelde af en mevrouw Kam rilde. 'Dribbelpudding voor het avondeten, meneer. Geef uw ogen rust en speel een leuk spelletje blindemansscrabble.' Zij hoopte dat de vermaarde omnibus die avond door zou gaan, maar vreesde dat het niet gebeuren zou.

Pithecanthropus groef de volgende ochtend door diepe, krakende steenkoollagen, op zoek naar diamanten. Mevrouw Kom was binnenkort jarig en een paar avonden terug was de vermaarde omnibus gepasseerd door een cabriolet met een radio waaruit een liedje klonk over diamanten die de beste vriend zijn van een meisje. Mevrouw Kam was weliswaar geen meisje, maar Pithecanthropus hoopte dat het vriendgedeelte toch enigszins op hem zou slaan. De verre voorouder groef langs smakelijke holten met aardwormen, truffels en larven, langs knollen, trollen en mollen, geaderde adders en darrende dassen, verder naar beneden, totdat Pithecanthropus de oven van de aarde op een geheel eigen ritme hoorde bonken. Uren kunnen zo diep niet graven en Pithecanthropus had geen idee meer van de tijd. 'Jij lompe, grote boerenpummel,' zo vond een onmogelijk verre stem hem veel, veel later. 'Waar ben je die ene keer dat ik je nodig heb!' Mevrouw Kam! Pithecanthropus zwom met een machtige borstslag naar boven, omhoog door de omgewoelde aarde en binnen een minuut was hij weer aan het oppervlak. Mevrouw Kam fladderde als een kip zonder kop in cirkels rond en zwaaide met een briefje. 'Eindelijk heb ik je! Tijdens een crisis rondwroeten in de drab!' Pithecanthropus gromde. 'Meneer is zomaar weggegaan! Ik wist dat hij gisteravond niet zichzelf was en vanochtend heb ik dit briefje op zijn tafel gevonden!' Ze stak het Pithecanthropus toe, die gromde – al die krabbels slippend over hun papier. Mevrouw Kam zuchtte. 'Drie miljoen jaar heb je de tijd gehad om te leren lezen! Er staat dat Meneer dat vieze bos is in gegaan! Helemaal in z'n eentje! Hij zegt dat hij ons in niks geen gevaar wil brengen! Gevaar? En wat als hij nu een verknipte geest of een verscheurend beest ontmoet? En wat als de vermaarde omnibus toch verder rijdt vanavond? Dan zien we meneer nooit weer! En hij heeft zijn astma-inhaler vergeten!' Mevrouw Kam begon te snikken in haar schort, hetgeen het gigantische hart van Pithecanthropus deed samenknijpen. 'Eerst zijn verhaal, toen zijn pen en nu is hij zelf zoek!' Pithecanthropus gromde smekend.

'Weet je... weet je zeker? Dat je Meneer kunt opsporen in dit diefdichte woud?'

Pithecanthropus gromde geruststellend.

◆

Ik hoor Buntaro beneden zichzelf binnenlaten. 'Even wachten,' roep ik, 'ik kom zo naar beneden!' Twee uur alweer – vandaag is het de laatste dag van mijn verbanning. Ik ben weer moe – het regende de afgelopen nacht en dikke vingers bleven mij maar wakker porren. Ik bleef denken dat iemand ergens een raam probeerde in te drukken. Ik rangschik de pagina's van het manuscript weer zoals ze op de schrijftafel lagen en baan mij voorzichtig een weg tussen de boeken door naar het valluik. Ik roep naar beneden – 'Sorry, Buntaro! Ik had geen idee meer van de tijd!' Dag, verhaalbureau. Ik ga naar beneden, naar de woonkamer waar een donkere figuur de deur achter mij sluit. Mijn hart schiet in mijn keel. Het is een vrouw van middelbare leeftijd, die mij onbevreesd, nieuwsgierig en onderzoekend aankijkt. Haar haar is kort, streng en grijs als van een gevreesde hoofdonderwijzeres. Ze is gekleed in beter-maar-te-vergeten kleren, onpersoonlijk als een foto in de catalogus van een postorderbedrijf. Je zou honderd keer langs haar kunnen lopen zonder haar ooit op te merken. Behalve als ze plotseling in je woonkamer zou verschijnen. Wat ziet ze er wijsneuzig, maar ook getekend uit. Haar blik gaat heen en weer, alsof zij het volste recht heeft hier te zijn en wacht op het moment dat de indringer – ik – zich nader verklaart. 'Wie, uh, bent u?' Breng ik er tenslotte uit. 'U hebt me uitgenodigd, Eiji Miyake.' Haar stem vergeet je nooit. Krakerig als riet, droger dan droog. 'En dus ben ik gekomen.'

Een passerende gek? 'Maar ik heb helemaal niemand uitgenodigd.'

'Dat hebt u wel. Twee dagen geleden hebt u een uitnodiging naar mijn brievenbus gestuurd.'

Aan haar? 'De detective van Morino?'

Ze knikt. 'Ik heet Yamaya.' Ze ontwapent mij met een glimlach zo vriendelijk als een dolkstoot. 'Ja, ik ben een vrouw, geen verklede man. Onzichtbaarheid is een machtig wapen in mijn werk. Het bespreken van mijn modus operandi is evenwel niet de reden waarom ik hier ben, toch? Biedt u mij geen stoel aan?' Te dol gewoon. 'Natuurlijk. Gaat u zitten.' Mevrouw Yamaya neemt de zitbank, ik dus de vloer bij het raam. Ze heeft de blik van een nauwgezette lezer, wat mij tot een boek maakt. Ze kijkt achter me. 'Mooie tuin. Mooi pand. Mooie buurt. Mooie schuilplaats.'

Weer naar mij, lijkt het. Ik bied haar een Marlboro uit Daimons laatste pakje aan, maar zij schudt het hoofd. Ik steek de mijne op. 'Hoe hebt u, uh, mij opgespoord?'

'Ik heb uw adres bij de *Tokyo Evening Mail* verkregen.'

'Ze hebben u mijn adres gegeven?'

'Nee, ik zei *verkregen*. Vervolgens heb ik gisteravond meneer Ogiso hierheen gevolgd.'

'Met alle respect, mevrouw Yamaya, ik heb om een dossier gevraagd, niet om een bezoek.'

'Met alle respect, meneer Miyake, wees reëel. Ik krijg een briefje van een mysterieus iemand die vraagt om precies dát dossier wat ik drie dagen voor de nacht van de lange messen voor wijlen Ryutaro Morino heb samengesteld. Wat toevallig. Ik verdien de kost met het ontrafelen van toevalligheden. Uw briefje was een bloedend lam dat in een zwembad met haaien is gegooid. Ik had drie theorieën – u was een potentiële klant die mijn professionaliteit wilde uitproberen; iemand met een mogelijk persoonlijke belangstelling voor Eiji Miyake; of de vader van Eiji Miyake zelf. Alle drie waren een vervolgonderzoek waard. Dat voer ik uit en ik ontdek dat u de zoon bent van de vader.'

Uit de tuin hoor ik een kraai kraaien. Ik vraag me af wat er met mevrouw Yamaya is gebeurd dat zij zo triest maar ook zo geharnast is geworden. 'U kent mijn vader?'

'Alleen sociaal.'

Alleen sociaal. 'Mevrouw Yamaya, ik zou het u graag slimmer en indirecter willen vragen, maar, zoudt u mij alstublieft het dossier over mijn vader willen geven?'

Mevrouw Yamaya vormt een kooi met haar lange, sterke vingers.

'Nu zijn we gekomen bij het waarom van mijn komst. Om juist deze vraag in overweging te nemen.'

'Hoeveel?'

'Alstublieft, meneer Miyake. We zijn beiden volledig van uw financiële non-positie op de hoogte.'

'Wat wilt u hier dan in overweging nemen? Of ik er al dan niet recht op heb?'

De kraai springt op het balkon en tuurt naar binnen. Hij is zo groot als een adelaar. De fluisteringen van mevrouw Yamaya zouden een stadion tot stilte kunnen brengen. 'Nee, mensen die op mijn terrein actief zijn moeten "recht hebben op" nooit tot een punt van overweging maken.'

'Wat is wel een punt van overweging?'

'De consequenties.'

Er wordt aangebeld en ik schrik – warme as valt op mijn benen. Er wordt opnieuw gebeld. Een hele invasie! Een speciaal geïnstalleerde stroboscopische lamp gaat een aantal keren aan en uit, vanwege de doofheid van de zuster van mevrouw Sasaki, denk ik. Ik druk mijn sigaret uit. Daar ligt hij, uitgedrukt. De bel gaat weer – ik hoor een lachje. Mevrouw Yamaya verroert zich niet. 'Doet u niet open?'

'Een moment,' zeg ik en ze knikt.

Ik ben stom genoeg te veel in de war om de ketting aan de deur te doen en de twee jonge mannen lijken zo blij mij te zien dat ik even in paniek raak – dit is een complot, samen met mevrouw Yamaya op touw gezet, en ik trap er zomaar in. 'Hé, hallo!' stralen ze. Wie van de twee heeft gesproken? Smetteloos witte overhemden, keurige dassen, kapsel uit de computer – niet direct de gangbare yakuza-dracht. Ze stralen gezondheid en positieve vibratie uit. 'Hey, man! We storen hopelijk niet. Want we hebben *fantastisch* nieuws!' Ze staan ofwel op het punt om pistolen te trekken of om mij te vertellen over een sensationele kimonoservice tegen gereduceerde prijs.

'Oh, uh, ja?' Ik kijk achterom.

'Wat dacht je! Weet je, de Here Jezus Christus staat voor de deur van *je hart* en wel op *dit* moment – Hij wil weten of je een paar minuten tijd hebt waarin Hij je kan vertellen over de vreugde die de jouwe zal zijn – als jij je hart ontsluit en Zijn Liefde binnenlaat.' Ik haal van louter opluchting diep adem – ze vatten dit op als een 'ja' en draaien het volume van hun geestdrift nog weer hoger. 'Je hart schijnt niet onbekend te zijn met moeilijkheden, mijn vriend. Wij zijn van de Kerk van de Heiligen der Laatste Dagen – misschien heb je van ons missiewerk gehoord?'

'Nee, nee. Eigenlijk niet.' Ook stom om te zeggen. Als ik tenslotte de deur dichtdoe – die mormonenglimlach zit erop geplakt – en terugkom in de woonkamer is daar niemand. Ik doe de balkondeuren open, verbaasd. Heb ik me mijn barse bezoekster verbeeld? 'Mevrouw Yamaya?' Ook de kraai is weg. Niets anders dan gelaagd gezoem en zomers knerpen en knisperen. Een vlinder met gouddelversogen ziet me aan voor een struik. Ik kijk ernaar en momenten schuiven tot minuten in elkaar. Als ik weer naar binnen ga zie ik wat ik eerst over het hoofd zag – een bruine enveloppe, op de bank waar mevrouw Yamaya heeft gezeten. Een flikkering van hoop dat zij de documentenmap over mijn vader heeft achtergelaten wordt meteen gedoofd – de enveloppe draagt het opschrift 'Tokyo Evening Mail – Postbus 333'. Erin zit een brief, geadresseerd aan mij in het krabbelige handschrift van een heel oud iemand. Ik ga zitten en scheur hem open.

♌

Waar mosgordijnen zo dik hingen dat Bokkepoot niet langer door kon trekken, plonsde hij een babbelende beek in. De stroom mikte geen rollende stenen maar etensborden naar zijn hoeven. Het water had de kleur van thee. Bokkepoot slurpte een mondvol op – eerste kwaliteit, koude thee. Hij dronk zich vol en zijn hoofd werd helder. 'Een *stream of consciousness*!' proestte hij uit. 'Ik ben zeker in de heuvels van Darjeeling.' Bokkepoot poedelde stroomopwaarts. Lampionorchideeën fleurden de treurige kleuren onder de verweesde weegbree op. Opaalgevleugelde kolibries sondeerden sap-afscheidende vijgenbomen. Ver daarboven was het gewelf van het bos door daglicht kalkbestoven. Het leek Bokkepoot dat door deze lukrake likjes licht woorden werden gevormd. 'Mijn hele leven heb ik het echt nog nooit vertelde verhaal in het mysterieuze, het diepzinnige gezocht. Zou mijn queeste van een Don Quichot dan quasi-quiëtistische quatsch kunnen zijn? Ligt diepzinnigheid verscholen in het zonneklare?'

Bokkepoot poedelde naar een open plek in het bos die wazig was van zonlicht. Een schommelend meisje met vlasblond haar zong een melodie zonder begin of naam. Bokkepoot bereikte de voet van haar boom. Haar stem was die van de fluisteringen, sinds de zonnewende 's nachts door de oude bok gehoord. 'Je bent op zoek naar het echt nog nooit vertelde verhaal.' Ze schommelde omhoog en Antarctica dreef ongemeten mijlen weg.

'Ja,' antwoordde Bokkepoot.

Zij zwaaide omlaag. Ursa Minor rees. 'Onvertelde verhalen zijn in de hooglanden.'

'Hoe m-moet ik in die hooglanden komen?'

'Ga door de bocht naar de heilige vijver, de muur op en over de waterval.'

'Over de waterval...'

Het meisje met het vlasblonde haar zwaaide omhoog. 'Ben je bereid om te betalen?'

'Ik heb mijn hele leven betaald.'

'Ah, maar Bokkepoot. Je hebt nog niet alles betaald.'

'Wat kan er nog te betalen over zijn, als ik vragen mag?'

De schommel viel, helemaal leeg, terug naar de aarde.

Toen Bokkepoot bij de heilige vijver kwam, nam hij zijn bril af om de watervalspetters af te vegen, maar merkte tot zijn verrassing dat hij zonder beter zag. Hij liet hem daarom liggen op de marmeren rots en dacht na over de vijver. Vreemd. Eén, de waterval was geluidloos. Twee, het water viel niet van de steile, hoge rotswand naar beneden, maar steeg opwaarts in een duizelende, stampende, schuimende – en doodstille – stroom. Bokkepoot zag geen pad op het oppervlak van de rots. Hij zei iets tegen zichzelf, maar er kwam geen geluid. 'Ik ben geen klein kind meer. Ik word te oud voor symbolische queesten.' Hij overwoog om te keren, zelfs op dit elfde uur. Mevrouw Kam zou bezorgd raken als hij niet terugkwam – maar ze had Pithecanthropus om voor te zorgen en om bezorgd om haar te zijn. De schrijver in het dier zuchtte. Hij dacht aan zijn echt nog nooit vertelde verhaal en sprong van de marmeren rots. De vijver was zo koud en overrompelend als de dood zelf.

◆

Woensdag 20 september
Tokio

Geachte Eiji Miyake,

Ik hoop dat u de onverwachte, ongewone en mogelijk opdringerige aard van deze brief wilt verontschuldigen. Het is voorts zeer wel mogelijk dat u en de beoogde ontvanger niet dezelfde persoon zijn, wat aanzienlijke verlegenheid zou kunnen veroorzaken. Niettemin vind ik dit risico de moeite waard om genomen te worden. Laat ik mij nader verklaren.

Ik schrijf in antwoord op een advertentie die in de rubriek persoonlijke mededelingen van de *Tokyo Evening Mail* van 14 september is verschenen. De advertentie werd pas hedenochtend door een mij bezoekende kennis onder mijn aandacht gebracht. Ik moet u misschien vertellen dat ik herstellende ben van een operatie aan mijn hartkleppen. U vroeg familieleden van Eiji Miyake om te reageren. Ik geloof dat ik wellicht uw grootvader van vaders kant ben.

Mijn zoon heeft twintig jaar geleden een onwettige tweeling verwekt – een jongen en een meisje. Hij verbrak de relatie met hun moeder, een vrouw van laag allooi, en heeft voorzover ik weet zijn tweeling nooit meer gezien. Ik weet niet waar de kinderen zijn grootgebracht, noch door wie – mensen van moederskant, is aan te nemen. Het meisje is naar het schijnt op elfjarige leeftijd verdronken, maar de jongen moet nu twintig zijn. De naam van hun moeder heb ik nooit geweten, evenmin heb ik ooit een foto van mijn onwettige kleinkinderen gezien. De betrekkingen met mijn zoon zijn nooit zo hartelijk geweest als men wel zou wensen en na zijn huwelijk hebben wij nog minder zelfs met elkaar gecorrespondeerd. Ik ontdekte echter de naam van de door hem verwekte tweeling: vandaar deze brief. De naam van het meisje is Anju en die van de jongen is Eiji, niet op de gangbare manier geschreven (de kanji's voor 'intelligent' plus 'twee' of 'regeren'), maar met de uiterst ongebruikelijke kanji's voor 'betovering' en 'wereld'. Zoals in uw geval.

Ik wil deze brief graag kort houden omdat de 'aanwijzing' van de kanji's twijfelachtig blijft. Een persoonlijke ontmoeting zal, meen ik, deze tweeslachtigheid verhelderen: als wij familie van elkaar zijn, zullen wij, daar ben ik van overtuigd, punten van fysieke overeenkomst vinden. Ik ben in de Amadeus Tea Room, op de negende verdieping van het Righa Royal Hotel (tegenover station Harajuku), op maandag 25 september, aan een tafel die op mijn naam gereserveerd is. Wees zo goed om tien uur 's ochtends, met enig bewijs van uw afstamming dat in uw bezit is, aanwezig te zijn.

Ik vertrouw erop dat u de gevoelige aard van deze kwestie onderkent en mijn terughoudendheid begrijpt om u op dit moment mijn bron te noemen. Mocht u een andere Eiji Miyake zijn met identieke kanji's, aanvaardt u dan mijn welgemeende excuses voor het onnodig wekken van uw hoop. Mocht u de Eiji Miyake zijn die ik hoop dat u bent, dan hebben wij vele zaken te bespreken.

Hoogachtend,
Takara Tsukiyama

Voor het eerst sinds mijn aankomst in Tokio ervaar ik pure, heldere blijdschap. Mijn grootvader heeft mij een brief geschreven. Stel je voor, zowel mijn grootvader als mijn vader ontmoeten. 'Dan hebben we vele zaken te bespreken'! Daar zat ik, vol wanhoop over de onmogelijkheid van dit alles, terwijl mijn vader bereiken echt zo simpel was als ik altijd al gedacht had. Maandag – nog twee dagen maar! Mijn grootvader heeft het taalgebruik van een goed onderlegd iemand – in familieaangelegenheden zal hij stellig, eerder dan mijn paranoïde stiefmoeder, de scepter zwaaien. Ik zet groene thee voor mezelf en neem die mee naar buiten om een Kent te roken, het lievelingsmerk van Buntaro, nu alle Marlboro's op zijn. Tsukiyama – gave naam – is met de kanji voor 'maan' en 'berg'. De tuin zoemt van schoonheid, volkomenheid en leven. Ik wou dat maandag over vijftien minuten kon beginnen. Hoe laat is het in werkelijkheid? Ik ga weer naar binnen en kijk op de klok die mevrouw Sasaki in het midden van de week voor mij heeft meegebracht. Nog drie uur voordat Buntaro hier is. Mijn afwezige gastvrouw vangt in haar schelpenlijst mijn blik. 'Je geluk neemt eindelijk een keer. Bel Ai. Het was haar idee om die advertentie te zetten, weet je nog? Schiet op. Verlegenheid bij het ochtendgloren kan in zekere zin bekoren, maar verlegenheid in zijn schulp is nooit een grote hulp.'

'Moet dat rijm voorstellen?'

'Niet steeds weer over iets anders beginnen! Ga naar buiten, zoek een telefoon op en bel haar.'

Het gedrang bij de supermarkt is niet anders dan de vorige keer dat ik er was. Ikzelf wel. De wereld is uiteindelijk toch een geordend stroomschema van subplots. Kijk naar al die auto's – rijden zonder botsen rond. De ordening is moeilijk te zien, maar hij is er, onder de chaos. Ik heb twaalf helse uren doorgemaakt – nou en? Sommige mensen maken twaalf helse jaren door en kunnen het nog navertellen. Het leven gaat door. Gelukkig voor ons. Onder de brandtrap van een Uniqlo zie ik een telefooncel. Die dingen zullen, nu mobiele telefoons de wereld veroveren, zo zeldzaam als gaslicht worden. Ik pak de hoorn op en verstar. Lafaard! Ik besluit eerst mijn haar te laten knippen – ruggengraatloze worm, Miyake – en loop de trap naar Kapsalon Genji op. Hij heeft zo'n rood-wit-blauwgestreepte paal – Anju had de hoop opgegeven mij ooit nog te laten begrijpen waar die strepen vandaan gekronkeld kwamen en waarheen ze gingen. Voor haar was het kristalhelder. Kapsalon Genji is een benauwd hol, winters door de airco – ik ben de enige klant – en voor het laatst geverfd bij de capitulatie van Japan. Een geluidloze tv vertoont een paardenrace. De lucht is zo vol van haarspray- en verstevigerdampen dat het hele gebouw waarschijnlijk als door een brandbom getroffen zou ontploffen wanneer er een lucifer werd afgestreken. Genji is een oude man die zijn neusharen laat staan en nu met trillende handen de vloer aanveegt. 'Kom erin, jongen, kom erin.' Hij gebaart naar de lege stoel. Ik ga zitten en hij zwaait een tafellaken over mijn schouders. In de spiegel lijkt mijn hoofd geamputeerd van de rest van me. Ik krimp ineen als ik terugdenk aan de bowlingbaan van het Walhalla. 'Waarom zo'n lang gezicht, jongen?' vraagt Genji, terwijl hij zijn schaar laat vallen. 'Wat je ook dwarszit, het leven kan toch niet zo slecht zijn als voor mijn vorige klant. Een zakenman wie het heel goed gaat, aan zijn kostuum te oordelen, maar zo'n ellendige, ouwe, arme donder had ik nog nooit eerder meegemaakt!' Genji laat zijn kam vallen. 'Ik zei: "Neem me niet kwalijk als ik voor m'n beurt praat, meneer, maar is er iets wat u dwarszit?" De klant zucht en zegt tenslotte: "Delletjelief is vorige week gestorven." "Wie was Delletjelief – uw poedel?" vraag ik.' Genji knipt. ' "Nee," zegt de klant. "Mijn vrouw." ' Genji stopt even om een fles sake open te maken. Hij drinkt de halve fles in één teug leeg en zet hem op de rand van het plankje van de spiegel. '"Wat tragisch, meneer," zeg ik, "ik hoop dat u troost kunt vinden in hard werken." "Ik ben gisteren ontslagen," zegt de klant. "Wat vreselijk, meneer," zeg ik. "Bent u ontslagen vanwege, nou ja, een depressie die door uw verlies veroorzaakt is?" "Niet echt," zucht hij, "Ik ben ontslagen vanwege mijn spionageactiviteiten."' Genji pauzeert even om de rest van zijn sake op te drinken – hij pakt de fles met haartonic en drinkt die zonder het op te merken grotendeels leeg. 'Nou, dat brengt me van mijn stuk, dat kan ik je wel vertellen! "Spionage? Ik heb nog nooit een spion in mijn stoel gehad. Voor wie hebt u gewerkt? China? Rusland? Noord-Korea?" "Nee," verklaart hij met een zekere trots. "Het machtigste land op het aangezicht der aarde. Het koninkrijk Tonga."' Genji doet de elektrische tondeuse aan – er gebeurt niets, hij draait daarom het snoer rond en mept met de kop op de kaptafel. De tondeuse komt grommend tot leven. 'Dus ik zeg: "Het Koninkrijk Tonga? Ik wist niet eens dat ze, nou ja, een geheime dienst hadden." "Dat weet niemand. Briljant, hè?" "Nou meneer, u zult daar wel een nationale held zijn. Waarom gaat u niet emigreren? Ze zullen u met open armen ontvangen."' Genji scheert rond mijn oren. 'De klant kijkt ernstig. "Er is drie dagen geleden een paleisrevolutie geweest. De militaristen die nu aan het bewind zijn hebben mij ervan beticht een dubbelspion te zijn en ik ben gisteren veroordeeld tot de strop." "Nou ja, meneer, u bent tenminste nog in goede gezondheid."' Genji hangt het scheerapparaat op en pakt zijn schaar. 'Nou, op dat moment krijgt die klant een droge hoestbui en ik moet het bloed van de spiegel afvegen. "Mmm. Nou ja, misschien moet u teruggaan naar uw oude baan, voordat u spion werd." Voor het eerst klaart zijn gezicht op. "Ik ben verkeerspiloot geweest," zegt hij. "Kijk eens aan, meneer, waarom solliciteert u niet naar een betrekking bij een luchtvaartmaatschappij?" opper ik. Hij niest en, ik zweer het je, jongen, zijn rechteroogbal vliegt eruit! Rolt de hele zaak door, zeg! "Verdomme!" zegt hij, "dat is de beste die ik heb!" Je kan je wel voorstellen dat ik zo langzamerhand flink wanhopig begin te worden. "En als u nu uw autobiografie eens schrijft, meneer? Uw leven zou van tragedie Oscars kunnen maken."' Genji knipt, knipt, knipt. '"De film die ze over mij hebben gemaakt heeft drie Oscars gekregen." "Wat geweldig, meneer! Ik wist dat er licht was aan het eind van de tunnel!" "Hij heeft drie

Oscars gekregen, achttien maanden *nadat* de agent er met mijn scenario vandoor was gegaan. Een miljoenenklapper en ik heb er geen yen van gezien. Het ergste van alles, wie denk je dat ze mij hebben laten spelen? Johnny Depp, had ik mee kunnen leven, maar Bruce Willis?" Zal ik het kort houden, jongen?'

♌

Mevrouw Kam en Pithecanthropus waren in het bemoste bos inmiddels gestrand tussen een paal en een perk en schoven van loof. Pithecanthropus krabde zich op het hoofd en gromde. De waarheid was dat Bokkepoots sporen door gewijde koeien en witte olifanten waren omgewoeld, maar Pithecanthropus had niets gezegd uit angst mevrouw Kam te zullen ontmoedigen. Mevrouw Kam troonde op een zwambezwangerde boomstronk. 'Het moet nu al ver voorbij meneers elfuurtje zijn... als hij me nou alleen maar had gewaarschuwd dat hij op stap ging, dan had ik nog iets bij elkaar kunnen scharrelen...'

Een man stortte door de dichte vegetatie ter aarde en kwam languit voor hun voeten terecht. Mevrouw Kam krijste verrast het hele perk bijeen en Pithecanthropus sprong op om zich op te stellen tussen mevrouw Kam en de man. Hij leek geen bedreiging, kwam overeind, sloeg de bladaarde bedaard van zijn tweed colbert met leren elleboogstukjes en zette zijn met plakband gerepareerde, hoornomrande bril recht. Al evenmin toonde hij enige verbazing bij de confrontatie in dit ongerepte woud met een uiterst gevoelige hen en een sinds lang uitgestorven voorouder van de homo sapiens. 'Hebben jullie ze gezien?'

Mevrouw Kam voelde zich lichtelijk beledigd door zijn achteloze manier van doen. 'Wie gezien?'

'De woordenhonden.'

'Toch niet die liederlijke, kwijlende, pratende honden die we in de marges zagen?'

'Dat zullen ze zijn.' Angstig drukte hij een vinger tegen zijn lippen en keek naar Pithecanthropus. 'Hoor je wat?' Stiltegordels waarin je verstrikt zou kunnen raken. Pithecanthropus gromde een 'Nee'. De schrijver trok een lange doorn uit zijn kroon. 'Ik heb jaren geleden een succesvolle roman geschreven. Ik had nooit gedacht dat iemand hem ooit uit zou willen geven, maar dat deden ze wel, hij werd uit mijn handen gerukt en hoe meer ik wilde dat elk nog resterend exemplaar zou vervliegen als een paardebloemenpluis, hoe meer exemplaren van het ellendige geval werden verkocht. Die fouten, die aanstellerij, dat aanmatigende! O, ik zou mijn ziel verkopen om de hele oplage op de brandstapel te krijgen. Maar helaas, Mefistofeles heeft nooit op mijn fax gereageerd en ik leid sinds ik die woorden losgelaten heb een hondenleven.'

Mevrouw Kam voegde zich vanaf haar boomstronk weer onder het gehoor. 'Waarom niet de wijk genomen?'

De schrijver leunde tegen de paal. 'Was het maar zo simpel. Ik heb mij in filosofische scholen verscholen, in gemengde metaforen, in vliegveldhallen van niet-erkende staten, maar steeds weer hoor ik een ver geblaf en weet ik dat ik door mijn woorden achtervolgd word...' Zijn gelaatsuitdrukking ging van zwaarmoedige vermoeidheid in wantrouwen over. 'Maar wat, precies, brengt *jullie* zo diep in het bemoste bos?'

'Onze vriend is de hort op – hebt u hem gezien? Hoornen bril, een baard, hoeven?'

'Als dat niet de baarlijke duivel is, moet het een schrijver of een gek zijn.'

'Een schrijver. Hoe weet u dat zo?'

'Om zo diep het bos in te gaan moet hij een van die drie zijn. Stttttttt!' De schrijver sperde zijn ogen wijdopen van angst. 'Geblaf! Horen jullie dat geblaf niet?' Pithecanthropus gromde zacht en schudde het hoofd. 'Leugenaars!' siste de schrijver. 'Leugenaars! Jullie spannen samen met de honden! Ik heb jullie door! Ze zitten tussen de bomen! Ze komen eraan!' En hij spoot weg, sjezend door de wildgroei. Mevrouw Kam en Pithecanthropus keken elkaar aan. Pithecanthropus gromde. 'Knettergek,' beaamde mevrouw Kam, 'zo gek als een bizarre bivakmuts.' Pithecanthropus bestudeerde het gat in de schoven van loof. Hij gromde. Verderop was een stroom zonder geluid.

'Opschieten, slome!' Mevrouw Kam fladderde van rots tot rots, terwijl Pithecanthropus, tegen de theekleurige stroom in, over de kletterende etensborden waadde. Zo kwam het dat mevrouw Kam als nummer één de heilige vijver bereikte. Twee tellen later zag zij de briljante bril van Bokkepoot op de marmeren rots liggen. Drie, zij zag het lichaam van haar teerbeminde in het water drijven. 'Meneer! Meneer! Wat is er aan de hand?' Ze vloog vierkant over de vijver zonder de opwaartse waterval of het ontbreken van geluid op te merken. Bij haar vijfde wiekslag bereikte zij het hoofd van Bokkepoot. Pithecanthropus' zesde zintuig zei hem dat de heilige vijver het einde betekende en brulde een waarschuwing–maar geen geluid werd voortgedragen en hij kon alleen in wanhoop toezien dat zijn beminde slipte, een vleugeltip in het water dipte en naast Bokkepoot roerloos in de vijver plonsde. Met zeven sprongen was Pithecanthropus op de marmeren rots, waar zijn lichaam door acht uithalen van geluidloos verdriet werd verscheurd. Hij bonkte op de rots totdat zijn vuisten bloedden. En plotseling kwam onze vroege voorouder tot rust. Hij plukte de plakkerige klitten uit zijn haar en klom tegen de rots omhoog tot waar de wand het voorhoofd fronste. Hij telde tot negen, wat het hoogste was dat Bokkepoot hem had kunnen leren en dook naar de plek tussen de lichamen van zijn vrienden. Een mooie duik, een tien met een griffel. Geen gedachte hinderde zijn hoofd toen Pithecanthropus in de heilige vijver kwam. Sereniteit was geen woord dat hij kende, maar sereniteit was wat hij voelde.

♌

'Goedemiddag. Café Jupiter. Met Nagamimi hier.'

Ezel. Denk ik. 'Uh, hallo. Zou ik mejuffrouw Imajo kunnen spreken?'

'Het spijt me, maar ze werkt niet vandaag, ja.'

'O. Zoudt u mij dan misschien kunnen zeggen wanneer ze weer dienst heeft?'

'Het spijt me, maar dat gaat niet.'

'O. Om, uh, veiligheidsredenen?'

Ezel balkt. 'Nee, dat niet. Mejuffrouw Imajo heeft zondag voor het laatst dienst gehad, ja.'

'O...'

'Ze studeert muziek en haar lessen beginnen weer, dus ze moest haar parttime baan hier opgeven om zich op haar studie te richten, ja.'

'Ja. Ik hoopte haar te kunnen bereiken. Ik ben een vriend van haar.'

'Ja-a, dat begrijp ik, als u haar vriend bent en zo...'

'Dus, hebt u misschien haar telefoonnummer? Op een formulier of een lijstje?'

'We houden hier geen formulieren of lijstjes bij. En mejuffrouw Imajo is hier maar een maand geweest, ja.' Ezel neuriet terwijl ze nadenkt. 'We houden hier geen dossiers of dat soort dingen bij, ja, vanwege de ruimte. Zelfs onze garderobe, die heeft minder ruimte dan zo'n doos waar goochelaars hun zwaard door steken. Het is niet eerlijk. Bij het Yoyogi-filiaal, ja, daar hebben ze een garderobe die groot genoeg is om...'

'Hoe dan ook bedankt, mejuffrouw Nagamimi, maar...'

'Wacht! Wacht! Mejuffrouw Imajo heeft me *wel* haar nummer gegeven, maar alleen voor als er iemand belt die Eiji Miyake heet.'

Krijg het nou. 'Ja. Ik heet Eiji Miyake.'

'Echt?' balkt Ezel.

'Echt.'

'Nou, echt! Is dat geen grappig toeval?'

'Ja toch?'

'Mejuffrouw Imajo zei: alleen als er iemand belt die Eiji Miyake heet. En u belt en uw naam is Eiji Miyake! Wat ik altijd zeg, ja. "De waarheid is vreemder dan de werkelijkheid." Ik heb gezien hoe u die vervelende man een stoot met uw hoofd gaf. Dat zal wel pijn hebben gedaan!'

'Mejuffrouw Nagamimi, kunt u mij alstublieft het nummer van mejuffrouw Imajo geven?'

'O ja, wacht even, waar heb ik dat ook alweer gelaten.'

Het nummer van Ai Imajo is tien cijfers lang. Ik kom tot negen, en ik voel de verlamming van de angst mijn arm in kruipen. Wat als mijn telefoontje haar in verlegenheid brengt? Wat als ze denkt dat ik een slijmer ben die haar niet met rust wil laten? Wat als haar vriendje opneemt? Haar vader? Wat als Ai Imajo opneemt? Wat moet ik zeggen? Ik kijk om mij heen de Uniqlo rond. Wikken, wegen, wisselen. Mijn wijsvinger toetst het laatste cijfer in. Het nummer maakt verbinding. In een verre woning begint een telefoon te rinkelen. Iemand komt overeind, zet misschien de video even stil, legt misschien de eetstokjes neer, vervloekt de onderbreking...

'Hallo?' Zij.

'Uh...' Ik probeer te praten maar er komt een soort droog, verkrampt geluid uit.

'Hallo?'

Ik had dit beter moeten plannen.

'Hallo? Krijg ik nog te horen wie u bent?'

Mijn stem komt geheel op eigen kracht weer terug. 'Hallo, is dit Ai Imajo?' Stomme vraag. Ik weet dat dit Ai Imajo is. 'Ik, uh, mijn, uh...'

Ze klinkt niet verstoord. 'Mijn ridder in zijn glanzend harnas.'

'Hoe weet je dat?'

'Ik herkende je stem. Hoe ben je aan mijn nummer gekomen?'

'Mejuffrouw Nagamimi van Café Jupiter heeft het mij gegeven. Overigens. Als dit geen geschikt moment is om te bellen, kan ik, uh...'

'Nee hoor, dit is uiterst geschikt. Ik heb geprobeerd je bij het bureau Gevonden Voorwerpen van Ueno op te sporen, waar je zei dat je werkte, maar ze zeiden dat je onverwacht de stad uit was gegaan.'

'Ja-a, uh, dat hoorde ik van mevrouw Sasaki.'

'Had het iets met je familielid te maken?'

'Zoiets. Ik bedoel, nee. In zekere zin, ja.'

'Nou, dat is dan tenminste duidelijk. Waarom ben je toen dat weekend in de Xanadu weggegaan?'

'Ik dacht dat er een heleboel, uh, mensen van de organisatie met je zouden willen praten.'

'Precies! Ik had je nodig om er een paar een kopstoot namens mij te geven. Hoe is het overigens met je hoofd? Geen blijvend hersenletsel?'

'Nee, mijn hersens zijn gewoon, dank je. Min of meer gewoon.'

Ai Imajo vindt dit grappig.

We beginnen allebei op hetzelfde moment te praten.

'Jij eerst,' zeg ik.

'Nee, jij eerst,' zegt ze.

'Ik, uh' – de elektrische stoel moet aangenamer zijn dan dit – 'vraag me af, ik bedoel, het is uitstekend als het niet zo is, weet je' – nooit je leger inzetten zonder een terugweg vrij te houden – 'maar of, uh, je het goed vindt dat ik je, uh, bel.'

Stilte.

'Dus, Miyake, je belt om te vragen of ik het goed vind dat je belt?'

Ik had dit echt beter moeten plannen.

♌

Lopen was een genot nadat Bokkepoot zijn jichtig lichaam in de heilige vijver afgeworpen had. De bamboe boog zijwaarts om hem door te laten en nachtzwaluwen floten zachte achtste noten. Voor zich uit zag hij een huis. Het was een vreemd gebouw om tegenop te lopen op het plateau van Lapsang Souchang. Het zou met zijn vijvertje vol kroos en libellen in een slaperige voorstad niet misplaatst zijn geweest. Een stenen lantaren straalde op een eiland. Een bont konijn verdween in een ruitvormig rommelveldje met rabarber. Onder de geveltop zat een open, driehoekig raam. Fluisteringen vulden de lucht. Bokkepoot nam het pad naar de voordeur. Er was geen slot en de deurknop hing er nutteloos bungelend bij, de deur zwaaide open en Bokkepoot beklom de bevrijdende trap naar de zolder. 'Goedemiddag,' zei de schrijftafel. 'Gegroet,' zei de pen van Sei Shonagon.

'Maar ik heb jullie in de vermaarde omnibus achtergelaten!' riep Bokkepoot uit.

'Wij reizen daar waar u naartoe gaat,' legde de schrijftafel uit.

'En sinds wanneer kun jij praten?'

'Sinds *u* geleerd hebt uw oren vrij te maken,' antwoordde de pen van Sei Shonagon, die haar punt had geslepen aan de wetsteen van gevatheid van haar vroegere meesteres. 'Zullen we een aanvang maken?' stelde de schrijftafel voor. 'Mevrouw Kam en Pithecanthropus kunnen elk ogenblik hier zijn.' Bokkepoot pakte een leeg vel papier. Buiten, over de hooglanden, laaglanden, regenwouden, sloppen, landgoederen, vlakten, de negen streken van het kompas, viel vrede langzaam uit de met mist vermengde lucht. De werkelijkheid is de bladzijde. Het leven is het woord.

Zes

回天

Kaiten

De Tearoom Amadeus is een bruiloftstaartwereld. Met pasteltinten in suikerglazuur, cannelures en veel kronkels. Tante Geld zou hem haar hoogste onderscheiding verlenen: 'Verrukkelijk'. Ik, ik zou het romige tapijt, de melkachtige wanden en de beboterde stoffering onder de verf willen spuiten. Ik had het Righa Royal Hotel meteen gevonden, zodat ik nog een uur te doden had met rondlopen in Harajuku. Dromerige winkelmeisjes maakten in de koele ochtend ramen van boetieken schoon en bloemisten spoten stoepen af. Ik por op het ijs in mijn water. Mijn grootvader moet over vijftien minuten hier zijn. 'Grootvader' krijgt zo meteen als woord een nieuwe betekenis. Vreemd, hoe woorden betekenissen aan- en uitdoen. Tot vorige week betekende 'grootvader' de man op de korrelige foto op het familiealtaar van mijn grootmoeder. 'De zee heeft hem genomen,' was het enige wat zij ons ooit over haar langgeleden gestorven man vertelde. In de folklore van Yakushima leeft hij voort als een zuiplap en een dief die op een winderige avond aan het einde van de havenkade is verdwenen.

De Tearoom Amadeus is deftig genoeg om er een butler op na te houden. Achter een soort pedestal staat hij bij de hemelpoort, bestudeert het boek met reserveringen, commandeert de serveersters en doet met zijn vingers de trapbeweging van een fietser na. Gaan butlers naar een butlerschool? Wat verdienen ze? Ik oefen het pedaleren met mijn vingers en word op datzelfde moment strak door de butler aangekeken. Ik laat snel mijn handen zakken en kijk ernstig in verlegenheid gebracht door het raam naar buiten. Rijke vrouwen praten aan belendende tafels over de geheimen van hun vak. Zakenmensen bestuderen spreadsheets en tikken op het piepkleine toetsenbord van een laptop. Wolfgang Amadeus Mozart, omringd door margarinecherubijnen die op trompetten blazen, kijkt vanaf zijn fresco op het plafond omlaag. Hij ziet er flets en pafferig uit – geen wonder dat hij jong gestorven is. Ik wil vreselijk graag een Clark opsteken. Mozart heeft vast een schitterend uitzicht door het panoramaraam. De Tokyo Tower, het PanOpticon, het Yoyogipark, waar de vieze oude mannetjes rondhangen met hun telelenzen. Een gigantische kraan maakt op een verrijzend bouwwerk een schaalmodel van zichzelf. Watertanks, antennes, platte daken. Het weer is vlekkerig kaki vandaag. Een zilveren theelepel wordt ritmisch tegen een porseleinen theekop getikt – nee, het is de tafelklok op de schoorsteenmantel die de komst van tien uur aankondigt. Butler buigt en leidt een man op leeftijd deze kant op.

Dat is 'm.

Mijn grootvader kijkt mij aan – ik sta op, van de wijs gebracht, plotseling ondervoorbereid – en trek het 'Ja, ik ben het echt'-gezicht dat je opzet voor een afspraak met een onbekende. Ik kan niet zeggen dat hij op mij lijkt, maar ik kan ook niet zeggen dat hij dat niet doet. Mijn grootvader loopt met een stok, draagt een marineblauw katoenen pak en een veterdas met gesp. Butler schiet naar voren en houdt een stoel paraat. Mijn grootvader tuit zijn lippen. Hij heeft een ongezond grauwe, gespikkelde huid en kan niet verbergen hoeveel inspanning het lopen hem kost. 'Eiji Miyake, neem ik aan?' Ik maak voor hem een achtachtste buiging en zoek naar wat juist is om te zeggen. Mijn grootvader maakt een geamuseerde eenachtste. 'Meneer Miyake, ik moet u om te beginnen zeggen dat ik niet uw grootvader ben.'

Ik ontbuig. 'O.'

Butler trekt zich terug, de onbekende gaat zitten en laat mij op mijn voeten over aan mijn lot. 'Maar ik ben hier op verzoek van uw grootvader om aangelegenheden met betrekking tot de familie Tsukiyama te bespreken. Ga zitten, jongen.' Hij registreert elke emotie van me – hij heeft afhangende wenkbrauwen, maar de ogen daaronder zijn laserscherp. 'Raizo is de naam. Je grootvader en ik kennen elkaar al tientallen jaren. Ik weet het een en ander van je, Miyake. Ik ben dan ook degene die je advertentie in de rubriek persoonlijke mededelingen onder de aandacht van mijn vriend heeft gebracht. Goed. Je moet weten dat je grootvader herstellend is, na een zware hartoperatie. De aanvankelijke prognose van zijn arts was overdreven optimistisch en hij zal drie dagen langer in het ziekenhuis moeten blijven. Vandaar dat ik gekomen ben, in zijn plaats. Vragen.'

'Kan ik bij hem op bezoek?'

Meneer Raizo schudt het hoofd. 'Je stiefmoeder helpt hem verplegen in het ziekenhuis en... hoe zal ik het zeggen?'

'Ze denkt dat ik een bloedzuiger ben, die uit is op het geld van de Tsukiyama's.'

'Precies. Volledigheidshalve: is dat je bedoeling?'

'Nee, meneer Raizo. Het enige wat ik wil is mijn vader zien.' Hoe vaak moet ik dat nog zeggen?

'Je grootvader is van mening dat geheimhouding de beste strategie is om de bange vermoedens van je stiefmoeder op dit punt vast te sjorren. Jongedame!' Meneer Raizo kromt zijn vinger naar een voorbijlopende serveerster. 'Mijn gigantische cognac, graag. Wat mag het voor jou zijn, Miyake?'

'Uh, groene thee, graag.'

De serveerster schenkt mij een goed getrainde glimlach. 'We hebben achttien soorten...'

'O, breng die jongen gewoon een pot thee, verdomme!'

De serveerster buigt, met ongeschonden glimlach. 'Jawel, admiraal.'

Admiraal? Hoeveel zijn er daarvan? '*Admiraal* Raizo?'

'Dat is langgeleden allemaal. "Meneer" is uitstekend.'

'Meneer Raizo. Kent u eigenlijk mijn vader?'

'Bij een ongezouten vraag hoort een ongezouten antwoord. Ik maak geen geheim van het feit dat ik de man veracht. Ik heb zijn gezelschap jarenlang gemeden. Vanaf de dag dat ik hoorde dat hij het zwaard van de Tsukiyama's had verkocht. Miyake, het is vijf eeuwen lang in zijn – in jouw – familie geweest. Vijfhonderd jaar! Het affront dat je vader vijf eeuwen van Tsukiyama's – om niet te spreken van de Tsukiyama's die nog geboren moeten worden – heeft toegebracht is onmetelijk. Onmetelijk! Je grootvader, Takara Tsukiyama, is een man die in stamverwantschap gelooft. Je vader is een man die in speculatie via banken in Formosa gelooft. Weet je waar het zwaard van de Tsukiyama's zich op dit moment bevindt? De admiraal schraapt de keel. 'Het bevindt zich in de directiekamer van een fabriek van pesticiden in Nebraska! Wat vind je daarvan, Miyake?'

'Het lijkt me schandalig, meneer Raizo, maar...'

'Het is een misdaad, Miyake! Je vader is een van eer verstoken man! Toen hij van je moeder scheidde, had hij de trossen het liefst meteen gekapt, zonder enige aandacht voor haar toekomst! Je grootvader was degene die haar financieel overleven veilig heeft gesteld.' Dit is nieuws voor mij. 'Er zijn erecodes, ook al gaat het om een concubine. Vlees en bloed zijn van belang. Miyake! Bloedverwantschap is de essentie van het leven. Van identiteit! Weten waar je vandaan komt is vereist voor zelfkennis.' De serveerster komt met een zilveren dienblad en zet onze drankjes op kanten placemats.

'Ik ben met u eens dat bloedverwantschap heel belangrijk is, meneer Raizo. Daarom ben ik ook hier.'

De admiraal snuift peinzend aan zijn cognac. Ik neem een slokje van mijn naar zeep smakende thee. 'Weet je, Miyake, mijn artsen hebben me gezegd dat ik moet kappen met dit spul. Maar ik kom meer bejaarde zeelui dan bejaarde artsen tegen.' Hij drinkt de helft van het glas in één teug leeg, gooit zijn hoofd naar achteren en geniet van elke molecule. 'Je stiefzusters zijn loze ballast. Een stel krijsende, banale wichten, op een of andere halfgare school. Ze staan 's ochtends om elf uur op. Ze hebben witte lippenstift op, astronautenlaarzen, cowboyhoeden, Oekraïense boerensjaals. Ze verven hun haar in lichtgevende kleuren. Het is de hoop van je grootvader dat zijn kleinzoon – jij – principes heeft die verhevener zijn dan wat omhelsd wordt in de nieuwste pophit.'

'Meneer Raizo, neemt u mij niet kwalijk als... ik bedoel, ik hoop dat mijn grootvader mij niet als een toekomstig erfgenaam ziet. Als ik zeg dat ik niet de bedoeling heb mij in te vechten in de stamboom van de familie Tsukiyama, dan meen ik dat.'

Meneer Raizo maakt ongedurig dreunende geluiden. 'Wie – bedoelde – wat – waar – wanneer – waarom – van wie... Luister, je grootvader wil dat jij dit leest.' Hij legt een pakje op tafel, gewikkeld in een zwarte lap. 'Een lening, geen gift. Dit dagboek is zijn dierbaarste bezit. Verdedig het met je leven en neem het mee naar het rendez-vous met je grootvader, zeven dagen van nu. Hier. Zelfde tijd – tien uur precies – zelfde tafel. Vragen?'

'We hebben elkaar nooit eerder ontmoet – is het verstandig om mij iets toe te vertrouwen wat zo...'

'Volkomen dwaas, vind ik. Maak een kopie, heb ik tegen de koppige gek gezegd. Je moet het origineel niet toevertrouwen aan een of andere knaap. Maar hij hield aan. Door een kopie zou de ziel ervan verflauwen, het unieke ervan. Zijn woorden, niet de mijne.'

'Ik, uh...' Ik kijk naar het zwarte pakje. 'Ik ben vereerd.'

'Dat ben je zeker. Je vader heeft deze bladzijden nooit gelezen.

Hij zou ze waarschijnlijk op een veiling aan de hoogste bieder verkopen, op dat "internet" van hem.'

'Meneer Raizo: kunt u mij zeggen wat mijn grootvader wil?'

'Alweer een ongezouten vraag.' De admiraal slaat de rest van zijn cognac achterover. De diamant in de gesp van zijn veterdas schittert met het diepe blauw van een oceaantrog. 'Ik zal je dit zeggen. Oud worden is een campagne die niet te winnen valt. In die strijd zijn wij getuige van afschuwelijke taferelen. Waarheden veranderen tot grillen. Vertrouwen wordt cynisch zakendoen tussen leugenaars. Opofferingen blijken nutteloze excessen te zijn geweest. Helden worden ouwe zakken en jonge zakken worden helden. Ethiek wordt een logo op sportkledij. Je vraagt wat je grootvader wil? Dat zal ik je zeggen. Hij wil wat jij wilt. Niet meer, niet minder.'

Een heksenkring van getrouwde vrouwen spuit, als een walvis, uitbundig gelach uit.

'Uh, te weten?'

Admiraal Raizo komt overeind. Butler staat al met zijn stok klaar. 'Betekenis.'

♎

1 augustus 1944

Ochtend, bewolkt. Middag, lichte regen. Ik zit in de trein uit Nagasaki. Mijn reis naar Tokuyama in de prefectuur Yamaguchi duurt nog een paar uur en het eiland Otsushima, mijn bestemming, zal ik niet voor morgenochtend bereiken. Takara, in het afgelopen weekeinde werd ik door twee uiteenlopende beloften verscheurd. De ene belofte was aan jou: om je elk detail te vertellen van mijn opleiding bij de Keizerlijke Marine. Mijn tweede belofte was aan mijn land en aan de keizer: om elk detail over mijn opleiding bij de speciale aanvalsmacht volledig geheim te houden. Het doel van dit dagboek is het oplossen van mijn dilemma. Deze woorden zijn voor jou. Mijn zwijgen is voor de keizer.

Tegen de tijd dat je deze woorden leest, zal moeder al een telegram hebben ontvangen waarin mijn dood en postume bevordering wordt gemeld. Misschien zijn jij, moeder en Yaeko in de rouw. Misschien vraag je je af wat voor betekenis mijn dood heeft. Misschien zul je het betreuren dat je geen as hebt, geen gebeente om in ons familiegraf te plaatsen. Dit dagboek is mijn vertroosting, mijn betekenis en mijn lichaam. De zee is een prachtig graf. Rouw niet overmatig.

Laat ik beginnen. De oorlogssituatie verslechtert snel. De strijdkrachten van onze keizer hebben op de Salomonseilanden zware verliezen geleden. De Amerikanen vallen de Filippijnen binnen met de duidelijke bedoeling de Ryukuketen in handen te krijgen. Om de vernietiging van de thuiseilanden te voorkomen zijn buitengewone maatregelen noodzakelijk. Dat is waarom de Keizerlijke Marine het kaiten-programma goedgekeurd heeft.

Een kaiten is een omgebouwde mark-93-torpedo: de beste torpedo van de wereld, met een cockpit voor een bestuurder. Een kaiten kan bestuurd, gericht en onder de waterlijn in een vijandelijk schip geramd worden. Vernietiging van het doel staat in principe vast. Takara, ik weet dat je dol bent op technische details, daar gaan we dus. Een kaiten meet 14,75 meter in de lengte. Hij wordt voortgedreven door een motor van 550 pk en werkt op vloeibare zuurstof die aan de oppervlakte geen bellenbaan achterlaat, wat een onzichtbare aanval mogelijk maakt. Een kaiten kan gedurende 25 minuten een kruissnelheid van 56 km/u aanhouden en zodoende sneller dan grote doelschepen varen. Een kaiten heeft aan de voorsteven een springlading van 1,55 ton TNT die bij een aanvaring explodeert. Vier kaitens worden gemonteerd op een onderzeeboot van de I-klasse. De onderzeeboot maakt dan een sortie tot op aanvalsafstand van vijandelijke ankerplaatsen, waar de kaitens vervolgens worden losgelaten. Deze nieuwe, dodelijke, bemande torpedo zal de recente verliezen in het Groot Oost-Aziatische Gebied van Gezamenlijk Welzijn compenseren, de Amerikaanse marine demoraliseren en uiteindelijk decimeren. De Stille Oceaan wordt een Japanse binnenzee.

Op de bases van de marineluchtvaartdienst in Nara en Tsuchiura hebben 1375 vrijwilligers hun leven aangeboden voor het kaitenprogramma. Slechts 160 hebben de strenge selectieprocedures doorstaan. Mijn broeder, je ziet hoe de naam Tsukiyama geëerd en herinnerd zal worden.

2 augustus

Nevelige ochtend; een warme, wolkenloze middag. Ik ben met andere kaiten-kandidaten ontwaakt in cellen van de kazerne van de militaire politie in Tokuyama – gewone kwartieren zijn vorige maand bij een bombardement verwoest. Een bom heeft het brandstofdepot geraakt en bij de daaropvolgende vernielingen zijn de havengebouwen en grote delen van de stad met de grond gelijk gemaakt. Vanaf deze puinhopen zijn we met een motorsloep naar Otsushima gebracht. De tocht duurt maar 30 minuten, maar het contrast zou niet groter kunnen zijn. Otsushima is een geheel van stille, beboste heuvels en rijstterrassen. De kaiten-basis en de torpedowerkplaatsen liggen op de laaggelegen landtong van het eiland.

Lt. Hiroshi Kuroki en adelborst Sekio Nishina, de twee ontwerpers van de kaiten, hebben ons de onschatbare eer bewezen om naar onze motorsloep te komen. Takara, deze mannen zijn levende legenden. Het opperbevel van de marine was aanvankelijk niet bereid het inzetten van speciale aanvalseenheden toe te staan en het verwierp de voorstellen voor het kaiten-project die door Lt. Kuroki en adelborst Nishina waren ingediend. Om het opperbevel van hun diepgaande ernst te overtuigen, hebben zij hun voorstellen opnieuw ingediend, geschreven met de inkt van hun bloed. Toch zijn het opgewekte, bescheiden kerels. Ze brachten ons naar onze barakken en maakten grapjes over het 'Hotel Otsushima'. Ze leidden de technische briefing die de rest van de middag in beslag nam en stelden de rondgang over de basis uit tot morgen.

3 augustus

Veel wind. Ruwe zee. De afrastering van de kaiten-basis sluit een gebied van ongeveer zes baseballvelden in dat plaats biedt aan 500 tot 600 man. Er zijn strikte veiligheidsmaatregelen getroffen – ook de eilandbewoners zijn niet op de hoogte van het werkelijke doel van de basis. De basis omvat een kazerne, eetzaal, drie torpedofabrieken, een machinewerkplaats om de mark-93-torpedo's tot kaitens om te bouwen, een exercitieterrein, een ereveld, kantoorgebouwen en de haven. Van de machinewerkplaats leidt een smalspoor via een tunnel die door 400 meter rots is geblazen, naar het havenhoofd voor het te water laten van de kaitens, waar de training vanavond is begonnen. Ik heb met Takashi Higuchi, een klasgenoot uit Nara, janken gespeeld om het voorrecht van de eerste kaiten-vaart als medebestuurder van Lt. Kuroki. Zijn steen versloeg mijn schaar! Maar goed, ik kom morgen aan de beurt.

4 augustus
Drukkend, klam, warm weer. Het noodlot heeft al heel snel toegeslagen. Lt. Kuroki en lt. Higuchi zijn gisteravond niet teruggekeerd van hun vaart rond de noordkant van Otsushima. Kikvorsmannen hebben de hele nacht naar hun kaiten gezocht. Hij is tenslotte kort na zonsopgang gevonden, slechts 300 meter van de lanceerplaats, vastgelopen in het slib van de zeebodem, 16 uur na de lancering. Kaitens hebben weliswaar twee noodluiken, maar die kunnen alleen boven water geopend worden. Onder water worden ze door de druk van het water dichtgedrukt. Een kaiten bevat voldoende lucht voor ongeveer 10 uur – met twee bestuurders werd deze tijd gehalveerd. Ze hebben ervoor gezorgd dat hun offer niet tevergeefs is geweest door 2000 kana aan technische gegevens en waarnemingen met betrekking tot de fatale storing op te schrijven. Toen hun papier op was hebben zij met een schroevendraaier gegevens op de wand van de cabine gekrast. We zijn net terug van hun crematieplechtigheid. Adelborst Nishina heeft gezworen de as van Kuroki aan boord van zijn kaiten te nemen wanneer hij zijn roem tegemoet vaart. De sfeer op de basis is er een van rouw, terecht, maar vermengd met de vaste overtuiging dat de levens van onze broeders niet tevergeefs verloren zijn gegaan. Mijn eigen hart ging onder schuldgevoel gebukt. Ik heb om een persoonlijk onderhoud met commandant Ujina gevraagd en hem gezegd dat ik een bijzondere verantwoordelijkheid ten aanzien van Higuchi's ziel voelde. Cmdt. Ujina heeft beloofd mijn verzoek om bij de eerste sortie voor een aanval met kaitens ingedeeld te worden in overweging te nemen.

9 augustus
Weer uitzonderlijk warm. Vergeef me de lange stilte, Takara. De training is nu in volle gang en het is onmogelijk om in de loop van de dag ook maar tien minuten te vinden om mij te wijden aan mijn dagboek. 's Avonds val ik in slaap zodra mijn hoofd het kussen raakt. Ik heb geweldig nieuws. Bij het ochtendappèl werden de namen voor de eerste aanvalsgolf met kaitens afgekondigd en 'Tsukiyama' was daarbij! Kikusui is het embleem van onze eenheid. Dat is de drijvende chrysant van Masashige Kusunoki, voorvechter van keizer Godaigo. De 700 strijders van Kusunoki weerstonden in de Slag van Minatogawa een zware aanval van 35 000 verraders van Askikaga en pas nadat hij 11 vreselijke verwondingen had opgelo-

pen, pleegde hij seppuku, samen met zijn broer Massaue. Het symbool spreekt voor zichzelf. Wij zijn de 700. Onze toewijding aan onze beminde keizer is totaal.

Vier ozb's zullen ieder 4 kaitens vervoeren. I-47, onder bevel van *de* lt.-cdr Zenji Orita met de adelborsten Nishina, Sato, Watanabe, en lt. Fukuda. I-36 vervoert lt. Yoshimoto en de adelborst Toyozumi, Imanishi en Kudo. Aan boord van I-37 komen lt. Kamibeppu en Murakami, en de adelborsten Utsunomiya en Kondo. I-333, onder commando van kpt. Yokota, vervoert de lt.'s Abe en Goto en de adelborsten Kusakabe en Tsukiyama Subaru. Na de aankondiging zijn we van slaapzaal veranderd, zodat bemanningsleden van dezelfde sortie in dezelfde kamer kunnen slapen. I-333 is op de tweede verdieping, aan het eind, met uitzicht op de rijstterrassen. 's Avonds overstemt het gekwaak van kikkers de gieterijen. Ik denk aan onze kamer in Nagasaki.

12 augustus

Weer koel en rustig. Zee glad als de Nakajimarivier, waarop we met onze modeljachten hebben gezeild. Vandaag ga ik over de opleiding schrijven. Na het ontbijt zijn we gescheiden in Chrysanten en Dry's. Omdat er maar 6 kaitens voor de opleiding zijn, krijgen we voorrang bij het oefenen. Om 0830 gaan we door de tunnel naar de kaiten-steiger. Nadat we aan boord zijn gegaan laat een kraan ons in zee zakken. Meestal varen we met twee man in één cabine. We hebben weinig ruimte, maar dit samen doen helpt bij het besparen van brandstof en 'een druppel olie is even kostbaar als een druppel bloed'. Onze instructeur klopt op de romp en wij kloppen terug om aan te geven dat we klaar zijn om te worden neergelaten. We werken eerst een reeks afdalingen af. Daarna lossen we met behulp van een stopwatch en een gyrokompas een navigatieprobleem op. We bepalen de plaats van een doelschip en bootsen een treffer na door onder de boeg door te varen. Je moet goed oppassen dat je niet met het bovenluik de kiel raakt – op Basis P zijn twee kaiten-bestuurders op die manier om het leven gekomen. We zijn er ook op bedacht dat we niet, zoals lt. Kuroki en lt. Higuchi, vastraken in het slib. Als dat ongeluk zich voordoet is het de bedoeling dat je perslucht in de oefentorpedo (gevuld met zeewater in plaats van TNT) blaast, wat de kaiten in principe naar de oppervlakte moet drijven. Geen van ons is erop gebrand die drijftheorie als eerste uit te proberen. Maar wat we het meeste vrezen is het verlies van een oefen-kaiten overleven. Dat is een ongelukkige kandidaat uit Yokohama vijf dagen geleden overkomen. Hij is uit de dienst ontslagen en zijn naam wordt nooit genoemd. Na terugkomst aan de steiger of het havenhoofd, afhankelijk van onze koers, krijgen we een debriefing om onze bevindingen met de Dry's te delen. Als de ergste middaghitte voorbij is, doen we aan sumoworstelen, kendo, atletiek, rugby. Kaiten-bestuurders moeten fysiek in topconditie zijn. Takara, denk aan de woorden van onze vader: het lichaam is de buitenste laag van de geest.

14 augustus

Weer eerst mooi, meer bewolking tegen de middag. Doordat mijn trainingsbeurt vandaag vanwege een motorstoring afgelast is, heb ik een extra uur de tijd om je over mijn I-333-broeders te schrijven. Yutuka Abe is onze aanvoerder, 24 jaar, uit een oud Tokioos geslacht en afgestudeerd aan Peers. Zijn vader was opvarende van de Shimantogawa tijdens de roemvolle Slag van Tsushima destijds in 1905. Abe is een supermens die uitblinkt op elk terrein. Roeien, navigatie, haiku's schrijven. Hij liet zich ontvallen dat hij elke schaakwedstrijd waaraan hij de afgelopen negen jaar heeft meegedaan, gewonnen heeft. Het motto op zijn kaiten is 'Feilloze Pijl van de Keizer'. Shigenobu Goto, 22 jaar, komt uit een handelsfamilie in Osaka en heeft een gevatheid die op twintig passen dodelijk is. Hij krijgt bijna dagelijks liefdesbrieven van verschillende meisjes en beklaagt zich over het gebrek aan vrouwen op de basis. Abe reageert met één enkel woord: Reinheid. Goto kan iedereen en alles nadoen. Hij voert ook verzoeken uit: Chinees door slang aangevallen in privaat; visvrouw in Tohoku door tuba weggeblazen. Hij gebruikt zijn stemmen om Abe af te leiden als ze schaken. Abe wint toch. De tekst op de kaiten van Goto luidt: 'Medicijn voor Yankees'. Ons derde lid is Issa Kusakabe. Kusakabe is een jaar ouder dan ik, rustig, en leest alles wat hij in handen kan krijgen. Technische handboeken, romans, gedichten, oude tijdschriften van voor de oorlog. Alles. Mevrouw Oshige (onze 'moeder' op Otsushima, die denkt dat we bezig zijn met het testen van een nieuw type onderzeeboot) heeft geregeld dat een jongen iedere week voor Kusakabe boeken uit de schoolbibliotheek komt brengen. Hij heeft zelfs een deel van Shakespeare. Abe vroeg hem of het werk van een slappe westerling geschikt was voor een Japanse krijgsman. Kusakabe zei dat het Engels van Shakespeare kabuki was. Abe zei dat Shakespeare een verderfelijke invloed heeft. Kusabake vroeg aan welke toneelstukken Abe dan dacht. Abe liet het onderwerp rusten. Maar natuurlijk zou Kusakabe zich niet vrijwillig als kaiten-bestuurder hebben aangemeld als zijn morele opvattingen ook maar enigszins te denken zouden geven. Hij zet geen strijdkreet maar een dichtregel op zijn kaiten. 'De vijand kan tienduizend schreeuwen geven – wij overwinnen zonder een enkel woord.' Ik moet Glibber, de hoofdwerktuigkundige van onze eenheid, niet vergeten. Zijn bijnaam komt van zijn handen die altijd glibberig en zwart zijn van de olie. Glibber is een van de oudsten op de basis. Hij doet onduidelijk over zijn leeftijd, maar is oud genoeg om onze vader te kunnen zijn. Goto zegt voor de grap dat hij onze vader is. De echte kinderen van Glibber zijn zijn kaitens. Tussen twee haakjes, ik heb ervoor gekozen mijn kaiten zonder opschrift te laten. Mijn offer moet zijn motto en betekenis zijn.

◆

Ik leg het dagboek onder de toonbank van de Vallende Ster om mijn ogen even rust te geven – de pagina's zijn met een plastic laagje afgedekt, maar de potloodlijnen zijn vervaagd tot schimmige strepen. Plus dat ik een groot aantal kanji's niet ken, zodat ik steeds weer in een dictionaire moet kijken. Ik maak een blikje Pepsi Light open en overzie mijn nieuwe rijk: videorekken, -schappen, -planken. Slijmerige aliens, glanzende gladiatoren, piepende idolen. Milde rock bonkt door. In de week dat ik weg was is de oude schoenmakerij naast Fujifilm veranderd in een filiaal van Kentucky Fried Chicken. Een spookachtige, levensgrote kolonel Sanders staat voor de deur, onder een slaphangend spandoek met 'Feestelijke Opening'. Hij is zo dik en breedgrijnzend als een tempelbeeld van Ebisu. Word je zo dik van KFC?

Buntaro en Machiko moeten nu in het vliegtuig van JAL zitten, ergens boven de Stille Oceaan. Buntaro werd haast gek toen ik terugkwam van mijn ontmoeting met meneer Raizo, hoewel hij nog negentig minuten had voordat de taxi kwam. Wat zou er gebeuren als de computer uitviel? Als de monitor het niet meer deed? Als het tapdansende zeepalingen ging regenen? Machiko hees hem in de taxi. Ik kan alles op de monitor bekijken, maar er zijn te veel films om uit te kiezen, dus laat ik de hele dag dezelfde film met Tom Hanks draaien. Niemand die het merkt. Tussen twee en vijf is het betrekkelijk rustig in de zaak; zo gauw kantoren en scholen uitgaan, krijg ik het een stuk drukker. De vaste klanten kijken raar op als ze mij zien – ze nemen onmiddellijk aan dat Machiko een miskraam heeft gehad. Als ik ze vertel dat de Ogiso's met vakantie zijn, doen ze alsof ik zeg dat Buntaro en zijn vrouw, veranderd in theepotten, naar Tibet zijn gevlogen. De vraag wie ik ben is een beetje moeilijk – mijn smeerlap van een huisbaas verhuurt mijn capsule zonder dat hij de belastingdienst daarmee lastigvalt. Schoolkinderen groepen samen bij de griezelafdeling, kantoordames huren films met blonde sterren, loontrekkers huren titels als *Pam the Clam from Amsterdam* en *Hot Dog Academy*. Een aantal klanten brengt de video's te laat terug – je moet altijd de datum controleren. Mevrouw Sasaki komt om 7.30 – ik spuit naar boven om Kat te eten te geven en dan naar KFC aan de overkant om mezelf te eten te geven. De kip van kolonel Sanders is van zaagsel. Mevrouw Sasaki vertelt over mijn opvolger bij Ueno, wat me een beetje nostalgisch maakt ten aanzien van mijn oude baan. Ik mag de *Tokyo Star* van haar houden – op maandag zijn er personeelsadvertenties. Als ik een loopbaan in keukengerei, telefonische verkoop, schappen vullen of huis-aan-huisbezorgen zou willen, was Tokio de hemel op aarde. Kat verschijnt op de trap – in de week dat ik me schuilhield heeft ze ontdekt hoe ze de deur van mijn capsule open moet krijgen. Ik zeg dat ze weg moet, maar ze luistert niet en nadat ik een stapel teruggebrachte video's weer op hun plaats heb gelegd, zie ik dat ze zich op de stoel achter de toonbank heeft genesteld, zodat ik me moet behelpen met een wankele kruk. Fujifilm zegt 10:26. De drukte zwakt af.

♎

2 september

Warm weer, maar nu 's avonds koeler. Takara, ik heb gisteren je brief en het pakje van moeder en Yaeko met de duizendstekenriem gekregen. Gezien de bijzondere aanvalstactiek bij mijn missie zullen de munten van vijf sen die in de riem zijn vastgenaaid, de dood niet af kunnen wenden, maar ik zal hem steeds als ik aan boord van mijn kaiten ga om mijn middel doen. Abe, Goto, Kusakabe en ik lezen onze brieven van thuis hardop, en ik was zo trots als Tengu toen ik hen kon laten horen dat mijn jongere broer al assistent-groepsleider in een kogelfabriek is. Jullie wedstrijden lijken op een echte militaire training – met bamboe bajonetten uithalen naar Roosevelts en Churchills. Mijn gedachten zijn ook bij Yaeko in de parachutefabriek. Haar steken kunnen de levens redden van mijn vroegere klasgenoten op de kaderschool van de marineluchtvaartdienst. Het zal moeder zwaar vallen de familieschatten van de Tsukiyama's te moeten ruilen voor rijst, maar ik weet dat vader en onze voorouders dit begrijpen. Oorlog breekt wetten. Het is verstandig van je om X-en op de ramen te plakken als bescherming tegen bomontploffingen. Nagasaki heeft altijd veel geluk gehad en als er bombardementen komen zal de vijand eerder de scheepswerven dan onze kant van de stad als doelwit kiezen. Niettemin moeten alle voorzorgsmaatregelen genomen worden.

Binnenkort zal ik je brief beantwoorden. Je zult inmiddels hebben begrepen waarom mijn antwoord niet ingaat op alle vragen die je hebt gesteld.

9 september

Weer: warm, kalm, zacht. Ik ben vandaag 20 geworden. Het is niet passend om in een periode van nationale nood mijn verjaardag te vieren, dus na een lesuur over torpedo's ben ik voor het avondeten weggeslopen. Ik heb de zonsondergang dankbaar als mijn verjaarscadeau aanvaard. Een zonsondergang boven een binnenzee heeft iets bijzonders. Vanavond had hij de kleur van de pruimenjam van Yaeko. Weet je het verhaal van Urashima Taro nog? Over hoe hij de reuzenschildpad had gered en drie dagen in het onderzeepaleis zat, maar dat er bij zijn terugkomst drie generaties waren gekomen en gegaan? Ik vraag me af hoe het er hier over negentig jaar zal uitzien, als de Grote Oost-Aziatische Oorlog nog maar een vage herinnering is. Neem je kinderen mee naar Otsushima als de oorlog is gewonnen. De zeebrasem hier is heerlijk, net als de oesters uit de binnenzee. Ik wou net teruggaan naar de eetzaal toen Abe, Goto en Kusakabe aankwamen. Abe had ontdekt dat ik jarig was en het aan mevrouw Oshige verteld, die kans zag om kippenspiesen te maken. Kusakabe maakte een vuurtje en we hadden ons avondeten aan de zeekust, met wat zelfgebrouwen sake die Goto van de kantinehulp had weten los te krijgen. De drank was zo sterk dat we er een lam gezicht van kregen, maar geen maaltijd heeft ooit beter gesmaakt, behalve die van moeder dan.

13 september

Een warme ochtend, een benauwde middag. Er heeft griep op de basis geheerst. Ikzelf heb 24 uur in de ziekenboeg gelegen, met een temperatuur van 39 graden. Ik knap weer op. Ik had last van vreemde dromen. In een daarvan koerste ik in mijn kaiten rond de Salomonseilanden op zoek naar een vijandelijk vliegdekschip. Alles was heel blauw. Ik voelde me onaantastbaar, als een haai. Ineens was de zoon van mevrouw Shiomi, de jongen die zich bij Nomonham met een bom onder een Russische tank heeft geworpen, in mijn kaiten. 'Heb je het niet gehoord?' vroeg hij. 'De oorlog is voorbij.' Ik vroeg wie er gewonnen had en zag toen dat Shiomi geen ogen meer had. 'De keizer vraagt de Amerikanen op de eendenjacht in de tuin van het paleis. Hij probeert op die manier het vege lijf te redden.' Ik besloot de haven van Tokio binnen te varen en ten minste één vijandelijke schip tot zinken te brengen en richtte mijn kaiten naar het noorden. Mijn lichaam werd door de versnelling naar achteren gedrukt en toen ik wakker werd had ik het gevoel dat ik me herinnerde dat ik werd geboren, of stierf misschien, de vorige of de volgende keer. Kusakabe en Goto kwamen later langs om met mij de aantekeningen door te nemen die ze bij de navigatieles hadden gemaakt, maar ik zei niets over mijn droom.

2 oktober

De hele dag motregen. De doelgebieden voor Kikusui zijn vanmiddag in een geheime bijeenkomst bekendgemaakt. I-47 en I-36 varen op naar Ulithi, een grote lagune in de Filippijnen die pas 10 dagen geleden door de Amerikanen is veroverd. I-37 en I-333 vallen tegelijkertijd de ankerplaats in het Nauw van Kossol op de Palaueilanden aan. Het doel van een aanval op twee punten is maximale schade toebrengen aan het moreel van de vijand. Takara, zoek in vaders atlas de Palaueilanden op. Je kunt zien hoe helderblauw de zee daar is. Als je je afvraagt waar ik ben: je broer is het blauw van de zee.

De onenigheid tussen Abe en Kusakabe neemt toe. De aanvoerder van onze eenheid vroeg Kusakabe of hij wilde schaken, en die weigerde. Abe begon hem te plagen: 'Ben je bang om te verliezen?' Kusakabe gaf een merkwaardig antwoord: 'Ik ben bang om te winnen.' Abe bleef glimlachen, maar zijn ergernis was duidelijk. Broeders die tezamen zullen sterven zouden op zo'n manier geen ruzie moeten maken.

10 oktober

Weer helder. Dauw op het gras vanochtend. Glibber, zijn walploeg en ik waren vanmiddag bezig om onze kaiten door de tunnel naar het havenhoofd te trekken toen het luchtalarm klonk. Er stond geen oefening op het programma. De tunnel stroomde vol met mensen van het havenhoofd, terwijl de commandant bevelen riep via de luidsprekers. TNT werd opgeborgen in de diepe bunker, de onderzeeboten voeren de baai uit en we wachtten gespannen op het geluid van de B-29's. Een voltreffer op de werkplaatsen zou het project een kritieke vertraging van weken kunnen bezorgen. Glibber vroeg zich hardop af of een aanval op het hoofdeiland betekent dat de Amerikanen Okinawa al bestormen. We horen zo veel geruchten maar betrouwbaar nieuws is schaars. Na een gespannen veertig minuten werd het sein 'alles veilig' gegeven. Misschien had een zenuwachtige uitkijk onze eigen Zero's voor vijandelijke toestellen aangezien.

13 oktober

Aangename middagzon. Wolken tegen de avond. Bij het herlezen van mijn dagboek valt me op dat ik de sfeer op de basis niet beschreven heb. Die is, voorzover ik weet, uniek. Mecaniciens, instructeurs, bestuurders en de mensen in opleiding werken allemaal samen naar hetzelfde doel. Ik heb me nog nooit zo levend gevoeld als in deze weken. Mijn leven heeft een betekenis – het verdedigen van het moederland. De discipline is niet minder strak. We worden op dezelfde manier gedrild en geïnspecteerd als op elke andere militaire basis. Maar de excessen van gewone kampen, waar onnozele rekruten worden getreiterd en soldaten aan de voeten worden opgehangen en geslagen, komen op Otsushima niet voor. We krijgen het standaardrantsoen aan sigaretten en snoepgoed en echte witte rijst. Ik vind het alleen jammer dat ik mijn maaltijden niet met jou, moeder en Yaeko kan delen. Maar ik spaar mijn snoepgoed voor jou op, en weiger ermee te gokken zoals Goto en de meeste andere mensen in opleiding.

18 oktober

Hele dag gestage regen. De Zuikaku is nog drijvende en vader is dus vrijwel zeker nog in leven! Abe heeft geregeld dat ik militaire verbindingen kon gebruiken om meteen een telegram naar moeder te sturen. Ik hoorde het nieuws van kpt. Tsuyoshi Yokota van de I-333, die vandaag in Otsushima is afgemeerd. Kpt. Yokota had zeven dagen tevoren, toen hij in de Golf van Leyte patrouilleerde, nog persoonlijk met admiraal Kurita aan boord van de Atago gesproken. Het bericht dat vader nog steeds in goede gezondheid is en aan ons denkt, bemoedigt mij meer dan ik zeggen kan. Eens misschien houdt hij dit dagboek in zijn handen! Kpt. Yokota zegt dat de Zuikaku sinds Pearl Harbor gezien wordt als een onkwetsbaar schip. Vergeet niet dat burgerpost naar de zuidelijke zeeën een hele lage voorrang heeft, wees dus niet ontmoedigd als je niets hoort. Vanavond werd een verlof van 4 dagen afgekondigd voor de mensen van de Kikusui-eenheid, voordat we naar het doelgebied vertrekken.

20 oktober

Heldere dag, verfrissende wind. Goede dingen komen nooit alleen. Tijdens het eten geeft cmdt. Ujina het avondnieuws via de luidsprekers van het kamp en we hoorden van de buitengewone kamikazesuccessen gisteren in de Filippijnen. Vijf Amerikaanse vliegdekschepen en zes torpedobootjagers tot zinken gebracht! In één enkele golf! Zelfs de Amerikaanse barbaren zien natuurlijk het hopeloze van een invasie op de thuiseilanden in. Lt. Kamibeppu ging op zijn bank staan en stelde een toast voor op de zielen van de dappere vliegers die hun leven voor onze beminde keizer Hirohito hebben gegeven. Zelden heb ik zo'n ontroerende toespraak gehoord. 'Zuivere geest, of metaal? Wat is het sterkste? De geest kan metaal doen buigen en doorboren! Metaal kan niet meer schade toebrengen aan de zuivere geest dan een schaar die door een lint van rook knipt!' Ik beken dat ik mij in gedachten de dag voorstelde waarop soortgelijke toasts op onze zielen worden uitgebracht.

28 oktober

Lichte regen vandaag. De nieuwe kaitens van I-333 zijn vandaag operationeel geworden. Ze zijn vlotter te bedienen dan de oefenkaitens. Na een proefsessie die langer duurde dan verwacht, holde ik in de regen terug over het exercitieterrein en botste bijna tegen

Kusakabe op die tegen de voorraadloods geleund stond en aandachtig naar de grond keek. Ik vroeg wat hem zo fascineerde. Kusakabe wees naar een plas en sprak zacht. 'Cirkels worden geboren terwijl cirkels sterven die een seconde geleden werden geboren. Cirkels leven terwijl cirkels die een seconde geleden leefden, sterven. Cirkels sterven terwijl nieuwe cirkels worden geboren.' Een echte Kusakabe-uitspraak. Ik zei tegen hem dat hij als rondtrekkende priester-dichter geboren had moeten worden. Hij zei dat hij dat misschien geweest was, ooit. We keken een tijdje naar de plassen.

2 november
De laatste hitte van 1944. Ik ben net voor de laatste keer uit Nagasaki teruggekomen. Die herinneringen zijn ook de jouwe, ik hoef ze hier dus niet te beschrijven. Ik proef nog steeds de yokan van moeder en de pompoentempoera van Yaeko. De treinreis duurde lang doordat de locomotief het steeds maar weer begaf. De wagon voor manschappen was gevorderd door een groep hooggeplaatste officieren, ik reisde daarom in een wagon vol vluchtelingen uit Manchukuo. Hun verhalen over de wreedheid van de sovjets en het verraad van hun Chinese knechten waren verschrikkelijk. Wat ben ik blij dat vader zich in de afgelopen twintig jaar nooit bij de kolonisten heeft gevoegd. Een meisje dat jonger was dan jij reisde in haar eentje om een tante in Tokio op te zoeken. Het was de eerste keer dat ze in Japan was. Om haar hals droeg ze een urn. Hij bevatte de as van haar vader die in Mukden was gestorven, haar moeder die in Karafuto stierf en haar zusje dat in Sasebo stierf. Ze was bang dat ze in slaap zou vallen en Tokio zou missen, wat in haar idee een klein stadje zoals haar grensplaats was. Ze dacht dat zij haar tante zou kunnen vinden door de mensen naar haar te vragen. In Tokuyama heb ik haar de helft van mijn geld gegeven, gewikkeld in een zakdoek, en ben weggegaan voordat ze het kon weigeren. Ik vrees voor haar. Ik vrees voor hen allemaal.

◆

'Een golem,' zeg ik, na een douche bloot met Ai aan de andere kant van lijn in de namiddagduisternis van de capsule gelegen, 'is heel iets anders dan een zombie. Goed, ze zijn allebei ondood, maar een golem kneed je van kerkhofklei naar het evenbeeld van de man die daaronder ligt en daarna kras je dan zijn rune in de tors. Een golem kun je alleen doden door die rune uit te wissen. Een zombie kun je gemakkelijk onthoofden of in brand zetten met een vlammenwerper. Een zombie maak je van lichaamsdelen, meestal gestolen uit een lijkenhuis, of je reanimeert eenvoudigweg een lijk dat halfvergaan is.'

'Is necrofilie verplichte leerstof op de middelbare scholen in Kyushu?'

'Ik werk nu in een videozaak. Dat soort dingen moet ik weten.'

'Ander onderwerp.'

'Oké. Wat?'

'Jij eerst.'

'Nou, ik heb altijd willen weten welke betekenis het leven heeft.'

'IJs met macadamianoten eten en luisteren naar Debussy.'

'In ernst.'

Ai humt terwijl ze van houding verandert. 'Je vraag is ernstig mis.'

Ik stel mij haar hier liggend voor. 'Hoe moet mijn vraag dan zijn?'

'Hij moet zijn: "Wat is *jouw* betekenis van het leven?" Neem Bachs *Wohltemperierte Klavier.* Voor mij is het moleculaire harmonie. Voor mijn vader is het een kapotte naaimachine. Voor Bach is het geld om de kaarsenmaker te betalen. Wie heeft gelijk? Voor zichzelf, ieder van ons. In het algemeen, geen van ons. Denk je nog steeds aan je oudoom en zijn kaiten?'

'Ik denk dat de betekenis van het leven voor hem een onaantastbare waarde inhield.'

'Voor hem, ja. Je leven geven voor de grootheidswaan van een militaire kliek, is niet mijn idee van "waarde", maar voor je oudoom zou piano leren spelen zo goed als je brein, zenuwen en spieren het in vereniging mogelijk maken, niet erg de moeite waard zijn geweest.' Kat komt op dit moment binnenlopen. 'De betekenis van het leven ligt misschien in het zoeken ernaar.' Kat slurpt water in het dorstige maanlicht.

◆

'Wat een ruimte hier!' Buntaro schreeuwt op een winderige ochtend door de telefoon. 'Wat doe je met al die ruimte? Waarom ben ik hier niet jaren geleden al naartoe gegaan? Het vliegtuig deed er korter over dan mijn tandarts. Weet je wanneer ik voor het laatst met vakantie buiten Tokio ben geweest?'

'Nee.'

'Ik ook niet, jongen. Ik ben op mijn tweeëntwintigste in Tokio komen wonen. Mijn zaak maakte transformators en ze stuurden me er voor een opleiding heen. Ik stap op station Tokio uit de trein en twintig minuten later vind ik de uitgang. Ik denk, wat zou ik het vreselijk vinden mijn leven in die hel te moeten slijten! Twintig jaar later, moet je kijken wat ik heb gedaan. Jongen, pas op voor vakantie in het paradijs. Je gaat te veel nadenken over wat je allemaal niet hebt gedaan.'

'Staan ze allemaal zo vroeg op in het paradijs?

'De vrouw was er voor mij uit. Langs het strand lopen, onder de palmbomen. Waarom is de oceaan zo... je weet wel... blauw? Je kunt vanaf ons balkon de golven horen beuken. Mijn vrouw heeft een aangespoelde zeester gevonden. Een echte, levende zeester.'

'Ja, geweldig hè. Is er iets speciaals waar je met me over wilde praten?'

'O, ja. Ik dacht dat ik even je problemen door moest lopen.'

'Welke, uh, had je in gedachten?'

'Je problemen met de winkel.'

'De Vallende Ster? Er zijn geen problemen.'

'Geen enkele?'

'Niet één.'

'O.'

'Ga terug naar het paradijs, Buntaro.'

Ik probeer weer in te slapen – ik heb tot drie uur in de nacht met Ai gepraat – maar mijn geest gaat in een hogere versnelling. Fujifilm zegt 07:45. Kat slurpt water en gaat naar haar werk. De ochtend zet zichzelf aan. Ik rammel een paar bluesakkoorden, rook mijn laatste drie Lucky Strikes, eet yoghurt – na het uitschrappen van een schimmelkolonie – en luister naar *Milk and Honey.* Een vlieger van zonlicht valt op Anju.

Ze werd twee dagen als vermist beschouwd, maar niemand was zo wreed om tegen me te zeggen dat ik de hoop niet op moest geven. Het is waar, op Yakushima worden geregeld toeristen vermist en die komen dikwijls weer terecht – of worden gered – een, twee dagen later. Maar mensen van het eiland zijn zo stom niet, ook niet als ze elf zijn – we wisten allemaal dat Anju verdronken was. Geen afscheid, gewoon weg. Mijn grootmoeder was de volgende ochtend tien jaar ouder en keek naar mij alsof ze me nauwelijks kende. Er werd geen scène gemaakt toen ik wegging die dag. Ik herinner mij haar aan de keukentafel, dat ze zei dat haar kleindochter nog in leven zou zijn als ik niet naar Kagoshima was gegaan. Waarvan ik dacht – en denk – dat het maar al te waar was. Het was onverdraaglijk om door Anju's kleren en speelgoed en boeken omgeven te zijn, daarom liep ik naar het boerenhuis van oom Citrus, en mijn tante maakte een hoekje om te slapen voor me vrij. Agent Kuma kwam tegen de avond langs om me te zeggen dat het zoeken naar Anju's lichaam was gestaakt. Mijn Citrus-nichtjes zijn allemaal ouder dan ik en ze vonden dat ik door mijn verdriet geloodst moest worden – ze bleven maar zeggen dat het goed was om te huilen, dat ze begrepen hoe ik me voelde, dat Anju's dood mijn schuld niet was, dat ik altijd een lieve broer was geweest. Ook medeleven was onverdraaglijk. Ik had mijn zusje geruild voor één nooit te herhalen doelpunt. Daarom liep ik weg. Weglopen op Yakushima is eenvoudig – ga weg voordat de oude vrouwen in beweging komen en de mist weer zeewaarts trekt, stap zachtjes door de achterstraten met waterdorpels, steek de kustweg over, ga vlak langs de theevelden en sinaasappelboomgaarden, maak een boerderijhond aan het blaffen, ga het bos in en begin te klimmen.

Nadat het hoofd van de dondergod in de oceaan verdwijnt, volg ik de rotswand boven het huis van mijn grootmoeder. Er brandt geen licht. Een herfstochtend, waarbij regen altijd tien minuten weg is. Ik klim. Watervallen zonder naam, wasachtige bladeren, bessen in vaalgroene plassen. Ik klim. Takken buigen, varens zwaaien, wortels doen struikelen. Ik klim. Ik eet pindanoten en sinaasappelen, om er zeker van te zijn dat ik hoog en diep genoeg kan verdwijnen. Bloedzuiger aan mijn been, kruipende stilte, dag stolt tot grijze middag, geen idee van tijd. Ik klim. Een kerkhof van bomen, een schoot van bomen, een oorlog van bomen. Zweet koelt af. Ik klim. Hier boven is alles bedekt met mos. Mos zo helder als verdriet, zo dempend als sneeuw, zo wollig als tarantellapoten. Ga hier slapen en mos bedekt ook jou. Mijn benen worden stijf en trillerig, dus ik ga zitten en daar is de mistige maan door een dakraam van het bos. Ik heb het koud en sla mijn deken om mij heen, weggedoken in het oude scheepswrak van een ceder. Ik ben niet bang. Je moet jezelf van belang vinden om bang te zijn. Niettemin wil ik voor het eerst in drie dagen iets. Ik wil dat de heer van het bos mij verandert in een ceder. De alleroudste bewoners van het eiland zeggen dat als je 's nachts in het binnenland in de bergen bent, de heer van het bos zijn bomen telt, jou in het aantal opneemt en je verandert in een boom. Dieren roepen, donker zwermt, kou hapt naar mijn tenen. Ik denk weer aan Anju. Ondanks de kou val ik in slaap. Ondanks mijn vermoeidheid word ik wakker. Een witte vos zoekt zich een weg over een omgevallen boomstam. Hij blijft staan, draait zijn kop om en herkent mij met meer dan menselijke ogen. Mist hangt in de ruimten tussen mijn takken en vogels nestelen in wat mijn oor is geweest. Ik wil de heer van het bos bedanken, maar heb geen mond meer. Geeft niet. Niets geeft, ooit weer. Als ik wakker word, stijf, geen boom, maar een snotterende jongen weer, keel verstopt van een kou, snik en snik en snik en snik en snik en snik ik.

Milk and Honey is afgelopen, mijn diskman komt met een hum tot stilstand. De vlieger van zonlicht is naar mijn rommelplank gegleden, waar Kakkerlak, fiedelend op zijn voelsprieten, naar mij kijkt. Ik spring op, grijp de insectendoder, maar Kakkerlak neemt de benen door een spleet tussen de vloer en de muur – ik spuit er zowat een derde van de bus in. En daar sta ik, in de houding van een mammoetjager, van alles beroofd. Ik ben het binnenland in gelopen om te begrijpen waarom Anju samen met mij was gegroeid, cel voor cel, dag na dag, om dan te sterven voordat ze twaalf was. Ik heb het antwoord nooit gevonden. De afdaling heb ik de volgende dag zonder ongelukken volbracht – het Citrus-huis verkeerde in een collectieve zenuwtoeval over mij – maar, achteraf, heb ik het binnenland ooit echt verlaten? Is wat Eiji Miyake betekent nog steeds geworteld op Yakushima, omgetoverd tot een ceder op een mistige berghelling en mijn zoektocht naar mijn vader een vaag... voorbijgaand... niets? Fujifilm zegt dat ik de Vallende Ster moet opendoen. Weer een dag te druk om te peinzen over wat het allemaal betekent. Gelukkig maar voor me.

♎

7 november

Zacht weer, schapenwolken. Ik zit in onze slaapzaal na het feestmaal voor ons vertrek. Ik zit vol met vis, witte rijst, gedroogd zeewier, victoriakastanjes, fruit uit blik en sake die door de keizer persoonlijk aangeboden was. Omdat het vandaag mooi weer was, werd de promotieplechtigheid van de Kikusui-eenheid op het exercitieterrein gehouden. Iedereen op de basis was aanwezig, van cmdt. Ujina tot de eenvoudigste keukenjongen. De vlag met de rijzende zon werd op de basis, de schepen en onderzeeboten eendrachtig gehesen. Een fanfarekorps speelde de kimigayo. We droegen uniformen die speciaal voor de kaiten-sectie waren gemaakt: zwart, kobaltblauwe garnering, met een groene chrysant geborduurd op de linkerborst. Vice-admiraal Miwa van de 6de Vloot schonk ons de eer van een persoonlijk woord. Hij is zowel een uitstekende redenaar als een ongeëvenaard marinestrateeg en zijn woorden werden in ons hart gegrift. 'Jullie zijn wrekers, eindelijk van aangezicht tot aangezicht met hen die jullie vader willen vermoorden en je moeder willen verkrachten. Jullie zullen nooit rust kennen als jullie falen! De dood is lichter dan een veertje, maar plicht is zwaarder dan een berg. "Kai" en "Ten" betekenen "Keer" en "Hemel" – daarom, zo spoor ik jullie aan, keer de hemelen opdat het licht weer op het land der goden schijnt!' We gingen een voor een het podium op en de vice-admiraal reikte aan ieder van ons een hachimaki uit om om ons hoofd te binden, zoals de samoerai van weleer, en een seppuku-zwaard om ons eraan te herinneren dat ons leven het bezit is van Zijne Keizerlijke Majesteit en om de schande van ons af te wenden voor het geval een ramp ons mocht verhinderen ons doel te raken. Tijdens de afsluitende kimigayo bogen we voor het portret van de keizer. Een priester leidde ons daarna naar een shinto-altaar om te bidden om roem.

Abe, Goto en Kusakabe schrijven brieven aan hun familie, ik zal hetzelfde doen en wat haar en nagels afknippen om gecremeerd te worden. Daarbij zal ik je mijn laatste opdrachten schrijven, maar ik vat ze hier vast samen: Takara, totdat vader terugkomt ben jij het waarnemend hoofd van de familie Tsukiyama. Welke beproevingen nog mogen komen, behoud het zwaard. Doordring je zonen en hun zonen van de integriteit en zuiverheid van het geslacht Tsukiyama. Mijn ziel zal na vergoddelijking zetelen in het heiligdom van Yasukuni, met mijn myriaden broeders die ook hun leven aan de keizer hebben gegeven. Kom bidden, breng ons zwaard mee en laat het licht dansen op de kling. Ik zal op je wachten.

8 november
Weer: mooi, nevelig. De esdoornbladeren vlammen rood. I-333 is van Otsushima vertrokken. De afscheidsceremonie werd om 0900 op de kade gehouden. Een cameraploeg was aanwezig om voor het filmjournaal een opname van ons vertrek te maken. Takara, ik heb toen ik langsliep naar de camera gezwaaid, voor het geval dat jij en je vrienden mij in de bioscoop in Nagasaki zien. Lt. Kamibeppu hield namens de Kikusui-eenheid een toespraak, bedankte onze instructeurs, verontschuldigde zich voor onze misgrepen en beloofde dat iedere kaiten-bestuurder het uiterste zal doen om te zorgen dat ons land trots op ons is. Daarna hebben we mevrouw Oshige persoonlijk bedankt. Ze was vol emotie en niet in staat om iets te zeggen, maar woorden kunnen de boodschap van het hart bezoedelen. De officieren brachten met een glas omiki een toast op ons uit en onder de roep 'Banzai' gingen we aan boord van de onderzeeboten. We gingen op onze kaitens staan en zwaaiden terug naar onze klasgenoten op de wal, totdat het westelijk havenhoofd van Otsushima gerond was. Een kleine vloot van vissersschepen en oefenkano's begeleidde ons tot in open zee. Goto keek door Kusakabes verrekijker naar de dochters van de vissers. Abe heeft zojuist aangekondigd dat onze onderhoudscontrole een uur vervroegd is, ik wacht dus tot morgenochtend om je over I-333 te vertellen.

9 november
Weer: regen 's ochtends; een heldere middag met aanzwellende golven. Goto, die goed met woorden overweg kan, beschrijft het leven in een onderzeeboot als 'opgesloten in een veldfles die in een stroom geworpen is'. Ingebouwd in deze veldfles zitten de voorste torpedoruimte, officiersverblijven, voorste accumulatorbak, pompenkamer, commandotoren, controlekamer, mess, verblijven voor bemanning van 60 koppen, machinekamers voor/achter, achtertorpedo's. Glibber vergelijkt I-333 met een ijzeren walvis. Ik verbaas me over de bemanning: die is vanaf het begin van de oorlog in actieve dienst geweest met maar 10 dagen verlof aan de wal! Ik hunker er na één dag al naar om te hollen of met een baseball te gooien. Ik mis onze futon in Otsushima – op I-333 slapen we op een smalle plank met opstaande rand om te voorkomen dat we eruit vallen. De lucht is bedompt en het licht is roodbruin. Ik moet het incasseringsvermogen van de bemanning zien te evenaren. Zelfs lopen ver-

eist wringen, vooral in het begin van de vaart als de gangboorden als opslagplaats voor voedsel worden gebruikt. Er zijn maar twee plekken waar je alleen kunt zijn. De ene is de kaiten, die vanuit de onderzeeboot binnendoor toegankelijk is via speciale aangepaste buizen tussen het dek van de onderzeeboot en het onderluik van de kaiten. De andere is het toilet. (Hoewel, toiletten op onderzeeboten nodigen niet tot treuzelen uit.) Verder hebben we toestemming van kpt. Yokota om op de brug te komen als de omstandigheden dat toelaten. Natuurlijk moet ik de officier van dienst melden dat ik bovendeks ga, zodat hij weet waar ik ben als we een onvoorziene duik moeten maken. Na onze avondgymnastiek heb ik de adelborst op de uitkijkpost gezelschap gehouden, aan stuurboord van de commandotoren. De controlekamer is 's nachts 'klaar voor donker' – alleen rode lampen zijn dan toegestaan, zodat kpt. of wachtslieden bovendeks en benedendeks kunnen verwisselen zonder verlies van nachtzicht. Ik keek naar de witte nevel bij de boeg en het schuimspoor bij de achtersteven. In maanverlichte nachten zijn dit verraderlijke aanwijzingen voor bommenwerpers. De adelborst vertelde dat de kustlijn in het westen Kaap Sata-misaki in de prefectuur Kagoshima was. Het uiterste puntje van Japan ging in rode tinten op.

◆

'Eiji Miyake!' Masanobu Suga komt vanuit de neonnacht als een botsautootje de Vallende Ster in, struikelt en geeft de vloer een dreun. Hij besnuffelt de grond en kijkt grijnzend naar me op – hij is zo dronken dat zijn geest niet kan bevatten hoezeer zijn lichaam pijn doet. Suga worstelt overeind totdat hij, alsof hij om mijn hand wil vragen, geknield is op één been. Ik duik om de toonbank heen om zijn bril op te rapen voordat hij die tot splinters vermaalt. Suga denkt dat ik hem overeind probeer te helpen en stoot mij met een 'mietttrrrop!' van zich af. Hij komt overeind, zo vast ter been als een pasgeboren giraffe, en valt achterover in een rek met oorlogsfilms. Het rek valt om en zo'n honderd videodozen vormen een waterval. Een klant – één maar, gelukkig – kijkt ons door haar halvemaanbril met dodende stralen aan. Suga staart naar het omgevallen videorek. 'Zitten klopgeesten hieeer, Miyake. Moet even leunen daar even, e-even, heeleve...' Hij loopt als een koorddanser naar de toonbank, kijkt op naar de monitor. '*Cassieblanca.*' De film is in werkelijkheid *Bladerunner.* Ik zet het rek recht en raap de videodozen op. Suga hoofd bungelt als van een kapotte pop. 'Myaki.'

'Suga. Leuk dat, uh...'

Suga verliest zijn spuugcontrole. Met de *Tokyo Post* onderschep ik de speekselstalactiet. 'Nietdronken, nooidronken, iknie. Vrolijk, vrolijk, vro-vro-vroluk, ja, meschien, maarnooitnii, lavloos. Loos.' Hij zakt op zijn knieën, zijn handen grijpen zich vast aan de rand van de rotswand. Zelfs oom Pachinko is nooit zo ver heen als hij aan de whiskyboemel is. 'Kwamjeopzoeke, mevrou Shashashaki zegje wasweg. DagdagUnenodagdag, slechtevibrasies, slechte, slechteslechteslechtevribraties in Ueno waar allevelorenenvergete wezen na de oorlogkwamen, wist wistjedat? Stierven als vliegen, armekleinearmekleine...' Tranen wellen op in Suga's ogen en een loopt er over zijn pokdalige wang naar beneden. Dodende Straal-bril beschikt over een schel verkrachting-in-bibliotheek-alarm: 'Afschuwelijk! Ik kotst mijn longen uit mijn lijf zoals jullie jongeren je gedragen tegenwoordig!' Ze gaat weg voordat ik aan een excuus kan beginnen. Even hoop ik dat Suga van zijn stokje gaat – ik zou kunnen doen of ik hem niet ken en misschien dat een ambulance hem mee zou willen nemen. 'Suga! Je moet naar huis! Je hebt te veel gedronken!'

Suga snuift en kijkt mij met opgezwollen hondshaaienogen aan. 'Ik ben vervloekt.'

'Heb je geld voor een taxi?'

'Vervloekt.'

'Suga, kun je zeggen waar je woont?'

Hij knijpt zijn ogen dicht en bonkt met opzet weer zo hard mogelijk met zijn hoofd op de toonbank, wat gelukkig niet al te hard is doordat de controlefuncties van zijn nek off line zijn, maar zelfs dan nog raakt zijn gezicht vertrokken van de pijn. Ik pak zijn hoofd beet en hij duwt me weg. 'Ik ben vervloekt, Miyake! Snappiedanie? Vervloekt! Eén donut! Voor één fcknmiezerige *donut*! Joch, kleuteschooljoch, kleinkind, staat vlak achter de bakkerijdeurdeur, huildezeogenuitzehoofd...' De tranen komen weer en Suga beeft. Een soort bangehondenrilling.

'Suga, mijn kamer is boven, ik ga...'

'*Eén*' – knal! – '*armzalige*' – knal! – '*donut.* Ik deededeur open, joch holt naar buiten, vlugaszevlugasze.' De ogen van Suga worden dichtgeknepen van verdriet. 'BatmanenRobn op z'n T-shirt, joch zo naar het middenvan de... weg...' Suga snottert en zijn adem wordt in plakjes gehakt. 'Denkjedakdee, Miyake? Tehulp schiiiiiiten, denkje? Niks. Miyake, niks niks niks, verstijfd, verstijfd, kwas verstijfd. Vastdaar, Miyake. Zag. Hoorde. Audiovshl. Auto. Remmen. Joch. Wham, wham, wham. Vloog, joch, vloog as booschappetas, bowlingbal, bloedopde weg, markeerpen...' Suga's vingers grijpen naar een trekkoord om zijn gezicht mee op te hijsen – ik pak zijn handen in mijn vuisten. Suga verliest de wil om weerstand te bieden. 'Mam, ze... duwtduwt me weg, jammert hard... *AaahhhAaahhhAaaaaahhhhhh*... ik hol. Hol, hol, hol... Hol, Miyake, stopniet nooit, hol, Suga holt, MOOR-DE-NAAR... Suga de moordenaar.' Suga slikt een kwellende steen door. 'Wounatuurlijk dajedie ananas vergiftigdhadhè? Hoedenkie da'k aan die pizzakaasrasphuid kom? Vervloekt. Ik steek een straat over, ik zie joch. Ik zie heleboel jochies. Vervloekt. Vervloekt.' Zijn ogen gaan langzaam dicht.

Ik begrijp het.

Ik pak de sleutel uit de kassa en draag Suga als een baal naar boven. 'Toilet. Als je op mijn futon pist zet ik een vlammenwerper op je computers, ja? Suga? Hoor je me?' Suga knikt wazig en mompelt geluiden waar geen taal meer aan te pas komt. Beneden bij de kassa staat een meisje in een T-shirt met een koeienprint en in haar handen alle video's met Brad Pitt die in de winkel maar te vinden zijn. Ze kijkt op haar horloge en slaakt een vermoeide zucht. 'Sorry dat ik je heb laten wachten,' zeg ik. Ze hoort me niet. Ik hoor Suga kotsen. Kots één, Koeienmeisje kijkt verbaasd. Kots twee, Koeienmeisje breekt haar belofte van non-interactie en kijkt mij vragend aan. Kots drie, Koeienmeisje zegt: 'Hoort u iets?' Ik kijk haar aan alsof ze volslagen gek is. 'Nee. Hoezo?' Zij gaat weg en ik leg de gevallen videodozen weer op het rek. Mijn wc wordt doorgetrokken, wat in zekere zin bemoedigend is. Er komt een stroom van klanten. Ik kan niet meer bijhouden wie in *Bladerunner* mens is en wie een replicant. Ik vraag me af hoe lang Suga zijn vloek al met zich meedraagt. Ik vergeet dat anderen in de wereld ook kapotte onderdelen hebben. Elf uur draait voorbij en de avond vertoont geen tekenen van verkoeling. Ik hoor een paar bonken boven: ik hoef Buntaro in ieder geval geen lijk in huis uit te leggen. Ik hoor gekletter en denk even dat de hitte in regen over is gegaan – dan dringt het tot mij door dat Suga – nee, in antwoord op de laatste vraag die hij me drie weken geleden stelde, niet recht kan pissen als hij zeikt. Nóg een traktatie voor me morgenochtend. Ik zet de airco een streepje hoger en pak het dagboek van mijn oudoom en de kanji-dictionaire onder de toonbank vandaan. De warmte tussen Subaru en zijn jongere broer Takara vormt een schril contrast met de kilte tussen mijn vader en mijn grootvader Takara. De opmerking van admiraal Raizo over een 'vete' geeft me een onbehaaglijk gevoel. De tantes op Yakushima hebben mij bij hun eindeloze, subtiele veldslagen als munitie gebruikt en ik kan het gevoel niet van me afzetten dat ik nu aan de rand van een nieuw oorlogsgebied ben.

♎

10 november

Het weer is te slecht om op de brug te mogen. Abe herinnert ons eraan dat we een onvervangbaar onderdeel van onze kaiten zijn. Bovendien slingert I-333 te veel om een onderhoudscontrole aan onze kaitens mogelijk te maken. We voelen een zekere afstand tussen ons en de bemanning van I-333. Enige afstand is misschien begrijpelijk, maar hun houding grenst soms aan kilheid. Bijvoorbeeld, ik ontdekte dat de radiotelegrafist eerste klasse Hosokawa was opgegroeid in Nagasaki en toen we elkaar na het eten in de gang tegenkwamen sprak ik hem aan in ons dialect. Hij keek geschrokken en antwoordde in strikt officiële taal. Toen Abe voorstelde dat de kaiten-bestuurders hun aandeel in de corveedienst zouden leveren, antwoordde kpt. Yokota kortaf dat ons aanbod grootmoedig, maar onacceptabel was. Abe vermoedt dat de bemanning in ons een soort goden ziet en alleen maar last van overmatige verering heeft. Goto wees erop dat 3½ jaar ontwijken van dieptebomaanvallen een druk op iemands geestesgesteldheid legt. Kusakabe hield het erop dat de bemanning ons krankzinnig vond. Abe werd daar kwaad om. Kusakabe merkte kalm op dat het leven van een onderzeebootbemanning bestaat uit het ontglippen aan de klauwen van de dood, terwijl wij die frontaal tegemoet willen gaan. Abe ging op zijn strepen staan en gaf Kusakabe – en Goto – bevel dergelijke gedachten nooit meer te uiten omdat de toewijding en de vaderlandsliefde van onze gastheren daarmee door het slijk werd gehaald. Ik zei niets ter wille van de eensgezindheid maar inwendig was ik het met Goto eens. Zelfs de jongste bemanningsleden hebben de ogen van een oude man.

11 november

Mooi weer houdt aan. Het kwik in de thermometer stijgt bij het warmer worden van de zee. Het is onmogelijk om de kaitens weer aan boord van de onderzeeboot te plaatsen als ze eenmaal losgelaten zijn, we kunnen dus geen proefvaarten met onze vaartuigen maken. We moeten echter geregeld in onze kaitens zijn om de motoren te controleren en te zien of andere systemen geheel bedrijfsklaar zijn. Het is heel mooi om door de periscoop van de kaiten naar het voorbijsnellen van de zee te kijken, vooral wanneer I-333 onder water is. Doordat wij in zuidelijke richting varen, zie ik veranderingen in het koninkrijk der dieren. Zo zag ik vandaag een lamantijn. Hij zwom zoals een koe zou kunnen zwemmen. We gingen door een school tropische vissen met de kleur van goudsbloemen, sneeuw en seringenbloesem. Twee dolfijnen verschenen vanmiddag en zwommen met ons mee. De beesten leken te lachen om zo'n rare vis. Moge het lot op gelijke wijze glimlachend neerzien op onze missie. Goto maakte een grapje. 'Als een Chinese bandiet, een Amerikaanse imperialist en een Britse generaal tegelijkertijd van een gebouw af springen, wie raakt dan het eerst de grond?' Niemand wist het antwoord en Goto kwam met de clou: 'Wat maakt het uit?'

12 november

Onweersachtig weer, maar nog geen regen. Kpt. Yokota is, zachtjes gezegd, onomwonden in zijn kritiek op de regering in Tokio. Als een burger op zo'n oneerbiedige manier zou praten, werd hij vast en zeker door de geheime dienst gearresteerd. De kapitein maakte vanavond bij het eten een fles rum open. Ik kende de drank alleen uit de piratenverhalen in mijn jeugd. Hij maakt in ieder geval de tongen los. Abe, die niet goed tegen drank kan, dronk het minste, maar kpt. Yokota slaat het achterover als koude thee op een hete dag. Kpt. Yokota viel allereerst de admirale staf fel aan omdat die niets geleerd had van het debacle bij Midway en alleen maar het nieuws over de nederlaag had onderdrukt en het woord op zich taboe had verklaard. 'De enige strategie voor onze marine is,' zei kpt. Yokota, 'de vijand verlokken tot zo'n "Beslissend Treffen op Zee" als de Slag van Tsushima tegen de Russen. Maar dat gaat in deze oorlog niet gebeuren. Zo stom zijn de Amerikanen niet.' Eerste minister Tojo is een 'legergek van de eerste orde' omdat hij de invasie van onbewoonde eilanden bij Alaska heeft bevolen: 'Waarvoor?

Om zeevogels te bevrijden van Angelsaksische tirannie?' Prins Higashikuni is 'zo stom dat hij geen pis uit een laars zou kunnen gieten als de instructies op de hak stonden'. Goto lachte, Kusakabe glimlachte en Abe liep beleefd roodroze aan. Ik was onzeker over de juiste reactie. Kpt. beweert dat de Oost-Indische olievelden nog altijd in Japanse handen zouden zijn als de krijgsmachtonderdelen samen, en niet tegen elkaar, hadden gestreden en als de ontwikkeling van de radartechniek serieus was aangepakt. Nu moeten we ons heil bij de Duitsers zoeken en hun om radarapparaten vragen. Hij verwijt het Keizerlijke Leger dat het onderzeeboten, zonder melding aan het opperbevel, als 'kruiwagens' gebruikt voor de bevoorrading van manschappen die gestrand zijn op Rabaul en de eilanden die de vijand links heeft laten liggen. Het meest verontrustend is de stellige overtuiging van de kpt. dat onze geheime codes zijn gekraakt. Abe merkte op, onbesuisd misschien, dat de codes door een cryptoloog van de Keizerlijke Universiteit in Tokio als onontcijferbaar voor het westers brein ontwikkeld zijn. Kpt. Yokota diende hem van repliek met de opmerking dat geen enkele cryptoloog van de Keizerlijke Universiteit van Tokio ooit op zee door een stel torpedobootjagers die precies wisten waar zijn schip zich bevond, in een hinderlaag was gelokt.

◆

'Maar als je' – ik haal de lussen uit mijn telefoonsnoer – 'nou gelijk hebt en betekenis alleen iets is wat de hersenen "doen", hoe komt het dan dat het leven voor verschillende mensen een verschillende betekenis heeft? Hoe komt het dan dat het voor sommige mensen geen betekenis heeft? Of dat ze de betekenis waarmee ze zijn begonnen, weer vergeten zijn?'

'Ervaringen, invloeden, ziekten, echtscheidingen. Wat *is* dat voor geluid?'

'Suga die snurkt.'

'Welke kat snurkt er nou zo hard?'

'Suga is een mens. Min of meer.'

'O. En Suga is een hij, of een zij?'

Ik speur tevergeefs naar sporen van jalousie. 'Hij. Een dronken vriend die ver van huis een noodlanding heeft gemaakt. Hij mocht op de grond van me slapen maar hij heeft mijn futon genomen. Je zei, wat?'

'Ik weet niet meer... ik weet het weer. Wil je iets persoonlijks horen, over mij?'

Ik ga rechtop zitten. 'Natuurlijk.'

'Ik ben honderd procent diabetisch. De afgelopen dertien jaar heb ik mijzelf iedere avond een insuline-injectie in mijn arm gegeven. Ik houd me aan een eetschema. Als ik dat verwaarloos, kan ik een hypo krijgen. Als mijn hypo ernstig genoeg is kan ik doodgaan. De betekenis van mijn leven is het in evenwicht houden van dood en suiker. Mensen zonder ingebouwde tijdbom in hun genen zullen niet gauw dezelfde betekenis hebben. Het meest wezenlijke verschil tussen mensen is misschien juist dit: hun idee van waarom ze hier zijn.'

Suga gromt in zijn slaap. Mijn sigaret gloeit. 'Mmm.'

'Miyake, wat heb je vanavond?'

Ik tik mijn sigaret af in een bierblikasbak. 'Mijn vader ontmoeten was mijn betekenis. Nu het bijna zover is – wat ga ik doen nadat ik hem gesproken heb?'

'Waarom zou je je dat nu al afvragen?'

'Kweenie. Ik pieker over dingen en kan er niet mee stoppen.'

'Eiji Miyake, ik wil nu meteen met je naar bed.'

Ik verslik me in een long vol rook. '*Wat*?'

'Een grapje. Ik wou aantonen dat je met piekeren kunt stoppen als je wilt. Hoe dan ook, Debussy heeft nooit over zijn betekenis van het leven gepiekerd.'

'Debussy? In welke band zit die?'

'Claude Debussy. Zeg dat het een grapje is.'

'Claude Debussy... drumde toch bij Jimi Hendrix?'

'Je moet niet spotten met wat heilig is, zelfs niet voor de grap, of een adelaar pikt je je lever uit. Ik speel hem als keuzestuk bij de auditie morgen. Wil je het horen?'

'Natuurlijk.' Dit is een première.

Ik hoor haar rondstommelen. 'Leun achterover en kijk naar de sterren.'

'Boven Kita Senju is de avondhemel één groot neonwaas.'

'Dan speel ik *Et la lune descend sur le temple qui fut* voor je.'

'Help.'

'"En de maan gaat onder boven de vergane tempel".'

'Je bent al net zo goed in Frans als in alle andere dingen?'

'Je weet toch dat ik al vanaf mijn zesde van plan ben om naar Frankrijk te vluchten.'

'Frankrijk. Wat een chique betekenis van het leven.'

'Sst, anders hoor je de sterren niet.'

◆

De olie in de bakpan spettert. Ik sla het tweede ei kapot, voel schaalfragmenten tussen mijn vingers en de spermatroep druipt in de pan. Ik vind het mooi zoals het heldere deel een wit vel krijgt. Ik red de toast, bijna op tijd, en schrap de houtskool in de wasbak. De berg op mijn futon beweegt – 'Uuuoooeeeaaaiii.' Suga – die gefileerde longvis – draait zijn hoofd rond en overziet mijn capsule. Ik druk mijn Philip Morris uit in een eierschaal, trek de gordijnen open en de ongewassen ochtend stroomt naar binnen over een afwas van drie dagen en een flinke berg sokken en kranten. Suga is niet mooi. Zijn hals heeft het roze van gekookte inktvis en een vulkanische eilandenketen van muggenbeten loopt over zijn gezicht. Hij knippert met zijn ogen. 'Miyake? Wat doe je hier?'

'Ik woon hier.'

'O. Wat doe ik hier?'

'Je bent hier gisteravond doodgegaan.'

'Ik moet pissen als een dinosaurus. Waar is de pisbak?' Ik wijs met een knikje. Suga staat op en loopt. En loopt, en loopt. Hij komt zuchtend naar buiten en trekt zijn gulp dicht. 'Je wc ruikt net zo vies als Ueno. Ruikt zwaar naar kots.'

'Wat dacht je van een lekker gebakken eitje als ontbijt, drijvend van die heerlijke olie?'

'Heb *ik* gisteravond overgegeven?'

'Je bent zo vriendelijk geweest om het meeste in de wc te doen. Je bent altijd welkom.'

'Ik moet een heel zwembad leegdrinken.'

Ik vul een bierpul met kraanwater. Suga giet het met een marathonslok naar binnen. 'Dank je. Heb je iets van koffie?' Ik geef Suga de mijne en zet een nieuwe pan met water op. Suga propt de futon tot een bal, gaat aan tafel zitten, drinkt zijn koffie, doet 'aaaaaah' en rolt zijn hemdsmouwen naar beneden om zijn eczeem te verbergen. 'Ik heb nooit geweten dat je gitaar speelde. Is dat kind op de schommel je zusje?' Zo kan die wel weer. 'Ja.' Ik schuif de eieren op de toast, doe de rommel weg en ga zitten om te eten. 'Die man met die rare zonnebril is dan dus je vader?' Mijn dooier bloedt geel. 'Niet helemaal. John Lennon.' Suga wrijft met zijn duimen heen en weer over zijn slapen. 'Ik heb van hem gehoord. Bij de Beach Boys, toch? Nou, waar ben ik precies?'

'Boven een videozaak in Kita Senju.'

'Wanneer ben ik hier gekomen?'

'Een uur of elf gisteravond.'

'Je woont boven je werk? Het heen en weer reizen zal dan wel een heel probleem zijn.'

'Wees blij dat ik dat karkas van je naar een plek dichtbij heb kunnen slepen, anders stond er nu een hond in de goot op je te pissen. Hoe ben je gisteravond hier gekomen? Heb je een taxi genomen van het station? Je was niet in de conditie om een eind te lopen.'

Suga schudt uitdrukkingsloos het hoofd. 'Ik weet het echt niet meer.'

De eieren zijn klaar. 'En waarom ben je mij op komen zoeken?'

Suga haalt de schouders op. 'Miyake, toen ik gisteravond lam was... ik neem aan dat ik geen stomme verhalen of zoiets heb uitgekraamd? Ik sla als ik gedronken heb, de grootste onzin uit. Als ik wat gezegd heb, daar was niets, weet je, geen woord van waar. Pure lulkoek. Alles wat ik heb gezegd. Of gezegd kan hebben.'

'Oké.'

'Maar ik heb toch niet echt iets gezegd, weet je, raar gelul?'

'Nee, Suga. Niets.'

Suga knikt overtuigd. 'Ja, dacht ik ook wel. Ik en alcohol. Pfff.' Kat komt naar binnen gewandeld en bespeurt in Suga meteen een goedaardig iemand. 'Dag, schoonheid!' Suga aait Kat terwijl Kat de voedselsituatie tracht te overzien. 'Waarom hok je met deze rare figuur hier samen, zeg?'

'Ik vind je dankbaarheid verpletterend.'

'Waarom ben je al binnen twee weken na je veroordeling tot levenslang bij Ueno weggegaan?'

'Familiegedoe. Zeg, heb je geen, uh, werkgroep vandaag?'

Suga haalt de schouders op. 'Wat voor dag is het vandaag?'

'Donderdag.'

'Ik weet niet waar ik vandaag naartoe zal gaan.'

'Geen speurtocht naar Holy Grail?'

'Zinloos.' Suga neemt zijn bril af en knijpt in de brug van zijn neus. Het gebaar doet hem in de zestig lijken. 'Enorme tijdverspilling. Ik hack niet meer.'

'Hoor ik dit goed?'

'Ik ben twee weken geleden via de achterdeur in het Pentagon gekomen. Wat denk je?'

'Geen Holy Grail?'

Suga kamt zijn haar met zijn vingers. 'Negen miljard Holy Grails. Ik heb er een vanbinnen bekeken. Daar vond ik weer negen miljard Holy Grails. En in elk daarvan?'

'Negen miljard Holy Grails?' Ik moet me klaarmaken om aan het werk te gaan.

Suga zucht. 'Het hele geval was alleen maar een practical joke van een nerd van de overheid. Elk uur dat ik aan hacken heb besteed – en dat is maanden bij elkaar – had ik nog beter met mijn vinger in mijn hol kunnen blijven zitten. Zelfs kijken naar een computer maakt me al ziek.'

'Wat doe je dan aan de universiteit?'

'Niets. Ik loop. Ik slaap.'

'Waarom zoek je niet een andere site om te hacken?' Ik pak een schoon T-shirt van mijn gordijnroe. Het is droog maar gekreukt, dus ik doe de stekker van het strijkijzer in het stopcontact.

'Voor hackers,' zucht Suga, 'nou, voor de beste, is Holy Grail de absolute *zin* van het hacken, ja. Niet-hackers kunnen dat niet begrijpen. Het is alsof je vader niet is wie je dacht dat hij was. Ik durf het niet eens door te geven. Ze zouden me trouwens toch niet geloven. Ze zouden denken dat ik naar de tegenpartij was overgelopen.'

Ik voeg mijn bord toe aan mijn gootsteenverzameling en probeer twee min of meer bij elkaar passende sokken te vinden. 'Negen miljard Holy Grails met elk negen miljard Holy Grails.' Ik klap de poten van mijn strijkplank uit en zet hem overeind. 'Wat een fantastische schuilplaats voor een heilige graal.' Het was een opmerking uit de losse pols en Suga doet zijn mond open om te antwoorden, maar verandert van gedachten. Hij streelt Kat, die met negentig spingeluiden per minuut op de versiertoer is. Mijn strijkijzer blaast stoom af. Suga doet zijn mond open. 'Nee,' zegt hij. 'Ik heb vanuit de bestandenlijst honderden lukraak gekozen Grail-documenten doorgelopen. Holy Grail is niets anders dan een exercitie in oneindigheid. In betekenisloosheid.'

♎

13 november

Weer onbekend op dit moment. We varen geluidloos. De uitkijk heeft tien minuten geleden alarm geslagen – een eskader van Lightnings kwam recht deze kant op. Getraind spektakel volgde toen de bemanning I-333 klaarmaakte voor onderwater voordat we getraceerd zouden zijn. 'Wachtslieden naar beneden! Duiken! Duiken!' Abe, Goto, Kusakabe en ik gingen terug naar onze kooien. 'Luiken geborgd!' Zeewater vulde de ballasttank. Een hoogtonig geloei toen de lucht door de bovenste luchtgaten naar buiten werd gedreven. I-333 helde 10 graden. Gloeilampen knalden uiteen. Doffe pijn weergalmt in mijn oren. Ons leven is nu in handen van de bemanning. We duiken naar een maximum van 80 meter. De romp van I-333 kreunt als iets wat ik nooit eerder heb gehoord. Niemand durft een geluid te maken. Kpt. Yokota heeft ons verteld van geruchten over door de vijand uitgeworpen boeien die sonar uitzenden waardoor akoestisch geleide raketten onderzeeboten kunnen lokaliseren en vernietigen. Kpt. heeft misschien gelijk: moed is de hoogste deugd voor een militair, maar technologie is een goede vervanging. Ik blijf denken aan al het water boven ons. Wat mij van I-333 het meest tegenstaat is de geur: die bespringt mijn zintuigen telkens als ik terugkom van de brug. Zweet, uitwerpselen, bedorven eten en mannen. Mannen, mannen, mannen. Aan wal zijn verrassingen vaak welkom. Ze doorbreken de saaie regelmaat en zorgen voor opwinding. Aan boord van een onderzeeboot kunnen verrassingen dodelijk zijn. Ik schrijf deze woorden om mijn gedachten te verzetten. Abe mediteert. Goto bidt. Kusakabe leest. Een kaitenbestuurder is het gevaarlijkste vernietigingswapen in de hele maritieme geschiedenis, maar wat voel ik me nu kwetsbaar.

14 november

Weer wordt slechter. I-333 is ongeveer halverwege onze bestemming. De verhouding tussen Abe en Kusakabe is slechter geworden. Gisteravond daagde Abe hem uit om te schaken en zei, toen Kusakabe bedankte: 'Lijkt vreemd voor een kaiten-piloot om bang te zijn dat hij een partij verliest.' De aantijging was als een grap ingekleed, maar grapjes zijn meestal iets anders in vermomming. Ik denk dat Abe niet kan hebben dat Kusakabe bepaalde dingen niet met hem wil delen. Kusakabe legde zonder een woord te zeggen zijn boek neer en zette de schaakstukken op. Hij versloeg Abe zoals je een kind van zes zou verslaan. Hij had ongeveer tien seconden per zet nodig. Abe had langer nodig om te zetten, zijn gezicht verhardde zich, maar hij kon er niet toe komen op te geven. Kusakabe promoveerde drie keer een pion tot een dame, terwijl de koning van Abe in een hoek wachtte op het onvermijdelijke. Toen Abe zijn koning omlegde, grapte hij: 'Ik hoop alleen maar dat je laatste missie net zo geslaagd is als je schaken.' Kusakabe antwoordde: 'Luitenant, de Amerikanen zijn tegenstanders van formaat.' Goto en ik waren bang dat die belediging alleen maar tot geweld konden leiden, maar Abe borg kalm de stukken op. 'De Amerikanen zijn een uitgeblust ras van lafaards. Zonder zijn wapen is een Yankee niets.' Kusakabe klapte het bord dicht. 'We hebben deze oorlog verloren doordat we onze eigen propaganda hebben geslikt. Die vergiftigt onze verstandelijke vermogens.' Abe verloor zijn beheersing, greep het schaakbord en smeet het door onze hut. 'Wat doe jij hier dan eigenlijk, kaiten-bestuurder?' Kusakabe kijkt uitdagend naar onze eerste officier. 'De betekenis van mijn offer is Tokio helpen bij het bedingen van een minder vernederende overgave.' Abe siste van woede. 'Overgave? Dat woord is een vloek voor de Yamato-damashii-geest!' We hebben Maleisië in tien weken bevrijd! We hebben Darwin gebombardeerd! We hebben de Britten weggeblazen uit de Golf van Bengalen! Onze kruistocht heeft een gebied van gezamenlijk welzijn geschapen dat sinds Djengis Khan zijn weerga in het Oosten niet kent! Acht windstreken verenigd onder één dak!' Kusakabe was kwaad noch geïmponeerd. 'Heel jammer dat de Yamato-damashii-geest nooit uitgedokterd heeft hoe we moeten voorkomen dat het dak instort boven ons.' Abe schreeuwde hees. 'Je woorden werpen een smet op de onderscheidingstekens op je uniform! Ze zijn een belediging voor je eskader! Als we op Otsushima zaten, zou ik je rapporteren voor gezagsondermijnende ideeën! We hebben het over goed en kwaad! Het manifest maken van de goddelijke wil!' Kusakabe keek hem woedend aan. 'We hebben het over bommentonnage. Ik wil een vijandelijk vliegdekschip tot zinken brengen, maar niet voor jou, luitenant, niet voor het regiment, niet voor de mensen van adel of de piassen in Tokio, maar om mijn zusters meer kans te geven deze stomme, bloedige oorlog te overleven als de Amerikanen minder bommen kunnen laten regenen op Japan.' Abe gaf Kusakabe met zijn rechterhand een klap in het gezicht, twee keer, hard, en daarna met zijn linkerhand een hoekstoot op zijn kin.

Kukasabe wankelde en zei: 'Een uitstekend argument, luitenant.' Goto kwam tussenbeide. Ik was te geschrokken om te bewegen. Abe spuugde naar Kusakabe en stormde naar buiten, maar in een onderzeeboot zijn er niet veel plekken om naartoe te stormen. Ik pakte een vochtige doek om de zere plek te betten, maar Kusakabe nam zijn boek op alsof er niets was gebeurd. Zo kalm dat ik hem er haast van verdacht dat hij Abe had geprovoceerd om met rust te worden gelaten.

15 november

Weer: regen en wind, uitloper van een tyfoon. Ik heb een beetje last van diarree, maar de ziekenboeg heeft me een medicijn gegeven dat helpt. We hebben het contact met I-37, ons zusterschip op deze missie, verloren. Een totale onderhoudsbeurt van de kaiten heeft het grootste deel van de dag in beslag genomen. Abe heeft na het incident van gisteren niet méér gezegd dan onvermijdelijk was. Kusakabe sprak stroef en vormelijk tegen hem. Zijn linkeroog zit door een blauwe plek half dicht. Goto heeft tegen de bemanning gezegd dat Kusakabe uit zijn kooi is gevallen. Ik vroeg Kusakabe of zijn aanbod om mij zijn boek over Engels kabuki te lenen nog altijd gold en Kusakabe zei: natuurlijk, en raadde mij een toneelstuk over de grootste krijgsman van het oude Rome aan. Luister: 'Geef mij de oorlog, zeg ik; die overtreft de vrede gelijk de dag de nacht; oorlog is levendig, waakzaam, hoorbaar, ademt vrij. Vrede is de verlamming zelve, futloos; peinzend, doof, slaperig, ongevoelig; verwekker van meer bastaardkinderen dan oorlog een vernietiger van mannen.' Zelfs toen Abe in onze hut kwam ben ik blijven lezen. Maar de westerse militaire waarden zijn verbijsterend. Die krijgsman, Coriolanus, praat over eer, maar als hij zich door de Romeinen verraden voelt, deserteert hij en gaat hij, in plaats van zijn afkeuring te laten blijken door het plegen van harakiri, vechten voor de vijand! Wat is daar eervol aan? Vanmiddag werd een niet-geëscorteerd Amerikaans vrachtschip waargenomen, maar kpt. heeft de strikte opdracht geen conventionele torpedo te lanceren zolang de kaiten-missie niet volbracht is. Goto bezwoer dat hij er in ieder geval bij het Hoofdkwartier van de Admiraliteit met geen woord over zou reppen als kpt. Yokota die order naast zich neer zou leggen. I-47 stuurde een bericht waarin werd gewaarschuwd voor twee vijandelijke torpedobootjagers op 20 km zzo, we lieten het vrachtschip daarom ontkomen. Later hebben Goto en ik van karton een model van een oorlogsschip gemaakt en met een namaakperiscoop aanvalshoeken voor een kaiten uitgeprobeerd. Daarna zei Goto, zo achteloos alsof het over het weer ging: 'Tsukiyama, ik wil je mijn vrouw voorstellen.' Voor één keer was hij ernstig. Tijdens ons laatste weekendverlof is hij met haar getrouwd. 'Als ze na mijn dood wil hertrouwen,' zei hij, meer tot zichzelf dan tegen mij, 'heeft ze mijn zegen. Ze krijgt misschien meer dan één man, maar ik zal altijd maar één vrouw hebben.' Goto vroeg toen waarom ik mij als vrijwilliger voor de speciale eenheden had opgegeven. Je zult het misschien raar vinden dat we dit onderwerp in Otsushima, of zelfs in Nara, nooit hebben aangesneden, maar onze geest was te zeer bezig met het 'hoe' om het 'waarom' te zien. Mijn antwoord was – en is – dat ik geloof dat het kaiten-project de reden is waarom ik ben geboren.

◆

Suga sjokt de trap af. 'Hoi.'

'Hoi.' Ik doe het dagboek dicht. 'Hoe gaat het?'

'Een hoofdpijn van tien megaton.'

'Mijn baas heeft hier ergens een verbanddoos...'

'Ik heb een unieke immuniteit voor pijnstillers. Ik heb je wc schoongemaakt. Ik heb er nog nooit eerder een schoongemaakt. Ik hoop dat ik de juiste lap en zo gebruikt heb.'

'Dank je.'

Suga haalt zijn neus op terwijl hij even naar het scherm kijkt. Het is een Amerikaanse film – er zijn er niet veel niet – die ik zomaar gepakt heb, *An Officer and a Gentleman*. Door de doos dacht ik dat het misschien ging over de oorlog in de Stille Oceaan en de marine waartegen mijn oudoom had gevochten, maar ik zat er volledig naast. De hoofdrolspeler – hij heeft een gekweld knaagdierengezicht – zit in de jaren tachtig vast in een opleidingskamp van de mariniers. 'Nou,' zegt Suga, 'ik begrijp waarom je Ueno eraan gegeven hebt. Is dit alles wat je doet? De hele dag op je reet naar films zitten kijken?'

'Hetzelfde als op je reet naar een computerscherm zitten kijken.'

Suga bekijkt het rek met nieuwe video's. 'Leven in geleende tijd, die videozaken. Heel binnenkort gaan de mensen hun video's downloaden van het net, weet je. DCDI-format. De technologie is er al, alleen nog wachten tot de markt het doorheeft. Ik wou je vragen: wat is er geworden van die Koreaanse griet waar je achteraan zat?'

'Uh, persoonsverwisseling.'

Een kryptonite-groene jeep rijdt met dreunende tijdreismuziek het trottoir op. Lolita spuwt vanaf de plaats naast de bestuurder kersenpitten uit het raam terwijl de Dalai Lama, met onder zijn ene arm een wollige, witte fret – het dier heeft een rozegestreept vlinderstrikje aan – en onder zijn andere arm drie video's, de winkel in komt zetten. 'Bij *Jason and the Argonauts* zaten we te gillen, bij *Sinbad* te rillen, bij *Titanic* te trillen. Mythen zijn ook niet meer wat ze geweest zijn. Ik kan het weten – ik heb ze geschreven.' Ik controleer de retourdata en bedank hem. De Dalai Lama maanwandelt naar buiten en zwaait met een frettenpoot naar ons. De fret gaapt. De jeep schiet weg, perst muziek roodverschuivend samen tot warrig rumoer. Suga kijkt naar buiten. 'Ik wou dat ik zo'n vriend had, dan zou ik hem steeds kunnen bellen als ik me een misfit voel om weer te weten hoe normaal ik eigenlijk ben.' Suga geeuwt, maakt zijn brillenglazen schoon aan zijn T-shirt en stapt naar buiten om de lucht te raadplegen. 'Nou, een nieuwe dag.'

'De wachtruimte van een auditiezaal is een bakermat voor gekken,' zegt Ai, door vaag atmosferisch gekraak dat klinkt als geruis van de wind, 'of kenners van psychologische oorlogsvoering. Musici zijn erger dan die topschakers van wereldformaat die elkaar onder tafel een schop geven. Een jongen van de muziekschool in Toho eet knoflookyoghurt en leest Franse slang voor uit een taalgids. Hardop. Een ander zegt met zijn moeder boeddhistische teksten op. Twee meisjes bespreken de meest geliefde zelfmoorden van conservatoriumleerlingen die de spanning niet meer konden verdragen.'

'Als wat je voor de jury speelt maar half zo goed klinkt als gisteravond voor mij, kom je er op je sloffen.'

'Ik ben bang dat je niet helemaal objectief bent, Miyake. Ze geven geen punten voor je hals. Hoe dan ook, niemand komt op zijn sloffen aan een beurs van het Conservatoire in Parijs. Je sleept je er aan je nagels heen, over de lijken van afgeslachte medekandidaten. Als een Romeinse gladiator, alleen, als je verliest dien je beleefd te grijnzen en je meerdere te feliciteren. Voor jou door de telefoon spelen is iets anders dan optreden voor een jury van lookalikes van opgedolven eersterangs oorlogsmisdadigers die mijn toekomst, mijn droom en mijn betekenis als menselijk wezen in handen hebben. Als ik deze auditie verknal, wordt het tot aan mijn dood privé-les geven aan Hello-Kitty-honneponniedochters.'

'Er komen nog wel meer audities,' merk ik op.

'Foute opmerking.'

'Wanneer wordt de uitslag bekendgemaakt?'

'Vandaag om vijf uur, nadat de laatste kandidaat geweest is – de juryleden vliegen morgen terug naar Frankrijk – er komt iemand...' Ik krijg een oorvol ruis en bedekt gemompel. 'Dat was mijn op-over-twee-minuten-teken.'

Zeg iets krachtigs, bemoedigends en wijs. 'Uh, veel succes.'

Haar adem verandert terwijl ze loopt. 'Ik zat na te denken zonet...'

'Waarover?'

'De betekenis van het leven natuurlijk. Ik ben weer van gedachten veranderd.'

'Ja-ah?'

'Je vindt je eigen betekenis door te slagen of te zakken voor een serie tests.'

'Wie laat jou slagen of zakken bij die tests?'

Haar voetstappen weergalmen en atmosferische storing ruist. 'Jij.'

Klanten komen, klanten gaan. Er wordt een gestage stroom van films over het einde van de wereld gehuurd – zit zeker in de lucht. Ik vraag me af hoe Ai het ervan afbrengt bij haar auditie. Ik dacht dat mijn gitaarspel oké was, maar bij haar vergeleken ben ik een vingerloze dilettant. Een opgefokte moeder komt binnen en vraagt me om een video aan te bevelen die haar kinderen een uurtje stilhoudt. Ik weersta de verleiding om haar *Pam the Clam from Amsterdam* aan te smeren – 'Nou, mevrouw, *dat* heeft ze wel stilgehouden, hè?' – en stel *Sky Castle Laputa* voor. Ik ga naar de deur – de lucht is zo'n opalen marmeladezonsondergang. Een Harley Davidson komt grommend langs, een kuierende leeuw. Het chroomwerk is kometachtig en de bestuurder een jongen in een leren broek, een door een designer gescheurd T-shirt met het opschrift IK BEN GOED VERDOMME en een helm van een legerkoerier met daarop een stripeend afgedrukt. Het meisje – volmaakte armen die verdwijnen in dat T-shirt, blond haar dat amberkleurig zonlicht vangt – is niemand minder dan Koffie. Koffie van het liefdeshotel! Zelfde getuite lippen, zelfde tijdzones omvamende benen. Ik verschuil me achter een poster van Ken Takakura en kijk hoe de motor zigzagt door de verkeersopstopping. Koffie zonder twijfel – of haar kloon. Ik ben al niet zo zeker meer. Koffie heeft in Tokio miljoenen klonen. Ik ga zitten en doe het dagboek van mijn oudoom open. Wat zou Subaru Tsukiyama nu zeggen van Japan? Was het de moeite waard om voor te sterven? Misschien zou hij zeggen dat *dit* niet het Japan is waarvoor hij is gestorven. Het Japan waar hij voor stierf is nooit tot stand gekomen. Het was een mogelijke toekomst, die bij het heden auditie heeft gedaan, maar tegelijk met andere dromen afgewezen werd. Het is misschien een zegen dat hij het Japan dat tenslotte werd gekozen niet kan zien. Ik vraag me af hoe ik me op moet opstellen als ik volgende week maandag mijn grootvader zie. Ik wou dat ik net als Daimon een opstelling kon kiezen. Ik wou dat admiraal Raizo mij een hint had gegeven. Moet ik dat gedoe met die samoeraigeest toejuichen? Maakt het wat uit? Ik wil alleen maar dat mijn grootvader mij in contact brengt met mijn vader. Meer niet. Ik vraag me af hoe ík in de oorlog zou zijn gevaren. Had ik rustig in een ijzeren walvis kunnen afkoersen op mijn dood? Ik ben net zo oud als mijn oudoom toen hij stierf. Ik denk dat ik niet 'ik' zou zijn geweest. Ik zou een andere 'ik' zijn geweest. Raar idee – ik ben niet door mijzelf gemaakt, of door mijn ouders, maar door het Japan dat dan wel tot stand is gekomen. Subaru Tsukiyama is gemaakt door een Japan dat stierf bij de capitulatie. Het moet moeilijk zijn als je, zoals Takara Tsukiyama, een product van beide bent.

♎

18 november
Weer: tropische hitte, verblindend zonlicht. Vanochtend heb ik dertig minuten doorgebracht op de uitkijkpost aan de boeg. De uitkijk leende me zijn verrekijker. Onze positie is 60 kilometer ten westen van de Ulithi-atol. Een verkenningsvliegtuig uit Truk meldde van grote hoogte 200 vijandelijke schepen, waaronder 4 vliegdekschepen. Het radioverkeer van de vijand wordt steeds intensiever. Kpt. Yokota heeft besloten niet op I-37 te wachten omdat sinds het laatste contact 5 dagen zijn verstreken. Haar via de ultrakortegolf aanroepen zou riskant zijn, zo dicht bij een vijandelijke sterkte. Ik hoop

dat ze alleen maar vertraging heeft. Het zou voor de kaiten-bestuurders een wrede wending van het lot zijn als zij zo dichtbij het doelgebied tot zinken werden gebracht. We wensten I-36 en I-47 goede jacht en voeren in oostelijke richting naar de Palaueilanden. I-333 naderde rond 1800 Peleliu. De archipel is zo mooi als plekken uit oude verhalen, maar zo vreemd als de landschappen die ik vroeger in mijn schetsboek krabbelde. Ik zag koraaleilandjes, kronkelende dagzomen, ravijnen, pieken, moerassen en zandbanken. Recente oorlogsschade was heel erg goed te zien. De 14de divisie van het Kwantung-leger zal de vijand de invasie op deze eilanden duur betaald hebben gezet. De bases en vliegvelden behoorden tot de meest gevechtsklare in de oorlog, doordat de Palaueilanden sinds het mandaat van de Volkerenbond van 1919 Japans grondgebied zijn. Maar de vijand kan niet vermoeden wat de ware prijs is van het voor anker gaan in het Nauw van Kossol. De uitkijk nam een vijandelijk verkenningsvliegtuig waar en we doken. Omdat de maaltijd van vanavond naar alle waarschijnlijkheid onze laatste is, kwam kpt. Yokota met zijn koffergrammofoon en twee platen. Ik herkende onmiddellijk een melodie die mijn vader altijd speelde, voordat jazz vanwege de verderfelijke invloed werd verboden. De naam van de musicus is Jyu Keringuton. Wat vreemd om te luisteren naar Amerikaanse jazz alvorens Amerikanen te gaan doden.

19 november

Weer: mooi, overwegend kalm. Een rustige laatste nacht. I-333 voert onderwateruitkijk via periscoop uit. Glibber heeft beloofd naar Nagasaki te gaan en dit dagboek persoonlijk aan jou, Takara, te geven. Mijn medebestuurders van Kikusui schrijven hun laatste brieven. Kusakabe vroeg Abe om advies over een moeilijke kanji voor een haiku die hij aan het schrijven was. Abe antwoordde zonder wrok. Ik heb weinig aanleg voor poëzie. Glibber is op het ogenblik bezig onze kaitens een laatste onderhoudsbeurt te geven en de lanceringsmechanismen worden getest. Kpt. Yokota nadert met een wijde bocht de toegang tot het Nauw van Kossol. We hebben voor het speciale altaar gebeden en wierook achtergelaten als geschenk aan de god van het altaar. Goto heeft zijn kartonnen vliegdekschip verbrand en de as geofferd. We bekeken een cartografische kaart van het doelgebied met dieptepeilingen. Bij ons laatste middagmaal hebben we de leden van de bemanning bedankt voor het feit dat ze ons hier veilig naartoe hebben gebracht. We brachten banzai-toasten uit op het welslagen van onze missie en op de Keizer. Ik ben voor de laatste keer naar de brug gegaan om de maan en de sterren te zien en deelde een sigaret met de adelborst van de wacht. De maan was vol en helder. Hij deed me denken aan de spiegel die Yaeko en moeder gebruiken om schoonheidsmiddelen op te doen. Deze maan zal mij in staat stellen in minder dan drie uur vanaf nu mijn doel te kiezen. Drie uur. Dat is alles wat mijn levensloop nog moet volvoeren, als alles goed gaat. Mijn gedachten worden nu in beslag genomen door de vraag hoe ik mijn training het beste kan gebruiken om zeker te zijn dat ik een dodelijke treffer maak. Ik ga dit dagboek nu aan Glibber geven.

Takara, leef mijn leven namens mij en ik zal sterven namens jou.

Leef lang, kleine broeder.

◆

Ik had Ai nog nooit zo treurig horen klinken. Ik had nooit gedacht dat zij dat in haar repertoire had. Ik aai Kat. 'Je vader weet wat het Conservatoire voor je betekent?'

'Meneer weet heel goed wat het voor me betekent.'

'En hij weet hoe weinig beurzen worden toegekend?'

'Ja.'

'Waarom verbiedt hij je dan te gaan? Waarom loopt hij niet over van trots?'

'Niigata was meer dan genoeg voor hem, dus Niigata is meer dan genoeg voor mij. Hij weigert het woord muziek te gebruiken. Hij zegt in plaats daarvan "gepingel".'

'Hoe denkt je moeder erover?'

'Mijn moeder? "Denken"? Niet meer sinds haar wittebroodsweken. Wat zij zegt is "Gehoorzaam je vader!" Steeds weer opnieuw. Zij heeft hem al zo lang haar zinnen af laten maken dat hij ze nu ook voor haar begint. Ze verontschuldigt zich zelfs tegenover mijn vader voor het feit dat zij hem tegen haar laat schreeuwen. Mijn zus is getrouwd met de eigenaar van de grootste betonfabriek aan de kust van de Japanse Zee omdat dat van onze vader moest en nu begint ze mijn moeder te worden. Het is eng. Ze hoorde dat ze boven Attica grote ozongaten hebben dus...'

'Attica? Ze bedoelt misschien Antarctica?'

'Hun kennis van de wereld buiten Japan reikt niet verder dan de afstand die ze van de kust af kunnen zwemmen. Sorry dat ik zo verbitterd klink. Daarna werd mijn broer ingeschakeld. Hij leidt het filiaal van Meneer, je kunt je dus voorstellen hoe meelevend hij wel is. Hij zei dat ik de harmonie in het gezin verstoor. Frans eten zou rampzalig voor mijn diabetes zijn – alsof *hij* zich ooit om mijn diabetes heeft bekommerd – en alleen van bezorgdheid zou mijn moeder een verhoogde bloeddruk kunnen krijgen; ze zou zelfs wel eens uit elkaar kunnen knallen. Dan was ik schuldig aan het opblazen van mijn moeder door niet te gehoorzamen aan Meneer. Wat is dat voor geluid? Niet Suga weer?'

'Kat, deze keer. Ze heeft met je te doen, maar weet niet wat ze zeggen moet zonder zwak te klinken. Ze hoopt dat het allemaal oké komt.'

'Bedank haar van me. Op een moment als dit zou ik willen dat ik rookte.'

'Houd je mond bij de hoorn – dan blaas ik rook door de lijn.'

'Tieners fantaseren dikwijls dat hun ouders niet hun echte ouders zijn. Na vanmiddag kan ik het aantrekkelijke daarvan wel inzien. Weet je, Meneer kan de gedachte niet verdragen dat ik hem niet nodig heb. De hele wereld moet naar zijn pijpen dansen. Hij is bang dat zijn personeel merkt dat hij zijn dochter niet in de hand heeft. Uit wat voor een familie van zandvliegen kom ik toch! Ik zweer je, soms denk ik dat ik beter af zou zijn als ik een wees was. O. O... sorry, Miyake...'

'Hé, maak je geen zorgen.'

'Mijn tactchip is door vandaag gemold. Ik moet ophangen en je met rust laten. Ik heb een halfuur lang alleen maar gejammerd.'

'Je mag de hele avond jammeren. Ja toch, Kat?'

Kat miauwt godzijdank precies op het juiste moment.

'Zie je? Jammer maar.'

◆

'Je ziet er vijf jaar jonger uit,' zeg ik tegen Buntaro als hij op zondagavond terugkomt van Okinawa, en dat is ook werkelijk zo. 'Dus, als ik vier keer met vakantie ga, zie ik er twintig jaar jonger uit?' Hij heeft een sleutelring voor me meegebracht, met Zizzi Hikaru erop

– Zizzi komt, als de meeste idolen, van Okinawa – die haar kleren uitgooit als je op het plastic omhulsel blaast. 'Zeg, dank je wel,' zeg ik, 'dit wordt een familiestuk. Blij dat je terug bent?'

'Ja-ah.' Buntaro kijkt om zich heen in de Vallende Ster. 'Nee. Ja.'

'Mooi. Heeft Machiko-san het fijn gehad?'

'Veel te fijn. Ze wil er gaan wonen. Morgenochtend.'

Buntaro krabt op zijn hoofd. 'Kodai die binnenkort geboren wordt... dat verandert hoe je tegen de dingen aan kijkt. Zou jij in Tokio op willen groeien?'

Ik denk aan de eerste brief van mijn moeder, de balkonbrief. 'Misschien niet.'

Buntaro knikt en kijkt op zijn horloge. 'Je zult vast wel een heleboel te doen hebben, jongen.' Dat heb ik niet, maar ik begrijp dat hij zijn paperassen bij wil werken, klim dus omhoog naar mijn capsule en raap mijn vuile was bij elkaar. Ik probeer Ai te bellen, maar er wordt niet opgenomen. Geluiden uit de onderwereld trillen vanavond door het flatgebouw. Schreeuwende echtgenoot, krijsende baby, draaiende wasmachine. Morgen is het maandag – grootvaderdag. Ik ga op mijn futon liggen en begin de laatste drie bladzijden van het dagboek te ontcijferen. Ze zijn op ander papier geschreven, in verkrampte tekens die steeds moeilijker te lezen zijn. Aan de bovenkant van de pagina is met rode inkt in het Engels '*SCAP*' gestempeld – wat ik niet kan vinden in mijn woordenboek – en '*Military Censor*'. Dat maakt een opschrift in het Japans voor de helft onleesbaar: '...deze woorden... geestelijk eigendom...... Takara Tsukiyama...' Een adres in Nagasaki is voor mij niet te ontcijferen.

♎

20 november

Weer – onbekend. Dood maar nog in leven. Alleen in kaiten. Afgelopen 6 uur. Kpt Yokota kwam om 0245 naar de hut – kondigde aan de kaiten-aanval begint 15 min. Stonden in kring en bonden hachimaki van broeder vóór ons vast. Goto: 'Gewoon weer een oefening, jongens.' Abe tegen Kusakabe: 'Adelborst, je bent een duivelse schaker.' Kusakabe: 'Uw linkse hoek is duivels, luitenant.' Liep door I-333 – bedankte bemanning voor ons hier veilig brengen. Gegroet, man voor man. Schudde handen voordat in kaitens gingen via koker. Glibber vergrendelde de luiken boven ons. Zijn gezicht laatste wat ik heb gezien. I-333 dook voor laatste nadering. Radiotelegrafist eerste klasse Hosokawa onderhield telefoonverbinding tot lancering, gaf allerlaatste positie. Abe gelanceerd 0315. Hoorde klampen losvallen. Goto gelanceerd 0320. Kusakabe kwam los 0335. Volgende 5 minuten dacht ik aan vele dingen, moeilijk concentreren. Hosokawa in dialect van Nagasaki: 'Ik zal aan je denken. Moge roem de jouwe zijn.' Laatste menselijke woorden. Voorklampen los. Startte motor. Roeren los. Vrij. Koers scherp naar links vermijden verraderlijke dwarskrachten toren/periscoop. Richting OZO gekoerst, 5 meter diepte aangehouden. 0342 naar de oppervlakte bevestig positie met visuele bepaling. Vijandelijke vloot duidelijk afgetekend tegen havenlichten. Troepentransportschepen, vrachtschepen, tankers, ten minste 3 oorlogsschepen, 3 torpedobootjagers, 2 zware kruisers. Geen vliegdekschepen, veel grote doelen. Etende, slapende, poepende, rokende, drinkende, pratende Amerikanen. Ik, hun beul. Vreemde sensatie. Bij strategiebespreking op I-333 afgesproken eerste kaitens moeten richten op verre schepen – gokwerk nodig. Gebruikten kinderaftelliedje: Do – re – ni – shi – ma – sho – ka? Ka – mi – sa – ma – no – iu – tot – ontploffing. Schokgolven schudden kaiten. Zette periscoop vast, zag olietanker, pruimenbloesemvuur, rook verduisterde sterren al. Nevenexplosie. Oranje. Mooi, vreselijk, kon ogen niet van afhouden. Vlammen stegen, verlichtten Nauw helderder dan dag. Aangevallen, ik dook. Wakend dromen. Zijn, niet doen. Koos dichtstbijzijnde oorlogsschip en manoeuvreerde naar juiste hoek. Claxons, motoren, chaos. Weer zware explosie – kaiten, dieptebom dichtbij, weet niet. Patrouillevaartuig? Trillingen dichterbij, dichter, dichter – dook naar 8 meter – ging bovenlangs. Zware explosie aan stuurboord. Eenzaamheid – bang broeders laten me hier tussen vijandige vreemdelingen niet mijn ras. Vertraagd tot 2 kmu, aan oppervlakte voor positiebepaling. Branden/rook/nevenexplosies 2 plaatsen. Koos grote omtrek pal west – lichte kruiser? 150 meter. Ogen verblind door zoeklicht, maar beschermd door chaos aan wal. Dook naar 6-7 meter. Vermeerderde vaart tot 18 kmu. Vliegen, vreemde lucht. Naar volkomen stilstand. Naar oppervlakte, laatste controle. Kruiser vulde de nacht. 80 meter. Zag gedaanten rennen. Mieren. Vuurvliegjes. Dook 5 meter. Richtte torpedo. Eén gedachte: 'Dit is mijn laatste gedachte.' Zette gashendel op maximumsnelheid. Versnelling drukte mij naar achteren, hard... 70 meter afstand, 60, 50, 40, 30, 20, inslag meteen, inslag nu.

Galm als tempelklok. Woest ronddraaien – boven = beneden, beneden = boven, stampen, links rechts boven onder geworpen, losse dingen vlogen, ik ook. Longen leeg. Dus dit dood, denk ik, dan denk ik, kan dood denken? Pijncirkels uit hoofd verdreven verder denken. Slingeren > hing ondersteboven > trillen stopt. Motoren gieren, roerhendel lam en los in hand, gierend geluid van motoren, hitte stijgt, ruik brandende olie – zelfde moment besef ik niet dood en moet motoren uitdoen, motoren uit. Mislukt. Kop niet geëxplodeerd. Kaiten van romp geschampt = bamboespeer van metalen helm. Periscoopvizier sloeg in gezicht, brak neus. Blijven zitten, luisterde naar geluiden van oppervlakte. Probeerde TNT met hand te ontsteken, sla met sleutel op omhulsel. Scheurde nagel vinger af bij poging. Chronometer kapot door inslag. Minuten of uren, weet niet. Periscoop duisternis > blauwig nu. Veldfles whisky. Ga drinken, doe deze vellen in fles. Takara. Boodschap in fles in dode haai. Ken je dit liedje, Takara?

Lijken drijvend en lijken gezwollen,
Lijken te bed in de gezwollen zee,
Lijken dromend in bergweiden,
Wij zullen sterven, wij zullen sterven, wij zullen sterven voor de keizer,
en nooit meer zien wij om.

Te bed in de gezwollen zee. Lucht ijler. Of verbeeld me lucht ijler. Nu? Duikers ontdekken me misschien – tyfoon schudt me los, gooit me op strand – blijf hier tot einde tijd. Kaiten was geen roemvolle dood. Kaiten is urn. Zee is graf. Vergeef ons die zo lang voor het middaguur gestorven zijn.

◆

‘Geen hoop,’ antwoordt een vrouw die niet Ai is. Het is na middernacht maar ze klinkt eerder geamuseerd dan kwaad. Ze heeft een moddervet Osaka-accent. ‘Sorry.’

‘O. Mag ik vragen wanneer, uh, mejuffrouw Imajo weer terug kan zijn?’

‘U kunt vragen wat u wilt, maar of ik antwoord geef is een andere kwestie.’

‘Wanneer wordt mejuffrouw Imajo terugverwacht? Als ik vragen mag?’

'En dan het belangrijkste nieuws van vanavond: Ai Imajo is, in een allerlaatste poging om de diplomatieke impasse te doorbreken, naar de voorvaderlijke zetel in Niigata ontboden. Toen verslaggevers de opstandige mejuffrouw Imajo vroegen hoe lang de topconferentie zou duren, kregen wij te horen: "Zo lang als nodig is." Blijf aan uw toestel!'

'Dagen dus?'

'Nu ik. Ben jij die karatejongen?'

'Nee. Die kopstootjongen.'

'Zelfde jongen. Leuk om je van het stoffelijk omhulsel bevrijde stem eindelijk eens te horen, karatejongen. Ai noemt je kopstootjongen, maar ik vind karatejongen leuker klinken.'

'Uh, zeker. Als Ai terug is, zou u dan...'

'Ik heb de geestesgaven van mijn oma. Ik wist dat jij het was die belde. Wil je niet weten wie ik ben?'

'Bent u misschien de verlegen, teruggetrokken huisgenoot van Ai?'

'Hole-in-one! Zo. Heeft Ai verkering met een menselijk wezen of ben je weer zo'n psycho-engerd?'

'Niet direct verkering...' Ik hap. '"Psycho-engerd"?'

'Feit is. Tachtig procent van Ai's bewonderaars krijgt tenslotte een geslaagde loopbaan in de griezelfilmindustrie. De laatste was de Griezel van de Zwarte Lagune. Zwemvliezen tussen zijn tenen, week, waterafstotend, ving bromvliegen met zijn tong. Belde middenin de nacht en kwaakte tot het licht werd. Reed in een Volvo, droeg een blazer, gaf cd's uit van zichzelf waarop hij madrigalen zong en kwam met ongevraagde fantasieën als Ai mij had gevraagd te zeggen dat ze er niet was. Hij en Ai zouden in Tokyo Disneyland gaan trouwen en naar Athene, Montreal en Parijs reizen met hun drie zoontjes, Delius, Sibelius en Yoyo. Een keer belde zijn moeder – ze wilde het nummer van Ai's ouders in Niigate weten om rechtstreeks met de producenten huwelijksonderhandelingen te beginnen. Ai en ik moesten een ex-bokser in de gevangenis verzinnen die Ai's vorige bewonderaar zowat gewurgd had.'

'Ik kan u verzekeren dat mijn moeder nooit zal bellen. Maar...'

'Wel eens in een pizzakeuken gewerkt, karatejong?'

'Een pizzakeuken? Hoezo?'

'Ai zegt dat je met ingang van morgen een baan moet hebben.'

'Da's waar, maar ik heb nog nooit in een keuken gewerkt.'

'Maakt niet uit. Een chimpansee kan het werk doen. Bovendien, we hebben in het verleden al een heleboel behaarde, in bomen levende primaten in dienst gehad. De werktijden zijn ellendig – van middernacht tot acht uur 's ochtends – de keuken is warmer dan het inwendige van de zon maar voor de nachtploeg is de betaling goed. Centraal gelegen – de Nero tegenover Café Jupiter, toneel van legendarische kopstoot. Plus, dat je samen met mij komt te werken. Heeft Ai gezegd hoe ik heet?'

'Uh...'

'Blijkbaar ben ik het laatste waar ze aan denkt. Sachiko Sera. Zoals in *Che Serà, Serà, whatever* li-lah, li-lah. Nou ja, zoiets. Kun je morgenavond beginnen? Maandag?'

'Ik wil u er niet van weerhouden mij een baan te geven die ik hard nodig heb, mejuffrouw Sera, maar, uh, wilt u mij niet eerst even zien?'

Sachiko Sera praat met een stem uit het graf. 'Eiji Miyake, zoon van Yakushima... ik weet *alles* van je...'

◆

'Meneer Miyake?' Butler staakt in de Tearoom Amadeus het pedaleren met zijn vingers. Gewelfde wenkbrauwen: butlerschap zit volledig in de wenkbrauwen. 'Wilt u mij maar volgen. De Tsukiyama's verwachten u.' Tsukiyama'*s*? Heeft mijn grootvader mijn vader kunnen bewegen mee te gaan? De zaak is drukker dan vorige week – een uitvaartgezelschap komt hier bijeen, vele bezoekers zijn in het zwart – en ik heb moeite met het lokaliseren van een oudere man en een man van middelbare leeftijd die op mij lijkt. Als Butler een stoel onder een tafel vandaan trekt waaraan een vrouw en een meisje van mijn leeftijd zijn gezeten, neem ik dan ook aan dat hij zich vergist. Zijn wenkbrauwen zeggen mij dat er geen vergissing in het spel is en ik kijk dus verbaasd, terwijl die twee mij aandachtig opnemen. 'Mevrouw,' vraagt Butler, 'wilt u een derde kop?' De vrouw stuurt hem met een 'absoluut niet' heen. Het meisje kijkt me gespannen aan – een soort kan-die-drol-nog-door-de-plee?-blik – terwijl mijn geheugen worstelt met gelijkenis... Anju! Een verfomfaaide, chagrijnige Anju met een bol gezicht. We hebben dezelfde donzige wenkbrauwen. 'Eiji Miyake,' zegt ze en ik knik alsof het een vraag is, 'je bent me een treurige, schaamteloze gluiperd.' Ineens begrijp ik het.

Mijn halfzuster. Mijn stiefmoeder vingert de bronzen torque rond haar hals – dik genoeg om een bijlslag te stoppen – en zucht. 'Laten we proberen deze ontmoeting niet langer en pijnlijker te maken dan strikt noodzakelijk is. Ga zitten, meneer Miyake.'

Ik ga zitten. De Tearoom Amadeus gaat op de achtergrond door, als op een videoscherm. 'Mevrouw Tsukiyama' – ik tast om mij heen naar vriendelijkheden – 'bedankt voor uw brief van vorige maand.'

Gespeelde verbazing. '"Dank u"? Is ironie uw openingszet, meneer Miyake?'

Ik kijk om mij heen. 'Uh... ik verwachtte eigenlijk mijn grootvader...'

'Ja, daar weten we alles van. Uw kleine rendez-vous staat in zijn agenda. Helaas is mijn schoonvader niet in staat om hierbij te zijn.'

'O... ja ja.' Jullie hebben hem opgesloten in een kast?

Halfzuster heeft een petserige stem. 'Grootvader is drie dagen geleden overleden.'

Pets.

Een serveerster komt langs met een blad frambozenkwarkpunten.

Stiefmoeder wendt onverholen een glimlach voor. 'Ik ben ronduit verbaasd dat u afgelopen maandag niet hebt gezien dat hij zo ziek was. Op uw wenken op komen draven voor het voorbereiden van een samenzwering. Ik hoop dat u trots bent op uzelf.'

Dit slaat nergens op. 'Ik heb hem vorige week maandag helemaal niet gezien.'

'Leugenaar!' petst Halfzuster. 'Leugenaar! Moeder zei het je al – we hebben zijn agenda met afspraken! Welke naam denk je dat we vonden voor een afspraak hier een week geleden!' Ik zou de mond van dit meisje met kleefband willen afplakken.

'Maar mijn grootvader was vorige week maandag nog in het ziekenhuis.'

Stiefmoeder neemt een hoofd-in-handen-laten-rusten-houding aan. 'Meneer Miyake, uw leugens zijn echt heel gênant. Wij weten dat mijn schoonvader het verpleeghuis vorige week maandag heeft verlaten om u te ontmoeten! Hij heeft de dienstdoende verpleegster niet om toestemming gevraagd, omdat hij die nooit had gekregen. Hij was veel te ziek.'

'Ik lieg niet! Mijn grootvader was te ziek om te komen. Hij heeft daarom een vriend gestuurd.'

'Welke vriend?'

'Admiraal Raizo.'

Stiefmoeder en Halfzuster kijken elkaar aan. Halfzuster hinnikt een hortende lach en Stiefmoeder glimlacht zodanig dat haar mond krimpt tot een gelippenstifte punt. Die lippen kussen mijn vader. 'Dan heb je met Grootpapa gesproken,' petst Halfzuster, 'maar je was te stom om hem te herkennen!' Ik weet me te beheersen. Ik kijk naar Stiefmoeder voor een verklaring. 'De laatste practical joke van mijn schoonvader.'

'Waarom zou mijn grootvader zich uitgeven voor die admiraal Raizo?'

Halfzuster bonst op de tafel. 'Hij *is* je "grootvader" niet!' Ik reageer niet op haar. De ogen van Stiefmoeder krijgen een oorlogszuchtige glans. 'Heeft hij u documenten gegeven om te tekenen?'

'Waarom,' herhaal ik, 'zou mijn grootvader zich uitgeven voor een ander?'

'Hebt u iets getekend?'

Dit leidt tot niets. Ik leg mijn handen achter mijn hoofd, leun achterover en bekijk het plafond terwijl ik weer rustig word. 'Ja, vriend,' merkt Mozart op, 'je hebt een probleem. Maar het is jouw probleem. Niet het mijne.' Ik heb een enorme zin in een sigaret. 'Mevrouw Tsukiyama, is het nodig zo kwaad bloed te zetten?'

' "Kwaad bloed",' mompelt Halfzuster. 'Goed uitgedrukt.'

'Wat moet ik doen om u te bewijzen dat ik alleen maar mijn vader wil ontmoeten?'

Stiefmoeder heft het hoofd op. 'Rustig aan, meneer Miyake...'

Dat doet mij overkoken. 'Nee, mevrouw Tsukiyama, ik ben het zat om rustig aan te doen...'

'Meneer Miyake, u maakt een...'

'Houd uw mond en luister! Ik wil uw geld niet! Ik wil geen gunsten! En *chantage*! Hoe komt u erbij dat ik u zou willen *chanteren*? Ik heb er zo *genoeg* van deze stad uit te kammen, op zoek naar mijn vader! U wenst mij te verachten, uitstekend, daar kan ik mee leven. Laat mij hem alleen maar ontmoeten – één keer maar – en als hij tegen mij zegt dat hij me nooit meer wil zien, oké, dan verdwijn ik uit jullie leven en begin ik echt aan het mijne. Dat is alles. Is dat te veel om te begrijpen? Is dat te veel gevraagd?'

Ik ben zo uitgeput.

Halfzuster is niet zeker van zichzelf.

Stiefmoeder heeft haar onverdraaglijke glimlach eindelijk afgelegd.

Ik denk dat ik ze aan het luisteren heb gekregen. Plus de helft van de bezoekers in de Tearoom Amadeus.

'Inderdaad, ja.' Stiefmoeder schenkt zichzelf en haar chagrijnige, onbeschofte dochter slappe thee in uit een geribbelde theepot. 'Het is te veel gevraagd. Laten we zeggen dat ik geloof dat u geen wrok jegens mijn gezin koestert, meneer Miyake. Laten we zelfs zeggen dat ik enig begrip voor uw positie heb. Aan het basisgegeven doet dat niets af.'

'Het basisgegeven.'

'Er is geen prettige manier om het te zeggen. Mijn man wil u niet spreken. U schijnt te geloven in een duistere samenzwering die u van hem weg houdt – dat is gewoon niet waar. Wij zijn hier niet om u op een dwaalspoor te brengen. Wij zijn hier op verzoek van uw vader om u te vragen hem, *alstublieft*, met rust te laten. Hij heeft voor uw onderhoud betaald, niet om enige hoop te kunnen koesteren op een hereniging in de toekomst, maar om zijn recht op privacy te kopen. Is dat te veel om te begrijpen? Is dat te veel gevraagd?'

Ik wil huilen. 'Waarom wil hij mij dat niet zelf zeggen?'

'Met één woord' – Stiefmoeder neemt een slokje van haar thee – 'schaamte. Hij schaamt zich voor u.'

'Hoe kan hij zich schamen voor een zoon die hij niet wenst te zien?'

'Mijn man schaamt zich niet voor wie u bent, hij schaamt zich voor wat u bent.'

Een bezoeker verderop staat plotseling op en schuift zijn stoel naar achteren.

'U doet hem verdriet, ons, uzelf. Alstublieft, houd ermee op.'

De serveerster loopt tegen de stoel op. Theekoppen en frambozenkwarkpunten glijden van haar blad en fraai porselein rinkelt onder een golf van 'Oooooooo's' aan stukken. Stiefmoeder en Halfzuster kijken met mij mee. Butler komt als een paraglider aangezweefd om toezicht op de schoonmaakoperatie te houden. Excuses, contra-excuses, geruststellingen, opdrachten, tapijtreinigers, stoffer en blik. Zestig seconden later is van de grote kwarkpuntcrisis geen spoor meer te bekennen. 'Oké,' zeg ik.

'Oké?' Halfzuster draait zich weer om.

Ik richt mij tot de vrouw met wie mijn vader heeft willen trouwen. 'Oké, u wint.' Dat had ze niet verwacht. Ik evenmin. Ze speurt op mijn gezicht naar een adder in het gras. Die is er niet. 'Mijn vader heeft – alleen al door zelf nooit contact te zoeken – zijn, uh, standpunt, al langgeleden duidelijk gemaakt. Ik... ik... kweenie, ik heb het nooit willen geloven. Maar zeg tegen hem' – een abrikooskleurige anjer staat in een glazen, druppelvormige vaas – 'hallo. Hallo en vaarwel.'

Stiefmoeder houdt haar blik strak.

Ik sta op om weg te gaan.

'Heb je dat van Grootpapa?' petst Halfzuster. Ze kijkt naar het kaiten-dagboek, gewikkeld in het zwarte zeildoek. 'Want, dan is het eigendom van de Tsukiyama's.'

Ik kijk naar deze anti-Anju. Als ze het aardig had gevraagd, zou ik hebben toegestemd en het aan haar gegeven hebben. 'Dat is mijn lunchdoos. Ik moet aan het werk.' Ik loop zonder om te kijken de Tearoom Amadeus uit en neem het dagboek mee. Butler laat een lift komen en buigt bij het sluiten van de deuren. Ik heb de lift helemaal voor mij alleen – de muzak is 'On Top of the World' door de Carpenters, een liedje dat mijn tanden doet knarsen, maar ik ben te uitgeput om nu wat dan ook te haten. Ik sta versteld van het besluit dat ik zojuist genomen heb. Ik zie de verdiepingnummers aftellen. Meen ik het? Mijn vader heeft mij nooit willen zien... Mijn zoektocht naar hem slaat dus... nergens op? Afgelopen? Komt mijn betekenis te vervallen? Ik geloof dat ik het meen. Ja. 'Begane grond,' zegt de lift. De deuren gaan open en een menigte van zeer drukke mensen golft naar binnen. Ik moet mij, voordat de deuren dichtgaan en ik word teruggevoerd naar waar ik vandaan kwam, een weg naar buiten banen.

Zeven

♠

Kaarten

Sachiko Sera, mijn derde baas in vier weken, had niets te veel gezegd: de keuken van Nero is zo heet als de hel en een aap zou mijn werk met de genummerde pizza's kunnen doen. De keuken is een gangetje van één bij vijf stappen, met aan het ene uiteinde een soort kooi met vakken en stoelen waarop de koeriers zitten te wachten. Sachiko en Tomomi nemen de bestellingen aan – per telefoon of van klanten die binnen komen lopen – en schuiven de bonnetjes vanaf de toonbank aan de voorkant door het luik. Ik bekleed de bodemkorst met de juiste bovenlaag door de naam van de pizza op te zoeken op een gigantische kaart die een hele muur beslaat, met gekleurde iconen voor apen die nooit hebben leren lezen. Zo zitten in de grote cirkel met 'Chicago Knaller' plaatjes van tomatenpuree, gehaktballetjes, worstjes, Spaanse peper, rode en gele paprika's, kaas; Hawaï Honeymoon is tomaat, ananas, tonijn, kokosnoot; Nero Maniak is pepperoni, zure room, kappertjes, olijven en tijgergarnalen. Dan heb je de verschillende soorten korst: dik, knapperig, met kruiden, met mozzarella gevuld. De bovenlagen zitten in een koelkast zo groot als een kamer – op het deksel van elke doos staat een plaatje met de inhoud. Je schuift de opgemaakte pizza in een tweebaans, op gas gestookt inferno. Rolletjes voeren hem met een snelheid van zo'n tien centimeter per minuut door het gloeiend hete binnenste, maar als de bestellingen zich opstapelen, reik je er met een verlostang in om de pizza een voortijdige geboorte te bezorgen. 'Het is allemaal een kwestie van timing,' zegt Sachiko, terwijl zij haar haar naar achteren doet. 'Ideaal is dat de pizza in zijn doos terechtkomt – zo plak je de bestelbon op het deksel – precies op het moment dat de koerier terugkomt van zijn vorige bestelling.' Na een halfuur laat Sachiko het aan mij over. Het heeft iets grappigs en de bestellingen houden nooit op, zelfs niet om één of twee uur 's nachts, dus ik heb, anders dan bij Gevonden Voorwerpen van Ueno of in de Vallende Ster, nooit veel tijd om na te denken. Onder onze klanten zitten studenten, broodkaarters, zakenmensen die een nacht doorwerken – Shinjuku is een nachtelijk oerwoud. Ik drink liters water, zweet liters water en hoef niet één keer te pissen. Er is een afzuiginstallatie die evenveel lawaai maakt als een veerboot en een blikkerige radio die maar één lokaal station ontvangt dat is blijven steken in de jaren tachtig. Er is een wereldkaart, onder de smurrie, om de slaven van het inferno te kwellen met gedachten aan alle landen van de wereld – en hun uiteenlopend gekleurde vrouwen – waarheen zij niet vrij zijn om te gaan. Een klok strompelt voorwaarts. Sachiko is zoals ik mij haar voorstelde door de telefoon, geschift, ter zake, neurotisch, stabiel. Tomomi is een boze heks die al bij Nero werkt vanaf de dag dat admiraal Perry de baai van het oude Edo kwam binnenzeilen en die niet van plan is om haar knusse leventje in de war te laten sturen door ooit nog hogerop te klimmen. Ze kletst met haar vriendinnen door de telefoon, flirt met bevoorrechte koeriers, zoekt kunstcursussen uit zonder zich daar ooit voor in te laten schrijven en maakt loodzware toespelingen op de verhouding die zij een x-aantal jaren geleden met de eigenaar van Nero heeft gehad en op de schade die ze zijn huwelijk toe zou kunnen brengen als haar comfortabele positie in gevaar mocht komen. Haar stem zou staalplaat kunnen snijden en haar lach is luide, glinsterende nep. De koeriers wisselen van week tot week, maar vanavond zijn het Onizuka en Doi. Onizuka heeft een speld in zijn lip en custardgeel haar. Hij draagt in plaats van het uniform van Nero Pizza een motorjack met een doodshoofd. Als Sachiko ons aan elkaar voorstelt, zegt hij: ‘Laatste knaap vóór jou, die gooide de bestellingen door elkaar. Ik kreeg gezeik met de klanten. Niet de bestellingen door elkaar gooien, jij.’ Hij komt uit Tohoku en zijn noordelijke accent is nog steeds zo vet als ruwe olie – dat baart mij zorgen, voor het geval dat ik een dodelijke bedreiging per ongeluk opvat als een opmerking over het weer. Doi is een ouwe, boven de veertig, loopt mank en kijkt als de gekruisigde Christus. Lijdende, suffige screensaver-ogen, weinig haar op zijn hoofd maar veel aan zijn kin. ‘Laat je niet door Onizuka van de wijs brengen, man,’ zegt hij tegen mij. ‘Die man is heel aardig. Heeft voor niks mijn motor voor me gemaakt, man. Rook je dope?’ Als ik nee zeg, schudt hij treurig het hoofd. ‘Jeugd van tegenwoordig, man, je verknoeit de beste jaren van je leven, later heb je spijt, man. Heb je vrienden die weten hoe ze een feestje moeten bouwen? Eerste kwaliteit, discrete bezorging.' Tomomi komt de kooi in – ze is een begenadigde luistervink. 'Onopvallend? Zo onopvallend als een kilometerbrede ufo die boven het Keizerlijke Paleis de muziek van *Mission Impossible* draait.' Om drie uur 's nachts brengt Sachiko me een mok met de dikste koffie die de scheikunde kent – dik genoeg om er een potlood rechtop in te zetten – wat mijn lichaam doet vergeten hoe moe het is. Onizuka zit in het personeelshok aan het einde van mijn gangetje te wachten, maar zegt verder niets meer tegen me. Twee keer rook ik een JPS voor de pui van de zaak. Ik heb een prima uitzicht op het PanOpticon. Luchtafweerlichten knipperen van zonsonder- tot zonsopgang aan en uit. Heel erg Gotham City. Beide keren gelast het inferno mij om terug te komen voordat ik de sigaret heb opgerookt. Terwijl ik sta te wachten tot een Pizza Gezond uit het inferno tevoorschijn komt – asperges, zure room, olijven, aardappelpuntjes, knoflook – leunt Doi door het luik. 'Miyake, weet je wat een honger dat ik heb?'

'Wat voor honger heb je, Doi?'

'Ik heb zo'n honger dat ik mijn duim af zou kunnen snijden om hem op te eten.'

'Echte honger, dus.'

'Geef me dat mes, ja?'

Ik trek een 'moet dat nou'-gezicht.

'Geef me dat mes, man, dit is een hongersnood.'

'Doe voorzichtig met dat mes. Vlijmscherp.'

'Anders zou ik het toch niet nodig hebben, man?' Doi legt zijn linkerduim op mijn hakbord, plaatst het lemmet erboven en stompt het handvat met zijn rechtervuist naar beneden. Het lemmet glijdt dwars door het bot. Bloed spuit over de balie – Doi houdt zijn adem in. 'Nou, dat was niet gek!' Hij pakt met zijn rechterhand zijn duim op en laat hem bungelen boven zijn mond. Floep. Ik gorgel droge lucht. Doi kauwt langzaam, nadenkend of de smaak hem wel bevalt. 'Veel bot, man, maar niet slecht!' Doi spuugt zijn duimbot uit, wit en glanzend afgezogen. Ik laat vallen wat het dan ook was dat ik in handen had. Sachiko verschijnt bij het luik – ik wijs kokhalzend. 'Doi!' vaart Sachiko uit. 'Prima donna! Je kunt een geboeid publiek gewoon niet weerstaan, hè? Sorry, Miyake, ik had je moeten waarschuwen voor Doi's liefhebberijtje: goochelschool.' Doi doet alsof hij een aanvallende kungfuschuifel uitvoert. 'De Gewijde Academie van Illusionisten is geen liefhebberijtje, akela. Eens zullen ze in rijen voor de Budokan staan om mij te zien optreden.' Hij zwaait met zijn twee vastzittende duimen naar me. 'Je kunt aan zijn ogen zien dat Shiyake een knakker met dringende behoefte aan toverkunsten is.' 'Miyake,' verbetert Sachiko. 'Hij ook,' zegt Doi. Ik weet niet hoe ik moet reageren op dit alles – ik ben alleen maar opgelucht dat het bloed tomatensap was. Vijf uur. De ochtend zet de landing in. Sachiko vraagt me wat minisalades klaar te maken, ik was dus wat sla en wat cherrytomaten. De pizzabestellingen nemen weer toe – wie eet er pizza voor ontbijt? – en voordat ik het weet is Sachiko er alweer, met een hogeraadstem. 'Eiji Miyake, op grond van de mij door Keizer Nero verleende bevoegdheden en gezien uw bevredigend gedrag, verklaar ik dat uw levenslange gevangenisstraf voor een periode van zestien uur is opgeschort. U zult zich echter om middernacht bij deze correctionele inrichting voor verdere zware arbeid gedurende acht uur dienen te melden.' Ik kijk verbaasd. 'Huh?' Sachiko wijst op de klok – 'Acht uur. Je hebt toch wel een huis om heen te gaan?' De deur van de zaak wordt opengeschoven. Sachiko kijkt om zich heen en dan, met een 'aha!'-blik, weer naar mij. 'Er is bij de poort bezoek voor de gevangene.'

Ai zegt overal behalve in Café Jupiter, we lopen daarom naar Shinjuku voor een zaak om te ontbijten. Praten is een beetje moeilijk – we hebben elkaar na die dag in Café Jupiter niet meer gezien, wel vorige week zeker meer dan vierentwintig uur samen doorgebracht aan de telefoon. 'Als het nog ietsje vochtiger dan dit was,' probeer ik, 'zou het gaan regenen.' Ai kijkt op naar de hemel. 'Weet je, het regent.' Ze is gisteravond met een bus teruggekomen uit Niigata en ziet er afgereisd uit. Ik ben zo bezweet en slonzig als een bed in een bordeel. Denk ik. 'Nou, hoe is dat met je vader gegaan?' Ai neuriet. 'Zinloos. Dat wist ik al wel...' begint ze. Ik maak op het juiste moment de juiste geluiden, maar heb – zoals gewoonlijk wanneer mensen problemen met ouders bespreken – het gevoel dat ik iets te horen krijg over een medisch probleem in een orgaan dat ik niet heb. Ik ben niettemin dolblij dat Ai mij voor een ontbijt heeft opgezocht. We komen langs een klein heiligdom – Ai blijft staan kijken naar de bomen, toripoort, strooien draden en slingers van gekruld papier. Een jizo-beeld staat achter een sinaasappel, een fles Suntory-whisky en een vaas met chrysanten. Een oude man is langdurig in gebed verzonken.

'Zijn musici bijgelovig?' vraag ik.

'Hangt van het instrument af. Mensen die een snaarinstrument bespelen, pianisten in technische zin inbegrepen, hebben de luxe dat zij kunnen blijven oefenen tot het goed zit en elke fout die ze dan toch maken, wordt meestal weggemoffeld door het orkest. Blazers, en vooral koper, hebben het zwaarder. Hoe goed je ook bent, één ongelukkige stoot en Bruckners hemelse negende wordt ingezet met – nou, beeldspraak van mijn vorige dirigent – een scheet als een pistoolschot. De meeste trompettisten die ik ken nemen bij de ochtendkoffie een bètablokker in plaats van een koekje. Zijn pizzakoks uit Yakushima bijgelovig?'

'De laatste keer dat ik naar een heiligdom ben geweest was om, uh, die god daar te onthoofden.'

'Met een bliksemschicht?'

'Ik had alleen maar een beugelzaag uit een gereedschapsdoos voor kinderen.'

Ze merkt dat ik serieus ben. 'Gaf die god niet wat je wilde hebben?'

'Die god heeft me precies gegeven wat ik wilde hebben.'

'Dat is waarom je zijn hoofd heb afgezaagd?'

'Joe.'

'Allemachtig, ik moet voorzichtig zijn met jou te geven wat je hebben wilt.'

'Ai Imajo – ik, Eiji Miyake, zweer dat ik nooit je hoofd zal afzagen.'

'Dat is dan geregeld. Maar staat op het vernielen van een godsdienstig kunstvoorwerp dan niet de jeugdgevangenis?'

'Ik heb het tot vanochtend nog nooit aan iemand verteld.'

Ai werpt me een blik met negenennegentig mogelijke betekenissen toe. McDonald's heeft boven de ingang een elektronisch uithangbord dat aangeeft hoeveel plaatsen vrij zijn – het flitst met enkelvoudige getallen aan en uit. Er zijn, denk ik, detectors in de stoelen ingebouwd. Ai zegt dat ik naar boven moet gaan om een tafeltje te nemen terwijl zij in de rij gaat staan en ik ben te moe om daar tegen in te gaan. McDonald's stinkt naar McDonald's maar zal in ieder geval de stank verhullen van Miyake, de ongedouchte keukenslaaf. Boven zit een kudde leerlingverpleegsters te roken, te zeuren en te schreeuwen in mobiele telefoons. Ik tel het geld dat ik net heb verdiend en voel me iets minder moe. Het is Europa Week bij

McDonald's – een videoscherm hangt aan de muur en beelden van Rome glijden voorbij terwijl je door slaapverwekkende muziek wordt opgezogen. Ai verschijnt met een blad bovenaan de trap en kijkt zoekend om zich heen. Ik zou kunnen zwaaien, maar vind het leuk om naar haar te kijken. Zwarte legging, een hemelsblauw T-shirt onder een zijden bessensaphemd en oorringen van oranje lava. Als Ai verpleegster was zou ik een flink bot breken om op haar afdeling in een bed te komen. 'Ze hadden geen chocoladeshake meer,' zegt ze, 'daarom heb ik banaan genomen. Ik zie dat je een perverse hang naar verpleegstersuniformen hebt.'

'Ze moeten mij, uh, naar binnen zijn gevolgd.'

Ai steekt het rietje door mijn deksel. 'Mocht je willen – maar hoe dan ook, je ruikt naar kaas. Sachiko zegt dat een heleboel klanten van jullie verpleegster zijn – in opleiding aan de overkant. Dat logge, grijze gebouw is het Senso-ji Ziekenhuis.'

'Ik dacht dat het een gevangenis was. Neem je alleen maar groene thee?'

'Groene thee is het enige wat ik volgens mijn eetschema tot aan de lunch mag hebben.'

'O – ik vergeet het weer. Sorry.'

'Geeft niet. Suikerziekte is een medische aandoening, niet een zonde.'

'Ik wou niet zeggen...'

'Rustig, rustig; ik weet het wel. Eet.'

Een machtige rivier van loonslaven stroomt onder het raam door – ambtenaren, haastig om hun bureau te bereiken voordat hun afdelingschef achter het zijne zit. 'Ooit,' zegt Ai, 'is Tokio door mensen gemaakt. Maar gaandeweg is dat veranderd en nu maakt Tokio de mensen.'

Ik laat een straaltje shake oplossen op mijn tong. 'Over je vader nog even: hij zei, als je niet naar hem luistert en toch naar Parijs gaat, ben je nooit meer welkom in Niigata.'

'Toen heb ik gezegd, je kunt het krijgen zoals je het hebben wilt.'

'Je gaat dus niet naar Parijs?'

'Ik ga naar Parijs. Maar nooit meer terug naar Niigata.'

'Meent je vader wat hij zegt?'

'Dat was een atoomdreiging naar mijn moeder, niet naar mij. "Als *jij* op je oude dag door je eigen dochter verzorgd wilt worden, moet *jij* zorgen dat ze blijft." Hij is zelfs vrijwel meteen daarop pachinko gaan spelen. Mijn moeder barstte uit in een stortvloed van tranen, precies zoals hij wist dat ze zou doen. Ik denk: welke eeuw is dit? Weet je, er zijn in Niigata bergdorpen waar ze in het groot Filippijnse vrouwen importeren, in groepen van twintig, omdat de plaatselijke meisjes, zo gauw ze volwassen zijn, in de snelste shinkansen stappen die vandaar vertrekt. De mannen begrijpen niet waarom.'

'Je hebt dus gewonnen. Je kunt naar Parijs gaan.'

'In ongenade gevallen, maar ik ga.'

Ik steek een JPS op. 'Je bent zo sterk, Ai.' Zij schudt van nee. 'Het verschil tussen hoe anderen je zien en hoe je jezelf ziet is voor mij... een raadsel. Ik vind *jou* sterk. Ik vind, *ik* ben net zo sterk als die shake van je – die overigens voor negen tiende uit varkensvet bestaat. Ik wil vreselijk graag dat mijn ouders trots op me zijn. En echte kracht heeft niet steeds de goedkeuring van een ander nodig.' Op een Romeins balkon zet een meisje in een avondbriesje zonnebloemen in een terracotta vaas. Ze ziet de camera, kijkt schamper, trekt een pruilmond, gooit haar haar naar achteren en verdwijnt. Ai bungelt haar theezakje in en uit het warme water. 'Ik geloof echt dat ze liever hadden gezien dat ik een opmaakcursus van twee jaar aan een meisjesinstituut had gevolgd, met de tandarts van de familie was getrouwd en een zwerm baby's had geproduceerd. Muziek. Je verslindt het, maar het verslindt ook jou.' Ik slik een hap puree met gebakken vis door. 'Maar toch. Vergeleken bij de Miyakes is jouw familie de Von Tripps uit de *The Sound of Music*.' Ai draait haar theezakje rond. 'Von Trapps.'

Een wicht van vijf duikt uit het niets op aan ons tafeltje en kijkt naar Ai. 'Waar komen baby's vandaan voordat ze in hun mamma's buik zitten?'

'Die worden door de ooievaar gebracht,' zegt Ai.

Het kind kijkt weifelend. 'Waar haalt die ooievaar ze dan vandaan?'

'Parijs,' zeg ik tegen haar en krijg een glimlach uit Ai. De vader van het meisje verschijnt bovenaan de trap met een blad vol lekker eten en ze holt weg. Hij ziet er als een goede pappa uit.

Ai kijkt me aan. Ik zie haar gezicht als van een heel oude vrouw en ook als van een heel klein meisje. Ik heb sinds mijn wie-het-eerst-met-zijn-ogen-knippert-spelletjes met Anju nog nooit zo lang in iemands ogen gekeken. Als dit een film was en niet McDonald's zouden we elkaar nu kussen. Misschien is dit intiemer. Trouw, verdriet, goed nieuws, slechte tijden. 'Oké,' zeg ik tenslotte en Ai zegt niet 'oké wat?' Ze wrijft met de nagel van haar duim over een kraslot van McTeriakiburger. 'Kijk. Ik heb een lunchdoos in de vorm van een kalkoen gewonnen. Moet een goed teken zijn. Mag ik een nieuw baseballpetje voor je kopen?'

'Deze was een cadeautje van Anju,' zeg ik voordat ik verander van gedachten.

Ai kijkt verbaasd. 'Wie?'

'Mijn tweelingzusje.'

Ai kijkt nog verbaasder. 'Je zei dat je enig kind was.'

Geen weg meer terug nu. 'Ik heb tegen je gelogen. Eén keertje maar. Ik wil het rechtzetten. Ik heb je ook nog een heleboel andere dingen te vertellen: mijn grootvader heeft contact met me gezocht – door die advertentie waar jij het over had – en ik heb mijn stiefmoeder en halfzuster gezien. Meer een hinderlaag dan een ontmoeting eigenlijk. Ik heb ook bedacht dat proberen iemand te vinden die mij blijkbaar niet wil zien, ook al is het dan mijn vader, mij alleen maar een ellendig gevoel geeft, daar ben ik dus mee gestopt... Wat is er?' Ai kookt van ergernis. 'Dat is nou typisch Miyake!' Ik probeer het te begrijpen. 'Wat?' Ai tikt met haar knokkels tegen haar voorhoofd. 'Oké, oké. Begin met je tweelingzusje. Dan de stiefmoeder. Schiet op.'

Ik zweef tegen twaalven terug naar de Vallende Ster, zo stralend als een lichtgolf. Ai heeft les de rest van de dag, maar ze komt morgen naar mijn capsule... woensdag – ik moet ophouden met steeds te denken welke dag het is. Ik denk ongeveer negentig keer per uur aan Ai. Het was grappig toen we afscheid namen in Shinjuku – we raakten helemaal de weg kwijt doordat ik achter haar aan liep en zij achter mij aan liep. De wandeling vanaf station Kita Senju is heerlijk vandaag. Struiken, herfstbomen, kinderen die in wandelwagentjes aan een lolly likken – vandaag verslaan ze de pisbakachtige lelijkheid van Tokio. 'Goedemorgen, Eiji-kun,' zegt Machiko vriendelijk, 'je stinkt naar kaas.' Ze kijkt naar een Beat Takeshi-film die op Okinawa speelt. 'Goede regisseur, maar alleen een werkelijk beheerste acteur durft een onbeheerste rol aan.' Machiko laat me haar vakantiefoto's zien en geeft me een foto die ik mooi vind, van een sinaasappelboomgaard tegen een door regen vaag geworden helling. We praten even over Nero. Machiko verstaat de kunst om mij het gevoel te geven dat ik interessant ben – ik vertel haar bijna over Ai, maar ben bang dat ik dan zwijmelig klink en bovendien, er is nog niet zoveel te vertellen, ik klim dus omhoog naar mijn capsule.

'Eiji-kun! Ik vergat je dit te geven. Het is vanochtend bezorgd.' Ik draai me om en ga weer naar beneden voor het pakje – zo'n gewatteerde enveloppe, de kleinste maat die er te krijgen is. De geadresseerde is Mr Fujin Yoda – wie? – die in Hakodate, Hokkaido, woont. Op de voorkant staat met een stempel ONJUIST GEADRESSEERD. Op de achterkant staat – onder AFZENDER op een opgeplakt etiket – mijn naam en adres. 'Is er iets?' vraagt Machiko.

Ik ben op mijn hoede en zeg: 'Niets.' Maar er is wel iets – ik heb hem nooit gepost. In mijn capsule boven verdrijft een verscheurde theedoek het raadselachtige pakje uit mijn gedachten – Kat, louter uit kwaadheid, omdat ze vannacht alleen geslapen heeft. Ik hoop dat ze met verscheuren ophoudt voordat ze aan mijn hemden toe is. Ik neem een douche, ruim de flarden van de gescheurde stof op en ram een Howlin' Wolf-versie van 'All You Need Is Love' uit mijn gitaar. Ik zou moeten omvallen van vermoeidheid, maar ik ben immuun voor slaap. Dan herinner ik me het pakje. Ik scheur het open. Er zit een computerschijfje in, gewikkeld in een brief. Ik wrik wat ijs uit het ijsbakje in een glas en vul het met water. Ik houd van het geluid dat de blokjes maken als er barstjes in schieten.

Tokio, 1 oktober

Mijn naam is Kozue Yamaya. Hoe onwaarschijnlijk of gruwelijk dit verslag van de afgelopen negen jaren van mijn leven ook moge lijken, ik vraag u het tot het eind te lezen. In uw handen is mijn laatste testament. Ik ga u vragen mijn wettige uitvoerder daarvan te willen zijn.

Het einde is eenvoudig, maar elk begin wordt gevormd door het begin daarvoor. Het begin dat ik ga kiezen is een avond in de regentijd, negen jaar geleden. Mijn naam was toen Makino Matani. Zij was een huisvrouw met een zoontje van twee, getrouwd met de eigenaar van een bedrijf in financiële dienstverlening. Ze was kort tevoren aan een bekend instituut voor vrouwen in Kobe afgestudeerd in economische wetenschappen. Met Nieuwjaar wisselde zij stipt wenskaarten uit met haar ex-klasgenoten, die getrouwd waren met tandartsen, rechters en ambtenaren. Een alledaags bestaan. Het regenseizoen kwam. Ik kan me de laatste momenten heel goed herinneren – mijn zoontje speelde met een plastic trein en ik haalde regenschimmel weg uit de douchecel. Ik kon de televisie horen over plotselinge overstromingen en aardverschuivingen in het westen van Japan.

Er werd aan de deur gebeld. Ik ging naar voren en drie mannen duwden tegen de deur en trokken de ketting los die mijn man mij had leren gebruiken. Ze vroegen waar mijn man zich schuilhield en ik vroeg wie zij waren. Een van hen gaf mij zo'n harde klap dat een tand los kwam te zitten. 'Agenten in de zaak van je man,' snauwde hij, 'en *wij* stellen de vragen.' Met een andere man doorzocht hij het huis terwijl de derde toekeek hoe ik mijn gillend zoontje gerust probeerde te stellen. Hij dreigde mijn zoontje te zullen verminken als ik niet zei waar mijn man was. Ik belde mijn man op zijn werk en kreeg te horen dat hij zich die ochtend telefonisch ziek had gemeld. Ik belde mijn man op zijn mobiele telefoon en kreeg te horen dat het nummer afgesloten was. Ik belde zijn pieper – niks. Ik was inmiddels haast hysterisch – de schurk schonk me een glas whisky van mijn man in, maar ik kreeg het niet naar binnen. Mijn zoontje keek met grote angstogen toe. De twee andere schurken kwamen terug met een doos vol persoonlijke bezittingen van mijn man en mijn juwelen. Toen werd het pas echt erg. Ik kreeg te horen dat mijn man bij een kredietfirma die door de yakuza werd gedreven een schuld van meer dan vijftig miljoen yen had opgebouwd. Aan onze levensverzekeringpolis was zodanig gesleuteld dat dat bedrijf als enige begunstigde werd genoemd in het geval dat hij zelfmoord zou plegen. Het huis en de inboedel waren hun eigendom als mijn man bij de aflossingen in gebreke bleef. 'En daar,' zei de meest gewelddadige van de drie, 'hoor jij bij.' Mijn zoontje werd meegenomen naar de andere kamer. Ik kreeg te horen dat ik nu verantwoordelijk was voor de schulden van mijn man. Ik werd daarna geslagen en verkracht. Er werden foto's genomen 'om mijn gehoorzaamheid te garanderen'. Ik moest deze kwelling ter wille van mijn zoontje in stilte ondergaan. Als ik hun bevelen niet zou opvolgen werden de foto's naar elke naam in mijn adresboekje gestuurd.

Een maand later woonde ik in één enkele kamer zonder ramen in een Buraku-wijk van Osaka. Ik was uitbesteed aan een bordeel en mocht het gebouw niet verlaten of enig contact hebben met de buitenwereld, anders dan seks met mijn klanten. U betwijfelt misschien dat seksuele slavernij voorkomt in het Japan van de eenentwintigste eeuw. Uw onwetendheid is benijdenswaardig, maar uw ongeloof is juist de oorzaak dat die slavernij ongestoord kan doorgaan. Ikzelf zou eraan getwijfeld hebben dat 'eerbiedwaardige' vrouwen tot prostituee gemaakt konden worden, maar de eigenaars zijn meesters in bedwingen. Alles uit mijn oude leven dat mij eraan had kunnen herinneren wie ik was, werd mij – op mijn zoon na – ontnomen. Mijn zoontje mocht ik houden – dat maakte het mij onmogelijk om door middel van zelfmoord te ontsnappen. Mijn klanten wisten niet alleen van mijn gevangenschap, ze ontleenden er genot aan, en zouden, als het bekend werd, medeschuldig aan het misdrijf worden verklaard. De laatste muur tussen mij en de echte wereld was misschien de sterkste: een verschijnsel dat door psychologen het 'gijzelaarsyndroom' wordt genoemd – de overtuiging dat mijn lot verdiend was en dat er geen 'misdaad' werd bedreven. Ik was tenslotte nu een 'hoer' – welk recht had ik om schande te brengen over mijn oude vrienden of zelfs mijn moeder door om hulp te vragen? Beter dat zij bleven geloven dat ik met mijn failliete man naar het buitenland verdwenen was. Zes andere vrouwen, drie met een baby jonger dan mijn zoontje, deelden mijn verdieping. De man die mij verkrachtte was onze pooier – hem moesten we om eten, medicijnen, zelfs luiers voor onze kinderen vragen. Hij zorgde ook voor narcotica, in zorgvuldig afgemeten hoeveelheden. Hij diende ze persoonlijk toe om er zeker van te zijn dat we geen overdosis namen. We verzonnen andere namen voor onszelf en ons vroegere bestaan kwam in de loop der tijd los te staan van wat we geworden waren. Ieder van ons droomde ervan de eigenaar na onze ontsnapping op een vaag punt in een verre toekomst te vermoorden, maar we wisten allemaal dat we nooit naar Osaka terug zouden durven gaan. We moesten voor elkanders kinderen zorgen wanneer de moeder aan het werk was. De pooier zei dat wij, als we de door onze in gebreke gebleven familieleden verdonkeremaande bedragen hadden weggewerkt, vrij waren om te gaan, dus hoe harder we werkten om onze klanten te gerieven, des te eerder zouden wij daar weg zijn. In de herfst werd een meisje, dat twee jaar in het bordeel had gewerkt, vrijgelaten. Dachten we.

Mijn 'vrijlating' kwam eerder doordat mijn veerkracht in het daaropvolgende jaar uitgeput raakte en ik een zenuwinstorting kreeg. De klanten klaagden bij de pooier dat ik niet meer mijn best deed. De pooier sprak even met me. Hij kon aardig zijn als hij wilde. Het was een van zijn wapenen. Hij zei dat hij met mijn schuldeisers had gesproken en dat ik die avond met mijn zoontje naar een ander filiaal zou worden gebracht. We dronken gin-tonic om het te vieren.

Ik kwam bij, gewikkeld in een deken, in een duistere, afgesloten ruimte. Mijn hoofd was wazig en bedwelmd. Mijn zoontje was niet bij me. Ik had nog steeds mijn nachthemd van het bordeel aan. Eén vreselijk moment dacht ik dat ik levend was begraven, maar toen ik om mij heen tastte, drong het tot mij door dat ik in de kofferbak van een stilstaande auto zat. Ik vond een krik en forceerde mij tenslotte een uitweg. Ik zat in een garagebox. Ik zag de weerspiegeling van de pooier in de zijspiegel en verstijfde. Hij sliep. Toen zag ik dat zijn neus verdwenen was. Iemand had een pistool tegen zijn neusvleugel gezet en de trekker overgehaald. Er was geen spoor van mijn zoontje. Ik begon te hollen – maar voordat ik uit de garage was, kwam ik weer tot bezinning. Ik wist niet waar ik was, zat zonder geld, iedereen die zich mij kon herinneren dacht dat ik verdwenen was. Mijn vroegere eigenaren zouden tot de conclusie komen dat ik gepakt was of gedood door dezelfde bende die mijn pooier had vermoord. Ik aarzelde – maar ik holde terug, graaide in het colbert van de pooier naar zijn portefeuille. Ik vond een geldbuidel die rond zijn lies gegespt was. In het tasje zat een centimetersdik pak bankbiljetten van tienduizend yen. Zoveel geld had ik nog nooit gezien. Toen ik mijn weg uit de garagebox had gevonden, zag ik dat ik op het terrein van het grote centrale ziekenhuis van Osaka was, de enige plek waar een vrouw, in nachtkleren en met een doodziek gezicht, onopvallend in de omgeving kon opgaan.

Ik heb niet de tijd om u veel te vertellen over de jaren die volgden. Ik heb een jaar in vrouwentehuizen en goedkope hotels gewoond. Mijn bankrekeningen stonden op valse namen. De betekenis van mijn leven bestond in zoeken naar mijn zoon. Mijn ex-echtgenoot was nu een geest waaraan ik niet meer dacht. Ik nam een privé-detective in dienst om nasporingen te verrichten naar de afdeling van de yakuza die mij had opgesloten. Na een week bracht hij mij mijn voorschot terug – hij was afgeschrikt. Uit sympathie en schuldgevoel nam hij mij tenslotte in dienst als secretaresse/boekhouder. Dat was zakelijk gezien een slim besluit, want driekwart van zijn cliëntèle bestond uit vrouwen die hun man wilden laten volgen om de echtscheidingsregeling op te kunnen schroeven. De smerige details bespraken zij het liefst met een andere vrouw. Wat voor gynaecologie geldt, gaat ook op voor huwelijksontrouw. Ze recommandeerden ons bureau bij hun vriendinnen en de zaken bloeiden. Ik begon mijn baas te begeleiden bij zijn veldwerk. Vrouwen zijn praktisch onzichtbaar, zelfs voor de meest paranoïde man. (Ik ontdekte bovendien dat de bordeelorganisatie alle computergegevens over mij en mijn zoon had gewist. Ik genoot de voorrechten van een niet-bestaande vrouw.) Mijn leven in het bordeel had mij net zo hard gemaakt als het mij aanvankelijk had beangstigd. Mijn baas bood mij na drie jaar een compagnonschap aan en toen zijn kanker hem tenslotte had geveld heb ik de zaak overgenomen. Al die tijd heb ik onderzoek gedaan naar de organisatie die Makino Matani en haar zoon had gedood en Kozue Yamaya had geschapen. Hij is gigantisch, naamloos en veelkoppig. Hij heeft geen naam. Het ledental bedraagt meer dan zesduizend. Ik regelde introducties naar de leiders, zelfs naar de bruiloften van hun kinderen. Als freelance onderzoeker heb ik voor hen gewerkt. Mijn status van semi-ingewijde gaf mij meer toegang tot hun geheimen en leidde van verdenking af.

Mijn zoon werd vermoord om zijn organen te kunnen verkopen aan de extreem rijke, wanhopige ouders van de Japanse elite. De thuismarkt is uiterst lucratief doordat ouders graag betalen voor zuivere oogst van eigen bodem, maar de exportmarkt naar Oost-Azië, Noord-Amerika en Rusland is ook van belang. Dit lot wordt gedeeld door de kinderen en uiteindelijk ook de tot slavernij gebrachte vrouwen in de bordelen. De diskette die ik in dit pakje heb bijgesloten bevat de namen, digitale foto's en levenslopen van de mannen die aan het hoofd van de organisatie staan; de wetshandhavers die hen beschermen; de chirurgen die het werk uitvoeren; de politici die de operatie dekken; de zakenmensen die het geld witwassen; de mannen en douanebeambten die de organen invriezen en vervoeren.

Morgen is het 2 oktober. Het is de dag waarop ik voornemens ben in de openbaarheid te treden. Ik zal mijn gegevens overhandigen aan mijn contacten bij de politie en de media. Een van tweeën zal gebeuren: de media zullen schreeuwen en het Japanse publiek en het politieke leven zullen getroffen worden door een zedenschandaal dat schokgolven oproept van ziekenhuizen in Kyushu tot aan het parlementsgebouw; of ik word gedood door degenen die ik wil ontmaskeren. Als het laatste gebeurt zullen kopieën van deze diskette en brief naar een publiek gaan dat ik op grond van sterk uiteenlopende redenen heb geselecteerd.

Begrijp dit: u hebt een brief van een dode vrouw in handen. Mijn wraak op de mannen die vrouwen en kinderen ontvoeren om hun organen te oogsten heeft gefaald. Mijn hoop en mijn levenswerk liggen nu in uw handen. Handel met open ogen, zoals uw geweten u ingeeft. Ik kan u geen advies geven – mijn beste poging is inmiddels al gestrand. De yakuza is een negentigduizend man sterke staat in onze staat. Als u probeert de gangbare politiekanalen te gebruiken, zult u alleen de voltrekking van uw eigen doodvonnis bewerkstelligen. U hebt een troef in handen voor een zeer gevaarlijk spel waarin u nooit hebt gevraagd te worden betrokken. Maar voor de rust van de ziel van mijn zoon Eiji Matani, die door deze mensen is vermoord, en voor talloze anderen, in het verleden, het heden en de toekomst, bid ik u te handelen.

Alstublieft.

Kozue Yamaya

Waarom ik? Haar zoon en ik hebben een voornaam met precies dezelfde kanji – *ei* voor betovering, *ji* voor aarde – gemeen. Ik ben deze combinatie nooit eerder tegengekomen, maar dit alleen kan niet verklaren waarom Kozue Yamaya mij op haar lijst van vertrouwelingen heeft gezet. Ik zeef mijn herinneringen aan de keer dat we elkaar spraken op aanwijzingen, maar vind er geen.

Ook geen manier om erachter te komen.

Ik roep naar beneden. 'Machiko? Iets bijzonders in de krant vandaag?'

'Wat?' zegt Machiko. 'Je gaat me toch niet vertellen dat je het niet gehoord hebt?'

'Wat?'

Machiko leest voor van de voorpagina: '"Toppoliticus in Integriteitsschandaal – 'Ik ben Niet Corrupt!' Onthullingen Integriteit door Minister Verbijstert Collega's!"'

Ik breng een glimlach op en doe de deur dicht. Kozue Yamaya is dus ook dood. Ik voel me leeg van medelijden met het getekende wezen dat mij opzocht in mijn week in het verhaalbureau. Maar ik zou gek zijn als ik mij hierin liet betrekken. Het bezit van deze diskette staat gelijk met zelfmoord. Ik stop hem in de meest ongebruikte hoek van mijn appartement – mijn doosje met condooms onder mijn sokken – totdat ik eruit ben wat ik moet doen. Als er vandaag of morgen geen waterdicht idee komt, moet ik het in de rivier gooien en hopen dat een andere geadresseerde in een betere, sterkere positie verkeert. Met bezwaard gemoed zie ik voor me hoe we in een rijtje op de brug staan en allemaal vanuit dezelfde laffe drijfveer onze diskette laten vallen. Ik ververs het water voor Kat, doe mijn ventilator aan, rol mijn futon uit en probeer te slapen. Hoewel ik twintig uur niet heb geslapen, blijf ik denken aan mevrouw Yamaya. Ik voorvoel een rare week, een week met scherpe tanden. Mijn bloed klopt. Een onbreekbare speer treft een ondoordringbaar schild.

◆

Ik kom op het werk als dinsdag de laatste adem uitblaast. Tegen de tijd dat ik mijn koksschort en witte hoofddoek heb aangedaan, is woensdag geboren. Een grote groep taxichauffeurs die geen dienst hebben stopt voor de deur om een hoeveelheid pizza's te bestellen die genoeg is voor een heel kantoor en ik heb negentig minuten geen tijd voor iets anders. De FM-radio blijft grillig van golflengte veranderen en zwenkt tussen Chinees-, Spaans- en Anderssprekende stations heen en weer. 'Tagalog, man,' vermoedt Doi. 'De stratosferische ether is hyperzuiver vannacht, man, ik voel het aan mijn sinussen.' Hij wacht op het moment dat het inferno zijn pizza aflevert en rookt in de kooi een sigaret van eigen makelij. Hij wrijft in zijn oog. 'Miyake, er zit iets in mijn ooghoek hier – geef me even een tandenstoker, man.' Ik sla geen acht op mijn bange vermoedens en reik hem een tandenstoker aan. 'Dank je.' Doi gebruikt hem om zijn ooglid naar beneden te trekken. 'Niet goed. Zou jij even willen kijken? Ik denk dat er een vliegje in gevlogen is.' Ik kom naar hem toe en kijk van dichtbij. Doi begint plotseling te niezen, zijn hoofd gaat met een ruk naar beneden en de tandenstoker dringt in zijn oogbal. Een straal witte vloeistof spat in mijn gezicht. 'Shit!' schreeuwt Doi. 'O shit! Ik vind het altijd zo *vreselijk* als dit gebeurt!' Ik sta daar maar, en kan niet geloven dat de werkelijkheid zo grotesk is. Sachiko verschijnt in het luik. Ik brabbel – zij schudt het hoofd – ik houd op met brabbelen. 'Eén keer erin trappen is leuk, Miyake, maar twee keer beet en je bent meneer Onnozel. Doi, als je nou nóg meer koffiemelk verknoeit, dwing je mij mevrouw de assistent-bedrijfsleider te zijn en het in te houden op je loon. Ik meen het.' Doi hinnikt zachtjes en ik besef dat ik er weer ingevlogen ben. 'Hoor en geh*ooo*rzaam, akela.' Sachiko richt zich tot een bovennatuurlijke instantie boven het inferno. 'Is het mijn karma om gekkenhuizen te leiden, het ene leven na het andere, telkens weer, totdat ik de boel in orde heb? Miyake – één dubbele Titanic, dikke bodem, extra haaienvlees.' Ik doe Doi's pizza in een doos. Hij vertrekt in opperste triomf. Ik blijf nadenken over het pakje van mevrouw Yamaya. Tomomi sluipt voor een van haar eeuwige koffiepauzes in de kooi. Ze vertelt dat haar leven zo waanzinnig druk is – 'druk' is absoluut haar lievelingswoord – en vraagt hoe ik weet of Ai, als we seks hebben, niet haar orgasme veinst, omdat ze zich, toen zij haar verhouding met Mister Nero had, een aantal keren geroepen heeft gevoeld zich extra *druk* te maken daar mannen zo onzeker over hun prestatie zijn. Tomomi heeft op mij een vogelspin-in-onderbroek-effect. Zij vijlt haar nagels en blijft aandringen op een antwoord. Ik word min of meer gered door een wesp ter grootte van een speelgoedhelikopter die naar binnen vliegt – Tomomi krijst 'Sla hem dood! Sla hem dood!' en rent weer naar voren. Het luikdeurtje knalt dicht. De wesp zoemt een tijdje rond als een cirkelzaag, houdt mij met zijn veellenzig oog behoedzaam in de gaten en landt op Laos. Moeilijk concentreren op de pizza's, maar ik heb zijn gezelschap liever dan dat van Tomomi. Ik ga op het aanrecht staan en druk een plastic bak over Zuidoost-Azië. De wesp heft een dood-door-flügelhorn-geluid aan en probeert een gat in de zijkant te boren – ik word vreselijk zenuwachtig, raak half in paniek en schuif, in plaats van een draagbare wesp-wegwerk-doos te maken, de bak over de afzuigventilator, die gelijk met de muur is. De flügelhorn stopt met een nauwelijks onhoorbare knetter. 'De laatste der actiehelden,' zegt Onizuka, frunnikend aan de speld in zijn onderlip. Hij verschijnt altijd zo stil als een geest in de kooi en praat zo zachtjes dat ik zowat moet liplezen. Hij knikt naar het inferno, waar een pizza wacht om in een doos gedaan te worden. 'Dat mijn Eskimo Quinn voor het KDD-gebouw? Klanten beginnen te zeiken als hun pizza koud is.' Het luik gaat op een kiertje open. 'Is hij dood?' vraagt Tomomi. 'De wesp is oké,' zegt Onizuka, 'maar Miyake is moes geworden toen hij probeerde door de ventilator weg te komen.' Tomomi lacht uitdagend om te kijken of ze mij op stang kan jagen. Onizuka vertrekt met zijn pizza zonder nog een woord te zeggen. Doi komt een minuut later terug – ik zou zweren dat gisteren zijn *linker*been mank was, maar vandaag is het zijn rechter – en Tomomi vertelt hem van de wesp. De drugsdealer en de koningin van alle kwaad bespreken de vraag of ik schuldig ben aan moord op een levensvorm. 'Het was maar een wesp,' zeg ik, 'er zijn er heel wat meer waar ze vandaan komen.' Daar doet Tomomi het niet voor: 'Er zijn heel wat meer mensen waar wij vandaan komen, maakt dat moord dan oké?' Dit is te stom om over te praten – vooral omdat Tomomi krijste 'Maak hem dood! Maak hem dood!' dus ik kijk hoe de pizza's langzaam door het inferno schuiven. Als ik weer meeluister hebben Doi en Tomomi het over kraaien. 'Je kunt zeggen wat je wilt,' zegt Tomomi, 'maar kraaien zijn grappig.' Doi schudt het hoofd. 'Kraaien zijn gevleugelde nazi's, man. De portier in ons gebouw, hij joeg er een weg met een bezem. De volgende dag maakte diezelfde kraai een duikvlucht naar hem en pikte zo hard in zijn hoofd dat er bloed uit kwam, man. Een kraai? Een geüniformeerde portier aanvallen? Bizar, man. Soort kortsluiting in de natuur.' Tomomi slijpt haar eyeliner en klapt haar handspiegeltje open. 'De zwakke lijdt, de sterke bijt.'

◆

Van Ueno naar Kita Senju is het zelfs in het spitsuur makkelijk doordat de duikboten dan leeg zijn, op nachtwerkers en excentrieke miljardairs na. De duikboten die de andere kant op gaan, naar Ueno, zijn wagons voor menselijke vracht. Tokio staat model voor de theorie dat het heelal een hele reeks oerknallen zou kennen. De stad explodeert om vijf uur 's middags, waarbij mens-materie naar de buitenwijken wordt gestoten. Om vijf uur 's ochtends laat de zwaartekracht van die mens-materie zich weer gelden en stroomt alles terug naar het middelpunt, op tijd voor de explosie aan het eind van de arbeidsdag. Mijn reis gaat tegen die natuurwet van Tokio in. Ik voel me een nietsnut. Mijn vader opgeven is wel even wennen. Ai komt na haar repetitie naar mijn capsule, rond vijf uur in de middag. Haar avondmaal is mijn ontbijt. Ze vroeg tot mijn opluchting of zij mocht koken – vanwege haar diabetes kiest ze liever zelf wat ze eet. Het zou overdreven zijn om mijn culinaire repertoire 'beperkt' te noemen. Als ik van Kita Senju terugloop naar de Vallende Ster, wordt de halve hemel bedekt door een rare wolk. Fietsers, vrouwen met vouwwagentjes, taxichauffeurs stoppen om ernaar te kijken. De ene helft van de hemel is diepblauw – de andere helft een donkere, trechtervormige, kolkende onweerswolk. Plastic tassen worden in wervelingen gevangen en vliegen uit het zicht. Buntaro is vroeg in de winkel om na zijn week weg de boeken bij te werken. Hij kijkt naar me op en snuift. 'Ik weet het,' zeg ik, 'ik weet dat ik naar kaas stink.' Buntaro haalt de schouders op, een en al onschuld, en buigt zich weer over zijn rekenmachine. Ik kruip naar boven. Kat wenst me goedemorgen en sluipt naar haar eigen dimensie. Ik spoel haar kom om, ververs haar water en besluit even snel een dutje te doen voordat ik schoonmaak voor Ai.

Mijn gezicht is uit vorm gezakt. Mijn tong is van puimsteen. Speeksel, verzameld in mijn tongwortelgeul, druipt naar buiten op mijn kussen. Ai hakt aan mijn tafel wortelen en appels fijn. Even denk ik: ik ben met Ai getrouwd en zij maakt het avondeten voor onze negen kinderen klaar – maar dan ruik ik de appel. Ook nootmuskaat. Kat likt haar poten en kijkt naar mij. Buntaro laat Ai doorlopen naar boven, ze klopt, ik ben in een te diepe slaap om wakker te worden, Buntaro zegt nogmaals dat ik vast en zeker boven ben, Ai tuurt naar binnen, ziet mij, gaat naar buiten en koopt spullen voor een salade. Het leven is een en al gelukzaligheid op de momenten dat het bereid is dat te zijn. Ai moet mij vertrouwen, om alleen met mij in mijn capsule te zijn terwijl ik aangekleed ben – of niet aangekleed ben – ben zoals ik ben. Vertrouwd worden maakt mij vertrouwenswaardig. Appel en wortel passen heel goed bij elkaar. Zij snijdt walnoten fijn – tot nu toe ben ik nooit dol op walnoten geweest – en strooit ze met krenten uit over de salade. Ze draagt een oude spijkerbroek en een verschoten T-shirt dat lichter dan haar huid is en haar haar is opgestoken. Daar is de mythische hals. Ze veegt schillen in de vuilnisbak. Ze heeft een bril met dikke glazen en een donker montuur, wat haar iets leuk eigenzinnigs geeft. Ai probeert echt nooit indruk te maken en dat maakt *zo veel* indruk op me. Ze heeft een zilveren piratenring in haar oor. 'Hoi, Kyushu-kannibaal,' zegt ze – het dringt tot mij door dat ze al die tijd wist dat ik naar haar keek – en in mij gaan akkoorden van a-klein naar d-groot op slappe snaren. 'Waarom bewaar je brieven in het vriesvak?'

'Pas op,' zegt Ai. 'Er zit misschien vis tussen die graten.'

'Het is heerlijk.'

'Leef je uitsluitend op noedels uit een potje?'

'Ik wissel mijn dieet met pizza af, met dank aan Nero. Mag ik de sla opmaken?'

'Graag, voordat je sterft aan scheurbuik. Je had me nog niet van je uitzicht verteld.'

'Dit is geen uitzicht. Op Yakushima heb je een uitzicht.'

'Het is beter dan het uitzicht dat Sachiko en ik nu hebben. Vroeger keken we uit op een sportveld van een gevangenis met beperkte bewegingsvrijheid. Dat was heel leuk. Ik liet vaak de ramen open en speelde dan achter elkaar alle walsen van Chopin. Maar toen ik op een dag terugkwam van muziekles, zag ik dat er na het ontbijt een verticale, roterende parkeergarage uit de grond was gestampt. Nu hebben we uitzicht op beton op vijftien centimeter afstand. We willen verhuizen, maar de aanbetaling zou ons de das omdoen. Zelfs door eerlijke makelaars, als dat geen oxymoron is, word je levend gevild. Plus dat het prettig is om te weten dat we bij brand uit het raam kunnen klimmen en naar beneden abseilen door langzaam in- en uit te ademen.'

De telefoon riiiiiiiiinkelt. Ik neem op: 'Hallo?'

'Miyake!'

'Suga? Waar zit je?'

'Beneden. Meneer Ogiso zegt dat je gezelschap hebt – maar vind je het goed als ik naar boven kom?'

Eerlijk gezegd niet. 'Natuurlijk.'

Ik weet niet wat ik zie als Suga mijn capsule binnenkomt. Hij heeft een lichaamstransplantatie ondergaan. Zijn eczeem is weg. Zijn haar is geknipt in een model dat zeker tienduizend yen moet hebben gekost. Hij heeft het kostuum van een Milanese diamantenrover en de hippe rechthoekige zonnebril van een folkzanger met elektrische gitaar. 'Ga je solliciteren?' vraag ik. Suga geeft geen antwoord en maakt een bedeesde buiging naar Ai. 'Hallo, ik ben Masanobu Suga. Ben jij het Koreaanse vriendinnetje van Miyake?'

Ai bijt de kop van een selderijstengel af en kijkt mij vragend aan.

'Nee,' mompel ik, 'Suga, dit is Ai Imajo.'

Ai kauwt. 'Suga de Snurker?'

Suga kijkt verward. 'Ik – eh – Miyake?'

'Uh... Andere keer.'

'Er komt heel lang geen andere keer meer – ik kom dag zeggen.'

'Weg uit Tokio?' Ik smijt een kussen voor hem op de grond. 'Dichtbij of ver weg?'

Suga doet zijn sandalen uit en gaat zitten. 'Saratoga.'

'In welke prefectuur ligt dat?'

Ai heeft ervan gehoord. 'Saratoga, het westen van Texas?'

'Hart van de woestijn.'

'Mooi,' kauwt Ai, 'maar woest.'

Ik vind iets van een schone kop. 'Waarom ga je naar een woestijn?'

'Ik mag niemand precies vertellen waarom.'

Ik schenk thee voor hem in. 'Waarom niet?'

'Dat mag ik ook aan niemand vertellen.'

'Heeft iets van dit alles met je Holy Grail te maken?'

'Toen ik vorige week hier wegging, ben ik naar mijn werkkamer gegaan en heb ik mijn hersens weer op een rij gekregen. Zo weerzinwekkend simpel. Schrijf een zoekprogramma, smokkel dat in het file field en laat het de negenmiljard bestanden scannen om te zien of er een echte Holy Grail-site in verborgen zit, oké? Mijn eerste poging liep mis. In megabyte-termen was het alsof je China door de Sumidatunnel probeert te proppen. Het immuunsysteem van het Pentagon herkent het programma als een alien object, haalt het onderuit en start een tracer-programma. Nog net op tijd kom ik weg.' '*Het* Pentagon?' vraagt Ai. Suga draait met zijn duimen, bescheiden en zelfvoldaan. 'Ik laat het probleem een paar dagen rusten, dan trapt diep genie de deur in. Ochtendinval van inspiratie. Ik breek in in het immuunsysteem van het Pentagon, softjack hun eigen OS, leg dat het zwijgen op en laat het zoeken naar precies de bestanden die het moet beschermen! Alsof je de snuffelhonden van je vijand opnieuw africht om jou te laten zien waar hij zich schuilhoudt. Het klinkt misschien eenvoudig als ik het zo zeg, ik weet het, maar eerst moest ik via zes verschillende zombies in zes verschillende GSM-netwerken mijn traject booten. Ten tweede...'

'Het is je gelukt?'

Suga laat de details varen. 'Het is me gelukt. Maar het aantal Holy Grails dat ik moest checken was, oké, diep kosmisch. Moet je nagaan. Negen miljard bestanden, op de top van negen miljard piramiden, elk gemaakt van negen miljard bestanden – althans voorzover ik dan had durven kijken. Ik laat mijn zoekprogramma erop los en sukkel in slaap. Deep Sleep City. Het is inmiddels elf uur in de ochtend, oké – vanaf de vorige avond zeven uur heb ik aan mijn computer gezeten. Maar dan? Ik word wakker en zie dat drie mannen in mijn werkkamer aan het zoeken zijn. Eén kerel, een hacker, dat zie ik zo – is al mijn persoonlijke bestanden aan het downloaden naar een handheld drive die zelfs ik nooit eerder had gezien. Tweede knaap, type oudere bovenmeester, is een inventaris van mijn hardware aan het maken. De derde is zo'n dikke, gebruinde buitenlander met een cowboyhoed die door mijn Zax Omega-manga's bladert en mijn bier drinkt. Ik was te verbaasd om bang te zijn. De bovenmeester houdt me iets van een legitimatiebewijs voor – Data Protection Agency, ooit van gehoord? – en zegt dat ik het bilaterale defensieverdrag tussen Japan en de Verenigde Staten heb geschonden en dat ik het recht heb om te blijven zwijgen maar dat ik, als ik niet onder de jurisprudentie van de Verenigde Staten op de meest nabije militaire basis wegens spionage vervolgd wil worden, maar beter op mijn knieën kan vallen en lullen wat ik kan.'

'Is dat allemaal waar?' vraagt Ai aan mij.

'Is dat allemaal waar?' vraag ik aan Suga.

'Ik wilde bij God dat het niet waar was. De ramscène uit *Shawshank Redemption* blijft maar voor mijn ogen dansen. De bovenmeester pakt een bandrecorder zo groot als een luciferdoosje en begint vragen af te vuren. Ik verwacht dat hij elektroden aan mijn ballen zal gaan doen. Hoe was ik om te beginnen in het Pentagon gekomen? Hoe had ik hun antivirus-OS gesoftjacked? Werkte ik alleen? Met wie had ik sindsdien gesproken? Had ik gehoord van een van de volgende organisaties – had ik niet, ik kan ze me nu niet eens meer herinneren. Ze wisten op welke scholen ik had gezeten, waar ik woonde, alles. Dan begint die hackergast over technische gegevens – ik kan zien dat hij onder de indruk van mijn zombieketen is. Niettemin, het wordt donker en ik weet niet wat ze met me willen doen. Tenslotte praat de buitenlander die door mijn fotoalbums en *Masterhacker* heeft gebladerd met de bovenmeester, in het Engels. Ik begrijp dat hij het hier voor het zeggen heeft. Ik vraag of ik mag gaan pissen. Die jonge hacker gaat met me mee – ik vraag hem om wat meer info maar hij schudt van nee. We gaan terug naar mijn werkkamer en bovenmeester biedt me een baan aan, of vervolging onder een of andere heel eng klinkende wet. Hij beschrijft de baan, en het geld – echt wooow! Kunstmatige intelligentie, raketschilden...' Suga bijt op zijn lip. 'Tja, dat is het enige vervelende. Ik kan niet overal aan iedereen er alles van vertellen.'

'En IBM dan en je universiteit?'

'Ja, dat was mijn volgende vraag. Bovenmeester knikt naar de buitenlander – de buitenlander blaft een bevel in zijn mobiele telefoon. "Al geregeld, meneer Suga," zegt de bovenmeester. "En we kunnen voor een doctorstitel zorgen als uw ouders zich zorgen mochten maken over uw diploma's. Zou MIT iets zijn? Verdere details kunnen later worden uitgewerkt." Ik vlieg overmorgen al, dus ik heb nog duizend dingen te doen. Miyake, ik heb een cadeautje voor je meegebracht. Ik dacht eerst aan tropisch fruit, maar dit is iets persoonlijker. Hier.' Hij haalt een vierkant doosje tevoorschijn, klapt het open en haalt er een zwart, plat ding uit. 'Dit is mijn allermooiste computervirus van eigen teelt.' Voor de tweede keer in twee dagen krijg ik een computerschijfje. 'Uh... dank je wel. Ik heb nog nooit een virus van iemand gekregen.' Ai mompelt iets en spreekt zich dan uit: 'Als die dingen in ziekenhuissystemen komen brengen ze levens in gevaar. Heb je daar wel eens aan gedacht?' Suga knikt en slurpt zijn thee op. 'Cyber-onderzoekers zijn in ethisch opzicht verantwoordelijke mensen, oké. Onafhankelijke geesten, geen vandalistische nerds. We zijn een groeiend ras. Meer dan vijfenzestig procent van de onderzoekers in eersteklas systemen gaat ethisch te werk.' Ai kijkt Suga duister aan. 'En meer dan vijfentachtig procent van alle statistieken wordt ter plekke bedacht.' Suga gaat door. 'Neem nou dit virus – ik noem het "Mailman" – dat bezorgt je boodschap bij iedereen in het adresboek van degene aan wie je het stuurt. Daarna kopieert het zichzelf en levert het zichzelf af op alle adressen in die adresboeken – en zo maar door, negenennegentig generaties lang. Mooi of niet? En geheel onschadelijk.' Ai lijkt niet overtuigd. 'Het verspreiden van junkmail naar tienduizenden mensen komt niet als echt ethisch op mij over.' Suga laat de glimlach van een trotse vader zien. 'Geen junkmail! Miyake kan elke boodschap van vreugde en vrede die hij wil naar honderdduizenden users versturen. Het is niet iets om mee naar Texas te nemen omdat, Saratoga is een topsecret onderzoeksinstallatie, oké, en het zou zonde zijn om het zomaar weg te doen.'

Suga gaat weg, ik maak de salade op en snijd een meloen als dessert. Ik breng wat naar Buntaro beneden, die naar het plafond knikt en vragend met zijn pink zwaait. Ik doe alsof ik het niet begrijp. Geen denken aan dat ik Ai zou proberen te versieren. Er is iets nog-nietachtigs tussen ons. Maak ik mezelf wijs. Ze maakt een plekje op de tafel vrij. 'Tijd voor mijn insuline. Wil je het zien, of ben je overgevoelig voor naalden die in een mensenhuid prikken?'

'Ik wil het zien,' lieg ik.

Zij pakt een medicijnendoosje uit haar tas, maakt de injectiespuit klaar, desinfecteert haar onderarm en duwt de naald er kalm in. Ik krimp ineen. Ze kijkt naar me terwijl ik naar haar kijk wanneer de insuline in haar bloedbaan stroomt. Ik krijg ineens een ingetogen gevoel. Ai proberen te versieren zou net zo raar zijn als een bloem toeroepen dat hij op moet schieten. Plus, als ze mij zou afwijzen, zou ik mezelf uit het bestaan moet magnetroniseren. 'Zo, Miyake,' zegt Ai terwijl de naald naar buiten glijdt. 'Wat ben je nu van plan?'

Ik slik. 'Uh... wat?'

Zij dept met steriele watten een druppel bloed af – 'Blijf je in Tokio, nu je van gedachten bent veranderd over het opsporen van je vader?' Ik kom overeind en veeg mijn bakpan schoon. 'Ik... weet niet. Ik moet geld hebben voordat ik iets anders kan gaan doen, ik blijf waarschijnlijk dus bij Nero tot zich wat beters voordoet... ik wil je een paar brieven laten zien die mijn moeder mij geschreven heeft.'

Ai haalt haar schouders op. 'Oké.'

Ik veeg de ijskorrels van het plastic – zij leest ze terwijl ik de borden afwas en een douche neem.

'Lange douche.'

'Uh... als ik douche heb ik het gevoel dat ik weer op Yakushima ben. Warme regen.' Ik knik naar de brieven. 'Wat vind je?'

Ai doet ze weer netjes opgevouwen in de enveloppen. 'Ik denk na over wat ik ervan vind.' Fujifilm zegt tien uur. We moeten gaan – Ai wil thuis zijn voordat de jagers uit hun kroegen komen en ik moet voor middernacht op het werk zijn. Beneden kauwt Buntaro op Pringles en kijkt naar een film vol bionische mensen, motorfietsen en lassers. 'Was de salade lekker?' vraagt hij zo onnozel dat ik hem zou kunnen vermoorden. Ik knik naar het scherm.

'Waar kijk je naar?'

'Ik test de twee wetten van de cinematografie uit.'

'Te weten?'

'De eerste wet luidt "Elke film met een titel die op -ator eindigt is pure onzin".'

'De tweede?'

'"De kwaliteit van een film is omgekeerd evenredig aan het aantal helikopters dat erin voorkomt."'

'Eigenlijk,' zegt Ai als we bij station Kita Senju zijn, 'zou ik willen dat je me die brieven niet had laten lezen.'

'Waarom niet?'

Ai rammelt met kleingeld. 'Ik denk niet dat je het leuk vindt om te horen wat ik er echt van vind.' De laatste nachtvlinders van de herfst zwermen rond een stotterende lamp.

'Horen wat je echt vindt, was de bedoeling van ze laten lezen.'

Ai koopt haar kaartje – ik laat mijn pasje zien – en we lopen naar het perron. 'Je moeder wil jou in haar leven en het jouwe zou met haar erin veel rijker kunnen zijn. Aan je terughoudendheid hebben jullie geen van beiden iets. Die brieven zijn een vredesvoorstel.'

Ik voel me daar een beetje gepikeerd door. 'Als ze wilde dat ik contact met haar zocht, waarom heeft ze me dan haar adres in Nagano niet gegeven?'

'Is het wel eens bij je opgekomen dat ze jou misschien niet de macht wil geven om haar af te wijzen?' Ai speurt naar mijn blik. 'Bovendien, ze heeft je wel degelijk laten weten waar ze is – "Aan de voet van de Hakuba".'

Ik kijk bruusk een andere kant op. '"Aan de voet van de Hakuba" is geen adres.'

Ai houdt haar pas in. 'Miyake, voor iemand die zo slim is' – bzzzzzzzzz! doet mijn ironiealarm – 'ben je een virtuoze zelfmisleider. Er kunnen nooit meer dan tien hotels aan de voet van de Hakuba zijn. Vergeleken bij het zoeken naar een naamloze man in Tokio is je moeder een koud kunstje. Je kunt haar morgenavond gevonden hebben als je dat echt zou willen.'

Nu gaat het meisje te ver. Ik weet dat ik het moet laten rusten, maar kan dat niet. 'En waarom precies denk je dat ik dat niet wil?'

'Ik ben je psych niet.' Ai haalt de schouders op. 'Zeg jij het maar. Kwaaiigheid? Verwijt?'

'Nee.' Ai heeft er geen idee van. 'Ze heeft zeven jaar de tijd gehad om ons weer op te zoeken en nog eens negen jaar om mij weer op te zoeken.'

Ai kijkt kwaad. 'Oké, maar als je niet wilt weten wat ik er echt van vind, praat dan over het weer in plaats van mij persoonlijke brieven te laten lezen. En verdomme, Miyake...' ik kijk haar aan. 'Wat?' Ai snauwt bijna. 'Moet je nou *echt* roken?' Ik doe mijn aansteker van MacArthur weg en stop mijn Parliaments weer in het zakje van mijn overhemd. 'Ik had geen idee dat je dat zoveel kon schelen.' Zodra de woorden eruit zijn besef ik dat ze veel te hatelijk zijn. Ai snauwt, op volle kracht. 'Hoe zou mij dat niet kunnen schelen? Mijn arm is vanaf mijn negende een speldenkussen, alleen om te zorgen dat mijn alvleesklier me niet ombrengt. Ik heb twee keer per jaar een hypo, terwijl jij je longen met kanker bekleedt – plus de longen van iedereen die in de wind zit – alleen maar om op de Marlboro Man te lijken. Ja, Miyake, dat roken van jou kan me *echt* iets schelen.'

Ik weet totaal niet wat ik zeggen moet.

De avond is naar god.

De trein komt. Terug naar Ueno zitten we naast elkaar, maar we zouden net zo goed in twee verschillende steden kunnen zitten. Ik wilde dat het zo was. De opgewekte burgers van reclameland drijven met hun pepermuntgrijns de spot met me. Ai zegt niets. We stappen uit bij Ueno, dat zo stil is als Ueno maar kan zijn.

'Vind je het goed als ik meeloop naar je perron?' vraag ik als vredesvoorstel.

Ai haalt de schouders op. We lopen door een gang zo groot als een zaal met schijndoden in een ruimteark. Voor ons begint een ritmisch, woest meppend geluid – een man in oranje slaat met een soort rubberen hamer ergens op. Wat – wie – het ook is, het wordt achter een pilaar in elkaar gehakt. We veranderen allebei van koers om de man flinke bewegingsruimte te geven – we moeten erlangs om naar Ai's perron te komen. Ik denk echt dat hij bezig is met iemand dood te knuppelen. Maar de man probeert alleen maar een vloertegel te dwingen in een gat dat daar te klein voor is. *Mep! Mep! Mep!* 'Zo,' zegt Ai, waarschijnlijk tegen zichzelf, 'is het leven.' Een naderende trein laat uit de tunnel het gehuil van een wolf horen en Ai's haar wappert in de wind. Ik voel me ellendig. 'Uh... Ai...' begin ik, maar Ai onderbreekt me met een geïrriteerde ruk van haar hoofd. 'Ik bel je.' Betekent dat 'Het is goed, maak je geen zorgen' of 'Waag het niet om mij te bellen voordat ik heb besloten je te vergeven'? Totale dubbelzinnigheid van de beursstudente van het Conservatoire in Parijs. De trein komt, ze stapt in, gaat zitten, vouwt haar handen ineen en slaat haar benen over elkaar. Zonder erbij na te denken zwaai ik met mijn ene hand een afscheidsgroet en haal ik met mijn andere hand mijn Parliaments uit het zakje van mijn overhemd en gooi het tussen de trein en het perron. Maar Ai heeft haar ogen al gesloten. De trein trekt op. Ze heeft het niet eens gezien.

Shit. *Zo*, denk ik bij mijzelf, *zo* is het leven.

◆

Mijn Nero-looppad wordt per avond kleiner. Het inferno wordt warmer. Sachiko zegt niets over Ai. Woensdagnacht is tot nu toe het drukst. Eén uur, twee uur draaien langs. Emoties zijn zo vermoeiend. Ik denk dat ik ze daarom vermijd. Op het moment dat iets in orde komt, is het al ten dode opgeschreven. Doi zuigt op ijsblokjes, krabt met zijn vinger in zijn neusgat en schudt zijn speelkaarten. 'Kies een kaart,' zegt hij, 'geeft niet welke.' Ik schud het hoofd – ik ben niet in de stemming. 'Schiet op! Dit is een oud-Soemerische betovering, man, met aanwijzingen voor het derde millennium. Kies een kaart.' Doi houdt me de gespreide hand met kaarten voor en kijkt een andere kant op. Ik kies dan een kaart. 'Onthoud hem, maar niet zeggen wat het is.' Ruitennegen. 'Oké? Terugleggen en schudden! Begraaf de stoffelijke resten van je kaart, hoe, waar, waarmee dan ook...' Dat doe ik – onmogelijk dat Doi hem heeft gezien. Tomomi hangt door het luik. 'Miyake! Drie Dikke Zeemeerminnen, extra zeewier en inktvis. Doi – neuspeuteren is geen gezicht voor een hippie van jouw leeftijd.' Doi krabt naast zijn neus: 'Hou je koest, man... heb jij nooit eens een intranasale puist gehad?' Tomomi kijkt hem aan. 'Ik heb op dit moment een intranasale puist. Die heet Doi. Die bestelling voor dat knalfeest bij de mannetjesmakers had er zeven dagen geleden moeten zijn – als ze bellen om te klagen duw ik de hoorn in je oor en dan kan jij hun negatieve energie opvangen. Man.' Doi maakt een whaah!-gebaar. 'Dame, ik zit hier midden in een truc.' Tomomi fluit inwendig. 'Moet ik meneer Nero vertellen van de aromatische substanties in de hotbox van je scooter?' Doi doet zijn kaarten weer in het doosje en fluistert mij als hij weggaat toe: 'Vrees niet, man. Deze truc wordt vervolgd...' De minuten hollen tegen een dalende roltrap op. Onizuka rust uit van een verre bestelling. Hij zit te broeden in de kooi en trekt de partjes van een grapefruit los. Ik doe de Kip Tikka met minisalade voor de volgende bestelling in een doos. Om de nacht op te laten schieten oefen ik mij in klokbeheer: voordat ik kijk hoe laat het is, maak ik mezelf wijs dat het twintig minuten vroeger is dan ik echt denk dat het is, zodat ik mezelf aangenaam kan verrassen. Maar vannacht zijn zelfs mijn vervalste schattingen veel te optimistisch. Doi verschijnt weer in de kooi en luistert in extase naar een liedje op de radio – 'Riders in the Storm, man...' Hij zou een vogelzangfanaat in een uitgestrekt woud kunnen zijn. 'Ik op mijn pizzascooter.' Hij drinkt Tibetaanse, botergele kotsthee uit een flacon en oefent in het tevoorschijn halen van kaarten uit zijn oren. Hij is de onafgemaakte truc vergeten en ik herinner hem daar niet aan. 'Het menselijk bestaan is een kaartspel, man. We krijgen in de baarmoeder onze kaarten uitgedeeld. In de kindertijd leggen we er een paar weg, nemen een paar andere op. Puberteit, man – nog meer kaarten – banen, scharrelpartijtjes, uitspattingen, trouwen... kaarten komen, kaarten gaan. Soms krijg je een sterke hand. Op andere dagen eindigt je winnende serie in slechte manches. Je gokt, je biedt, je bluft.' Sachiko komt de kooi in voor haar pauze. 'En hoe moet je dat spel winnen?' Doi spreidt de kaarten in zijn hand uit als een pauwenstaart en wuift zich koelte toe. 'Zodra je wint worden de spelregels veranderd en merk je dat je verloren hebt.' Sachiko zet haar voeten op een doos met zakjes Nero-ketchup. 'Mijn hoofd begint meer te tollen van Dois beeldspraken dan van de abstracte ideeën die ze zouden moeten vereenvoudigen.' Tomomi stopt een bestelling voor een Satanica door het luik, knapperige korst, driedubbel kappertjes. Ik spreid de onderlaag uit en stel mij Ai voor, slapend, dromend van Parijs. Suga droomt van Amerika. Kat droomt van katten. Pizza's komen, pizza's gaan. Het stapeltje afgewerkte bestellingen klimt op de pin. Weer gloeit er een warme dageraad in de echte wereld buiten. Ik schil komkommers totdat acht uur voor de nieuwe kok, een klap op de rug en een negen-decibel-'Miyake Naar Huis!' zorgt. Op de terugweg naar Kita Senju via de Chiyodalijn, plug ik mezelf in mijn diskman in. Geen muziek. Gek, ik heb gisteravond de batterijen verwisseld. Ik druk op 'Eject' – er zit geen cd in, alleen een speelkaart. Ruitennegen.

Er staat een boodschap op het antwoordapparaat in mijn capsule. Hij is niet van Ai. 'Eh... nou, hallo, Eiji. Dit is je vader. 'Gelach. Ik ril – voor het eerst sinds maart dat ik het koud heb. 'Hè, het is eruit. Dit is je vader, Eiji.' Een diepe ademtocht. Hij rookt. 'Niet moeilijk doen. Nou. Wat een gedoe. Waar moet ik beginnen?' Een 'pfoeh'-geluid. 'Om te beginnen – geloof me – ik wist *niet* dat je naar Tokio was gekomen om me te zoeken. Die sadist van een Akiko Kato werkt voor mijn vrouw, niet voor mij. Ik zat vanaf augustus voor besprekingen en zaken in Canada – ik ben pas een week weer in de stad.' Diepe zucht. 'Eiji, ik heb altijd gehoopt dat deze dag zou komen, maar ik heb nooit de eerste stap durven zetten. Ik heb altijd gedacht dat ik daar het recht niet toe had. Als dat al ergens op slaat. Dan – over mijn vrouw. Dit is zo gênant, Eiji – mag ik je Eiji noemen? Iets anders lijkt verkeerd. Mijn vrouw heeft nooit een woord gezegd over de brief die zij heeft geschreven om je af te schrikken, ook niet dat ze je vorige week gesproken heeft... Dat heb ik alleen maar ontdekt doordat mijn dochter het zich een uur geleden liet ontvallen.' Geritsel. 'Nou, ik werd razend en ben nog maar net voldoende gekalmeerd om je te bellen. Wat bekrompen. Wat wantrouwend. Welk recht had zij om jou van mij weg te houden? En dan ook nog zo vlak na de dood van mijn vader... ik huiver als ik eraan denk wat jij ons voor een gezin moet vinden. Maar je hebt misschien gelijk. Mijn vrouw en ik – ons huwelijk, het is niet precies... Laat maar.' Stilte. 'Ten derde. Wat is er ten derde. Ik raak de draad kwijt. Dit is het verleden. De toekomst, Eiji. Ik wil je heel erg graag zien, als je het wilt weten. Nu meteen, als het kan. Vandaag. We hebben zoveel te bepraten, waar moet ik beginnen? Waar moet ik ophouden?' Verward gelach. 'Kom vandaag naar mijn kliniek – ik ben plastisch chirurg, tussen twee haakjes, voor het geval je moeder je dat niet heeft verteld. We zullen niet door mijn vrouw of andere vijandige personen worden gestoord – of we zouden naar een restaurant kunnen gaan als je al niet gegeten hebt tegen de tijd dat je dit hoort... Luister, ik heb mijn spreekuur voor vanmiddag afgezegd. Vanmiddag één uur, red je dat? Dit is het nummer van mijn praktijk.' Ik krabbel het op. 'Ga naar het metrostation Edogawabashi, bel dit nummer en mevrouw Sarashina – mijn assistente, volledig te vertrouwen – komt je ophalen. Maar één minuutje daarvandaan. Nou. Tot één uur vanmiddag...' Een soort verbaasd gelispel. 'Ik heb jaren en jaren en jaren gebeden dat deze dag zou komen... Telkens als ik naar het altaar ging, heb ik gevraagd... ik kan nauwelijks...' Hij lacht. 'Genoeg zo, Eiji! Eén uur! Metrostation Edogawabashi!'

Het leven is zoet, rijk en mooi.

Ik vergeet Ai Imajo, ik vergeet Kozue Yamaya, ik ga achterover liggen en luister het bericht opnieuw af totdat ik elk woord, elke stijlfiguur uit het hoofd ken. Ik pak de foto van mijn vader en breng zijn gezicht tot leven zodat hij die woorden spreekt. Een goed onderlegde, warme, droge stem die respect afdwingt. Niet zo nasaal als de mijne. Ik wil het aan Butaro en Machiko vertellen – nee, ik wacht. Later op de dag. Dan loop ik kalm de Vallende Ster in, met een raadselachtige heer achter mij aan en zeg achteloos iets van 'Tussen haakjes, Buntaro, mag ik je even mijn vader voorstellen?' Kat kijkt lusteloos naar me vanuit het toilet – 'Vandaag is het zover, Kat!' Ik strijk mijn nette overhemd, ga onder de douche en probeer dan een uurtje te dommelen. Vergeet het maar. Ik luister naar John Lennons *Live in New York City* en het is goed dat ik de wekker heb gezet, want het eerste wat ik daarna weet is dat het half twaalf is en dat de wekker in mijn oren ringingingingingingt. Ik kleed me aan, maak Kat nerveus en zet haar avondeten zes uur eerder klaar voor het geval dat ik meteen van mijn vader naar mijn werk moet. Buntaro belt gelukkig met de groothandel zodat hij niet onder mijn stralenkrans van vreugde kan gluren.

Station Edogawabashi. Ik speur zo intens de middagmenigte af dat ik haar over het hoofd zie. 'Neemt u me niet kwalijk. Ik neem op grond van je baseballpetje aan dat je Eiji Miyake bent.' Ik knik naar de chic geklede vrouw, niet direct jong, niet direct oud. Ze glimlacht met zwartebessenlippen. 'Ik ben Mari Sarashina, de assistente van je vader – we hebben elkaar net door de telefoon gesproken. Wat geweldig om je op bezoek te hebben.'

Ik buig. 'Bedankt dat u me op komt halen, mevrouw Sarashina.'

'Geen enkele moeite. De kliniek is maar een klein eindje hiervandaan – Nou, dit is een heel bijzondere dag voor je vader. Een hele middag aan afspraken afzeggen...' zij schudt het hoofd. 'De afgelopen zes jaar nog nooit vertoond. Ik dacht bij mezelf: komt de keizer op bezoek? Toen zei hij dat zijn zoon op bezoek kwam! – zijn woorden, niet de mijne – en ik dacht: aha! Nu wordt alles duidelijk! Weet je, hij was van plan je persoonlijk op te halen van station Edogawabashi, maar hij was op het laatste moment toch te geënerveerd – onder ons gezegd, hij is bang om zijn gevoelens te tonen, et cetera. Genoeg gekletst. Kom mee.' Mevrouw Sarashina loopt en praat standvastig door. Een hond ter grootte van een kat kruist ons pad. Tegemoetkomende voetgangers en fietsers maken ruim baan voor haar. Ze koerst door zijstraten met merkboetieks en kunstgalerieën. 'De kliniek van je vader is als instituut op cosmetisch gebied het laatste van het laatste. We hebben een trouwe cliëntèle op basis van mond-tot-mond, reclame vermijden wij, in tegenstelling tot de derderangs knip-en-plakzaken, dan ook rigoureus.' Een kat ter grootte van een muis kruist ons pad. 'We zijn er – zie je, je loopt er zo aan voorbij.' Een groot, anoniem gebouw, ingeklemd tussen opmerkelijker buren. Op de begane grond zit een juwelierszaak, bezichtigen op afspraak. Aan het eind van een korte gang is een stalen deur. Mari Sarashina wijst naar een koperen plaat. 'Dat zijn wij – *Juno.* Zeus heeft haar in een zwaan veranderd.' Haar vingers dansen over de toetsen van een beveiligingspaneel. 'Of was het een stier?' Een videocamera bekijkt ons. 'Nogal draconische beveiliging, ik weet het, maar onze cliëntenlijst omvat televisiesterren et cetera. Je zou het niet geloven' – Mari Sarashina slaat haar ogen ten hemel – 'wat de paparazzi ervoor over zouden hebben om eventjes te kunnen loeren. Je vader heeft de beveiliging herzien nadat een verslaggever, onder het voorwendsel dat hij een inspecteur van het ministerie was, geprobeerd heeft zich toegang tot ons klantenbestand te verschaffen. Jakhalzen, die mensen. Bloedzuigers. Hij had een vals identiteitsbewijs, naamkaartje, de hele santenkraam. Mevrouw Kato, de advocaat van je vader, heeft ze voor het gerecht dood laten bloeden, uiteraard – hoewel zij, heb ik de indruk, wat jou betreft, nu niet bepaald het snoepje van de week is.' Er komt een lift. Mari Sarashina drukt op '9'. 'Een kamer met uitzicht.' Zij glimlacht bemoedigend. 'Zenuwachtig?'

Ik knik, leeg van spanning. 'Beetje.'

Zij veegt een pluisje van haar manchet. 'Heel begrijpelijk.' Ze fluistert een terzijde. 'Je vader is drie keer zo zenuwachtig. Maar – ontspan.' De deuren komen uit op een stralend witte receptieruimte, getooid met witte lelies. Ontsmettingsmiddel met een geurtje. Zitbanken met een krijtstreepje, tafels met glazen bladen, een wandkleed met zwanen op een mijmerende rivier. De wanden gaan met een welving over in het plafond – spiralend en in gedempte tinten, botjes in een oor. Keltische harpmuziek begeleidt het zachte zoemen van de airco. Mevrouw Sarashina drukt op de intercom op haar bureau – 'Dokter Tsukiyama? Mijn gelukwensen, het is een jongen!' Zij laat mij haar smetteloze tanden zien. 'Zal ik hem binnensturen?' Ik hoor zijn stem kraken. Mari Sarashina lacht. 'Goed, dokter. Komt eraan.' Ze gaat voor haar computer zitten en gebaart naar de stalen deur. 'Ga maar, Eiji. Je vader verwacht je.' Ik beweeg, maar real time staat op 'Pause'. 'Dank u,' zeg ik. Ze trekt een niets-te-danken-gezicht. Eén deur van mij vandaan nu – ga! Ik draai de knop om – de ruimte daarachter is hermetisch afgesloten. De stalen deur gaat open met een zoengeluid.

Mijn armen worden op mijn rug gedraaid, mijn lichaam wordt tegen de muur geramd, mijn voeten worden onder mij uit geschopt en de koude vloer slaat tegen mijn ribben. Eén paar handen fouilleert me terwijl een tweede paar mijn armen ver voorbij de hoek houdt waarvoor ze om te buigen zijn ontworpen – de pijn slaat alle records. Yakuza weer. Als ik een mes had verstopt, zou ik het in mezelf steken omdat ik zo stom ben geweest. Alweer. Ik overweeg eigener beweging afstand te doen van Kozue Yamaya's diskette, totdat een voet in mijn lendenen die gedachte uit mijn hoofd stoot. Ik word omgegooid en overeind getrokken. Eerst denk ik dat ik op de set van een medische soap sta. Een karretje met chirurgische apparatuur, een medicijnkast, een operatietafel. De hoeken zijn halfduister, met tien of elf mannen van wie ik de gezichten niet kan onderscheiden. Ik ruik worstjes. Een man maakt met een handcamera opnamen van me en ik zie mezelf op een grote overheadprojector. Twee mannen met het lichaam van een olympische kogelstoter houden mij elk bij een arm vast. De handcamera zoomt in en neemt mijn gezicht vanuit verschillende hoeken op. 'Licht!' klinkt de stem van een oude man en mijn oogballen worden door wit schijnsel gevuld. Ik word een paar passen naar voren gesleept en neergezet. Als ik weer kan zien, zit ik aan een kaarttafel. Daar is Mama-san met drie mannen. Een scherm van rookglas dat een groot gedeelte van de muur beslaat is dichtbij genoeg om aan te raken. Een intercom klikt aan en de stem van God vult de ruimte. 'Dit erbarmelijk exemplaar is 'm?'

Mama-san kijkt naar het rookglas. 'Dit is hem.'

'Ik had geen idee,' zegt God, 'dat Morino zo in de problemen was geraakt.'

Nu weet ik echt dat ik in moeilijkheden zit. 'Die man aan de telefoon?' vraag ik aan haar.

'Een acteur. Om ons de moeite te besparen je door iemand op te laten halen.'

Ik probeer weer leven in mijn armen te wrijven en kijk naar de drie mannen die met mij aan de kaarttafel zitten. Aan hun gezicht en houding kan ik zien dat ook zij daar onvrijwillig zijn. Een van het zweet glanzende astmalijder, zo rond als een donut; een man die voortdurend met zijn ogen knippert alsof zijn gezicht onder vuur ligt en een oudere kerel die ooit mooi is geweest, maar littekens heeft moeten incasseren die van zijn mondhoek omhoog lopen en waardoor zijn gezicht gefixeerd is tot een namaaklach. De heren Donut, Knipper en Smiley houden hun blik strak op de tafel gericht.

'Wij zijn hier vandaag bijeen,' zegt God, 'opdat u uw schulden aan mij kunt voldoen.'

Ik kan niet reageren op een stem zonder lichaam en richt mij daarom tot Mama-san. 'Welke schulden?'

God geeft als eerste antwoord. 'Zware schade aan Pluto Pachinko. Compensatie voor het verlies aan omzet op de openingsdag. Twee Cadillacs. Teloorgegane verzekeringspremies, schoonmaakkosten en algemene schadeloosstelling. Vierenvijftig miljoen yen.'

'Maar Morino heeft de schade veroorzaakt.'

'En jij,' zegt Mama-san, 'bent de laatste nog levende volgeling van zijn groep.'

Ik zou willen kotsen. 'U weet dat ik geen volgeling ben geweest.'

God laat zijn luidsprekers ratelen. 'We hebben je contract! Getekend met jullie gemengde bloed! Welke inkt is meer verbindend?'

Ik kijk naar het rookglas. 'Nou, en zij dan?' Ik wijs naar Mama-san. 'Zij is de zaakwaarneemster van Morino geweest.'

Mama-san glimlacht bijna. 'Kind, ik was spion. Hou nu je mond en luister, of een van deze boze mannen pakt een ontleedmes om je tong te splijten.'

Ik houd mijn mond en luister.

'Meneer Tsuru heeft jullie, zijn meest hopeloze schuldenaren, voor een kaartspelletje uitgekozen. Een eenvoudig kaartspel, met drie winnaars en één verliezer. De winnaars zullen dit vertrek als vrije mensen verlaten, zonder dat ze één cent schuldig zijn. De verliezer zal zijn organen ter beschikking stellen van nooddruftige patiënten. Eén long,' ze kijkt naar mij, 'één netvlies en één nier.'

Iedereen in de kamer doet alsof dit heel normaal is.

'Word ik verondersteld te zeggen' – ik moet opnieuw beginnen omdat er de eerste keer geen stem uit komt – 'word ik verondersteld te zeggen: "Natuurlijk, prima, laten we gokken om onze lichaamsdelen"?'

'Het staat je vrij om te bedanken.'

'Maar?'

'Maar dan word je tot verliezer verklaard.'

'Bedanken, jongen,' smaalt Knipper tegenover me. 'Hou vast aan je principes.'

Ik ruik mosterd en ketchup. Ik heb geen sluitend verhaal om iets van dit alles te bestrijden. 'Een spelletje?'

Mama-san haalt een spel kaarten tevoorschijn. 'Jullie couperen om de volgorde bij het schudden te bepalen. Aas hoogste kaart, hoogste schudt eerst, de andere spelers volgen na de beginner met de klok mee. Daarna beginnen we met het eigenlijke spel. Jullie draaien in dezelfde volgorde de bovenste kaart om, totdat de schoppenvrouw verschijnt.'

'Wie zij kiest,' zegt God, 'verliest.'

Ik voel me zoals ik me voelde in de bowlingbaan.

'Die stem, is hij dat?' vraag ik aan Mama-san. Mijn stembanden zijn zo droog als zand. 'Is dat meneer Tsuru?'

Knipper applaudisseert sarcastisch.

Dus, Tsuru is God. God is Tsuru. Ik probeer tijd te winnen. 'Zelfs u,' zeg ik tegen Mama-san, 'moet dit krankzinnig vinden.'

De mond van Mama-san wordt een smalle spleet. 'Ik krijg mijn orders van de president-directeur. Jij krijgt ze van mij. Couperen.'

Mijn hand voelt zo zwaar als een steen. Schoppenboer.

Mister Donut trekt de ruitentien.

Knipper coupeert klaverentwee.

Smiley draait de schoppennegen om.

'De jongen moet als eerste schudden,' zegt Tsuru vanachter het rookglas.

De spelers kijken naar mij.

Onhandig flutter-schud ik de kaarten. Op het scherm doen handen die vele malen groter dan de mijne zijn hetzelfde. Negen keer, voor geluk.

Meneer Donut veegt zijn handen af aan zijn overhemd. De kaarten vliegen van hand naar hand in een gymnastische formatie.

Knipper maakt met drie vingers een magisch gebaar en coupeert één keer.

Smiley schudt met afgepaste, ronde gebaren.

Mama-san schuift het spel naar het midden van de tafel. Daar ligt het, onschuldig. Ik kijk ernaar zoals ik zou kijken naar een bom, wat precies is wat het is. Ik hoop op een ontploffing, een geweerschot, een 'Politie!'.

Ik hoor gesputter van worstjes aan een spit.

Het langzame ademen van mannen.

'Pak nu de bovenste kaart,' maant Tsuru met zachte stem, 'of een bewaker neemt je oogleden uit, waarna je je ogen nooit meer dicht kunt doen, zelfs niet voor een knipoog.'

Ik draai de ruitennegen om.

Mister Donut haalt raspend adem nu zijn astma erger wordt. Hij coupeert klaverenaas.

Knipper psalmodieert drie keer *Namu amida butsu*–hij heeft een boeddhistische opvoeding gehad–voordat zijn hand uitschiet en de schoppenaas weggrist. 'Dank u,' zegt hij.

Smiley is de kalmste van ons allemaal. Rustig draait hij de schoppenzeven om.

Mijn beurt weer. Ik heb het gevoel dat Miyake door Miyake op afstand wordt bediend. Ik kijk naar mezelf op het scherm. Mezelf kijkt naar mij. Ik heb nooit geweten dat ik er zo uitzag. Mijn hand strekt zich uit...

In het rookglas zwaait een smal deurtje open en er schiet een kwispelende labrador uit die op een worstje kauwt en uitglijdt op het gladde marmer. 'Breng haar terug!' roept Tsuru. Zijn echte stem komt uit de opening en wordt maar voor een deel door de microfoon en luidsprekers opgepikt. 'Ze mag niet rennen met een volle maag! Ze heeft een slechte spijsvertering!' Twee bewakers loodsen de hond tenslotte terug naar haar baas.

'Wij,' mompelt Smiley, 'zijn alleen maar een tv-maaltijd voor die krankzinnige, ouwe fuck.'

In de kamer zijn alle ogen weer op mij gericht.

Er zit iets vreemds onder mijn tong.

Ik draai de hartenzes om.

Ik lik aan mij onderarm, proef zout en zie een klein zwart insect.

De arm van Mister Donut laat een zweetplek achter op het vilt. Ruitendrie.

Knipper bidt tot Boeddha en draait de joker om. 'Dank u.'

Smiley zucht en draait de klaverenvijf om.

Twaalf kaarten van de tweeënvijftig weg, vierenvijftig met de twee jokers mee.

Ik kijk naar de achterkant van de bovenste kaart voor een aanwijzing en twee trapezoïdale ogen kijken mij strak aan. Ik ken die ogen.

Wat is het leven met de helft van je organen?

Nee, Tsuru zal de verliezer nooit laten gaan om het verhaal te kunnen navertellen, met een romp vol littekens en putten als bewijs. Op het zwijgen van de gelukkigen valt te rekenen, maar de verliezer eindigt op dezelfde manier als de zoon van Kozue Yamaya.

Hoe kom ik hier?

Ik kijk naar de scherm-Miyake. Hij heeft ook geen antwoord.

Mama-san opent haar mond om mij te dreigen...

Ik draai de kaart om en de zwarte vrouw kijkt mij in de ogen.

De kamer helt.

'Fuck,' zegt Knipper. 'Ik dacht dat het joch dat wijf getrokken had, niet haar zuster.'

'Dat dacht hij ook,' zegt Smiley.

Waar hebben ze het over? Smiley knikt naar mijn doodvonnis op de tafel. 'Kijk dan goed.'

Het is de klaverenvrouw, niet schoppen. Klaveren.

Mister Donut zegt: ‘Ik moet mijn inhaler hebben.’ Mama-san knikt en hij vist hem uit de zak van zijn colbert. Hij houdt zijn hoofd achterover, haalt diep adem, houdt hem vast en ademt uit. Daarna draait hij de schoppenvrouw om.

Niemand zegt iets.

De Mister Donut op het scherm transpireert zwaarder dan een man die sterft aan de pest.

Ik, ik tril en ben kapot van opluchting en schuld en medelijden.

Mama-san schraapt haar keel. ‘Uw vrouw is verschenen, meneer Tsuru.’

De luidsprekers blijven stil.

‘Meneer Tsuru?’ Mama-san kijkt met gefronste wenkbrauwen naar het rookglas. ‘Uw vrouw heeft gesproken.’

Geen antwoord.

Mama-san buigt zich en tikt tegen het glas. ‘Meneer Tsuru?’

Een bewaker trekt zijn neus op. ‘Wat zit hij nou te bakken?’

Een tweede bewaker fronst de wenkbrauwen. ‘Nou, dat zijn geen worstjes...’

De bewaker die het dichtst bij de opening in het glas staat, duwt dat open en tuurt naar binnen. ‘Meneer Tsuru?’ Hij houdt, alsof hij een karatetrap op zijn maag incasseert, abrupt zijn adem in. ‘Meneer Tsuru!’ Hij blijft waar hij is en draait zich naar ons om, met een wezenloze blik.

‘Nou?’ vraagt Mama-san.

Zijn kaak beweegt maar er komt niets uit.

‘Wat?’

Hij slikt. ‘Meneer Tsuru heeft zijn gezicht geroosterd op de warme plaat.’

Er breekt een baaierd aan geïmproviseerd toneel los. Het enige wat ik kan doen is mijn ogen sluiten.

‘Meneer Tsuru meneer Tsuru meneer Tsuru! Hoort u mij?’

‘Schraap zijn hoofd los!’

‘Doe het gas uit!’

‘Zijn lip is vastgesmolten aan het metaal!’

‘Ambulance ambulance ambulance laat iemand een...’

‘Fuck! Zijn oogbal is net geploft!’

‘Veeg het af aan je overhemd!’

‘Doe die fucking hond hier weg!’

Iemand kotst luidruchtig.

De hond blaft opgewekt.

Mama-san schraapt een metalen voorwerp over het rookglas. Het knarsen is onverdraaglijk en de kamer wordt stil. Haar beheersing is volmaakt, alsof zij het script voor dit moment vele jaren terug al heeft geschreven en sindsdien geregeld ook gerepeteerd. ‘Een *deus ex machina* heeft het verzetje van meneer Tsuru in handen genomen. De opwinding was blijkbaar te veel, heeft een nieuwe beroerte veroorzaakt en omdat onze leider het verkoos om op zijn barbecue te vallen, is het niet echt meer van belang wanneer die ambulance hier is.’ Zij richt zich nu tot de twee, drie oudere mannen. ‘Ik benoem mijzelf tot uitvoerend hoofd van deze organisatie. Jullie gehoorzamen me, of zijn tegen me. Maak je bedoelingen duidelijk. Nu.’

Het moment is geladen met berekening.

De mannen kijken naar ons. ‘Wat doen we met die, Mama-san?’

‘Kaartspelletjes behoren niet meer tot de ondernemingsstrategie. Breng ze naar de deur.’

Ik durf deze nieuwe ontwikkeling niet te vertrouwen, niet voordat ik buiten ben en hard hol. Mama-san richt zich tot ons. ‘Als een van jullie naar de politie gaat en een kortelings benoemde rechercheur er op een of andere wijze van overtuigt dat je niet krankzinnig bent, gebeuren er drie dingen, in deze volgorde. Eén: je wordt in hechtenis genomen. Twee: binnen zes uur wordt een kogel door je hoofd geschoten. Drie: je schulden gaan over op je naaste verwanten en ik zal er persoonlijk op toezien dat hun leven wordt geruïneerd. Dit is geen dreigement, dit is de standaardprocedure. Je maakt nu duidelijk dat je dit begrijpt.’

We knikken.

‘We zijn nu dertig jaar in zaken. Trek je eigen conclusies ten aanzien van ons vermogen om onze belangen te verdedigen. En nu weg hier.’

De bioscoop is vol. Paren, studenten, loonslaven. De enige lege stoelen zijn vooraan, waar het doek boven je hoofd hangt. Alles in Tokio is bijna vol, vol, of overvol. Van Mari Sarashina was bij de receptie buiten de kamer geen spoor te bekennen. ‘Jongens, als ik jullie was zou ik een fucking loterijlot kopen,’ zei de bewaker bij het dichtgaan van de liftdeur.' Op het stoeltje naast me zit een meisje – de hand van haar vriend is geleidelijk over de rugleuning van haar stoeltje gekropen. De lift begon aan zijn lange, langzame afdaling. Mister Donut liet zijn sigaretten vallen. We zagen ze liggen daar waar ze gevallen waren. Mister Donut begon te beven, maar van de lach of uit angst of wat dan ook – dat wist geen van ons. Smiley deed zijn ogen dicht en boog zijn hoofd naar achteren. Ik hield mijn blik gericht op de dalende verdiepingnummers. Knipper raapte een sigaret op en stak hem aan. Deze film is wreed en banaal en nep. Als mensen die gewelddadige scripts verzinnen met echt geweld in aanraking kwamen, zouden ze te misselijk worden om zulke scènes te bedenken. Toen de liftdeur openging, doken we zonder een woord te zeggen in de middagmassa. Het zonnige weer was een misselijke grap. Ik kwam op een plek waar straatartiesten ballonnen tot krokodillen en giraffen knoopten en moest mijn nagels in mijn arm drukken om me met huilen op te laten houden. De film eindigt en het publiek stroomt naar buiten. Ik blijf naar de aftiteling kijken. De gaffer, de dierentrainers, de cateraars. Een nieuw publiek stroomt naar binnen. Ik blijf naar de film kijken totdat mijn hersenen gaan smelten. Na de ballonnenman ben ik gelopen naar waar de menigte het dichtst leek. Ik vervloekte mezelf omdat ik na Morino niet uit Tokio was weggegaan. Ik had het kunnen weten. In de foyer van de bioscoop bel ik Ai en hang snel op wanneer ze opneemt. Ik stap in de Yamanote-ringlijn en ga tussen de loonslaven zitten. Ik wou dat ik een gewone loonslaaf was. De stations rollen voorbij en voorbij en herhalen zich. Ik ben te angstvervuild om ooit nog te kunnen slapen.

Een conducteur schudt me zachtjes wakker. 'Jongen, je bent nu zes keer rond geweest, ik dacht dat ik je maar eens wakker moest maken.' Zijn ogen zijn vriendelijk en ik benijd zijn zoon.

'Is het donker of zijn we onder de grond?'

'Kwart voor elf, donderdag de vijfde. Je weet welk jaar we hebben?'

'Ja, dat weet ik.'

'Je moet zorgen dat je thuiskomt voordat er geen treinen meer rijden.'

Dat zou ik willen. 'Ik moet naar mijn werk.'

'Wat ben je, grafrover?'

'Iets minder exotisch... Bedankt voor het wakker maken.'

'Graag gedaan.'

De conducteur loopt verder door de coupé. Boven de stoelen tegenover mij, achter de bungelende lussen, zit een affiche van een bureau voor internetreclame. Uit een computerchip groeit een appelboom waaruit computerchipvruchten groeien en aan de appelbomen daaruit groeien weer computerchips. Het bos groeit uit de omlijsting en dringt door in de reclameruimte aan weerszijden. Ik was me niet bewust dat een deel van mijn hersenen nadacht over de diskette van Kozue Yamaya, maar een geweldig idee komt bij mij op. Ik ben klaar-, klaarwakker.

◆

Ik ben er niet bij met mijn gedachten, maar bij Nero hoef ik ook niet te denken. Als ik binnenkom op de laatste slag van donderdag krijg ik een vreemde blik van Sachiko – ze weet van mijn ruzie met Ai – maar ik kan me er moeilijk druk om maken. Ik denk aan de Eiji Miyake van vierentwintig uur geleden die heen en weer scharrelt in dit ene stukje Tokio van drie bij één meter en zijn pizza's baart. Gelukkige, blinde, verdomde idioot. Ik wou dat ik hem kon waarschuwen. Ik sla een genki-drink naar binnen om slaapgebrek te pareren en begin de opgestapelde bestellingen af te werken. 'Hé, man, heb je een ruitennegen voor me?' vraagt Doi als hij terugkomt. Ik was het vergeten. 'Nee. Morgen.' Doi slaat zich op de borst. 'Goochelen is manipuleren van het toeval, man. Toeval is het enige waarop je kunt rekenen in dit bestaan.' Ik was mijn handen en mijn gezicht. Steeds als de voordeur zoemt, ben ik bang dat het een schurk van Tsuru is. Steeds als de telefoon gaat, ben ik bang dat Sachiko of Tomomi in de luikopening verschijnt en de hoorn aan mij geeft: 'Voor jou, Miyake. Geen naam.' Doi is vanavond superpraatziek – hij vertelt waarom hij door zijn vorige baas ontslagen is. Hij was nachtwaker op een begraafplaats waar de as van de doden in op elkaar gestapelde relikwieënkastjes werd bewaard. Hij werd ontslagen omdat hij zijn eigen muziek verkoos boven de bandjes met boeddhistische begrafenismantra's. 'Ik dacht, man, als *ik* voor eeuwig vastzat in een doos, wat zou ik liever hebben? Priesters die aanzienlijk-hoger-dan-verwachte-telefoonrekening-openmakengesteun laten horen of de gouden eeuw van rock-'n-roll? Geen vergelijk! Ik *voelde* de vibes daar veranderen, man, steeds als ik een van mijn bandjes van de Grateful Dead opzette.' Doi snijdt zich met zijn wijsvinger de keel af. Ik hoor Doi zonder echt naar hem te luisteren. Zijn pizza komt door voor bestelling. Ik doe hem in een doos en weg is hij. De radio speelt 'I Heard It Through the Grapevine' – een broeierige, sluwe song. Sachiko doet het luik open – 'Een mysterieuze beller voor je op lijn drie!'

'Ai?'

'Neee...'

'Wie?'

'Ze zei dat het persoonlijk was.' Sachiko reikt door de luikopening naar de telefoon aan de keukenmuur, drukt op een knop en geeft de hoorn aan mij.

'Hallo?'

De beller geeft geen antwoord.

Angst maakt mijn stem schril. 'Ik ben u nu niets verschuldigd!'

'Eiji, is twee uur 's nachts goedemorgen of goedenavond? Dat weet ik eigenlijk nooit.' Een vrouw van middelbare leeftijd, niet Mama-san. Ze is net zo nerveus als ik, denk ik.

'Luister, kunt u mij misschien vertellen wie u bent?'

'Ik, Eiji, je moeder.'

Ik leun tegen de balie.

Tomomi kijkt door de kier van het luik aandachtig naar me. Ik doe het dicht.

'Dit is, uh, een verrassing.'

'Heb je mijn brieven gekregen? Mijn broer zei dat hij ze naar jou had doorgestuurd. Hij zei dat je nu in Tokio woont.'

'Ja-ah.'

Ja-ah, ik heb je brieven gekregen. Maar therapie die jouw wonden heelt, maakt bij mij alleen maar wonden open.

'Nou...' beginnen we allebei.

'Jij eerst,' zegt ze.

'Nee, jij eerst.'

Ze haalt diep adem. 'Ik ben door een man ten huwelijk gevraagd.'

Wat kan mij dat schelen? 'O.' Tomomi doet de deurtjes een stukje open. Ik smijt ze woedend dicht. Hoop dat ik de neus van dat wijf gebroken heb. 'Gefeliciteerd.'

'Ja. De hotelhouder in Nagano van wie ik je verteld heb in mijn laatste brief.'

Zo, een hotelhouder? Mooie vangst. Vooral met dat verleden van je.

Waarom vertel je mij dit nu?

Je hebt het vroeger nooit nodig gevonden ons iets over je leven te vertellen.

Het kon je nooit wat schelen wat wij dachten. Niet in het minst.

Wil je dat ik blij voor je ben? Dat ik zeg: 'Nou, mam, fantastisch!'?

Heel bijna verlos ik ons beiden uit onze ellende en hang ik op.

'Waarvandaan bel je?' zeg ik tenslotte.

'Ik zit weer in de kliniek in Miyazake. De... drank, weet je. Ik ben er een hele tijd slecht aan toe geweest. Vandaar... Maar nu, hij – de hotelhouder, hij heet Ota overigens – hij zegt als we trouwen zijn mijn problemen de zijne, en dus... ik wil beter worden. Dus ben ik weer hiernaartoe gegaan.'

'Ik snap het. Mooi. Veel geluk.'

Mevrouw Ota. Gewoon, getrouwd, keurig. RESET. Een nieuwe beschermer, een stel nieuwe bankpasjes, een nieuwe garderobe. Mooi. Maar geef antwoord op mijn vraag: Waarom vertel je mij dit nu?

Ik snap het.

Meneer Ota weet niet van ons. Daar heb je hem nooit over verteld. Je wil van mij weten of ik bereid ben jouw kwalijke geheimpjes voor me te houden. Heb ik het goed?

'Hij wil je graag zien, Eiji.'

Wat aardig van meneer Ota. Waarom zou ik die eigenaar van dure hotels willen zien?

Twintig jaar is een beetje laat om met plichtsgetrouwe moeder spelen te beginnen, moeder.

Je hebt me altijd alleen maar ongelukkig gemaakt. Je maakt me nu ongelukkig.

Nou, mooi. Raak van je drankprobleem af, ga trouwen, leef nog lang en gelukkig en laat mij met rust. Neurotische, hebberige, verraderlijke heks.

Het luik gaat open – er zwaait een pen met een witte vlag – Sachiko's onaanraakbare mok met Doraemon verschijnt op de plank en stoot koffiedeeltjes uit. Het luik gaat dicht.

'Eiji?'

De dj kapt 'I Heard It Through the Grapevine' af.

Waarom ik zeg wat ik nu zeg, zal ik nooit weten uit te leggen, zelfs niet aan mezelf.

'Mam, als ik, uh... nou morgen eens in Miyazaki bij je langskom?'

Sachiko knikt als ik klaar ben met uitleggen. 'Niet het soort humanitaire missie dat ik iets in de weg zou kunnen leggen, toch? Maar mijn laatste opdracht als je meerdere in Nero's grote leger is deze: bel mijn huisgenote voordat je Tokio verlaat.'

'Heeft ze, uh, iets gezegd?'

'Ik kan haar stemming aflezen aan haar pianospel. Toen je haar vorige week belde, speelde Ai Chopin en mooie dingen. Gisteravond moest ik me klaarmaken voor mijn werk bij van die tingeltangelstukken die Erik Satie heeft geschreven om zijn buren uit hun huis krijgen.'

'Ik, uh, heb het een beetje verknald, Sachiko.'

'Ai is geen Miss Vierentwintig Uren Zonneschijn. Het leven is kort, Miyake. Bel haar.'

'Kweenie...'

'Nee. "Kweenie" wordt niet geaccepteerd. Zeg: "Ik luister en gehoorzaam, mejuffrouw Sera." '

'Ik heb echt...'

'Hou op en zeg het of je maakt nooit meer een pizza in deze stad.'

'Ik luister en gehoorzaam, mejuffrouw Sera.'

'Tomomi zegt dat je het zwaar gehad hebt, man...' Doi verschijnt met een minimixer in de kooi. 'Weet je wat ik doe om al die shitvibraties weg te werken, man?'

Ik ga met mijn rug naar hem toe staan. 'Doi, dit is mijn laatste nacht. Genade.'

'Geen trucs, man! Alleen maar een magische anti-stresscocktail...' Zou hij mij dit alles laten ondergaan als hij wist dat ik vanmiddag één kaart en een gesprongen ader verwijderd ben geweest van het wegnemen van mijn organen? Waarschijnlijk wel. 'Om te beginnen, aardbeien!' Doi doet een heel bakje in de mixer. Hij doet een zwarte, fluwelen kap over de mixer en maalt ze fijn. Hij neemt kap en deksel weg. 'Dan tomaten!' Hij gooit er drie overrijpe tomaten in. 'Rood eten masseert stressgolven weg. Groen maakt het erger. Vegi's en konijnen zijn daardoor zo gespannen... Wat dan? Frambozensap... rauwe tonijn... azukibonen... alle belangrijke voedselgroepen.' Doi doet het deksel en de kap erop en mixt. 'En dan tenslotte de bekroning...' Met een zwierig gebaar haalt hij een roze grasparkiet uit een zakdoek. Het dier fladdert, knippert met de ogen en tjilpt. 'Erin, makker!' Hij laat hem behoedzaam in de helderrode brij zakken en doet deksel en kap er weer op. Ik weet dat het een stomme truc is, ik weiger dus om geschrokken te kijken. Hij zet de mixer achter de richel tussen de kooi en mijn looppad – waar hij van mixer verwisselt, misschien? – schudt de beker van de mixer met de allure van een cocktailbarman, op de maat van de Hawaiaanse bottleneck-gitaarmuziek op de radio.

'Doi!' Sachiko komt met haar klembord in de kooi.

Doi springt op en legt schuldbewust neer wat hij vasthoudt.

'Ik vind het vervelend om je bij deze "arbeids"-aangelegenheden te moeten storen, maar...'

'Akela, ik zit nog in mijn pauze! Nog drie minuten! Ik laat Miyake mijn vredesdrankje zien...' Hij neemt de beker van de mixer op, nog steeds onder de zwarte kap en maalt de inhoud gedurende dertig seconden. Sachiko geeft zich gewonnen en gaat zitten. Doi neemt de kap weg, het deksel weg en drinkt de soepachtige vloeistof in één teug op. 'Heeerlijk.'

'Wow...' Sachiko komt overeind, zet mixer B – ik wist het – op de richel, zonder fluwelen kap. 'Heb jij die nepparkiet gemaakt? Hij is net echt. Waar is hij van gemaakt?' Ze is werkelijk onder de indruk.

'Mevrouw! U hebt mijn truc verraden!'

'Dan moet je je rekwisieten maar niet in de keuken laten slingeren!'

'Noem mijn Tutu geen rekwisiet! Parkieten hebben ook gevoelens, weet je wel.'

'Tutu ziet er voor een levende parkiet niet erg levendig uit.' Sachiko haalt de vogel uit de rode smurrie. Zijn kop valt er met een stroom van wit poeder af.

'Doi,' zeg ik, 'zeg alsjeblieft dat dit bij de truc hoort.'

Dois ogen puilen uit van pure paniek. 'O, man...'

Nadat de ambulance Doi voor een maaghevel en injecties tegen hondsdolheid heeft meegenomen naar het ziekenhuis, bied ik aan om de bestellingen per scooter te doen. Sachiko zegt dat zij het zelf zou moeten doen omdat ze beter bekend is met de buurt. Tomomi bemant in haar eentje de telefoon. Ik maak drie El Gringo's – dikke bodem, gorgonzola, kruidige salami, tomaat en basilicumkorst – en doe die in een doos tegen de tijd dat Onizuka terugkomt. Tomomi vertelt wat er met Doi is gebeurd – even denk ik dat Onizuka zijn principes verloochent en glimlacht, maar het gevaar wijkt en hij keert terug tot zijn treurige zelf. De drukte wordt wat minder. Tegen half acht heb ik de samenvattingen van het ontbijtnieuws al in mijn geheugen opgeslagen. Handelsbesprekingen, topconferenties, bezoeken van hoogwaardigheidsbekleders. Zo worden hele bevolkingen onder controle gehouden – je moet het nieuws niet weghouden, maar het zo suf en saai maken dat niemand er ook maar enige belangstelling voor heeft. Het weer van vrijdag 6 oktober begint bewolkt, met zestig procent kans op regen halverwege de middag en negentig procent kans op regen tegen de avond. Ik maak de balies schoon in de hoop dat er de komende dertig minuten geen verdere bestellingen komen. Ik moet uitzoeken hoe ik zo goedkoop mogelijk naar Miyazaki kan komen. Ik tuur in het inferno – zes pizza's kruipen verder, met de gloed van karma. Uit de radio komt een song die 'I Feel the Earth Move under My Feet' heet. Radio's en katten gaan allebei hun eigen gang, of er iemand is of niet. Anders dan een gitaar die min of meer ophoudt gitaar te zijn zodra je hem in zijn kist stopt. Sachiko legt een enveloppe op de balie van mijn looppad. 'Ik heb het uit de kleine kas bij elkaar gerommeld, maar dit is wat je van Nero te goed hebt.'

'Sorry dat ik je in de steek laat.'

'Nou ja, de Nippon-index duikt natuurlijk omlaag zodra het nieuws bekend wordt, maar we slaan ons er wel doorheen. Misschien trek ik zelf een keukenschort aan als ze van het hoofdkantoor niemand kunnen sturen. Ze weten ervan. Bel als je weer terug bent in Tokio – ik kan je niet beloven dat ik je baan hier voor je vrij kan houden, maar ik kan wel zorgen dat je terecht kunt waar maar plaats is.'

'Dat vind ik heel aardig.'

'Enig idee hoe lang je weg bent?'

'Hangt af van... een heleboel dingen. Of ik mijn moeder kan helpen beter te worden.' Ik stop de enveloppe in mijn uitgehongerde portefeuille.

'Bel Ai. Ik wil niet degene zijn die haar vertelt dat je de stad uit bent gegaan.'

'Ik, uh, geloof niet dat ik op dit moment vriend van de week ben.'

'Stommerd, Ai heeft geen vrienden van de week. *Bel* haar.'

Tomomi hangt in de luikopening. 'Als je de energie kunt opbrengen om vóór je vrolijke familiereünie nog één laatste pizza klaar te maken, die man van Osugi Bosugi heeft zijn wekelijkse Kamikaze besteld.' Ze mept de bestelling op de richel en verdwijnt. Ik kijk Sachiko verrast aan en heb het gevoel dat mijn voeten wegglijden. 'Osugi en Bosugi? PanOpticon?'

'Een vaste bestelling sinds de aanvang der tijden. "Kamikaze" is een pizza die niet op de muurkaart staat – we zouden hem er eigenlijk op moeten zetten, maar er is verder geen mens in Tokio die hem naar binnen krijgt. Korst met mozzarella, banaan, kwarteleieren, kammosselen, inktvisinkt.'

'Hele Spaanse pepers.'

'Heeft een andere kok dat gezegd?'

Dit is mij een raadsel. 'Ik denk...'

'Het is een onvergetelijke creatie. Nu we het daar toch over hebben, ik moet het rapportje over het ongeval van Doi gaan schrijven.' Ze kan mijn gezicht niet zien als ik naar de bestelbon kijk. Tomomi heeft een gebeiteld handschrift: *Tsukiyama, Osugi & Bosugi, PanOpticon.*

Eerst lach ik vol ongeloof.

Dan denk ik: weer een val.

Dan denk ik: geen val. Los van het feit dat niemand weet dat ik de naam van mijn vader weet, wil niemand mij sinds de dood van Tsuru in een val laten lopen. Mama-san heeft me al één keer laten gaan. Dit is geen val, maar een kaarttruc die Tokio heeft uitgehaald. Hoe is dat gedaan? Kijk er stap voor stap naar. Ik ken 'Kamikaze' doordat... dat is het. Ik weet het weer. Weken geleden, die avond dat Kat terugkwam uit de dood, een man toetste een verkeerd nummer in, belde mijn capsule met het idee dat ik een pizzazaak was, en bestelde diezelfde pizza. Alleen – hij had helemaal geen verkeerd nummer ingetoetst. Die man was mijn vader.

De rest is eenvoudig. Mijn vader is geen cliënt van Akiko Kato – hij is haar collega.

Vanwege Akiko Kato heb ik vanuit Café Jupiter het PanOpticon in de gaten gehouden.

Door Café Jupiter heb ik Ai Imajo leren kennen.

Door Ai heb ik Sachiko Sera leren kennen.

Door Sachiko Sera sta ik bij Nero een pizza voor mijn vader te maken.

Geen nieuwe dwaalwegen, voorbarige conclusies, leugens. Ik ben voor mijn vader een verzetje van zestig seconden geweest. Daarna ben ik een nul geweest. Nu ben ik een lastpost. Ik voel me zo, zo... stom. Ik maak zijn pizza klaar. Hij ziet er net zo weerzinwekkend uit als hij klinkt. Ik doe hem in het inferno, zie dat de zwarte smurrie een oranje gloed krijgt. Waarom 'stom'? Waarom niet 'kwaad'? Sinds ik Akiko Kato heb geschreven weet mijn vader hoe hij me kan bereiken. Morino, Tsuru, alles... als hij me zes weken geleden alleen maar had gezegd dat ik weg moest gaan. Ik zou teleurgesteld zijn geweest, natuurlijk, maar ik had hem gehoorzaamd. Nu maak ik uit wat er gebeurt. Ik weet niet wat ik zal doen wanneer ik hem voor hem sta, maar nu Tokio de man heeft opgedolven, ga ik hem ontmoeten ook. Ik doe het luik open. Geen spoor van Tomomi. Sachiko kauwt op een balpen. 'Als ik zeg dat een wilde parkiet uit zichzelf in de mixer is gevlogen, denk je dat het hoofdkantoor me dan zal geloven?'

'Alleen als ze dat willen.'

'Aan jou heb ik ook niet veel.'

'Maar ik zou wel deze pizza voor je kunnen bezorgen.'

Sachiko kijkt op haar horloge. 'Je dienst zit er over twee minuten op.'

'Het PanOpticon is op mijn weg naar Shinjuku.'

'Miyake, je bent een tweebenig geschenk uit de hemel.'

De deur naar het PanOpticon draait rond in een eeuwigdurende beweging. Palmbomen staan in bronzen urnen. Protserige, mensetende orchideeën zien me voorbijgaan. Negen identieke leren fauteuils wachten op gebruikers. Een man met één been krukt over de gepolijste vloer. Rubber piept, metaal klinkt. Achter het bureau zit de pafferige beveiligingsman die mij eruit heeft gegooid toen ik zes weken geleden Akiko Kato probeerde te spreken. Hij heeft een veegje scheercrème onder één oor. Hij geeuwt als ik dichterbij kom. 'Jaah, mijn jongen?'

'Ik heb een pizza voor meneer Tsukiyama van Osugi en Bosugi.'

'Echt waar?'

Ik houd mijn doos omhoog.

'"Altijd weer-o, een pizza van Nero." Er zitten toch geen explosieven in, hè? Jullie internationale terroristen smokkelen altijd met pizzadozen wapens een gebouw in.' Hij denkt dat dit echt heel grappig is.

'Doe hem door de scanner, als u wilt.'

Hij zwaait met een soort gummiknuppel naar de liften. 'Lift Oost, negende verdieping.'

De receptie van Osugi en Bosugi lijkt verlaten. Een wandtafel met stapels mappen, planten die omkomen van zononthouding, een monitor in de screensavermodus – een computergezicht zweeft van woede naar verrassing naar plezier naar treurigheid en weer terug naar woede. Eén enkele gang voert naar een venster van ochtend. Een fotokopieerapparaat zoemt. Waar moet ik heen? Een menselijk hoofd rijst op uit een moeras van slaap. 'Ja?'

'Morgen. Pizza voor meneer Tsukiyama.'

Zij takelt zich naar een hoger bewustzijnsniveau op, doet een koptelefoon aan haar oor en drukt op een knop op haar tafel. Ze steekt een sigaret op terwijl ze wacht. 'Meneer Tsukiyama, Momoe hier. Pizzajongen met ontbijt. Zal ik hem doorsturen of neemt u nog posities door met uw cliënt?' Ze zuigt haar wangen in terwijl mijn vader antwoordt. 'Ontvangen en begrepen, meneer Tsukiyama.' Ze wijst bruusk met een duim naar de gang en doet haar koptelefoon af. 'Helemaal doorlopen, aan het eind rechtsaf. Meneer Tsukiyama is pal voor je. En eerst kloppen!'

Het tapijt is versleten, de airco is oud, de muren moeten opnieuw geverfd worden. Een deur voor me gaat open en – precies op het juiste moment – verschijnt Akiko Kato met een netje met badmintonshuttles. Haar zilveren zee-egeloorbellen bungelen. Ze betrapt mij erop dat ik een steelse blik op haar werp, zoals ik haar erop betrap dat zij een steelse blik op mij werpt. Ik loop door en houd mijzelf voor dat ik niets verbodens doe. Ik kom aan het eind van de gang en bots bijna tegen een vrouw op die haar schoen vastmaakt. Ze is van mijn leeftijd, met sexier benen dan Zizzi Hikaru. Ik ruik parfum en wijn. Ze hervindt haar evenwicht en loopt naar de kant waar ik vandaan kom. Vóór mij is maar één deur, op een kiertje open – *Daisuke Tsukiyama, Partner.* Binnen is een man – mijn vader, denk ik – aan het telefoneren. Ik luister af. 'Schat, ik *weet* het! Je overdrijft – je – moet alleen – schat – *luister naar me!* Je luistert?

Dank je. Ik *moest* vannacht hier blijven omdat als ik dit aan de loopjongens overlaat, helpen ze het naar de kloten en dan moet ik nog veel meer nachten hier zitten om de rotzooi uit te zoeken en mijn cliënt krijgt dan ook de klere in en gaat met zijn account naar ergens waar het allemaal veel chiquer is, waardoor mijn bonus keldert en hoe zou ik dan om te beginnen verdomme moeten betalen voor die fucking pony? Houd op – houd op, schat – ja-ah, ik weet dat al haar vriendinnen een pony hebben, maar de pappies van al haar vriendinnen zijn rechters met meer geld dan fucking Zwitserland... Denk je dat ik het *leuk* vind om als een slaaf deze overwerkshit op te knappen? Denk je dat ik het *leuk* vind – wat? *Wat?* O, o, o, *daar* hebben we het dus in feite over, hè. Paranoia slaat terug! Ooit bij je opgekomen, *schat... Wat?* Dat heb je niet! Nee. Zeg dat je dat niet hebt gedaan. Heb je wel. Nou, dat is dan een leuke ochtendknaller. Een privé-detective. Stom wijfie. Een privé-detective zet je *natuurlijk* lulkoek voor. Waarom? Omdat ze een vervolgopdracht willen! Ik ben te razend' – een dossierkast knalt – 'om dit gesprek voort te zetten. Ik moet een bedrijf leiden. En als je geld genoeg hebt om aan die spelletjes weg te smijten, waarom dan al die haast om de aandelen te verkopen die de oude heer heeft nagelaten? Ja, jij ook een fijne dag. *Schat.*' Hij hangt op. 'En spring van het balkon, *schat.*'

Ik haal diep adem...

Misschien herkent hij mij...

Misschien herkent hij me niet en moet ik hem vertellen...

Misschien herkent hij me niet en moet ik hem niet vertellen...

Ik klop. Een stilte. Dan een opgewekt 'Binnen!' Ik herken mijn vader van de foto die ik van Morino heb gekregen. Hij ligt op een grote bank, in een kamerjas. 'Pizzajongen! Heb je iets van mijn telefoontje opgevangen?'

'Ik heb geprobeerd van niet.'

'Laat het je een les zijn.'

'Het spijt me, ik...'

'Goed onthouden: het kost meer om een pony in stro te houden dan een hoer in bont.'

'Ik kan me niet voorstellen dat ik die kennis ooit nodig zal hebben.'

Mijn vader grijnst – een grijns die gewend is te krijgen wat hij hebben wil – en wenkt me dichterbij. Er is een prachtig uitzicht op wolkenkrabbers op de achtergrond, maar ik drink elk detail hier in. Het té zwarte haar. Het rek met schoenen in zijn kast. De foto op zijn bureau van Halfzuster als ballerinazwaan. De vorm van zijn handen. De manier waarop hij overeind zwaait. Zijn lichaam lijkt in betere conditie dan zijn zaak – ik vermoed dat hij in een sportschool traint. 'Je bent niet Onizuka en je bent niet Doi.'

Nee, ik ben je zoon bij je eerste minnares. 'Nee.'

'Nou?' Mijn vader wacht. 'Je bent?'

'De kok.'

'Aha! Dus *jij* maakt mijn heerlijke Kamikazen.'

'Alleen deze week. Ik ben tijdelijk.'

Hij knikt naar de pizzadoos. 'Dan durf ik te wedden dat je nog nooit zoiets als mijn Kamikaze tegen bent gekomen, of wel?'

Ik zet de doos op de koffietafel. 'Het is een ongebruikelijke combinatie.'

'Ongebruikelijk? Uniek!'

Ik ruik parfum en wijn.

Mijn vader glimlacht en kijkt tegelijkertijd ook ernstig. 'Gaat het?'

Ik zeg het nu, of ik verdwijn voorgoed.

Hij grijnst. 'Je ziet eruit alsof je haast net zo'n zware, lange nacht als ik heb gehad.'

Wat houd je toch van jezelf. 'Adieu.'

Quasi-beledigd verrast. 'Je wilt niet dat ik ergens teken?'

'O. Ja. Hier, alstublieft...'

Mijn vader krabbelt op het ontvangstbewijs.

Ik wil je kop inslaan met je golftrofee.

Ik wil schreeuwen en ik denk dat ik wil huilen.

Ik wil dat je het weet. Je gevolgen, je schade, je dood. Ik wil je naar de bodem van de zee tussen de voetsteen en de walvisrots sleuren.

'Hall-o-oo-ooo!' Mijn vader wappert met zijn hand. 'Ik zei, is Doi volgende week weer terug?'

Ik slik en knik en ga weg bij deze man die ik nooit meer zal zien. Ik kijk nog één keer om – zijn ogen gaan dicht op het moment dat hij zijn kaken in de zwarte, zware kost zet.

Buiten het PanOpticon koop ik een pakje Hope, ga op een paaltje zitten en kijk naar het stoppen en optrekken van het verkeer. Twintig jaar teruggebracht tot twee minuten. Ik rook er één, twee, drie. De wolkenatlas slaat zijn pagina's om. Kraaien plukken een berg afval uit elkaar. Tokio is een vies stuk vlakgom. Zomer heeft de stad verlaten zonder achterlating van adres. Loonslaven in Café Jupiter happen gretig in hun ontbijt. Ik wil een voorbijganger staande houden en hem het verhaal van de afgelopen zes weken vertellen, van het bespieden van het PanOpticon tot nu aan toe. Hoe voel ik me? O, ik kan niet beginnen. Maar wacht even, Anju, ik heb mijn belofte gehouden. Ik wou dat Ai vandaag in Café Jupiter werkte. Als Richard Gere in *An Officer and a Gentleman* zou ik op mijn Harley Davidson naar binnen komen rijden en zij zou opstappen en we zouden verdwijnen over de smalle weg naar het verre noorden. Ik kijk naar de voorbijgangers die en masse oversteken als het groene mannetje zegt dat ze dat moeten doen. Ik voeg me bij hen. Ik steek Kita Street over – ik voel teleurstelling doordat onze vader precies was zoals hij op grond van alle aanwijzingen ook moest zijn. Ik wacht tot het mannetje groen wordt. Ik steek Omekaido Avenue over – ik voel schaamte omdat zijn bloed in mijn aderen zit – en ik wacht totdat het mannetje groen wordt. Daarna steek ik Kita Street weer terug over – ik ben triest omdat ik heb gevonden wat ik zocht maar niet meer wil hebben wat ik vond. Ik wacht en steek weer terug Omekaido Avenue over. Ik voel bevrijding. Ik leg één, twee, drie keer het traject af. Ik kan nu gaan. Ik hoor mijn naam. Onizuka rijdt naast me op zijn Nero-scooter. Ik ben immuun voor verrassingen, nu en misschien voor altijd. Ik weet niet wat hij wil, maar ben niet van plan Onizuka te ontwijken omdat hij mij misschien met een mes in mijn nieren zou willen steken. 'Kom hier.' Hij schraapt zijn keel en spuugt. 'Heb je gezocht.'

'Je hebt me gevonden.'

'Zag je rondjes lopen.'

'Vierkantjes. Geen rondjes.'

Hij speelt met de pin in zijn lip. 'Wil je wat vragen.'

Ik ga naar hem toe.

Hij wijst met zijn duim naar Nero. 'Tomomi de Klep zegt dat je naar Miyazaki gaat.

'Tomomi de Klep heeft gelijk.'

'Je moeder ziek?'

'Is ze, ja.'

'Krap bij kas?'

Waar gaat dit heen? 'Ik ben niet bepaald de Bank of Japan, nee.'

'Mijn stiefvader heeft een transportbedrijf. Zei dat een van zijn chauffeurs je naar Osaka kan helpen en dan een truck naar Fukuoka kan opsnorren.' Onizuka maakt nooit grapjes en is daar nu niet mee begonnen. Hij geeft me een stukje papier. 'Kaart, adres, telefoonnummer. Tegen twaalf uur 's middags daar zijn.'

Ik ben te verrast – te dankbaar – om iets te zeggen.

Onizuka rijdt weg voordat ik zelfs maar heb bedankt.

'Je wilt je moeder opzoeken in Miyazaki, maar je weet niet precies wanneer je terug bent,' kondigt Buntaro aan als ik bij de Vallende Ster naar binnen stap. Mijn huisbaas vouwt zijn *Okinawa Property Weekly* op. 'Jongen, alsof ik ooit "Nee!" zou kunnen zeggen! Mijn eigen moeder zou me vermoorden. Ja, mijn vrouw zorgt voor de kat. Zoals altijd. Je huur is betaald tot eind oktober en je aanbetaling is goed voor november, tenzij je dat terug moet hebben, in welk geval ik het op je bankrekening zal storten, je spullen in zal pakken en die ergens opslaan. Bel me vanuit Miyazaki als je weet wat je plannen zijn. De Vallende Ster loopt niet weg. Mijn vrouw heeft een lunchdoos voor je klaargemaakt.' Hij wrijft over zijn gouden tand en het dringt tot me door dat het Buntaro's geluksamulet is. 'Schiet op,' zegt hij. 'Inpakken!' Mijn capsule is nog precies zoals ik hem twintig uur geleden heb achtergelaten. Sokken, yoghurtpakken, verfomfaaide kussens. Raar. Kat is uit, maar Kakkerlak wacht op het raamkozijn. Ik pak de doodsspuit, sluip op hem af en – Kakkerlak verroert zich niet. Aan het dagdromen? Ik por met de hoek van een koekpapiertje tegen hem aan. Kakkerlak is een dood omhulsel.

Onizuka TransJapan Ltd is bij station Takashimadaira aan de Toei Mita-lijn. Achter de poort is een ommuurd terrein met een laadplatform en drie middelgrote trucks. Het is pas elf uur. Ik loop terug naar het station, waar de gigantische elektronicawinkel zijn deuren opent. Binnen is het koud als in februari voor zonsopgang. Twee identieke receptionistes laten in zo'n engelachtige harmonie hun 'Goedemorgen' klinken dat ik niet goed weet tot welk van de twee ik mij moet wenden. 'Uh, pardon, op welke etage zijn de computers?'

'Souterrain, derde verdieping,' antwoordt Miss Links.

'Mag ik mijn rugzak hier bij u achterlaten?'

'Geen enkel probleem,' antwoordt Miss Rechts.

Ik zweef met de lift naar beneden. Klantenzielen zweven met mij mee. Aan alle kanten zijn vergulde esdoornbladeren gedrapeerd om aan te geven dat de herfst op komst is. Miniatuur-tv's, bolronde stereo's, pientere magnetrons, digitale camera's, mobiele telefoons, ioniserende ijskasten, vochtonttrekkende verwarmingsapparaten, elektrische dekens, massagestoelen, verwarmde bordenrekken, 256-kleurenprinters. De liftmelder maant mij niet op de gele lijnen te gaan staan, kinderen en oude mensen te allen tijde te helpen en beveelt mij te genieten van het kwaliteitsaanbod. Goederen zien ons vanaf hun schappen grasduinen. Niet één raam. In het computergedeelte word ik begroet door een tamme Suga met voorgestrikte das. Zijn huid heeft de glans van huishoudfolie. Ik vraag me af of ze hier beneden, ter compensatie van het totaal ontbreken van natuurlijk licht, vitamine-B-emitterende tl-buizen hebben.' Meneer, u ziet eruit als een man die weet wat hij zoekt!'

'Ja, ik denk aan het upgraden van een van mijn pc's.'

'Nou, ik kan u wel beloven dat u nergens zoveel keus zult vinden. Wat is uw budget?'

'Uh... Ik heb een beurs voor wetenschappelijk onderzoek te spenderen. Mijn modem is van de vijfentwintigste eeuw – wat ik nu alleen nog nodig heb is de hardware die daarbij past.'

'Geen probleem. Welk modem hebt u?'

Ik heb het te bont gemaakt. 'Uh... echt een heel snelle.'

'Ja, meneer, maar welk merk?'

'Uh, een Suga-modem, Saratoga Instruments.'

Hij redt zich. 'Heeeeeeeeele mooie apparaten. Aan welke universiteit bent u verbonden?'

'Uh, Waseda.'

Ik heb een toverwoord gebruikt. Hij haalt zijn kaartje tevoorschijn en buigt diep genoeg om mijn schoenen te likken. 'Fujimoto – tot uw dienst. Wij hanteren een kortingsregeling voor universiteiten. Nou. Ik laat u rustig uw gang gaan – u roept mij maar als ik u van dienst kan zijn.'

'Heel goed.'

Ik doe alsof ik de specificaties van een paar apparaten lees, verzamel een stapel folders, kies een apparaat uit en ga ervoor zitten. Ik klik door naar het internet en vind het e-mailadres van de homepage van de gemeentepolitie van Tokio. Ik noteer het op mijn hand.

Ik kijk vlug om mij heen, in de hoop dat ik niet door een verborgen videocamera in de gaten word gehouden. Ik voer de diskette van Suga in. `Hartelijk welkom bij het mailman-virus!` Suga heeft zijn virus gebruiksvriendelijker gemaakt dan hij ooit met zichzelf heeft gedaan. `Wilt u uw boodschap overbrengen aan de massa via` *toetsenbord* `of vanaf` *diskette*`?` Ik druk op D. `Okay. Voer uw diskette in en druk op ENTER.` Ik gooi de diskette van Suga eruit, doe die van Kozue Yamaya erin en druk op Enter. Het virusprogramma neemt het heft in handen. Het diskettestation zoemt en knipoogt. `Okay. Toets nu adres van gelukkige ontvanger in.` Ik tik vanaf mijn hand het adres van de homepage van de politie in. `Druk op ENTER om postzegel op te plakken!` De cursor pulseert, mijn vinger zweeft – de gevolgen van een druk op die toets zwermen rond – klikt. Te laat om nog van gedachten te veranderen. `Mailman bezorgt uw brief bij eerste geadresseerde...` `Flits. Mailman verzendt uw brief naar tweede generatie geadresseerden...` Korte pauze. `Derde generatie geadresseerden...` Lange pauze. `Vierde generatie, [gaap].` Het scherm wordt helder. `Mailman gaat door tot generatie 99.` De boodschap rolt off screen door. `Log nu uit/verlaat de plaats van de misdaad/ren als een gek.` Piep. Tot ziens. Tot ziens, Suga. Ik haal de diskette van Yamaya eruit en stop hem in het zakje van mijn overhemd. Ik ben een epidemieverspreider. Maar deze epidemie kan iets genezen. 'Pardon.' Een wat oudere verkoper komt gewichtig aanzetten. 'Wat heeft u zojuist in ons systeem gedownload?' Ik tast naar een plausibele leugen, maar vind niets. 'Uh, nou. Ik voelde me moreel verplicht informatie door te geven over een netwerk van de yakuza dat mensen ontvoert, ze in stukken snijdt en de lichaamsdelen verkoopt. Gebruik van uw computer leek mij de veiligste manier om hen aan de kaak te stellen. Ik hoop dat dat oké was.' De verkoper knikt ernstig, probeert vast te stellen waar ik mij op het spectrum van ongevaarlijke tot messentrekkende gek bevind. 'Blij dat we u van dienst konden zijn, meneer.' Wij bedanken elkaar, buigen, en ik laat me afvoeren door de lift. Ik haal mijn rugzak op bij de receptie, ongestoord, en loop naar buiten, de warme damp van het verkeer in. Ik gooi de twee diskettes in de dichtstbijzijnde rioolput. Vanuit een telefooncel bij Onizuka TransJapan probeer ik Ai thuis te bellen, daarna via haar mobiele telefoon, maar noppes.

Kwart voor twaalf. Ik kan maar beter de stiefvader van Onizuka opzoeken en zeggen wie ik ben. Ik ben zo moe dat niets werkelijk lijkt.

Acht

De taal van de bergen is regen

Ik dribbel mijn voetbal door een druk winkelcentrum in de binnenstad van Tokio. Niet echt een hotspot hier – de winkels zijn allemaal in verval en verkopen pannensponsjes in het groot, blouses van dertig zomers terug, krakkemikkige trimtoestellen. Licht stolt tot kwal uit oude zeeën. Hoe of wanneer ik de bal in mijn bezit heb gekregen weet ik niet, maar ik heb hem – een vloek, geen zegen, want de doelpalen van de tegenstander kunnen in heel Japan verscholen zijn. Als ik de bal zou oppakken knipt de scheidsrechter mijn handen met een verroeste tuinschaar af. Als ik de bal kwijtraak aan de tegenstander, word ik door schoolkinderen bespuugd en door honden gebeten tot op de dag dat ik sterf. Maar spelers worden gekozen, zij kiezen niet. Ik moet de doelpalen van de tegenstander vinden en de bal inschieten. Bekende gezichten dwarrelen voorbij in de stroom van winkelende mensen – een muziekwinkelier uit Kagoshima, de secretaresse van mijn vader, Genji de kapper, die met zijn vingers knipt – maar ik weet dat een speler van de tegenpartij maar één kleine terugval in concentratie van mij nodig heeft om me de bal afhandig te maken. Het winkelcentrum verdwijnt in een zompige mist en de lucht wordt koeler. Kwallen vallen uit de lucht en sterven. Ik waad door hun doorschijnende lichamen en stoot de bal met mijn knieën voort langs afwaterend geslurp. Ik weet dat de tegenstander mij volgt met radarapparatuur uit nazi-Duitsland, maar waarom dan laat hij mij zo diep doordringen op zijn eigen grondgebied? Daar komt Claude Debussy in sneeuwschoenen aangelopen over het moeras. 'Balbezit, Monsieur Miyake? *Fantastique!*' Hij fluistert een terzijde: 'Ik heb een geheime boodschap van uw oudoom. Iemand van ons team is een verrader geworden! Vertrouw niemand, ook mij niet!'

'Buntaro?'

'Machiko-san?'

De Vallende Ster is al jaren geleden opgeheven. Sjofele posters hangen aan een enkele punaise. Ik doe de deur achter me op de grendel – een verstandige voorzorgsmaatregel, merk ik, want de tegenspelers hebben het masker afgegooid en groepen samen op het trottoir. De tegenstander heeft er vanwege de vervallen staat waarin de winkel verkeert voor gekozen zijn doelpalen in mijn capsule te verbergen. Ik stoot de bal achter de toonbank en sta voor het probleem van de trap die negen keer zo hoog is als ik in gedachten had. Ik schop de bal omhoog, maar hij stuitert terug. De tegenstander beukt inmiddels met een houten beeld van de god van de lach op de ruit – het glas buigt, maar breekt nog niet. Ik klem de bal tussen mijn voeten en kronkel me als een amfibie omhoog, trede voor trede. Ik ben bijna boven als ik glas hoor breken. Als ik iets vlugger kronkel zal de bal wegglippen en naar de tegenstander beneden stuiteren. De tegenstander juicht – verkeersinformatie – de bovenste trede – de tegenstander bonkt naar boven – ik klem de deurkruk met biljartkeus vast.

Mijn capsule is een duister pakhuis, leeg op bouwpuin na.

Vóór mij is mijn glorie – het doel van de tegenstander.

Meneer Ikeda schreeuwt in mijn oor: 'Wat heb je gedaan?'

Ik draai mij om en kijk mijn vader in het gezicht: 'Ik kom het doelpunt maken.'

'Dit is ons doel, niet het doel van de tegenstander! Verrader! Je hebt ze de weg gewezen!'

De biljartkeus knappen en versplinteren.

Een Boeman schudt met zijn ene hand aan mijn knie en houdt met de andere het stuur stevig vast. 'Je zat te dromen, jongen. Te mummelen zat je.' Het is een trieste Boeman. Ik kijk verbaasd naar mijn omgeving, zonder houvast. Amuletten uit tempels en van altaren vormen een slinger in de cabine van de truck. De biljartbalogen van Boeman kijken verschillende kanten op. 'Wie weet wat je zat te mummelen? Ik niet. Was geen touw aan vast te knopen.' Ineens komen Eiji Miyake en de afgelopen zes weken weer bij mij boven. 'Geen touw, in welke taal dan ook die ooit is opgetekend, hoor,' gaat Boeman door, die Honda heet, geloof ik, maar het is nu te laat om dat te checken. Ik voel me raar licht. Ik heb mijn vader vanochtend gesproken. Ik voel verlies, ik voel triomf, maar boven alles voel ik me vrij. En nu, in een volmaakte omkering van hoe ik het me allemaal had voorgesteld, ben ik op weg naar Miyazaki om voor het eerst in zes jaar mijn moeder op te zoeken. Met een snelheid van minder dan 5 km/u. Vier rijbanen verkeer, dat voortkruipt met een slakkengang. Het klokje op het dashboard knippert 16:47. Ik heb meer dan drie uur geslapen, maar sta bij de bank van slaap nog altijd flink in het rood. Als de postbode van Suga werkt zoals hij zegt, is het document van Kozue Yamaha inmiddels verspreid naar elk e-mailcontact in elk adresboek van elk e-mailcontact in elk adresboek, et cetera, tot aan negenennegentig generaties. Dat komt uit op... meer computers dan er in Japan zijn, denk ik. Veel, veel meer dan iemand ooit zal kunnen verdoezelen. Ik ben er in ieder geval vanaf nu. 'Komen niet vlug voorbij Hadano, hoor,' zegt Boeman. 'Verkeersinformatie zegt, een melktruck omgeslagen tien kilometer stroomafwaarts.' Groot-Tokio ligt uitgespreid in zones en rechthoekige rijstvelden. 'Bij mooi weer,' zegt Boeman, 'kun je rechts de Fujiyama zien.' Motregen vult de bekende wereld. Regensterren worden tot nova op de voorruit en weggewisserd bij elke negende slag. Radio kwekt. Banden sissen op de natte snelweg naar Tomei. Een minibus met jongens en meisjes van een school voor gehandicapte kinderen haalt ons in op de rijbaan voor langzaam verkeer. Ze zwaaien. Boeman knippert met zijn koplampen en de kinderen worden wild. Boeman grinnikt. 'Wie weet wat kinderen bezielt? Ik niet. Buitenaardse wezens, kinderen.' Broeikassen paraderen rij na rij voorbij. Ik heb het gevoel dat ik de conversatie aan moet wakkeren als betaling voor de rit, maar zodra ik aan een zin begin wordt mijn gezicht door een gaap in tweeën gesplitst. 'Heb je kinderen?'

'Kinderen, nee, ik niet. Ik en trouwen, nooit van me leven. Een hoop truckers hebben een meisje in elke haven. Zeggen ze tenminste. Maar ik?' Boeman heeft een verhaal, maar het zou onbeleefd zijn om te vissen. 'Sigaret?' Boeman houdt me een pakje Cabin voor en ik sta op het punt om op te steken als ik me iets herinner. 'Sorry, ik heb een vriendin beloofd te stoppen.' Daarom steek ik die van Boeman aan en probeer mijn hunkering te roken. Verkeer kruipt. Boeman inhaleert, leunt boven het enorme stuur en tikt as af. 'Was jouw leeftijd, eens, je kan het geloven of niet. Kreeg een baan bij Showa-Shell, gigantische tankwagens rijden. Hoe gigantisch? Gigantisch. Vrachtafdeling had daar zijn eigen opleidingsschool – die lieverdjes zijn geen gewone vrachtbakken hoor. Slaapzalen waren in een oude kazerne, buiten Yamagata. Naargeestig oord, hoor, natte sneeuw en mist zelfs in maart. Veertien man, allemaal aan één lange gang, kleine hokjes om je af te zonderen, zie je het voor je?' Ik wrijf in mijn ogen. We passeren de kinderen in hun minibus. Ze drukken hun neus plat tegen de ruiten en trekken rare gezichten. Ik denk aan mannen die verdrinken in een duikboot. 'Nou heb ik nog nooit van mijn leven geslaapwandeld. Nooit. Tot mijn eerste nacht in Yamagata. Niet alleen wandelen – dingen doen. Dus, laat ik zeggen, ik droom van lopen door mijn woonplaats: ik slaapwandel door de gang en zeg: "Goedemiddag. Lekker weertje. Goedemiddag." Als ik droom dat ik een bekende artiest ben, dan worden we wakker en zien dat de tandpasta op de spiegels uitgesmeerd is. Onschuldig, hoor. Ik ruimde altijd al mijn rommel op. Een geintje, dachten we. Ze maakten me nooit wakker – iedereen kent de regel: "Een slaapwandelaar nooit wakker maken", al weet niemand eigenlijk waarom.' De radio zakt weg en valt stil. Boeman probeert hem opnieuw in te stellen. 'Ik heb ontdekt waarom – de ergste zestig seconden van mijn leven. Ik loop een keer op een warme dag op een louche markt in China rond. Het volgende moment zitten twee kerels schreeuwend bovenop me – twee anderen pakken allebei een hand beet – twee anderen wringen mijn vingers los. Wat had ik bij me? Een hakmes. Meegenomen uit de kantine, ja. Levensgevaarlijk, een fuck-off-hakmes, zo eentje om een bevroren karkas mee in stukken te hakken. Liep van hok naar hok, maakte de anderen wakker door ze tegen hun slaap te tikken.' Vóór ons op de weg pulseren ambulancelichten in de trage schemering. Een zilverkleurige containertruck ligt op zijn kant. De cabine is opengereten en ingedeukt. Een auto wordt op een open vrachtwagen getakeld. Verkeersgeleiders zwaaien drie files tot één. Ze hebben gloeiende knuppels en fluorescerende vesten. Anderen spuiten de weg schoon. Boeman streelt een amulet. 'Rotsvast denk je, dat de wereld is. Dan gaat alles springen en schudden en weg smelt het allemaal.' Het verkeer kruipt door een bottleneck die met kegels gemarkeerd is en Boeman graait naar zijn pakje Cabin. 'Heb je een aansteker?' Ik steek een sigaret voor hem aan en vraag me af of het verhaal is afgelopen. 'Mijn droom. Smoorhete dag in China, ja. Ik was uitgedroogd. Ik kom bij een markt met watermeloenen. Zoete sneeuwwatermeloenen. Had mijn ziel voor eentje verkocht, hoor. Mijn moeder fluistert in mijn oor: "Pas op, jongen! Ze willen je bedorven fruit verkopen!" Mijn oog valt op iets half onder het zand – een dolk, zo eentje als archeologen opgraven. Liep van kraam naar kraam, tik met het lemmet op de watermeloenen. Ik hoor aan het geluid of vruchtvlees beurs of stevig is. Ik weet: de eerste goeie die ik tegenkom, ik hak hem doormidden en eet hem op, daar meteen.' We komen uit de bottleneck en Boeman begint door de versnellingen omhoog te klimmen. 'Medicijnen stoppen het slaapwandelen. Ben er helemaal vanaf. Maar het komt op mijn rijbewijs, dus vakbondswerk, riskante ladingen zijn er niet meer bij. En een vrouw? En kinderen? Veel te bang voor wat ik ze een keer in een nacht kan aandoen, als het weer begint. Dus je begrijpt...' Boeman zuigt het hele leven op uit zijn sigaret. 'Pas op voor wat je droomt.'

'Wetenschappers noemen dat het Ai Imajo-effect.' Haar stem is zo duidelijk dat ze in de kamer daarnaast zou kunnen zijn. 'De grootste geesten in de psychologie hebben aan dit raadsel hun beste krachten gewijd, maar de resultaten zijn nog steeds niet overtuigend. Waarom, o waarom springt een man, zodra ik een maaltijd voor hem maak, op de eerste de beste truck uit Tokio vandaan?'

Ik verwachtte geen grapje. 'Ik heb vanochtend geprobeerd te bellen.'

'Het zou makkelijk zijn om mijn oude vriend diabetes de schuld van mijn stemmingswisselingen te geven, maar ik moet het toch echt mijn oude vriend ik verwijten.'

'Absoluut niet, Ai, ik was...'

'Houd op. Nee. Het was mijn schuld.'

'Maar...'

'Aanvaard mijn excuses of het is uit met de vriendschap. Ik – nota bene – ga jou vertellen hoe jij je tegenover je moeder moet gedragen.'

'Je had gelijk. Mijn moeder heeft me vanuit Mizayaki gebeld. Gisteravond.'

'Zei Sachiko. Goed, maar gelijk hebben is geen vrijbrief om prekerig te doen. Maar goed. Ik zit op mijn pianokruk mijn teennagels te lakken. En, waar zit jij, wegwezer?'

'Ik word bij een truckerscafé dat Okachan's heet levend verslonden door de muggen.'

'Er zijn tienduizend truckerscafés die Okachan's heten.'

'Deze is tussen, uh, nergens en... nergens.'

'Moet Gifu zijn.'

'Ik geloof echt dat het dat is. Ik ben hier afgezet door een vrachtwagenchauffeur die zijn maat – Zeeduivel heet die – heeft gebeld dat hij me op moet pikken als hij op weg naar Fukuoka hier langskwam. Hij heeft het nu hier voor me aan de stok met een vervelende pompbediende die iets lelijks over zijn vrouw heeft gezegd.'

'Laat we hopen dat hij er zonder hersenschudding van afkomt. Arme Miyake – verstrikt in een truckerfilm van Nikkatsu.'

'Dit is niet de snelste manier om naar Kyushu te komen, wel de goedkoopste. Ik heb nieuws.'

'Wat?'

'Doe je nagellak weg. Ik wil niet dat je vlekken op je pianokruk maakt.'

'Wat is het?'

'In ben de afgelopen negen jaar opgegroeid in het rustigste dorp op het rustigste eiland in de rustigste prefectuur van Japan. Er gebeurde nooit iets. Dat zeggen kinderen overal, maar op Yakushima is het echt zo. Sinds de laatste keer dat ik je zag, is alles wat er nooit gebeurde, gebeurd. Het was de raarste dag die ik ooit van mijn leven heb meegemaakt. En als ik je nu vertel wie ik vanochtend heb gezien...'

'Het klinkt alsof ik je beter terug kan bellen. Geef me het nummer.'

'Eiji!' Ze zit met opgetrokken benen op het hoge raamkozijn, met haar armen om haar knieën geslagen. Bamboeschaduwen wiegen en wapperen op de tatami en de verschoten fusuma. 'Eiji! Kom gauw!' Ik sta op en kom naar het raam. Spinnenwebben van tandgaren. Vanuit het raam van het huis van mijn grootmoeder zie ik het Uenopark, maar iedereen is naar huis. Maar daar is Anju, geknield voor een oud scheepswrak van een ceder. Ik klim eruit. Anju's vlieger van zonlicht zit in de hoogste takken vast. Hij heeft een donkergouden schijn. Anju is wanhopig. 'Kijk! Mijn vlieger is gevangen!' Ik kniel naast haar neer – het is onverdraaglijk haar in tranen te zien – en probeer haar op te beuren. 'Waarom maak je hem niet los? Je kunt zo geweldig bomenklimmen!' Anju laat haar kortelings verworven zucht horen. 'Diabetes, knapperd, weet je nog? Ze wijst omlaag – haar benen zijn een speldenkussen voor injectienaalden, infusen en martelwerktuigen. 'Eiji, maak hem voor me los.' Ik begin dus te klimmen – mijn vingers graaien naar de reptielenschors. In een ver dal mekkeren schapen. Ik vind een paar afgedankte sokken van me, onherstelbaar vies. Na een eeuwigheid rijst het duister, winden wervelen, kraaien komen zoeken naar een zachte plek. Ik ben bang dat de zonlichtvlieger scheurt en versnippert voordat ik erbij kan. Waar kan hij zijn in deze bladerstorm? Minuten later vind ik hem aan de bovenste tak. Een man nog altijd zonder gezicht. 'Waarom klim je in mijn boom?' vraagt hij. 'Ik ben op zoek naar de vlieger van mijn zusje,' leg ik uit. Hij fronst het voorhoofd. 'Achter vliegers aan gaan is belangrijker dan op je eigen zusje passen?' Ineens besef ik dat ik Anju alleen heb gelaten – voor hoeveel dagen? – in het huis van onze grootmoeder, zonder aan eten of water te denken. Wie maakt haar blikjes avondeten open? Mijn bezorgdheid wordt nog verhoogd als ik zie hoe bouwvallig het huis nu is – struiken groeien in de dakgoot en één strenge winter zal het huis doen kantelen. Is het echt al negen jaar geleden? De deurknop hangt er nutteloos bungelend bij – als ik klop valt de hele sponning van de deur naar binnen. Kattenschaduwen glijden achter dakspanten. In mijn capsule is mijn gitaarkist. En in de gitaarkist is Anju. Ze kan de noodluiken niet van binnenuit open krijgen en ze heeft haast geen lucht meer – ik hoor haar kloppen, hulpeloos, ik klauter en graai maar de sluitingen zijn zo roestig...

◆

'En ik werd wakker en het was allemaal een droom!' Zeeduivel glimt in het licht van de dashboardlampjes, één en al huid en nethemd. Een schorre lach, één twee drie. Hij heeft de meest rubberachtige lippen die een menselijk wezen ooit heeft gehad. Ik zit in weer een andere truck, die regenachtige hyperspace doorkruist. Een verkeersbord vliegt met de snelheid van het licht voorbij – Snelweg Meishin *Afslag Otsu 9 km.* Het klokje op het dashboard gloeit 21:09. 'Rare dingen, dromen,' zegt Zeeduivel. 'Heeft Honda je zijn slaapwandelverhaal verteld? Hoop gelul. Punt is, dames vinden hem afstotend. Kort en goed. Dromen. Ik heb erover gelezen. Niemand weet precies wat dromen zijn. Die wetenschappers, ze zijn het niet eens. Ene kamp zegt je hippocampus scharrelt in je herinneringen in je linker hersenhelft. De rechterhelft van je hersenen flanst daarna dan hele verhalen bij elkaar om die beelden te verbinden.' Zeeduivel verwacht niet dat ik wat terugzeg – als ík er niet was zou hij dit gesprek met Zizzi Hikaru voeren. *Afslag Kyoto 18 km.* 'Meer scenarioschrijven dan dromen. Nou ja.' Een behaarde vlieg loopt langzaam over de voorruit. 'Ooit mijn droomverhaal verteld? We hebben er allemaal een. Ik was van jouw leeftijd. Ik was verliefd. Of geestelijk ziek misschien. Zelfde verschil. Nou ja. Zij – Kirara heette ze – was zo'n verwend, moeilijk meisje. We zaten op dezelfde zwemvereniging. Ik had zo'n lichaam in mijn tijd. Pappa was het fascistische brein van een of andere kwaaie beweging. Wat, ook alweer? O ja, het ministerie van Onderwijs. Waardoor Kirara ver boven mijn stand was. Maakte niet uit. Ik was bezeten. Ik schreef een liefdesgedicht over uit een boek van school. Ik kreeg een zoen! Ik heb nog altijd die geile aantrekkingskracht op het schone geslacht, en Kirara bezweek. We gingen uitstapjes maken met de auto van mijn neef om te scharrelen bij het stuwmeer. Telden de sterren. Telden haar moedervlekken. Had zoiets gelukzaligs nog nooit beleefd, zal ook niet meer komen. Maar toen kreeg haar vader ons gevrij in de gaten. Ik was niet echt een prins voor de prinses. Nou ja. Eén woord van papa en ze liet me vallen als een schurftig lijk. Ging zelfs op een andere zwemvereniging. Voor Kirara was ik alleen maar een voorgerecht geweest om aan te knabbelen, maar zij voor mij het hele menu in het restaurant van de liefde. Nou, ik was radeloos. Gek. Ik stuurde haar nog meer gedichten. Kirara gaf geen sjoege. Ik sliep, at, dacht niet meer. Ik besloot mijn toewijding te laten blijken door mezelf te doden. Ik was van plan naar de Bomenzee aan de voet van de Fujiyama te gaan en een overdosis aan slaappillen in te nemen. Niet echt origineel, ik weet het, maar ik was achttien en mijn oom had daar een boshut. Op de ochtend dat ik op weg ging, deed ik een brief aan Kirara op de post en daarin stond dat ik zonder haar liefde niet kon leven en dus geen andere keus had dan te sterven en ik gaf aan waar ik de daad zou voltrekken – heeft niet veel zin om uit liefde te sterven als geen mens het merkt, toch? Nam de eerste trein, stapte uit bij een stil, landelijk station en begon te lopen. Het weer werd onzeker, maar ik, geen denken aan. Ik was nog nooit in mijn leven zo zeker van een besluit geweest. Ik zag de hut van mijn oom en liep erlangs totdat ik bij een open plek in het bos kwam. Hier is het, dacht ik. En wat denk je dat ik zag, hoog in de lucht?'

'Uh... een vogel?'

'Kirara! Mijn beminde met een strop om haar nek! Voeten met de klok mee, tegen de klok in, dat werk. Wat een gezicht! Opgezwollen, ondergescheten, kraaien en maden al aan de gang.'

'Dat is...'

'Zo afschuwelijk dat ik wakker werd, nog steeds in de eerste trein naar de Fujiyama. Heb je het over een openbaring! Op het volgende station ben ik uitgestapt, heb de eerste trein terug naar huis genomen. Ik vond mijn zelfmoordbriefje, ongelezen en ongeopend op mijn deurmat, *Retour Afzender*, met een bloedrode pen gekrabbeld over de hele voorkant. Kirara – of haar vader – had het teruggestuurd zonder het zelfs maar te lezen. Voelde ik me stom? Later is ze naar de universiteit gegaan, en...' Zeeduivel houdt in om een truck te laten passeren. De chauffeur zwaait. 'Heb Kirara teruggezien, jaren later. Op vliegveld Kansai, uit de verte. Poenerige man, gouden rinkeldingen, kind in een wandelwagentje. Wat denk je dat er door me heen ging?'

'Jaloezie?'

'Niks. Ik voelde – helemaal – niets. Ik was bereid me voor haar te verhangen, maar ik had niet eens van haar gehouden. Niet echt. Dacht alleen dat ik het deed.' We rijden een tunnel van echo's en lucht in. 'Dat soort verhalen hebben een moraal nodig. Dit is mijn moraal. Vertrouw wat je droomt. Niet wat je denkt.'

◆

Meer tunnels, bruggen over dalen, benzinestations. De truck schudt over de Chugoku-snelweg naar de dageraad. Een halfuur eenentwintigste eeuw overbrugt afstanden van dagen voor edelen en priesters in vroeger eeuwen. Half regen, half mist, halve snelheid ruitenwissers. Vormen krijgen hun naam terug en namen hun vorm. Eilanden in riviermonden. Vissende reigers. Lavendelblauwe betonmixers dichten rivieroevers af. Dichtgemetselde tunnels in hellingen. Een bierkrattendepot, eindeloos en uniform als Utopia. In gedachten zie ik mijn moeder wakker liggen, honderden kilometers verderop, en aan mij denken. Het verbaast me nog hoe ik mezelf heb uitgenodigd naar Miyazaki. Is zij net zo verrast? Is zij net zo nerveus als ik nu? *Afslag Okayama.* Rook kronkelend uit fabriesschoorstenen. Zeeduivel neuriet steeds maar weer eenzelfde liedje. Vrachtwagens beheersen de snelwegen, niet hun bestuurders – trucks verwisselen net zo gemakkelijk van bestuurder als van olie. De bezoeken van mijn moeder aan Yakushima waren een marteling. Tussen dat ze ons dumpte en de dag dat Anju verdronk, is ze zo'n één keer per jaar op komen dagen. *Afslag Fukuyama.* Vlam likt aan de hoek van een mestveld. Land boomvrij gemaakt in een week, geëgaliseerd in een maand, geasfalteerd in een middag – vergeten nadien. Geploegd, beplant, verstikt en wortelvrij gemaakt. Lijnen en draden, doorhangend en zich spannend van mast naar mast, vingers van snelheid improviseren op slappe gitaarsnaren. Mijn grootmoeder weigerde haar te zien, daarom logeerden we de avond tevoren altijd bij oom Pachinko in Kamiyaku – de belangrijkste haven. We hadden altijd ons schooluniform aan. Tante Pachinko ging speciaal daarvoor met ons naar de kapper. Iedereen wist het, natuurlijk. Ze nam een taxi van de veerkade, hoewel het huis van oom Pachinko nog geen tien minuten lopen is. Ze werd ontvangen in de mooie kamer, beantwoordde het gebabbel van tante met een verwoede aandacht voor zinloze details. *Afslag Hiroshima.* Zeeduivel doet de wissers uit. Aanplakborden maken reclame voor een bank die vele maanden terug op de fles is gegaan. Bergen lopen jaren terug naar de kust van de Japanse Zee. Kleurloze buitenwijken van opnieuw uitgebrachte steden. Oom Asfalt vertelde me jaren later – na een sixpack bier – dat oom Pachinko van mijn moeder eiste dat ze op bezoek kwam, als voorwaarde voor de toelage die hij haar stuurde. Hij bedoelde het goed, denk ik, maar het was verkeerd om ons gedwongen bij elkaar te brengen. We gaven antwoord op de vragen die zij stelde. Altijd dezelfde vragen, met vermijding van riskante thema's: Wat vonden we de leukste vakken op school? Welke vakken vonden we het minst leuk op school? Wat deden we na school? We spraken als inspecteur en geïnspecteerde. Geen glimp van genegenheid. *Afslag Tokuyama.* Dit is waar Subaru Tsukiyama, mijn oudoom, zijn laatste weken in Japan heeft gesleten. Hij zou de prefectuur Yamaguchi nu niet herkennen. Een golfbaan uit een heuvel gehakt, gehuld in groene netten. Microgestalten slaan. Ik her-herinner me het mailman-virus en vraag me af of het nog steeds bezig is de afschuwelijke boodschap van Kozue Yamaya te verspreiden. Het voelt nu aan alsof het niets met mij te maken heeft. Zichtbare gevolgen zijn het topje van een ijsberg; de meeste uitvloeisels van de meeste daden zijn onzichtbaar voor degene die de daad bedreef.

Een vieze lap van gebleekte lucht – de ochtend vergeet dat hij aan het regenen was, even plotseling als een kind een boze bui vergeet die het van plan was jarenlang te laten duren. Anju zou meer gebabbeld hebben met onze moeder, denk ik, maar zij voelde mijn wantrouwen en klapte daardoor ook dicht. Onze moeder rookte aan één stuk door. Alle beelden die ik van haar heb zijn wazig van sigarettenrook. Tante Pachinko vroeg haar nooit iets over haarzelf, althans niet waar wij bij waren, het enige wat we wisten was dan ook wat we achter de schermen konden opvangen. Daarna nam ze in de namiddag de draagvleugelboot terug naar Kagoshima en iedereen slaakte een zucht van verlichting. Een keer is ze twee dagen gebleven – dat moet geweest zijn toen Anju zag dat onze moeder haar ring in de tempoera deed – maar dat langere bezoek werd nooit herhaald. *Afslag Yamaguchi.* Een boom beweegt uit zichzelf op een windstille helling. De bergen vlakken af. Ze was er niet toen Anju werd begraven. Roddel, hét jachtvermaak van het eiland, meldde dat zij de dag voordat Anju stierf voor haar 'werk' naar Guam was gevlogen, zonder voor geval van nood een telefoonnummer achter te laten. Ook andere verhalen deden de ronde, minder welwillend. Ik pantserde mezelf met vijf centimeter dikke onverschilligheid jegens haar. De laatste keer dat we elkaar zagen – en de enige keer zonder Anju – was ik veertien. Dat was in Kagoshima, in het oude huis van oom Geld. Ze had kort haar en haar sieraden waren opzichtig. Ze had een donkere bril op. Ik was daar op bevel. Zij ook, denk ik. 'Je bent groot geworden, Eiji,' zei ze toen ik de kamer binnen sjokte en ging zitten. Ik was vastbesloten onaangenaam te zijn. 'Jij niet.' Tante Geld zei haastig: 'Eiji is omhooggeschoten de laatste maanden. En zijn muziekleraar zegt dat hij een geboren gitarist is. Eiji, zo jammer dat je je gitaar niet bij je hebt. Je moeder zou het enig hebben gevonden om je te horen spelen.'

Ik sprak tegen de brug van haar bril. 'Een moeder? Tante, zoiets heb ik niet. Ze is gestorven voordat Anju verdronk. Ik heb een vader ergens, maar geen moeder. Dat weet u.'

Mijn moeder hulde zich in sigarettenrook.

Tante Geld schonk thee in. 'Je moeder heeft een heel eind gereisd om je te zien en ik vind dat je je excuus moet maken.' Ik stond op het punt overeind te komen en de kamer uit te lopen, maar mijn moeder was me voor. Ze pakte haar handtas en wendde zich tot tante Geld. 'Dat is echt niet nodig. Hij heeft niets gezegd waar ik het niet mee eens ben. Wat ik niet juist vind, is ons dwingen deze gezinsgesprekken te doorstaan terwijl er heel duidelijk geen gezin is en er niets te bespreken valt. Ik weet dat u het goed bedoelt, maar goede bedoelingen kunnen veel erger zijn dan onvriendelijkheid, de schade in aanmerking genomen. Doe mijn broer de groeten. Over vijftig minuten gaat er een nachttrein naar Tokio en ik ben van plan daarin te zitten.' Misschien hebben de voorbijgaande jaren het script wat veranderd, maar dit is de kern van wat er werd gezegd. Misschien heb ik ook die donkere bril erbij gedaan, maar ik heb geen herinnering aan de ogen van mijn moeder.

Zeeduivel trekt een blikje koffie open en doet de radio aan. Ook de zon gaat aan, als we over de brug over de Shimonoseki rijden. Ik ben weer in Kyushu. Ik glimlach zonder reden. Een ziel die terugkeert in een lichaam dat hij als dood had opgegeven en tot zijn verbazing merkt dat alles het nog doet – zo voel ik me. Kapotte hekken, wirwar van wilde bloemen, onverkaveld land. Kyushu is de uit de hand gelopen onderwereld van Japan. Alle mythen zijn glibberend, galopperend of zwemmend vanuit Kyushu aangekomen. Zeeduivel herinnert zich dat ik er ben. 'Zoals mijn goede, oude moeder iedere ochtend zei: "Sta vroeg op – het eerste uur is een geschenk uit het paradijs." Nou ja. Twintig minuten tot Kitakyushu...'

'Meneer Aoyama! Aanvaard alstublieft mijn welgemeende condoleances bij, uh, uw overlijden.'

Meneer Aoyama laat zijn verrekijker zakken en prutst aan de scherpteregelaar. Hij heeft zijn JR-uniform aan, maar ziet er veel gedistingeerder uit dan ooit bij Ueno. 'De dood is niet zo erg, Miyake, niet als het echt gebeurt. Het is alsof je opgekalefaterd wordt. En ik wil me verontschuldigen omdat ik je van spionage heb beschuldigd.'

'Geeft niet. U ging onder een hoop stress gebukt. Duidelijk.'

Meneer Aoyama aait over zijn bovenlip – 'Ik heb mijn snor afgeschoren.'

'Hele verbetering, stationschef. Het stond u echt niet, eerlijk gezegd.'

'Belangrijke ontwikkelingen in je leven moet je vieren, vind ik.'

'En iets veel belangrijkers dan de dood krijg je niet.'

'Inderdaad, Miyake.'

'Mag ik vragen hoe ik gestorven ben?'

'Jij bent springlevend! Je lichaam zit in de bus van Kitakyushu naar Miyazaki. Dit is maar een droom.'

'Ik heb nog nooit zo'n ondromerige droom gehad.'

'Dromen van de levenden kunnen door hun Doden worden bijgesteld. Kijk goed...'

We vliegen. Meneer Aoyama vliegt met de vrije slag van Superman. Ik heb een straalpak van Zax Omega aan, vastgesnoerd aan mijn rugzak. Onder ons zijn roze schuimgebakjeswolken. Riemen Aarde rollen weg. 'Ook een voorrecht dat ons doden is gegeven – onbeperkte vrijheid om je te verwonderen over de grootsheid van de schepping.'

'Bent u mijn Dode?'

'Ik heb jou aangenomen en jij mij.'

'Waarom is Anju nooit langsgekomen?'

'Rustig.' Meneer Aoyama kijkt op zijn horloge. 'Wordt aan gewerkt.'

'Verkeren de doden werkelijk, uh, onder de levenden?'

'Stelt niet veel voor.'

'Jullie kunnen echt... alles zien?' Ik denk aan mijn sessies met Zizzi Hikaru.

'Als we willen. Maar zou jij naar een tv met een miljard kanalen willen kijken? Er is zo weinig de aandacht waard. Criminelen verbeelden zich dat hun smerige misdrijven uniek zijn, maar ze zouden eens moeten weten. Nee. Mijn doel in jouw droom vanochtend is verlossing.'

'Uh... van u of van mij?'

'Van ons. Ik heb je bij Ueno slecht behandeld. Al heb je dan in mijn theepot gespuugd.'

'Daar heb ik spijt van.'

Meneer Aoyama kijkt door zijn verrekijker. 'Kranten van over twee dagen zullen niet te geloven zijn zo erg. Kijk. Verlossing nadert.' Meneer Aoyama wijst naar beneden. De wolken wijken als in oude bijbelrollen uiteen – en ik zie het geheime strand, de voetsteen en de walvisrots. Gezeten op de walvisrots is een meisje, met opgetrokken schouders, vreselijk alleen. Anju natuurlijk. 'Onafgemaakt werk, Miyake.'

'Dat begrijp ik niet.'

'Dat komt nog wel.'

Mijn straalpak weigert en valt stil. Mijn moeder – een gezicht op de doos van een griezelvideo – maar zij en het balkon op de negende verdieping suizen al weg in de hemel van Tokio. Ik draai rond, zie een speelplaats met eindsnelheid aan komen vliegen en bedenk dat ik als ik niet wakker word voordat ik de grond raak...

Ik word wakker met een 'Gaaaghhh!' op de achterbank van een bus – de deuren sissen dicht terwijl de bus met een ruk naar voren gaat. Ik ga rechtop zitten en knipper met mijn ogen. Ja, de bus. Zeeduivel wilde een paar truckers uit Kitakyushu vragen om mij mee te nemen naar Miyazaki in het zuiden, maar mijn moeder verwacht mij vroeg in de middag. Ik wil niet het risico lopen dat ik te laat kom. Een oude dame is bij mij op de achterbank gaan zitten nadat ik in slaap gevallen was. Ze breit, heeft een gezicht zo rond en geschilferd als de maan en doet aan aromatherapie, denk ik door het ruiken van... een kruid met een naam die ik me niet kan herinneren. Ze glanst oranje van de zonnebrand. Een mand met dadelpruimen staat tussen ons in. Niet van die waterige dadelpruimen als in Tokio – dit zijn dadelpruimen uit een sprookje. Dadelpruimen die het waard zijn de toorn van tovenaars te riskeren door ze te stelen. Ik kwijl – ik heb in anderhalve dag alleen maar troep gegeten. 'Ik stel een ruil voor,' zegt mevrouw Dadelpruim. 'Een dadelpruim voor je droom.'

Pijnlijk. 'Zat ik te mompelen?'

Ze houdt haar blik op haar breiwerk gericht. 'Ik verzamel dromen.'

Ik vertel haar dus mijn droom, met weglating van het feit dat Anju mijn zusje is. Haar breinaalden maken het geluid van kletterende zwaarden op een verre heuvel. 'Ik laat me niet beduvelen, jongeman. Wat heb je weggelaten?' Ik beken daarom dat Anju mijn tweelingzusje is. Mevrouw Dadelpruim denkt na. 'Wanneer is ze vertrokken, die ongelukkige?'

'Vertrokken van waar?'

'Van deze kant natuurlijk.'

'De kant van...'

'Het leven.' Nee, haar breinaalden maken het geluid van de stok van een blinde man.

'Negen jaar geleden. Hoe wist u dat?'

'Ik word eenentachtig volgende week donderdag.' Haar gedachten dwalen, of de mijne sjokken. Ze geeuwt. Kleine, witte tanden. Ik denk aan Kat. Ze haalt een steek uit. 'Dromen zijn kusten waar de oceaan van de geest raakt aan het land van de materie. Stranden waar de moeten-nog-komen, de eens-zijn-geweest en de nooit-zullen-zijn kunnen wandelen tussen de nog-zijn. Je denkt dat ik een oude vrouw ben, vergrijsd in bijgeloof en misschien nog geestelijk gestoord ook.' Ik had het zo mooi niet kunnen zeggen. 'Natuurlijk ben ik gestoord. Hoe zou ik anders kunnen weten wat ik weet?'

Ik ben bang haar te beledigen, dus ik vraag wat zij denkt dat mijn droom betekent.

Zij glimlacht met grote, vooruitstekende tanden. Ze weet dat ik haar uit de hoogte behandel. 'Je wordt gezocht.'

'Gezocht? Door...?'

'Ik geef geen gratis advies. Pak je dadelpruim, jongen.'

Miyazaki is een speelgoedstad na Tokio. Bij het busstation ga ik naar het toeristenbureau om te vragen naar de kliniek waar mijn moeder verblijft. Niemand heeft ervan gehoord, maar als ik het adres laat zien krijg ik te horen dat ik een lokale bus naar Kirishima moet nemen. De eerstvolgende gaat pas over ruim een uur, ik ga daarom naar de toiletten van het busstation, poets mijn tanden en ga in de wachtruimte zitten, drink een blikje koude, zoete koffie en kijk naar de bussen en de passagiers die komen en gaan. Mensen voor Miyazaki drentelen rond. De wolken hebben geen haast en een fontein maakt regenbogen onder palmbomen. Een gepensioneerde hond met troebele ogen komt gedag snuiven. Een heel zwangere moeder probeert een nest lenige, springerige kinderen in bedwang te houden. Ik herinner me mijn dadelpruim – mijn grootmoeder zegt dat zwangere vrouwen geen dadelpruimen moeten eten – en schil hem met mijn zakmes. Ik krijg plakkerige vingers, maar de vrucht is een volmaakte parel. Ik spuug glanzende pitten uit. Een van de jongens heeft net leren fluiten maar hij kan maar één liedje. De moeder kijkt hoe de kinderen tussen de plastic stoelen springen. Ik vraag me af waar hun vader is. Pas als ze met een brandblusser gaan spelen zegt ze iets: 'Als je daaraan komt worden de busmannen boos!' Ik ga een eindje lopen. In een geschenkenwinkel, nog steeds met de onverkochte voorraad uit de jaren vijftig, zie ik een schaal met verbleekt plastic fruit met lachende gezichten. Ik koop hem voor Buntaro om iets terug te doen voor mijn sleutelhouder met Zizzi. In een Lawson's koop ik een rolletje champagnebommen en lees ik in tijdschriften tot de bus komt. Ik zou zenuwachtig moeten zijn, denk ik, maar ik mis de energie. Ik weet zelfs niet wat voor dag het is.

Ik verwacht een chique instelling met parkeerterreinen en rolstoelhellingen aan de rand van de stad – in plaats daarvan volgt de bus een weg die diep het land in gaat. Meer dan duizend yen later wijst een boer in de bus me een landweg aan en zegt dat ik door moet lopen totdat de weg een pad wordt en het pad vervolgens doodloopt. 'Kan je niet missen,' bezweert hij, wat meestal rampspoed betekent. Een helling met pijnbomen gaat steil omhoog, aan de andere kant wordt rijst geoogst en te drogen gehangen. Ik zie een grote, ronde, platte steen op het pad. Krekels produceren trillers en ratels in morse. Ik doe de steen in mijn rugzak. De kosmos bloeit zachtpaars, magenta en wit. Al die ruimte. Al die lucht. Ik loop en loop. Ik begin me zorgen te maken – na twintig minuten zie ik het eind van het pad, maar er is nog altijd geen kliniek in zicht. Loerende vogelverschrikkers uit griezelstrips. Grote hoofden, stakerige nekken. De weg komt zonder asfalt te zitten en ik zie dat het pad bij een groep oude boerengebouwen aan de voet van een vroegeherfstberg volledig doodloopt. Zweet verzamelt zich in mijn lendenen – ik ruik vast niet al te fris. Heeft de buschauffeur me bij de verkeerde halte laten uitstappen? Ik besluit bij de boerderij te gaan vragen. Een veldleeuwerik houdt op met zingen en de stilte is luid. Lapjes grond met groenten, zonnebloemen, blauwe lakens hangen in de zon. Een ouderwets theehuisje met een strooien dak staat op een kleine verhoging in een rotstuin die is overgenomen door kweekgras. Ik ben al voorbij het hek als ik het handgeschilderde bord zie: Miyazaki Bergkliniek. Ondanks tekenen van leven is er niemand te bespeuren. Ik zie geen bel of zoemer bij de voordeur, doe daarom de deur open en kom in een koele ontvangstruimte waar een vrouw in een wit uniform – een schoonmaakster? – bezig is bergen documenten tot heuvels terug te brengen. Het is een verloren strijd. Ze ziet mij. 'Hallo.'

'Hallo. Zou ik, uh, de dienstdoende verpleegster kunnen spreken?'

'U kunt mij spreken, als u wilt. Suzuki. Dokter. U bent?'

'Uh, Eiji Miyake. Ik kom mijn moeder opzoeken – een patiënt. Mariko Miyake.'

Dokter Suzuki maakt een ahaaaaaaaaa-geluid. 'En een zeer welkome gast ook, Eiji Miyake. Ja, onze teruggekeerde zuster zit de hele ochtend al op hete kolen. We zeggen liever 'leden' dan 'patiënten', als dat niet al te sekteachtig klinkt. We namen aan dat u vanuit Miyazaki zou bellen: was het niet moeilijk ons te vinden? We zijn toch wel een flink eind uit de buurt. Ik geloof dat eenzaamheid in ons ingekapselde bestaan een therapeutisch effect kan hebben. Heeft u al gegeten? Iedereen is aan de lunch in de eetzaal.'

'Ik heb een rijstbal gegeten in de bus...'

Dokter Suzuki begrijpt dat ik er huiverig voor ben mijn moeder onder het oog van een groot aantal mensen te ontmoeten. 'Waarom wacht u niet in het theehuis? We zijn er nogal trots op – een van onze leden is ceremoniële theemeester geweest en als het aan mij ligt wordt hij dat weer. Hij heeft het gebouwd naar het model van het theehuis van Senno-Soyeki. Ik ga uw moeder zeggen dat haar bezoek er is.'

'Dokter...'

Dokter Suzuki wervelt op één voet rond. 'Ja?'

'Niets.'

Ik meen dat ze glimlacht. 'Wees gewoon wie u bent.'

Ik doe mijn schoenen uit en ga in de koele, klassieke hut zitten. Ik kijk naar de zoemende tuin. Bijen, pronkbonen, lavendel. Ik drink wat gerstethee – warm nu, en met schuim erop – uit de fles die ik in Miyazaki heb gekocht. Een papyrusvlinder vouwt, geknield op het plafond, zijn vleugels toe. Ik ga op mijn rug liggen en doe mijn ogen dicht, voor even maar.

New York golft van sneeuw en grijze kraaien. Ik ken de chauffeuse van mijn grote, gele taxi, maar haar naam ontschiet mij als ik ernaar zoek. Ik waad door journalisten en hun uitpuilende lenzen naar de opnamestudio waar John Lennon zijn gerstethee met grote teugen drinkt. 'Eiji! Je gitaar had alle hoop al opgegeven.' Vanaf mijn twaalfde heb ik deze halfgod willen ontmoeten. Mijn droom is werkelijkheid geworden en mijn Engels is honderd keer beter dan ik had durven hopen, toch is het enige wat ik weet te zeggen: 'Het spijt me dat ik te laat ben, meneer Lennon.' De grote man haalt net als Yuzu Daimon de schouders op. 'Nadat je negen jaar op mijn songs hebt geoefend, kun je me John noemen. Noem me wat je wil. Als het maar niet Paul is.' Daar lachen we allemaal om. 'Laat ik je voorstellen aan de rest van de band. Yoko heb je al eens in de zomer in Karuizawa ontmoet, op onze fietsen...' Yoko Ono is gekleed als de Schoppenvrouw. 'Het is oké, Sean,' zegt ze tegen me, 'mammie zoekt alleen maar haar hand in de sneeuw.' Dit komt als echt heel geestig op ons over. John Lennon wijst dan naar de piano. 'En aan de toetsen, dames en jongeheren, mag ik u voorstellen, de heer Claude Debussy.' De componist niest en er vliegt een tand uit, wat een nieuwe ronde van gelach veroorzaakt – en nog meer tanden vallen uit, wat nog meer gelach veroorzaakt. 'Mijn vriendin, Ai Imajo,' zeg ik tegen Debussy, 'bewondert uw werk. Ze heeft een beurs gewonnen voor het Conservatoire in Parijs, maar haar vader heeft haar verboden om te gaan.' Mijn Frans is ook perfect! 'Dan is haar vader een ondergescheten, syfilitisch zwijn,' zegt Debussy, terwijl hij op zijn knieën zijn tanden bij elkaar raapt. 'En jouw mejuffrouw Imajo is een vrouw van klasse. Zeg haar dat ze moet gaan! Ik heb altijd een zwak voor Aziatische vrouwen gehad.'

Ik ben in het Uenopark, tussen de bosjes en tenten waar de daklozen huizen. Ik heb het gevoel dat dit een wat ongeschikte plek is voor een interview, maar het was Johns idee. 'John – waar gaat het in "Tomorrow Never Knows" in feite om?'

John trekt een filosofengezicht. 'Dat heb ik nooit geweten.'

Daar giechelen we onbedaarlijk om. 'Maar je hebt het zelf geschreven!'

'Nee, Eiji, dat heb ik niet...' Hij veegt zijn tranen af. 'Het heeft mij geschreven!'

Op dat moment tilt Doi de voorkant van de tent op om een pizza af te leveren. Als we de doos openmaken, bevat hij cannabiscompost. Fotodame – het schijnt dat wij bij haar te gast zijn – komt met een taartmes met de glanzende schedel van een hermelijn. We krijgen allemaal een dunne plak – het smaakt naar groene thee. 'Eiji-kun, wat is voor jou Johns beste song?' Het dringt tot mij door dat Fotodame in werkelijkheid Kozue Yamaya is, die undercover werkt – daar lachen we allemaal om.

'"#9dream",' zeg ik. 'Het moet gezien worden als een meesterwerk.'

John is verrukt van dit antwoord en zingt als een Indiase godheid: '*Ah, bowakama pousse pousse.*' Zelfs de walvis van perspex voor het natuurkundig museum giechelt. Mijn longen vullen zich met gelach en ik heb een ernstig ademhalingsprobleem. 'De waarheid is,' gaat John door, 'dat '"#9dream" afstamt van "Norwegian Wood". Het zijn allebei verhalen over geesten. De "zij" in "Norwegian Wood" bezoekt je met eenzaamheid. Door de "Twee geesten die zo vreemd dansen" in "#9dream" word je met vrede gezegend. Maar de mensen hebben liever eenzaamheid dan vrede.'

'Wat betekent de titel?'

'De negende droom begint na elk eind.'

Een goeroe is woedend. 'Waarom staak je je zoektocht naar verlichting?'

'Als je zo verdomde kosmisch bent,' zegt John schamper, 'weet je ook waarom!'

Ik lach zo hard dat ik...

'Ik werd wakker. En daar stond mijn moeder, in de ingang van het theehuis.'

Ai doet haar muziek uit. 'Je had jezelf wakker gelachen? Wat moet ze wel gedacht hebben?'

'Later zei ze dat ze dacht ik een hartaanval kreeg. Nog weer later zei ze dat Anju als kleuter altijd lachte in haar slaap.'

'Hebben jullie flink lang gepraat?'

'Drie uur. Door de middaghitte heen. Ik ben net weer terug in Miyazaki.'

'Jullie zaten dus geen van beiden om woorden verlegen?'

'Kweenie... Het was een soort onuitgesproken afspraak. Ze liet elke "Moeder"-rol varen en ik liet elke "Zoon"-rol varen.'

'Naar wat je mij verteld hebt, hebben jullie die rollen nooit gespeeld.'

'Dat is waar. Wat ik bedoel is, ik was bereid haar niet te beoordelen op basis van "Moeder"-maatstaven en zij wilde mij niet meten aan "Zoon"-maatstaven.'

'En... hoe gaat nu verder tussen jullie?'

'Ik denk dat we verder gaan als een, uh, soort...'

'Vrienden?'

'Ik wil niet zeggen dat dit een zomerfestival van liefde en vrede was. Er was een mijnenveld aan dingen die we allebei omzeilden, maar die we ooit een keer onder ogen zullen moeten zien. Maar... ik mocht haar in zekere zin wel. Het is een echt mens. Een echte vrouw.'

'Dat had zelfs ik je kunnen vertellen.'

'Dat weet ik, maar ik heb haar altijd gezien als een knipplaat uit een tijdschrift, die *dit* deed en *dat* deed maar die nooit echt iets voelde. Vandaag heb ik haar gezien als een vrouw van in de veertig die niet zo'n makkelijk leven heeft gehad als de roddelmachine van Yakushima wil doen geloven. Als ze praat, klinkt dat echt. Niet als in haar brieven. Ze vertelde over alcoholisme, over wat het met je doet. Niet dat ze dat de schuld van alles gaf, maar als een wetenschapper die een aandoening onderzoekt. En wat denk je – mijn gitaar? Die blijkt van haar te zijn! Al die jaren is mijn gitaar haar gitaar geweest en ik wist niet eens dat ze kon spelen.'

'Was de hotelhouder uit Nagano er?'

'Hij komt om het andere weekend op bezoek: niet vandaag. Maar ik heb beloofd om aanstaande zaterdag weer te komen.'

'Goed. Let op of zijn bedoelingen oprecht zijn. En over je echte vader?'

'Dat was zo'n mijnenveldonderwerp. Andere keer, misschien. Ze vroeg hoe ik Tokio vond en of ik vrienden had. Ik heb opgeschept over mijn ene vriendin, het pianotalent.'

'Wat een chic gezelschap. Waar slaap je vannacht?'

'Dokter Suzuki bood aan om een hoekje met een futon voor me te regelen, maar ik neem de trein naar Kagoshima om bij mijn oom te slapen...'

'Oom Geld, toch? En morgenochtend stap je op het veer naar Yakushima en ga je naar de grafsteen van je zusje.'

'Hoe weet je dat?'

Dreigende wolken drijven over een filmhemel.

'Ik luister goed, hoor, als je me over Anju vertelt. En over je dromen. Ik heb een absoluut gehoor.'

◆

De verveelde horizon gaapt. Deze wadden liggen aan de Hyuga Nada Zee, ten zuiden van het Nauw van Bungo, waar mijn oudoom uitvoer op zijn laatste tocht aan boord van de I-333. Als verrekijkers krachtig genoeg waren om de jaren veertig van de vorige eeuw in beeld te brengen, zouden we nu kunnen zwaaien naar elkaar. Misschien ga ik hem dromen. Misschien bestaat tijd om te voorkomen dat in de wakkere werkelijkheid alles op hetzelfde moment gebeurt, maar in dromen zijn de regels anders. Ik ruik herfstfruit. 'Nou, nou, wat is de wereld klein,' zegt mevrouw Dadelpruim. 'Goeiedag weer. Mag ik hier gaan zitten?'

'Natuurlijk.' Ik stop mijn rugzak in het rek boven ons hoofd.

Ze gaat zitten alsof ze bang is zich te bezeren. 'En vond je mijn dadelpruim lekker?'

'Uh, hij was heerlijk. Dank u. Hoe smaakte mijn droom?'

'Wel eens beter geproefd.' De vreemde oude dame haalt haar breiwerk tevoorschijn.

'Mag ik u vragen, wat doet u met de dromen die u, uh, verzamelt?'

'Wat doe jij met dadelpruimen?'

'Dadelpruimen eet ik op.'

'Oude dames moeten ook te eten hebben.'

Ik wacht op een uitleg, maar mevrouw Dadelpruim geeft er geen. Een kerncentrale glijdt voorbij, een fregat voor anker, een eenzame windsurfer. Ik heb het gevoel dat ik een beleefd gesprek moet voeren. 'Gaat u naar Kagoshima?'

'Tussen hier en daar.'

'Gaat u familie bezoeken?'

'Ik woon conferenties bij.'

Ik wacht tot ze vertelt wat voor conferenties door tachtigjarigen worden bijgewoond – fruit kweken? Handwerken? – maar zij concentreert zich op haar breiwerk. Ik denk aan uiteenvallende atomen. 'Bent u een soort droomverklaarster?'

Het is riskant om lang in haar irisloze ogen te kijken. 'Mijn jongere zuster, die de zakelijke kant van alles regelt, zegt dat wij "decoders" zijn.'

Ik neem aan dat ik haar verkeerd heb verstaan. 'U verzamelt art deco?'

‘Zie ik er zo uit?’

Nog een keer proberen. ‘Decoder? Is dat een, uh, een soort ingenieur?’

Mevrouw Dadelpruim schudt lichtelijk geïrriteerd het hoofd. ‘Ik zei het al tegen mijn zuster. Dat woordgeknoei maakt de mensen in de war. We zijn heksen, heb ik tegen haar gezegd, dus “heksen” is wat we onszelf moeten noemen. Ik moet deze naald opnieuw opzetten. Dit is een sjaal voor mijn grootmoeder. Ze begint te jammeren als hij niet perfect is.’

‘Neemt u me niet kwalijk – u zei dat u een heks bent?’

‘Voor halve dagen sinds ik vijfhonderd ben geworden. Ik geloof in het plaatsmaken voor jongeren.’

Ze zit me heel snedig op de kast te jagen of ze is volslagen gek. ‘Dat zou je niet zeggen.’

Ze tuurt naar haar breiwerk. ‘Natuurlijk niet. Jouw wereld wordt verlicht door televisie, bedreigd door satellieten, dichtgemetseld door de wetenschap. Het idee van vrouwen die hun levensduur verlengen met energie die uit dromen vrijkomt, is, zoals je zegt, volslagen gek.’

Ik jaag op een passend antwoord.

‘Laat maar. Ongeloof is goed voor de handel. Toen de Verlichting deze kusten bereikte, waren wij degenen die de diepste zucht van opluchting slaakten.’

‘Hoe kunt u, uh, dromen eten?’

‘Je bent te modern om dat te begrijpen. Een droom is een fusieproces van geest en stof. Bij een fusie komt energie vrij – vandaar dat slapen, met dromen, verfrist. In feite zou je zonder dromen binnen een week je verstand verliezen. Dames van mijn hoge leeftijd voeden zich met de dromen van gezonde jonge mensen zoals jij.’

‘Is het verstandig om dit alles aan iedereen te vertellen?’

‘Waarom niet in godsnaam? Iedereen die volhoudt dat het waar is, zal opgesloten worden.’

Ik heb er een beetje spijt van dat ik die dadelpruim heb opgegeten. ‘Ik, uh, moet naar het toilet.’ Als ik naar het toilet loop, lijkt het alsof de trein stilstaat terwijl het landschap en ik voortvliegen met eenzelfde deinende vaart. Mijn reisgenote begint me angst aan te jagen – niet zozeer door wat ze zegt, maar door hoe ze het zegt. Ik vraag me af hoe ik haar moet benaderen. Maar als ik terugkom bij mijn plaats zie ik dat ze weg is.

Rode pest heeft alle menselijke leven op aarde uitgeroeid. De laatste kraai heeft het laatste vlees van het laatste bot gepikt. Alleen Ai en ik overleven, dankzij onze natuurlijke immuniteit. We wonen in de Tearoom Amadeus. Satellieten draaien lager en lager in hun banen en de elektronische reddingsvlotten drijven langs ons balkon, dichtbij genoeg om aan te raken. Ai en ik vermaken ons met lange wandelingen door Tokio. Ik kies diamanten uit voor Ai en Ai kiest voor mij de mooiste gitaren. Ai speelt *Arabesque* van Debussy bij een liveoptreden in de Budokan, daarna loop ik mijn Lennon-repertoire door. We spelen om beurten voor publiek. Ai maakt nog steeds heerlijke salades en dient ze in tv-schalen op. We hebben zo een hele lange tijd als broer en zus gewoond.

Op een dag horen we een mieeeeeeeeep-geluid op het balkon. Mieeeeeeeeep. We kijken naar buiten door het open raam en zien een afzichtelijke vogelkop op ons af komen. Varkensdik, kalkoengescrotumd, condorruig. Zijn bek is een ijzerzaagblad. Zijn alcoholische ogen zijn tranende zweren. Om de paar stappen braakt hij een oogbalei uit en gaat er dan op zitten, kronkelend om het in zijn aars te duwen. 'Vlug!' zegt Ai. 'Doe het raam dicht! Hij wil naar binnen!' Ze heeft gelijk, maar ik aarzel – die bek zou mijn pols met één hap af kunnen hakken. Te laat! De vogel wipt naar binnen, ploft van een stoel af, rolt op het tapijt. Ai en ik doen een stap naar achteren, bang, maar nieuwsgierig. Groot kwaad kan volgen, maar ook groot goed. De vogel schrijdt rond en kijkt met de kritische blik van een aspirant-koper naar het decor. Hij gaat tenslotte op een bruiloftstaart op stok en zegt – zijn stem is die van Doi – 'Die knakker met die pruik op het plafond moet weg, man, en dat is nog maar het begin. Gesnopen?'

◆

'Jij alweer, Miyake!' zegt Ai, maar ze klinkt blij. 'Ik zag op het nieuws dat Kagoshima een tyfoonwaarschuwing heeft gekregen. Ben je er al?'

'Nog niet. Ik moet overstappen op' – ik lees het bord – 'Miyakonojo.'

'Nooit van gehoord.'

'Alleen treinbestuurders kennen het. Stoor ik?'

'Ik was aan het knuffelen met een heel sexy Italiaan die Domenico Scarlatti heet.'

'Alleen om Claude en mij jaloers te maken.'

'Scarlatti is nog meer dood dan Debussy. Maar wow, zijn sonates...'

'Ik droomde: jij zat erin, en een schilferige kalkoen...'

'Eiji Miyake, de charmante ladykiller. Is dat waarom je belt?'

'Nee, ik bel om te zeggen dat, uh, toen ik wakker werd, drong het tot me door dat ik waarschijnlijk verliefd op je ben, en ik dacht, dat soort dingen moet je weten.'

'Je bent *waarschijnlijk* verliefd op me? Dat is zonder meer het meest romantische wat een man ooit tegen me gezegd heeft.'

'Ik zei "waarschijnlijk" omdat ik bang was dat ik te opdringerig zou klinken. Maar als je aandringt, uh, ja, ik ben absoluut verliefd op je.'

'Waarom zeg je me dit nu, terwijl je duizend kilometer hier vandaan bent? Waarom heb je niet geprobeerd me te versieren toen ik bij je was?'

'Had je gewild dat ik dat deed?'

'Dacht je dat ik naar Kita Senju was gekomen voor een praatje voor het eten?'

Een ei breekt op mijn hoofd en dooiergeel geluk druipt naar beneden. 'Waarom zei je dan niets?'

'Jij bent de man. *Jij* moet *jouw* trots en zelfrespect maar in de waagschaal stellen.'

'Dit is toch niet eerlijk, mejuffrouw Imajo.'

'Niet eerlijk? Probeer maar eens een vrouw te zijn.'

'Het is pas langzaam tot me doorgedrongen. Ik wist het niet toen je bij mij was. Ik bedoel, ik had je er heus niet uit gegooid als, uh... maar toen heb ik je de brieven laten zien, en...'

'Daar was een droom over een rotte kalkoen voor nodig.'

'Schilferig, niet rot. En dat had ook wel iets geks. Vind je het erg?'

'Ik heb toestemming van Scarlatti om K.8 in g-klein voor je te spelen. Allegro.'

Ai speelt totdat mijn telefoonkaart op is. Ik geloof dat ze me aardig vindt.

De trein rijdt onder een einde-van-de-wereld-avondhemel Kagoshima-JR binnen. Geesten van K.8 in g-klein tangoën, walsen en huppelen in mijn hoofd. Telkens als ik aan het meisje denk pompt mijn hart zich als een inktvis voort. De conducteur kondigt aan dat alle treinverkeer in verband met tyfoon achttien tot nader orde – morgenochtend, op zijn vroegst – gestaakt is. De helft van de passagiers kreunt in koor. De conducteur voegt eraan toe dat ook bus- en tramdiensten zijn opgeschort. De andere helft kreunt in koor. Ik heb een acuut probleem dat niet door liefde op te lossen valt. Oom Geld woont achter de heuvelrug ten noorden van Kagoshima – dat is twee uur te voet. Ik bel hem, in de hoop een lift te versieren, maar de lijn is bezet. Ik denk dat ik naar de haven moet lopen om in de vertrekhal van de veerboot te slapen. Krachtige windvlagen gaan kickboksend over het busplein. Palmbomen buigen, spandoeken klapperen, kartonnen dozen rennen voor hun leven. Niemand is op straat en winkels gaan vroeg dicht. Als ik bij Port Boulevard de hoek omsla, word ik door een bakbeest van een wind haast opgepakt en met een vrije schop naar Nagasaki gestuurd. Ik leun ertegen om te lopen. Het vulkaaneiland Sakurajima is er, maar niet helemaal echt vanavond. De donkere zee is gecraqueleerd met golven. Honderd meter later zie ik dat ik in ernstige moeilijkheden ben – het elektronische mededelingenbord meldt dat de hele terminal gesloten is. Ik zou een taxi naar oom Geld kunnen nemen – te gênant, omdat hij zou moeten betalen. Ik zou naar een hotel kunnen gaan – en dan de volgende ochtend niet kunnen betalen. Soms is het verdomd vervelend om arm te zijn. Ik zou om genade kunnen smeken bij een alarmpaal van de politie – nee. Ik zou kunnen schuilen in de ingang van een winkelgalerij – misschien ook niet. Ik besluit tenslotte toch naar oom Geld te lopen – ik kan er tegen negenen zijn. Ik steek door, over het schoolterrein waar ik het enige doelpunt van mijn korte loopbaan heb gescoord, negen jaar geleden. Gruis dwarrelt en prikt in mijn ogen. Ik loop langs het station en zet door over de kustweg, maar lopen is waden en vooruitgang is traag. Geen auto's. Ik probeer vanuit een telefooncel oom Geld te bereiken, maar het klinkt alsof de verbindingen nu verbroken zijn. Non-aërodynamische voorwerpen zeilen voorbij – autohoezen, bierkratten, driewielers. Zee dreunt, wind huilt, zout water banzait de kustverdediging en schuim klettert op me neer. Ik loop langs een overdekte bushalte zonder dak. Ik overweeg ergens aan te bellen en te vragen of ik in de vestibule kan slapen. Ik kom langs een boom met een bushaltedak in zijn kruin. Dan hoor ik een whoeeeeeeeeesh. Ik hurk in een reflex en een zwart dier springt langs me heen – een tractorband! Ik ben nu bang om als wegdekbrij te eindigen. Ik loop op gelijke hoogte met de Iso-teien-tuin. Hier werd ik op schooluitstapjes mee naartoe genomen en ik herinner me bakstenen gebouwen met alkoven waarin ik misschien kan schuilen. Ik klim over de muur – de wind mept me over de bovenkant en ik beland in een wirwar van bougainville. De vredige zomertuin is nu een demonenfilm. Een gekkin bonkt op een deur, telkens weer. Daar – ik klauter, stomp, zwem – wegvliegende twijgen steken in mijn gezicht. Tegen een steile helling op en ik struikel de hut in. Geur van compost, pek, twijn – ik ben in een plantenschuur. De klink is afgebroken, maar ik sleep een zak aarde aan en zie kans de deur vast te klemmen. Het hele bouwsel schudt, maar elk binnen is beter dan buiten. Mijn ogen wennen aan het donker. Een heel arsenaal aan spaden, troffels, mestvorken, harken. Er is een nauwe afscheiding langs één wand maar het is te donker om daarachter iets te zien. Eén, ik raap de potten bij elkaar en herstel zo goed als ik kan de schade veroorzaakt door de inbraak van de wind. Twee, ik improviseer een bed. Drie, ik drink een fles groene thee leeg die ik in Miyako-dinges heb gekocht. Vier, ik ga liggen, luister naar de tyfoon die het oude bouwsel rinoranselt, en maak me zorgen. Vijf, ik geef het zorgen maken op en probeer aparte stemmen te onderscheiden in dit waanzinnig brullend koor.

Mijn blaas is buiten mijn lichaam – een goudkleurige embryovormige zak. Hij hangt pijnlijk van mijn lies af. Ik ben in Liverpool – dat weet ik door de mini-auto's en suikerspinkapsels – en ik ben op zoek naar een toilet. De zwaartekracht is sterker in Engeland – me ophijsen op de trappen van deze kathedraal put me uit. De deur is een mangat. Ik kruip er op mijn rug doorheen om mijn blaasbaby veilig op mijn buik te houden. 'Eén momentje, chef!' zegt Lao Tse vanachter een traliehekje. 'Je moet een entreekaartje hebben.'

'Ik heb op het vliegveld al betaald.'

'Je hebt niet genoeg betaald. Hoest nog een keer tienduizend yen op.'

Dat is een exorbitante prijs, maar ik betaal of anders pis ik in mijn broek. Ik haal met moeite mijn portefeuille tevoorschijn, rol het biljet op en duw het door het gaas. Lao Tse scheurt het doormidden en propt het in zijn neusgaten om een bloedneus te stelpen. 'Nou. Waar is het toilet?' vraag ik. Lao Tse kijkt naar mijn zwellende blaas. 'Ik kan je maar beter de weg wijzen.' De kathedraal van Liverpool is een betegelde doolhof van looppaden. Lao Tse kruipt voor mij uit op zijn buik. Ik ga met de rugslag achter hem aan. Water glijdt in gordijnen langs de muren. Soms barsten sproeiers los in mijn gezicht. Mijn blaasbaby begint te weeklagen met de stem van een zeehond die tegen zijn wil landinwaarts is gesleurd. 'Zijn we er bijna?' hijg ik. Ik kom overeind in een grot. Stalactieten druipen. Een rij mannen in uniform bezet de urinoirs. Ik wacht. Ik wacht. Maar geen van de mannen beweegt.

'Kolonel Sanders!' Generaal MacArthur geeft me een klap op mijn schouder. 'Een van de inboorlingen heeft mijn platina aansteker gestolen! Een fortuin waard, verdomme! Iets bij geruchte vernomen?' Ik ben opgesloten in het lichaam van de kippenmagnaat om het hoofdkwartier te bespioneren en na te gaan of ze iets weten van het kaiten-project. Wat raar om zo dik te zijn. Ik weet dat onder woorden onzichtbare betekenissen stromen, maar het is moeilijk om je daarop te concentreren met een gezwollen blaas. 'Nee?' Generaal MacArthur niest een fontein uit. 'Laat ik je dan in ieder geval een lift naar de haven geven.' De Amerikaanse jeep rijdt naar de haven van Kagoshima. Mijn blaas is nu een kind dat zich vastklampt aan mijn middel. Ik ben bang dat hij door een onverwachte schok van de jeep wordt lek gestoten, maar we komen zonder ongelukken bij de terminal van de veerboot. Helaas is het complex na de oorlog verbouwd en alle opschriften zijn in braille. Ik overweeg om in een vuilnisvat te pissen, maar ik ben bang voor de koppen – 'Jonge Plaatsgenoot Miyake Vergeet Toilettraining – en strompel door een gang. Urine stroomt in scheuten uit een stervende drijfhond. Mijn blaas is bijna te zwaar om te dragen. 'Deze kant op,' sist een onzichtbare metgezel. Ik kom bij een gloednieuw toilet, zo groot als een vliegveld. Vloer, muren, plafond, armaturen, wasbakken, pisbakken, deuren van de hokjes – sneeuwverblindend wit. De enige andere bezoeker is een stipje in de verte. Een advocaat. Ik ga naar de dichtstbijzijnde pisbak, houd mijn gouden tweelingbroeder tegen de muur en...

De advocaat neuriet 'Beautiful Boy' op zo'n afstotende manier dat er een kurk op mijn blaas gaat. Ik kijk naar hem en deins terug van schrik – hij staat vlak naast mij te pissen. Hij heeft nog altijd geen gezicht.

◆

Ik word wakker met een hysterische blaas bij het afschuwelijke geluid van een schipbreuk heel dichtbij. De tyfoon ranselt de deur terug als ik de zak met aarde weghaal. Ik pis door de kier. De urine vliegt weg en bereikt waarschijnlijk de Chinese Zee. Ik ga terug naar mijn nest van pek, maar niets kan slapen in dit nachthemelgeweld. De god van de donder stampt over Kagoshima heen, op zoek naar mij. Ik vraag me af waarom mijn dromen zo helder zijn – meestal verdampen ze op hetzelfde moment dat ik mijn ogen opendoe. Toen ik, post-Anju, aan mijn geregelde oombezoeken begon, stelde ik me voor dat ergens in reclameland, in een huis met een gezin, de Echte Eiji Miyake woonde. Hij droomde iedere nacht van mij. En dat was wie ik werkelijk was – een droom van de Echte Eiji Miyake. Als ik ging slapen en dan droomde, werd hij wakker en herinnerde hij zich mijn wakende leven als zijn droom. En omgekeerd. De tyfoon houdt zijn adem in en hernieuwt zijn aanval als een storm. De plantenschuur zal niet weggeblazen worden. Ik draai me om op iets hards en vind een middelgrote, ronde steen. Ik doe hem in mijn rugzak. Als de storm afzwakt tot een harde wind, hoor ik tot mijn verbazing iemand snurken – in de plantenschuur! Ik sta op om achter de smalle afscheiding te kijken. Een vrouw, in slaap! Ze ziet er niet als een tuinierster uit – ze moet een bezoekster zijn die ook hier door de tyfoon is overvallen. Misschien durfde ze mij niet te zeggen dat ze er was en is toen gewoon in slaap gevallen. Maak ik haar wakker? Of schrikt zij zich dan dood? Haar ogen gaan open. 'Uh...' begin ik.

'Je hebt me dus eindelijk gevonden.' Ze springt op en haar kimono zwaait open. Ik ben te geschrokken om een woord uit te brengen. Gedurende een raar moment zie ik haar ten onrechte aan voor de moeder van Yuki Chiyo, het meisje dat zich bij Ueno kwam melden als verloren. Zij gaat met een natte duim langs mijn tepels, haar andere hand gaat tastend rond in mijn boxershort – dit is verkeerd, ik heb Ai al gezegd dat ik van haar houd, maar haar lippen schuiven voor me open en miljoenen zilverbladvisjes veranderen van richting. Ik kan hier niet tegen op. Ik kan niet bewegen, kijk een andere kant op, respondeer.

En ik kom klaar.

Over haar schouder zie ik mevrouw Dadelpruim. Ze zit op de zak met aarde en zuigt druipend vruchtvlees uit dadelpruimen. Ze spuugt glanzende pitten uit.

◆

De prachtige tuin is door een godenbacchanaal vernield. De stille lucht geurt naar sappen die uit groene aderen zijn gevloeid. Afgerukte bloemen, afgescheurde takken, ontwortelde struiken. Ik vind een kleine, platte, ronde steen. Ik doe hem in mijn rugzak. Ik zou graag nog even blijven en naar de vijver kijken maar ik wil de eigenaar van de plantenschuur ontlopen en dan, over anderhalf uur vertrekt het veer naar Yakushima. Ik waad door de geknakte bougainville en klauter over de muur, op tijd om een schoolmeisje in een passerende bus te verbazen. Mijn enige getuige. Weer tussen de huizen, buren zijn al op en bespreken het herstellen van omheiningen. Ik loop een Lawson's in, koop een fles grapefruitsap van Minute Maid en een potje ramen – met kimchi-smaak – en vraag het meisje er warm water bij te doen. Ik eet het op de zeewering op. Sakurajima spuwt as naar de vlekkeloze hemel en de zee is gladgestreken. Tyfonen verwoesten werelden maar de volgende ochtend ruimt werelden weer op. Ik bel oom Geld om te vertellen dat ik nog leef – ik zeg dat ik die nacht bij vrienden in Kagoshima heb geslapen – dan loop ik de weg af naar de haven. De veerboot ligt klaar – personenauto's en trucks worden door havenmensen met witte vlaggen en fluitjes aan boord geloodst. Ik vul mijn instapkaart in, betaal mijn kaartje, was me, poets mijn tanden en ga op zoek naar een telefoon.

'Tyfoon achttien was in het nieuws,' zegt Ai, 'maar door de duiven heeft hij weinig aandacht gekregen.'

'Duiven pikken de krantenkoppen in?'

'Gisteren de hele dag, in heel Tokio, duiven vlogen gebouwen binnen, botsten tegen auto's. Net een enge rampenfilm. Je kunt het je wel voorstellen, de geruchten, theorieën en tv-studio's vol met deskundigen. Geheime proeven van de overheid, vogelgriep, mensen van de Aum-sekte, verandering in magnetische golven, paniekzaaiers over aardbevingen. En dan had de maan gisteravond zijn helderste lichtkrans in zesentwintig jaar. Geen mens weet hoe duiven beïnvloed zouden kunnen worden door ijskristallen in de atmosfeer, maar het draagt wel aan het algemeen gegriezel bij. En dan vanochtend, ik ging als ontbijt een kop koffie drinken en de kamferboom voor de gevangenis was zwart van de kraaien! Erger dan een amateurharmonie die warmdraait! Echt, het was alsof ieder moment de vorst der duisternis kon komen.'

'Daar ga ik met mijn armzalige tyfoon.'

'Laat ik van onderwerp veranderen voordat de piep gaat. Ik heb met Sachiko gepraat voordat ze gisteravond naar haar werk ging. Als je ergens onderdak moet, wanneer je terug in Tokio bent, dan kan je hier komen pitten. Op de bank. Als ik het zeg. Je moet om de drie dagen opruimen en koken. En je mag geen telefoon aannemen, want als Sachiko's oma belt, denkt ze dat jij haar inwonende minnaar bent.'

'Nou...' Ik vind dat 'als ik het zeg' het allermooiste. 'Bedankt.'

'Beslis nog maar niet. Denk erover na.'

Een paar mensen van het eiland hebben me in de gaten als ik op de veerboot stap. Moeders van schoolvriendjes, vriendjes van neven en nichten, een groothandelaar in suikerriet en fruit die zaken met oom Citrus doet. Ze vragen naar het leven in Tokio, meer uit beleefdheid dan interesse. Ik zeg dat ik terug ben gekomen om mijn winterkleren op te halen voordat het weer verandert. Er wordt over de tyfoon gepraat en over hoeveel de herstellingen gaan kosten en wie dat moet betalen. Ik kruip weg in de tweedeklas conversatieruimte en maak met mijn rugzak een afscherming om te kunnen doezelen. Dames van een wandelclub uit Kansai nemen de rest van de ruimte in beslag. Ze zijn uitgerust met flanellen hemden, bodywarmers, pantalons voor alle weersomstandigheden, rare petten en functionele schoenen. Ze ontvouwen kaarten en stippelen routes uit. Je kunt de eilanders gemakkelijk van hen onderscheiden – die kijken verveeld. Doordat er de avond tevoren niet werd gevaren stroomt de boot vol met passagiers. Ik schuif wat op voor een man met de kaaklijn en de jukbeenderen van een hazewindhond, die mij vraagt hoe laat de veerboot in Kamiyuka, de belangrijkste haven van Yakushima, aankomt. Hij betaalt met ongepelde pindanoten voor deze informatie. Ik accepteer er uit beleefdheid een paar maar ze zijn vreselijk verslavend. We kauwen ons een weg door het grootste deel van de zak en richten een berg schillen op. Hazewindhond is uitgever in Oghiai en kent de afdeling Gevonden Voorwerpen van Ueno – hij heeft de zuster van mevrouw Sasaki wel eens bij een literair diner ontmoet. De motoren groooeeeaaarrrrrrrt tot leven, de trekkende dames doen woeeeeeeeee! en het patrijspoortuitzicht draait rond en glijdt weg. Het nieuws van negen uur gaat over het verwachte aftreden van een eerste minister na een coalitiebreuk. 'Niets is ouder dan het nieuws van deze ochtend,' zegt Hazewindhond, 'en niets is nieuwer dan Pericles.' De radio-ontvangst op het water reduceert het nieuws al vrij snel tot gesis en de video over het nationale park Kirishima-Yaku gaat aan. Alle eilanders kennen het script uit het hoofd. Het wiegt ons in slaap bij deze oversteken.

Heel Japan zit onder beton. De laatste heilige wouden zijn voor eetstokjes gerooid, de binnenzee is overdekt en tot nationaal autopark verklaard, en waar eens bergen stonden verdwijnen nu flatgebouwen in de wolken. Zodra mensen de leeftijd van twintig bereiken worden hun benen geamputeerd en hun romp uitgerust met interfaces die – voor gebruik in huis of op kantoor – rechtstreeks op geperfectioneerde skateboards aangesloten worden, of op grotere voertuigen als het om langere tochten gaat. Mijn twintigste verjaardag was afgelopen september, ik ben voor deze overgangsrite dus al aan de late kant. Ik wil echter dat mijn benen blijven zitten en ben daarom in het verzet gegaan. Ter kennismaking word ik naar onze drie leiders gebracht, die in Miyakonojo wonen, een plaats die elke auto ver voorbij is. Hun lichamen zijn ook geamputeerd, ter meerdere camouflage. Hun hoofden staan in een rij onder de laaiende zon. Hun nek zit vast aan het uiteinde van een bowlingbaan en het dringt tot me door dat ik voor Gunzo, Nabe en Kakizaki ben gebracht. Gelukkig knipogen zij opgetogen als ze mij zien – 'Messias! Messias! Messias!' Dit verbijstert me. 'Weet u het wel zeker?' Dat schijnt zo te zijn. 'De boodschap zal u worden geopenbaard! U alleen zal de bliksemsnelle duik van het mensdom naar eeuwig lijden kunnen keren!' Dat klinkt geweldig. 'Hoe?' De onderkaak van Kakizaki valt eraf, maar hij spreekt deze woorden: 'Haal de stop eruit.'

Ik zie bij mijn voeten een badstop met een glanzende ketting. Ik trek. Daaronder is aarde – sinds de asfaltwetten is aarde verboden. Hij beweegt en een worm kronkelt naar boven en uit het gat. Een tweede volgt en nog en nog een. De laatste Japanse wormen. Ze kronkelen zich een weg naar een voorafbepaalde positie op een raster van negen bij negen. Elke positie op dit raster is een kanji, ofwel een Japans karakter, met wormenlichamen in plaats van penseelstreken geschreven. Die woorden zijn de enig ware schriftuur. Het betekent ook de dood voor de wormen – hun malse lichamen worden gekookplaat door het asfalt. Al spetterend geuren zij naar tonijn en mayonaise. Maar hun offer is niet tevergeefs. In de eenentachtig karakters lees ik waarheid – de geheimen van harten en geesten, quarks en liefde, vrede en tijd. De waarheid gloeit in verblindend jade op het netvlies van mijn geheugen. Ik zal deze wijsheid onthullen aan mijn dorstende soort en de droge woestijnen zullen bloeien.

◆

'Miyake! Miyake, bastaard! Wakker worden!'

Het gezicht van meneer Ikeda, mijn ex-sportleraar, zweeft ondersteboven boven me. Een half gegeten broodje tonijn met mayonaise verpietert in zijn hand. Kreunend van ergernis kom ik met een ruk overeind. Meneer Ikeda neemt aan dat ik alleen maar slaperig ben. Ik moet me iets herinneren... 'Ik zag je in de terminal, maar ik zei tegen mezelf: "Nee, Miyake zit in het verre Edo!" Wat doe je zo gauw alweer hier? De grote stad te veel om te behappen, hé?'

Ik vergeet iets. Wat is het? 'Niet echt, meneer. Het is dat ik...'

'Ah, jong zijn in Tokio. Ik zou je haast benijden als ik al niet ik was. De eerste twee Grote Bloeiperioden van mijn leven heb ik in Tokio beleefd. Ik zweefde *de* topsportuniversiteit binnen – je zult er wel niet van gehoord hebben – en een kleine rakker dat ik was. Wat een dagen waren dat! Wat een nachten! Als je mijn bijnaam onder de dames hoort, hoef ik je niets meer te vertellen. Crack. Crack Ikeda. Toen, in mijn eerste baan als onderwijzer, heb ik het beste schoolvoetbalelftal in elkaar gezet dat Japan ooit heeft gezien. Had de kwalificatiewedstrijden voor de landelijke bekercompetitie kunnen halen als de scheidsrechter niet zo'n seniele, oude, blinde, kreupele, corrupte, kwijlende strontzak was geweest. Ik en mijn jongens – onze bijnaam? De Onoverwinnelijken! Niet zoiets als' – meneer

Ikeda wuift vol afkeer naar de leerlingen met "Middenschool Yakushima" op het bovenstuk van hun trainingspak – 'dat stelletje bastaards daar.'

'Komt u terug van een vriendschappelijke wedstrijd, meneer?'

'Niets vriendschappelijks aan die opgeblazen lintwormflikker van die coach van Kagoshima. Tijdens de tyfoon gisteravond, ik hoopte dat een vrachtwagen met iets ontvlambaars op zijn huis zou knallen.'

'En wat was de uitslag, meneer?'

Meneer Ikeda trekt een vies gezicht. 'Kagoshima Dronkelorren – twintig; Yakushima Bastaards – één.'

Ik kan het niet laten dit mes rond te draaien. 'Eén doelpunt? Een hoopgevend teken, meneer.'

'Kagoshima Dronkelorren heeft één keer in eigen doel geschoten.' Meneer Ikeda sluipt weg. De toeristenvideo klikt uit – we moeten binnen radioafstand van Yakushima zijn. Ik kijk door het raam en zie het eiland glijden langs de horizon. De eerste minister belooft dat het land onder zijn leiding qua levensstijl een supermacht zal worden. Hazewindhond breekt een pinda open. 'Politici en sportcoaches moeten slim genoeg zijn om het spel te beheersen, maar stom genoeg om te denken dat het er iets toe doet.'

Ik herinner me mijn droom.

'Heb je last van zeeziekte?' vraagt Hazewindhond. 'Of was dat je vroegere sportleraar?'

'Ik... droomde dat ik een soort Sanzohoshi was die met de boeddhistische schrifturen uit India kwam. De goddelijke wijsheid werd mij getoond, die nodig is om het mensdom te verlossen van zichzelf.'

'Ik geef je zes procent op de eerste tienduizend verkochte exemplaren, negen procent daarna.'

'Maar ik herinner me maar één woord.'

'Te weten?'

'"Bof."'

'Zoals in...'

'De ziekte waar je een dikke nek van krijgt.'

'"Bof" wat?'

'Bof... niks'

'Gaat niet door.' Hazewindhond keert de zak om. 'Ik heb de laatste pinda opgegeten.'

Yakushima groeit als je even een andere kant op kijkt. Weggaan van een plek is raar, maar terugkomen is altijd raarder. In acht weken is er niets veranderd, maar niets is hetzelfde. De brug over de Kamiyaku, de bergen van geplet fluweel, de gevangenisgrijze hellingen. Een boek dat je hebt gelezen is niet hetzelfde boek van voordat je het las. Misschien is een meisje waar je mee slaapt niet hetzelfde meisje als waarmee je naar bed bent geweest. Daar komt de kade – een man van de kabelploeg roept naar me en zwaait. Een mahjongmaatje van oom Asfalt. De loopplank wordt neergelaten en ik loop naar de grote groep passagiers die aan wal gaan. Ik zou bij oom Pachinko, het hoofd van de familie, mijn opwachting moeten maken. Maar de essentie van deze reis is mijn opwachting maken bij Anju. Een bestelwagen stop bij het kantoortje van de veerdienst en een grossier die zaken met oom Citrus doet, biedt mij een lift aan.

'Gaat u tot aan Anbo?'

'Spring erin.'

We rijden weg. 'Warm,' zeg ik. 'Krijgen regen,' antwoordt hij. Met regen zit je altijd goed op Yakushima. De grossier is een rustige man, er ontstaan dus geen pijnlijke stiltes. Hij gebaart naar me dat ik iets moet nemen uit een zak met ponkan-sinaasappelen, die het belangrijkste exportartikel van het eiland zijn en verreweg de allerlekkerste vrucht van het land, zo niet van heel Azië. Ik moet tienduizend ponkans gegeten hebben vanaf dat ik op Yakushima kwam te wonen. Snij me open en je krijgt ponkansap. Ik kijk naar de vergeten details van mijn bakermat. De roestige olievaten bij de huisjes voor toeristen, de kleine landingsstrook, de zaagmolen die op instorten staat. De bomen hebben, zo ver naar het zuidwesten, nog hun armzalige zomerbladeren. We komen langs een kluitje wielrenners in glanzende tropischevissenkleuren. De weg hobbelt hier. Over de brug, de waterval en daar is het dorp Anbo.

De begraafplaats hamert en zaagt van de insecten. De bomen roeren zich en de middag broeit. Een oeroud oktoberrecept. Het vakgedeelte van de familie Miyake is het beste onderhouden – mijn grootmoeder komt nog iedere ochtend om schoon te maken, te wieden, te vegen en de wilde bloemen te vervangen. Ik buig voor de grijze hoofdgrafsteen en loop langs de zijkant van de kleinere, zwarte steen die voor Anju opgericht is. De priester heeft voor haar de daarop aangebrachte dodennaam bedacht, maar ik denk dat dat alleen maar een manier is om meer geld van treurende nabestaanden te kunnen vangen. Mijn zusje is nog Anju Miyake. Ik giet mineraalwater over haar heen. Ik zet de bos bloemen in de houder, bij die welke onze grootmoeder hier heeft neergezet. Ik wilde dat ik de namen van de bloemen kende. Bosjes witte sterren, roze kometenstaarten, karmozijnrode zestiendenootsbessen. Ik bied haar een champagnebom aan en haal er voor mezelf een uit het papiertje. Daarna steek ik de wierook aan. 'Dit,' zeg ik tegen haar, 'is een cadeautje van onze moeder. Ze heeft me het geld gegeven en ik heb het gekocht bij een tempel in de buurt van station Miyazaki.' Ik pak mijn drie vlakke stenen en maak voor haar een piramide. Daarna ga ik op de trede zitten en druk mijn oor stevig tegen de gepolijste steen, om te kijken of ik iets kan horen. De zee ademt vredig over de rand van het land. Ik wil de graftombe kussen, doe dat dus ook, en alleen een zwarte vogel met roze ogen is getuige. Ik leun achterover en denk aan niets in het bijzonder, totdat de champagnebom ontploft. Zo weinig blijft. Bergen, klassieke liederen, echte vriendschap. Mist rolt van de Miyamoura naar beneden, zwakt de zon af, maakt de blauwe zee bierachtig. Ik heb het kaiten-dagboek van onze oudoom meegenomen om Anju stukken voor te lezen, omdat ze allebei in zee gestorven zijn. Maar ik denk dat Anju het duidelijk zal horen als ik gewoon stil voor mezelf lees, hier of waar dan ook. Ik hoef niets te zeggen over wat er in Tokio is gebeurd. Zijn is luider dan zeggen, voor haar, voor mij, voor ons. Mieren hebben Anju's champagnebom ontdekt. 'Hé, Anju. Wie denk je dat ik nu ga opzoeken?'

De laatste keer dat ik over dit pad door het dal liep, droeg ik mijn man-van-de-match-trofee en schopte ik tegen een steen. Ik was ongeveer een derde kleiner dan ik nu ben. Ik verwacht zo half en half mijn elf jaar oude zelf tegen te komen. Onkruid koloniseert het midden van het pad. Geen levende ziel te bekennen. Een nachtegaal zingt over een andere wereld en een aap krijst over deze. Ik kom langs de toripoort en de stenen leeuwen. Ik ben nooit terug geweest bij het heiligdom van de dondergod. Een beroemde handwerksman is uit Kyoto gekomen om het verdwenen hoofd te vervangen en het toeristenbureau heeft zijn nieuwe gezicht op folders afgedrukt. Ik zie dat het steile pad haast door het bos is overwoekerd. Zijn vereerders worden iedere winter geringer in aantal. Dus goden sterven echt, net als popsterren en zusjes. De hangbrug ziet er niet meer betrouwbaar uit. Mijn voetstappen ploffen meer dan dat ze bonken, alsof de planken nu iedere dag kunnen verpulveren. De rivier daaronder is gezwollen door de regen van de afgelopen nacht. Meer dan de helft van de rijstvelden in het dal is in onbruik geraakt. Boeren gaan ook dood, en hun zonen verdienen veel geld in Kagoshima of Kitakyushu of Osaka. Terrassen van rijstvelden en oude schuren mogen instorten – een tyfoon is goedkoper dan een aannemer. Het dal behoort nu aan de insecten. Ik trap tegen stenen. Verwaarloosde struiken groeien uit de goot van het huis van mijn grootmoeder. Ik kijk ernaar terwijl de mist zich tot regen verdicht. Ze is een zure dame – maar ze hield ook van Anju, op haar strenge manier. Als je een beeld loslaat, krijg je de hele omlijsting te zien. Het ergste wat er kan gebeuren is dat ze schreeuwt dat ik weg moet gaan en na de afgelopen zeven weken lijkt dat nou niet zo erg.

'Oma?'

Ik waad door het gras de binnenplaats op en denk aan een oud sprookje over een spinnende heks die wacht op de terugkomst van haar man die achter de vrouwen aan zit en waarin het huis begint te rotten en vervalt, terwijl de vrouw geen dag ouder wordt. Ik zie tussen de bemoste stenen iets paarlemoers bewegen – de kronkelingen van een slang! Kop noch staart zijn zichtbaar, maar zijn lussen zijn zo dik als mijn arm. Slang verdwijnt achter een verroeste ploeg. Heeft Anju niet een keer iets over een paarlemoeren slang gezegd? Of heb ik dat gedroomd? Ik herinner me vaag dat onze grootmoeder over een slang sprak die in de voorraadschuur woonde toen ze een meisje was en die de aankondiger van een sterfgeval in de familie zou zijn. Dat was natuurlijk bijgeloof. Slangen worden nooit zeventig. Denk ik. Ik klop op de deurpost en duw de koppige deur open. Ik hoor de radio. 'Oma? Eiji hier.'

Ik schuif het insectenscherm opzij, stap in de koelte en haal diep adem. Borrelende sake, vochtig hout, het chemisch toilet. Wierook uit de tatami-kamer. Oude mensen hebben een aparte geur – ik denk dat zij van jonge mensen hetzelfde zeggen. Een muis verdwijnt. De radio betekent dat mijn grootmoeder waarschijnlijk niet in huis is. Ze had de gewoonte hem aan te laten voor de hond en toen de hond gestorven was liet ze hem aan voor het huis. 'Oma?' Ik kijk in de tatami-kamer, sla geen acht op het rare gevoel dat er juist op dit moment iemand gestorven is. Een plumeau staat tegen de voet van het familiealtaar. Hangende perkamentrollen met herfsttaferelen, de vaas met bloemen, een glazenkast gevuld met de prullen en snuisterijen van een heel leven op een eiland. Ze is nooit van Yakushima weggeweest. De regen spettert door het muggengaas, ik schuif daarom het glas ervoor. Vroeger was ik bang voor deze kamer. Anju niet. Met O-bon ging ze altijd buiten liggen wachten, om dan ineens naar binnen te stormen en de geesten te betrappen bij het eten van de kersen die onze grootmoeder daar voor hen had neergezet. Ik kijk naar de doden in de zwartgelakte kast. Gekleed in oliejassen, pakken, uniformen, kostuums gehuurd van fotografen. En daar is mijn zusje, met grote vooruitstekende tanden op haar eerste schooldag.

'Oma?'

Ik ga de keuken in, vul een glas met water voor mezelf en ga op de bank zitten die Anju en ik probeerden – zonder succes – te laten zweven. Zij weet het aan mijn nietig vermogen tot buitenzintuiglijke waarneming, omdat zij met het hare lepels kon verbuigen. Ik heb haar jarenlang geloofd. De bank boinggggggggt, maar na een lange wandeling op een plakkerige dag is hij comfortabel, veel te comfortabel...

Ik droom alle dromers, jullie allemaal.

Ik droom de ijsbloemen op de tempelklok.

Ik droom het heldere water dat van de speer van Izanagi druipt.

Ik droom de druppels die stollen tot deze eilanden die wij Japan noemen.

Ik droom de vliegende vis en het Zevengesternte.

Ik droom de huidschilfers in de richels van het toetsenbord.

Ik droom de steden en de eileiders.

Ik droom een brein in acht delen.

Ik droom een meisje dat verdrinkt, alleen, zonder een klacht op haar lippen. Ik droom haar jonge lichaam, heen en weer gedreven tussen golven en stromen, totdat het in blauw is opgelost en er niets meer overblijft.

Ik droom de stenen walvis die toekijkt, in zeewier en mosselen gehuld.

Ik droom de boodschap die borrelt uit zijn spuitgat.

'Wij onderbreken dit programma voor een extra uitzending van de nieuwsdienst...'

◆

'Een zware aardbeving heeft in de afgelopen minuut het gebied van Groot-Tokio getroffen. Het Nationaal Seismologisch Instituut meldt een schok van 7,3 op de schaal van Richter, wat de Grote Aardbeving van Kansai van 1995 overtreft, en maakt melding van zeer ernstige schade aan gebouwen in het hele Kantobekken. Luisteraars in de regio Tokio wordt aangeraden kalm te blijven, het gebouw waarin zij zich bevinden te verlaten, zich naar open terrein te begeven waar geen gevaar voor vallend puin bestaat en op naschokken voorbereid te zijn. Maak geen gebruik van een lift. Sluit het gas en elektrische apparaten af. Blijf zo mogelijk uit de buurt van ramen. De Snelle Aardbeving Reactie Eenheid maakt op dit moment een inschatting van de kans op een vloedgolf. Alle programma's worden tot nader orde gestaakt. Wij brengen meer nieuws over de noodsituatie zodra dit ons bereikt. Ik herhaal...'

De kamer is koud. Ik zet de radio zacht en pak de ouderwetse telefoon op. Ik probeer het drie keer, maar Ai's nummer doet niets. Net als van Buntaro. Net als van Nero. Geen antwoord van Ueno. Niets van de telefooncentrale in Tokio.

Ik zou er alles voor over hebben om dit een droom te laten zijn. Alles. Zijn de ethergolven en de kabels verstopt doordat de helft van de telefoongebruikers probeert de hoofdstad te bellen, of doordat Tokio nu een puinlandschap onder wolken van cementstof is? Buiten valt een eeuw trage regen op alle bladeren, stenen en dennennaalden in het dal. Binnen meldt de radioman dat de noodtoestand is afgekondigd. In gedachten zie ik vlak bij Ai's gezicht een ruit knallen, of een stalen balk door haar piano slaan. In gedachten zie ik duizend dingen voor me. Ik grijp mijn tas, schiet door de gang, wring mijn voeten in mijn sportschoenen en schuur de koppige deur open. En ik begin te hollen.

Negen

Dankbetuiging

Jocasta Brownlee, A. S. Byatt, Emma Garman, James Hofman, Jan Montefiore, Lawrence Norfolk, Ian Paten, Alasdair Oliver, Jonathan Pegg, Mike Shaw, Carole Welch, Ian Willey, Hiroaki Yoshida.

Nobura Ogawa, curator van het Kaiten Memorial Museum in Tokuyama, heeft mij waardevolle gegevens over de kaiten-torpedo's en hun bestuurders verschaft. Voor technische details heb ik ook *Suicide Squads* van Richard O'Neill (Salamander Books, 1999) geraadpleegd. Eventuele onjuistheden zijn van mijn hand.

Lees ook van David Mitchell zijn debuut *De geestverwantschap*

Op Okinawa wacht een jongeman op verdere instructies. Hij is er ondergedoken nadat hij in de ondergrondse van Tokio de beruchte gasbom heeft geplaatst. Mitchells boek begint met dit mistroostig sfeervolle en intrigerende verhaal. Maar pas bij het tweede hoofdstuk, in Tokio, realiseert de lezer zich dat hij zijn hoofd er goed bij moet houden. Waarom krijgt de jongen in de cd-winkel in Tokio de jongeman van Okinawa aan de telefoon? Op een uiterst geraffineerde en ogenschijnlijk nonchalante manier zijn alle personages met elkaar verbonden. De bankier uit Hongkong, de schoonmaakster uit Sint-Petersburg, de oude vrouw op de heilige berg en de jonge Zweed in de trein door Mongolië. In ieder hoofdstuk duikt er wel een eerder of later personage op en zo beschrijft Mitchell een bijna onbeschrijfelijke geestverwantschap. De lezer volgt hem en de personages over de hele wereld tot in de toekomst. Dan wil hij maar één ding: het boek opnieuw lezen.

'David Mitchells roman *De geestverwantschap* speelt zich af in verschillende werelddelen, via personages die op een mysterieuze manier met elkaar verbonden zijn. Op het eerste gezicht lijkt het een al te complexe puzzel, maar dankzij Mitchells schrijfkunst blijft het ambitieuze bouwwerk overeind.' *De Standaard*

'[In 2001] werd David Mitchell genomineerd voor de Booker Prize met zijn verbluffende roman *DroomNummerNegen*. Zijn eerste boek, *De geestverwantschap*, is nu in het Nederlands vertaald en blijkt een al even sterk boek te zijn.' *De Morgen*

'Fictie op topniveau.' Grote provinciale dagbladen

'In *De geestverwantschap* komen alle literaire aspecten die *DroomNummerNegen* tot een bijzondere, rijke roman maken al aan de orde.' *Trouw*

'*De geestverwantschap* is een verbluffend debuut.' *The Independent*

'*De geestverwantschap* verbeeldt de literatuur van de eenentwintigste eeuw op een verpletterende manier.' *The Guardian*

'David Mitchells debuut is een vertoon van literair vuurwerk [...]. De zelfverzekerdheid en het lef zijn werkelijk bewonderenswaardig.' *The Observer*

'*De geestverwantschap* is een briljante puzzel.' *The New York Observer*

'Deze superieure roman is soms zo ontroerend en zo grappig dat je vergeet dat de roman werd gehyped als de nieuwe grote verwezenlijking van de nomadische, wereldomspannende tijd.' *The Washington Post*